我永远不要学会妥协，也不想磨平自己的棱角。
我不需要世界包容我。
我会一直去拥抱它，即使被伤害，也要这样热烈地活着。
这才是我的人生。

招惹

从羡 著

上册

青岛出版社

QINGDAO PUBLISHING HOUSE

图书在版编目(CIP)数据

招惹/从羡著.—青岛:青岛出版社，2021.6
ISBN 978-7-5552-9260-9

Ⅰ.①招… Ⅱ.①从… Ⅲ.①长篇小说－中国－当代 Ⅳ.①I247.5

中国版本图书馆CIP数据核字（2020）第144383号

书　　名	招　惹	
作　　者	从　羡	
出版发行	青岛出版社	
社　　址	青岛市海尔路182号（266061）	
本社网址	http://www.qdpub.com	
邮购电话	18613853563　0532-68068091	
责任编辑	李文峰	
特约编辑	崔　悦	
校　　对	张会卜	
装帧设计	千　千	
照　　排	李红艳	
印　　刷	三河市良远印务有限公司	
出版日期	2021年6月第1版　2021年6月第1次印刷	
开　　本	32开（880mm×1230mm）	
印　　张	18.5	
字　　数	338千	
书　　号	ISBN 978-7-5552-9260-9	
定　　价	65.00元（全2册）	

编校印装质量、盗版监督服务电话　4006532017　0532-68068050

目 录

上 册

第 一 章	薄荷硬糖	001
第 二 章	不解温柔	031
第 三 章	野草蛮生	048
第 四 章	人间颜色	066
第 五 章	四季之轮	080
第 六 章	万物生长	106
第 七 章	盈盈在目	136
第 八 章	恰如其分	163
第 九 章	春意迟迟	191
第 十 章	星光溢散	195
第十一章	八千里路	244
第十二章	枯木逢春	265

目 录

下 册

第十三章　心之所向　283

第十四章　日出之前　306

第十五章　明明如月　326

第十六章　何时可掇　347

第十七章　所见即光　365

第十八章　人间值得　381

第十九章　骤雨终日　403

第二十章　我见明月　421

番 外 一　我的月亮　458

番 外 二　Q&A　465

番 外 三　终究意难平　480

番 外 四　爱意逢时　495

番 外 五　戒烟记　573

番 外 六　新的生命　578

第一章
薄荷硬糖

酒吧内灯光迷乱，音乐声震耳欲聋，人群躁动。

沈岁知对此情景已司空见惯，独身从这鱼龙混杂的地方穿行而过，光束灯与帕灯的光线两相交织。

沈岁知绕过内场，途经卡座时，听见有人唤了声"沈姐"。

她斜眼望过去，见是自己那帮酒肉朋友中的某位。他搂着身边的女孩儿吹了声口哨，语气十分炫耀地说："怎么没个伴儿呢？"

沈岁知想了想，抬声说道："你的老婆给我打电话了，说让你回家！"

话音刚落，女孩儿气冲冲地推开男人，转身就走。

"哎，我单身啊！不信你看我的户口本！"男人匆忙挽留，然而为时已晚。他扭头怒骂："沈岁知！老子再跟你搭腔就是狗！"

"那你可得好好珍惜这几天做人的日子。"沈岁知坏完事儿撂下话，心情明朗地摆摆手，继续朝前走去。

深夜时分的 YS Club（酒吧）实在喧闹，场地的角落处设着小型吧台。调酒师正跟客人谈笑风生，余光扫到不远处的女人，不由得眯了眯眼。

女人身着复古港装，鬈发披肩。她本该是位风情美人，眉眼却带出几分冷淡散漫的味道。

她踩着一双漆墨锃亮的马丁靴朝这边走来，上身是白色短 T 恤配牛仔外套，下身搭银灰色机能束脚裤，衣着风格干练。

调酒师虽然知道沈岁知好看，但好像每次看见她都要被惊艳一下。

他收回视线，对跟前的客人示意："阿好，你看谁来了。"

温知好闻言回头，看见来人，登时眼睛一亮："哎，宝贝儿！"

沈岁知坐到高脚凳上，伸手叩两下空荡荡的桌面，扬眉说道："半夜喊我过来，也不意思意思？"

"得嘞。"温知好笑吟吟地凑过去，"今晚一起来养生，给你来杯饮料？"

"行。"沈岁知点头，随后又补充道，"啤的。"

一旁的调酒师被她呛住，失笑地说道："你这也太看不起啤酒了。"

"啤酒四舍五入不就是碳酸饮料？"

调酒师撇嘴摇头，转身去忙。沈岁知这才转头朝向温知好，进入正题，说道："这么晚，什么事儿这么急？"

"十万火急。"温知好正色道，"我不是在 JS 分公司实习吗？昨天上头通知我转正，可以去 C 市总公司报到了。"

"那不是很好吗？"

"所以问题来了，我在平城有个家教兼职，离课程结束还有一个月，但我马上要飞 C 市，没时间。"

沈岁知隐约有种不祥的预感，说道："你别是想让我去教课？"

"科目是语文，你是 A 大中文系毕业的高才生嘛。那小姑娘上高二，我带了她挺久，交给你我放心。"

沈岁知沉默半秒，一把撸起右臂的袖子，挪到温知好的跟前，努着嘴说道："你确定？我寻思那小姑娘和她的家人看到我这花臂，不得吓得报警？"

温知好垂眼，入目的便是文刻在那截白皙藕臂上的栩栩如生的弦月乌鸦，这乍一看的确唬人。

她收回视线，拍拍沈岁知的肩膀："大冷天的都穿长袖，谁会研究你的胳膊。"

"只需要用个假名就行。"温知好撑着下巴，诚实地说道，"原因你也知道，毕竟你在平城是教科书级不思进取的人。"

沈岁知轻嗤道："也不知道哪儿来那么多锅（不该自己承担的责任）往我的头上扣。"

"你不是不在乎这些？"

"不，我睚眦必报、小肚鸡肠。"沈岁知说，"他们背地里骂我，那是我听不见看不着。你看要谁敢当着我的面骂我，我不把他的头拧掉。"

温知好不自觉地摸了摸脖子："老徐对你的评价还真到位。"

"他又鬼扯什么？"沈岁知问。

"沉鱼落雁鸟惊喧，闭嘴惊艳沈岁知。"

沈岁知一脸的问号。

"行了，说正事儿。"她揉揉额头，继续开口，"我最近倒是没什么事儿，如果那边同意换家教，就帮你接这个活儿。"

温知好眨眨眼，说道："我有先见之明，早谈妥了。给你地址和电话，明早十点直接去就成。"

"你这不是先斩后奏？"

温知好权当听不见听不懂，径直把调酒师刚呈上的酒塞到她的手里，强行碰杯："来来来，喝酒喝酒！"

霓虹灯光撞在玻璃杯壁上，碎得七零八落，融在酒液中摇摇晃晃，直晃人眼。

后半夜的 YS 喧嚣不减，人们自我放逐，不知今夕何夕。

翌日醒来时，沈岁知差点儿摔到床底下。她倒抽了口冷气，扶着床沿，抬手揉两下太阳穴，随后从床头胡乱地摸过手机，发现才不过是清晨。

她昨晚喝得微醺，回家后卸妆、洗澡、换衣服，收拾完就直接钻进被窝，一觉睡到现在。

沈岁知挪下床，赤脚走到落地窗前，拂开窗帘，打开窗户。

晨风又冷又冰，阳光是凉的。她做了一个深呼吸，才觉得脚下不再那么缥缈，好像太阳就融化在胃里。

沈岁知随手抓过皮筋将头发扎起，然后把自己昨晚丢在筐里的衣服挨个儿拾起，统统扔进洗衣机。

做戏得做全套，既然接下来要装正经人，她打算买几身合适的衣服，毕竟自己的衣柜里连一条裤子都没法跟"知性稳重"挂钩。

这样想着，沈岁知拿过手机解锁屏幕，还没做下一步动作，便有一条微博推送消息蹦出来。标题晃人眼：金曲奖名单出炉，SZ（人名）再入围。

众所周知，四年前 SZ 凭借自己原创词曲的处女作成功入围金曲奖并摘得桂冠，从此成为词坛受欢迎的新星，后来更是三度加冕，名噪一时。

SZ 的词可谓锋发韵流，以标新立异的风格而闻名。此人最擅长轻描淡写地戳人心口，是圈中独一份的存在。

最特立独行的是，SZ 无比神秘，从不在颁奖典礼露面，只由经纪人上台代为领奖，因此至今没人知道其是男是女。

沈岁知挑眉，一目十行地扫过那些介绍文字，正要退出推送页面，手机就振动起来。

她见来电备注是"姜老板"，便滑屏接起，问道："怎么了？"

对方开门见山地说道："你入围金曲奖了。"

"噢。"沈岁知波澜不惊地说道，"挺好的，年终奖金可算来了。"

"比起年终奖金，"姜灿干巴巴地笑了两声，"我更关心你今年又要以什么借口不到场，环球旅行、身体不适、体验生活、赖床、睡过头……这些理由可用过了。"

说出去没人信，沈岁知这出了名的废物二世祖，却是个会编曲作词的。

她会编曲作词也就罢了，竟然还是 SZ 本尊。

这些年来，沈岁知披着马甲（用来隐藏自己的网络身份的其他账号）闷声发大财。网民认为她神秘感十足，殊不知当事人只是觉得自己扒掉马甲实在惊世骇俗，索性年年躺平装死。

"按老规矩搪塞，就说我去采风了。"沈岁知说着走到窗前，"对了，待会儿你帮我买几套衣服，照着大家闺秀的标准买。"

"你这要求怪吓人啊。"

"多披个马甲的事儿而已。"

"那什么时候给你送过去？"

"尽快吧，我九点多出门要穿。多拿几件，没事儿。"

"行，那我现在就去买，先挂了啊。"

沈岁知隔空传过去一个响亮的飞吻作为回应。

姜大经纪人的效率果然高，一个多钟头后，门铃被按响。

沈岁知拉开门，只见姜灿拎着大包小包进来，把那些服装袋通通堆到沙发上，还顺带给她买了早饭放在餐桌上。

沈岁知凑过去看，清粥三明治，倒是合她的胃口。

姜灿帮她把塑料袋扔掉，再回来时，沈岁知已经自觉地坐在餐桌前开吃了。沈岁知抬眼看见姜灿，示意她也坐。

"我得回去准备颁奖典礼的事儿。"姜灿摆摆手，"不过你突然要这么多衣服干吗？"

"温知好跑路前给我留了个摊子，接下来一个月我得去当家庭教师。"

姜灿闻言瞠目，欲言又止，最后只干巴巴地吐出来几个字："那你可要捂好马甲。"

说罢姜灿起身，似又突然想起什么，补充道："还有，衣服有不合适的就挑出来，我顺道去换。"

"没必要，放那儿就行。"沈岁知说，"买就买了，这是女人的特权。"

送走姜灿，沈岁知吃过早餐已经快要八点半。

她把衣服挨个儿从袋子里拎出来，然后拿了一套顺眼的换上，米色针织衫搭英伦背带裤，又挑了一件羊毛大衣挂上衣架，打算作为外套。

为了树立自己知书达礼小白花的形象，她特意换成温柔系妆容，把自己收拾得人模人样，站在全身镜前一看，倒还真有点儿温婉娴静的感觉。

沈岁知确定把风格转换得连妈都不认识，才满意地戴上口罩，临出门想起自个儿的那辆 McLaren（迈凯伦）太扎眼，于是改成打车出行。

她按照温知好发给自己的地址，提前半小时抵达那户人家的住处。

沈岁知抬起头，一眼看过去不由得心里一惊，跟前是一幢双层欧式复古别墅，住在里面的人绝不可能是普通中产的水平。

她摁响门铃，立刻就有用人来开门迎接。她说明来意后，便被请进室内稍作等候。

沈岁知坐在沙发上，粗略打量一番室内装潢，发现这里随便一个家具都出自高奢品牌，不由得微微蹙眉，猜测起主人的身份来。

她还来不及细想，用人的声音随之响起——

"晏先生。"

沈岁知没太听清那声称呼，寻思不管是什么先生，抬头打个招呼就对了。想罢，她抬首，笑吟吟地说道："您……"

她的话头倏地止住。

在她的正前方，一个男人整理着袖口，不疾不徐地沿楼梯而下。

那人身着熨烫妥帖的西裤，裤管笔直，白衬衣将他的身形修饰得匀称修长，腰身两侧微收，皮带勾勒出劲瘦有力的腰线。

男人的双眉英挺刚毅，朝两鬓延展，透着些凛冽之气，高挺的鼻梁下削薄的唇抿着，下颌的线条分明，一切恰到好处。

他成熟而稳重，又让人感觉如高岭之花般不易亲近。沈岁知觉得他十分眼熟，要命地眼熟。

要不是因为知道自己戴着口罩对方绝对认不出来，沈岁知肯定麻溜儿地跑路，头都不带回的那种。

她对上男人的视线，酝酿半晌，艰难地开口，补上那个刚才没说完的字："好。"

此刻她已知道对方的身份，他是那个她曾经想追但没追上的男人。

沈岁知看着几步之外的那位晏先生，他英俊无俦，气质不俗，西装革履，一副神态严肃的模样，要是换作平时，怕是连他的袖扣都精准地符合她的审美。

只是当下，她一想起数月前那晚两人发生的事情，就觉得胃疼得直抽抽。

那段回忆实在是令她尴尬到没眼看，沈岁知在掉头跑路与铁头硬上之间做了几回挣扎，最终选择了后者。

"您好。"她起身，落落大方地自我介绍道，"我是温知妤的朋友，接下来的一个月由我来代课。"

"晏楚和。"男人唇角的笑意温和而淡薄，他伸手同她简单地交握，"晏灵犀是我的妹妹，上课的地点在二楼，用人会带你过去。"

他掌心的距离与停留的时间恰到好处，礼貌中裹挟着并不掩饰的疏远。沈岁知望着他那只骨节分明的手，微微眯了眯眼。

"好的。"她应声。口罩将脸遮住大半，只露出弧度柔和的眉眼，使她瞧起来纯洁无害。随后她继续开口道："我的唇炎有点儿严重，所以要戴口罩，不好意思。"

晏楚和闻言，目光在她的上半张脸上停留半秒。他隐约觉得熟悉，却没能从记忆中的哪个犄角旮旯找出对应的形象。

"没关系。"他说，"不知道怎么称呼？"

沈岁知表面不动声色，实则内心慌乱无比，天知道她为何万事俱备，唯独把取名这档子事儿忘得干干净净。

她当即开始争分夺秒地回想各种词汇典故，大脑运转的速度堪比当年高考时，随后迅速地敲定自己的新名字——萧宛开。

沈岁知开口，正儿八经地忽悠道："我叫萧宛开。"

这名字乍听古怪，晏楚和轻皱了一下眉，细想又说不上是哪儿古怪，只得压下心头那份莫名其妙的感觉。

"刘姨，你带萧老师上楼。"他对身旁的用人道，然后抬手看了看腕表，又看向沈岁知："抱歉，公司还有事儿，我先失陪了，改天再和你商量家教的事儿。"

"没事儿，我早就听说过晏先生。毕竟您是 CEO（首席执行官），事情肯定多，安心去忙工作就好，不用在意我。"

沈岁知听说他要走，心底乐得直开花，这一番吹嘘对她来说毫不费力。她眉眼低垂着，语气失落至极地说道："我一直很崇拜您，不能坐下来聊聊真是太可惜了，不过还是等您有空的时候再说吧。"

晏楚和微微颔首，转身迈步离开。

谁知刚走出去两三米，他就听到身后传来女人如释重负的声音："刘姨，咱们赶紧上楼！"好像刚才错过全世界的人不是她。

晏楚和一脸无语，这怎么看也不像是一副太可惜的样儿。

刘姨也被她的瞬间变脸弄蒙了，缓过神来不由得在心底感慨：这萧老师真是敬业，这么着急地去教课。

被挂上"敬业"标签的沈岁知尚不自知，跟着刘姨来到二楼的某房间内，推开门就看见有个小姑娘正坐在桌前玩儿手机，耳侧还垂着耳机线。

"晏小姐，老师来了。"刘姨出声提醒。

晏灵犀正听着歌，闻声摘下一边的耳机，忙不迭地转头看向这边，目光定格在沈岁知的身上，挑眉说道："温姐姐的朋友也是美女哦。"

这小孩儿说话深得沈岁知的心，跟她那刻板正经的哥哥完全不同。

沈岁知藏在口罩之下的唇角微微上扬。她坐到晏灵犀旁边的椅子上，自我介绍几句，顺带解释了戴口罩的原因便开始上课。

晏灵犀语文的底子不错，除了作文和阅读稍显薄弱，其他知识点她掌控得还可以。沈岁知没教课经验，干脆随着性子来，效果倒是不错。

沈岁知分析了几篇课内文章，同晏灵犀简单地说了说阅读理解答题的套路和关注点，又布置了几篇作业，刚好结束课程。

晏灵犀撑着下巴，翻了翻做过的题，道："我感觉学起来也不难，可成绩就是上不去。"

"正常啊，"沈岁知说，"打个比方，一加一等于几？"

"二。"

"嗯，课本教你一加一等于二，高考考你 $\int f(x)\mathrm{d}x=x^3e^{3x}+C$ 求 $f(x)$ 等于几。"

晏灵犀听到这个说法哭笑不得。

沈岁知逗完小孩儿，放下笔，打开手机看时间，却看到一条未读短信。

目光落在发件人处，她愣了下，随后不着痕迹地收起笑意，锁上屏幕，站起身看向正在收拾资料的晏灵犀，说："明天还是这个时间吧，我有点儿事情，先走了。"

晏灵犀大大咧咧地说道："好，姐姐明天见！"

沈岁知同她挥手告别，随后离开晏家，快步来到最近的街道，拦下一辆出租车。

抵达沈家别墅时已是正午，沈岁知收到短信就直接过来了，主要是不想浪费时间，也不想在沈家待太久。

她付完车费，径直按了密码走进大门，站在玄关处往客厅一扫，却见该在的人在、不该在的也在。

"这么大的阵仗？"她失笑地说道。

南婉蹙眉，不满地说道："你这么久不回家，怎么进门就阴阳怪气的。"

"我劝你安静，你骂不过我。"沈岁知说，"有话就让你的男人说。"

南婉向来看沈岁知不顺眼，此时被她当着众人落了面儿，当即被气得一佛出世二佛升天，正要开口，被旁边的沈擎按住。

"今晚的宴会邀请函。"沈擎将一张卡放在桌上，对沈岁知沉声说道，"你姐姐到时也会去，平城大半的名门望族要到场，你别出岔子。"

沈岁知上前几步，把邀请函拿过来翻看两眼，随意应了声"好"，转身就要走。

沈擎知道她跟家人相看两厌，也懒得看她跟南婉斗气，索性让人送她离开。

沈岁知离开沈家后，直接打车去了中心商城。她向来不喜欢那些设计繁复的礼服，最后勉强选中一件烟灰色的礼裙。

她回到家里时刚刚下午一点，而晚宴七点才开始，时间还充裕得很，便去卧室睡了个回笼觉。

夜幕渐沉，平城的顶级酒店内灯火辉煌，人声喧嚷。

今夜这场宴会是为庆祝苏家老爷的七十大寿而举办的，受邀的嘉宾尽是各大圈子里有头有脸的人物。大门处被记者们挤得水泄不通，闪光灯直晃人眼。

七点的钟声响起，嘉宾基本已落座。

没人注意到酒店的后门迅速闪过一抹身影，那人几乎是踩着宴会开始的钟声冲进室内的。

沈岁知踩着高跟鞋，手拎裙摆，以一种十分神奇的姿势在走廊中飞奔，中途几次差点崴脚，却都迅速地稳住身形。

睡前不定铃，起床睡过头，沈岁知当下是明白这个理儿了。

天知道怎么会这样，她睡醒时已经六点，吓得从床上蹦起来就去换衣服化妆，连文身都没来得及遮，经历生死时速后，终于准点踏入宴会场。

小姐妹正在疯狂地给她打电话。沈岁知已受不住催，慌忙中掏出手机回了个"马上到"，然而就在这打字的空当，转过拐角后却陡然撞到了人。

空气中沁着清冷淡远之气的松香袭来，萦绕在她的鼻间久久不退。男人的气息瞬间将她包围，强势中隐约透着几分熟悉。

沈岁知却无暇顾及，眼瞧着手机就要摔出去，下意识地伸手扶住对方的腰身，倾身握紧几欲脱手的手机。

温香软玉撞入怀，男人不承想她会贴上来，本欲扶稳她的手稍一停顿。

成功拯救手机，沈岁知刚松了口气，就发现自己还赖在别人的怀里，掌心隔着衬衣，紧贴在男人温热的肌肤上，暧昧至极。

沈岁知蒙了两秒，瞬间后退两步，赶忙开口说了声"抱歉"。

她抬起头，只见男人身着做工考究的西装，白衬衫的钮扣扣到最高一粒，银色领带夹在灯光下熠熠生辉；目光下移，衬衣布料隐约透光，她能瞧出男人劲瘦有力的腰腹的轮廓。

鬼使神差地，沈岁知微微蜷起方才那只扶在他腰上的手，觉得掌心隐隐发烫。

怎么说呢，此时的沈岁知有点儿心猿意马。

"沈岁知。"

下一刻男人开口，嗓音低沉。

沈岁知心头的那股火苗瞬间熄了。

她有点儿尴尬地抬起脸，最先入目的是对方线条凌厉而漂亮的下颌，随后则是他微抿的唇、高挺的鼻梁，最后目光撞进了他眼底那渊深的潭水。

晏楚和。

沈岁知轻咳一声："这不是晏总吗？真巧。"

她不打算耽搁太久，整了整裙摆，脸上漾起笑意，朝他摆手说道："宴会快开始了，我先走一步，刚才不好意思。"

晏楚和颔首。两人擦肩而过的瞬间，他垂下眉眼，瞥见自己胸前衣襟上的一抹嫣红，这是刚才她撞进他的怀里时被蹭上的。

晏楚和轻眯起眼，不动声色地抬手微整西装外套，掩上那引人浮想联翩的唇印。

他突然改变主意，折身抬脚跟上沈岁知，语气淡淡地说："刚好我也迟到了，一起吧。"

沈岁知看了他一眼，皱眉说道："你确定？"

"有问题？"晏楚和问。

"有大问题，"沈岁知说，"你难道不知道外面是怎么评价我的？"

晏楚和垂下眼帘，看着她回答："知道。"

他知道她恶名在外就行。沈岁知闻言颔首，正想让他先过去，男人便云淡风轻地开了口。

"外面都说，"他道，"你是个能用五官压制别人的三观的人。"

沈岁知一时无言。

她的名声烂成那样，他倒挑了最好听的记住。

算了，她姑且忽略原句里的贬义，当他是在夸她漂亮，漂亮到让他失了智。

沈岁知想起数月前那场无疾而终的搭讪，本以为能给晏楚和留个深刻的印象，但现在看来，他好像把当时的事儿给忘了。

他忘了也好，反正也不过是她酒醉下的一时兴起。

沈岁知停下脚步，寻思自己这恶人形象是不是没立好，才让跟前的这朵"高岭之花"如此不设防。

这样想着，她抬起眼帘，饶有兴趣地看着他，说道："晏总，听我一句劝，你最好离我远点儿。"

晏楚和不置可否，还未开口，女人已经侧过身子轻轻地扯住他的领带，将他的身子带低。

他轻蹙起眉，眸色微沉。而她只是替他整好稍有歪斜的领带夹，之后却没有立即松开手，反倒得寸进尺地凑近几分。

她贴近他的耳根，轻轻地开口："省得到最后引火上身。"暧昧的语气中暗含警告，灼热的气息自他的耳畔迅速滑到了心底。

晏楚和已经很多年没有过这种感觉了。

沈岁知刚刚坐下，身边的苏桃瑜就将座椅往她这边挪了挪。

沈岁知将长发顺到肩侧，拿出手机当镜子，确认没有瑕疵，自感这妆容越看越舒服。

她歪了歪脑袋，同苏桃瑜低声说道："我发现一件事儿。"

苏桃瑜兴致勃勃地凑过来。

"讲道理，我觉得我今天艳压全场。"沈岁知附耳说。

苏桃瑜满面尴尬，说道："我觉得你来这儿之前没少喝。"

沈岁知一时无语，撇了撇嘴。

苏桃瑜看了眼时间——这会儿苏老爷子已经在台上致辞了——便压低声音问道："你今儿怎么来得这么晚？"

"睡过了。"沈岁知说，"你家的老爷子过寿，我可不敢缺席。"

"什么过寿，就是相亲大会。"苏桃瑜暗啐一口，"待会儿有场舞会，听说我爹和我爷爷想撮合我跟叶家那谁，我服了。"

"叶彦之？那可是块天鹅肉。"

"得了，我还没玩儿够呢，就是唐僧肉我也吃不下去。"

听到"唐僧肉"三个字，鬼使神差地，沈岁知的脑海中浮现出晏楚和英俊淡漠的眉眼。

察觉到她出神，苏桃瑜拿胳膊肘捅她，问道："想什么呢？"

"晏楚和。"沈岁知实话实说。

"哦，对，叶彦之跟晏楚和的关系不错。"苏桃瑜误解了她的意思，四下看了看，迅速锁定目标，示意道，"瞧，他俩在那儿坐。"

沈岁知顺着她所示意的方向转头，只见不远处西装革履的晏楚和坐在位置上。他看起来一丝不苟，沉稳持重，雕像般精致英俊。

不知为何，沈岁知倏地想起四个字：老僧入定。

沈岁知被自己的这个念头惹得发笑，差点儿表情管理失败。她轻轻地摇头，正欲收回视线，却不想晏楚和似是察觉到什么，朝她这边看了过来。

两人的视线在空中相撞，无声地对峙起来。

沈岁知信奉"谁先心虚谁就输"的道理，毫不避忌地朝他眨眨眼睛，完全不掩饰自己刚才在打量他的事实。

晏楚和迅速地挪开眼，也不知是觉得窘促还是拘谨。

可随后她就知道，不是前者亦不是后者，都猜错了。因为下一刻，男人便侧过脸来，从容不迫地回视她。

沈岁知原本只是想调戏调戏晏楚和，看他窘迫或是生气还要故作正经的模样，谁知他竟这样回看着她，反倒是她的脸上有点儿挂不住。

最终还是沈岁知先扭过头，佯装成没事人的模样。

"你俩什么情况？"苏桃瑜自然没有错过这两人的奇妙互动，震惊得声音要劈叉，"大庭广众下眉目传情？"

"别乱用词。"沈岁知牙酸地挤出一句话，"你忘了上个月我去A市，在酒店的门口搭讪失败？"

苏桃瑜皱眉想了半天，终于记起几个片段，当即就要笑出来，却碍于台上苏老爷子还在讲话，不好发出太大的声响。

她憋笑憋得直抖，低下头悄声道："不会吧，那人是晏楚和？这么尴尬？"

沈岁知简直不忍回想，撑着额头，思绪不禁飘回一个月前。

那天，沈岁知骑着自己的宝贝摩托车，和苏桃瑜等狐朋狗友在高速上狂飙，从平城一路开到 A 市，暮色渐浓才停下歇息。

他们随意挑了一家酒店，在包间里饱食畅饮玩儿到深夜。沈岁知和苏桃瑜还算清醒，留下桌上喝得烂醉的几人，结伴出去透气。

出去前苏桃瑜二话不说掏卡就刷卡付账。沈岁知拗不过这姑娘喝醉就砸钱的毛病，干脆随她去，自个儿走到大门口吹风散酒劲儿。也就是在那时，沈岁知看到了晏楚和。

他站在一小片凝固的月光里，身姿笔挺。夜色悄然凝成一汪幽潭，融进他的眼底。

她站在背光的地方，看到他的那一瞬间，好像看到了触手可及的皎洁月亮。

沈岁知觉得自己有点儿上头，等反应过来时，自己已经几步走到他的跟前，根本没理会苏桃瑜在后边咋呼着找她。

彼时的晏楚和拿着手机，像是刚结束一通电话，看到沈岁知后，有些意外地问道："有事儿吗？"

沈岁知的脑子发热，她开口说道："我想问一下，你的手机多少……"

话刚出口，初次搭讪的沈大小姐突然清醒，意识到自己做了些什么，一紧张，嘴里又蹦出来一个字："钱？"

晏楚和当时的表情令她毕生难忘，匪夷所思中带着几分好笑，忍俊不禁中带着几分探询。气氛尴尬到极点。

收回思绪，沈岁知无言地扶额。

"我当时是昏头了，"她说，"现在再看，人家是业界精英，我是圈内毒瘤，怎么看怎么不合适。"

苏桃瑜点点头，说道："也是，毕竟媒体评价你俩永远都是踩一捧一。"

"他可真是不食人间烟火，我以为他平时只喝露水、吃花瓣。"

沈岁知摆摆手，撂下话，"高岭之花从来不是我的菜。"

"你别把话说得这么死，指不定最后打脸。"

"真有那天，我就把车库里的那辆Aventador（兰博基尼旗下的跑车）送你。"

苏桃瑜的双眼一亮，她正打算录音存证，苏老爷子已经宣布晚会开始。

悠扬的乐曲缓缓地漫延至整个大堂，开场的舞会即将开始。在座的嘉宾纷纷将视线投向两位主角，等待他们共赴舞池。

叶彦之不紧不慢地起身，缓步走到苏桃瑜的身前，微微俯身，伸出手臂，右手掌心朝上，摆出标准且绅士的邀请姿势。

他开口道："苏小姐，我可以请您跳一支舞吗？"

苏桃瑜早就进入"营业"状态，眼里噙着恰到好处的笑意，将手轻轻地搭上他的掌心："荣幸至极。"

沈岁知坐在原位，瞧着这对璧人步入舞池。接下来的事儿她不感兴趣，正准备起身，却隐约地察觉到有一道不太友善的目光落在自己的身上。

她转头，坦荡地看向对方，果真是沈擎一家三口。

除去中午她见过的两个，还有她的那位同父异母的姐姐沈心语。沈心语此时正蹙眉望着她。

沈岁知瞬间觉得没劲儿，但还是从服务员手中端了杯酒，上前耐着性子道："路上有事儿耽搁了，抱歉。"

南婉虽是笑着，但眼神却充满了不屑，好似认定她必是刚从哪儿鬼混回来。

沈擎并不打算多过问。倒是旁边的沈心语笑了笑，柔声地说道："人到了就好。"

刚才还对自己投以冷眼的人，这会儿倒温和得很。沈岁知对沈心语这变脸的技能习以为常，也懒得多说，只回以假笑。

沈岁知不过就是走个过场，跟在沈擎后边瞧着他同各位圈内老总谈笑风生，偶尔喝几杯酒、聊几句天，觉得无趣至极。

她漫无目的地扫视全场，随后便瞥见在大厅的另一端的一抹颀长身影，目光随之定格。

当然，她不是有意寻找，只怪这人太显眼——他往人堆里一站，旁人就成了背景板。

说实话，如果不是因为晏楚和跟自己的路子截然相反，她确实喜欢他这款。

觥筹交错间，熙来攘往中，沈岁知的这一眼不过停顿半秒，她便转身投入新的人际交流中。

说场面话似乎是上流社会的必修课，沈岁知从头听到尾只觉得烦，好容易挨到沈擎向苏老爷子献完祝词，便搁下空荡的酒杯，终于得以脱身。

沈岁知刚走出几步，还没舒一口气，就听见身后传来苏老爷子乐呵呵的声音："沈小丫头还是这么早退场啊！"

"应该是去找她的朋友们了。"沈心语轻声接话，眉眼弯弯地说道，"小知的人缘好，她认识圈子里好多人，之前我经常见她跟何家、袁家的小少爷出去玩儿呢，关系都不错。"

"我就不行啦，嘴笨，也学不会左右逢源什么的，比不上小知。"沈心语说着不好意思地笑了笑。

随着沈心语的话音落下，沈岁知的脚步微顿，她不禁在心里鼓掌喝彩，为这位姐姐精彩的演技叫好。

何家和袁家的那两位二世祖平城谁不知道，吃喝嫖赌，无恶不作。沈岁知自认形象不怎么端正，但也只是跟他们飙过车的关系，怎么到沈心语的嘴里跟三人行似的？

而沈心语的一番话下来，苏老爷子的脸色的确有些僵。南婉干脆在旁边帮腔，伸手扯了一下女儿，嗔怪似的开口："小语，说这些做什么？"

随后南婉又朝向苏老爷子满面歉意地说道："抱歉啊，小语从小我就教她不能说谎。这孩子说话直，有一说一，没别的意思。"

话里话外，南婉摆明了就是说沈岁知的私生活糜烂，跟众纨绔子弟厮混，不学无术，不自爱。

绝，太绝了！

沈岁知不由得感慨这母女俩怕不是她的黑粉（关注某明星但对其挑剔、抹黑的人）头子，怎么到哪儿都得阴阳怪气地说她几句，还挺来劲儿。她没兴趣继续听，越发觉得这场宴会乌烟瘴气，干脆去二楼的观景台吹风。

大部分人在大厅里忙着应酬交际，因此楼上又空又静，跟楼下像是两个世界。沈岁知适应热闹，喜欢安静，虽然这观景台冷得要命，但好歹耳根子清净。

沈岁知将右手搭上护栏边缘，食指和中指下意识地贴着蜷了蜷，然后她轻啧一声。

虽说后面有源源不断的暖气飘过来，但还是抵不过阵阵的凉意。她抱着胳膊，心底估摸着时间，打算等宴会快结束时再回去。

就在此时，她身后传来不疾不徐的脚步声。

沈岁知下意识地回头，来人逆光而来。不知是不是夜色太柔和，待她看清对方英俊深邃的五官轮廓，发现那原本冷厉的眉目此时好像温和了几分。

沈岁知刹那间转换了多次表情，最终皮笑肉不笑地说道："嘿，晏总也来吹风？"

晏楚和微微颔首，那模样好似当真只是巧合。他走到她的身旁，两人保持恰到好处的距离，既不过分亲密，也不显得疏远。

沈岁知觉得自己可能想多了，可真的怀疑这男人是故意跟自己搭腔。

"我本来只想找个安静的地方透气，没想到随便走走，就遇到了你。"他淡淡地说道，"巧了。"

沈岁知一时无言。

大厅一楼的东西两头各有露台，几百平方米的大间，通往楼上的楼梯、电梯更是不止一个，何况还有后花园可以选择，所以，这究竟是多精准的"随便"，才能让他走到这儿来？

沈岁知确定了，这男人就是故意跟自己搭腔，虽然不知道为什么。

"是啊，真巧。"她轻笑一声，不置可否，只垂眼轻捻指节，始终觉得指间空空荡荡的，不舒坦。

她原本想继续与他相安无事，却突然想起自己现在是沈岁知，而不是萧老师。

心思微动，沈岁知扭过头望着男人棱角分明的侧脸，伸出手来，笑着慵懒地说道："晏总，带烟了吗？"

她把声音放得又缓又轻，散在风里，铺开淡香，清冽中裹着几分茉莉香，很有辨识度。

那是她的香水味。

晏楚和侧首，从容地迎上沈岁知戏谑的眼神，挑着眉似乎是笑了一声，随后便伸手从西装外套口袋中拿出什么，放到她的掌心。

沈岁知没想到他还真会给她，不由得愣了下，但凭触感，她觉得这怎么也不像是烟。她垂下眼帘，看向自己掌心的东西，竟是一颗薄荷糖。

沈岁知的眼神在薄荷糖和晏楚和之间转换几次，最终落在了那颗薄荷糖上。

晏楚和看她这反应觉得实在有趣，眼底闪过一丝笑意，对她解释道："今天没带烟。"

沈岁知终于从这一冲击中缓过神来，迟疑地点点头，说道："好吧，谢谢你。"

说完，她撕开包装将糖含入口中，清爽的薄荷香充斥着口腔。她觉得好吃是好吃，就是有点儿冷。

她抬起手臂时，右小臂上的文身暴露在光线中。晏楚和不着痕迹地打量片刻，发现那是只栩栩如生的乌鸦，后方还有一轮弦月。

月光化成一线，融进她的眼底像是浮絮。她的眉目总是含着倦怠的笑意，眼尾的弧度却是冷厉的，衬着空旷漠然的瞳仁。这种明艳与颓唐交织起来，让人只能联想到"尤物"二字。

她生得极好看，就算声名狼藉，也没人否认过这点。

"你刚才看到我来二楼观景台了。"沈岁知突然说，但没有看他。

晏楚和漫不经心地应了一声，并不否认。

沈岁知几次想开口，却又把话咽了回去。就算自己脸皮厚，也没法把那句"你是不是对我感兴趣"问出来。那太无厘头了，总不可能是因为她是唯一一个初见就问他手机多少钱的人吧？

沈岁知一滞，想起自己的智障行径，觉得还真有可能。

"之前在 A 市……"她斟酌半晌，措辞道，"是个意外，我那天喝醉了。"

晏楚和似乎没想到她会主动提起这事儿，侧首看了她一眼，说道："我知道。"

"他知道那是意外，还是知道她喝醉了？"沈岁知心里这样想着。

沈岁知强命自己不要将眉头拧作一团，解释这事儿太尴尬了，总不能说自己当时是想搭讪，正思索怎么找个合适的借口，对方已经若无其事地开口。

"所以，"他问，"你现在还要吗？"

沈岁知疑惑地问道："要什么？"

晏楚和不紧不慢地说道："我的手机号码。"

沈岁知陷入沉默。

那如影随形般挥之不去的尴尬又来了。所以，刚才那句"我知道"，他是说知道她想搭讪？

沈岁知鲜少有哑口无言的时候，没想到碰上晏楚和，开口必栽。

她当然不管栽不栽，手机号不要白不要。

沈岁知丝毫没有露出被看破的尴尬，面不改色地掏出手机，解锁递给晏楚和，等他存好号码后出于礼尚往来拨号过去，也给对方留下联系方式。

晏楚和抬腕看了一眼时间，说道："不早了，宴会差不多该结束了。"

"我再待会儿。"沈岁知说。

晏楚和闻言，颔首。沈岁知见他转身离开，便扭过脑袋百无聊赖地赏夜景，想等沈擎他们一家走了再下楼。

晚风微凉，裸露在外的皮肤逐渐失了温度，她隐约觉得凉意入骨，但也不至于到难以忍受的程度。

就在此时，她听到身后有脚步声逼近，还未回头，一件衣服便披在她的肩上，瞬间凛冽的风被隔绝在外。

沉稳疏冷的雪松气息将她包围。西装外套裹着男人尚未退去的温度，贴上她的肌肤有种异样的暧昧感。

沈岁知愣了一下，回头就看到某个刚走出几步又反身回来的人，他只为她披件衣服。

晏楚和不以为意，替她整理好外套的褶皱，指腹不经意地蹭过她的后颈，稍作停顿，淡淡地说："这里风大，早点儿回去。"

说完他再度离开，步履从容，逐渐淡出她的视野。

沈岁知却凭借着微弱月光，看清楚他胸前衬衣上那抹明艳的红。

她后知后觉地将手点上自己的唇瓣，发现那好像跟自己今晚的口红是同一色号。

他是故意的，沈岁知无比清晰地意识到这一点。

她垂下眼帘，抬手摩挲两下身上的那件西装外套。衣服是定制的，领子的下方有晏楚和的名字的缩写。

沈岁知蹙了蹙眉，脑中思绪正乱，余光却瞥见不远处的门口有个人正探头探脑地暗中观察这边。

她定睛一看，竟是苏桃瑜，也不知道苏桃瑜到底看了多久。

沈岁知招招手示意她过来，问道："你干吗呢？过来。"

苏桃瑜震惊地说道："这你都能发现？"

"你的脖子伸那么长，谁看不到？"沈岁知说。

苏桃瑜柳眉倒竖，边走过来边愤愤地说道："沈岁知，你哪儿哪儿都好，就是嘴太毒。"

苏桃瑜倚在护栏上，搓搓发凉的手臂，抬起下颌示意那件西装外套，问："你跟晏楚和什么情况啊？"

"刚交换手机号的情况。"沈岁知如实地回答。

苏桃瑜瞪眼沉默半响，知道沈岁知这是不想多谈的意思，于是不再多问，只重点强调了两人之间关于那辆 Aventador 的承诺。

沈岁知懒洋洋地应下，瞥见楼下已经陆续有人离场，便同苏桃瑜离开观景台回到室内。

宴会已经结束，和姜灿约定的时间也到了，沈岁知便跟苏桃瑜告别，径直从酒店后门离开。

姜灿已经在等她，降下车窗挥挥手，示意她上车。

沈岁知自觉地坐上副驾驶座，扣好安全带，就靠在座位上闭目养神，有些疲惫地捏了捏鼻梁，嗓音慵懒："颁奖典礼是什么时候？"

"三周后，在 A 市举行。"姜灿边开车边答，"怎么想起问这个了？"

"随口一问。"

姜灿撇撇嘴角，心里没指望沈岁知主动松口，然后斜眼看到她身上披着的西装外套，不由得愣住："谁的衣服？你这是有艳遇了？"

车里有暖风，沈岁知索性将外套脱下来，把领口下方名字的缩写递到姜灿的眼前。

"自己看。"她说。

姜灿扫了一眼，惊得瞬间呆住了："是我想的那个？"

"平城的权贵里名字是这个缩写的，还有第二个？"

姜灿得到肯定的回答，还未从震惊的情绪中回过神儿来，便见沈岁知已经酒劲儿上头懒洋洋地打了个哈欠。

见她困了，姜灿只好把满肚子的问号憋回去，尽职尽责地把她送到家里，嘱咐她临睡前喝杯蜂蜜水，这才离开。

沈岁知将晏楚和的西装外套挂上衣架，去卫生间卸妆洗澡，然后带着一身热气回到卧室。她靠着床头打开电脑。新歌的伴奏还没完工，她删删改改地在曲谱里加了五小节，又抱着吉他试了试，满意收工时已经快零点。

本来沈岁知睡眠的质量就不太好，她此时又是微醺，完全没有一点儿困意，只好从床头柜摸出安眠药。她的日常用量是两片，没想到只倒出来一片。

距离上次她开药才一个多月，这么快就见底了。沈岁知随手把空瓶丢到几步外的垃圾桶中，服药后躺进被窝，数羊数到四位数才勉强入睡。

八点，闹钟准时把沈岁知从床上闹起来。她半梦半醒间还想着哪个浑蛋将闹钟定这么早，翻身对着天花板思考几秒人生才清醒过来。

噢，是她自己。

沈岁知这一夜的睡眠质量极差。她又想到一会儿还得去做家教，只好勉强爬起来梳洗穿衣，早饭都没胃口吃。

快快地收拾完自己，她戴好口罩打车前往晏家。途中苏桃瑜发来了微信语音：

"我的老天爷啊！我昨晚到底犯了什么错？"

分贝超高的语音震得沈岁知差点失聪，她皱眉打出几个字发过去："什么情况？你怎么了？"

苏桃瑜痛不欲生地说道："我今早起床觉得疲乏无力，扭头看见一男的睡在我的旁边！"

"成年人了，这有什么好咋呼的？"

"关键那男的是叶彦之！"

沈岁知的三观被刷新了，她还是迅速冷静下来在输入框中编辑道："你们两个看对眼了？"

"谁年轻时不犯错！昨晚我忘带钥匙，他送我去宾馆，结果就没把持住……"手机里传来苏桃瑜倒抽凉气的声音。

沈岁知见苏桃瑜欲要描述更多的细节，赶紧回复道："我的好姐姐，你就闭嘴吧。"

"简直要命，怎么办啊？"

"看对眼就试试，不行就解释清楚，你看着办。"

消息刚发出去，目的地就到了，沈岁知付完车费，准备进门时觉得不放心，又拿出手机给苏桃瑜发去消息："我现在有事儿，待会儿找你，勿回。"

沈岁知伸手按下门铃。晏灵犀开的门，看到她后兴高采烈地道了声"早安"。

沈岁知将耳机摘下来，对晏灵犀笑盈盈地说道："早……"

"安"字她还没吐出来，由于指尖不经意地触碰到手机的屏幕，刚好点在苏桃瑜新蹦出来的消息上，于是语音自动外放：

"大清早整这出，我吓得赶紧把钞票放床头就走了。"

笑容僵在脸上的晏灵犀一时无言，后方正在喝咖啡的晏楚和也心领神会。沈岁知觉得，人生最尴尬的时刻莫过于此。

从认识晏楚和以来，沈岁知快不认识"尴尬"这两个字了。

她在心底把苏桃瑜狠骂一通，抬脸对上表情精彩纷呈的晏灵犀，又看向面不改色的晏楚和，只觉得头疼。

沈岁知沉默两秒，解释道："那什么，我朋友今早号被盗了，把我拉进了个群聊，我还没来得及退。"

晏灵犀很给面子地相信了这个说法，舒了一口气，说道："这样啊，吓我一跳。"

沈岁知也没心思去瞧晏楚和什么表情，只想赶紧躲起来。她清了清嗓子，正要说去二楼上课，男人沉稳的嗓音却先行响起："灵犀，你先上楼，我和老师聊聊你的情况。"

晏灵犀见离上课的时间还有十几分钟，便先回房间玩儿手机去了。

客厅只剩沈岁知与晏楚和两人。

沈岁知有点儿心虚，摸不清他是真想谈晏灵犀还是其他，想着要不要先开口为强。晏楚和已经不紧不慢地坐上沙发，微抬下颌示意道："坐吧，不用太拘谨。"

拘谨倒不至于，她主要是得立人设。

沈岁知这么想着，低声应了一声"好"，规行矩步地上前坐到他的对面，双膝靠拢，手自然地垂放在腿面，标准的名媛坐姿。她这辈子就没这么坐过，难受得要命。

"萧老师，我还没有你的联系方式。"晏楚和面色坦然地说道，"方便说一下吗？"

要不是因为自己现在的身份是"萧老师"，沈岁知几乎以为他是故意的了。

幸好自己有两个手机号，沈岁知不由得暗自松了口气，正要拿出手机交换号码，却突然想起昨晚这人用过自己的手机，现在拿出来肯定要露馅儿。

于是她不着痕迹地中止抬手的动作，转将碎发捋至耳后，含笑缓声道："当然可以，您记一下吧。"

晏楚和颔首，将号码存入手机后，步入正题，说道："晏灵犀在课上的表现如何？"

"她还不错，她的底子还可以，有很大的提升空间。"

"她平时基本自己在这边，我的工作忙，可能沟通不及时，希望你谅解。"

"我的时间比较散，正好我可以多关注她。"

晏楚和开口欲言，视线不经意地扫过某处，稍作停顿，问道："冒昧地问一下，私人家教是你主要的工作吗？"

沈岁知没多想，全心全意地只为树立好人设，大方地回答："不是，我有自己的工作，家教只是业余时间的兼职而已。"

"原来如此。"

晏楚和轻笑，唇角的弧度甚微，眼底浮现出几分难以捉摸的情绪。

"爱彼经典D002，"他说，"看来萧老师的主业不简单。"

沈岁知愣了一下，起初没反应过来，顺着他的视线低头，就看到戴在自己左手腕上的配饰此时正闪烁着五百多万人民币的耀眼光辉。

沈岁知心想："大意了！"表面不动声色，实则脑中乱七八糟，她在搜寻各种合适的借口。

她现在说高仿还来得及吗？可是，晏楚和应该一眼就能看出来是不是高仿。不然她说贷款买的？但这也太毁人设了。要不她退而求其次次次，说是家里的暴发户亲戚送的？

就在沈岁知胡思乱想的时候，晏楚和的手机传来短促的振动。他垂下眼帘扫了一眼，不着痕迹地蹙了蹙眉，随后恢复常态，看向她说道："抱歉，临时有点儿事情，我该走了。"

沈岁知心中狂喜。她差点儿脱口而出"您慢走"，好在及时压住，最终只矜持地点点头。

送走这尊大佛，沈岁知才敢舒口气，忙不迭地把腕表摘下放进兜里，省得待会儿再被晏灵犀瞧见。切换好角色，确定自己还是那个温柔无辜的小白花萧宛开萧老师，沈岁知才迈步上楼。

上课时的晏灵犀俨然是个认真话少的乖宝宝。沈岁知已经大概摸清楚了教课的流程，这回觉得轻松不少，整理完知识点还剩下不少时间，干脆又补充些课外知识。

闹钟响起，沈岁知伸手关掉，说道："你接受知识很快，多匀出点儿时间复习，下次的模考成绩肯定有提升。"

"好的。"晏灵犀笑吟吟地趴在桌子上，歪着脑袋说，"到时候我请你吃饭！"

沈岁知笑了笑，余光瞥到书桌架上摆着几本书册，本来无意多看，但实在觉得眼熟，视线就多停留了几秒。

封面的背景融合哥特风元素和几何等元素，主体是一只展翅的乌鸦，旁边写着"SZ"两个字母，落笔干脆利索。这是她的词作专辑。

当初沈岁知为了保证专辑的质量，没找任何工作室代理，只高薪聘来经纪人替自己处理琐事。好在姜灿办事高效，又有商业头脑，当她提出精选十首词作作为三周年的福利合集发售时，沈岁知没有任何异议。

虽说当时她签名签到手抽筋，但最终专辑的成绩不错，一切就都值得了。这本专辑如今早已绝版，当初发售时还因抢购的人太多导致售卖平台崩溃，抢到签名本的人一度被超话称为"天选之子"。

沈岁知没想到，遇到了自己的粉丝（追星者）。她眼神复杂地盯着那本册子，怕被晏灵犀发现后把话题引到专辑上，又赶紧挪开视线。

手机在此时传来提示音，她解锁屏幕，发现是条微信消息，备注是"李医生"。

沈岁知微怔，不着痕迹地掩去眼底的暗色，没急着看内容，而是照常给晏灵犀布置阅读作业，又闲聊了几句才离开晏家。

拦到的士后，她报上自家的地址，这才不紧不慢地拿出手机看那条未读消息："沈小姐，有些关于你母亲的事情我需要转告你，方便来我这里一趟吗？"

沈岁知回家换了一身衣服，自己开车出了门，待抵达目的地时，已经快下午一点。

她停好车，绕到建筑物的跟前。花园小道的后面坐落着几栋欧式小楼，四周树木葱茏，给这片萧瑟的冬景添上一抹鲜明的色彩。

刷卡进门，沈岁知驾轻就熟地朝其中某栋楼走去，途经大院，风将覆在木雕牌上的落叶拂去，露出几个字来：南湖疗养院。

走到楼梯口，迎面撞上从里面出来的医生，沈岁知主动打招呼道："李医生。"

"沈小姐？"李医生面露惊讶之色，"这么快就来了？"

"我刚才正好在外面。她怎么了？"

"是这样，宋女士让我转交给你一个东西。"说着，他从白大褂的口袋中拿出个略显古旧的盒子，"我本来准备暂放门卫那里，你来得正好。"

沈岁知听到"转交东西"这个关键词，还以为是幻听，可李医生的样子正儿八经的，只得蹙眉接过盒子，翻扣掀起盒盖，盒子里面躺着一枚明净清透的平安扣。

她的瞳孔微缩，手指不自觉地蜷起，用力到泛白。

"她还让我告诉你……"李医生犹豫片刻，说道，"既然已经拿到东西，以后就别再来了。"

"这女人还真够狠的。"沈岁知如是想道。

"好。"沈岁知笑了笑，问，"她的情况怎么样？"

"不再抗拒用药了，心理状态也比以前稳定很多。"他说，"我待会儿把相关检查的电子版发给你。"

"麻烦李医生，那我先走了。"

李医生见她要离开，踌躇几秒，还是喊住她："沈小姐，你真的不去看看你的母亲吗？"

沈岁知的脚步一顿。她没有回头，漫不经心地说道："人家不想见我，我也不好再觍着脸凑上去吧。"说完摆摆手算是道别，转身离开了这方园区。

沈岁知来到停车区，裹着一身寒气上车，把那枚平安扣拿出来，对着光端详起来。

这东西在她的印象里实在太模糊，她只隐约记得在自己刚记事儿的时候，它就已经挂在自己的脖子上，想不到现在几经辗转，它竟是被当初的赠送者送回自己的手里。

沈岁知拉开松紧扣，戴好项链。平安扣贴着肌肤，触感冰凉，是那种焐不热的凉。

沈岁知坐着发了会儿呆，脑海中重复播放那句转告的话。

别再来了，别再来了……那女人让她别再来了？

沈岁知咬了下后槽牙，浑身发凉。她觉得自己快不行了，不论独处还是待在人群里，都随时随地会爆炸，碎为齑粉，干干净净。

沈岁知闭了闭眼，突然有点儿耳鸣，忙伸手在收纳屉中摸出烟盒，指尖都是颤抖的。她从里面咬出一根烟来，点燃后深深地吸了一口。

烟草的气息卷着苦涩，在她的唇齿间蔓延，暂时安抚了她濒临崩溃的精神。她倚着窗抽完半根烟，等情绪稍微平复些，才打开车载烟灰盒将指尖的星火摁灭。

YS Club 是家知名的不夜酒吧，不到夜晚十点，场内已经人满为患，鼓点强烈的音乐声震耳欲聋，心跳都被牵着走。

苏桃瑜费了好大的力气，才从内场把玩儿得正兴奋的沈岁知给扯出来，强行拉着她去吧台坐下。

调酒师头也没抬，边忙着手下的活儿边说道："终于绑回来了？"

"心情差的时候她疯起来谁都拦不住。累死我了。"苏桃瑜扶额，瞥到沈岁知的跟前有空杯，问道，"这是什么？"

"伏特加，四十五度的。"调酒师说，"你帮我拦着她，这祖宗不要命似的，已经第四杯了。"

苏桃瑜瞠目，直接蹦了起来："沈岁知，你……"

粗口到嘴边还是忍住了，她愤愤地捶了一下桌子。

苏桃瑜跟沈岁知有近十年的交情，对沈家的那些豪门秘密稍有了解，不用问也知道，沈岁知肯定是在她的母亲那里碰了壁。

"没事儿。"沈岁知笑了，不甚在意地摆摆手，"明早睡醒就好了。"

苏桃瑜看她难受的样子，心疼得要命，又不知道怎么劝，只好默默地在旁边陪着她喝闷酒。

沈岁知觉得灯光晃眼，刚低下头，就察觉有只手拂过她的腰间并且中途不轻不重地拍了一下。

她侧首，见一名与她年纪相仿的男人坐到她的身边，正挑眉看着她，毫不避讳地迎上她的视线，还暗示性地笑了笑。

沈岁知摆手示意别烦自己，不紧不慢地将杯子里的酒喝完，这边手还没放下，那边男人就凑了过来。

苏桃瑜准备开骂，却被沈岁知挡了回去，愣神儿间，突然有种不祥的预感。

男人尚不自知，凑过去调笑着说："美女，一个人喝闷酒多没劲儿啊。"

沈岁知侧过脸，对他笑了笑，说道："是挺没劲儿的。"

晏楚和从卡座起身，挥手叫服务员结账。

"这才十点多就要走了？"叶彦之叹息，"你是二十八岁，又不是八十二岁，急什么？"

"明早公司有会议。"

晏楚和言简意赅地说完，抬脚就走，叶彦之只得无奈地跟上。

两人刚走出去没多远，不远处突然传来一声闷响，虽然环境嘈杂，但那边的动静似乎格外清晰。

晏楚和觉得无非有人打架闹事，便目不斜视地往外走。就在他即将迈出门时，听到那边传来讨论声："那不是沈家的老幺吗？"

晏楚和倏地停下脚步。

第二章
不解温柔

场面一时难以控制。

沈岁知就算醉了，反应仍旧敏捷，反手将正试图动手动脚的男人擒住，毫不客气地将其按趴在吧台上，砸得哐的一声响。

坠在椅子边角上的空酒杯，噼里啪啦地碎了满地。

调酒师吓愣了，苏桃瑜抹了一把脸。

沈岁知半眯起眼，抓着男人的头发往后扯，语气懒散地道："没眼力见儿我不怪你，毕竟你是畜生，脑子应该不太好用。"

男人这会儿回过神来，恼羞成怒地张口就骂。

他挣脱不开桎梏，余光瞥到一旁的玻璃碎片，当即就伸手抓来欲挥向身后。

旁人惊呼一声，锋利物已向沈岁知袭来。她见躲不过，干脆伸手一挡。锋利物划破肌肤只是眨眼间，她觉得右掌心有些凉，随后便是后知后觉的剧痛。

沈岁知垂下眼帘，闻到一股血腥气，然后突然笑了起来。

她自打从疗养院出来就开始犯病，压抑到现在终于找到宣泄口，不管不顾地揪住男人的领子就把他摁倒在地上，下手狠得要命，根本听不进去劝。

苏桃瑜又气又急。她不是第一次见沈岁知打架，可这祖宗每次动手都特别疯狂，仿佛要跟人拼命一般，根本拦不住。

就在苏桃瑜急得揪头发时，身边传来一个男人的声音："怎么回事儿？"

她觉得这声音耳熟，转头就见晏楚和蹙眉望着她。虽说对方此时的气场骇人，可他对她来说却像是救星。她连忙解释道："那男的揩油，沈岁知今天心情不好就动手了，晏楚和你……"

"帮帮忙"三个字还未来得及出口，晏楚和已经快步朝"战场"的中心走去。

沈岁知觉得自己这"易燃品"已经炸得彻彻底底，脑中乱七八糟，耳边嘈杂的人声吵得要死，看不清眼前的人，也感觉不到伤口的痛，只觉得心中无比烦闷。

"反正没人在乎自己，受伤也无所谓。"她这么想着，却不知道自己要做什么，在这被戾气冲昏头的瞬间，似乎还有点儿说不出的苦闷，憋了许久的负能量一旦开闸就难以抵挡。

在纷繁的声音中，有个极具辨识度的声音突兀地响起——

"沈岁知。"

她稍一停顿，眼底闪过几分困惑。

那人还在耐心地唤着："沈岁知，停手，你受伤了。"

她想说停手跟受伤没直接的关系，出口却成了凶巴巴的一句"与你无关"。

那人沉默两秒，似乎是怒极反笑，说了声"好"。

沈岁知没理，然而就在她松懈的瞬间，被人一把捞了起来。

是的，她被人捞了起来。

于是在众目睽睽之下，刚才还跟男人凶猛对打的沈岁知，下一秒就被另一个衣冠楚楚、西装革履的男人拦腰扛在肩上。

苏桃瑜目瞪口呆，刚把保安叫来的叶彦之也愣了，沈岁知何尝不是一脸茫然。

为了防止沈岁知乱动，晏楚和用臂弯箍住她的腿，神色淡淡地看向叶彦之："去医院。"

叶彦之没反应过来："我带她去？"

晏楚和蹙眉，像是嫌他烦："想得美。我带她去，你留下收拾残局，赔偿金明天给你。"

叶彦之一脸茫然。晏楚和究竟吃错了什么药，才会觉得送恶贯满盈的沈小姐去医院是一件美事儿？

晏楚和扫了一眼围观的群众，一堆人当即有眼色地散开装看不见。他面无表情地收回视线，抬步朝门口走去。

沈岁知弓着背，脸朝下对着男人的后腰。她缓冲半晌，终于从刚才病态的反应中脱离，此时只觉得太阳穴隐隐作痛。

沈岁知的脑子发蒙。她也不知道谁在扛着自己，正要暴躁开骂，却闻见熟悉的冷冽松香，心头的邪火便莫名地熄灭。

她突然觉得极度疲倦，后知后觉地感受到右手钻心的痛楚，只好用左手轻拍晏楚和的后背，说："我要下来。"

听她的语气平静了些，晏楚和停下脚步，将她稳稳当当地放下，面上没什么表情。

脚刚沾地，沈岁知就觉得一阵头重脚轻，酒劲儿上头，看东西甚至有重影，使劲儿地晃晃脑袋才清醒了一些。

晏楚和俯首看着她，情绪难辨，只有眼底的暗色透露出他的心情极差："怎么回事儿？"

她下意识地抵触这种诘问，只轻描淡写地回答："能怎么回事儿，不就是挑事打架，你没见过？"

"我问你起因和经过。"晏楚和蹙眉，"不能好好说话？"

沈岁知一哽，那股刚压下去的负面情绪又涌上她的心头。她呼吸急促起来，歇斯底里地大喊道："因为我就是这样的人啊！你不知道外面都说我是条疯狗？既然做不成好人，那我就坏到底呗。"

她刚才始终低着头，这会儿情绪爆发才抬头与他对视。而晏楚和也是此时才看清，不知何时她已经眼眶泛红，像个受尽委屈还倔强着不肯讲的孩子。

晏楚和顿住，分明记得，即便是刚才冲动的时候她也未曾表现出半分的软弱和难过。

他陷入沉默，垂下眼帘，将她受伤的右手抬起，又从口袋中拿出干净的纸巾，将未干涸的鲜血擦净，然后说了一句："对不起。"

这回换沈岁知愣神儿了。她想开口，却又不知该说什么，只怔怔地望着正在给她清理伤口的晏楚和，像被戳中心头的某处，眼眶发酸。

就算只是几个字，哪怕说者无心，但凡掺杂了半分好意，都能让她小心翼翼地将其珍藏，视如珍宝。

可她只是个无比糟糕的家伙。不知为何，她突然想到儿时母亲曾经给她讲过的那种最完美的人——

他永远干净，明亮，温润，没有任何瑕疵，世上一切美好的词都可以用来形容他。

她觉得眼前的这个人就是完美的人。

沈岁知已经很久没有过如此强烈的想要落泪的欲望，但最终还是没有哭，兴许是潜意识里抵触向别人示弱。她只定定地看着眼前的男人，目光微微闪烁。

晏楚和专心致志地清理着那道可怖的伤口。万幸她的手没被划太深，去医院简单上药包扎，应该不会留下疤痕。

他将被血染红的纸巾丢进垃圾桶，侧首正准备说什么，却见沈岁知突然伸出左手扯住他的领带。她的力气并不大，他本可以挣开，却顺着她的拉力俯下身子。

这已经是她第二次扯他的领带了，晏楚和的脑海中冒出这个想法。

然而下一瞬沈岁知抬头，两片含着朦胧酒气的温热唇瓣便落在他的下颌上。晏楚和倏地僵住。

沈岁知非礼人还心里没数，乐呵呵地松开手。晏楚和还来不及产生什么想法，就见跟前的女人重心不稳地晃悠两下要摔倒。他及时地搂住她的腰身，刚才那蜻蜓点水般的吻本就让他心烦意乱，此时掌下贴着温热滑腻的肌肤，只觉耳根在隐隐地发烫。

晏楚和轻轻地啧了一声，改为扶肩膀的姿势，冷声地问她："你喝醉了？"

沈岁知摇头不说话，晏楚和干脆放弃沟通，直接将她放到副驾驶座上，带她去医院包扎伤口。

沈岁知有些困了，半闭着眼问："去哪里？"

"医院。"

"这种小伤无所谓，"她笑了一声，"习惯了。"

晏楚和却淡声说道："没有任何伤痛是该被习惯的。"

沈岁知眨眨眼，别过脑袋不再吭声。

他们从医院出来时，外面已经是深夜。

沈岁知胃里的酒精彻底发挥效果。她走起路来一步三晃，晏楚和手疾眼快地扶着她，将她塞进车里。

沈岁知还保持着半分清醒，当晏楚和问她家的地址时，答案脱口而出，她甚至还毫不犹豫地从外套兜里掏出钥匙丢给他。

晏楚和的眸色微沉。她听话是好事，但他一想到她喝醉后在别人面前也这么听话，心底便不由得生出几分烦躁。

晏楚和把沈岁知送回家中，本不想贸然进屋，但某个醉鬼大有直接在地板上睡觉的意思，他只得返回去，进了门。

晏楚和将沈岁知拖到床上，帮她脱了外套，仔细地为她掖好被子。

他坐在床边，不经意地扫过床头柜，看到上面零零散散地摆着几个药板，边角有些弯曲，似乎经常使用，于是他的目光多停留了一瞬。也就是这一瞬，让他的眼神凝住。

他对药物了解不多，但赛乐特和西酞普兰这种典型抗抑郁的药还是知道的。药片已经快要被吃完，桌角还堆着未拆封的，可见沈岁知并不是最近才开始用药。

他沉默许久，抬手轻捏眉骨，心中的复杂情绪正交织，身后却传来动静。

沈岁知半梦半醒间察觉到旁边有人，便闹腾着翻身，含糊不清地说道："喝水。"

晏楚和回头看她一眼，起身去客厅倒了杯温水，耐心地等她喝完。看她再度缩回被窝，晏楚和淡淡地道："你明天醒酒了，估计该把今晚的事儿忘干净了。"

沈岁知困得神志不清，却也没忘反驳："才不会，我什么都记得，记得清清楚楚……"

"你不记得。"

"哼，瞎说。"

晏楚和替她掖好被角，仍是那副冷冷清清的模样，说道："不是瞎说。"

他垂下眼帘，望着渐入梦境的沈岁知，嗓音低缓地道："不然你怎么会以为，当初在 A 市是第一次见我。"

沈岁知觉得又闷又热，稍微动一下，手腕和脚腕传来钻心的痛。

她睁开眼，可是伸手不见五指，怀疑自己失明了，但这个可能性不大。

沈岁知想站起来，可惜所在的地方实在逼仄，连动弹都做不到，这感觉太过熟悉，她低头活动一下手腕，果然被粗糙的麻绳紧紧地捆绑着。

于是沈岁知知道，自己又做噩梦了。

沈岁知当初花了整整两年的时间克服幽闭恐惧症，但幼时的阴影是伴随终生的，直到现在，她看见大号的行李箱仍旧会觉得四肢发软、手脚冰凉。

沈岁知合上眼，想竭力从脑海里摒弃那些记忆碎片，但曾经困在行李箱中的颠簸感是真实的，绳子磨破皮肤嵌进血肉的刺痛也是真实的。

她看到年幼的自己被捆住手脚、封住嘴巴，被摔进泥泞与脏水里，被锁紧在封死的房间中，而她像个旁观者，见证自己越来越脏，令人唾弃。

可是，却没有一个人来救她。

沈岁知已经不知道是第几百、几千次做这个相同的梦，早就从刚开始的歇斯底里变成如今的麻木漠然，只等熬到梦境的尽头。

反正不会有人记得这些，没人知道，没人在乎，除了她自己。

人都是一步一步地冷下来的。她始终在自我修补，无数次崩溃之后又无数次地重建，就是这样走过来的。

砰的一声，陈旧破败的门被破开，空中的浮尘像一场纷纷扬扬的雪。

沈岁知睁开眼，宿醉带来的头疼简直要命。逐渐适应室内的光线后，她下意识地抬手揉太阳穴，举到半路发现不对劲儿，定睛一看，右手拇指与食指交界处至掌侧甚至手背被纱布裹得严严实实。

手虽不至于变成"粽子"，但她也觉得够难受的。她有点儿迷茫，拼命地回想昨晚发生的事情：有人揩油，她把对方打了，后来好像还受伤了，手上都是血，最后似乎是晏楚和来救的场？

唉，这下人情欠大发了。

她撑起身子，看一眼时间，刚过七点，还早着呢。

不过她总不能带着一身的酒气去上课，于是放弃赖床，利索地从床上爬起，顺手给手机充上电，随后去卫生间洗澡。

因为右手有伤，她只好拿塑料袋将伤口包起来，光洗头就磨磨蹭蹭地耗了近二十分钟，待收拾完毕，已经过去一个小时了。

沈岁知吹干头发换好衣服后，这才坐在化妆桌前，开始拯救了无生机的脸色。

中途苏桃瑜打来电话，沈岁知开了免提，把手机放在旁边，手上的动作并没有停下来。

"沈岁知，睡醒没？头还疼吗？断片儿了吗？哦，还有你手上的伤，处理好了吗？"苏桃瑜没想到她这么快就接听，不放心地抛出一连串的问题，不待她回答便继续道，"要不你再休息一下？"

沈岁知被苏桃瑜这连环炮似的问法搞得头疼，酝酿几秒后作答："除了轻微断片儿，我觉得还行。"

苏桃瑜松了一口气，回想起昨晚，还觉得心有余悸，又说："我的好姐姐，你是不知道你昨晚有多疯，打起架来拦都拦不住，见血也不松手。"

沈岁知用遮瑕膏遮住黑眼圈，淡淡地回答："我哪次动手能被拦住？"

"也是奇怪，我喊你半天你没反应，晏楚和一过去，你就蔫儿了。"苏桃瑜啧啧两声，"人家好心劝你停手，你还臭着脸骂人家，晏楚和没掉头就走简直是个奇迹。"

沈岁知正进行到画眼线这步："那我后来怎么跟他走了？"

"噢，他直接把你扛肩上了。"

沈岁知看着自己画到太阳穴的眼线陷入沉默，花了三秒钟接受这个事实，随后卸掉眼妆重新开始，继续说道："后面的事儿我记不太清楚，反正他带我去医院处理了伤口，最后把我送回家了。"

"我觉得他对你有想法。"苏桃瑜说。

"或许只是迟来的叛逆，品行标兵想跟街头恶霸交朋友。"

苏桃瑜吭了一声，知道沈岁知有意带过话题，便说："虽然赔了钱也封了人的口，但现场那么多人，还有不少圈子里的，这事儿指不定什么时候会发酵。"

"我的恶名那么多，倒也不差这一个。"沈岁知笑笑，语气平淡地说，"反正我就是一个烂人，解释是狡辩，不解释是默认，没意义。"

苏桃瑜听出那隐含的几分自嘲，不由得叹了口气，犹豫半天，也不知道说什么好。

"行了，没啥大不了的。昨晚就你在那儿收拾残局吗？花了多少钱？我给你转过去。"

"不是，钱是叶彦之掏的。他说你要还钱就去找晏楚和。"

"叶彦之？"沈岁知眯眼，突然意识到什么，"你现在不会在酒店吧？"

对面的人沉默片刻，果断结束通话。

沈岁知撇嘴，正好妆也化好了，从抽屉里翻出脑清片，倒出两片服下，省得因头疼影响办事效率。

收拾好一切，她戴好口罩，边下楼边查看未读消息，看到姜灿发来一个文件。文件是关于某知名杂志对她的专栏采访，问题精练，并无不妥。

沈岁知从头翻到尾，心里不禁觉得奇怪，晏楚和竟然没给自己打电话。

也许是他工作忙。沈岁知没再猜测，径直打车去了晏家。

今天晏楚和不在，晏灵犀开的门。沈岁知进屋后才发现似乎只有晏灵犀自己在家，便问："上次见到的刘姨呢？"

"刘姨只是家政阿姨，半个月来一次。"晏灵犀坐在沙发上喝着奶茶，精致的眉眼含着笑，"平时都是我自己住啦。我妈忙着环游世界，我爸和我哥忙公司的事儿。最近因为我换家教，我哥才多来了几趟。"

沈岁知颔首，也算是大概了解了她的情况。

晏灵犀见还没到上课时间，便招呼着沈岁知坐过来，瞧见她被纱布包裹的右手，当即蹙起眉头："姐姐，你的手怎么了？"

"没事儿，不严重。"沈岁知晃晃自己受伤的右手，笑着说出自己早就准备好的理由，"昨天跟小姐妹出去玩儿，不小心擦伤了，并无大碍。"

晏灵犀信以为真，时间一到，便乖乖地跟着沈岁知上课去了。

今天的课程着重补充课外知识，需要写字标记的东西比较多，一堂课结束，沈岁知才觉得掌心微痛。

她蹙眉，发现不知何时掌心绷带透出几丝血迹，大概是刚才写字用力，导致伤口裂开了。

晏灵犀想帮沈岁知处理，却发现家里根本没有消毒、包扎的东西，只得慌慌张张地道歉，嘱咐沈岁知赶紧去医院包扎。

沈岁知见她比自己都急，有些忍俊不禁，道谢后离开晏家，打算路上找家诊所处理一下。

沈岁知离开时是十二点整，晏楚和抵达时是十二点半。

他刚开完会回来，推开门就看到晏灵犀正在换鞋，她似乎打算出门。

他随口问了句："上完课了？"

"嗯，我准备出门买些医用品。"晏灵犀边系鞋带边说，"萧老师的手受伤了，今天她还给我上课，伤口渗血了，我才想起来家里没有包扎、消毒的东西。"

晏楚和微微停顿，眼中闪过莫名的情绪："她的手受伤了？"

"对啊，她说是昨天跟朋友出去玩儿不小心弄的。"

"哪只手？"

"右手。"晏灵犀眨巴眨巴眼睛，问道，"哥，你问这个干吗？"

晏楚和沉默片刻，淡淡地道："随便问问。"

沈岁知没找到诊所，最终还是去了趟医院，顺带开了一瓶安眠药。

她回到家里，习惯性地先把工作处理好，便打开电脑看采访问题。她看到题目总共就十道，便挨个儿地输入答案。

其中一个问题是自我评价，她想了想，写道：强大的弱者，清醒的神经病。

第九题问她是否有长期努力的目标。她找不出合适的官方回答，索性率性而为，写下这样一句话：我希望这辈子所经历的所有苦难都是值得的。

也许在别人看来矫情，但她回顾自己过去的日子，觉得最好的结局也不过如此。

最后一题明里暗里地在打探她对于下部作品的计划。她懒得再琢磨，直接透露道：下次我会担任原创和原唱，敬请期待。

完工后，她把文件传给姜灿，伸个懒腰从床上起来，本来是想拿碗泡面，却扭头看见衣架上挂着的西装外套。

沈岁知停下脚步，挑了挑眉。

差点儿忘了这事儿。她托姜灿把衣服送去干洗，拿回来以后就挂在那里，一直没想起来还回去。

她沉吟半晌，转身回到卧室，拿起手机，手指落到那个从未拨打过的电话号码上。

三声过后，对方接起，她的耳边传来男人低沉的嗓音："有事儿？"

"嗯，有事儿。"沈岁知说，"昨晚我欠你一个大人情，所以想今晚请你吃饭，不知道晏总有没有时间？"

晏楚和似乎笑了一声，说道："时间地点，定好发给我。"

"没问题。"她弯起唇角，坦坦荡荡地撒起谎来，"对了，你的外套还在我这儿，不过我忘记干洗了，下次还你。"

"你倒会合理利用。"

"我只是将计就计。"沈岁知不紧不慢地说道，"毕竟我也不知道，昨晚究竟是你没想起来还是故意没带走，要不晏总你今天给我个答案？"

双方静默片刻，沈岁知也不急，算是承认自己有意出言调戏。昨晚被扛肩上的事儿总归不能轻易算了。

然而，晏楚和总能做出一些出人意料但别人回想起来又觉得没有任何问题的行为。

正如此时她没想到，自己还真等来了一个答案。

晏楚和低声轻笑，嗓音慵懒地对她道：

"我把它落在你那儿，就是为了让你还。"

我把它落在你那儿，就是为了让你还。

招惹

上 册

随着晏楚和的话音落下，沈岁知的目光闪动，一时间心跳如擂鼓，心神都跟着恍惚起来。她回过神来，闭了闭眼。

"行啊。"她笑笑，本着不认输不服输的精神，随口提议道，"我觉得请吃饭诚意不够，要不你来我家，我亲自招待？"

像晏楚和这样的正经人，顶多言语间透出一点儿暧昧的意味，就算为了自身的声誉，也不会答应登门。

沈岁知心里这么想着，可事实证明那只是她的以为。

"可以。"他说，"时间？"

沈岁知被噎住，惊愕地答了一句："啊？"

"我刚才看了天气预报，今晚有雨，的确不方便在外面吃。"晏楚和的语气平淡。

沈岁知这回是真蒙了，再次确定一遍："你真来？"

他反问："你敢请，我为什么不敢来？"

沈岁知在内心惊号一声，她输了！

唉，自己挖的坑，哭着也得填好。她只得无奈地应下，将时间定在今晚六点，随后便挂断电话，撸起袖子开始大扫除。

她迅速地把所有明面上能看到的垃圾堆到袋子里，又将能收起来的杂物全部塞到一起，细活儿懒得干，保持个表面干净就可以了。

收拾利索后，沈岁知跑到厨房里翻了翻冰箱，发现除了泡面就是速食品，压根儿没什么蔬菜和肉类。

她觉得头疼，越发后悔自己不该嘴快提议让晏楚和来家里吃饭，只好下楼去小区超市逛了逛，胡乱地挑了一些蔬菜水果，顺带拿上些零食。途经饮料区，她看到有特价的 AD 钙奶，想也没想就抓起三排丢进购物车里。

接下来该买肉了，沈岁知左右观察，最终视线落在不远处的海鲜区。

待她拎着大包小包回到家里，已经是下午三点。她把买来的四只螃蟹绑起来丢进盆里，让它们自个儿乐和去，然后去研究菜谱，思考今晚吃什么。

她毕竟是从小就开始独居的人，厨艺虽说不上好，但也凑合。她看了一眼刚刚采购的所有菜品，最终选定了今天的晚餐——从菜谱里挑了四菜一汤。

见时间还早，沈岁知索性回卧室工作，抱着吉他坐在窗边，打开电脑，连接上蓝牙耳机，试着弹了弹已经写好的曲谱。

伴奏她已经敲定，没有任何问题，可歌词的进度却卡在收尾处。她蹙眉，看着屏幕上的文字总觉得差点儿感觉，可这感觉她已经找了一个月，至今未果。

她很看重这首歌，毕竟这是她第一首决定原声演唱发表的作品。歌词的主题是"生死"与"自我"，沈岁知向来喜欢这种抽象概念的题材。

歌词只差最后一句，她删删改改多次，始终觉得不满意，只好暂且放弃。

时间来到了五点，沈岁知摘下耳机，忙不迭地跑去厨房忙活。

晏楚和结束公司的会议时，刚好五点整。

他松了松领带，眉眼间浮现出几分不易察觉的疲惫。助理走上前毕恭毕敬地问："晏总，今晚的饭局我已经按照您的要求推掉了，接下来我是送您去晏小姐那儿？"

"不用。"晏楚和摆手说道，"我有些私事要处理，你先回去吧。"

助理闻言颔首，转身离开会议室。

晏楚和昨晚因为照顾某个醉鬼，睡眠时间严重不足，清早又有重要会议，生物钟被彻底打乱了，忙到现在还没有歇息片刻。

他本想休息一会儿再去找沈岁知，却莫名地想到此时的她大概已经在厨房里忙作一团，也不知道她是真的会下厨还是嘴硬逞强。

他蹙眉叹息，最终还是动身出发。

二十分钟后，晏楚和抵达沈岁知所在的小区。他刚停好车，手机就传来短信提示音，点开一看，正是沈岁知发来的信息："我这边太忙了，门开着，你待会儿直接进来就行。"

她以为他还没到。

晏楚和收起手机，径直走向电梯，倒是有些好奇她怎么个忙法。

正如沈岁知在短信中所说，她大敞着家门。他一路畅通地走进室内，换好拖鞋，抬眼却没瞧见人影，想来她是在厨房里。

于是晏楚和循声来到厨房的门口，伸手推开门，果真发现了自己要找的人。

沈岁知脚踩料理台，手拿不锈钢锅铲，以一种极其豪迈的姿势站立，愤怒地、烦躁地、专心地往窗户的上方狂戳螃蟹。

画面冲击感太强，沉稳如晏楚和，也不由得面露怔然，哑然失笑。

而沈岁知正气得头顶冒烟。天知道怎么回事儿，当她切完菜一转身，却发现盆里只剩三只螃蟹，结果一抬头，就看见那只失踪的小东西正在窗户上耀武扬威。

她听到身后有声响，拧眉回过头，看清来人后倒抽了一口气，表情瞬间僵硬，讷讷地道："你……"

她的话还没说完，晏楚和已经面不改色地上前。随后，她便处在一双修长有力的手臂中。

沈岁知没反应过来，晏楚和已经将她抱了下来。

沈岁知呆若木鸡。男人的掌心紧贴肌肤，偏偏他做得极有分寸，让一个显得不正直的动作都变得正直起来。

把她放下后，晏楚和仗着人高腿长的优势，轻易地将那只负隅顽抗的螃蟹从窗沿上摘下来，让它重新与它的三位难兄难弟团聚。

他转头看向还在原地怀疑人生的沈岁知，说道："别告诉我你抓了一下午螃蟹。"

沈岁知艰难地从刚才那巨大的冲击中缓过来，心虚地说道："我进厨房的时候已经快五点了……"

晏楚和轻捏眉骨，无奈地开口："算了，我来吧。"

沈岁知还没反应过来，却见他已走到料理台前。他无比熟稔地从蔬菜中挑出几种，问她："有没有什么忌口的？"

她没多想，答案脱口而出："葱姜蒜入料可以，单吃不行；辣椒也不要，酱料我买的无盐鸡汁；姜丝就别切了，我讨厌那个味道。"

晏楚和的动作微顿，眼神中露出些许笑意。

沈岁知自知尴尬，赶紧开口道："对不起，按照你的口味来就好。"

晏楚和收回视线，低声轻笑着说："买得不多，挑得倒挺多。"

虽然这么说着，但他还是将葱姜蒜单独放在了旁边。

沈岁知注意到这个细节，眨眨眼，凑过去跟着忙活起来。两人分工明确，各忙各的，效率极高，不多久四菜一汤便被端上饭桌。

他们各自完成两道菜。沈岁知本着试探友军的想法，把筷子挪到那道出自晏楚和之手的虾滑，入口后陷入沉默。

晏楚和半抬起眼，问道："怎么了？"

"没怎么，"她说，"就是突然想把你妈变成咱妈。"

大概已经习惯她的语出惊人，晏楚和不置可否，轻描淡写地说道："我早年在外留学，经常自己下厨。"

沈岁知寻思，难怪他的厨艺这么好，虽说今晚是她招待人家，但怎么想都是自己沾光，真挺不好意思的。不过她仔细想想，好歹食材和场地是她出的，勉强从中汲取些许安慰。

晏楚和对昨夜之事闭口不提。沈岁知到底还是没憋住，问道："昨晚在酒吧，你为什么要帮我？"

晏楚和挑眉，抬起眼帘扫了她一眼。

她清清嗓子，低声道："我真的只是觉得好奇，但还是谢谢你啊。"

"路过。"他说。

"你不怕他们把事情添油加醋闹得尽人皆知？"

"跟我有关的事儿，没人敢乱传。"

沈岁知心中了然，人家不愧是资本家，自信十足。但好奇心还是没能得到满足，她再度开口："晏楚和，你是真不知道外界对我的评价，还是装不知道？"

沈岁知百思不得其解，他一而再、再而三地出现在她的身边，好像根本不怕名誉受损，到底是图什么？

可晏楚和的回答总能出乎她的意料。

"我有自己的判断，"他语气平淡地道，"不需要任何人来告诉我你是什么样子。"

他顿了顿，似乎觉得这个回答有些歧义，又补充道："我一视同仁。"

沈岁知夹菜的动作僵住，她的瞳孔微缩。她没能藏住脸上的惊讶，抬头看向晏楚和，嗫嚅半晌却没能说出什么来。

从来没人对她说过这样的话，而且这话还出自目睹过自己发疯的人，心口莫名地发涩，她只好闷头吃饭。

晏楚和却开了口："问完了？"

这话让人感觉他有问题要问。沈岁知疑惑地嗯了一声，便见他慢条斯理地放下筷子。他似乎是吃好了，定定地望着她。

"为什么是乌鸦？"他问。

他的话题转得太快，沈岁知一时没反应过来，后知后觉地才明白他是问她手臂上的文身。

虽然不明白他为何问这个，但沈岁知还是老实地回答："乌鸦聪明，生存能力又强，能记住每个伤害过自己的人，我觉得它很像我。"

其实乌鸦还有孝顺这个特性，但在外人看来，沈岁知的形象与这个词毫不沾边。其中的内幕，事关沈家的秘密，她便没有把话说完。

晏楚和得到答案没再多问。沈岁知见二人吃得差不多了，便起身收拾残局，该洗的洗，该放的放，也算有模有样。

沈岁知忙完从厨房出来时，晏楚和正坐在沙发上看手机。她拎出下午刚买的那袋零食，一眼看到 AD 钙奶，便拆封从中取出一瓶。

晏楚和听到动静，随意地一瞥，问道："怎么买这么多？"

沈岁知插上吸管，含混不清地说道："特价啊，我就多拿了两排。"

晏楚和闻言沉默片刻，有些好笑地看着她，着实不知道她怎么会这样缺乏生活常识。

"你看看生产日期。"他说。

沈岁知不明就里，举起瓶身打量，在看到保质期只剩寥寥数天后，瞬间目瞪口呆。

沈岁知欲哭无泪，果然便宜没好货，想也没想就摸出来一排塞给晏楚和："来来来，别客气，你拿几瓶带回去，给晏灵犀喝也行。"

她全然没发现自己再次嘴瓢了。

晏楚和有个妹妹众所周知，但他的妹妹鲜少出现在大众的视野中，他更不曾对外透露过相关信息。因此大家只知道有这么个人，却不知道她的名字。

沈岁知脱口而出的那声"晏灵犀"，成功地让晏楚和的动作凝滞。

她察觉他的异样，登时反应过来，当即在心底暗骂自己说话不过大脑，想找借口离开现场逃避话题，却被男人握住手腕。

晏楚和意味深长地看着她，问："你怎么知道她的名字？"

沈岁知似乎听到了谎言将被揭穿的紧急预警声。

第三章
野草蛮生

沈岁知不愧是沈岁知，行走江湖多年，早就将"睁眼说瞎话"这项技能练得炉火纯青，三言两语就糊弄了过去。至于晏楚和信不信，那就是另外一回事儿了。

晏楚和似乎也无意深究。沈岁知耐不住安静，便急忙开口开启新的话题。

就在这个关头，晏楚和的手机不合时宜地振动起来。她不经意地扫了一眼，看到备注是个姓氏。

"公司电话。"

"噢。"

沈岁知自觉地走到阳台关上门，给他留出接电话的私人空间。

外面的天色已经黑透，城区内灯光璀璨，绚丽繁华。她当初买这套房子，看中的便是这里的视野极好，能看清这座城市最热闹的一角，有种自己还活在社会中的感觉。

沈岁知下意识地摸了摸口袋，指尖触碰到烟盒稍作停顿，鬼使神差地回头看了一眼正通电话的晏楚和，也不知道那股子心虚劲儿从何而来。

饭后几根烟早就成了习惯，沈岁知憋不住，便拿出一根点燃。

作风端正如晏楚和，也不知道他闻不闻得了烟味，沈岁知想，快点抽，这样就能赶上他挂电话前抽完。这么想着，沈岁知吐出一口烟，谁知第二口刚接上，身后的门就被人打开了。

沈岁知措手不及，回头对上男人波澜不惊的眼神，心头莫名有种初中小孩儿抽烟被大人逮住的感觉。

她没能从晏楚和的脸上找到半分厌恶的神情，便安下心来，对他扯扯嘴角，说道："饭后一根烟，赛过活神仙。你要来一根吗？"

她本意只是开玩笑，但晏楚和闻言，思忖片刻，便走到她的身边，伸出手说道："好。"

沈岁知挑眉，压下心头的讶异，从烟盒里拿出一根递过去，只见细白的烟被夹在他的两指间，说不出地惹人注目。

晏楚和的这双手实在好看，如他本人一般，都像是件完美无瑕的艺术品。她很早以前就注意到了，也由此意外地发现自己似乎有隐藏的手控（特别喜欢好看的手的人）属性。

晏楚和将烟放在唇间，侧头看向她，嗓音慵懒地问："打火机呢？"

沈岁知的目光微闪，她实在不明白正经人不那么正经的时候为何竟然这么要命，只简单的几个字，却能听得她的心头发痒。

面上仍旧平静，她伸手正要从兜里摸出打火机，脑中却倏地闪现一个念头，动作紧跟着停滞，想了想，转头对晏楚和勾勾手，示意他靠近。

晏楚和还以为她突发奇想地要亲自帮他点烟，便俯身靠近她些许，但仍旧保持礼貌的距离。

可惜沈岁知想做的事情不太礼貌，直接挪过去半步，单手按在他的肩上，指尖扶着烟凑了上去。

烟草的气息卷着不知名的冷冽淡香，猝不及防间泛滥，将他紧紧地包围。

晏楚和怔住。

明明灭灭的火星映照着两人的双眼，沈岁知用自己燃着的烟去为他点烟，彼此的距离近到他能看清她的睫羽微颤，望见她眼底的荧荧之辉。

察觉到他的视线，她懒懒地抬眼。刹那间，两人不约而同地在对方的眸中看到如出一辙的光亮。

她的眼里漫出几分笑意，转瞬即逝。她慢条斯理地直起身，透过缭绕的烟雾看男人模糊的五官，神情并不分明。

"借你了。"沈岁知狡黠一笑，"要是有机会，欢迎下次来还。"

晏楚和半垂眼帘，不着痕迹地掩盖眸中的幽光，低笑："好。"

两个人并肩安安静静地抽烟，气氛倒也不至尴尬。

"其实我以为你不抽烟。"沈岁知突然开口。

他颔首，说道："确实不常抽。"

她沉默半晌，鬼使神差地说："你之前给我的那块薄荷糖还挺好吃。"

晏楚和看向她，轻轻地笑了一声，随后从口袋中摸出一个小物件递到她的眼前。

熟悉的包装纸，沈岁知眨眨眼，将糖拿过来，问道："你随身带着吗？"

"我觉得你可能会随时想抽烟，带着以防万一。"

"你怎么跟哄小孩儿似的？"她喃喃地说道，没来由地心虚了几分，干脆将未吸完的半截烟摁灭。

晏楚和将她的动作尽收眼底，不动声色地弯了弯唇角，也把烟给摁灭了。

时候不早了，晏楚和准备起身离开。沈岁知倒也不客气，把他送到家门口，懒洋洋地一挥手："慢走，不送啊。"

晏楚和余光扫过衣架上的西装外套，他给了她一个温馨的提示，说："还有呢？"

沈岁知想了想，试探着开口说："欢迎再来？"

接收到他宛如看低龄儿的眼神，沈岁知顺着他的目光看去，后知后觉地才发现那件孤零零的被当作道具反复使用的西装外套。

她面不改色地清清嗓子，声称干洗后会给他送过去，然后送走了晏楚和。

他人一走，好像把这栋房子里难得的烟火气也给带走了。沈岁知坐到沙发上，将掌心的那颗薄荷糖撕开包装，含入口中。

沈岁知的胸腔中莫名地泛滥开奇怪的情愫，陌生而遥远。她摇摇头，简单地洗漱后便回卧室打开电脑，查看是否有未读消息。

姜灿收到了她的采访文件，留言询问她新作准备得如何。沈岁知撑着下巴出神片刻，突然灵感乍现，打开未完成的歌词文档，将最后的部分补全。

灵感来的时候真是挡都挡不住，她迅速地从床上爬起来，抱着电脑拎起吉他就往设备屋走去，决定趁今晚大肆创作一番。

眼看金曲奖的颁奖典礼就要到来，姜灿忙得脚不沾地，沈岁知倒是在晏家和酒吧之间玩儿得不亦乐乎。

萧宛开萧老师的马甲被她藏得稳当严实，还有半个月就能结束课程。她现在装小白花可谓游刃有余，昨晚还在喝酒蹦迪，今早就能对着课本岁月静好。

沈岁知寻思自己的马甲一层又一层，简直像个多面体，或许以后可以考虑往演艺圈发展。

本以为这天又是普通的一天，但沈岁知在打车前往晏家的途中，发现后面似乎有辆黑色的轿车在跟着她。那辆车已经跟了她两个路口。

她觉得可能是顺路，便收回视线玩儿手机，但几分钟后再抬眼，却见那辆车还在后面跟着，甚至欲盖弥彰地拉远了距离。

这跟踪业务不熟练啊，沈岁知饶有兴趣地挑眉。眼看快到晏家，她让司机师傅在路口停车，然后不紧不慢地向前走去。

晏家的别墅逐渐出现在沈岁知的视野中，她拐过路口就到了。沈岁知知道那人仍在后面跟着，脚步不停，也没回头，直直地往前走。

狗仔（以跟踪的方式偷拍知名人士的记者）一路尾随，看见沈岁知毫未察觉地转过拐角向晏家的方向走去，忙跟上去打算拍下照片，心想受人之托跟了这么久，总算有好东西能交差了。

他轻手轻脚地跟过去，谁知却没如愿看到沈岁知的身影，正蹙眉困惑，就听身后传来女人漫不经心的声音："小兄弟，找谁呢？"

狗仔手疾眼快地将相机收好，看向戴着口罩的沈岁知。她一双眼含着笑意，却让他无端地冒出冷汗。

他佯装无事地说道："没，我就是不熟悉这里，迷路了。"

沈岁知的笑意未达眼底。她本来以为这是个明白人，没想到他还跟她装傻充愣，瞬间来气了。她懒得再废话，干脆开门见山地说："相机给我，或者你自己删。"

那人闻言不自觉地眼神恍惚，慌张地说道："什么相机，我听不懂。我就是迷路了。"

"迷路吗？"她笑道，"那医院的急救通道你总不会迷路吧？"

她的气场太过骇人。狗仔不由得想起先前发生在 YS 酒吧里的事儿，听说那个被打的男人最近才出院。他开始发怯，向后退了几步。

"他们在干什么？"不远处，叶彦之坐在驾驶座上，瞥见前方不远处的两抹身影，疑惑地出声。

晏楚和正看着手中的合同，闻言象征性地抬了抬眼，却在望见女人熟悉的背影后微蹙起眉。

叶彦之随口说了一句："看着像是吵架。"

"停车。"晏楚和说。

叶彦之不明就里，依言停下车子，然后看到身边的男人推开车门朝那两人走去。他抱着看戏的心理，打量着前方的情况。

另一边，沈岁知并不知道有人在旁观，还在原地跟狗仔对峙。

她的气势迫人，终于使狗仔迅速地败下阵来。狗仔狼狈地拿出相机，咬牙删掉之前的照片，并自觉地把 SD 卡交给她。

沈岁知把卡掰折，望着眼前缩手缩脚的人，问：“谁派你来的？沈心语还是南婉？”

无时无刻不想抓她把柄的人，除了这对母女，她想不到别人。

狗仔既不敢得罪眼前之人，也不愿暴露雇主，左右为难地说：“沈小姐，您别问了，我不能说。”

她自顾自地点头：“那就是她们之中的一个。”

狗仔悔不当初，痛苦地说道：“我真不能说，照片也删了，卡也给您了，您就让我走吧。”

沈岁知见他这样，也觉得没必要浪费时间，索性不再为难他，但该有的警告还是不能落下：“你告诉你的雇主，别没事儿找事儿，我没那闲工夫陪她折腾。”

片刻后，沈岁知又云淡风轻地补了一句：“动她是麻烦了些，不过动你，我多的是法子。”

晏楚和大老远就看到那位萧老师正慈眉善目地同一名男子说着什么，眉眼弯弯，显得她温柔随和，颇有一种温婉端庄的气质。

可那男人却好像害怕极了，哆嗦个不停，满面悔恨，悲哀欲泣。

两相对比，委实诡异，晏楚和微眯双眼，步履未停。

沈岁知正准备离开，抬眼却瞥到朝这边走来的晏楚和，当即吓得魂飞魄散、冷汗涔涔。她迅速运转大脑，想起八点档狗血剧的剧情，灵机一动。

“大表哥！不能这样！不行啊！”沈岁知手疾眼快地攥住狗仔的手臂，语气比他方才求饶时还哀切，真情实感地连号几声。

那人不知沈岁知为何突然变脸，目瞪口呆地看着刚才还凶神恶煞的她。她此时正焦灼地望着他，字字悲恸地说：“你别这样，我也很为难啊！”

一切发生得太突然，狗仔更茫然了。

"我懂你的难处，你不就是借钱吗？好说。"

狗仔说道："不是，我……"

"我们都是一家人，客气什么，有困难我一定帮忙。"

狗仔实在不明白事情的原委，忍不住问道："沈小……"

沈岁知加大手劲儿，面上仍旧满是关怀，说道："这样吧，你先回去，我还要去上课，待会儿就给你转钱。"

狗仔忍痛点头，连连说了几声"好"。

晏楚和此时正好走到两人的跟前，将他们的对话完整地接收，蹙眉看了一眼男人，转向沈岁知："萧老师？"

狗仔愣神儿三秒，在认出晏楚和后，不由得瞠目结舌，难以置信地将视线在眼前的一男一女之间来回摇摆。

沈岁知不着痕迹地侧身，挡住狗仔那张写满"萧老师是谁，我又是谁"的脸，对晏楚和抱歉地笑笑："不好意思啊，晏先生，因为家事儿耽误了一点儿时间，我待会儿给灵犀补上。"

"不要紧。"晏楚和停顿片刻，"需要帮忙吗？我可以预支费用。"

"不用不用，谢谢您的好意。"

说完沈岁知转过头，看向那位被迫充当临时演员的男人，语重心长地说道："表哥，你先回去吧，我说话算话。"

最后的五个字意有所指，狗仔分明从她的眼底看到威胁的意味，也顾不得思考她跟晏楚和之间的关系，忙不迭地应声，然后迅速地逃离现场。

穿帮的危机勉强度过，沈岁知在心底暗自松了口气。

晏楚和礼貌地说道："抱歉，我刚才路过，不小心听到了你们的谈话。"

"没事儿，也不算特别私人。"沈岁知垂下眼帘，笑得勉强，"我的家事儿比较乱，倒是让您见笑了。"

继纯情学霸小白花的人设后，萧老师又多了个身世凄苦、顽强向上的小太阳人设。沈岁知觉得头疼，却不得不继续装下去。

晏楚和看出她不想多谈，便主动地结束话题，让她先去给晏灵犀上课。

沈岁知仿佛得了特赦令，这才将那根紧绷的弦放松，同他道别后，转身走向晏家。

晏楚和站在原地望着她远去的背影，眸底闪过一丝隐秘的情绪。那份异样很快被他掩藏，他神情淡然地回到车前。

叶彦之全程旁观，见他回来便歪头问道："怎么，你认识？"

晏楚和言简意赅地答道："晏灵犀的家庭教师。"

叶彦之挑眉说道："你看起来可不像是多管闲事的人啊。"

晏楚和答非所问："你不觉得她很眼熟？"

叶彦之刚才没注意看，勉强回忆那女人的背影轮廓，觉得好像是有点儿熟悉，但并未能跟脑海中的哪个人对上号。

他摆摆手说道："不认识。"

晏楚和似乎料到他的回答，眉眼间不起波澜。他没再开口，只将方才没看完的合同拿到手中继续阅览。

叶彦之开车时话不多，身边又坐着一个人形冰箱，两人基本一路无话。

等红灯的空隙，叶彦之主动挑起话题，问道："晏楚和，你跟沈家老幺是怎么认识的？"

"巧合。"

"骗谁呢，那晚在 YS 你都直接把人扛走了。"他摆明不信，"你也知道外头怎么评价沈岁知的。那姑娘打起架来，往好听里说是冲动，往难听里说就是疯狗。要是你俩不熟，她怎么可能乖乖地跟你走？"

叶彦之稍作停顿，又补充道："我这话可没有贬义啊，就是觉得这小姑娘挺特立独行的，你们俩在一起有点儿违和。"

晏楚和无波无澜地嗯了声，顺带翻过一页合同，说道："我们算是朋友。"

叶彦之想说：你的身边要不没女性朋友，一有就整个这么特别的，让人有点儿接受困难。

话到嘴边，他还是咽了回去，语重心长地开口："沈岁知跟我一样，都是爱玩的，她不适合你，所以这事儿你不能太认真。你懂我的意思吧？"

好歹也相识这么多年，叶彦之自然看出了晏楚和对沈岁知的特殊对待，虽然不知道怎么回事儿，但还是好心地提醒两句。

话音刚落，晏楚和便抬起眼看向他，似乎是听进去了，随后慢条斯理地开口："沈岁知什么时候跟你一样了？"

叶彦之觉得更加迷惑了。

"就算爱玩儿，她也是'双一流'毕业的。"

叶彦之的表情管理瞬间崩盘，恰好赶上红灯的最后十秒，他面色复杂地目视前方："行，是我僭越了。我谢谢您。"

晏楚和颔首，神色未改，继续看合同。

叶彦之欲言又止许久，终究不死心，想打击打击他，再次开口道："不是我说啊，你觉得她图你什么，钱还是权？人家哪个都不缺！"

"所以她跟别人不一样。"晏楚和轻笑了一声，"她只馋我的身子。"

叶彦之翻了个白眼，决定不再说话。

下午五点，沈岁知准时抵达南湖精神卫生中心。

天色阴沉，风也凛冽，雨不知酝酿到何时才肯落下，她懒得带伞，直接打车过来。

精神卫生中心和疗养院紧挨着，这片郊区环境安谧，是平城公认最好的调养场所。

事先约定好了复查时间，沈岁知轻车熟路地踏入办公楼，找到李医生的办公室，敲了两下门。

听到里面的人应声，她推门而入，果不其然，李医生已经在等她。

先是简单的面诊，随后便是冗杂无趣的各项检测。沈岁知做完脑磁共振时，觉得有些累了，随李医生重新回到办公室里。她坐在单人沙发上，疲倦地用手抵着太阳穴，问："行了吧？"

李医生正坐在桌前翻看测量表和一堆体检报告，调出沈岁知上次的诊断数据进行简单的对比。

几分钟后，他摘下眼镜，道："强迫障碍有所缓解。现在睡眠质量怎么样？"

沈岁知想了想回答："就那样，不吃药睡不着。"

"会频繁做噩梦吗？"

"偶尔。"

李医生点头，在纸上记录着："现在看到锋利物能控制自己吗？"

她撸起袖子看了一眼才回答："可以。"

几个无关痛痒的问题问过之后，复诊算是完成，李医生重新开了个单子，嘱咐她用药事宜。

沈岁知大概只听进去小半部分。

李医生见她这懒散的模样，有些无奈，又突然想到什么，道："对了，宋女士的恢复情况不错，对于配合治疗，她也比原来积极多了。"

沈岁知好像这才集中起注意力，挑了挑眉："那挺好的。没再对谁都摆黑脸了？"

"你可以去看看她。"他提议道，"这个时间她应该在病房里看书。"

沈岁知思忖片刻，在脑中模拟自己跟宋毓涵见面后的场景。两人上次见面已经是一年前，也不知道这次会发生什么。

她反正也无事可做，那就过去看看。

这么想着，沈岁知便去了隔壁的疗养院。

透过窗户，沈岁知看到宋毓涵的病房宽敞整洁，窗台上摆放着的一盆风信子为房间添了不少生机。宋毓涵在床上半躺着，随手翻看一本书册，虽然年近半百，但五官仍旧精致动人，不难看出年轻时是位美人。

沈岁知收回视线，伸手推开门。

宋毓涵闻声望去，待看清来人后，原本淡漠的表情浮现出几分诧异，下意识地拧紧眉头。

"很惊讶？"沈岁知笑笑，搬了一把椅子坐在床边，"我以为你能想到我会死皮赖脸地过来找你。"

宋毓涵的眼底闪过复杂的感情。她冷声说道："你来干什么？"

沈岁知没答，余光见床头柜上有个削了一半的苹果，便拿起来把它削干净。

她垂眼，指腹贴在凉而薄的刀背上，声音里充满了漫不经心："你好歹是我妈。"

这句话好似戳中了宋毓涵的痛点。她登时冷笑出声，讽刺地说道："别，我不过就是被你们沈家扫地出门的第三者，可受不起你这声'妈'。"

随着话音落下，刀锋倏地偏离轨道，沈岁知白皙的指尖瞬间涌出血珠。

沈岁知定定地看了两秒，觉得好像也不是很疼，但又怕自己突然做出什么神经的事儿，便将苹果和刀放下。

"你要喜欢用贬低自己的方式来骂我就尽管骂，我无所谓，"沈岁知看向宋毓涵，一字一顿地说道，"横竖我的存在也不干净，我早就清楚自己是个垃圾。这话你爱听吗？爱听我再多说几句。"

"少跟我阴阳怪气，你以为我不知道南婉和沈心语给你下绊子？你就这么窝囊？"

"是啊。"沈岁知翘起唇角，笑意却未达眼底，"那些钱和名本来就不是我的东西，更不是你的。"

话音未落，宋毓涵瞬间变了脸色。她勃然大怒，想也没想地就抄起桌上的玻璃杯，狠狠地摔在地上！

刺耳的破碎声盈满整个房间。

"滚！"宋毓涵目眦欲裂，歇斯底里地说道，"你姓了沈就给我滚！"

回音没有散尽，室内除了宋毓涵的怒吼再无他声。

沈岁知仍旧坐着，表情冷淡。她垂眼扫过地上的水杯残骸，看到稀碎的玻璃碴儿迸溅得满地都是。头顶的灯光晃来晃去，苍白又刺眼，惹人心烦。

沈岁知的脸颊上似乎淌过温热的液体，她的第一反应竟是自己太没出息了，这都值得掉眼泪。她伸手去抹，却看到指腹上鲜红的血迹，不由得顿了顿。

噢，原来她是受伤了。大概是因为距离太近，她被飞溅的玻璃划伤了。

不知为何，沈岁知突然觉得有点儿好笑，看向满面怒容的宋毓涵，又觉得没劲儿。

"是你不要我的。"沈岁知语气平静，字字清晰地说，"宋毓涵，我也不想姓沈，但是，是你不要我的。"

一句话便让宋毓涵如遭雷击。她瞬间失了力气，脸色惨白地靠在床头。

"我都替你记着呢。那时我是怎么跪着求你别走，你又是怎么把我作为交易品留给沈擎。"沈岁知笑了笑，鲜血不断地从伤口渗出，她也懒得理会。

她说："当初为了股权扔掉我的不是你吗？"

就在沈岁知与宋毓涵激烈地对峙时，听到动静的护士迅速地赶来，打破了这僵持不下的局面。

看到沈岁知小半张脸染了血，护士大惊失色，待瞥见地上的玻璃碎片后，瞬间反应过来，忙不迭地喊人过来收拾。

好在宋毓涵的情况还算稳定。她像是疲惫至极，用手撑着额头坐在床上，表情看不分明。

相比心惊肉跳的护士，沈岁知倒显得从容冷静。她起身离开病房，本来想洗把脸直接走人，但护士怕她的脸上落下疤痕，硬是拖着她去处理伤口。

好在伤口不深，只是出血量骇人。护士边消毒边松了口气，说道："只是普通划伤，你好好抹药就不会落疤。"

"好，谢谢。"沈岁知半闭着眼睛，不大喜欢药的味道，微微蹙着眉说，"你别跟李医生说。"

护士没反应过来，手上的动作跟着一顿："什么？"

"就刚才的事儿。"

"这……"

"算了，不难为你。如果他问起你就说；他没主动开口，你就别提。"

护士这才乖巧地点头："好的。"

沈岁知不再搭腔，合眼任凭护士在自己的脸上摆弄，那云淡风轻的模样，好像受伤的人不是她。

护士迟疑着，看不出沈岁知究竟在想什么，只好轻声地安慰道："那个……您也别太难过，宋女士已经在控制自己的情绪了，现在比原来好很多了，您再给她点儿时间。"

沈岁知闻言倒有些讶异，翘起嘴角说道："谢谢你的安慰，不过我没难过，你不用这么小心翼翼。"

她不是逞强嘴硬，而是真觉得无所谓，充其量就是觉得这事儿有点儿坏心情。

沈岁知想，若将人类比作机器，那自己大概是缺少了一个挺重要的零件，从而失去了部分感知的能力，但并不清楚那是什么。

护士哑然，没再开口谈及此事，只沉默着给她处理伤口。

时间接近七点，夜幕已经降临，细细密密的雨滴往下落，沈岁知径直走入雨中，迅速地离开疗养院。

沈岁知看着黑黢黢的夜，眼睛的焦点散了片刻又重新凝聚。她若无其事地低下头来，内心觉得有点儿遗憾。

是啊，夜晚太长了，她想多看看太阳。

也不知是不是老天故意同她作对，恶劣的天气下，她连车都约不到。在这片除了绿植一无所有的郊区，她连一处栖息之地都找不到。

沈岁知抹了一把脸，指尖无意间触碰到那块贴在伤口上的纱布，稍作停顿后，她戴上了帽子。

她决定随便走走，走到哪儿算哪儿，正好"格式化"一下心里的负面情绪。

不远处的路标牌上写着"跨海大桥"四个大字，她顺手拍下来，百无聊赖地发到朋友圈，还配上一句文案："这天气适合撒野，就是我缺辆摩托。"

她的确想尝试雨天飙车，但眼下的条件有限，只得作罢。

她也不知走出多远，雨在亲吻她，风在拉扯她。她戴着帽子，本想一个人静静地走，可雨越来越大，像在驱逐她。

她的身体冷透了，视线也被打湿，周围的一切在她看来都雾蒙蒙的。她终于停下脚步，承认自己现在的心情烂得要死。

人就是这么奇怪，尖酸刻薄的话语刺不伤你，歇斯底里的宣泄打不倒你，可这种莫名其妙的巧合却能让你的心理防线瞬间崩溃。

沈岁知站在桥边，前面是围栏，下面是大海，只要她抬起脚撑起手，就可以逃去谁也找不到的地方，一身轻松地离开这个乱七八糟又荒谬无趣的世界。

灰蒙蒙的霾层没完没了，她找不到半点光，看不到一个人影。她甚至不知道自己该怎么回去，怎么收拾好自己破碎的心情。

沈岁知头脑昏沉，连自己都没发现手已经攥紧栏杆，单脚踩在水泥阶上。

这是个危险至极的动作。

直到发觉头顶似乎不再有雨水滴落，沈岁知才倏然清醒过来，松开了手，心跳加速，呼吸不稳。

她抬头看了一眼脑袋上方黑色的雨伞，又扭头看向不知何时站在她身后的陌生男人，用表情质问他为何要多管闲事。

男人面不改色，撑着伞说道："沈小姐，请您上车。"

沈岁知挪动视线，果真在他的后方看见一辆价值不菲的黑色轿车，车的轮廓在雨雾中影影绰绰。

她问："你是谁？"

"我姓徐，是晏总的助理。"

这显然是个出人意料的答案，沈岁知愣了一下："他在车里？"

"是的，晏总在开视频会议，不方便下车。"

晏楚和这么忙，看来这次不是随便走走偶遇到的。

沈岁知这样想着，嘴上却叛逆地道："如果我不去呢？"

"晏总说，让我收伞随您一起淋雨。"

她沉默片刻，果断颔首说道："走。"

"感谢您的配合。"徐助理的脸上带着一丝职业的微笑，他示意她随自己来。

"倒不是配合不配合，"沈岁知牵起嘴角，"我只是突然发现，好像有点儿想他。"

徐助理听见这话，握伞的手抖了一下，然后他又装出一副什么都没听见的模样。

两人走到车前，拉开车门，沈岁知一眼望见坐在后座的男人：他的腰背笔挺，一身黑西装不见半分褶皱，他仿佛随时随地都可以站到巴黎时装周的舞台上控制全场。不愧是晏楚和。

临上车，沈岁知倏地停下脚步，看了一眼自己的外套，面不改色地脱下来拧了拧水，这才坐到他的身边。

晏楚和目不斜视，正同笔记本电脑屏幕中的合作方商讨事宜。若不是身边传来车门关闭的声响，甚至没人能察觉他的旁边多了个人。

沈岁知很自觉地避免出现在镜头范围内，挨着车门，掏出手机打开备忘录，指尖在手机上敲敲点点，然后转了个方向。

晏楚和斜望一眼，看清她打出来的几个字："清理费我出。"

他收回视线，不予回应，只对合作方道："明天给你答复。"

然后结束了这次视频会议。

他挂断通话，摘下蓝牙耳机，这才看向旁边落汤鸡般的沈岁知，视线在她脸颊上的纱布处停顿片刻，不由得蹙紧了眉。

沈岁知莫名地心虚，正要开口，便听他平淡地说道："去你家还是我家？"

沈岁知愣住了。

前排默默开车的徐助理猝不及防地被呛住，费了好大劲儿才没咳嗽出声，匪夷所思地从后视镜里看了一眼两人。

他是不是应该在车底，而不是在车里？

"你家吧。"沈岁知想了想，给出合理的理由，"礼尚往来，你上次来我家，这次换我去你家。"

徐助理这回没能忍住，猛地咳嗽起来。

不，他想自己应该在墓里，车底都不配。

晏楚和面无异色，同助理报了个地址。沈岁知听着陌生，下意识地就想问，你到底有几套房子。话到嘴边，她想起自己还披着萧老师的马甲，忙不迭地噤声。

沈岁知跟着晏楚和回了家。

跟着他进屋的时候，沈岁知匀出多余的心思想着，这要是被人拍到照片曝光给大众，那绝对劲爆，估计能占好几天的头条。

晏楚和打开客厅的灯，从鞋柜的上层拎出一双崭新的拖鞋，递给她说："新的。"

沈岁知眨眨眼，赶紧开口："我穿一次性的就行。"

"家里没有待客的拖鞋。"晏楚和看了她一眼，淡淡地道，"我不会让外人来这里。"

沈岁知止住换鞋的动作，抬起头来，本想说些占便宜的话，但在看到男人认真的表情后，竟然一时无言。

鬼使神差地，她的耳根子有点儿发烫，她怀疑自己是淋雨太久脑子坏了。

"喀……喀……"她迅速地换好鞋，人生在世这么多年，屈指可数的几次拘谨都给了晏楚和，"待会儿等雨小一点儿，我就回去。"

"现在到凌晨都是大暴雨。"晏楚和给她倒了杯热水，示意她坐到沙发上，"你睡卧室，我在客厅里睡。"

他的语气不容置喙，有些强势的意味在内。

沈岁知第一次感到被动，但好像也不排斥。她坐到他的跟前，撑着下巴打量他，说道："你是怎么找到我的？"

晏楚和刚打开电脑，似乎是要处理在车上没做完的工作，闻言，他的眼底闪过些许不自在，虽然转瞬即逝，但还是被她捕捉到。

"顺路。"他说。

男人的嘴，骗人的鬼。

沈岁知这样想着，喷了一声，凑过去非要跟他面对面："晏楚和，你看看我。"

他依言同她对视，无比坦然。

她指着自己，正儿八经地问道："看清楚没，你看我像个傻子吗？"

他移开视线，终是叹了口气："我看到你的朋友圈了。"

得到满意的答案，沈岁知看着他，嘴角噙着笑，继续问道："我只是说想飙车而已，你为什么来找我？"

经历过刚才的坦白后，这次晏楚和回答起来自然多了："你的心情不好，我看出来了。"

沈岁知闻言，一时竟不知该怎么接话。

换作别的男人，此时的她肯定是要借机调情，可晏楚和虽长着一张能恃帅行凶的脸，骨子里却纯得要命，把她吃得死死的，她还没遇见过这样的。

沈岁知习惯性地装出吊儿郎当的模样，问他："这你都看出来了？那你就不好奇我为何在那里吗？"

晏楚和垂眼看她，没有回答，只稍稍俯身抬起手来。

她下意识地闭眼，紧接着便感受到温热的指腹贴在脸侧，正是她受伤的地方。

沈岁知浑身一僵。

"你不想说，我就不问。"他说道，声音是一贯的清冷，"还有，你现在笑起来很难看。"

沈岁知的睫羽轻颤，她发现此刻的自己好像笑不出来了。

那股被她强压着的疲惫与委屈迅速地涌上心头，她从未在他人面前暴露过弱点，此时有些不习惯。

她终于不再嬉皮笑脸，沉默着捧起水杯，望着腾腾热气，像在酝酿什么。

半晌，她才语气平淡地低声说："刚才我被丢掉了。"

"像垃圾似的。"沈岁知轻嗤，低着头，"我在他们眼里就是个物件，有用就拿回来，没用就扔开。"

这话说得没头没尾，但晏楚和也不多问。

有细碎的杂音响起，他似乎是拿起什么东西，随后走过来，停在她的身前。

沈岁知没抬头，不太想让别人看到自己现在的表情。

"物是死的、冷的、硬的。"

晏楚和说完，顿了顿，将掌心在她的跟前摊开。

她抬眼，看到一颗薄荷糖。

"而你不是。"他继续道，"你是暖的。"

第四章

人间颜色

"你帮我看看我脸上的伤。"沈岁知含着薄荷糖，说话时糖块与牙齿碰撞，发出清脆的声响。

她已经从晏楚和的对面转移到了他的身边，倾身半闭着眼，指着自己脸侧可怜兮兮的要掉不掉的纱布说："我没感觉了。"

晏楚和没有立即行动，而是柔声地说道："卫生间有镜子，我待会儿给你拿医药箱。"

"还有医药箱呢，"沈岁知睁开眼，表情惊喜，自动忽视他的前半句话，"那你顺便再帮我把纱布换了吧，都被雨淋湿了。"

晏楚和忍不住弯起唇角，是他天真了，早该习惯她的厚脸皮的。

突然想起什么，他看了一眼那件被她随手挂在旁边的外套，仿佛在水里泡过一般，不由得蹙起眉来："你淋了多久？"

沈岁知有点错愕，没想到他会如此在意自己，只好含糊地答道：

"也没多久。"

闻言，晏楚和脸色更加阴沉了，片刻后开口道："快去把湿衣服换了。"

换作别人说这话，沈岁知肯定以为对方意图不轨，但跟前之人是晏楚和，她知道这男人再正人君子不过了，心里根本没有一点儿暧昧想法。

"放心，我的身体素质好得很，最多也就小感冒。"沈岁知为了让他安心，装出一副满不在乎的样子。

沈岁知瞧见晏楚和看她的眼神，好像要给她上一堂教育课，便讨好地说："算了算了，我现在就去，借你浴室用用可以吧？"沈岁知捋了一把自己半湿的头发，继续问道，"对哦，你这里有女人的衣服吗？"

这无疑是句废话，从晏楚和看向她的表情就可以得知。

"柜子里有浴袍，全新的。"他道，"或者你可以用吹风机把衣服吹干再穿上。"

这话有理有据，毫无逻辑漏洞。

沈岁知饶有兴趣地挑眉问道："你怎么不按套路来啊？"

"什么套路？"晏楚和被她问晕了。

沈岁知看着他正儿八经的模样，没好意思说出口，只盯着他身上的衬衫看了几秒，摇摇头道："没什么。"

看着她忍俊不禁的模样，晏楚和委实不明白自己到底说了什么好笑的话，便认真地询问道："是我不该这么问？"

此话一出，沈岁知彻底绷不住，一下子哈哈大笑起来。

这男人顶着一张英俊非凡的脸，却偏偏一本正经地问这么纯情的问题，外表和骨子里的反差实在是有趣。帅而不自知的男人，果然更有魅力。

她开口，却答非所问："晏楚和，我发现你其实是个很有意思的人。"

晏楚和闻言，也不知这句评价究竟是夸他还是损他，就没立刻做出回应。

紧接着，沈岁知又补充道："虽然你大多数时候让人觉得没劲儿，但是年纪轻轻说话活像个爹，倒是挺有意思。"

晏楚和满脸尴尬：他该感到荣幸吗？

沈岁知也不过是实话实说而已，怎么想就怎么说了，并无调侃意味。此刻她不打算继续这个话题，便转身向浴室走去。

话题就此结束，晏楚和思忖片刻，还是没明白沈岁知所谓的"按照套路来"是什么样。

但随后，他回忆起沈岁知方才打量他的眼神，重点似乎是衬衫，这才蓦地反应过来那句"套路"的意思。晏楚和身子微僵，脑中难以控制地浮现出一些场景。

想到两人还没吃晚饭，晏楚和便前往厨房，打算随便做点吃的。

半个小时后，当沈岁知边擦头发边从浴室出来时，敏感地嗅到空气中弥漫着一股饭菜的香气，于是肚子十分捧场地叫唤起来。她循着味道快步过去，一下就看见站在餐台前的男人。

他袖口半挽，露出结实修长的小臂，偶尔有热气裹挟着饭香蒸腾弥散在他的周围，使得他周身的冷冽气场被削弱不少。

也不知为什么，她在看到晏楚和以后，那些坏心情瞬间就抛去大半。

她是活着的，从未如此清晰地感受到这一点。

沈岁知垂下眼帘，凑过去瞧他的手艺。食材中没有她讨厌的葱姜蒜，他还记得她的喜好，沈岁知的内心忍不住有点儿小窃喜。

"你还挺……"沈岁知张口就想说贤惠，但词到嘴边又觉得怪异，于是硬生生地转换成另一句，"细心的。"

晏楚和将火调小，转头对她说："再等十分钟，你先出去坐着。"

她点点头，余光瞥到角落里躺着的哈密瓜，便笑嘻嘻地开口：

"我想吃哈密瓜。"

"想吃就吃。"

得到自己想要的答案，沈岁知美滋滋地将哈密瓜清洗干净，然后认真地切成小块，放在盘子里装好。

到底是别人的地盘，吃喝也都是蹭的，沈岁知很有自知之明地决定把果盘的第一口送给晏楚和。她用牙签叉起一块哈密瓜，自然而然地送到他的嘴边。

"啊——"

晏楚和下意识地张嘴咬下，反应过来后有点儿发蒙。

这动作未免太过亲密，他眼神复杂地看向身边尚不自知的女人，对方甚为满意地点点头，抱着果盘离开厨房。他看见她走出去几步，抬手戳了一块水果送入口中，用的正是方才的那根牙签。

晏楚和不明白自己为什么连这种无关痛痒的小细节都要注意，有些局促地收回视线，唇齿间还残留着哈密瓜的清香，久久不散。

这次买的哈密瓜好像比以往的都要甜。

十分钟后，饭菜便被端上了桌。

沈岁知又是挨饿又是淋雨，这会儿终于得以大饱口福。一番大快朵颐后，吃饱喝足的她靠着椅背，不由得感叹起来，真是很久没吃过这么满意的晚饭了。

酒足饭饱心情好，沈岁知帮着收拾好餐具，随后便坐到沙发上开始吹头发。

看到晏楚和正坐在旁边看手机，她随口问道："晏楚和，你还在忙工作？"

"没。"他掀起眼帘，目光触及她敞开的领口，不自在地迅速移开，"怎么了？"

"那就好。"沈岁知晃晃手中的吹风机，招呼道，"送佛送到西，来帮我吹个头发？"

晏楚和不为所动，显然不打算依言照做，不冷不热地反问："为什么不自己吹？"

沈岁知可怜巴巴地将手伸过去，让他能够看到她的拇指间横亘着的一道不深不浅的血痕，继续说道："我的手受伤了，今天削水果时弄的，可疼了。"

他看着那道伤口陷入沉默，也不知道她削水果用了多大的力气，心里生出一丝心疼。他放下手机，将吹风机接了过来。

沈岁知得意地笑了，虽然知道此时这个男人的头发丝上都透着"勉为其难"四个大字。

如愿以偿的她盘腿坐在沙发上，安心地闭上眼睛，等人给自己吹头发，俨然一副享受的样子。

说来也奇怪，沈岁知并不是那种喜欢与人有肢体接触的人，但碰上晏楚和，似乎一切都变得不一样了。

每个人都有属于自己的舒适区，她的舒适区好像总与他有关。

晏楚和不曾与人这般亲昵过，此刻站在她的身前，俯首便见女孩儿湿漉漉的发丝，竟有种不知所措的感觉。

见男人迟迟没有动静，沈岁知知道是自己难为人了，正准备自己动手，谁知下一刻，便有一块干燥柔软的毛巾落在她的发上，将她的视线盖得严严实实。

她猝不及防间下意识地抬手去掀，却被晏楚和轻轻地攥住手腕。

沈岁知不再乱动，呆呆地发问："怎么？"

"你的头发还在滴水。"他言简意赅地说。

话音刚落，一双手隔着毛巾触上她的肌肤，替她擦拭湿发。动作称不上熟练，却十分轻柔。

她看不到男人的表情，难得地不吭声不闹腾，心跳得特别快。打记事起，还没人为自己做过这种事情，此刻的她连开玩笑的心思都没了，正襟危坐，看起来略显紧张。

她不得不承认，温柔是个强有力的武器，轻易地就让她缴械投降。但她已经习惯与世界硬碰硬，没见过温柔，也没被温柔地对待过，所以此时浑身上下都不自在。

沈岁知感觉有些别扭，但心里又很软。

晏楚和眉眼低垂，看着平日折腾惯的人儿此时安安静静地坐着，分明紧张兮兮，却还要佯装从容模样，有种反差萌的可爱。

旁人若是听到他用"可爱"二字形容沈岁知，怕不是要惊掉下巴。

他不由自主地弯起唇角，但很快手下的动作便慢了下来。

不知何时，沈岁知身上沐浴露的味道悄无声息地泛滥开来，不是将他包围，而是与他融为一体。

是的，她用的是他的沐浴露，身上是与他相同的气息。

这种感觉很奇妙，让他原本无波无澜的心思凭空生出几分暧昧。他的喉结微动，不可否认地说，此刻的他有些心猿意马，眸色几番变换。

沈岁知对此并不知情，只感觉到男人的动作突然被按下了暂停键。她因背对着他，不知他为何如此。

不等她开口提醒，发顶的那双大手又轻轻地动了起来。她排除晏楚和出神的可能性，重新合上双眼，静静地享受这份静谧的美好。

晏楚和后知后觉地反应过来自己刚才做了什么，有些僵硬地直起腰身，继续手中的动作。好在沈岁知的视线被挡，并不清楚他的所作所为。

他微抿唇角，方才转瞬即逝的温热触感挥之不去，即便隔着一层单薄的布料，也仍旧引人回味。

待头发被吹干，沈岁知已经昏昏欲睡，垂着脑袋忍不住地晃悠，迷迷瞪瞪的。

晏楚和给她脸颊上的伤口重新消毒，贴上纱布，又顺带着处理好她拇指上的刀伤，才放她去卧室睡觉。

沈岁知哈欠连天，闲聊的劲儿也没了，跟晏楚和摆摆手道完晚安就钻进被窝。床很舒适，还残留些许男人清冷的气息，称不上排斥，倒让她感觉妥帖。

她难得不吃安眠药就酝酿出睡意，自然要抓住这个机会好好休息，合眼就往梦里沉。

沈岁知才知道，原来她在外面也可以睡得很香。

一夜无梦，这种高质量睡眠沈岁知已经许久没有过了。同样是自然醒，今天的精神就比往日不知好了多少倍。

她伸手去摸手机，倏地想起自己待会儿还要去给晏灵犀上课，当即连滚带爬赶紧起床，准备换好衣服找借口回去。

推开卧室的门，客厅落地窗的折叠窗叶被收起，洒进室内的阳光有些刺目，沈岁知条件反射地眯起眼睛，望见伫立在窗前的人。

晏楚和站在一方明亮光线里，挺拔的身姿如松如竹，白衬衫、西装裤在他的身上似乎永远不会显得死板无趣，他仅仅是站在那里打电话，就让人挪不开眼。

沈岁知正在心底暗自垂涎他这张帅脸，就见他侧首看向她，随后微抬下颌，示意桌上的早餐。

沈岁知比了个 OK 的手势，没急着吃饭，而是自觉地拿起已经晾干的衣服，去卫生间换好。待她推开门时，晏楚和刚刚挂断电话。

"昨晚谢谢你哦，"她对他道，顺口开了个不太正经的玩笑，"这人情先欠着，下次有机会，你也去我那里住一晚。"

晏楚和自然不会当真，淡淡地道："待会儿我去公司，顺路送你。"

有车不蹭是傻子，沈岁知点头应好，坐在餐桌前开始一边吃三明治，一边腾出手来玩儿手机。

沈岁知刚戳开微信，便看到苏桃瑜的视频通话打了进来。她想也没想就接通，却忘了自己现在在别人的家里，等反应过来要挂断时，为时已晚。

苏桃瑜一下子就看到镜头中坐在后方沙发上的男人，当即愤愤地说道："好啊，你个沈岁知，竟然背着我养男……"

那个"人"字还未出口，晏楚和便已闻声抬首，直直看向镜头的这边。

看清楚男人的长相后，苏桃瑜倏地收声，呈木鸡状。

沈岁知倒是无所谓，但为了晏楚和的名声，还是决定解释清楚："我昨天因为一些事情在街边淋了雨，他路过就把我带回家了，没别的。"

苏桃瑜的表情更加古怪，她仿佛认定他们两个有一腿。

"我和他清清白白，什么也没发生。"沈岁知无奈地说道，回头跟晏楚和求证，"你说，咱俩是不是清白的？"

晏楚和没想到她会问自己，不由得怔住，下意识地想起昨晚落在她发顶的那个吻，有些心虚。

他挪开视线，说道："应该是吧。"

沈岁知无语，这个不确定的"应该"是怎么个意思？

苏桃瑜发觉两人之间的猫腻，小心翼翼地压低声音说："沈岁知，不会是你强迫人家吧？"

"你放……"

沈岁知额角一跳，正准备爆一句粗口，却突然想起身后还有个不食人间烟火的男人，只得迅速地改口道："放心，我是那种人吗？"

苏桃瑜对于自家的姐妹还是非常了解的，看她想爆粗口又不敢，忍不住笑了，说道："想不到你也有今天啊。"

沈岁知的表情却突然古怪起来："苏桃瑜？"

"怎么了？"苏桃瑜不明所以，歪了一下脑袋，问道，"你想转移话题呢？"

"不是，你……"

沈岁知眼神复杂地看着苏桃瑜身后那位裹着浴巾推门而出的男人，显然苏桃瑜本人还没有察觉到。

沈岁知欲言又止，不知道后方的晏楚和眼尖地在她的手机屏幕中看到了一张熟悉的面庞。晏楚和微眯了眯眼，迈步上前。

苏桃瑜还没明白他们两个是什么意思，一脸困惑地正要询问，却听晏楚和语气平静地道："叶彦之？"

苏桃瑜当即手一抖。话筒中随之传来一声惨叫，然后镜头陷入黑暗，视频通话已被挂断。

沈岁知跟晏楚和面面相觑。

她清清嗓子，尴尬地打破沉默："刚才是你的朋友啊？"

他人的私生活不便讨论，两人便十分默契地转移有关视频聊天的话题。

"好了，时间差不多了。"沈岁知轻咳一声，站起身来，"我们走吧。"

晏楚和颔首，刚拿起车钥匙，那边沈岁知的手机便剧烈地振动起来，屏幕上"晏灵犀"三个大字跳了出来。

沈岁知在看清联系人后差点儿吓得把手机扔掉，下意识地想挂断。她不着痕迹地侧身，挡住晏楚和的视线，随后利索地挂断并开启飞行模式，面不改色地将手机装进口袋。

晏楚和问："不接吗？"

"骚扰电话。"她答。

他淡淡挑了下眉，不置可否，紧接着，他的手机便响了。

沈岁知当即神经紧绷，迅速反思自己有没有什么马脚露出来。

晏楚和已经将电话接起，开口道："怎么了？"

那边不知说了什么，惹得他眉间轻蹙："请假的事儿我帮你跟她说，你要去做什么？"

沈岁知从他的表情和语气中推断出，应当是晏灵犀的来电，不知道他们说了什么，他看起来不是多乐意。

不多久，他挂断电话，指尖却在屏幕上点击数次，似乎是在拨打某个电话号码。

沈岁知心下一阵窃喜，幸好刚才机智，打开飞行模式防止再来电。

果然，晏楚和将电话拨出去后，她的手机屏幕并没有亮起。

晏楚和神色未改，似乎并不意外这个结果，随后将手机收起。

穿帮危机顺利地解除，沈岁知佯装随意地问道："怎么了，心情不好？"

"晏灵犀有事儿出门，要我帮她请假。"他稍作停顿，抬起眼看她，"她说家教老师的电话打不通。"

沈岁知仿佛完全听不见他后面的那句话，一本正经地道："噢，这你就生气了？别把小孩儿管得那么紧嘛。"

晏楚和沉默着看了她片刻，才不紧不慢地说道："她要跟她的男同学单独出去。"

沈岁知这才明白其中的重点，估计是晏楚和怀疑他的妹妹有早恋倾向。这么想着，她随口说道："没事儿，谁年轻时没早恋过啊？"

"我没有。"他说。

沈岁知瞬间尴尬起来，赶紧改口说："巧了，我也没。"

晏楚和没有说话。也不知道是不是沈岁知的错觉，感觉他听完这话好像心情不错，难道他是觉得找到了同类？

沈岁知思忖半晌，决定适当摆出自己没有能早恋的条件，说道："我高中时成天打架逃课，简直就是一个混吃等死的典范，浑身都是刺，哪有人敢跟我早恋？"

"我知道。"

她愣住："你知道？"

"我们毕业于同一所高中，我曾经作为毕业代表回母校参加学术研究。"

说完他稍作停顿，又道："你们的物理老师是我的恩师，我替他代过三节课，你只来了一次，而且在睡觉。"

沈岁知的脸上再一次写满尴尬："需要说声对不起吗？"

晏楚和神色复杂地瞥她一眼："不用。"

"也是。"沈岁知乐呵呵地接话,"那我还得叫你一声'晏老师'呢,是吧,晏老师?"

她明眸善睐,嘴角上挑时眉眼也带出几分媚劲儿,漂亮中携着些许攻击性,却能教人挪不开眼。

天地良心,沈岁知只是习惯性地开玩笑罢了,没想到晏楚和突然脸色微变,不自在地侧开脸,耳郭隐隐泛红。

难道她说了什么让人浮想联翩的话吗?

沈岁知百思不得其解,接着这个话题继续问:"我是因为太爱搞特殊,没人敢跟我搭腔,你这款应该不少女孩子追吧?"

"还好。"他神色淡然地说道,"没遇到喜欢的。"

沈岁知闻言,意味深长地噢了一声,坏笑着说:"晏老师,我又没问你恋爱史,干吗这么着急地解释?"

晏楚和显然没想到这层,一时被她问得不知该怎么回话。沈岁知见此便不再为难他,打着哈哈说开玩笑而已。

"走啦,别再耽误时间了。"她朝他晃晃手,抬脚迈步,径直走向门口。

光影错落间,晏楚和微微眯眼,眼前的身影与记忆深处的少女逐渐重合。时光一去好多年,有些事却好似不曾改变。

那已经是很久以前的事情了,彼时的平城正值盛夏,天气热得令人发昏。

那年,晏楚和二十一岁,沈岁知十六岁。

他在校时间不长,仅仅半个月,替恩师代课。时隔多年,他对很多事情都已经记不清了,唯一印象较深的,便是教室角落里那个空荡的位置。

彼时的沈岁知经常见不着人影,即使来上课,也只趴着睡觉。起初他对大家口中的这种"问题学生"并无看法,只觉得她特立独行,与集体格格不入,是个很奇怪的人。

是的,很奇怪,她身边永远热闹,狐朋狗友众多,但这也掩盖不了一个事实,她并不合群,身上仿佛有一层透明的隔膜。

这层隔膜平时不会显现，只在她身处人群中时，才会使她很快露出破绽。

而沈岁知的言行举止，也无一不表露着她的不可控性。打架斗殴，飙车作乱，性格极端……她身上有种压抑的狂热，越是无法把握的危险事情，她就越喜欢尝试。

这模样很像一个身无分文却不屑于玩儿小牌的赌徒，正是这股子狠劲儿，让人不敢靠近她。

令晏楚和对她改观的那件事并不复杂。那是他离开平城的前一日，因为晏灵犀打电话嚷嚷着要吃甜点，他便随便挑了一家店进去。

前台只有沈岁知一人吊儿郎当地坐着玩儿手机，工作服都没穿，显然是暂时看店的。

晏楚和推门而入时，正好有位年过半百的老人在结账。老先生衣着淳朴，与装修精致的店铺略显不搭，看样子平时应该很少来这种店。

老人接过沈岁知递来的精致纸袋，笑吟吟地说道："谢谢你啊，小姑娘，麻烦你帮我包装好。我带回去送给我太太。"

沈岁知顿了顿，在老人转身之际又突然出声唤住他："你等等。"

她又去取了一块同款的甜品，包装好递过去，说："我忘了店里买一送一，拿着吧。"看到老人将信将疑的表情，她又补充道，"带回去跟你太太一起吃。"

晏楚和没揭穿她蹩脚的谎言，却在轮到他付款时，故意问："不是买一送一吗？"

沈岁知头也不抬地说："名额没了。"

晏楚和哑然失笑，暗叹她真是一个别扭的小姑娘。

车子驶到沈岁知家的楼下，她道完谢转身去开车门，车门纹丝不动，便转头看他。

晏楚和并不急着给她解锁，转头对上她的视线，淡淡地道："你欠我的东西还没还。"

沈岁知认真地思索几秒，答道："情债？"

"我的外套。"

她正想方设法缓解尴尬，就听他慢条斯理地又说了一句："你干洗后把它挂在衣架上，我上次看到了。"

沈岁知下意识地质问："你怎么知道我洗过了？"

晏楚和一副看透她的心思的表情，说："干洗的序号标签没有撕。"

沈岁知扶额汗颜，都怪自己当时装傻充愣说衣服还没干洗，衬得此刻的她像个傻瓜。

"其实，你想找我的话，随时都可以。"晏楚和对她说道，"不一定非要带着理由。"

眼看心思被揭穿，沈岁知的脸上莫名地发烫。她急着解释说："我什么时候想找你了？"

晏楚和还是头回见她这副急于掩饰而着急的模样，自然觉得新奇，干脆顺着她的话说："嗯，我说错了，是我想找你。"

沈岁知简直像一拳打在棉花上，好在晏楚和很给面子地开了锁。她夺门而出，一路小跑着蹿进楼内。

他有些忍俊不禁，正准备开车离去，就看到某人风风火火地去而复返。只见沈岁知二话不说地从车窗塞入一个袋子，气冲冲地说："忙你的去吧。"

目送车辆远去，沈岁知抓了两下头发，对刚才自己的行为感到莫名其妙：怎么自己在这人的面前情绪波动这么大？

沈岁知转身往家走，看见路旁停着一辆车，只觉得有些熟悉。在她愣神儿间，姜灿戴着口罩、墨镜从车上走下来，手里拎着一个暗色包装袋，没好气地递给她，说道："昨晚忙什么呢？给你打电话都没接。"

"我在晏楚和的家里。"沈岁知实话实说。

姜灿瞬间呆若木鸡，半晌才艰难地开口："你们……你们这么快就……"

眼看姜灿欲说出某些少儿不宜的词，沈岁知赶紧正色道："你说正经的，出什么事儿了？"

姜灿及时打住，转而问道："还问我呢，昨晚颁奖典礼你忘了？"

"姜老板辛苦，月底给你发奖金。"

"奖杯拿走。我出趟门还得全副武装，不知道的还以为是我得奖了。"

沈岁知接过袋子，笑道："那可不是，应付记者挺累吧，我请你吃饭？"

"别。"姜灿连忙摆摆手，"你赶紧把新歌发出来我就烧高香了。你瞧瞧你都拖多久了，歌词还没写好？"

沈岁知沉思片刻，终于给了姜灿一个好消息："歌录好了，我现在回去做后期，大概今晚六点之前可以交货，微博营业你看着来吧。"

姜灿瞬间两眼放光，忙不迭地催着沈岁知上楼，自己则赶紧去 SZ 个人微博给新歌预热。

当天晚上，微博热搜榜前排空降两个标题：SZ 新歌，SZ 路人图。

第五章

四季之轮

SZ 的微博有几百万粉丝，鲜少发表与个人有关的东西，基本都是姜灿负责管理，新歌将在当晚发布的消息放出后，迅速惊动了广大网友。相关热搜被使劲儿往上推，大家都在猜测 SZ 的原声和长相。

在大众的眼里，SZ 的性别是一个谜。这次新歌由她独自编曲、作词、演唱，庐山真面目即将掀开一角，噱头实在是大，再加上金曲奖的热度，瞬间便引起广泛的关注。

当晚八点整，音乐平台正式上架 SZ 的新作——《生》。

眨眼间，这首新歌的评论便攻破四位数。演唱的女声低沉悦耳，有几分烟嗓的味道，糅着恰到好处的漫不经心，极具辨识度。

伴奏简单干净，主旋律由吉他撑起，是低而和缓的曲调，歌词随之流淌而出：

"我生于初升的朝阳，死于烂醉的清晨，等到暮老白头，才迟迟下葬。"

女声淡然而慵懒："命贫瘠得像野草,早早消殒,也不知何时能被埋掉。"

歌曲进入尾声,吉他落下余音。

她低声地唱道:"这是个不适合停留太久的世界。"

沈岁知面无表情地刷新着微博热搜,关注的重点对象却不是自己的新歌,而是那个明晃晃的话题:SZ 路人图。

十分钟前,这个标题空降热搜榜,之后便以难以置信的速度一路攀升,实在令人叹为观止。

沈岁知实在不明白,为何大家的八卦心这么强。她再次戳进去那条爆料微博,图片赫然是先前姜灿全副武装来找她时被拍下的,不过好在她只给镜头一个模糊的背影,并不清晰。

电话开着免提,对面的姜灿骂骂咧咧地道:"这都什么事儿啊,怎么还有狗仔跟着我?"

"多大点事儿。"沈岁知不慌不忙地拎过一罐冰啤酒,单手取下易拉环,感受着扑面而来的冷意。

她喝了两口,才继续道:"让他们猜去呗,就当给我涨热度了。这正好刚发歌。"

姜灿闻言思忖片刻,觉得她言之有理,但放着不管随事件发酵好像也不太对。

"我再观望观望吧。"姜灿头疼地说道,"愁死我了,为了保住你这件马甲,我都得生出三头六臂才行。"

"姜老板辛苦,加油哦。"

沈岁知笑吟吟地说了句风凉话,压根儿没把这事儿放在心上。

她不在乎这些,起初披马甲只是为了方便,毕竟她本人的公众形象并不是多么积极正面,也懒得改变他人的看法。作词只是因为热爱,她不希望音乐沦为她的工具。

沈岁知两耳不闻窗外事,并不关注网上那些有的没的,打开电脑戴上耳机,开始整理灵感文件夹里的文档。

直到姜灿抓狂的声音穿透耳机——

"沈岁知！你人呢？！"

沈岁知摘掉耳机，顺手把免提音量调小，应道："在呢。"

"那我喊你这么多声都不应？"

"我刚才在工作，戴耳机了。"她蹙眉，"我正准备吃药进被窝，有点儿困了。"

"别别别，你看看热搜啊，我的姐！"姜灿听上去已经快要崩溃，"有人把你和 SZ 扯一起了！"

沈岁知闻言挑眉，打开微博的页面，赫然看见一个"SZ 沈岁知"的标题，热度还不低。

"背影都能认出来，我有私生饭（对偶像私生活过度关心、喜欢跟踪偶像的追星者）了？"她玩笑着说道，用指尖点击进去，就看到众网友的猜测和证据合集。但评论区清一色都是胡诌，没有一点儿可信度，甚至还有不少人说，沈岁知怕不是走黑红（靠爆出负面信息来获得流量）路线走上瘾了，凭借名字巧合就蹭 SZ 的热度，简直厚颜无耻。

沈岁知只觉得有趣，尤其是看到上述评论的点赞都还挺高以后，萌生了看戏的念头。

"怎么乌烟瘴气的？"姜灿应该也在翻看微博，愤愤不平地说道，"你干脆把马甲脱了算了。"

"我自己吃自己的瓜（表示某个热点八卦事件），挺有意思的。"沈岁知饶有兴趣地继续浏览网友发言。

但很快，她的眼神就冷淡下来。

姜灿听到她那边没动静，心里莫名很慌，便试探着问："你看到了？"

沈岁知嗯了一声，继续翻阅微博：酒驾飙车，打架斗殴，包养鲜肉，教唆吸毒……

真真假假，安在她头上的罪状太多了。她竟然还有心思开玩笑，自嘲着说："原来我是这么坏一女的。"

她的语气轻松，看起来她满不在乎的样子。

姜灿摸不准她的态度，酝酿片刻，安慰道："不用难过，我已经联系公关了，明天保准还你清净。"

姜灿一直都知道沈岁知是语不惊人死不休的性格，但有时还是会猝不及防地被她的发言惊到，正如现在——

她说："为什么要难过？我的确不是什么好东西。"

姜灿怔住。兴许是因为这话太锋利，而沈岁知本人还一副无所谓的态度，最后姜灿也只是干巴巴地说道："那你……也得澄清吧。"

"作用不会太大，毕竟人们只愿意相信他们想看到的，真实性并不重要。"沈岁知语气平淡，好似在讨论陌生人的事，"所以我觉得放着就好，大家骂够了也就消停了。"

"其实清者自清这个道理纯属无稽之谈。"沈岁知哑然失笑，"流言蜚语多了，谁也不会在意真相。"

沈岁知始终明白这个道理。她自暴自弃，也没人会来救她，更何况她根本不需要这些。他人的指指点点并不能对她造成多大的伤害，充其量不过是让她晚睡半小时。

"我已经跟公关和微博那边联系了。"姜灿说，隐约叹了口气，"要不你先睡吧。"

沈岁知应了一声"好"，干脆地同姜灿说了拜拜，挂断电话吃完药，平心静气地上床歇息。

翌日，天色将明时分，沈岁知悠悠地转醒。

这晚的睡眠质量称不上多高，她起床时头还有点儿蒙，半闭着眼从床头摸索到手机，先看时间，还早。她接着查看未读消息，看到姜灿发来"好了"两个字，这才想起昨天的微博热搜事件。

果然，沈岁知再看看热搜排行榜时，已经是清一色的正常画风。

说不上高兴，沈岁知内心十分平静。除去网络上的小风波，今天还是个再普通不过的日子。

她翻身下床去卫生间洗漱，洗脸前对着镜子观察脸侧的伤痕，看着有点儿肉疼，希望别留疤。

沈岁知郁闷不已，也不知道自己最近到底倒了什么霉，见血这么频繁，右手的伤还没好利索，这就又添了两处。

上好药，贴上创可贴后，她又恢复正常，心想反正自己戴着口罩，就算运气不好在晏家撞见晏楚和，也不怕露馅儿。

换好衣服后，沈岁知便准备出门。她之前买了一双高跟短靴，一直没机会穿，正好能搭今天的衣服，想也没想就抬脚蹬上了。

出门的时候她只觉得左脚的鞋子不太舒服，以为是新鞋的原因也没过多在意，径直打车前往晏家。

沈岁知坐在车后座，望着窗外发呆，从最初心不甘情不愿地接下家教这个工作，竟然也过去大半个月了。

这段时间倒没自己想象中那么难熬，晏灵犀是个有灵性的小姑娘，有趣得紧，学习态度也端正，并不会让沈岁知头疼。

唯一的变故就是晏楚和，在此之前她始终觉得那人就是云中月、天上星，跟她这种人八竿子打不到一块儿。但相处下来，沈岁知发现他这人还真挺不错，有情趣，又讲义气。沈岁知念及此，竟忍不住地唇角上扬起来，直到司机说"到了"，她才收回早就飘远的思绪。

沈岁知走向晏家的大门，但没迈出去几步，就倏地停了下来。

她的左脚后跟在隐隐作痛。

她皱起眉头，怀疑是鞋里硌了东西，尝试着抬了抬脚，鞋子狠狠地摩擦着她的肌肤。此时的沈岁知欲哭无泪，早知道这样就不穿这双鞋了。

沈岁知强撑着来到晏家，一瘸一拐地坐上沙发。用人见此过来询问需不需要帮忙，看她摆手婉拒，便出去忙自己的事情了。

沈岁知看四下没人，便想在脚后跟贴个创可贴，单手把鞋脱下，放在脚底半踩着。她看了看，脚后跟已经开始渗血丝，忙从包里翻出创可贴来，抬起腿就要贴上。

谁知，她竟完全忘记了还踩在脚底的鞋，鞋子瞬间被踢开，在地面滑出去好远。

这场景过于滑稽。她咬咬牙，决定先把创可贴贴好，反正她戴着口罩不怕丢人，就算丢人也是丢萧宛开这个马甲的。

待收拾好一切，沈岁知抬眼看向不远处那只可怜兮兮的鞋，此刻它正孤零零地躺在地上。

就在沈岁知打算单脚蹦过去捡鞋的时候，视野里出现了另一双鞋——而且是一双男士皮鞋，看起来就价值不菲的高级鞋子。

沈岁知蒙了，真情实感地再次陷入困惑，不明白为什么每次自己尴尬出糗的时候都会遇上他，体会双重尴尬。

已经知道来人是谁，她没再抬高视线，竭力抑制语气中的不自在，客气地说道："晏先生，能……"

求助的话语尚未出口，晏楚和便以动作打断了她。他俯身弯腰，单手拎起那只鞋，随后几步上前，端端正正地将其摆在她的脚边，举手投足间拿捏得当，尽显教养。

两人离得这般近，沈岁知甚至能嗅到他身上的冷香，不由得颤了颤睫羽，说不清楚心里什么感觉。

尽管如此，人设绝不能崩，她垂下眼帘，低声地说道："谢谢晏先生。"

语气诚挚又感激，还含着被把控得当的几分委屈，小白花的人设已经被沈岁知立得出神入化。

她半弯下腰去系鞋带，一时不察，露出伤痕累累的右手。她迅速地反应过来，将手侧开角度，让伤口待在晏楚和的视野盲区。

沈岁知自认为这一系列的动作行云流水，除非对方眼藏显微镜或者最开始的关注点就是她的右手，否则他绝不会察觉到这细微的动作。

所以当晏楚和开口的时候，她愣了。

他问："你的右手怎么回事儿？"

"眼藏显微镜的概率大吗？应该不大。"沈岁知这么想着。

所以，晏楚和肯定是后者。

"小伤而已，我不小心被剐到的。"

沈岁知云淡风轻地接过话题，不给晏楚和多观察的时间，便穿好鞋站起身来。

她不着痕迹地将手掩在长袖下方，动作既不显得突兀，也不显得刻意。随后她抬起脸对晏楚和笑了笑，道："刚才麻烦晏先生了。"

"客气了。"晏楚和轻轻地摆手，"萧老师的脚受伤了吗？"

"没有，就是新鞋刚上脚有点儿不太舒服，我刚贴了创可贴。"

他闻言颔首，随后迈步与她擦肩而过，朝着大门口走去。

沈岁知暗中松了口气。谁知身后的那脚步声没响起几声就生生地止住，她的一颗心又跟着吊了起来。

与此同时，男人再度出声："对了，之前你表哥的事情怎么样了？"

沈岁知飞速地运转大脑，终于想起前些日子那个被迫当她表哥的狗仔，没想到晏楚和还记着这茬儿，记性倒是够好的。

结合晏楚和之前的各种关心，沈岁知严重怀疑他喜欢萧宛开这种风格的人——柔弱无辜惹人怜，坚强不屈的小白花。

沈岁知觉得这会儿最好能挤出几滴泪来，但粗犷路子走惯了，实在力不从心，只得退而求其次地装出强颜欢笑的模样，垂下眼帘。

"我已经没事儿了，多谢您挂念。"她扯起嘴角，始终低着视线，显得有些彷徨无措，"我的家庭情况有点儿复杂，倒是让您见笑了……我的父母走得早，留下巨额的债务，舅舅他们收留了我，不然我就无家可归了。"

她停了一下，继续道："债务我在慢慢地还。舅舅一家对我有恩，他们有难，我一定竭尽所能。之前表哥也是迫不得已才来找我，大家都挺难的。"

说完这些，沈岁知像是突然顿悟，连忙看他："抱歉，我说了这么多自己的事情，耽误您的时间了吧？"

晏楚和的眼底浮现出几分不易察觉的波澜，她分辨不出那是什么，也没时间过多揣摩。

他淡淡地道："需要帮忙可以找我。"

沈岁知强撑起微笑，对他说："您真是个好人。"

应付完晏楚和，沈岁知转头就换个表情，想起刚才自己的表现，不由得起了一身鸡皮疙瘩。

沈岁知推开房门时，晏灵犀正戴着耳机听歌，双手在键盘上噼里啪啦地一通狂打。

沈岁知走过去瞥了一眼，发现晏灵犀听的正是自己昨晚发行的《生》。

"干吗呢？"沈岁知问。

晏灵犀被吓了一跳，回头见是她，这才放松下来，气鼓鼓地说道："我跟人骂架呢。你等我回复完这人，马上就好！"

沈岁知挑眉问道："跟人吵架了？"

"不是，"晏灵犀摇头，"你可能不关注微博，之前有人说SZ 是沈岁知……沈岁知你知道吗？"

沈岁知心情复杂地应声："知道。"

"昨晚 SZ 刚发新歌，就有人带节奏说 SZ 像沈岁知，把评论区搞得乌烟瘴气的。"

沈岁知表示理解，说道："那你是觉得沈岁知在蹭热度？"

晏灵犀闻言顿住，却未如沈岁知所料的那样义愤填膺，而是皱着眉说道："不，好多人说沈岁知的黑料，却连个像样的'锤'都没有，纯粹是跟风辱骂，这跟网络暴力有什么区别？"

沈岁知的目光微动，她继续开口道："那你也不了解她啊。"

"但我哥认识，而且我也知道那些人说的都是假的。"晏灵犀说，"就算沈岁知能闹，他们也不能什么帽子都往人头上扣吧。"

"我哥愿意接触的人肯定不是坏人。"晏灵犀说着按下回车键，将电脑关机，又道，"不过这也只是我个人的想法，姐你别笑我啊。"

沈岁知觉得这小姑娘说话在理，便颔首道："你继续说。"

"这个社会就像有个隐形的规则,它规定男女该怎样,善恶该怎样,但我觉得那不一定就是对的。"晏灵犀说,"沈岁知只是特立独行了一些,但也没做过伤天害理、品行败坏的事儿,怎么就有人站在道德的制高点批评她啊?我就觉得沈岁知这种人挺酷的,完全按自己的想法生活,不像我哥那种人形冰箱……"

自顾自说了这么多,晏灵犀后知后觉地眨巴眨巴眼睛,看向沉默的沈岁知,小心翼翼地问:"姐,我是不是话太多了?"

沈岁知被喊回了神,轻轻地摇头,笑了笑:"不是,你说得很好。"

站在他人的视角听别人这样评价自己,沈岁知还是头一回。

沈岁知感到此刻的心情有点儿奇怪,说不上多感动,只是觉得原来自己这种坏坏也是有人认同的,心里生出一股说不清、道不明的奇妙感受,但不得不说,这种感受还不错。

晚上九点整,YS酒吧的二楼。

酒吧内暖风足,沈岁知脱下外套搭在臂弯,身上只着了一件纯黑的吊带裙,露出大片白皙柔嫩的肌肤,这与裙子对比鲜明。

苏桃瑜也穿得一身清凉,肩上只多出一件西装外套。她扭头说道:"我今天总算盼到你来,都多久没出来玩儿了?"

沈岁知在心里估摸着,好像自从接了晏灵犀家教这活儿,就鲜少出来撒野,还真挺久了。

沈岁知语气懒散地道:"这不来了吗?"她挑眉笑了笑,"怎么,今晚不找叶彦之?"

苏桃瑜被噎住,心虚地摆摆手说:"什么跟什么啊,我和他就是单纯的那种关系,你懂吧?"

"那是什么关系?"沈岁知故意一脸八卦地问。

"你还好意思打听我的感情状况?"苏桃瑜迅速地转移话题,问道,"我还没问清楚你呢,你跟晏楚和怎么回事儿?"

"我跟他,"沈岁知弯了弯唇,说的话半真半假,"就是单纯的朋友关系。"

苏桃瑜显然不信："你都在他的家里过夜了。"

她们谈话间，后方传来包间门被推开的声响，酒吧里人多，聊得甚为投机的两人并未注意到。

"我馋他的身子啊。"沈岁知装模作样地叹息，眉眼低垂，又沮丧又无奈地说，"但人家只想跟我做朋友。"

这话说得跟真的似的，苏桃瑜也不知道该不该信，正思忖的工夫，两人就到了包间的门口。

沈岁知推开门，桌前已经坐了三男一女。

"沈姐可算来啦？"

最中间的男人笑着打招呼，顺势晃晃手中的扑克牌，问："开局三打三？"

沈岁知笑了："走起。"

"得嘞。"苏桃瑜跟她一同落座，"老规矩，不赌钱，只拼酒。"

其余几人嬉皮笑脸地插科打诨，沈岁知坐在桌子旁的角落里，不紧不慢地点上一支烟开始摸牌。

过了一会儿，正洗牌发牌的女人疑惑地看向她，不由得打趣道："沈姐这段时间不出来怎么性子都安静了不少？"

沈岁知哑然失笑，咬着烟道："难不成非得听我骂骂咧咧才舒服？"

"嘿，之前几次喊你都说没空。说吧，你是不是外面养了男人？"

沈岁知听见这话没什么反应，倒是苏桃瑜猝不及防地被酒呛住咳嗽起来。

"不是吧？"那人登时瞪目，"沈岁知，你还真养男人了？"

沈岁知以呕回之，弹了下烟灰，不屑地道："脑子里都是什么乱七八糟的玩意儿，我是那种人吗？"

"也是。"将牌分好，女人跷起腿，姿态慵懒地说道，"咱还没玩儿够呢，说什么男人啊、爱情啊，没那精力。"

"就是！"本该心虚的苏桃瑜理直气壮地猛拍桌子，"二十来岁就是该撒野的年纪，谈对象多耽误事儿！"

沈岁知心知肚明地瞥了苏桃瑜一眼，看破不说破，她们还是好朋友。

三打三进行到半路，沈岁知的手机突然振动起来。她本想直接挂断，却在看清联系人后，动作顿在中途。

这是拨到卡二的来电，虽然她没存来电联系人，但知道她这个号码的人只有晏楚和。

沈岁知的表情变了又变。最终她站起身来，匆匆放下一句"我去趟厕所"，便快步推门离去。

留下的五人面面相觑。方才猜测沈岁知有情况的女人欲言又止，半晌过后喝口酒压压惊，面色复杂地道："这……这怎么跟对象来查岗似的？"

苏桃瑜看自家姐妹的这个反应，就知道电话那边是谁了，长叹一声："还真不是对象。"

"你知道内幕？"

"咱们的沈姐馋人家的身子，但……"

"那男人死命不从，勾起了沈岁知的兴趣？"不等苏桃瑜说完，女人接话猜测道，"该不会是霸道总裁强制爱的剧情？"

苏桃瑜虽满脸的尴尬，但仔细想来，那人说的好像并非太违和。

沈岁知离开包间后特意走出一段距离，调整情绪迅速代入萧宛开的人设后，这才滑下接听键。

她清清嗓子，放柔声音道："晏先生？"

"萧老师。"晏楚和语气淡淡地唤她，不知为何稍作停顿，又问："听你那边有些闹，你在忙？"

沈岁知不着痕迹地拢紧话筒，睁眼说瞎话："没有没有，我在家看电视呢。"

晏楚和看着不远处靠在墙边打电话的女人，见她还在装傻充愣，没再说什么，只迈步朝她走去。

沈岁知琢磨不出他这是什么意思，正欲说话，便听到晏楚和低声地轻笑，但他的言语中却没什么笑意。

"是吗？我再问一遍，"他说，"你在哪里？"

她在哪里？

沈岁知听见身后与手机里同步响起的声音，瞬间呆在原地。

有那么一瞬间，沈岁知是想骂人的，但马甲与本体的人设复杂地交织，使她不会说话了，只得抽搐着嘴角强行地消音。

她僵硬地扭头转身，对上男人高深莫测的眼，干巴巴地问了一声好，自己都觉得自己像个木头。

晏楚和的神情淡然，面上没什么情绪："萧宛开。"

他终于知道为什么当初听到这个名字会有种莫名其妙的感觉，轻笑一声，将名字倒置，逐字念道："开、玩、笑？"

两人无声地对峙着。沈岁知眼瞅着马甲掉成这样，明白再糊弄也是欲盖弥彰，干脆扒掉得了。

她竭力装出坦荡的模样，做了个深呼吸，抬手撩起长发，再看向他时，眉眼已然漾出娇媚的笑意。

她正欲启唇，晏楚和却倏然出声："父母早亡？"

沈岁知的脸色微僵。她正暗自斟酌，却见他迈步朝她走来。

她心底登时警铃大作，条件反射般后退半步，随时准备遁地而逃。

晏楚和的步履不停，他语气淡然地道："身负巨债？"

她开始冒冷汗，看着渐渐逼近的男人，干笑道："这个……我的花呗确实还没还。"

"表哥借钱？"

"喀，这是善意的谎言，我也是身不由己。"

话说到这里时，晏楚和已经来到她的面前，俯首看着心虚无措的人儿，不由得觉着有些好笑，没想到她也会有这种表情。

他似笑非笑，用极耐人寻味的语气，重复她说过的话："我真是个好人？"

沈岁知无比羞愧地闭上眼，悔不当初，甚至想反手抽自己一个耳刮子。

跑路是不可能的，她想往后挪挪，谁知刚退后便抵上了墙壁，男人高大的身躯就在身前，根本无从躲避。

"是……是啊，你可不就是个好人吗？"她抬起脸努力扯出一抹笑意，对晏楚和真情实感地说道，"帮我这么多次，还收留我这个无家可归的流浪汉，这么多善行，我就不挨个儿举例了。"

晏楚和不怒反笑："你倒是有理。"

此时两人之间的气氛不尴不尬，晏楚和始终同沈岁知保持恰到好处的距离。而沈岁知却如临大敌般紧贴墙壁，生怕被人拎起后领拖走似的。

他逼近半步，正欲开口，她便闭紧双眼抢先道："对不起！"

没说出口的话被生生地堵住，他蹙眉看着她，还想说些什么。沈岁知又慌慌张张地抢先道："我错了！"

从识破她的身份到现在，晏楚和刚想说话，就被她二话不说地拦截两回。他觉得好气又好笑，心里那点儿怒火早就散得差不多了。

沈岁知偷偷摸摸地睁开一只眼，想察言观色，见机行事，谁知晏楚和还是那张漠然的面孔，压根儿瞧不出什么。她索性自暴自弃般地说："大不了我给晏灵犀免费当家教，可以吗？"

晏楚和眼神复杂地扫了她一眼，像是疑惑为什么她认为他缺那点儿钱，随后轻声地叹息，无奈地说："算了。"

"啊？"这个回答显然在沈岁知的预料之外，她难以置信地对上他的视线，"那你刚才在气什么？"

刚才他的气场太过骇人，沈岁知还以为他是特别讨厌被人欺骗，当下战战兢兢，这会儿才发现好像不是这样。

他问："如果我没揭穿，你要装到什么时候？"

沈岁知终于明白他为何生气了，原来是因为自己没坦诚相待。她想了想，最终决定实话实说："装到你给我结工资吧。"

晏楚和沉默片刻，将目光从她的脸上挪开，淡淡地道："这种事情没必要瞒我。"

沈岁知打着哈哈，语调轻快地说："我这不是怕你觉得我图谋不轨嘛！"

"我说过我信你。"

沈岁知怔住，陷入短暂的失语状态。她向来不擅长应对他人的好意，此时不知为何有种无处遁形的感觉。紧接着，她的面上又恢复往日的嬉皮笑脸的模样，方才的愣怔转瞬即逝。她只不过把盔甲敞开微小的缝隙，随后又将其严丝合缝地拼到一起。

晏楚和看到了，但没能捕捉到这种状态下的深层含义。

这种被不着痕迹拒之门外的感觉让晏楚和很不舒服。眼前的人太过虚无缥缈，他不敢握得太紧，却也舍不得后退半步。

"什么信不信的？幸好你对面的是我，换作别的小姑娘，估计早就沦陷了。"沈岁知笑吟吟地说道，"晏楚和，你怎么连这种话都能说得脸不红心不跳？"

话音刚落，晏楚和的眸色微沉。他突然伸手将她拉近，她猝不及防地撞进男人的怀中。

他垂下眼帘，对上她错愕的目光，一字一顿地问："你怎么知道我没有脸红心跳？"

晏楚和有没有脸红心跳沈岁知不知道，但她的确开始脸红心跳了。

她二十多年来还没这么狼狈过，此时她的心情十分复杂，第一个念头就是尽快逃离这里。她想离他远远的，赶紧摆脱这种奇怪的状态。

"我不知道，只是开玩笑呢。"沈岁知抬手抵在他的胸膛上，将他往外推，"我的朋友还在包间里呢。咱俩就此别过，各忙各的去啊。"

不知为什么，这话落在晏楚和的耳里，竟惹得他低笑一声。

沈岁知觉得心里咯噔一下，似有不祥的预感，下意识地就要将手收回，却还是为时已晚，手腕被他不轻不重地攥在掌心里。

她条件反射地挣了挣，却纹丝不动。

晏楚和这是不打算做出让步了。沈岁知莫名地有点儿恼怒，觉得自己不愿多谈的态度已经很明显，便拧着眉头抬起脸，毫不避讳地与他对视，清清楚楚地用表情在质问他什么意思。

晏楚和的神情淡然，眼底映着破碎光点。

"沈岁知，"他唤她，然后问道，"你怕什么？"

"嘭！"摔门的声音震耳欲聋，如果条件允许，响度大概可以唤醒几层楼道的声控灯。

苏桃瑜吓得酒都喷出来了，止不住地咳嗽着，差点儿没缓过气来，转眼看向门口的罪魁祸首。

房内另外的几人也都吓得一激灵。其中一人怒从心头起，狠狠地拍桌子站起来，指着来人就开骂："你是不是想找事儿？！"

那人没吭声，看身影轮廓好像是在口袋里掏什么东西。

待看清来人，屋内众人大跌眼镜，只见从来泰山崩于前而嬉皮笑脸的沈岁知，此时正皱紧眉头戳着不动。

她咬着一根烟，单手摁下打火机，却不知怎么回事儿，眼瞧着火苗颤颤巍巍、明明灭灭，愣是没把烟给点燃。

苏桃瑜目瞪口呆，见沈岁知这模样，便知道这短短时间内她应该是受了什么刺激。

沈岁知好不容易点燃烟，深吸一口，沉沉地道："我真傻。"

众人一脸迷茫的表情。

"当初就不该馋人的身子。"她继续表情凝重地说，"我怎么脑子抽了，竟招惹上他，这不是神经病吗？"

"不、不是，你馋谁的身子啊？"坐在沙发上的男人茫然地问道，手指间还夹着牌，"所以，你……"

话未出口，包间的门被人从外推开，又是一位不速之客。

看清对方是谁后，男人的声音戛然而止，那句"果然养了男人"没能说出来。

苏桃瑜正襟危坐，表情和内心一样复杂。她想笑又不敢笑，觉得浑身不自在。

沈岁知就站在那人的跟前，咬着烟侧首，生无可恋地看了他一眼，径直伸手将他带过来。

男人肩宽腿长，身姿挺拔如松，衬衣的纽扣过分规矩地扣到最上方，衣服一丝褶皱也无。包间内灯光昏暗，映得他的面庞半明半暗，恰到好处地勾勒出凌厉流畅的下颌线条。

此人浑身上下都透着与这声色场所格格不入的严肃劲儿。

而沈岁知挨着他站着，妆容精致妩媚，表情慵懒不耐，嘴里还叼着一根燃着的烟，肩头的外套半搭着，内搭的黑色吊带裙布料轻薄，瞧起来实在不像良家女子。

两人并肩站在一块儿，简直就像是老父亲来夜店抓叛逆期的女儿。

之前发牌的女人率先反应过来，咳嗽两声，笑得不尴不尬，问道："这、这位怎么介绍？"

苏桃瑜俨然是看戏的态度，抱臂跷着腿坐在旁边，目光意味深长地在两人之间来回地游荡。

沈岁知抽了口烟，斟酌两秒，才勉强地说道："我的老板，晏楚和，刚才碰巧遇到。"

晏楚和神情坦然地说："打扰了。"

话音未落，沉默许久的男人突然从沙发上蹦起来，难以置信地盯着沈岁知："你们是在玩儿角色扮演吗？"

这下换沈岁知觉得迷茫了。

晏楚和的眉梢抑制不住地跳了跳。他闭了闭眼，自动将某些不堪入耳的奇怪东西抛之脑后。

"你到底在说些什么奇奇怪怪的？"沈岁知凶神恶煞地暴躁大喊，却在扭头看到晏楚和的瞬间秒速换上满脸歉意，对他说，"对不起，我错了。"

一旁的苏桃瑜啧啧感叹道："不愧是中国驰名'双标'沈岁知！"然后拍拍手招呼两人，"你俩站门口当门神呢？晏总要是没事儿，过来一起玩儿啊。"

沈岁知想了想，问他："晏老板，会打牌吗？三对三那种。"

晏楚和颔首："会一点儿。"

"技术怎么样？"

"勉强可以。"

沈岁知心想也是，毕竟人家十指不沾阳春水，私生活简单又纯情，这种吊儿郎当的娱乐方式他应当是不怎么接触。

为报刚才窘迫之仇，她心生一计。

"也行。"她让他坐在之前自己的位置上，对桌前几人道："我让我的老板替我来一局。你们可别欺负老实人啊，敢出老千就对瓶吹。"

有人开玩笑地说："还挺护着啊？"

沈岁知没理，将双手搭在晏楚和的肩头，略微俯身，凑近他的耳畔，莞尔一笑："晏老板，我出去抽根烟，马上回来。"

温热的呼吸扑上他的肌肤，热度攀着耳骨蔓延，像是悄然蹿起的火苗，虽然不痛不痒，却也烧得人心头燥热，如火烧火燎。

晏楚和的喉结微动，眸色也随之暗沉。他长眉舒展，状似无意地抬起手来，指节半蜷，云淡风轻地抚过她的脸颊，又似乎摩挲片刻，像是有意抚摸，满含暧昧意味。

沈岁知的呼吸停滞了一瞬。晏楚和却已恢复常态，淡淡地道："别让我等太久。"

这副正人君子、道貌岸然的模样，她都要以为刚才他真的只是不小心摸了自己的脸。

"这男人还真是吃不得亏。"沈岁知这样想着，耳根子有点儿发烫，带着烟和打火机离开包间，在长廊里左拐右拐地来到卫生间。

她打量着镜中的自己，发现口红的颜色好像有点儿淡了，便从外套的衣袋中摸出唇釉。

之后，沈岁知便倚在门口吞云吐雾，本想试着放空大脑，结果画面拐来拐去就转到晏楚和那只骨节分明的手上。

她鬼使神差地摸了两下脸上方才被他碰到的地方，怎么看怎么觉得是自己魔怔过头，不过是这种程度的身体接触而已，怎么还就耿耿于怀了？

难不成是因为晏楚和太纯情，她和他接触多了后也被带着开始走纯情的路线了？

那也太恐怖了！沈岁知不寒而栗。

踩灭烟头，她也不清楚自己到底抽了多少根，毕竟出来不只是为了抽烟，更是为了散散脑中那些莫名其妙的思绪。现在一切如常，她也该回去给晏老板"接盘"了。

然而事实与沈岁知所料想的大相径庭。

在沈岁知看来，晏楚和这种业界精英堪称高岭之花，没有任何不良的行为习惯，也没有任何作风问题，是最符合当代社会价值观的极品人物。这样的人被送上牌局，还不得输得一塌糊涂！

结果还真不是。

沈岁知刚推开房门，就看见桌前除了背对自己的晏楚和，另外几人不约而同地转过脑袋，苦大仇深地凝视她。

沈岁知打了个哆嗦，第一反应是晏楚和的牌技竟然差到这种人神共愤的地步了吗。但仔细地琢磨后，她发现好像并不是这么回事儿，因为他们看自己的眼神像看救星。

"这是怎么了？"沈岁知几步上前，挨着晏楚和坐下，"都什么表情，被欺负惨了？"

"沈岁知，你赶紧把晏楚和拉走吧！"苏桃瑜忍无可忍地一把将牌摁在桌上，悲愤地道，"这压根儿就玩儿不下去，他作弊啊！"

沈岁知瞠目，发现新大陆似的看向晏楚和："你竟然还会出老千这种高端的操作？！"

晏楚和周身的气压明显低了几分。他抿唇捏了捏眉骨，否认道："没有，就是正常打。"

苏桃瑜继续控诉："那你怎么跟开挂似的？你的脑子里是不是有记牌器？"

沈岁知瞬间明白了其中的原委，笑着对跟前的几人示意道："瞧见没，人家搞金融的就是这么厉害。"

然后她转头问晏楚和："我们打牌都是拼酒，你没喝酒吧？"

晏楚和慢条斯理地整理袖口，淡漠地说："那倒不至于。"

苏桃瑜输得满心疲惫，表情复杂地看着他们，怎么看都觉得两人的关系不一般。

坐在旁边的男人替苏桃瑜问了出来："等等，沈岁知，你刚才是去接晏……晏总的电话啊？"

提及对晏楚和的称呼时，他不大自在地稍作停歇，险些脱口而出的"晏哥"最终被他改口成"晏总"。

没办法，晏楚和衣冠楚楚地坐在他们之间，简直就跟老干部坐在社会青年团伙中似的，实在别扭。

"嗯，有点儿私事。"沈岁知想起穿帮的事儿就觉得尴尬，不着痕迹地挪开眼，"结果电话接到半路，我发现他也在这儿，纯属偶遇。"

几人探究的目光落在沈岁知的身上。她莫名地觉得不耐烦，正要开口转移话题，便听到晏楚和的手机振动起来。

她转过头，却见他只是扫了一眼手机的屏幕便将来电挂断。他看向她，说道："我今天是和叶彦之一起来的，还有些事情没处理好，就不打扰你们了。"

沈岁知听到那个名字，迅速看向苏桃瑜。苏桃瑜的表情微僵，但很快她便将那抹异样的神色掩藏了。

沈岁知云淡风轻地收回视线，回想之前的几次意外，身为多年好友，从未见过苏桃瑜对哪个男人态度这么微妙，觉得自己有必要旁敲侧击了解一下，顺带解决一些不得不面对的私人问题。

"好吧。"沈岁知颔首，将身子往后靠了靠，手肘支上膝盖撑着下颌，"那你先去忙，走的时候给我打个电话。"

最后这个要求提得没头没尾，不只晏楚和，在座的其他五人也摸不清楚她什么意思，他们只觉得这话被她说得隐晦又暧昧。

晏楚和微眯起眼，面上瞧不出什么情绪："怎么了？"

她看似无辜地眨眨眼说："我搭顺风车喽。"

"你今天没开车？"

"我倒是开了，但也不能酒驾啊。"

沈岁知的话音刚落，苏桃瑜就毫不客气地翻了个白眼。苏桃瑜心想这女人说谎还真不带脸红的，她沈岁知什么时候因为输牌喝过酒，到目前为止分明还滴酒未沾。

晏楚和似乎并不信沈岁知的鬼话，挑眉问旁边的几人："她喝酒了？"

大伙儿面面相觑，正纠结是该拆穿还是该配合，就见那边沈岁知倏然正起身子后以迅雷不及掩耳之势拿起桌角盛得满满当当的酒杯挪到嘴边。她面不改色，举杯昂首，几口便将杯中的酒液悉数饮尽，看得众人目瞪口呆。

空荡的玻璃杯立在桌面，灯光打在它复杂几何形状的杯壁上，又散散漫漫地折出，映出一片旖旎的色彩。那片色彩随之涌进女人盈着笑意的双眸，瑰丽得如同梦幻，也不知道是不是因为被醉意渲染。

"之前没喝，"沈岁知调笑着说，"现在喝了。"

她的唇瓣还泛着水光，眼尾略挑。她慵懒而妩媚，正笑吟吟地瞧着他，竟有种说不出的危险的美感。

这姿态太过撩人，晏楚和压下心头的异样情愫，克制地将目光从她的唇上离开后转而看进她的眼里。

他轻笑，说道："好。"

沈岁知见目的达成，这才心满意足地目送晏楚和离开。包间门被关上，她不紧不慢地点上一支烟，吊儿郎当的，原形毕露。

苏桃瑜看了一眼时间，忍不住八卦道："这么晚你让他送你回去，虽然人家是正人君子，但也是先男人再君子吧？"

沈岁知一笑："我跟他待一起，只要是个正常人，都得担心他的人身安全。"

"我怎么感觉你俩跟玩儿似的？"苏桃瑜问，干脆打开天窗说亮话，"你们……"

在旁人看来，两人之间的气氛古怪，仿佛有点儿星火就能熊熊燃烧，虽不及暧昧，却比暧昧更加微妙缱绻。

沈岁知知道好友要说什么，答道："没，我没往那方面考虑，就是觉得他还挺有趣的。"随后轻弹烟灰，垂下眼帘，"我不是跟你说过吗？我不会考虑长久关系的，尤其男女之间。"

自己并不具备爱人的能力，沈岁知比任何人都清楚这一点。她偏执，阴暗，疯狂，谁面朝她就等于面朝深渊。没人想要这样的感情，那太糟糕了。

"差不多就行了。"沈岁知的神情并不分明，她思忖片刻后漫不经心地说，"如果越界，我立刻抽身就是。"

晏楚和果真没有食言，离开时给沈岁知拨了电话。

酒过三巡，沈岁知已经有了点儿醉意，这并不影响她吐字清晰地问清楚他的具体位置和车牌号。

她同几人挥挥手，穿好外套便干脆利索地起身离开，哪知刚推开门，余光就瞥到旁边站着一个人。

看清楚他的相貌，沈岁知不由得惊讶挑眉。

叶彦之面不改色，还笑着跟她打招呼："晏楚和在楼下等你，赶紧去吧。"

沈岁知觉得叶彦之和苏桃瑜都有点儿奇怪，便懒得兜圈子，直接问道："你们俩怎么回事儿？"

叶彦之似乎决定装傻到底："什么怎么回事儿？"

不得不说，他此时装傻充愣的模样像极了苏桃瑜，难不成这就是传说中的夫妻相？

沈岁知皮笑肉不笑地说："我就是觉得怎么看你们也不像是室友关系。"

这句话实在有点儿语出惊人的意味，叶彦之硬是被噎得哑口无言，连笑容都凝固在脸上。

"她是这么跟你说的？"他问。

沈岁知没答。她不过是打算稍微推波助澜，适可而止就够了，剩下的事看他们自己。

"你亲自问她吧！不过她有时挺别扭的，口不对心，说白了就是小姑娘害羞。"说罢，她抬手拍拍他的肩膀，转身走开，"走了，你的兄弟还等着我呢。"

沈岁知刚一出门就被冷风吹得打一寒战，裹紧外套，锁定目标车辆后快步过去，拉开副驾驶座的车门，赶紧坐进去躲避寒冷。

车内开着暖风，与外面简直就是两个世界。她心满意足地眯了眯眼，对晏楚和解释道："对不起，我晚了几分钟，刚才出门撞见叶彦之，和他聊了两句。"

晏楚和颔首："也没晚多久。"

"是你告诉他苏桃瑜在那儿的？"

"嗯。"

"想不到嘛，"她调侃道，"原来晏老板你还有兴趣当月老。"

他未正面做出回应，只说了一句："他是坐我的车来的。"

沈岁知卡壳两秒，不明白这两句话有什么联系，但紧接着，她的脑中灵光乍现，瞬间明白过来。

这男人说话还真别扭。她笑："难怪，原来是你不想让他蹭车。"

"倒也不是。"晏楚和将车启动，驶上车道，目不斜视地说，"他太碍事。"

"噢。"沈岁知故意开玩笑，"晏老板想跟我独处？"

晏楚和闻言淡淡扫了她一眼，面上并无窘色，反而轻笑出声，将问题丢回去："你不是有话跟我说？"

再一次被他看穿，沈岁知泄气地靠回座位，心想自己的心思每次都被他猜得透透的，他非要她开门见山，连点神秘感都藏不住。

她沉吟半晌，决定从他人的问题开始，便问他："你跟叶彦之不是关系很好吗，上次视频聊天被你撞见，他跟你说什么没？"

预料之外地，晏楚和轻蹙着眉，侧过头眼神复杂地看了她一眼，并没有立刻回答。

又来了，他那熟悉的看智障一般的眼神。

沈岁知是真觉得困惑，继续发问："我这问题有问题？"

"都是成年人，他自己会看着办。"他叹息一声，继续说，"现在距离你家不到四公里，开车很快就到，你确定要用这些时间跟我聊这个？"

沈岁知想义正词严地强调朋友的感情问题也很重要，但又觉得实在没这个必要，而且还浪费时间，转而问些其他问题。

"其实我一直觉得奇怪，但从未问过你。"她撑着下巴望着他的侧脸，"虽然说你第一次见我是在我高中的时候，但我那时也不是什么好学生吧，你怎么就这么信我？"

"我的黑历史一抓一大把，名声这么差也不是没原因的。"她满不在乎地贬低自我，还笑吟吟地说，"你也不提防我，真不怕我接近你是有目的的？"

晏楚和几不可察地皱起眉头，握着方向盘的手略微收紧。

他不喜欢沈岁知用这种语气说这种话。她总在自我否定，行为疯狂且孤注一掷，也并不在意健康，像是根本不怕病痛和磨难。

她根本不爱她自己，甚至是厌恶。晏楚和十分确定这一点。

"目的？"他重复一遍这个词，露出一丝耐人寻味的笑，"馋我的身子吗？"

此刻的沈岁知想掩面而逃，心思被戳穿的时候实在太尴尬了。

她清清嗓子，不自在地挪开眼，解释道："原来你听见了啊，那就是我跟苏桃瑜开玩笑呢。你放心，我对那些情啊爱啊的事情没兴趣。"

不知是不是她的错觉，好像晏楚和听完她的解释脸色又沉了几分。

"还有就是，"晏楚和沉默片刻，又开口道，"谁告诉你我第一次见你是在你高中的时候？"

沈岁知睁大眼："不是你之前说的吗？你作为毕业生代表回母校。"

"我有说那是我第一次见你？"

沈岁知认真地回想，好像还真没有，是她自个儿默认的。

"不是吧？"她咝了一声，"比这还早，难道你是当年被我翘过课的补习老师？"

晏楚和把她的废话自动屏蔽，想了想觉得也没有什么可隐瞒的，便开口了。

"我第一次见你的时候你才十来岁，我的父母带我去沈家做客。我不喜欢饭局的气氛，所以吃过午餐就溜了出去，后来迷路了，阴错阳差地来到后院，才发现这么偏僻的地方竟然有间房子，就在那里看到你。"晏楚和顿了顿，"你在安抚一只受伤的麻雀，我过去找你问路。你大概是忘了。"

沈岁知没想到会是这么久远的事儿，不由得剥开记忆，想起当年那只被自己救下的小麻雀，它被精心地呵护到最后，却还是难逃一死。

她翘起嘴角看他："所以你信我是因为对我的第一印象很好？"

"差不多。"

"那第二印象呢，是高中那会儿吗？"

他毫不犹豫地回答："漂亮。"

沈岁知愣住，没想到会收到这种评价，正要问，就听见男人不紧不慢地补充道："而且不像好人。"

沈岁知："那你的眼光还挺不错。"

晏楚和笑笑，不置可否。

差不多该进入正题了，沈岁知盯着窗外不断后退的行道树，终于抛出最重要的问题："所以，你觉得我们现在属于什么关系？"

晏楚和没答，反而将主动权交给她："你觉得是什么关系？"

沈岁知睁眼说瞎话："朋友吧。"

晏楚和陷入沉默，也不知是被噎的还是被气的。

她觉得可能是后者。

但沉着如晏楚和，很快就恢复过来，面不改色地道："那就是朋友。"

沈岁知难以相信这人竟然愿意受这么大的委屈，顿时便觉得良心不安，苦口婆心地劝道："别别别，跟我做朋友太亏，不划算。"

晏楚和嗯了一声，仍旧目视前方，稳稳地开着车，示意她继续。

"你看我这人，玩儿得开也就算了，关键是性格特别扭，在我的身边就要被扎个千遍万遍，意志力薄弱或者没耐心的人都不行。"

"所以？"

"不要浪费精力做无用功，你是商人，应该比我更明白这个道理。"

晏楚和没有反驳，颔首道："我是做投资的。"

沈岁知说了半天，没想到他回了这么一句话，疑惑道："啊？什么意思？"

话音未落，他踩下刹车。

他们到家了。

"我的意思是，"晏楚和侧过脸，毫不躲闪地迎上她的视线，"我愿意承担所有的风险，去赌那个可能。"

男人的眼底像是凝着一团化不开的浓墨，眼神深邃而沉静，有陌生的情感融于其中，藏得隐蔽，她辨别不出那究竟是什么。

沈岁知怔住，觉得自己不对劲儿，是真的不对劲儿。

"行，那我就不多说了。"她赶忙结束对视，不着痕迹地把头往旁边扭去，"谢谢你送我回来。"

说完，沈岁知便伸手拉开车门，正要起身下车，口袋中的手机却不小心滑落，不偏不倚地掉在座椅的底下。

她当即弯腰去捡，哪知晏楚和也下意识地俯下身去，于是两人无可避免地触在一起。

沈岁知单手握着手机，清晰地感受到男人清冷的气息自上方罩过来将她紧紧地包围，有种在劫难逃的错觉。

"你……"

沈岁知开口，顺势抬起头。然而，她没想到两人之间的距离会这么近，近到呼吸交错的程度。

她的唇瓣贴着他的嘴角不轻不重地擦过去，柔软的触感是相互感知的。

这是一个严格意义上称不上吻的吻。

沈岁知倏然愣住，眼底满是来不及掩藏的愕然。

晏楚和也始料未及，被这场意外冲击得面露怔然。喉结微动，不知是不是车内暖风调得太高，他竟觉得有些热了，说不出的感觉在胸腔滋生后被他用力地压下。

沈岁知平日比谁都大胆，实际上却是一个纸老虎。此时她气血上涌，握紧手机迅速地下车，连再见都忘了说。

她几乎可以称得上是落荒而逃，踩着高跟鞋愣是走出竞走般的速度，没多久身影就消失在楼道口。

晏楚和目送她离开，眼神沉沉，不知他在思索什么。

半晌后，他抬起手，指腹轻抹过被她吻过的唇角。

虽说这是个意外，但也真真切切是个吻。

许久，晏楚和才收回视线，耳根却莫名地浮上几分久久挥之不去的热意。

第六章
万物生长

沈岁知从未像今天一样狼狈过。

她将门关上，背部抵着墙，客厅的灯也没敢打开。她做了个深呼吸，合理怀疑刚才那是因为自己酒劲儿上头才导致的心慌意乱、意识模糊。

沈岁知将外套脱下，随手搭在沙发靠背上，然后蹬掉高跟鞋，盘腿窝进柔软的毛绒椅。

她将手机解锁，看到姜灿的两个未接来电，估计是工作的事儿。她看看时间，便把电话拨了回去。

等待数秒，姜灿刚一接通便无奈地说："我的乖乖，你们年轻人有夜生活，这么晚回家我可以理解，但你能不能体谅我这奔三的人已经睡觉了？"

沈岁知觉得匪夷所思，又重新确认了一遍现在的时间，说道："还没到十二点啊，你躺下了？"

姜灿听出她语气里的诧异，只感到深深的代沟的存在，决定不再纠结这个问题："算了，反正我也被你吵醒了，你现在在家？"

"嗯，刚回来。"

"程司年的工作室今天跟我联系，新歌想跟你合作，具体的要求和条件我微信传你，你看看接不接。"

"程司年？"沈岁知将这个名字念了一遍，蹙眉道，"程家那个常年在国外的小少爷？"

"这么说也没问题，"姜灿说，"不过，人家好歹也是微博有四千多万粉丝的歌手。你都不关注娱乐圈吗？"

"那还挺厉害。"沈岁知回想自己的微博粉丝量，在心中由衷地感叹道。

"我关注那些干吗？"沈岁知百无聊赖地把玩打火机，"你先把东西传给我吧，我看完回复你。"

"好，那我去睡觉了，明天再说。"

"晚安。"

挂断电话后，沈岁知点开微信，接收了姜灿发来的文件。

酬劳倒是十分可观，不过她也不缺钱，这点诱惑力称不上大。

现在已经是十二月底，跨年近在眼前，而这次他们合作的曲目将作为明年程司年的首发歌，意义重大，而主题是"月亮"。

沈岁知愣了愣，盯着那两个字良久，决定抽支烟思考一会儿。

她往窗台那边瞥过去，天黑沉沉的，月亮被藏在云层后，一颗星星都看不到。

她有些出神，想起自己最近一次看到干净明亮的月亮，似乎是在与晏楚和相遇的那个观景台上。

直到指尖传来灼热感，沈岁知才回过神，看到手中的烟已经燃尽了。她将其摁灭在烟灰缸中，重新拿起手机，给姜灿发去消息，同意接下这份工作。

翌日清晨，当沈岁知自然地醒来，并想起今天还要去晏家当家教时，差点儿想逃避现实。

她无奈地起身，习惯性地捞过手机查看未读消息，却看到短信栏有个红点。

在这个微信时代，已经很少有人发短信了，沈岁知以为是垃圾短信，正打算一键清空，却意外发现写信人处的两个大字——沈擎。

她的眼底浮起诧异，视线从那行文字扫过，内容简短利索："今晚你爷爷过寿。"

虽然他没明说，但她知道他这是在问她去不去。

来到沈家这么多年，虽然两人有血缘关系，但沈岁知鲜少同沈擎交流，而沈擎也态度冷淡，起初她都奇怪他究竟为何把自己接回来。

因为私生女的身份，南婉十分不待见她，加上宋毓涵的手里还握着部分股权，沈岁知随时可以与沈心语竞争家族企业，南婉对她更加厌恶。虽然沈岁知并无此意，但这母女二人多年来没少难为她。

相比南婉的敌意，沈擎一视同仁的漠然倒是家里最公平的。他并不亲近两个女儿，对妻子也始终保持距离。沈岁知很多次都觉得他和宋毓涵很像。

上一辈的事儿像个禁忌，沈岁知只知自己是个私生女，而沈擎同宋毓涵曾经是让人羡慕的一对璧人。只是后来他们为什么走到这一步，兴许只有当事人才知道。

沈岁知对此并不感兴趣，实在不想搅进这些乱七八糟的豪门之争。

收起思绪，沈岁知回复他："时间、地点，我过去送礼。"

这种大型场面功夫比拼现场，她不能缺席。

她不情不愿地从床上下来，开始吃饭、洗漱、换衣服，最后坐到化妆桌前，随手化了个清纯妆容，倒挺像模像样。而她却觉得这又乖又纯的妆容怎么看怎么难受。

披马甲这种事儿吧，只有自己知道才叫有趣，要是再多个知情人，那就叫难受了，沈岁知现在就是有趣变难受。

她将身上圆领卫衣的衣摆向下扯，又穿上那件软乎乎、毛茸茸的羊羔毛外套，站在全身镜前打量自己，不认识的人估计都以为她是个软妹。

生活不易，沈岁知想到自己还要再上小半周的课就觉得发愁，只希望这几天都别撞上晏楚和。

这个天真的念头在沈岁知敲开晏家的大门后彻底破灭。

她抬起脸，看到前来开门的英俊男人。对方起先微微愣住，随后便毫不避讳地打量着她。

"别看了，"沈岁知不忍直视地移开视线，开口道，"也别给我什么评价，谢谢你。"

"抱歉。"晏楚和侧身示意她进来，"我现在跟以前的心态不同，接受起来有点困难。"

沈岁知想说"你这道歉还不如闭嘴"，但又忍住了，毕竟自己现在是位优雅内敛的小白花。

"还有二十分钟才上课，"他说，"要不要坐下聊聊？"

沈岁知皮笑肉不笑，故意跟他唱反调："晏先生想跟我聊什么？"

晏楚和看着她说："现在不是上课时间。"

沈岁知耸肩，左右看看没第三个人存在，便坐到他的对面，开口道："我以为我们昨晚聊得挺多了。"

"在那之前的确很多，"晏楚和表示赞同，"但在那之后，你走得太急了。"

"什么之前之后？"沈岁知疑惑地道，"我怎么不记得？"

晏楚和似乎早就料到她会装傻充愣，神色未改地说："不记得了？"

"是啊。我这人酒后惯性失忆，惯性无耻，要是做了什么出格的事儿，你别担待。"

"看来你还是印象不够深刻，我明白了。"他表示理解，"或许再失忆无耻几回，你就记得了。"

沈岁知翻了个白眼，刚要开口说些什么，二楼就传来晏灵犀的声音："姐，你已经到啦？"

吓得沈岁知登时挺直腰板并齐膝盖，双手稳稳当当地放在腿上，抬头对上晏灵犀，语气温和地说："嗯，我和你哥哥聊了聊你的学习情况。"

沈岁知的瞬间变脸堪称人格变换，看得晏楚和完全不知该说什么。

晏灵犀听见他们背着她谈论自己，心里不太乐意，冲着沈岁知说："姐，你赶紧上来吧，咱们开始上课。"

一句话把沈岁知从水深火热中解救出来。她笑着应了一声，随后便施施然地起身，同对面的男人说道："晏先生，我先上去了。"

这女人简直是戏精上身！晏楚和有些不忍直视地微微侧首："去吧。"

戏精沈岁知浑然不知晏楚和的想法，心情美妙地迈着淑女步上楼。

他收回视线，刚拿出手机就有一个来电提醒，看清楚联系人后微微怔住。

因为今晚还要参加沈老爷子的寿宴，沈岁知结束课程后没有多停留便离开晏家。

下楼时她特意多往客厅瞥了几眼，并没有发现晏楚和的身影，想来他应当是离开了。

沈岁知还得去商场给沈老爷子挑礼物，出门后就立刻拿出手机给苏桃瑜打电话。

她等待半晌，就在通话即将挂断时，对方才接通。

"这都几点了，怎么才接电话？"沈岁知不耐烦地说道，"你是昨晚纵欲过度还没起床吗？"

苏桃瑜懒洋洋地回答："我这是被你喊醒的。"

"叶彦之没喊你？"

"我跟他有这么熟吗？"苏桃瑜说，"他早走了，喊我干吗？"

沈岁知陷入困惑，但此刻也不想纠结这个问题，找苏桃瑜另有其事。

"先不说这个了。沈擎他爸今天过寿，晚上开宴，"她简单明了地说，"你爹应该也通知你了吧？"

"啊？"苏桃瑜瞬间清醒，骂骂咧咧地从床上坐起来，"我还没买贺礼呢，怎么办？"

"你赶紧收拾，四十分钟后中央大厦见。"

苏桃瑜忙不迭地应好，挂断电话收拾自个儿去了。

沈岁知摘下口罩，低头打量自己的装束，觉得待会儿见面后苏桃瑜肯定会给予奇怪的评价。但时间紧迫，她也懒得回家再换衣服了。

中午时分，道路拥堵，待沈岁知赶到中央大厦时，苏桃瑜已经在门口等她。

沈岁知喊了一声"苏桃瑜"，对方却在看清她的穿搭后瞬间僵在原地，满脸写满了"不可置信"。

蓝白的羊羔毛外套，内搭奶白色的圆领卫衣，绒面阔腿裤下是双乖巧的圆头靴，这身标准的软妹穿搭，再配上沈岁知那张化了清纯妆的脸，实在是太有冲击力了！这还是沈岁知吗？苏桃瑜已经惊掉下巴。

沈岁知早就做好迎接苏桃瑜震惊眼神的准备，面不改色地上前拍拍她的肩膀，说道："别愣了，赶紧走。"

苏桃瑜倏地反应过来，胆战心惊地问："沈岁知，你受什么刺激了？"

"说来话长，有时间再跟你解释。"沈岁知迅速堵上她的嘴，"你就当我转型一天。"

"你这型转得还真是……"苏桃瑜纠结半晌，才憋出四个字，"惊世骇俗。"

沈岁知无言以对，从未如此后悔接下家教这个摊子。

两人一同步入大厦，商量过后决定去精品区看看。给老人家买礼物无非就是那些东西，沈岁知东挑挑西看看，最终买了一套茶具。

苏桃瑜受到启发，便去寻找瓷器馆，也迅速解决了今晚的贺礼问题。

两人的礼物都已选好，沈岁知长舒一口气，看看时间还不到两点，便提议一起去逛街。

苏桃瑜闻言瞬间来劲儿，兴致勃勃地凑过去说："行啊，我好久没逛街了，今天买个痛快！"

手上的两件礼物都是贵重易碎品，她们便托前台暂时保管，待会儿买完东西再回来取。

沈岁知跟苏桃瑜直奔二楼高奢品牌区，基本走到哪儿刷卡到哪儿。相中的直接付款走人，她们是 VIP（贵宾），日后自然会有工作人员负责包装好东西送货到家。

沈岁知赶紧把自己这身别扭的穿搭换掉，找回自己的正常风格后，连走路都舒坦多了。

逛了半天，苏桃瑜仍旧精神抖擞，沈岁知却因鞋子不舒服开始脚酸，连忙申请坐下休息，让苏桃瑜自个儿逛去。

苏桃瑜闻言便毫不留恋地撇下沈岁知，投入新一轮的购物热潮中。

沈岁知将鞋带松了松，还是觉得这圆头靴穿着不舒服，决定待会儿再去买双新鞋换上。

然而，她刚坐下没多久，就听到有人柔声地唤她："小知？"

熟悉的语气，熟悉的音调，沈岁知皱起眉头，在心底暗自叹了声"糟糕"，随后面无表情地抬起头来。

沈心语挽着南婉的臂弯，施施然地朝她走来，面上仍旧是那标准的名媛式微笑。而南婉亦从容大方，当真把豪门太太的架势拿捏得恰到好处。

"这么巧啊，"沈心语笑吟吟地说，"小知，你也来购物？"

三个女人一台戏，不就比谁更会装吗？

沈岁知在心中嗤笑，嘴角却扬起明媚的笑容，说道："是啊，我陪朋友来买衣服，好不容易刚坐下休息，就遇见你们了。"

这言下之意可称不上好听，沈心语毕竟是个段位低的，当即笑容微僵。南婉面不改色，侧首对女儿笑笑："小语，你不是还没看鞋吗？我正好有点事情想跟小知说，你先过去挑着。"

沈心语颔首应好，率先离开"战场"。

解决了一个，剩下的这个可不好搞。沈岁知转向南婉，开门见山地问："阿姨，你还有事儿？"

南婉的面上还挂着笑，说出口的话却不见得多客气："前些日子我看到沈擎放在办公桌上的文书，他已经开始考虑逐渐放权。你也知道，你妈妈精明得很，拿你换了部分股权。只要她还握着这些股权，沈心语就不可能顺利地继承家业。"

沈岁知的眼皮一跳，她想不到这天会来得这么快，宋毓涵手上的那些股权现在终于成了祸端。

"所以呢？"沈岁知笑问，"你让我劝她放手吗？不好意思，我跟她早就闹僵了，这忙我可帮不上。"

南婉定定地看着她，然后哑然失笑，轻声道："南湖疗养院，是吧？"

沈岁知的瞳孔一缩！宋毓涵的所在地分明被她藏得严严实实，

这么多年来，宋毓涵身边的所有人都经过她层层把关才能留下，南婉又怎么会知道？

眼神冷下去，沈岁知倏地站起身，咬牙切齿地说："你……"

"别这么大火气，我也只是随口一提。"南婉不紧不慢地打断她，"我只想告诉你，别等我亲自上门找她。"

沈岁知遍体生寒，无声地攥紧拳头，指甲嵌进肉里也浑然不觉。

"而且，我听说你最近和晏家那位走得挺近？"南婉弯唇轻笑，突然将话题转移，"你是不是觉得如果能有晏家的支持，就能顺利地夺位？"

沈岁知连跟这个女人继续演戏的心思都没了，只觉得自己现在烦得要死，想赶紧回去看看宋毓涵的情况。

沈岁知冷声道："你爱怎么想就怎么想，我先走了。"

"急什么，"南婉稍微伸手拦了她一下，抬起下颌示意某个方向，"不看看再走？"

沈岁知不知道南婉在搞什么，顺着她示意的那处看去。那是一家国际高奢品牌专柜，沈岁知目光缓缓地移至店内，不由得愣了愣。

女人长发披肩，身穿棕色的长裙，五官柔美娴静。她坐在软椅上，俯首间唇角的笑意轻浅。哪怕是同为女人的沈岁知，也忍不住赞叹一声"漂亮"。

而在那个女人的身前，男人亲自接过服务员手中的鞋，俯下身去为她试穿，动作温柔而谨慎。这番互动落在旁人的眼里，像是一幅赏心悦目的画作，他们实在是一对让人羡慕的情侣。

沈岁知觉得可能是因为自己现在的情绪不太稳定，要不然怎么会感觉更烦了？

"俊男靓女，挺好看的。"沈岁知收回视线，眼神平静，"但关我什么事儿？"

没有看到想象中的画面，南婉却不觉得失落，反正打击沈岁知的目的已经达成，也没必要多停留。

"沈岁知，"南婉与她擦肩而过，不轻不重地轻拍她的肩膀，"没人会帮你的。"说完扬长而去，仍是一副高高在上的做派。

沈岁知愣怔片刻，拿出手机给苏桃瑜发了一条短信，说自己有事先走一步，让她把自己的贺礼也拿上，今晚见面再给自己。

信息发送成功后，她有些疲惫地抬起头，一时不知该往哪儿走。就在此时，不远处的那个男人正好抬起眼帘，两人的目光不偏不倚地撞在一起。

两人皆是一愣。沈岁知想也没想，抬脚就要离开此地。但晏楚和的反应更快，他把正在挑鞋的女人晾在原地，几步上前将她拉住。

沈岁知的手腕被他攥在掌心。她一下没能挣脱，开口问道："有事儿吗？"

晏楚和方才也不过是潜意识的举动，只觉得沈岁知似乎情绪不对，不能让她就这么走了。

他轻蹙起眉，半试探半笃定地说："你不高兴。"

简直是废话！刚跟心机女博弈的过程中，她输得彻底，换谁能高兴？虽然她觉得自己不高兴的原因好像不止这个。

见沈岁知不说话，晏楚和稍作停顿，问："因为我陪别的女人逛街吗？"

沈岁知当即瞪眼，理直气壮地顶回去："我只跟你对视一眼，你哪儿来这么多的脑补啊？"

话音未落，两人中间凭空插进一个温和的女声："阿晏，出什么事儿了吗？"

沈岁知侧目，来人正是与晏楚和同行的那名女子，现在离近看，更觉得对方五官精致。

不过，"阿晏"这称呼怎么听着怪怪的，不像男女关系间的风格。

沈岁知琢磨着，也没发表疑问。

"没什么，"晏楚和望着女人，同她介绍道，"这是我的……

朋友，沈岁知。"

说完他看向沈岁知，眼底有几分复杂，开口道："这是我的母亲，苏雪。"

噢，原来是……

等等，母什么？什么亲？

沈岁知觉得膝盖一软，忙不迭地把自己满脸的冰碴儿撤掉，笑意盈盈地握住苏雪的手："呀，原来是伯母，真是百闻不如一见，您长得可真漂亮。我刚才还问晏楚和，他什么时候多了个姐姐呢！"

刚被某人凶巴巴怼完的晏楚和此时扶额暗叹：史上最快变脸就是她沈岁知了。

"这小姑娘的嘴真甜。"苏雪被哄得眉开眼笑，对自家儿子道，"你这木头性子的人还能交到这么好的朋友？"

晏楚和颔首："嗯，是挺好。"

苏雪隐约发现这两人之间的猫腻，再回想刚才他们僵持不下的气氛，血液里的红娘因素沸腾起来，瞬间明白过来。

原来是小姑娘吃醋了呀！还没见儿子这么紧张过谁，苏雪觉得心下欣喜，面上装得波澜不惊："我刚下飞机，你爸也该想我了。你们年轻人慢慢地逛，我先回去了。"

沈岁知最后一秒也不忘刷好感："伯母慢走，您今天的穿搭可真好看！"

"谢谢小知，下次逛街找你一起。"苏雪笑道，"阿晏，有空把朋友带回去吃顿饭。"

晏楚和面不改色地应了声"好"。

沈岁知寻思最后一句话好像不太对劲儿，但也没多想，乖巧地目送苏雪离开。

"接下来去哪儿？"晏楚和问。

沈岁知下意识地答："买鞋。"

他颔首："好。"

两人并肩走到店铺门口，她才反应过来，费解地盯着他："你干吗？"

晏楚和的神情淡然，他从容不迫地拉住她的手腕，将她带到店里："你不是说要买鞋？"

刚才还差点吵起来的两人，此时心平气和地购物。沈岁知有点儿蒙，但现在好像的确没那么气了。

她以为只有晏楚和给她的薄荷糖才有消气的功效，现在看来，好像并不是这样。

他们来到的是一家运动鞋店。沈岁知在各款式之间挑出喜欢的两双，内心难以抉择，便转头去问晏楚和："哪双好看？"

晏楚和觉得两双都长得差不多，便说："都买吧。"

沈岁知忍不住翻一个白眼，逛街购物果然不能问直男的意见。

她拎着鞋坐到沙发上，弯腰打算试穿，然而那双圆头靴的拉链好死不死地卡在半道，怎么都拉不下去。

就在沈岁知决定暴力解决的时候，晏楚和无奈地叹了口气，随后走到她的身前，单膝跪地。

沈岁知怔住。紧接着，他轻轻地握住她的脚踝，眉眼低垂，毫不费力地将那卡住的拉链拉到底部。

她的脚踝处最为敏感，此时被男人的掌心包裹着，温度高得好似那里快要燃烧。那份酥痒随着她的血脉游走，竟让她觉得全身无比滚烫。

沈岁知没忍住，想把腿往回撤。但晏楚和并没有放松力道，反而将指尖微拢。

她不知道是不是错觉，他的指腹似乎在她的肌肤上摩挲了一下。

"行了，你松手。"沈岁知轻咳一声，众目睽睽之下多少有点儿不好意思。她正要弯腰，却被摁住手臂，生生地止住动作。

男人的力道不大，却有不容置喙的意味在内。

她垂下眼帘，正对上晏楚和平静如水的眼神，两人的视线交错。他慢条斯理地轻拍她的手背，淡淡地道："坐好。"温柔的语气跟哄小孩子似的。

也不知怎么回事儿，沈岁知莫名地觉得耳热，身体僵硬地坐在沙发上，内心有两个小人儿在交战：是继续逆反，还是乖乖地听话？

就在她纠结的空当，晏楚和已经替她穿好鞋子，白净修长的手指将两侧的鞋带钩起、打结。

沈岁知低头，看着那双平日里用来批公文、打领带的手，此时竟然在给自己系鞋带，说不清楚心里是什么感觉。

她不自在地开口："你干吗啊？"

晏楚和抬首，理所当然地说："你刚才不是吃醋了吗？"

沈岁知被戳破心思，赶紧解释道："那是因为我不知道那个美女姐姐是你妈。"

晏楚和闻言，似笑非笑地望着她，像是听到了什么让他心情好的话。

沈岁知后知后觉地回过神来，自己这样说不就是承认吃醋了吗？敢情这人套自己话呢？！

晏楚和见好就收，完全不给她翻脸的机会，垂下头松开她的脚踝："看看合不合适。"

沈岁知的注意力被转移，她这才想起刚上脚的鞋，忙低头打量效果。

脚下的这双鞋虽然颜值看着一般，但上脚的效果却意外地好，有些出乎她的意料。

大抵是女人的购物欲作祟，沈岁知觉得自己原本的坏心情好像减退了不少。

"就这双吧。"她点点头，"还挺好看的。"

"另一双不喜欢？"他问。

沈岁知摆摆手道："喜欢啊，但买一双就够了。"

"好。"晏楚和侧首看向导购，递过去一张卡："两双鞋，刷这张卡。"

导购小姐毕恭毕敬地应声，带着羡慕意味的眼神落在沈岁知的身上，随后她便转头结账去了。

沈岁知觉得匪夷所思，在心中简单地估算，这两双鞋的价格不菲，他却主动地为她结账，难道是她的财富能力被低估了？

她心平气和地试图证明自己："这点儿钱我可以自己结。"

晏楚和顿了顿，有些好笑地看向她："我知道。"

"我能看出你的心情不好，既然你不愿意说，我就不问。"他语气平淡地道，"不过我今天没带薄荷糖，所以只好换个方式讨你的欢心。"

沈岁知愣住，心跳莫名地开始加速。她口干舌燥，率先挪开眼，恨不得把心里的那头小鹿摁在地上绑起来，省得它乱撞。

所幸导购员来得及时，询问道："小姐，请问两双鞋都装起来吗？"

"不用，我穿着这双。"她伸手示意脚边的圆头靴，"麻烦把这个装起来。"

导购只将两双鞋包好，把袋子递过来的时候，沈岁知跟晏楚和几乎同时伸手，导购员满脸茫然，不知道该放谁手里。

晏楚和面不改色地自行提过来一个，又递给沈岁知一个，说："一人一个。"

沈岁知表示十分满意："好。"

两人并肩离开店面。沈岁知拿出手机看了一眼，现在时间还早。

晏楚和侧首看她，问道："你今晚去参加寿宴吗？"

他说的是疑问句式，用的是笃定的语气。

沈岁知点头："嗯，场面功夫还是得做。"

"好，那我送你回家。"

"为什么？"

他挑眉，把问题抛回去："你不换正装？"

沈岁知被他提醒才想起这茬儿，不禁皱起眉头啧了声："我本来还想去补顿午饭，看来又得点外卖了。"

两人本来正往停车场的方向走，晏楚和闻言，步履稍稍地停滞一瞬，而后云淡风轻地问："你想吃什么？"

她郁闷地说："醋熘肉丝、糖醋里脊、清蒸鱼，这些都要下馆子才能吃到。"

晏楚和颔首："好，那先去超市买食材。"

沈岁知没反应过来，莫名其妙地看向他："啊？"

"去你家吃，我下厨。"

"不行。"她当即拒绝，"你以为我家你想来就能来？"

晏楚和对此并不觉得意外，只问她："所以你想吃外卖？"

"不想。"

"外卖和我做的饭哪个好吃？"

"你做的。"

"嗯。"他说，"那我们去超市吧。"

沈岁知平生第一回感受到，原来说话绕弯子也是有好处的，至少能用逻辑把对方绕晕。

算了，横竖自己不吃亏，这么想着，沈岁知勉强心安理得地跟着晏楚和下楼，抵达负一层的生活超市。

沈岁知将挑选东西的任务交给晏楚和，自己负责跟在后边推购物车。

中央大厦不论何时都生意火爆，人来人往之间难免会有肢体接触。沈岁知小心翼翼地推着购物车，尽量避免撞到别人。

余光瞥到她，晏楚和稍作停顿后，便伸手将购物车挪到自己的身前，不着痕迹地与她调换位置，将她护在内侧。

沈岁知抬头看了他一眼，入眼的仍旧是那副清清冷冷的模样。

两个外貌出众的人出现在这种公共场合，吸引着路人的注意，不断有打量的目光朝这边投来。身旁的男人熟视无睹，沈岁知索性也装看不到。

其实他们的身份如此特殊，如果他们今天被人拍下传到网络上，又不知道会闹成什么样。但晏楚和都不在乎，她又何须想那么多。

沈岁知凑过去看车筐中的食材，问道："你有什么喜欢吃的吗？"

"我不挑食。"

她被这轻描淡写的四个字噎住，心虚地咳嗽两声，道："噢，那还挺好养活。"

晏楚和无语，这是夸人的话吗？

将食材采购完毕后，两人开始排队等待结账。晏楚和不经意地侧过头，看到不远处有人举着手机朝向这边，很明显是在拍摄。至于拍摄对象，他想除了自己和沈岁知，不会有别的人选。

那人见晏楚和朝这边看了过来，不由得慌了神。可晏楚和却像根本没看见一般，将视线挪到别处，神色淡然。

沈岁知因为低头玩儿手机，再加上是背对着那边，并不知道自己已经被偷偷地拍下了。

结账时，沈岁知抢先把自己的付款码出示给售货员，美其名曰算作给晏楚和的劳务费。这种小事儿没必要争，他便随她去。

购物袋里是蔬菜和肉类，分量不轻，晏楚和将两个袋子一同拎在手中。沈岁知觉得良心不安，伸出那只空闲的手，说："要不你给我个轻点儿的？"

晏楚和看向她，本来想说什么，却在看到什么东西的瞬间眼神沉了下去。

沈岁知不明白他怎么变脸变得这么快，正要开口问，就意外瞥到自己伸在半空中的那只手，掌心有干涸的血迹。

沈岁知起初还觉得很惊讶，想不起来这是什么时候受的伤，直到回忆起先前和南婉谈话，似乎是那时候受到刺激，自己无意识地攥出来的。

她本人不以为意，毕竟多年来早就习惯用疼痛来让自己清醒，但她也知道，正常人无法理解这种行为，于是便下意识地想要收回手。

晏楚和却比她更先一步出手，二话不说地攥住她的手腕。驰感受到腕上的力度，微微蹙了蹙眉，知道眼前的人似乎有些生气。

生气？为什么？沈岁知困惑不已。

察觉到自己的失态，晏楚和稍微松了力道，指腹搭在她的掌心外侧，防止她将五指合拢。

她白皙柔嫩的皮肤上赫然印着四道血痕，一看便知是指甲陷进去所致，溢出的血液已经干涸成块，可想而知伤口有多深。

他沉声问道："你自己弄的？"

"是啊。没事儿，就是小伤而已。"沈岁知满不在乎地耸肩笑笑，"你不是看出来我心情不好吗？我在遇见你之前跟我的后妈偶遇了，被她气得不轻。"

晏楚和没想到她会这么大大方方地告诉自己，觉得有些出乎意料，但心头的那份心疼仍旧挥之不去，语气稍缓地说："回去记得清理消毒。"

沈岁知闻言倒是愣了一下："你不劝我下次别这样了啊？"

"你会听我的劝？"

"不会。"

"下次不高兴的时候，换个方式，"他说，"比如抽烟。"

沈岁知想了想，这的确是个不错的主意，她记住了。

她又问："那万一没烟怎么办？"

"找我要薄荷糖。"他说。

沈岁知沉默着收回受伤的手，暗自平复突然开始加速的心跳，觉得自己真是越来越奇怪了。

晏楚和并不在这个话题上多纠缠，但沈岁知手上的那个袋子是不可能再留她那里了。他单手拎着所有袋子，两人乘电梯前往地下的停车库。

沈岁知坐进副驾驶位，回家的途中反复打开手机的屏幕，查看是否有未读消息，频率高到晏楚和想忽视都不行。

等红灯的时候，他侧首问她："你在干什么？"

沈岁知懒懒地靠在椅背上，有气无力地回答："等消息回复。"

猜想被证实，晏楚和沉默片刻，才开口："很重要？"

沈岁知觉得他现在的语气实在是熟悉，仔细想了想，发现这语气跟自己之前吃醋的时候一模一样。

沈岁知无声地挑眉，故意认真地答道："是啊，那男的平时太忙，我这消息都发过去多久了，还没给回复。"

很重要，男的。这两个重要因素让晏楚和皱起眉头，他没再出声。

沈岁知懂什么是适可而止，笑了一声，耐心地解释道："行了，你别再沉着脸，虽然我没骗你，但的确不是你想的那样。"

"他是长辈，我喊人家叔叔。"她说，"我有些私事问他，挺急的。"

晏楚和微微怔住，第一反应便是问她："需要我帮忙吗？"

"不用，小事情而已。"

沈岁知摆摆手，就在此时，手机屏幕倏然亮起。她忙不迭地拿起来查看，正是李医生的消息回复："宋女士一切正常，没有陌生人员出没。"

沈岁知松了口气，对李医生还是十分放心的。南婉只是顺着蛛丝马迹查到了宋毓涵的所在位置，还没有渗入内部。

她回了个"谢谢"，锁了屏，顺便通知正在开车的晏楚和："顺利解决。"

中央大厦离沈岁知所住的小区并不远，当她说完这句话后，车子已经驶入小区的大门。

等晏楚和停好车，沈岁知便同他一起走进电梯，潜意识里觉得自己好像忘了什么事情，但始终没想起来。

直到她掏出钥匙打开家门，终于想起来了：她还没有收拾家务。

然而为时已晚，当沈岁知大惊失色地转过头，妄图遮住晏楚和的双眼时，对方已经在用匪夷所思的目光打量室内了。

沈岁知觉得尴尬不已，好在地板上还是有能落脚的地方。她递给他拖鞋，艰难地开口："厨房是干净的，你要不……先进去忙，等出来就没这么乱了。"

晏楚和换好鞋，闻言眼神复杂地看了她一眼。

就是这一眼，让沈岁知觉得，这男人肯定知道上次他来时她把杂物都藏起来只维持表面干净的事情了。

尴尬到极致，沈岁知索性自暴自弃了。

此时晏楚和开口道："醋熘肉丝、糖醋里脊和清蒸鱼，是吗？"

沈岁知顿了顿，得寸进尺地补充道："我还想喝玉米羹，甜的。"

"好。"晏楚和颔首，拎着食材穿过乱七八糟的客厅，走进厨房。

沈岁知瞬间觉得跟有眼力见儿的人相处就是好。

趁着他做饭，她忙不迭地把自己胡乱丢在沙发上的衣服挨个儿收起来，随意蹭在地上的鞋子也被她整整齐齐地摆上鞋架，被子叠好，靠枕放正，一切看起来勉强算整洁的样子。

餐桌上堆着各种零食袋，沈岁知也懒得管吃没吃完，统统扔进垃圾袋就是。能扔的就扔，不能扔的先藏到卧室，她收拾起来，速战速决。

当晏楚和完成三菜一汤出来后，客厅已经整洁明亮得仿佛换了个家。

晏楚和欲言又止，最后很是含蓄地对沈岁知说："我的洁癖不是很严重，你慢慢地收拾也可以，不用把东西堆到一起。"

沈岁知平生第一次有恼羞成怒的感觉，没好气地说："我这回收拾好了！"

晏楚和瞧见她这样，垂眼低笑一声，没再继续为难她："过来搭把手。"

沈岁知这才心满意足地凑过去，端着餐盘去客厅。

本来就没吃午饭，下午还逛了街，再加上刚才收拾东西浪费不少体力，沈岁知实在是饿极了，吃饭时全程没说话，专心致志地填饱肚子。

不得不说，晏楚和的手艺的确好，要不是因为知道对方不缺钱，沈岁知都想高薪聘请他来当自己的厨师。

她不经意地抬起眼，却看到晏楚和没有动筷，只喝一小碗汤。

沈岁知正准备拿筷子夹肉的手顿住。她似乎觉得光自己吃太不够意思，就问他："你不吃吗？"

晏楚和颔首："我吃过饭了。"

沈岁知有点儿蒙，想问他吃过午饭怎么还吃，但紧接着便反应过来："你过来只是为了给我做饭？"

"嗯。"他给出肯定答案，似乎是看她太想问原因，于是先行用话堵住她的嘴，"就当我没事儿做。"

他可真是个助人为乐的慈善家，沈岁知由衷地在心底感慨。

吃过饭后，她本想尽地主之谊，包揽刷碗的工作，但晏楚和以她的手掌受伤为由，将她拒之门外。她只好百无聊赖地拿来医药箱，坐在沙发上查看掌心的伤口。

沈岁知受伤的是右手，先前手掌被玻璃划破，伤还没好利索，这次伤上加伤。她也不知道自己这右手是倒了什么霉。

左手操作不便，棉签蘸酒精清洗伤口太慢，她直接摊开掌心，拿酒精瓶往上倒，结果没控制好量，倒得有点儿多，手上迎来火辣辣的疼。

沈岁知咝咝地抽着凉气。那边晏楚和推开厨房门，就看到她在这儿作死，看她的眼神就像在看一个明明没有任何生存技能还要逞强的九级生活残障人士。

沈岁知心虚地低头说道："我刚才手误了。"

晏楚和无视她的话，从桌上抽出纸巾擦了擦手，随后坐到她的身边，单手握住她的右手手腕，挪到自己的眼前。

他取了两根棉签，抬起眼帘扫她一眼，说道："别乱动。"

沈岁知真的没再乱动。

晏楚和用被酒精浸湿的棉签抵上她掌心的伤口，轻轻地擦拭消毒。他的动作小心谨慎，像对待珍宝一般，她甚至觉得手掌似乎也没那么疼了。

沈岁知垂下视线看向面前的这个人：他眉间淡漠，高挺的鼻梁之下，弧度自然的薄唇微抿着；面部轮廓虽偏冷冽，但一张脸仍旧极为出众。他的睫羽半合，她顺着向下，视线却意外地落进他深邃如海的瞳孔。

有光落在他的眼底，一瞬间，沈岁知好似看到洒在海面上的皎洁月光，而月亮就浸在其中，干净得不染纤尘。她不由得心尖一颤。

晏楚和正在给她的伤口涂碘伏，察觉到她的异样，抬眼问："疼吗？"

沈岁知倏然回过神来，不着痕迹地收拾好自己的情绪："没事儿，你继续。"

掌心的伤口被处理得很好，她全程没感觉到疼，也不知道是不是因为自己走神儿太久。

沈老爷子的寿宴晚上六点准时开始，这会儿已经四点多钟，沈岁知忙不迭地站起身往卧室跑，还不忘嘱咐晏楚和冰箱里的饮料随便拿。

晏楚和恰好口渴，走到厨房本来打算倒杯水，想到沈岁知说的饮料，不知为何莫名有种不太对劲儿的感觉。于是他拉开冰箱门，果然看到整整一排的"饮料"——如果啤酒也能算饮料的话。

晏楚和面无表情地关上冰箱门，心想果然不能用正常人的思维去琢磨沈岁知的话，转身拿了一次性纸杯去接水。

而房间内的沈岁知正忙着挑衣服，对此并不知情。既然是宴会，她就得穿裙子，可现在时近年末，晚上温度低至零下，穿裙子实在吃不消。

沈岁知全然忘记自己在大冷天穿吊带裙去 YS 的光辉事迹了。

最后她勉强挑了件款式介于保守和暴露之间的黑色长裙，理由很简单，长裙不用露腿，她能穿保暖裤。

换好衣服化好妆，等沈岁知拿着卷发棒鼓捣完自己的长发，已经是五点了。

时间还算赶得及，她拉开卧室的门，对上男人投来的视线，那里有一闪而过的惊艳意味，被她捕捉到。

然而，这份惊艳并没有维持太久，因为下一瞬，沈岁知便十分接地气地套上一件长款宽松面包服，瞬间整个人看起来都圆乎乎的。

晏楚和有些忍俊不禁，从沙发起身，说："走吧。"

"你开车。"沈岁知动作利索地走到门口，从鞋架里挑出一双高跟鞋踩上。

两人乘电梯下楼。出电梯，凛冽的寒风毫不客气地与沈岁知撞了个满怀，冻得她忍不住瑟缩一下。

她不由得庆幸自己做了充分的保暖工作，不然真要被冻僵，当目光落在身边男人的身上时，却见他神情未改，好像温度的急剧变化对他并无影响。

沈岁知欲开口，思考片刻又决定闭嘴，但最终还是没能按捺住自己的好奇心，语气认真地对晏楚和道："晏楚和，我有个特别好奇的事情想问你。"

晏楚和摁下按钮，将车解锁，说道："问。"

沈岁知酝酿了一下，真挚地问他："天气这么冷，你穿秋裤吗？"

气温好像又降了几摄氏度。嘀，晏楚和的指尖轻颤，他又把车给锁上了。

最终沈岁知还是不知道晏楚和到底穿没穿秋裤，她不敢再问，因为晏楚和的表情实在太烂了。

沈岁知自觉地把嘴闭上，心里寻思这不就是一句普通的关怀吗，跟前这不食人间烟火的神仙怎么就摆起脸色了？

她裹着棉服坐在副驾驶座，车内的暖风很快就让她生出些许热意，索性脱了外套抱在怀里。

晏楚和开车时极少说话，连个余光都不分给她。她扭头盯着男人英俊坚毅的侧脸，却换来对方一句"有事吗"，只好无奈地把头扭了回去。

沈岁知耐不住安静，尤其是身边有其他人在的时候，捧着手机玩儿了没多久，就忍不住开口问："晏楚和，你给老爷子准备了什么贺礼？"

晏楚和目不斜视地答道："一件古董。"

沈岁知抽了口气，暗叹自己怎么就没想起来，不过买都买了，顺带着随口打听："哪里买的啊？"

晏楚和闻言有些无语，递给沈岁知一个很是复杂的眼神："之前拍卖会上拍的。"

沈岁知有点儿意外。她之前倒也参加过几回拍卖会，但让她感兴趣的藏品并不多，大多是看金主们如何给自家的"金丝雀"花钱。沈岁知对身边的那群狐朋狗友的定位十分明确，后来不愿再过去看他们一掷千金讨人欢心，就没再参加过。

因为有不良的印象在前，所以她看晏楚和的眼神也跟着沾染些许不对劲儿的意味，问道："你还参加拍卖会啊？"

"偶尔跟叶彦之过去。"

这回答实在出人意料，沈岁知愣了一下，心里想什么直接就说出来了："你跟男人一起过去干吗？"

晏楚和没懂她的言外之意，莫名其妙地扫她一眼："参加拍卖啊。"

沈岁知陷入迷惑，甚至开始怀疑是不是自己的思想太乱了，因为总不可能是跟前的男人在一本正经地装傻。

她酝酿片刻，决定换个委婉的说法："你去拍卖会都不带女伴吗？"

晏楚和微微顿住，这下懂了。

"不带。"他淡淡地道，"我对包养没兴趣。"

话他说得很直白，落在沈岁知的耳中，却让她有点儿开心。

她眨巴眨巴眼睛，噢了一声，说："看来外界说你清心寡欲、洁身自好，没欺骗成分啊。"

晏楚和意味不明地朝她投来视线，没反驳也没承认。

"可能是我的圈子的问题吧，我参加的拍卖会都挺没劲儿，就算我真遇着好东西，兴致也被他们抬价抬没了。"沈岁知这会儿也不知道干什么，索性开始跟他闲扯，"那价抬得高到离谱，我就看人家各自给家里的'金丝雀'砸钱，挺无聊的。"

她本意只是随口说说二世祖圈子里的寻常事儿，因为晏楚和或许不曾接近过，就当科普了。

哪知晏楚和听完她的话，思忖片刻，道："如果你想去，下次我带你去。"

沈岁知愣住，转头有点儿奇怪地看着他。

晏楚和接收到她的视线，意识到她兴许是想到别处了，便耐心地解释道："我出席的拍卖会比较正经。"

沈岁知内心想说的是：你真不怕我抹黑你的名声？

但她犹豫半晌还是没吭声。她隐约感觉到晏楚和并不喜欢她自我否定。

于是她笑吟吟地接道："好啊。"

不一会儿，车子抵达酒店的门口，跟先前苏老爷子办寿宴的地方相同。

下车前，沈岁知收到苏桃瑜发过来的微信消息，说她已经替沈岁知把贺礼交给负责人了，让沈岁知安心地入席。

沈岁知回了个表情包过去，刚锁上屏幕，晏楚和已经下车替她打开车门。

天色已经完全暗了，酒店辉煌的灯光猝不及防地洒进她的眼底，她略微不适地眯了眯眼，转而看向晏楚和。

他的五官生得极好看，眉骨挺拔，眼窝深邃，嘴唇却削薄，给人冷淡疏离的感觉。

沈岁知不合时宜地想，应该很少有人见晏楚和笑吧，他大多数时间是礼貌而冷漠的。

但她见过他笑，次数还不少。

沈岁知对自己有这种莫名其妙的骄傲感到无话可说，觉得自己真是要沦陷了。

她搭着晏楚和的手下车。凛冽的冬风刮过来，她结结实实地打了个哆嗦，正想催晏楚和赶紧进去，却见他蹙了蹙眉。

"等等。"晏楚和轻握住沈岁知的手腕，俯身从副驾驶座的位置上拎出那件长款棉服，随后对她说道，"抬手。"

沈岁知有点儿茫然，不知道他要做什么，但还是下意识地乖乖照做。

晏楚和的神色未改，他将她的手臂穿进外套的袖子中。她全程配合，因为脑子完全是放空状态。

沈岁知盯着他略微低垂的眉眼，脑中乱七八糟。

她突然想，就这样沦陷吧，没什么不好的。

晏楚和给她穿上棉服，这才侧首看向旁边早就瞠目结舌的服务员，然后将车钥匙递过去，说："三十五号车位。"

服务员震惊得话都说不利索了，连声应好，忙拿着车钥匙工作去了。临走前他不忘狠狠地掐自己一把，疼，看来不是梦。

平城最不可能同框的两个人，其中一方竟然给另一方穿外套？这场景甚至可以列入年度迷幻大赏。

沈岁知并没有注意到方才服务员那副被震撼的表情，而是拽了两下棉服，抬脸看晏楚和："暖和是暖和，不过我穿这个进门好像不太体面。"

晏楚和同她一起走向酒店的入口，言简意赅地说道："天冷。"

沈岁知不服气地说："我特别抗冻。"

"是吗？"晏楚和却笑了，问她，"怎么个抗冻法儿？比如顶着个位数的温度，只穿着条裙子去 YS ？"

沈岁知不再说话，默默地吸了吸鼻子，轻咳一声，尴尬地转移话题："我的意思是，进去以后我这衣服也没个能放的地方啊。"

晏楚和侧首看着她，眼神像是关爱智障，但还是耐心地开口道："酒店里有服务员。"

沈岁知为自己问过痴呆问题全身心地感到后悔，觉得更尴尬了，垂眼道："噢，我忘了。"

他瞧着她吃瘪的模样，觉得实在生动有趣，眼底不由得浮现出淡淡的笑意，自己都未曾察觉。

"不然呢？"他说，"我帮你拿也不是不可以。"

沈岁知想象了一下那个场面，觉得太惊悚了，可能当晚自己跟晏楚和的名字就要传遍全国。

"得了吧，"沈岁知撇嘴道，"不知道的还以为你是我的谁呢。"

晏楚和不置可否地抬了抬嘴角。

两人并肩迈入会场。宴会还没开始，但场面已经十分热闹了，这是属于上流社会的交流场所，平城的名门勋贵皆在其中。

两人甫一出现，便吸引住来往宾客的目光，众人不约而同地露出震惊的神情。

男人一袭黑色的西装，衬衫平整洁净，剪裁得当的衣料勾勒出劲瘦的腰身，更衬出男人冷冽的气场。

而他身边的女子容貌姣好，身穿复古的黑色长裙，将脖颈衬得更加白皙修长。两人极为般配，如果女方没有穿那件长款的棉服就更好看了。

但是，在欣赏之余，人们觉得更震惊的是：晏楚和跟沈岁知为什么会同框？

一个是在商界翻手为云、覆手为雨的名门新贵，一个是声名狼藉、恶名远扬的纨绔子弟，当这两个人站在一起时，场面实在称得上惊悚。

门口的工作人员也傻眼了，但好在多年的工作经验让他迅速地冷静下来，微笑着唤了声"晏先生""沈小姐"，随后在宾客的名单上进行确认。

沈岁知把外套脱了，递给服务员让他帮忙收着。收回手臂的时候她顿了顿，才发现自己小臂上的文身忘了遮。

晏楚和察觉到她的异样，问："怎么了？"

"文身忘遮了。"沈岁知说，语气中透出些许无奈，"老爷子最讨厌这些花里胡哨的东西，每次看见我的胳膊都气得吹胡子瞪眼。我之前都是拿遮瑕膏盖上，这回赶时间忘了。"

说着她将那只手臂在他眼前晃了两下，随口问："真有那么非主流啊？"

她柔嫩的肌肤白得晃眼，那只墨黑的乌鸦栩栩如生。晏楚和伸手扣住她的手腕，指腹不轻不重地在她的文身上抚过，给她带来几分说不清的酥痒。

他说："挺好看的。"

沈岁知愣住，方才皮肤上的温热触感刻在脑海中挥之不去。

晏楚和却已经面色如常地松开手，走出去几步又回头看她："发什么呆呢？"

沈岁知倏然回神，抬脚快步跟了上去，随他一同入场。

他们一路走来，途经他们身边的每个人都用震惊的眼神盯着他们。沈岁知装作看不见，偏头瞥了一眼晏楚和，他仍旧是清清冷冷的模样，好似根本不在意。

沈岁知漫不经心地收回视线，正好看到不远处的苏桃瑜。苏桃瑜言笑晏晏，正挽着身边男人的臂弯。沈岁知多看了一眼，却发现那个男人不是叶彦之。

沈岁知愣了一会儿，清楚苏桃瑜并不是那种换男人如换衣服的人，当中应该是有什么内情，但眼下不是问那些的时候，便没有过去。

虽然礼物是送到了，但沈岁知身为沈家人，还是得亲自过去祝贺老爷子过寿，即使大概率会收到对方不屑一顾的白眼。

不过沈岁知自认宽宏大量，而且认为不能自个儿恶心，有必要拉着老爷子一起恶心。

晏楚和身为受邀宾客，到场的第一件事自然是同寿星道贺，所以两人仍旧同道而行。

沈岁知看向他："我好像还没听你说过场面话。"

晏楚和颔首："人际交往的必修课。"

沈岁知深以为然，毕竟自己在沈家这么多年，也被迫学会了这节必修课，知道修这门课实在不怎么容易。

沈老爷子精神矍铄，花白的头发已被染黑。他穿着一身改良过的中山装，随和又不失威严，周围站着三三两两恭维祝贺的人。

晏楚和看了一眼沈岁知，沈岁知却示意让他先上。

于是晏楚和迈步上前，唇角弯成礼貌疏离的弧度，先是祝贺老爷子过寿，然后同长辈们问好，之后又与大家谈笑风生。

沈岁知看沈老爷子眉开眼笑的，他的心情应该不错，这才不紧不慢地端着酒杯走过去，神情瞧上去有些流里流气，语气中含着笑意："来晚了，抱歉抱歉。"

果不其然，在看到沈岁知后，沈老爷子的脸色以肉眼可见的速度沉了下去。尤其在他看到她那不加掩饰的文身后，眼底甚至流露出反感。

他向来厌恶这个沈岁知，当初若不是沈擎执意带她回来，自己定是连家门都不让她进。她后来还养成这狼崽子的模样，更是让他觉得烦上加烦。

但碍于公共场合，他还是收敛情绪，笑道："小知来了啊。"

"您老的精神真好。我前段时间见您还是白头发呢，今天一看，您染的效果不错嘛。"沈岁知的眉眼弯弯，她说出的话有点儿不对劲儿，偏偏脸上还是一副乖巧又规矩的表情。

晏楚和垂下眼帘，看她这副满身是刺儿的模样，不知怎么有些想笑。

眼见着老爷子的表情僵住，沈岁知自知达成目的，便见好就收地笑着祝贺道："今儿是您的八十大寿，我祝您福如东海，寿比南山。"说完便将杯中的红酒一饮而尽。

老爷子皮笑肉不笑地回道："好，好。"

沈岁知从他的语气中听出咬牙切齿的意味，便打算功成身退。谁知她这边正要走，几步之外就传来一个男人冷淡沉稳的声音："路上堵车，来迟了。"

沈岁知停住脚步，朝声源处看过去。

两名西装革履的中年男人正走过来，出声的人是沈擎。他今天穿了一身深灰色的复古式西装，内搭同色马甲，头发打理得一丝不苟，看着气宇不凡，丝毫瞧不出已经年近半百。

而他身边的男人亦是仪表堂堂，模样温文尔雅，唇角噙着疏离的笑意，瞧起来有些眼熟。

沈岁知和沈擎的关系一般，不至于剑拔弩张，但也没到她开口喊爸的程度，更何况沈擎平日总是冷冷淡淡、不近人情的模样，两人鲜少对话。

视线对上后，沈岁知只是稍微颔首算作问候，沈擎目无波澜，不再看她。

沈岁知松了口气，心想这人的场面功夫做得够到位，刚原形毕露、吊儿郎当地打算走人，就听到晏楚和开口了。

"爸，您也来了。"

众目睽睽之下，沈岁知面不改色地拐过弯来，以一个神奇的走位重新回到原位，整个人的气质焕然一新，丝毫没有方才的闲散做派。

她站在晏楚和身边。沈擎身边的中年男人就站在她的对面，看起来似乎有些意外。

沈岁知调整好表情，拿出下午面对苏雪的架势，问候道："原来是伯父，真是百闻不如一见！"

旁边的晏楚和扶额：这开场白也太耳熟了吧？

第七章

盈盈在目

沈岁知突然开始乖巧问好，惹得沈老爷子惊诧地看了她一眼，沈擎也蹙眉打量她。

晏景峰微微愣住，对于沈家老幺倒是略有耳闻，只不过碰面次数寥寥无几，今日姑且可以算作两人初次见面。

女孩儿眼底的诚挚不似作伪，晏景峰稍作停顿，温和地笑笑，道："这位是小知吧？真是越来越漂亮了。"

"伯父客气了。"沈岁知笑容明媚，模样十分乖巧，"伯父才是越发英俊，不知道的还以为晏楚和什么时候多出一位兄长呢。"

突然被点名的晏楚和眼神复杂地看了她一眼，几番欲言又止，终究还是没有开口。

晏景峰闻言有些忍俊不禁，跟前的小姑娘与传闻中大相径庭，于是转向沈擎，开玩笑地道："沈擎，你还能养出这种活宝来？"

沈擎看向沈岁知，眼神中不带什么感情，淡淡地回道："性子不随我。"

话音刚落，周围几人陷入沉默。

沈岁知这还是第一次听沈擎间接提及宋毓涵，不由得狐疑地打量着他，不明白他是什么意思。

沈老爷子的脸色却比刚才面对沈岁知时更差几分，语气都跟着冷下不少："沈擎。"

"我不过随口一提，"沈擎笑了笑，漫不经心地说道，"大喜的日子，您别动气。"

不知为何，沈岁知觉得沈擎这副神态非常熟悉。

她仔细回想终于反应过来，刚才她对着老爷子阴阳怪气的时候差不多也是这个样子。

沈岁知本以为沈家内部成员很是和睦，但现在看来并不是这样，只好腹诽豪门的秘密就是多，面上却不动声色。

最后还是前来祝寿的人打破僵局，气氛才缓和下来。沈擎没再说什么，又恢复以往拒人千里的姿态，站在老爷子的身旁。

沈岁知收回视线，心底庆幸没跟南婉和沈心语撞上，不然那场面非得把沈老爷子气倒不可。

然而，这想法刚冒出来没两秒钟，她就瞥见那母女二人朝着这边走来。

"倒霉！"沈岁知在心底骂道，把表情勉强控制好。该有的礼节不能失，她没有即刻退场离开。

"我和小语刚去送了贺礼，没想到大家都已经到场了。"南婉莞尔道，眉眼漾着温和的笑意，"呀，小知也在？"

沈岁知看见南婉就想起下午的事情，强压住心底的厌恶，扯了扯唇角，不冷不热地嗯了一声。

晏楚和想起沈岁知说过的事情，便垂下眼帘看她，见她的面上无波无澜，便稍稍放心了一些。

"楚和跟小知最近走得挺近呢。"南婉却不肯放过沈岁知，佯装无意将话题岔过去，"没想到你们关系这么好。"

此话一出，各种视线落在两人身上，但更多的是对沈岁知的恶意揣测。

毕竟众所周知，沈家的老幺道德败坏，从来不是个善茬儿。

沈岁知觉得无所谓，面对南婉夹枪带棒的话早就习以为常，受到他人的白眼也可以权当看不见，只是觉得晏楚和在旁边被莫名地殃及，让她有点儿不爽。

她蹙眉，做好开口吵架的准备。哪知身旁的晏楚和轻轻按住她的肩膀，不紧不慢地对南婉道："是挺好的，不过小辈之间的事情就不劳您操心了。"

南婉的笑容僵住，难得也有她哑口无言的时候。

旁人也没想到晏楚和竟然会帮沈岁知说话，只默默观战，不吭声。

沈岁知强忍住笑意，不着痕迹地扯了扯晏楚和的袖口，示意他差不多就行。

晏楚和这才收声，恢复往日礼貌疏离的模样，仿佛刚才那话不是出自他的口中。

"这会儿是各位长辈交谈的时候，我就不多打扰了。"沈岁知笑吟吟地对在场的宾客举了举杯，"祝各位聊得尽兴。"

说罢，她终于不再看那群人脸色如何，径直离开这片让她浑身不舒服的区域，转去寻找苏桃瑜的身影。

在大厅里没找见苏桃瑜，沈岁知皱了皱眉，奇怪这好端端的人怎么突然就没影了，正疑惑着，就听到通往后门的走廊处隐约传来争执的声音。

那条路鲜少有人经过，沈岁知想着说不定是哪对小情侣在闹别扭，就没打算过去，只在路过的时候随意瞥了一眼，不承想一下就找到了自己正在寻找的人，但是旁边多了个表情很臭的叶彦之。

沈岁知停下脚步，只见苏桃瑜被摁在墙上动弹不得，羞恼地瞪着叶彦之。而叶彦之的脸色也不好看，双眉拧得紧紧的，有种山雨欲来的感觉。

两人好像在比拼力气，不过很显然，苏桃瑜输得彻底。

"我跟你什么关系啊，你问这么多？"苏桃瑜压低声音，凶巴巴地说，"赶紧放手，我要出去！"

叶彦之攥紧她的手腕，眼神阴沉地问道："他是你什么人？"

"你关心这个干吗？"苏桃瑜冷笑，"昨晚不是你说的吗，'谈恋爱，怎么可能'。那我的私生活跟你又有什么关系？"

叶彦之猝不及防地被她噎住，开口不知该说什么，只是脸色更差了。

面对此情此景，沈岁知觉得实在不适合听下去，沉吟片刻，决定转身离开。

临走前，她余光瞥到收在旁边的挡路牌，想了想，很是贴心地把它拿过来摆在通道口。

做好事不留名，沈岁知深感欣慰地重新回到宴会场地，只见众人都已落座，看来沈老爷子该发言了。

沈岁知坐在并不显眼的门边，便百无聊赖地玩儿起手机来。没多久，场内静下来，随后音响中传来老爷子的声音。

沈岁知左耳进右耳出，压根儿没往心里去，只琢磨着自己似乎很久没出去逛了，正好最近也没什么工作，去哪儿玩儿比较好，手机便有电话打了进来。

沈岁知瞥了一眼，是李医生的电话，不由得皱起眉头，然后迅速地起身，从门口溜了出去。

沈岁知快步穿过大堂走出酒店，出来时没拿外套，冻得浑身发抖，见四下没人才接起电话："喂？"

她在看到来电的时候，就隐约有了不祥的预感，在听到李医生的话后，发现那预感竟然成了真。

"沈小姐，宋女士去散心时跌进了花园的池塘，现在还在昏迷，你……"

沈岁知在听清楚"还在昏迷"四个字后，便什么都听不到了，仿佛一盆冰水劈头盖脸地将她淋了个彻彻底底。她遍体生寒，甚至不知道何时挂断了电话，指尖都是颤抖的。

平城的冬天刺骨地冷，她却浑然不觉，自己似乎已经被冻得麻木了。

沈岁知在想是不是应该冲进去把南婉从座位上揪起来，问她为什么要对宋毓涵动手。但万一宋毓涵是发病后没能控制住自己的行为呢？沈岁知的脑子乱糟糟的，此时她无法控制住自己的身体。

耳鸣，头晕，眼前满是跳跃的杂乱的黑点，焦躁的感觉在血液里横冲直撞，让她感到反胃，几欲呕吐。

宋毓涵还会不会醒，我该怎么办？

沈岁知无法控制自己的偏激思维，觉得自己本就岌岌可危的精神状态已经彻底崩盘。理智告诉自己该冷静，但大脑却开始扰乱自己。

状态真的太糟了，发病带来的生理痛苦几乎令沈岁知窒息。

如果宋毓涵再也醒不过来了呢？我该怎么办？如果她真的丢下我一个人，我到时候该怎么办？

沈岁知呼吸急促，看不清眼前的事物，只觉自己该吃药控制情绪了，但是手边没有药，也没有烟，也没有……

也没有什么？

沈岁知茫然地抬起手，迫切地希望自己恢复冷静。潜意识里有人告诉她说不能伤害自己，但她现在实在太痛苦，右手无意识地握紧成拳，指甲狠狠地嵌进还未愈合的伤口。

刺痛传来，鲜红的血液闯进视野，沈岁知觉得自己似乎舒服点儿了，正要继续发力，手腕却被人紧紧地攥住。

她神情恍惚，只看到眼前是只骨节分明的手，却不知为何，有几分克制的颤抖在其中。

沈岁知分不清是谁在害怕，混混沌沌地抬起脸，眼前黑点退散了些许。她并不怎么清醒，还未问对方是谁，就已经被人紧紧地拥入怀中。

"沈岁知，"他开口，嗓音低沉，"不要怕，听话，放松。"

熟悉的气息将自己包围，沈岁知听到自己的警戒线唰唰绷断的声音，突然觉得疲惫，将头抵在男人的胸膛上，一语不发。

晏楚和的怀抱很温暖，温暖到让她满心委屈、眼眶发酸，温暖到让她暂时放下过去所受的所有苦难，安心被人当作珍宝，好好地珍藏起来。

晏楚和感受到怀中人儿的颤抖，无声地收紧手臂将她抱得更紧，耐心地轻抚着她的头发，像在安慰一个迷路的孩子。

不知过了多久，负面情绪被缓缓地平息，烦人的耳鸣终于消失，头也不再那么痛，沈岁知后知后觉地将方才那些想法挥开。

她疲惫地闭了闭眼，心想自己刚才犯病居然没吓到晏楚和。她想努力扯起嘴角笑，但是太难了，干脆放弃。

"我没事儿。"沈岁知开口道，嗓音有些喑哑，"你能不能把车借我，我有急事儿……"

"我开车送你。"晏楚和不容置喙，打断她，"你喝酒了。"

沈岁知从他的怀抱中抽出身来，无奈地说道："可是寿宴还没有结束。"

他看了她一眼，说道："没有什么比你的事情重要。"

沈岁知不再多言，现在她的脑子里根本容不下别的乱七八糟的东西，只想赶紧过去看宋毓涵。

随晏楚和取车后，沈岁知钻进副驾驶位，边系安全带边对他说："南湖疗养院。"

晏楚和的动作只稍微停滞一瞬，他不再多问，开车前往她所说的地方。

沈岁知一路上都没有说话，轻轻地摩挲着食指和中指，想抽烟，却没有带，只好极力憋着。

余光瞥到她坐立难安的模样，晏楚和腾出手从储物屉中拿出什么递给她。

沈岁知定睛一看，是两颗薄荷糖。

她心头微酸，把糖接过来说了声谢谢，便拆开包装往嘴里塞。

清凉甜爽的味道在唇齿间弥散，令她满心的烦躁平复了些许。

她轻轻吐出一口气。

晏楚和的糖，晏楚和的怀抱，还有晏楚和这个人，好像就是沈岁知的舒适区和安全区，不论什么时候都能让她平静下来。

抵达南湖疗养院后，沈岁知匆匆下车，这才想起还有另一个人的存在。这件事情太私人化，她不知道该怎么开口。

晏楚和看出她的为难，道："你去吧，我在门口等你。"

沈岁知点头，顾不得其他，只给李医生发了条短信，就慌慌张张地赶去宋毓涵的病房。

当她推开病房门的时候，宋毓涵刚醒不久，拿着水杯正要喝水，被开门声吓了一跳。

宋毓涵刚把护士支开，没想到这会儿又来了个人。她有些不耐烦地抬起头来，却没想到竟然是自己的女儿。

沈岁知的面上是不加掩饰的紧张无措，连眼眶都是红的，整个人的状态紧绷。

宋毓涵已经记不清多少年没见过这样暴露情绪的沈岁知了，近年她们每次见面都剑拔弩张，哪怕自己把话说得再难听、再刻薄，沈岁知也不曾露出这样的表情。

宋毓涵愣在床上，一时忘了开口。

沈岁知是跑过来的，呼吸还没顺过来。她难以置信地望着宋毓涵，眼中欣喜与担忧交织，快步冲到床边。

"你没事儿吧？今天怎么回事儿？这么冷的天，你掉进池里没着凉吧？有哪儿擦伤了吗？"沈岁知小心翼翼地握住她的肩膀上下打量着，发出一连串的问句，"什么时候醒的？身体有哪里不舒服的吗？"

问题太多，宋毓涵回答不过来，正要说"我没事儿"，就看见沈岁知的眼眶更红了，有水光渐渐溢出。

"你真是……"沈岁知哽了哽，怒道，"保护好自己不知道啊？发病求助医生不知道啊？你要是真有个三长两短，你看我给不给你买墓地！"

宋毓涵被她吼得有些蒙，片刻后回过神来，犹豫着轻轻抱住她，声音轻得不能再轻："对不起。"

沈岁知抿唇，眼泪无声地落了下来。

"今天到底是怎么回事儿？"平复好情绪后，沈岁知搬了椅子坐在床前，柔声地问道。

宋毓涵的脸色还有些苍白。她的身子骨脆弱，当初她生沈岁知的时候落下了病根，受不得寒，今天跌进水池，现在还没缓过来。

"一场意外，瞧你紧张的。那池塘又不深，我掉下去也出不了事儿。"宋毓涵捧着水杯，边喝水边不紧不慢地说，"我就是吃完饭想散散心，结果脚滑了而已。"

沈岁知想起南婉当时说的话，不由得确认道："当时你的身边有人吗？"

"没有，我散步的时候只让护士和护工在远一点儿的地方跟着。"

宋毓涵说完似乎隐约察觉到什么，皱起眉头看向她："怎么回事儿？"

沈岁知并不清楚宋毓涵和南婉是否有过交集，正犹豫着该不该开口，宋毓涵便已经将答案猜了出来："是不是南婉跟你说什么了？"

"她想要你手里的股份，拿你威胁我。我不知道她是通过什么方式得知你在这里的。"沈岁知见宋毓涵猜中，干脆打开天窗说亮话，"我接到电话的时候还以为是她动手了。用不用给你换个地方？"

"不用。"宋毓涵似乎并不惊讶，神色平淡，"她不敢动我。"

沈岁知闻言愣了一下，莫名地想起先前沈擎和老爷子之间的诡异气氛，下意识地问："为什么？"

宋毓涵猛然被沈岁知问住，好像刚才的话只是自己下意识地说出口的，神色变得难以捉摸。她喃喃地道："是啊，为什么？"

不等沈岁知仔细琢磨宋毓涵的表情，宋毓涵便已经迅速恢复常态，淡淡地说道："我占的股份份额不小，她不敢直接有动作。"

沈岁知看出宋毓涵不想多谈，也不再继续追问。

倒是宋毓涵看向她，看她这身装扮，明显是从社交场合赶过来的，问道："你从哪儿过来的？"

"沈老爷子的八十大寿，我过去走个过场，接到李医生的电话就赶紧来了。"

宋毓涵深谙女儿那薄弱的道德观念，不禁怀疑地问："你没酒驾吧？"

"没有！"沈岁知没好气地回答，随手削起苹果来，"朋友送我过来的。"

为人母亲，对这方面总是格外敏感。宋毓涵问道："朋友？男的女的？"

沈岁知手上的动作不停，答："晏楚和。"

宋毓涵自然知道晏楚和是谁，所以在听到这个答案后有些惊讶。

"只是朋友而已。"沈岁知知道她想问什么，自顾自地说道，"我们不会在一起的。他太优秀了，那么好的人，干吗被我耽误。"

宋毓涵开口想说一些安慰的话，却被沈岁知堵了回去。但母女二人的相处模式早就定型，宋毓涵说不出软话，半晌才凶巴巴地憋出一句："什么耽误不耽误的，我看你在外面作天作地的时候也没这么自卑。"

听到宋毓涵这么说，沈岁知不置可否地笑了笑，将削好的苹果切成小块递给她。

宋毓涵面上嫌弃着，但还是乖乖地吃起苹果来。

"上次还没削完，你就把我骂出去了。"沈岁知放下水果刀，收到抽屉里，"怎么岁数大了脾气也越来越臭？"

宋毓涵倒是没生气，经沈岁知这么一说，才想起上次两人糟糕的会面，下意识地看向沈岁知的脸颊。虽然沈岁知化了妆，但仔细看的话，还是能发现那道极淡的痕迹。

是自己当时摔碎玻璃杯的时候碎片划伤了她。宋毓涵陷入沉默。

沈岁知也不过是随口提及，看着时间不早了，且晏楚和还在楼下等着，便打算起身离开。

这时，宋毓涵突然开口问："是不是很疼？"

沈岁知顿住，过了几秒钟才反应过来，她说的是自己脸上的伤口。

疼啊，怎么不疼。

沈岁知想这么说，但最终还是只说了一句"没感觉"。

随后房间便一片寂静。

"我先走了，你好好养身体。"沈岁知说着站起身来，走向病房门口。

就在她拉开门的瞬间，听到宋毓涵说："对不起。"

沈岁知顿了顿，片刻后嗯了一声，随后反手关上门，狠狠地抹了一把酸涩的双眼，没人看见她的动作。

沈岁知拉开车门的时候，晏楚和正在抽烟。

侧首看到她，他不着痕迹地蹙眉，随后将烟摁灭在车载烟灰缸中："抱歉。"

"没事儿。"沈岁知从愣怔状态中回过神来，坐进副驾驶位，"心情不好吗？是不是我刚才吓着你了？"

晏楚和没回答，只是伸手攥住她的右手手腕，垂下眼帘打量那血肉模糊的伤口。

这一次沈岁知用的力气比第一次受创时用的力气还要大，伤口更深了，看起来有些骇人。

晏楚和似乎想到什么，稍微施力，将她的小臂暴露在灯光下。果不其然，平日里不仔细看根本发现不了，其实她的手臂内侧满是划痕。

伤疤颜色浅，且只在皮肤表面，只有仔细看才能发现。手腕内侧的皮肤纵横纹路太多，想来是因为她反复伤害落下的。

"不好意思啊，我……"沈岁知有点儿尴尬，不知道该怎么解释，毕竟这种行为在常人眼中或许有些变态。

"我知道你的情况。"晏楚和松开她，将车灯关上，面色淡然地道，"上次你喝醉我送你回去，看到了你桌子上的抗抑郁药。"

沈岁知眨眨眼："噢，怪不得。"

知道不用解释那么多，她松懈下来，满不在乎地说："我犯病的时候是不是挺吓人的？谢谢你让我冷静。"

"其实我那个时候本来想自暴自弃的，"她开玩笑似的继续说着，"但是你来了，我觉得自己又可以多撑一阵子。"

晏楚和沉默片刻："以后可以告诉我。"

沈岁知怔住："以后？"随后笑了笑，继续道，"晏楚和，你还没看清楚我这人吗？满身缺点也就算了，还那么多负能量。你不用这样安慰我。"

沈岁知不信。她当然不信。

她是个糟糕透顶的人，人格有数不清的缺陷，人生也满是遗憾。

她踩进泥潭之初也曾向人求救过，也有人尝试努力将她拉出来，但最终还是半途而废，松手离开。后来她便不再盼了，干净留给那些美好的人，自己肮脏就够了，没必要去污染别人。

"不是安慰。"晏楚和微微蹙眉，似乎对她的态度感到不满，"你很好。"

沈岁知一时无言，只定定地看着他。

车内光线昏暗，有点点月光从车窗洒进来，映在晏楚和的眉眼上，沈岁知这时才后知后觉地发现，今晚的月亮很干净。

往日她抬头仰望星空，总是看到星光暗淡的天宇，整个世界只剩下无穷无尽的黑。但此刻，皎洁的月亮就在眼前。

月亮干净而明亮，又是那么遥不可及。

睫羽微颤，沈岁知垂下眼帘，没再说话。

晏楚和也不再多言，开车送她回家。

也不知过了多久，沈岁知语气平静地道："我家的情况很复杂，你应该也知道，我是沈擎捡回来的私生女。我妈当初用我换了部分股权，所以沈家人都觉得我想争权。而我的后妈最提防我，她想用我妈威胁我。"

"结果我妈偏偏就出事儿了。"沈岁知嗤笑，继续说，"不过没什么事儿，也不是我后妈动的手，但确实吓到我了。"

"这些乱七八糟的，我只是随口一说。"她看了一眼正专注开车的男人，"你要是嫌烦，我就闭嘴喽。"

话音刚落，车便停了下来。

沈岁知下意识地往外看，发现竟然这么快就到自己的家了。

沈岁知虽然自认脸皮挺厚，但还没有自个儿向外人嘟囔一堆家里的破事儿的经历，当下有点儿尴尬，于是准备下车走人。

她刚准备解安全带，晏楚和便已经俯身靠近，神色淡然地为她解开锁扣，将安全带收回。

两人离得很近。不知为何，沈岁知屏住了呼吸，紧张得要命。

晏楚和抬起眼，瞧见她这副模样，眉眼间不由得浮现出几分浅淡的笑意，和她拉开些许距离。

"没有嫌烦。"他抬手落在沈岁知的头顶，轻轻地揉了揉，"你愿意跟我说你的事情，我很高兴。"

沈岁知觉得摸头这个行为很像哄小孩子。在她很小的时候，如果受委屈掉眼泪，宋毓涵也会这么安慰她。

后来被沈擎接到沈家，什么委屈都得自己憋着，没有什么人会这样温柔地安慰自己，她已经快忘了那是怎样的感觉。

但是现在，沈岁知觉得还不错。

"噢。"她面色如常地转过头说，"今天谢谢你，我先上楼了。寿宴那边你赶紧回去吧，省得给那群人落下话柄。"

这句关心的话听着有点儿别扭，晏楚和无奈颔首："好，你回去好好休息。"

沈岁知点点头，刚推开车门，就听到车内传来男人低缓的声音："晚安。"

沈岁知的指尖微颤，心跳不由得开始加速。她没有回头，也回了声"晚安"，转身走向楼道口。

她觉得，自己已经沦陷了。

沈岁知回到家后直接躺倒在沙发上，紧绷许久的身体总算得以放松，觉得又累又困，连爬起来去卸妆的力气都没有。

她刚拿起手机，未读消息便一股脑儿蹦了出来。她开始逐一查看消息。

温知好今天发财了吗："沈岁知！你真的搞到极品了？！"

不脱单不改名："姐，你真是我姐，平时悄无声息，没想到一出手就不一般，我真服了！"

我可以："我就说，上次你们两个不对劲儿，你还装着说不感兴趣，太做作了！"

在睡觉，别烦我："沈岁知，你在搞什么，大晚上吓得我都睡不着觉了。"

沈岁知看了半天没明白大家在说什么，最后拉到苏桃瑜的消息，可算有个说明白话的人了。

甜桃："迅速现身！指路微博热搜，你快点儿回我！"

微博热搜？

沈岁知脑海里瞬间涌起不祥的预感，也顾不得回消息，立刻打开微博。

热搜榜单第一名赫然挂着一个"爆"字。

沈岁知将视线落在那行标题上：晏楚和沈岁知。

她愣了愣，又回想到刚才微信里收到的那些消息，瞬间明白了前因后果。

沈岁知点进话题，看到置顶的赫然是一位挂着大 V 的娱乐爆料博主。那条微博的转评赞已经飙到数十万以上，看得沈岁知叹为观止。

到底是她黑红自带流量，还是说她把晏楚和这棵白菜拱了引发巨大的反响？

沈岁知想了想，觉得后者的可能性比较大。

她点开原博，果然和她猜想的一样，爆料人的证据正是下午她与晏楚和在中央大厦超市的视频。视频中，他们在排队等待付款，彼时她在玩儿手机，并未注意到有人偷拍。

但晏楚和不应该犯这种低级错误。沈岁知蹙起眉继续观看视频，发现晏楚和突然朝镜头这边看了过来，拍摄者估计是心慌了，镜头抖了两下。

紧接着，晏楚和就像什么都没看见一般，面色如常地收回视线，似乎只是视线不经意地扫过这边。

看完视频，沈岁知陷入沉默。

如果她没有看错，晏楚和应该是看见有人偷拍了。

但他没有制止，而是选择无视对方。沈岁知倒是可以理解这个操作：他也许是碍于公共场合不好过去制止。但为什么现在微博热度都已经这么高了，话题还高高地挂在首页？

沈岁知并不认为晏楚和公司的公关实力能差到这种程度。那就只有一种可能了：是他本尊默许的。

沈岁知觉得有点儿头疼。

朋友关系？都是成年人，说出来谁信呢？再说，她怎么可能分不清朋友关系和男女关系？只是逃避现实而已。

沈岁知揉了两下额头，望着天花板出神，最终还是给姜灿打了个电话。

电话很快被接起，姜灿开门见山地问："怎么回事儿？"

沈岁知干巴巴地笑了笑："就你看到的那样呗。我跟晏楚和一起去超市被拍下来了。"

"你们两个……"姜灿似乎有点儿难以接受，"同居了？"

"怎么可能？"沈岁知无奈地捏着眉骨，"他来我家给我做饭。我知道这听起来挺暧昧，但我和他确实没什么。"

姜灿沉默片刻，想问什么但还是没有问出口，只说："公关的事情交给我就好，你安心睡觉。"

沈岁知笑道："好嘞，谢谢姜老板。"

挂断电话后，沈岁知本想打电话问问晏楚和，但又觉得没什么意义，还是算了。

这件事情对沈岁知来说暂时告一段落。她不再看网友的评论，只挨个儿回了好友的消息。做完这些，沈岁知觉得困，便去卸妆洗漱，回卧室吃药睡觉。

梦里充满了潮湿和阴冷，沈岁知的意识下沉到最底部。

沈岁知在睡梦中昏昏沉沉的，仿佛自己是在水底，四肢僵硬，无法挣扎。她抬头就看到岸边无数旁观者对她指指点点，高谈阔论。

她觉得自己在被海水溺毙之前，先被那些人的恶意揣测淹没了。她想放任自流，但紧接着便有人紧紧地拉住她，将她往上带。

猛然下坠的感觉惊醒了她。沈岁知倏地睁开双眼，坐了起来。

枕头旁边的手机还在吵闹着，她后知后觉地把闹钟关掉。刚睡醒，脑子还是蒙的，她抬手揉了两下乱糟糟的头发，结果牵动掌心的伤口，不由得啧了一声。

没再回味刚才的梦境，沈岁知翻身下床，走到厨房，拉开冰箱门，伸手正要拿啤酒，不知怎的又停住。她犹豫片刻，还是决定改为喝水。

今天还要给晏灵犀上课，好在没剩几天就能结束，她可以着手游玩计划了。

沈岁知边洗漱收拾，边给苏桃瑜打电话。

苏桃瑜很快接了起来，嗓音还带着没睡醒的沙哑："怎么啦？"

沈岁知开门见山地说："过几天跨完年有空没？最好能腾出小半个月。"

"我都可以啊，最近无聊得很。是不是出去玩儿？"

"嗯。不过地点我还没想好，你有推荐的吗？"

苏桃瑜想了想回答："德国怎么样？我在那儿有朋友，到时候能借车开。"

一锤定音，两人很快将旅游计划敲定。然后苏桃瑜睡回笼觉，沈岁知挂断电话，准备待会儿出门。

不知道为什么，沈岁知总有一种预感，在当家教的最后几天，她可能每天都会遇见晏楚和。

事实证明她没有猜错。

今天，刚刚踏进晏家的门，沈岁知一眼便望见客厅沙发上坐着的男人。

他穿着简单的白衬衣、西装裤，衣摆收进几分，勾勒出劲瘦有力的腰线，袖口微微上挽，露出弧度漂亮的腕骨。

沈岁知的目光挪到他的上身：纽扣难得留出两颗，少了在公共场合的冷漠禁欲，多了在私人时间的慵懒闲适。

用人见沈岁知来了，便提醒道："萧老师，晏小姐昨晚回来得晚，现在刚起床，您可以在客厅稍等一下。"

沈岁知眼尾弯出轻浅的弧度，把温柔的语气拿捏得恰到好处："我知道了，谢谢。"

用人点点头便离开了晏家。客厅只剩下沈岁知和晏楚和。

见没有旁人在，沈岁知立刻将身上那股子大家闺秀的气息撤掉，转向晏楚和的方向，发现他不知何时已停止工作，此时正好整以暇地望着她。

两人视线相撞，晏楚和略一挑眉："怎么？不装了？"

"装什么装，"沈岁知没好气地翻个白眼，"想看免费的戏？没门儿！"

作为商人的晏楚和认真地提醒道："放心，等课程结束，我会把费用转给你。"

沈岁知一时竟无言以对，心想这人真是复杂，说不解风情倒也不至于，可一本正经起来简直就像个老干部。

"最好再加个友情费用。"她不以为意地耸肩笑笑，继续说，"我可是没钱给公关团队发工资了。"

她的话不露声色，却又意有所指。

果不其然，晏楚和闻言眼神微沉。

看他已经明白她的意思，她懒得再兜圈子，心里怎么想便怎么说了："晏楚和，你可真不厚道啊。"

"是有点儿。"他颔首，丝毫不打算掩饰自己的意图，"我本来想回去再联系公关，不过你的动作太快，没给我留时间。"

沈岁知哑口无言。话说到这个份儿上——当事人都承认了——晏楚和一定是知道她不会追问才这么从容。不过说实话，她不是很喜欢这种被动的感觉。

之前一直站着的沈岁知蹙了蹙眉，抬脚走向沙发处，说道："晏楚和，你……"

话还没说完，她没注意到脚下，鞋尖竟猝不及防地被桌脚绊住。她措手不及，甚至没来得及做出反应，身体便已经往前栽过去。

晏楚和泰然自若地坐在眼前，她只想着赶紧避开，腿却撞到沙发的边缘，膝盖不由自主地弯曲，狼狈地扑到男人的跟前，手臂条件反射地撑在他的耳侧。

沈岁知刚抬起眼帘就瞬间僵住，呼吸都被她收敛。

是的，太近了，近到她稍微侧脸，两个人就能吻到。

晏楚和显然也始料未及，眼底的怔色还没完全掩去时，潜意识认为两人此时的动作过于危险，于是身体先于理智，他伸手扶住了她的腰。

下一秒，沈岁知便坐到了男人的腿上。

沈岁知的大脑空白了。

她方才从外面带来的寒气还未退尽，此时她对温度的感知十分敏感，只觉得两人接触的皮肤在隐隐发烫，烧得她坐立难安。

如果不是清楚对方的为人，她几乎都要以为这人是故意的了。

沈岁知的身体紧绷，她有些诧异地抬起头。

晏楚和也在看着她，眼底像是凝着一团浓郁的雾气。那雾气深而沉，然后聚拢成幽谧深邃的旋涡，将她席卷其中。

他用这样的目光打量她，她瞬间便招架不住。她仓皇地垂下眼帘，目光阴错阳差地落在对方微微敞开的领口处，恰好能够看到锁骨中间的沟壑，向上则看到他修长的脖颈与凸起的喉结。

沈岁知心下羞恼，不愿承认自己刚才其实很想吻他。

就在此时，咔嗒一声的开门声，快准狠地击碎客厅中的暧昧气氛。

沈岁知以迅雷不及掩耳之势翻身坐正，仍旧不忘进入大家闺秀的状态：双膝并拢，手放在腿面上，姿态看起来从容大方、温柔娴静。

而晏楚和也迅速地端回那副正儿八经的架势，眉目清冷，神情坦然，除却他耳尖那份极度违和的薄红，全然看不出上一秒还在"调情"。

晏灵犀完全没想到洗漱完毕推开门后，就看到这么劲爆的画面，整个人都是蒙的。

偏偏这两位主角的状态恢复得还那么快，这会儿两人端端正正地坐在沙发上，好像刚才只是她的错觉而已。

那边的两人也不约而同地望着这边。

晏灵犀满头乱飞的瞌睡虫被一巴掌拍走。她艰难地顶着两道炙热的视线，硬着头皮装出刚睡醒的样子，哈哈地笑道："唉，好困啊，我还没睡醒呢。你们先聊，我再去睡个回笼觉。"

沈岁知上次的尴尬时刻是身份被晏楚和揭穿时，她没想到这次还是跟他有关。

"不是，刚才是意外。"沈岁知无可奈何地站起身来，顺手把刚才弄乱的长发顺到耳后，"我其实可以解释……"

话没说完，本就因先前的动作太大而挂在耳边要掉不掉的口罩，刚好被她顺头发的动作彻底带掉。

口罩下她明艳动人的五官暴露出来。

晏楚和晏灵犀都震惊地看着她。

沈岁知沉默两秒，看淡人生一般，重新坐回去，说："算了，不说了。"

她是真没想到这趟家教会如此出师不利，眼看课程都要结束了，竟再次遭遇了马甲被扒的窘境。

她本以为自己披马甲当家教的事情顶多让晏楚和知道，结果现在晏灵犀也知道了，真不知后面这课还能不能上下去。

晏楚和坦然自若，不疾不徐地执起桌上的咖啡，抵在唇边慢条斯理地抿了一口。

沈岁知满脸都写着"无所谓"，索性也懒得装模作样了，两腿一搭，手臂一放，往日里二大爷似的气派又回来了。

晏灵犀还是有点儿无法接受，毕竟眼看着相处了快一个月的温柔如水、大家闺秀的萧老师，摘下口罩就成了作天作地、玩世不恭的沈家老幺，这画面对比实在太强烈。晏灵犀甚至忍不住怀疑，沈岁知是不是精神分裂，而且还是能随心切换人格的那种。

晏灵犀眼神复杂地看了一眼自己一本正经的哥哥，又看了一眼原形毕露的沈岁知，只觉得信息量太大，想问的问题太多，一时间竟不知道怎么开口。

"所以，哥，你早就知道了？"

晏楚和神情淡然地颔首，算是默认："忘记跟你说了。"

晏灵犀觉得他不可能是忘了，他应该是压根儿没想过告诉自己。

"今天纯属意外。"沈岁知清了清嗓子，勉强挤出这么一句话来，"原来给你上课的温知好是我的朋友，她现在找到了一份正式的工作，就把家教的事儿交给我了。我觉得自己的身份不大方便，只好换了个名字。"

她先是之前被晏楚和当面揭穿，今天又整了这出尴尬的大戏，这兼职做得实在是一波三折。

"不过学历没造假啊，我传授知识，童叟无欺。"沈岁知补充道，试图为自己又臭又烂的名声挽救尊严，"你保持平常心就行，反正也没几节课了。等你哥给我结算完工钱，我就不是家教了。"

晏楚和闻言轻捏眉骨，语气中有些许无奈："放心，一分少不了你的。"

沈岁知赞许地点头："嗯，那就好。"

晏灵犀的脑中瞬间灵光乍现，有种豁然开朗、拨云见日的感觉。

这是真的！原来这是真的！

晏灵犀有点儿激动，又有点儿震惊，眼神复杂地打量着沙发上坐着的两个人："所以说，你们……真的……"

沈岁知还不明白晏灵犀在说什么，以为是在说自己和晏楚和的关系不错，便犹豫着给出回复："是吧。"

晏灵犀当即大声地喊道："嫂子好！"

沈岁知瞬间被噎住：现在上演的到底是什么戏码？

晏楚和闻言也是一愣，显然没想到自家妹妹会突然认亲，"嫂子"二字着实出乎他的意料，不由得抬头看了晏灵犀一眼。

晏灵犀看到他的眼神，还以为他在夸自己有眼力见儿，继续说道："我昨天看到微博就觉得你们关系不一般了，"晏灵犀一副看穿一切的神色，"我之前还猜来猜去的，没想到你们真在一起了。放心放心，我不会跟别人说的，爸妈那边我替你们打掩护！"

沈岁知寻思，被晏灵犀这么一说，事情已经不是狗血的地下恋情，而是地下偷情了。

"呃……这倒不用。"沈岁知揉了揉太阳穴，觉得此刻的自己已经词穷了，对身边的晏楚和道，"算了，你来解释清楚。"

"确实不用。"晏楚和将瓷杯放在桌面上，淡淡地道，"爸妈已经见过了。"

晏灵犀再次被震惊！

沈岁知发现了一个事实：晏楚和在故意越描越黑。

最终，顶着晏灵犀"我都懂，明白，你不用再解释"的目光，沈岁知没能成功地证明自己跟晏楚和之间的清白。

当然，可能还因为他们之间的确有那么一点儿不清不白的意味。

从晏家出来时，沈岁知整个人都轻松了。

经历了刚才的战战兢兢，沈岁知回过头来，发现此事还有一个好处，就是她不用再装无辜小白花了，也不用每天早上穿得又乖又柔，更不用端着姿态防止自己骨子里的散漫气息流露出来。

自我安慰般想了一会儿，沈岁知才觉得那尴尬消退些许。

她看了看时间，决定先打车回家，吃完饭再睡个午觉，下午去南湖疗养院看看宋毓涵。

沈岁知吃饭向来都是凑合，随便煮了碗面条，就拿出手机边刷消息边吃饭。

昨晚的话题在微博上已经没什么热度。网络就是这样，每天都有新的热点供人议论，因为隔着虚拟的空间，哪怕对方是素未谋面的人，毫无责任的评价也能堆积如山。

人总是喜欢站在道德的制高点去看待他人，尤其某些抱着键盘义正词严的人。但言行一致向来是件很困难的事情，人能说出多光鲜的话语，就能干出多下作的事情。

可是隔着网络，谁又清楚谁？

沈岁知把未读的私信清空，指桑骂槐的话她早就看烦。多数骂她的人不会管罪名是否成立，只是需要一个对象来发泄他们生活中的不如意罢了。

人的恶意究竟可以达到什么程度，没人知道。

沈岁知切换到 SZ 的微博，边清理未读消息，边百无聊赖地想，如果哪天把马甲脱下来，SZ 和沈岁知变成一个人，那些网友又会说什么？

算了，这种打脸并不爽快，舆论造成的创伤早就留下永久的痕迹，这种公平说到头没有任何意义。

沈岁知晃晃脑袋，把偏激的想法赶走，锁上手机的屏幕埋首吃饭。

饭后她定上闹钟去卧室睡觉，醒来后磨磨叽叽地换衣服化妆，看时间差不多了才拎着车钥匙出门。

这趟出行却让她遇见了一个意料之外的人。

沈岁知轻车熟路地绕小路前来，将车停好，便朝疗养院的西门走去。

疗养院有三个门可供人出入，她平时都走大门，因为方便先去找李医生。但今天不用，她就直接把车开到了西边。

疗养院的西门距离病房楼近，能看到后花园的全貌，沈岁知也不知道宋毓涵这会儿是在房间里看书还是在花园里闲逛，打算碰碰运气。

然而还没走到门口，她就看到另一位探望者。但对方似乎并没有进去的打算，只是站在围栏前，不知在看什么。

沈岁知没在意，可越是靠近，越觉得那人眼熟，不由得停下脚步仔细地打量。

那人身穿剪裁合体的深色西装，身形颀长。她望着他的背影，一时猜测不出年纪来，只觉得那峻冷的气场过分熟悉。

紧接着，她的脑中闪过一个名字，心中一紧。她正要快步上前确认自己的猜想是否正确时，对方像是察觉到什么，微微侧首，波澜不惊的目光落在她的身上。

那人眉目英俊，眼神凉薄，面部的线条流畅，出众的五官与她有三分相似。

那人是沈擎。

沈岁知匪夷所思地看着他。

他怎么会在这里？南婉告诉他的吗？难不成他是来找宋毓涵谈股权的事儿？

她只觉得心慌意乱，当即抬脚过去想要质问他。但沈擎只是面无表情地摇摇头，示意她不要作声。

沈岁知勉强把到嘴边的话憋了回去。

见此，沈擎收回视线，继续盯着某处，面上不露声色，看不出半分情绪。

沈岁知在他的身边站定，顺着他的目光望过去，就看到正在花坛边的宋毓涵，她似乎正在向园林工请教如何修剪花枝。日光温和，映亮她的眉眼，显得那浅淡的笑意越发惊艳明媚。那笑意像是严冬的暖阳。

沈岁知愣住，为的不是此情此景，而是看着此情此景的人。

她侧首看向沈擎，想从他的眼中挖掘出什么，但他藏得太深，什么都瞧不出来。

约莫过了半分钟，沈擎才不紧不慢地收回视线，对身旁的沈岁知稍稍抬起下颌，示意她跟过来。

沈岁知虽然一身反骨不受人指挥，但此时为了搞清楚究竟是怎么一回事，只得一声不吭地跟着他走。

确认疗养院内的人看不到他们，沈岁知这才放心地开口："你为什么在这里？"

沈擎并不回答，只淡淡地道："别跟她说我来过。"

沈岁知蹙眉，太多问题压在心头，但不知道怎么，又觉得自己无法从这个男人的口中得知答案。

"别的事情你不需要知道，股份仍旧是她的。"沈擎言简意赅，像是清楚沈岁知内心所想，"另外，你不用把她转移到其他地方。"

最后一句话他简直就是精准地说中沈岁知的心思。

她当即警惕起来，问："凭什么？"不是为什么，而是凭什么。

沈擎的神色未改。他只看了沈岁知一眼，随后拿出车钥匙，似乎准备离开。

"凭我不会让南婉动她。"他说。

沈岁知有些不可思议地看着沈擎。

该说的话已经说完，沈擎不再多停留，迈步走向远处。

他向来挺拔的背影，竟平白多出几分孑然的意味。

在原地伫立数秒，沈岁知倏然回神，松开拧紧的眉头，转身往疗养院走去。

宋毓涵已经将花修剪完毕，听到脚步声，侧过脸看了一眼，对沈岁知的到来并不感到意外，说道："来了？"

沈岁知嗯了一声，顺手拨弄两下花骨朵："身体怎么样，没哪儿不舒服吧？"

"有点儿小感冒，不碍事儿。"

宋毓涵说着，余光不经意地瞥到沈岁知脖子上的黑色细绳，不由得顿了顿。

察觉到她的视线，沈岁知抬手将那枚平安扣从领口内拿出来："之前的绳子是好几年前的了，我找人帮忙换了一条。"

宋毓涵笑笑没作声。

"怎么？"沈岁知也笑起来，"你不会还想再收回去吧？"

宋毓涵被她噎了一下，没好气地说："给都给了，还说什么收回来的话。"

自从那场意外后，母女二人的关系变得微妙起来，不再像原来那样剑拔弩张，开始多了一些亲人间的味道。

沈岁知哑然失笑，心情莫名地好了不少："你……"

她即将脱口而出的话戛然而止。宋毓涵看向她："什么？"

沈岁知把原本想说的话默默地压回去，改口说："你早点儿回去休息，最近降温太厉害。"

宋毓涵虽然觉得沈岁知刚才似乎并不是想说这句，但也没有多问，只颔首应下。

与宋毓涵闲聊片刻，沈岁知便趁天色未暗离开了疗养院。

她坐在驾驶座上，习惯性地摸出一根烟点上。当吐出一口烟的时候，她的脑中想的竟是应该跟晏楚和多要几颗薄荷糖备用。

沈岁知心想自己真是魔怔了，晃晃脑袋，想到刚才面对宋毓涵的场景，自己的确是有些得意忘形了。

她竟然想问宋毓涵，春节要不要一起过。幸好这句话被自己及时地收住，不然还真成笑话了。

沈岁知垂下眼帘，以指腹摩挲着那枚平安扣。它上面沾着她的体温，残留几丝温热。她盯了数秒，随后将它塞进领口，顺带把还没抽几口的烟摁灭，开车回家。

本来沈岁知已经做好了面对晏楚和的准备，然而开门的却是晏灵犀。

自上次的事件之后，沈岁知便不再装模作样，穿衣风格变回自己原有的，口罩也懒得戴，晏灵犀倒是适应得很快。

沈岁知往客厅里扫了两眼，并未看到熟悉的身影，便径直同晏灵犀上楼了。

上课期间，晏灵犀好几次偷偷地打量她，都被她逮了个正着。最后沈岁知实在忍不住，把习题册放下，问："我那么好看？"

晏灵犀猛点头："嗯嗯，好看！"

沈岁知怀疑晏灵犀没听懂自己的反讽，沉默几秒又道："我怎么感觉你像心里憋着话似的？"

"是啊，姐，我就是有话想说，你可算看出来了！"

晏灵犀目光炯炯地望着沈岁知，凑上来问："你和我哥到底是什么时候的事儿啊？我哥谈恋爱的时候是什么模样啊？他会不会笑啊？"

"我和你哥没什么，但他确实会笑。另外，我和他相处的时间不长，他谈恋爱的事儿你应该比我清楚。"

晏灵犀自动过滤掉"没什么"三个字，继续说："可我哥没谈过恋爱啊。"

沈岁知差点儿没握住笔。

"真的，你别看他的条件好，其实他纯情得要命。他大学那会儿只在学校和公司露面，身边就没有过异性。"

沈岁知大概明白，眼前这小妮子想撮合他们，又觉得晏灵犀说的确实不错。

大学时的晏楚和沈岁知不知道，但现在的晏楚和她知道，毕竟这男人是真不解风情到了某种境界，简单的肢体接触都能让他浑身不自在，动不动就红耳朵。

沈岁知出神了片刻，不由得弯唇笑了笑。虽然这抹笑消逝得极快，但还是被晏灵犀成功地捕捉到了。

晏灵犀更加确定眼前之人就是自己的嫂子，现在考虑是主动告诉沈岁知晏楚和今天去了哪儿，还是等沈岁知开口询问了再说。

然而沈岁知没有给她更多考虑的时间，用笔轻敲桌面，提醒道："好了啊，闲聊时间到此为止，继续做题。"

晏灵犀只好暂时放下自己的红娘梦想，转而投入题海。

沈岁知表面上不动声色，实际上心乱如麻。课程结束后，她思忖两秒，果断地开口问："你哥去哪里了？"

晏灵犀就等着她开口呢，看她终于问出这个问题，意味深长地看向她，说："我哥今天没在这儿，听说也没去公司，好像开车去C市了。"

"C市？"沈岁知蹙眉，"他去那儿干吗？"

"不清楚，我还特意打电话问了他的助理，但他的助理也不知道。他好像没跟任何人讲他去哪里了。"

沈岁知微怔，想起自己手机上空荡荡的消息界面，说不清楚这是怎样一种感觉。

是的，他也没同自己说。

但沈岁知知道，此刻的自己心情不是太好。

第八章

恰如其分

沈岁知一觉睡到自然醒，已经是上午九点。

今天是本年的最后一天，她取消了晏灵犀的家教课。

时间疾跑着来到岁末，沈岁知觉得自己今年过得不怎么好，除去最后这个月还算有趣。

沈岁知翻了翻朋友圈，有对象的陪对象，没对象的出门撒野。不少人问她要不要出来玩儿，她不想动弹，统一回复："今天要跟家里人跨年。"

家里人沈岁知当然是没有的，宋毓涵不喜欢这些热闹的日子。过去几年，沈岁知都是自己一个人待着。

沈岁知苦巴巴地揉揉脸，无奈地叹息一声，心想现在的自己怎么连这点儿寂寞都耐不住。

该有的程序还是得有，沈岁知这么想着，便翻身下床，打算去楼下超市买袋速冻水饺。今晚水饺配冰啤，自个儿看晚会跨年。

她走在超市里，被拥挤的人潮给堵到没脾气。她认命地在夹缝中游走，勉勉强强地总算挪到冷冻柜前开始选购。

周围大多是一家人在置备庆祝跨年的食材，她放眼望去，像自己这样形单影只的还真不多。

沈岁知倒是觉得无所谓，只关心今天要吃什么馅儿的饺子，毕竟新的一年该有新的花样。

就在此时，她放在口袋中的手机响起来。

拿起手机，沈岁知发现对方是个令她意想不到的人。她迅速地接起电话："喂？"

晏楚和听到了她那边嘈杂喧嚷的背景音，问道："你在哪里？"

"我家楼下的超市。今天不是跨年吗？我买速冻水饺。"沈岁知用掌心将话筒拢了拢，试图手动降噪，"你不回家聚餐吗，怎么想起来找我？"

"你今天一个人？"

"怎么可能？"沈岁知下意识地反驳，想也没想便面不改色地撒了个谎，"水饺是我的午饭。今晚我和朋友去YS跨年，怎么说也要玩儿到凌晨。"

晏楚和没作声，只垂下眼帘，淡淡地扫了一眼办公桌上的手机。

手机的屏幕还亮着，上面是叶彦之发来的消息："我问过苏桃瑜了，沈岁知把所有的聚会都推了，估计是自己过。"

他收回视线，声音低缓地问道："中午来我这儿吗？"

沈岁知被这话惊得不轻，连挑水饺的心思都没了："干吗？我跟着你去聚餐蹭饭？"

"我今天一个人。"他说。

同样的话，换了个主语，换了个语气，感觉截然不同。

沈岁知犹疑片刻，才开口道："那我过去陪你，有什么好处没？"

这个问题她自己都觉得是废话，毕竟跟着晏楚和蹭饭的好处数不胜数，十分有益于身心健康。

晏楚和语气平淡地说："你今晚可以吃到手工水饺。"

沈岁知沉默数秒，真情实感地问："你包还是我包？"

"你不会？"

"怎么可能，这不是最基本的厨房技能？"

"嗯。"他说，"那你教我。"

沈岁知蒙了，腹诽道：你自己不会包，还说什么吃？

但话到嘴边她还是吞了回去，毕竟找到晏楚和不会的事情还挺难的。

"你们家有没有饺子馅儿以及饺子皮儿？我虽然会包，但不会擀皮儿，原来都是我妈……"沈岁知被自己冷不丁说出的称呼惊到了，急忙来了个猛刹，瞬间有些不自在。

晏楚和听出她的进退两难，便不着痕迹地替她化解尴尬："两样都没有，如果你方便的话，可以买了带来。"

沈岁知稍作停顿："你家楼下不也有超市吗？"

"我在公司。"

他言简意赅地道："或者你等我开完会，我们一起去买。"

沈岁知顺着他这句话，想象她光明正大地在公司的大厅等晏楚和的样子，怕是大家恨不得用眼神在她的身上戳出个窟窿来。

"不用不用。"沈岁知赶忙否决了这个提议，上次的微博事件还让她心有余悸，"我待会儿把东西买齐带过去。你想吃什么馅儿的？"

"按你喜欢的买。"

沈岁知这才想起来，说道："对哦，你不挑食，我差点儿忘了。"

晏楚和默了默，正欲开口，办公室的门被人礼貌地叩响。

得到晏楚和的应允后，徐助理推门而入。他拿着文件对晏楚和道："晏总，参与企划的相关工作人员已经在会议室等候。"

晏楚和稍稍领首，表示知道了。

沈岁知这边的环境太乱，只能隐约听见电话那边的声响，她捕捉到"会议室"这个关键词，便知道晏楚和是要去开会了。

"你去忙吧，我正好买东西。"她说道，"定个时间，我开车去你的公寓。"

晏楚和垂眼看向腕表："十一点可以吗？"

"没问题。"沈岁知答应得十分利索，"今天中午让沈姐教你包水饺，包教包会。"

晏楚和哑然失笑，道了声好，便将电话挂断。

旁边的徐助理大气儿都不敢喘，小心翼翼地观察上司的表情，反复确认几次对方的确是在笑。

天知道徐助理有多惊讶。他在公司待了这么多年，看到晏楚和笑的次数屈指可数，更何况晏楚和的笑大多还是出于场合上的礼貌。像刚才这样有人情味儿的笑容，自己还真是第一次见。

徐助理想到电话对面的那个人，心里有个八成确定的名字，尝试着把沈岁知和晏楚和联系在一起，更觉得匪夷所思。

另一边，沈岁知在超市里奋力拼搏，终于成功地买到一袋手工的水饺皮以及两种不同的馅儿料。

今天来购物的人实在太多，等沈岁知拎着袋子艰难地挤出超市，已经快十点了，距离约定时间还有一个小时。

沈岁知刚才下楼时没化妆，这会儿才感觉到时间紧迫，快马加鞭地赶回家里收拾自己。

她早就练就五分钟化完妆的神技，等换好衣服卷好头发，焕然一新地站在镜子前时，时间只过去十来分钟。

确认一切准备妥当，沈岁知便拎起先前在超市买来的东西准备出发。

她临走前打算再拿两听酒，但想到自己还要开车，只得作罢。

再说了，晏楚和怎么看也不像是会跟她碰杯喝冰啤的人。

今天的平城格外冷，沈岁知快速地奔向地下车库。

跨年夜这天注定会道路拥挤，虽然沈岁知已经提前半小时出门，但此刻还在路上。

车子在马路中间一动不动，沈岁知百无聊赖地刷了刷微信，看到苏桃瑜给自己发了消息："跨年夜要留下难忘的回忆！"每个字后面都跟了一个心的表情。

屏幕上的一整排红色的心形，看着就让人觉得颇为暧昧。

沈岁知觉得苏桃瑜的这条消息意有所指，苏桃瑜像是事先知道了什么，但没有多思考的机会，因为前方的路段已经恢复畅通。

她忙放下手机，专心致志地开车。

由于堵车耽误不少时间，当沈岁知抵达目的地时，刚好十一点。

沈岁知按着记忆找到晏楚和的公寓，敲了两下门，在原地稍等片刻，门便被人打开了。

晏楚和应当已经回来一段时间了，他的衣着不是平日里一丝不苟的西装，而是简单的针织衫搭深色的休闲西裤，难得的日常范儿。

沈岁知看着他这副模样，不禁愣怔一瞬，竟然觉得他们两个就像是一起生活了很久。

晏楚和稍微侧身，示意她进来，眉眼间不露声色："外面凉。"

沈岁知迅速地将思绪收回，跟着他走进室内："不好意思啊，路上堵车，卡着点儿来的。"然后她把带来的东西递给他，好腾出手来脱外套。

晏楚和接过袋子，动作极自然地又接过她的外套，顺手挂在衣架上，嘴上还不忘叮嘱道："记得换鞋。"

沈岁知觉得他的这番动作太理所当然了，让人感觉他们跟老夫老妻似的。她没吭声，只点了点头，随后便弯腰俯身换鞋子。

拖鞋还是上次她穿的那双，像是他单独留给她的。

晏楚和正坐在餐桌前研究沈岁知买来的饺子皮儿和馅儿料。

167

沈岁知坐在他对面调侃道："咱们晏总不食人间烟火，应该没见过这个吧？"

晏楚和颔首，承认道："的确没见过。"

沈岁知默认他这是虚心求教的意思，不由得心情大好，美滋滋地跑去洗手，正式开始手把手教学。

其实她也很多年没有动手包过水饺了，但毕竟年少时的记忆还在，试着包了两三个便上手了。

"其实饺子挺好包的。"沈岁知说着递过去一张饺子皮儿，"你试试看？"

晏楚和接过，看着沈岁知手上的动作，也尝试着包了一个。他的动作不算熟练，但是也有模有样。

沈岁知见他根本不需要自己手把手教，干脆埋首包饺子。没一会儿，菜板上便放上了十来个形状各异的饺子。

至于饺子为什么是形状各异，得问沈岁知。

她包的饺子形态自由不羁，高矮胖瘦，样样俱全。

她又看向出自晏楚和之手的饺子，每个都整齐好看得像弯月躺在眼前。

沈岁知陷入尴尬的沉默中，虽然不想承认，但事实就摆在眼前。

晏楚和显然也发现了这点，语气平淡地安慰她："最后都是要吃的。"他顿了顿，又善意地补充道，"或者你吃我包的。"

沈岁知觉得面上惭愧，没好气地回了一句"谁包的谁吃"便不再吭声，专心致志地包起水饺来。

晏楚和抬眼看到对面的女孩儿神情专注，眉眼间的攻击性被敛去，又是另一种漂亮。

平日里，沈岁知不论做什么都带着一份不易察觉的倦怠，好似很难对外界提起兴趣。他难得见她这样较真的时候，甚至有几分孩子气。

或许她自己都没有察觉到她对待生活的态度已经有所转变。

晏楚和不露声色地收回视线。

时间静静地流淌。满室安静，却不显得尴尬，倒有几分安谧平和的意味。

不多久，他们包饺子的工作就正式结束。包好的饺子虽然形态不一，却被摆得整整齐齐——那必定是有强迫症的晏总的手笔。

沈岁知包完水饺觉得饿了，而此时已经下午一点，似乎错过了吃饭的好时机。

"好了，饺子先放着，等晚点儿再下锅。"她活动了一下手臂，说，"主菜交给你了，我就负责打打下手儿。跨年夜可得吃点儿好的。"

晏楚和颔首，对她道："冰箱里有提拉米苏，你饿的话可以先吃。"

沈岁知正愁没东西垫肚子，闻言不由得眼睛一亮，当即站起身来："好，谢谢晏老板！"

"不过你不像是会吃甜食的人啊。"沈岁知念叨着抬脚往厨房走去，在经过晏楚和的身边时，猝不及防地手腕被他轻轻地握住。

她疑惑地侧首，却见晏楚和从桌上抽了张湿巾对她淡淡地道："我不吃甜食，提拉米苏是我刚才回来的路上给你买的。"

沈岁知眨巴眨巴眼，闻言弯起唇角，正要说话，却被男人突如其来的接近吓到，下意识地闭上双眼。

微凉湿润的触感落在她脸颊的一侧，转瞬间消逝。晏楚和已经松开她的手腕，将两人调整到礼貌的距离。

"脸上粘了东西。"他将那张湿巾丢进垃圾桶，面上神情如常，方才旖旎的意味好似只是她多想了。

沈岁知莫名地感到几分窘迫，清了清嗓子说谢谢，随后便绕过他走向厨房，脚步快得竟然有些落荒而逃的意味。

没过多久，她又满脸震惊地钻了出来，小跑到阳台，也不顾外面寒冷就将门拉开，伸手触向空中。

晏楚和看她冒冒失失的样子，拎了件自己的衣服朝她走过去："披件外套。"

"晏楚和！"沈岁知没听进去他的话，转头喊他的名字，眉眼间笑意粲然，指着外面说，"你看！"

晏楚和被她的笑容恍了神，脚步微滞，在原地缄默片刻才迈步走到她的身边。

凛冽的风迎面而来，裹挟着零零星星冰凉的晶体，在视野里蹭过一抹白。而后晶体落在皮肤上，很快消融殆尽。

虽是转瞬即逝的东西，晏楚和却看到了，和沈岁知一起看到的。

沈岁知兴致勃勃地望着漫天雪花，莞尔道："下雪了。"

晏楚和垂下眼帘，抬手将衣服披在她的肩头。他俯身时，眼里的深邃露出破绽，那是他最隐秘的温柔。

"嗯，"他说，"是初雪。"

在今年的最后一天，平城迎来了冬天的第一场雪。

最终沈岁知还是被晏楚和拎回室内，坐在沙发上吃着提拉米苏。

天气预报说今晚会有大雪，沈岁知估摸了一下，吃完晚饭应该会满地银色，到时候可以去江边逛逛，顺带看着中央大厦顶楼的跨年倒计时。

晏楚和此时正在书房办公，沈岁知窝在沙发里，向后稍微一仰，便能透过门缝儿看到他。

不得不说，这男人穿什么都好看，休闲装在他的身上都被衬出别样惊艳。平日被他打理得一丝不苟的头发此时略显凌乱，整个人透着一种生活的慵懒感，连带着冷冽的气场都被削弱几分。

这样的状态太生活化了。沈岁知说不清楚这是什么感觉，只记得上次这样温馨的时刻应当是自己小时候了。

那时宋毓涵和她过着简单的生活，家也有家的感觉。

沈岁知移开视线，看了一眼时间，决定去催他做饭。

晏楚和背对着她，桌上被他挡住大半，她看不清上面是什么。

沈岁知抬手叩了两下门："晏楚和，这都五点了，你赶紧去做饭，待会儿还有跨年晚会呢。"

话音刚落，晏楚和侧首朝她看过来，那眼神实在复杂，沈岁知一时间不解其意。

她还以为是自己说话太不客气了，便改口说："要不咱俩分工？"

晏楚和的眼神更复杂了。

"等我五分钟。"他收回视线，转头看向屏幕，淡淡地道，"我在开视频会议。"

沈岁知蒙了两秒。

她倏地看向电脑屏幕，果不其然，从上面看到几张熟悉的面孔，他们似乎都曾经在财经杂志上出现过。

而此时，这几人不约而同地摆出一副埋头装作不知的模样，恨不得在脸上写下"我什么都不知道，什么也没看见"。

沈岁知再次经历了大型的尴尬现场。眼下不出声装死才是最好的处理方式，她只得表情扭曲地迅速撤离现场。

书房门被大力地甩上，晏楚和抬手轻捏眉骨，不着痕迹地掩住唇边无奈的笑意，再看向屏幕时，俨然已经是平日里无波无澜的模样。

他神色自若地重新拿起桌上的企划案，调整好蓝牙耳机，说道："继续。"

项目执行总监清了清嗓子，强装镇定地将方才被打断的话题进行下去，语速比先前快了不少。

五分钟后，这场在某种意义上格外艰难的视频会议终于结束。晏楚和起身走出书房。

厨房传来隐约的声响，他的眉峰微扬。他迈步走了过去，一进厨房便看到沈岁知泄愤似的切着菜，刀锋在木板上摩擦的声响足以让人听出当事人的恼火。

晏楚和觉得她怄起气来倒是有趣，便没出声安慰，从容不迫地说："轻点儿，小心手。"

沈岁知的动作顿住。她有些尴尬地放下菜刀，给他让出位置："我这不是帮你分担吗，你开完会了？"

"嗯。"晏楚和稍挽袖口，"想吃什么？"

沈岁知见他不提刚才的事，瞬间松了口气，也没那么拘谨，毫不客气地报上几道菜名。见他颔首答应，沈岁知瞬间心情舒畅。

那股子别扭劲儿来得快，去得也快。沈岁知并不喜欢揪着一件事儿闹心，既然人家不提，索性装傻到底，虽然不知道那几位商界的成功人士是怎么想的。

晏楚和负责主菜，沈岁知负责水饺。在两人的明确分工下，一桌美味佳肴顺利上桌。

外面大雪纷纷，天色已经彻底沉了下来。高楼大厦灯火通明，繁华而热闹。往年沈岁知都是独自喝酒看这热闹的人间，但今年不同，一切好像都变得不一样了。

电视上播着跨年晚会，两人吃过晚饭后，沈岁知自觉地承担起洗碗的任务，虽然只是把碗放进洗碗机。

收拾利索后，沈岁知关了客厅的灯，倚在沙发上看电视。没过多久，灯就被人重新打开，客厅恢复明亮。

她有些不满地看过去，说道："关灯看电视才舒服啊。"

晏楚和不为所动，端着两杯水过来，坐在她的身边，语气平静地说："对眼睛不好。"

沈岁知心想这人怎么年纪轻轻就跟个老父亲似的，但她没吭声，顺手拿过他放在茶几上的水杯，握在手里触感温热。

沈岁知正要夸一句"贴心"，结果垂眼一看，水上竟然漂着几粒枸杞。

沈岁知表情复杂地望着自己手中的枸杞水，欲言又止地看了看晏楚和，最终还是不声不响地喝了两口。

喝惯啤酒的沈岁知颇为新奇地打量着这杯水，传说中的老年人日常饮品的味道好像还不错。

她隐约记得 YS 也有枸杞酒这种神奇的东西，看来下次过去得尝尝，四舍五入也算养生了。

晏楚和见她跟看到有趣物什的小孩儿似的，不由得问道："盯着水瞧什么？"

"这里泡的是枸杞啊？"

他顿了顿："你没喝过？"

"还真没喝过。"沈岁知顺口将心里的话说了出来，"这不都是中老年人爱泡的吗，据说还补肾，年轻人喝它干吗？"

晏楚和神色平淡地盯着她看。

话一出口，沈岁知才惊觉自己旁边就有个泡枸杞水的年轻人，当即咳嗽出声，尴尬地道："那个……我不是那个意思啊，我……"

眼看场面无法圆过去，晏楚和出声拯救了她："可以了。"

沈岁知乖乖地闭嘴，只觉得自己的这张嘴真是该被缝起来，今天简直就是老天爷给她安排的尴尬日。

跨年晚会还在继续，她捧着水杯，慵懒地窝在沙发中，与身旁坐姿端正、腰身笔挺的晏楚和形成鲜明的对比。

沈岁知出神地想着，自己和他还真是截然不同的两种人。他是青年才俊、名门勋贵，是站在高位的人上人，而她不过是上层社会中的底层垃圾，混吃等死地赖活着。

若他是月亮，那她便是淤泥了。

沈岁知的嘴角扯出一抹苦涩的笑，心里却发堵。也不知道为什么，遇上晏楚和的她总是情绪变幻，一点儿也不像以前的她。

晏楚和倏然开口："在想什么？"

沈岁知愣了愣，转脸看他，却见他正望着电视屏幕并没有看自己。

"就发了会儿呆。"她无所谓地笑笑，也转头观看晚会节目，"之前的几年我一直都是自己跨年，今天旁边多了个人，好像也不错。"

"那以后跨年我陪你。"

又是"以后"，沈岁知怕死了这个词。因为她比任何人都清楚，自己是个没有以后的人。

她向来对命运看得淡，能走到哪里就走到哪里，不会主动寻不痛快，但也并不期待未来，说不定哪天病情发作，情绪上头，就什么都没了。

沈岁知悄无声息地调整好自己的情绪。天知道，她多想把自己那些阴暗与不堪撕扯开，把晏楚和从身边赶走。

但她不舍得。是的，她不舍得。

沈岁知觉得喉间发涩，呼出一口气后，以轻松的语气回应道："再说吧，以后的事情谁说得准呢。"

晏楚和的剑眉轻蹙。他似乎想说什么，但最终还是没有开口。

"话说你家很有生活感啊。"沈岁知有意转移话题，思索了一瞬形容道，"就感觉你生活得好认真，不像我。"

晏楚和迎上她的视线，嗓音低沉，给人一种安心的感觉："那是因为你没有想过你要过怎样的生活。"

沈岁知怔住，反问："难道想想就能如愿以偿？"

"有关态度。这是另一个问题。"他说。

"我没想过那些。"她坦然地道。

"现在想也不迟。"

沈岁知思忖片刻，犹豫着开口："就是买套小户型房子吧，太大我没有安全感。装修设计我要自己来，还要在太阳房里养些花花草草。"

这画面太岁月静好了。她说完觉得自己很幼稚，像是小孩儿在给遥不可及的未来做计划，实现的概率微乎其微。

这世界上又有多少人能如愿活成自己想要的模样？

晏楚和却听得认真，问她："还有吗？"

沈岁知怔住，没想到真会有人对自己怎样生活感兴趣。她觉得有点儿不好意思，别开脸道："我又没什么志向，如果可以的话，希望能再养条狗，特别黏人的那种。"

他稍作停顿："你现在也可以养。"

"不可以。"沈岁知闻言笑了，不似刚才的自嘲，而是纯粹的笑意，"我连自己都照顾不好，没有能力再把另一个生命拉进我的生活。"

晏楚和缄默片刻，颔首收回视线，轻声说："知道了。"

沈岁知没琢磨出这三个字是什么意思，正欲发问，晏楚和的手机便响了起来。她立马闭嘴，生怕先前的"书房惨案"二次发生。

晏楚和拿起手机朝她说了一句："我妈。"

沈岁知满脸困惑地看着他，像是在问他为何多此一举告诉她对方的身份。

而后，晏楚和接起电话。

沈岁知没想到他会当着自己的面接电话，正打算自觉地回避，紧接着手腕便被人握住。他的力道不大，她很轻易就能挣脱。

晏楚和一面通话，一面单手施力，示意她坐好。

沈岁知耸耸肩，顺着他的意思坐了回去。晏楚和见她重新坐好，便将手松开。

沈岁知看了看自己的手腕，又看了看晏楚和，只觉得这男人真是纯情到了有趣的地步，摆在眼前的肢体接触的机会他都不要。

苏雪似乎是在查岗，晏楚和告诉她自己在公寓，刚吃过晚饭。

沈岁知就在旁边撑着下巴看他，也不知道苏雪问了什么，他垂眸扫了沈岁知一眼才说："和沈岁知一起。"

随后简单的几句话，通话结束。

"晏楚和，"沈岁知倏地喊他，"你今天本来应该回家跟家人一起吃饭吧？"

晏楚和并不回避，坦然地承认道："是。"

沈岁知定定地看了他几秒，没有追问下去，而是笑嘻嘻地打岔："难怪伯母打电话查岗呢，看你是跟朋友一起跨年啊。"

晏楚和的目光不动，他仍盯着她的双眸，神情专注。

沈岁知只是笑，但知道他肯定听懂了。

她说是朋友关系，那就只能是朋友关系。

沈岁知和他僵持半晌，最后觉得没必要，便率先脱离这场无声的战役，打起哈哈来："行了行了，光聊天都没顾上看节目，赶紧的。"

微妙的气氛被强行化解，两人就这样气氛融洽地看起了跨年晚会。

晚会进行到下半场，时间刚过十一点。

沈岁知的心中还有其他的打算，她便懒洋洋地抬起手臂在男人的眼前晃了晃："外面应该已经铺上一层雪了，我先回去了。"

宽松的袖口随她的动作滑落几分，露出半截白皙柔嫩的小臂。晏楚和开口道："要去江边逛逛吗？"

沈岁知眨巴眨巴眼，问道："您老不休养生息早睡早起啊？"

晏楚和眼神凉凉地扫她一眼："今天跨年。"

沈岁知弯起唇角，心情倒是不错，站起身来，说："好啊，正好对面就是中央大厦，还能看跨年烟花宴呢。"

沈岁知走到玄关处拿下自己的外套穿好，再转头时，刚好看到晏楚和从卧室出来。他换了一身深黑色的毛呢大衣，有些都市雅痞的味道。

沈岁知没见他如此穿着过，不由得多看了几眼，毕竟看颜值高的人有助于长寿。她觉得自己大概能长命百岁。

临出门前，她习惯性地摸了摸口袋，发现今天没带烟，便对晏楚和道："晏老板，还有薄荷糖吗？给两块呗。"

晏楚和从口袋里拿出来递给她。入目是熟悉的包装，说两块就两块。

沈岁知笑着接过糖，心想眼前这位大抵是不知道口语中的"两"有时等同于约数。不过他这么正儿八经的样子倒是挺可爱的。

出门后，沈岁知便剥开一颗糖含在嘴里。公寓离江边不远，两人慢慢悠悠地走路过去。

地上已有一层积雪，此时大雪已经转为小雪，只有偶尔的星星点点落在脸颊上，晶莹而轻巧。

在这个世界上，鲜少有沈岁知热爱的事物。只有月亮和雪，这两样对她有着致命的吸引力。

或许是因为这两样都很干净，她就是喜欢，并没什么具体的原因。

沈岁知走出去一段路，忍不住回头看自己踩下的脚印，它们或深或浅，旁边与她的脚印挨着的是晏楚和留下的。

干净无瑕的雪地中，只有他们两个人的脚印。雪还在下，人也在走。这痕迹很快便会被覆盖，像是从来没有存在过。

沈岁知私心觉得自己这想法好笑，什么时候变得这么多愁善感了？可能是矫情病犯了。

路上的积雪使得这段路并不好走，两人抵达江边时已经是半小时以后了。

江边人群熙攘，有带着孩子的夫妻，也有热恋中的情侣。灯火通明的繁华都市在江的对面，中央大厦矗立其中，顶端宽大的电子屏上显示着跨年倒计时。

周围的一切热闹且喧嚣，在一年里最后的半小时中，人们满怀对新的一年的期望。

沈岁知被跨年的气氛感染到，忍不住思考自己明年会是什么模样，会不会还像今年一样无所事事，或者又会出现什么转折点。

她扭头问："晏老板，你明年有什么目标吗？"

晏楚和闻言垂下眼帘，说道："海外合作顺利，开拓市场。"

"好吧，当我没问。"

"等等！"她突然反应过来，"海外市场？你要出差啊？"

他颔首："嗯，大概月初走。"

沈岁知下意识地想问走多久，但觉得自己又没有立场问，便闭嘴不说话了。她在江边找了一个视野好的地方，趴在栏杆上看向远方的倒计时，嘴里喃喃地道："还有十分钟。"

晏楚和顺着她的视线看过去，静默片刻，突然开口唤她："沈岁知。"

"嗯？"

"伸手。"

沈岁知正剥着薄荷糖，闻言愣了愣，虽然不明白他要做什么，但还是迅速地将糖塞进嘴里，随后伸出自己的右手。

只见晏楚和从衣袋中拿出什么，她还没看清楚，右臂的袖口便被挽起，随后有冰凉的物体贴上肌肤，凭触感像是一串珠玉。

半明半暗的灯光映在晏楚和的脸上，勾勒出他高挺的鼻梁线条，唇形流畅而削薄，下颌线漂亮却显得冷厉。他略微俯首，一双深邃的眼中盛满暖黄色的灯火般的明亮，专注地望着手中正在做的事情。

晏楚和一如既往地散发着成熟男人所具备的独特魅力，但这次，让她几乎控制不住混乱的心跳。

沈岁知终于看清楚那是什么了，垂着眼，望着手腕上那串繁复却不显俗的首饰，半晌才开口道："星月菩提。"

晏楚和轻轻地嗯了一声。

沈岁知突然明白了，有些事情不用问也明白了。

寻相寺是国内最著名的佛寺，每年都有无数人上山请香求签，香火极盛。宋毓涵旧时曾多次前往。

沈岁知虽然没去过，但知道，寻相寺在 C 市。

"你……"她艰难地开口，"你那天去 C 市就是为了这个？"

晏楚和似乎并不意外她知道自己的行程，干脆地承认道："是。"

沈岁知紧抿着唇，没来由地眼眶发酸。

她脖子上佩戴的平安扣是宋毓涵当初去寻相寺特意找住持开过光的。她原本不信这些，虽然始终怀着敬畏之心。想不到这么多年过去，竟还会有人这样真心地祝愿她平安。

"你没必要这样。"

沈岁知低着头不看他，气息有些不稳地说："晏楚和，我说了，我们只是……"

她的话还没说出口，便被男人用动作打断。

晏楚和伸手抬起她的下颌，力道并不重，却有几分不容反抗的意味在里面。沈岁知被迫与他对上视线，猝不及防间撞见男人眼底的幽光。

平日的相处中他不显山露水，此时沈岁知才惊觉，身为上位者的强势与专制晏楚和也有。

沈岁知的呼吸乱得不成样子，她下意识地想要挣脱男人的桎梏。然而下一瞬，腰身便被紧紧地拥住，她退无可退。

晏楚和垂下眼帘，毫不迟疑地吻住她。

他没有浅尝辄止，他的目的性极明确，侵占欲尽数显露，毫不克制地深入纠缠。舌尖被吮得发麻，她连换气都不会了。她抵在男人胸膛前的手逐渐收紧，将衣襟攥出些许褶皱。

沈岁知的口中还含着未化完的薄荷糖，两人唇齿交缠间，清爽的甜香被勾出，像是向大脑的敏感区域送入了电流，令她头晕目眩。

沈岁知难以招架，被男人摁在怀中，微仰着头，被迫承受这汹涌的情意，无从逃避。

天边传来烟火绽放的轰鸣，传来倒计时最后一秒的余音，传来人们欢快的呼声，传来周遭所有嘈杂的声响。

可沈岁知什么都听不到，只能听到自己喧闹的心跳声。

彼此分开时，呼吸仍旧交织。沈岁知的眼睫湿润着，身体软得令她说不出话。她虚喘着气抬起脸，望向晏楚和。

烟花绚烂的光倾泻而下，坠落在两人眼里。

"沈岁知，你该清楚这点。"晏楚和将她颊边的碎发顺到耳后，嗓音低哑地说，"我们做不成朋友。"

重大消息——沈岁知跑路了。

她晓之以理、动之以情地在短信中向晏灵犀请了假，声称这几天有要事在身，没办法继续上课，结算费用时直接扣掉这部分就行。

晏灵犀在套话的边缘疯狂地试探。但沈岁知身为老江湖，自然猜到她那点儿小九九，愣是什么信息都没透露，请完假就开始装失踪。

新的一年，新的开始。虽说今年零点的那个吻令她印象深刻，但她向来敢于承认自己是个厌货，当场就把人推开，落荒而逃。

而今天上午，沈岁知已经拖着苏桃瑜坐在了飞往德国柏林的飞机上。

头等舱里，苏桃瑜吊儿郎当地跷着腿，边照着镜子补妆边问沈岁知："乖乖，这么急着逃到国外去，你是又犯什么事儿了？"

沈岁知懒散地倚在软椅中，休闲西装外套搭在椅背上。她上身穿着咖色叠领的打底衫，下身搭黑色的九分裤，锃亮的马丁靴的靴面漾着光泽，看起来熠熠生辉。

她正小憩，闻言抬起眼帘："瞎咒我什么呢，就是想来一场说走就走的旅行，不可以吗？"

"可以，当然可以，您可是我的沈姐。"苏桃瑜讽了她一句，伸手从化妆包里抽出一支唇釉，"你不说我也知道，不就是跨年夜出状况了吗？"

沈岁知倏地直起身子："是你跟晏楚和说我要自个儿跨年？"

"没，别冤枉我。"苏桃瑜连连摆手，把锅甩得干脆利落，"叶彦之那厮顺口提了一嘴，我哪儿知道他转头就跟晏楚和说啊。"

沈岁知明白自家姐妹是在装傻充愣，不过事已至此，也没必要再追究这些有的没的。

"你俩到底是怎么回事儿啊，能让你吓成这样，这么急着拉我跑路？"苏桃瑜狐疑地问，边扣上化妆镜边揣测，"你不会是把人家睡了，然后不想负责吧？"

沈岁知气极地骂道："你在胡说些什么？！"

"你当初不是说馋人家的身子吗？"苏桃瑜说，"吃到嘴后可不就要跑吗？"

"你以为我是你？"沈岁知没好气地驳了回去，"跨年那天发生了一些不愉快的事儿而已。"

苏桃瑜正欲开口说什么，却在不经意地瞥到什么后，满脸震惊地凑近沈岁知。

沈岁知被她这突如其来的动作搞得莫名其妙，皱着眉头问："我今天没换妆容啊，你干吗？"

苏桃瑜的杏目盛满惊讶。她伸手把沈岁知的下颌往上抬了抬，好让视觉更加清晰，最终视线落在沈岁知殷红的唇瓣上。她先前没注意，此时凑近看才发现，沈岁知的下唇有道不甚明显的伤口。

那是咬伤。

苏桃瑜并不认为沈岁知会被什么动物啃到嘴，所以，跨年夜那晚沈岁知与晏楚和究竟发生了什么可想而知。

"佩服！"苏桃瑜感叹道，"晏楚和看起来正儿八经，禁欲得要命，不过还是人不可貌相。"

沈岁知的身子微僵。她瞬间明白苏桃瑜看到了什么，忙不迭地往后躺，耳根子发烫。

晏楚和先前吻得又凶又狠，她当时大脑一片空白，回家后才发现嘴唇破了。虽然伤口并不明显，但经不起细看，所以她特意换了个颜色较深的口红，就是为了遮挡。

结果沈岁知还是躲不过苏桃瑜这个眼藏显微镜的八卦女人，刚上飞机就被她发现了。

"我看这不像你主动的。"苏桃瑜耸耸肩，坐回自己的位置，精准地猜中真相，"所谓不愉快的事儿，就是你被晏楚和强吻了？"

沈岁知觉得头疼，揉了两下太阳穴："对对对，说得对。你可真是个小机灵鬼，可以了吧？"

"然后你就跑了？"苏桃瑜的，嘴角直抽抽，不难看出她忍笑忍得多艰难，"以后给你个新外号，就叫'沈需心'，怎么样？"

沈岁知知道苏桃瑜暗讽自己懦弱得像个尿包，便骂了她一句，快准狠地戳中对方的死穴："你别在这儿损我，跟叶彦之扯清楚了吗？"

果不其然，苏桃瑜闻言便迅速地偃旗息鼓，气势转眼间从街头女流氓变成唯唯诺诺的小媳妇。

"我跟他呀，剪不断，理还乱。"苏桃瑜撇撇嘴，兴致不是很高，"我跟他契合度挺高，刚开始说好要维持稳定关系，但是吧……唉，怎么说呢，反正乱七八糟的。"

沈岁知冷静地下结论："室友转真爱。"

苏桃瑜只回了她一个白眼。

柏林时间上午十一点，飞机落地。

闭眼时白天，睁眼时还是白天，沈岁知不经常出国，对倒时差不是太适应，但毕竟也是熬夜体质，坐了一会儿出租车便迅速地恢复了精神。

苏桃瑜学过德语，与司机交流起来游刃有余，把地址说明后，便朝沈岁知解释道："你还记得戴然吗？"

沈岁知在脑海中搜寻一番，很快想起了戴然这个人：他是苏桃瑜的表弟，原先也是平城二世祖圈中的一员，不过没多久便出国镀金，没想到正是在柏林。

戴然飙车的技术不错，那时沈岁知没少跟他们一起疯，印象还算清晰。

沈岁知点头："认识。没想到他在柏林上学，是不是眼馋这儿的不限速高速？"

苏桃瑜乐了，说道："你猜得还真准。"

两人刚抵达戴然的住处，便看到有个年轻男子迎了上来，他朝她们这边招手。

几年未见，戴然那张秀气干净的少年脸倒是未曾改变。沈岁知瞧了两眼，没忍住笑道："你怎么还像未成年？"

"我以德服人，靠脸吃饭呗。"戴然挥挥手，顺手替两位女士拎过行李箱，"你们俩打算待多久？"

苏桃瑜意味深长地看向沈岁知："看你的沈姐喽。"

沈岁知面不改色地道："小半个月吧，毕竟月底还得回去过年。"

"那正好。我还有个朋友没来，过两天一起去萨克森的马场，成吗？"

苏桃瑜闻言双眼一亮，忙不迭地应下来。刚好沈岁知也许久没去过马场，便点头表示同意。

戴然的住处是一幢双层洋房，内部宽敞明亮，客房众多，就算开个大聚会都绰绰有余。

三人刚走进室内，窝在沙发上打游戏的男人便抬起头来，招呼道："呦，你们来了。"

"这是我朋友，叶逍。"

戴然先向两位女士介绍，随后转向叶逍："沈岁知，苏桃瑜，听说过吧？"

叶逍闻言失笑："当然，我好歹也是平城人。"

沈岁知挑眉，觉得这名字实在有趣："夜宵？"

"我姓叶，逍遥的逍。"叶逍收起手机，笑吟吟地道，"我是在平城长大的，后来定居柏林，很少回国。"

苏桃瑜却蹙了蹙眉，不知为何觉得这名字有些耳熟，但确定自己并不认识这号人物，便只好作罢。

沈岁知侧首看向戴然："你不是说有两个朋友？"

"那个大忙人说是今天下午到，谁知道他什么时候来？"戴然不甚在意地摆摆手，"最晚明天来，不来咱们就不带他玩儿。"

沈岁知失笑，从他的手中接过自己的行李箱，抬手时袖口微微后撤，露出白皙手腕上的那串饰品。

沈岁知的穿着一向走街头风，除了手表，她鲜少佩戴饰品。因此，她这首饰刚暴露在空气中，便抓住了戴然的注意力。

倒不是因为其他，而是这串菩提与沈岁知整个人的风格相违，让人不由得多看几眼。

"星月菩提？"戴然眉梢轻扬，"这品质还不错啊。几年不见，沈姐你信佛了？"

话音刚落，苏桃瑜和叶逍的目光也被吸引过来。叶逍不明白其中的内幕，苏桃瑜却隐约能猜到些许，诧异地看了沈岁知一眼。

沈岁知的神色未改，她不遮不掩、云淡风轻地说："别人送的，毕竟是心意，戴着呗。"

叶逍随口感慨地道："送菩提，看来对方是把你放在心上的。"

苏桃瑜觉得这小伙子真是通透，给他递过去一个赞许的眼神。

沈岁知和苏桃瑜来到戴然给她们安排的房间里，开始收拾各自的行李。收拾好后，苏桃瑜扑在床上要睡回笼觉，沈岁知便下楼去找戴然。

戴然正跟叶逍联机玩儿游戏。她上前轻声地问："戴然，你这儿有酒没？"

德国的啤酒出了名地美味，沈岁知在国内懒得找渠道，现在来了德国肯定要喝正宗的。

戴然抬起头答道："我昨天刚喝完，不过隔壁的两条街有卖，你要过去买吗？"

沈岁知毫不客气地说："借辆车。"

戴然直接指路，说道："架子上第二排倒数第三串钥匙，车库在后边，开去吧。"

沈岁知按他所说取下钥匙，顺口问了句是什么车。

"迈巴赫62S，我的心头好，您可悠着点儿啊。"

她拿着钥匙往车库走去，果真找到了戴然的那辆宝贝车。

沈岁知打开导航，确定酒馆的位置后开车上路。虽说人生地不熟，但她转了两圈还是顺利抵达酒馆，如愿以偿地买到酒后，心满意足地钻回车里，打道回府。

然而，回去的路上她就没有来时那样顺利了。

可恨天公不作美！沈岁知既会飙车又能挤马路，长这么大就没出过交通事故，谁知这开着别人的车在异国的第一天，纪录就被打破了。

事情发生得太突然，沈岁知在路上正常地驾驶着，结果刚停下，车尾就被撞了，一声巨响，吓了她一跳。

沈岁知的血压上升，脾气暴躁，她下车用英语质问道："你开车的时候没看路吗？"

话音刚落，后面那辆车的车主也出来了。

那人留着三七分纹理烫的茶色短发，肩宽腿长，脸部轮廓流畅好看，五官尤其深邃漂亮。此时的他长眉紧蹙，不耐烦的神色与沈岁知的如出一辙。

与此同时，沈岁知余光瞥过他的车——保时捷918。

"华人？"男子说，眼底闪过一丝惊讶，眉宇间松散些许，"私了可以吗？我负全责。"

这人意外地好说话，沈岁知的怒气消退不少。她走过去看了看情况。情况也不算严重，轻伤追尾，迈巴赫后方的保险杠被撞凹进去几分，蹭掉了一点儿漆。

但赔偿问题不是她能说了算的，毕竟这是戴然的爱车。沈岁知对男子说道："车是我朋友的，你等我打个电话问问。"

见对方点头，沈岁知便拿出手机准备打电话。结果打开通讯录，才想起压根儿没存戴然的电话，只得辗转打给苏桃瑜，奈何她睡得太沉，竟无人接听。

沈岁知啧了一声，抬眼看向男人："我朋友的电话没人接，你给我个联系方式吧，晚点儿让他联系你。"

男人闻言微怔，神情中浮现出几分兴致，说道："无中生友？"

沈岁知起先没听明白，反应过来后顿时火冒三丈，敢情这人认为她在搭讪？

"就你？"她气极反笑，"得了吧，还欠点儿火候。"

"好，好，你说什么就是什么。"男人显然没将她的恶劣态度放在心上，拿出手机报了一串号码。

交警过来简单地询问情况，交涉完毕后，两人各自驱车离开。

这段插曲实在称不上愉快。沈岁知去便利店买了一包烟，这才沿着来时的路开车回去。

眼看就要抵达那幢小别墅，沈岁知还不知道该怎么跟戴然交代，不禁叹了口气，怎么新的一年开端就这么水逆（即"水星逆行"，形容运势不佳，倒霉）？

沈岁知把车开到门口，正打算把戴然叫出来，恰好看到戴然和叶道就在不远处站着。他们的身边还站着一名男子，背影陌生，但发色有点儿眼熟。

沈岁知摁下喇叭，降下车窗，对那边喊道："戴然，你……"

她的话还没说完，三人闻声转头看向这边。沈岁知得以看清楚那名男子的五官，那人赫然就是保时捷918的车主。

对方显然也看清楚她的长相。两人的视线相接，他们异口同声地诧异道："怎么是你？！"

"你们认识啊？"戴然不明就里，看看沈岁知，又看看旁边的人，还发觉这两人的态度并不是多么友好。

"我认不认识不重要。"沈岁知缓过神来，拎着啤酒开门下车，说道，"你认识就好办了。"

戴然满脸困惑。

茶色短发的男子清了清嗓子，正要尴尬地开口，另一边叶逍已经看到了迈巴赫可怜兮兮的车尾，震惊地道："老戴，你这车怎么这样了？"

戴然登时瞠目，健步上前查看他宝贝爱车的伤势，满脸都是疼惜："姐，您真是我的亲姐，咱就不能爱惜点儿吗？"

"这真不怪我啊。"沈岁知觉得自己很无辜，抬手指向那个陌生人，"是他追尾撞的，还说要负全责。"

戴然闻言愣了愣，朝对方看过去，见他无奈地点头，这才神色稍缓，寻思怎么也要狠狠地讹他一把。

"程哥，你这见面礼送得倒是够吓人。"叶逍笑了起来。

叶逍一把扯起埋头装深沉的戴然，说道："行了，老戴，你不就想讹程哥吗？"

"我刚下飞机就过来了。"被称为"程哥"的男人无奈地开口，"在车上接了个电话，没注意就撞上去了。到时候你去我的车库随便挑。"

戴然听见最后那句话瞬间满血复活，笑吟吟地接道："嘿，都是兄弟，好说好说。"

沈岁知见事情已经解决，便拎着啤酒打算进屋，哪知没走出去几步，就被人伸手拦下。

她挑了下眉，侧首撞进那双笑意散漫的眼里。男人的确长着一张恃美行凶的脸，暗藏攻击性。

"在这儿又遇见了，看来我们的缘分不浅啊。"他垂眼对上她的视线，"联系方式都有了，不介意再告诉我名字吧？"

这语气里的轻浮散漫劲儿简直跟沈岁知一个模子刻出来的。她嗤笑，正要开口，不远处便传来苏桃瑜的声音："不是吧？沈岁知，你出趟门都能拐个人回来？"

四人闻声望去，只见苏桃瑜显然是刚睡醒的模样，正打着哈欠朝这边走过来。她将视线落在沈岁知身边的人的脸上，停顿两秒后犹疑着开口："你不是程司年吗？我没认错吧？"

"是我。"程司年点头，花言巧语地道，"没想到戴然认识这么多漂亮的妹妹。"

程司年？

沈岁知不着痕迹地蹙了蹙眉。她确定自己听过这个名字，但短时间内想不起来是在哪儿听到的，只觉得耳熟。

程司年将注意力重新转移到沈岁知的身上，饶有兴趣地道："原来你就是沈岁知啊。"

沈岁知甚至要怀疑他下句是不是要蹦出来"久仰大名"了，连忙摆摆手说："你知道我不是'无中生友'就行，不用套近乎。"

程司年愣怔一瞬，没忍住笑了："还挺记仇。"

"比不过你想太多。"

"你是在骂我吧？"

沈岁知换上一副职业的假笑，把原话奉还给他："对，对，你说什么就是什么。"

苏桃瑜看着这两个沉迷拌嘴的人，突然有种奇妙的想法从心底萌生出来：晏楚和有对手了。

用过晚饭后，五人坐在桌前喝酒聊天。沈岁知下午买的啤酒摆在桌上，还有一瓶白兰地，每个人跟前都放着酒杯。

划拳向来是朋友凑桌时的常规项目，沈岁知在国内时赢局多，到了国外便一时没了这么好的运气。

苏桃瑜的手气也差得出奇，她啤酒兑白兰地喝了好几杯。本来她的酒量也不算太好，酒过三巡，她就有点儿上头，揽着身边的沈岁知晃悠。

"哥俩好啊，六六六，五魁首啊，八匹马！"苏桃瑜嘟嘟囔囔地道，"喝，老沈一起！"

沈岁知腾出一只手，轻拍她微烫的脸颊，下结论道："喝醉了。"

见时间不早了，众人离席散场。沈岁知把苏桃瑜送到房间后，便去阳台透透气。

她刚才也喝了几杯，不算喝醉，顶多是微醺，正好借着风让脑子清醒清醒。

倚在围栏上，沈岁知摸出先前买的烟和打火机，点燃一支烟夹在指间。

然而刚抽了一口，她就愣住。

这味道……

沈岁知蹙起眉头看向烟盒，这才清清楚楚地看到上面的英文单词：Mint。

薄、荷、味。

沈岁知简直想骂人，怎么到哪里都躲不开某人的味道呢？

就在她考虑摁灭还是继续时，身后传来一阵陌生的脚步声。

这场景似曾相识，但她知道朝她走来的不会是那个人。沈岁知侧首扫了一眼，发现是程司年。

程司年倒不客气，径直走到她的身边，问："还不休息？"

"你不是也没回去？"沈岁知轻弹烟灰，"来一根？"

他摆摆手，语气遗憾地说："抱歉，职业原因，不能抽烟。"

沈岁知皱眉，疑惑地问："还有不能抽烟的职业？"

程司年闻言也愣住了，有点儿诧异地打量她两眼："你真的不认识我？"

"现在不算认识吗？"

他哑口无言，向来从容的脸上难得出现几分窘意。他拿出手机在屏幕上点了几下，随后挪到她的眼前。

沈岁知低头去看，发现是个百科词条，那人正是身边的程司年，身份栏赫然写着"歌手"二字，人气排行榜上他竟然位列第五。

沈岁知终于明白为什么会觉得"程司年"这个名字耳熟了。

这人今年的首发歌就是要由她作词！

沈岁知强压下心底的震撼，面不改色地抬起头来，说道："不好意思，不怎么关注娱乐圈。"

"没事儿。"程司年满不在乎地收回手机，"也就是跟你交个底儿。"

这词用得有歧义，她微抿唇，没接话茬儿，伸手将烟给掐了，道："二手烟也有害，省得断你花路。"

程司年饶有兴趣地挑眉："你倒是跟传闻里的不一样。"

"漂亮和坏，这两点我还是占了的。"

"有意思。"他撑着下颌，眉眼间笑意慵懒，"我喜欢你这性格。有男朋友没？"

沈岁知差点儿没把烟盒捏爆，侧首看向他，眼神中三分质疑三分迷惑四分嫌弃，仿佛在看一个失智的人。

程司年被她盯得开始自我怀疑，问道："你看不上我的脸？"

"那倒不是。"沈岁知看着眼前这张标致漂亮的脸，如是想道。

"我不吃你这款。"她终于收回目光，语气无波无澜，"再说了，玩儿还没玩儿够，浪费那时间做什么。"

程司年看了她两秒，倏地笑了："行，那做朋友也成。"

夜间闲聊到此结束，沈岁知晃晃手，示意要回房休息。

她伸的是右手，腕上的那串星月菩提落在程司年的眼中，他不由得轻眯起眼。

第九章

春意迟迟

两天后，五人开车前往萨克森州。沈岁知开着戴然的超级跑车，苏桃瑜戴着墨镜坐在副驾驶座，悠闲得不得了，另外三人则在另一辆车内。

德国的不限速高速实在让人心情舒畅，再加上途中人烟稀少，沈岁知冲旁边吹了声口哨，抬声问："戴然，来飙一把？"

苏桃瑜闻言震惊，战战兢兢地抓着安全带保命。

叶逍几乎和苏桃瑜同步做动作。只有程司年莫名其妙地看着他们俩："有那么夸张？"

没人回答他。

戴然已经兴冲冲地应声："就等你这句话呢！"

"走！"沈岁知双手握紧方向盘，笑道，"谁踩刹车谁是孙子！"

话音刚落，两人猛踩油门，超跑猎豹一般蹿了出去。凉爽的风迎面扑来，不似平城的冰冷，只叫人觉得清爽。

沈岁知一脚油门踩到底，时速狂飙到二百。耳边是呼啸的风声，眼前是遥远的前方，日光灿烂，风吹在他们每个人的身上。

这里自由、明朗，吸引着人一往无前。这时，沈岁知清楚地感受到，自己是真真切切地活在这世上的。

但苏桃瑜并不这么认为。

"沈岁知！"她努力往位置里面缩，没好气地道，"你们又没下赌注，悠着点儿不行嘛！"

叶逍显然与她的想法类似："老戴，你是不是疯了？"

只有程司年面无表情地坐在位置上，仿佛在看风景，但微微颤抖的指尖暴露了他的真实心情。

五个人一路上吵吵嚷嚷，两个小时后终于抵达目的地。

马场的视野广阔，景致优美。戴然已经提前预约好，直接找到工作人员开始骑马的流程。

他们随着驯马师来到马厩，各自挑选合心意的马儿。沈岁知一眼就相中了那匹黑色的英国纯血马，上前仔细地端详它。

黑马兀自吃着粮草。沈岁知看向驯马师，问道："它叫什么名字？"

"Harris。"驯马师笑着介绍道，"不过 Harris 的脾气不太好，能够驯服它的人并不多哦。"

沈岁知的眉梢轻扬，她径直伸手顺了顺黑马头上的毛。它扬起马蹄，鼻孔对着她出气，瞧起来的确傲慢。

"就它吧。"她很满意，侧首道，"一见钟情，没办法。"

"倒是好久没来这儿了。"男人说着看向身旁同高的人，问，"老晏，跑一圈儿？"

被唤到的人正身居马上，身穿深灰的骑装，腰背处的布料微收，勾勒出劲瘦有力的腰身，衬得身材越发修长笔挺，气场凛然。

晏楚和闻言轻勒缰绳，清清冷冷地扫了他一眼："你如果急着去找人，直接去就是。"

"行，那我就不客套了。"男人笑了，毫不犹豫地一夹马腹，朝远处的山林奔去。

晏楚和收回视线，打算回去休憩片刻再策马返程，却不想刚逼近场地的入口，便看到了熟悉的身影。

晏楚和稍稍眯眼，当即勒马停住。

沈岁知牵着 Harris 来到马场，同它简单地熟悉一番，便尝试着拉住马鞍上马。但 Harris 并不配合，虽然没有气到蹬腿的地步，但也难缠得紧。

驯马师在旁边安慰道："Harris 平时的脾气很躁，但它今天的状态不错，你多试几次应该就可以了。"

沈岁知点点头，和趾高气扬的 Harris 面面相觑，人脸对马脸，小眼瞪大眼，气氛僵持不下。

旁边已经成功上马的程司年嗤笑出声，利索地翻身落地，牵着缰绳调侃她："怎么着，需要哥哥帮忙吗？"

沈岁知横了他一眼："瞧不起谁呢？"

说罢，她伸手拉住马鞍，纵身跨上马背。Harris 不知怎的强烈地抗拒，扬起前蹄便要将沈岁知狠狠地甩出去！

晏楚和的瞳孔一缩。然而沈岁知旁边的男人反应极快，千钧一发之际伸手拽住她的手臂，将她往自己这边带过来，随后将她打横抱入怀中。

整个过程行云流水，没让沈岁知受半分伤害。

晏楚和的眼神却瞬间沉了下来。

其余三人吓得忙不迭地过来查看情况。苏桃瑜将她从头到脚打量一番，确认没受伤才放心地舒了口气。

沈岁知还没从刚才的突发事件中缓过来，此时只觉被程司年身上的清爽气息包围，后知后觉地说："谢了。"

程司年俯首瞧着她，弯唇道："叫你嘴硬。"

沈岁知正要开口让他松手好好说话，耳边忽传来一阵急促的马蹄声，声音正朝这边而来。

几人闻声望去，一人策马而来，在他们几步开外勒住马，抬起一个利索漂亮的起扬。

马背上的男人逆着光，五官深邃，神情冷漠，一双深沉如夜的眼望过来，带着浑然天成的冷厉气场。

来人是晏楚和。

待看清来人后，沈岁知呆若木鸡，宛如石化。

晏楚和打量了几眼程司年，随后无波无澜的目光便落在沈岁知的身上，看得她莫名地冒冷汗。

苏桃瑜也跟着紧张起来，觉得此情此景怎么看怎么像捉奸现场。旁边的戴然和叶逍也不敢说话，整个气氛压抑得要命。

就在此时，沈岁知倏地反应过来什么，下意识地从程司年的怀中挣脱，手忙脚乱地站在原地。

怀中突然空了，程司年的神情微变，眼神转向晏楚和。

沈岁知对这场暗中较劲儿并不知情，尴尬地向晏楚和打招呼："好巧啊。"

晏楚和低声轻笑，却不看她，眼神直直地迎上程司年并不友善的目光，语气泛冷地说："是挺巧的。"

第十章
星光溢散

场面气氛有些说不出的怪异。

沈岁知显然看出晏楚和的目光没有落在自己的身上，想都不用想就知道他看的是后面的程司年。

而程司年大概也正在跟他对视。

前有狼，后有虎，中间夹着一个可怜兮兮的她，她左右为难，不知如何解决眼下这棘手的局面。

晏楚和纵身下马，轻轻地安抚了两下马儿，随后便不疾不徐地朝这边走来，强大的气场让周遭的人觉得气氛更加难挨。

沈岁知其实心底是讶异的。虽然晏楚和与她相处时大多态度随和，但他终究是手腕凌厉的商界巨鳄，骨子里的冷酷不会变。若非他有意收敛，只会令人倍感压抑。

程司年倒仍旧是那副波澜不惊的模样，眉梢微扬，双手插兜，他望着晏楚和，目光称不上友善。

苏桃瑜本想暗搓搓地把沈岁知从"战场"中拉出来，但看着这"修罗场"还觉得挺有意思，便决定在后方安静地观战。

戴然和叶逍不敢吭声，只用眼神交流——

"他们在干什么？"

"可能有仇？"

"他俩的圈子都不一样，哪儿来的仇？"

"我也不知道啊！"

交流失败，两人没能达成共识，只好转头不明就里地看着那两个人。

"这不是晏总吗？"程司年的语调和缓，唇角含笑，细看眼神却带着一丝疏离，他礼貌地伸出手，说道，"竟然能在这儿遇上。"

晏楚和也伸手，同他短促地交握，淡淡地道："谈生意罢了。"

在外人看来，他们之间的气氛融洽，俨然没了方才的剑拔弩张。沈岁知却觉得分外别扭，一边是前段时间强吻自己的人，一边是昨晚才疑似搭讪失败的人，她这辈子都没这么举步维艰过。

"原来是这样。"程司年笑了笑，"我和朋友们出来度假，没想到你跟知知也认识啊。"

那声"知知"被他刻意地咬重几分，唤得亲昵又暧昧，语气极容易引起误会。

果不其然，戴然和叶逍看沈岁知的眼神都不对劲儿了。

"是认识。"晏楚和颔首，唇角的笑意凉薄漠然，"不过她向来不关注娱乐圈，也没听她提起过，原来你们是朋友。"

程司年的笑容肉眼可见地变淡。

现场的火药味儿严重超标。沈岁知没想到男人拐弯抹角起来也能堪比南婉，正打算上前把两人的话题打断，便有一个男声传来："这气氛怎么这么怪？"

他的嗓音低沉，语速不疾不徐。

沈岁知闻声侧首，就看到一个策马而来的人勒停马后利索地落地，松开缰绳朝他们这边走过来。

男人身穿深黑的骑装，眼眸漆黑，脸部轮廓线条流畅，五官深邃出众，眉眼间带着三分笑意，给人的感觉却不像善茬儿。

晏楚和闻声侧头扫了他一眼："自己回来的？"

"小孩儿跟我怄气，没带回来。"男人无甚所谓地说道，转而看向程司年，问道："你是来玩儿的？"

程司年面对他时，满身的气焰瞬间收敛干净，稳重地问好："二叔。"

苏桃瑜觉得诧异不已，旁边的戴然亦是如此，唯独久居国外的叶逍满脸茫然。

沈岁知听到这称呼也愣了一下，联系到程司年背后的程家，隐约想起程家老一辈有兄弟两个，程司年的父亲还有一个与他年龄相差甚多的弟弟，如果没有猜错的话，眼前这位应该就是——程靖森。

她想到关于这个名字的一些传闻，不由得多打量对方两眼，眼神带了一丝探究的意味。

程靖森的名字着实如雷贯耳，世人对他的评价褒贬不一。他被说得最多的便是笑面冷性心肠黑，看起来温文尔雅，实则心狠手辣；黑白两道通吃，不过三十多岁便已是上流社会中权势滔天的龙首。

难怪程司年的态度立马来了个一百八十度大转弯，看来传闻并非空穴来风，这人不是什么标准意义上的好人。

程靖森一眼就看出现场的状况，眼底不由得浮现出些许兴味，目光不着痕迹地从沈岁知的脸上掠过，看向程司年，问道："倒是巧了，你们在这儿待多久？"

程司年估摸了一下说："半个月左右吧。"

"三天后我在柏林有场酒宴，在游艇上办。"程靖森点头，"稍后我让助理把电子邀请函发给你，感兴趣的话可以来看看。"

他的语气漫不经心，让人听不出是客套还是真心。程司年面对这样一个严肃的长辈，态度认真地回了一句"好的"。

沈岁知距离近，便同程靖森客气地说道："那就多谢程总了。"

程靖森笑笑，不置可否。

程靖森同程司年的谈话即将结束，后方观战的三个人见此迅速地退场，各自上马离开。

沈岁知装傻充愣地摆弄着缰绳，偷偷地瞥了一眼晏楚和，谁知被他逮了个正着，吓得条件反射地低下脑袋。她的动作过分显眼，生怕别人看不出来她在躲他。

晏楚和蹙了蹙眉，心底莫名地生出些许烦躁。他已经很久没有过这种情绪外露的时候。

"程司年，过来。"程靖森有意推波助澜，便把拿着男配剧本的侄子揽过来，"正好许久不见，聊聊你的父亲。"

程司年的脚步稍作停顿，他沉声道："二叔，我……"

程靖森不等他说完，便抬手示意噤声，随后低下头去，嗓音压得极低："酒宴设有舞会，晏楚和不知道，我先告诉你。"

程靖森推波助澜是假，看戏才是真。

程司年的目光微动，他不得不跟着程靖森上马离开。

此时只剩下沈岁知与晏楚和两人。她却全然没有放松下来，反而觉得更加紧张。

晏楚和看她这副紧张兮兮还装沉着的模样，不由得有些好笑，抬脚朝她逼近半步，将彼此之间的距离迅速地缩短。

沈岁知瞬间回忆起跨年夜那晚的吻，下意识地想后退，但转念一想，是他先亲她的，自己怂个什么劲儿啊？

晏楚和垂下眼帘，眉目淡然，语气也无波无澜："这次不跑了？"

"跑什么跑，说得好像我怕你。"沈岁知没好气地道，仍旧不肯看他，一会儿摸摸马鞍，一会儿摸摸马毛，就是闲不下来。

晏楚和静默片刻，才道："抱歉。"

沈岁知愣住，无处安放的手也消停了。她这才偏头对上男人的视线："什么？"

"那天晚上是我冲动了。"晏楚和的声线平稳，他神色自若地说道，"以后我不会再擅自做出格的事。"

说完，他顿了顿，接下来的话似乎有些难以出口，面上显露的半分不自然转瞬即逝。

"你别躲我。"他说。

他像是认错，也像是求和。

沈岁知的睫羽微颤，她听得心尖酸软。

"我没躲，就是给自己消化的时间而已。"她抓抓头发，憋了半晌才无可奈何地道，"唉，行了，来马场不就是玩儿的吗？不谈这些了。"

晏楚和看她，问道："你会骑吗？"

沈岁知瞬间被这句话打击到自尊心，登时皱起眉头，解释道："我这匹马不听话，不好骑。"

晏楚和的眉梢轻扬。他走到黑马旁边，只抬手摸了摸马的脖子，马便乖顺地低下头来，全无先前的暴躁。

男色就这么好使？

沈岁知匪夷所思地凑过去，怀疑地问："该不会是头母马吧？"

晏楚和自然没有理她的胡话："它叫什么名字？"

"Harris，驯马师说它是脾气最暴躁的马。"

沈岁知挪近些许，Harris就开始对着她鼻孔出气。

她撇嘴道："我们两个暴脾气注定没法和平共处。"

晏楚和不置可否，按住马鞍，单手攥紧缰绳，长腿一跨便轻松上马。Harris只是抬了抬前蹄，并没有其他的动作。

沈岁知这回是真怀疑这是一匹母马了。

"怎么对着我就凶巴巴的？"她凑过去跟马对峙，十分不满地说，"难道是他好看我不好看？"

争论这个问题实在有些幼稚，晏楚和忍不住笑了，将手递到她的眼前，说："上来。"

他戴着手套，一双修长漂亮的手被深黑的皮革包裹，看起来格外性感。

沈岁知愣怔两秒，抬起脸看他："你拉着我？"

晏楚和淡淡地扬起眉梢，算是默认。

"待会儿可别让它把我们两个都甩出去。"沈岁知调侃道。刚才的那次失败的尝试，让她此时提起十二分的谨慎。

"我在这里，还不至于让你受伤。"

话音刚落，沈岁知无奈地耸肩，把手交给晏楚和。晏楚和稍一施力，便将她带到了自己的身前。

沈岁知起先还紧张兮兮的，但发现自己在马背上坐得稳稳当当后，不由得摸了两下马的鬃毛，啧啧称奇道："Harris 还真喜欢你，敢情我这是跟着你沾光了。"

晏楚和不置可否。两人同骑一匹马，彼此贴得近。他几乎是将她半抱在怀中，无须俯首便能嗅到她的发香，香味挠得他心尖作痒。

沈岁知正从他的手中把缰绳拽过来，哪知 Harris 却突然往前慢悠悠地走了两步。

晏楚和下意识地伸手将缰绳重新握紧，而沈岁知为了防止先前的意外再次发生，还没来得及收手。于是两双手便交叠在一起，两人俱是一愣。

他的手比她的大上不少，刚好能将其包裹在掌心。

沈岁知不合时宜地想着这些有的没的。晏楚和已经将手松开，语气不大自然地道："抱歉。"

沈岁知灵机一动，觉得此时自己扭头，肯定能看到他的耳尖泛红，于是便饶有兴趣地想要转过去。

结果晏楚和像是明白她想做什么，二话不说便摁住她，嗓音恢复以往的淡然："别乱动。"

"好好好，我不乱动。"沈岁知失笑，倒是没再试图回头，毕竟两人的距离那么近。

"我先下去，你试试自己骑。"晏楚和温声地说完这句便下了马。

Harris的态度跟之前截然不同，突然变得十分温驯，沈岁知骑着它小跑两圈，最后勒马时还抬了个起扬，动作十分漂亮利索。

沈岁知的唇角带笑。她对晏楚和挑了挑眉，像是在说他会的她也会，俨然一个炫耀自己求夸奖的小孩儿。

晏楚和已经骑上自己的马，眉眼间浮现出带有些许无奈的笑意，策马来到她身边，如她所愿地夸了一声："是挺厉害。"

"那当然，"沈岁知笑道，"我原来经常跟苏桃瑜去马场玩儿，也是有两把刷子的。"

晏楚和闻言缄默片刻，随后淡淡地问："愿不愿意跟我比一场？"

这个问题实在出乎沈岁知的意料，她诧异地看着他。

"看到那边山上的旗子没？"晏楚和指向那座不远不近的小山丘，说道，"先到者胜。"

沈岁知估摸着距离，觉得这并不是什么挑战，有一定的把握。

"好。"她干脆地应下，"咱们赌什么？"

晏楚和语气平静地说："如果我赢了，你继续做晏灵犀的家教老师。"

沈岁知用极其复杂的眼神打量他，像是没想到他会说得这么坦率。

"那要是我赢了呢？"

"我可以答应你一个要求，"晏楚和说，"只要不过分。"

沈岁知觉得应该没有什么要求对他来说是过分的，毕竟就算是跟他要飞机、游轮，他也能直接打包送到。

沈岁知稍加思索，自己好歹也是在马场浸淫多年的人，晏楚和这种业界精英大忙人应该是没什么时间来的，熟练度应该没她高，最多两人也就是旗鼓相当。这桩便宜买卖，她不做白不做。

"好啊。"她说，眼角弯出浅浅的弧度，"那还等什么，走喽。"

先下手为强，沈岁知说完便一夹马腹蹿了出去。

晏楚和轻笑一声，勒紧缰绳微微俯身，随之朝着山丘而去。

沈岁知也觉得自己这种抢跑行为不是特别道德，于是有意地放慢速度。谁知不过几秒钟，晏楚和便已经从后方与她擦肩而过，将她赶超。

沈岁知难以置信地瞪大眼，当即拼尽全力地往目的地赶。她没想到晏楚和的马术如此精湛，刚跑过半山，便看到他已经在旗帜旁遥遥看向她。

沈岁知觉得憋屈极了，好不容易抵达终点，正好迎上晏楚和似笑非笑的眼神，没好气地说："行行行，愿赌服输，我继续当家教！"

她对晏楚和精通马术之事感到十分好奇，忍不住问道："你以前学过骑术吗？"

他颔首，坦然地承认道："小时候学过几年。"

沈岁知心里暗叹，怪不得，原来人家是专业的骑手，跟他相比自己简直就是个菜鸟。

"那你怎么不跟我说？"

"你也没有问过。"

她闻言撇嘴，边摘头盔边说："你们做生意的心眼就是多。"

晏楚和并不否认，顺便抬手把她的头盔按了回去："先不要脱护具。"

其实沈岁知向来有个不太好的习惯，除了骑摩托，不论攀岩还是骑马，都嫌累赘不爱戴护具。

晏楚和好像是看穿了沈岁知的想法，她只好老老实实地把护具穿戴回去，同他一道原路返回。

沈岁知这时才想起自己还没有问他怎么会在这儿出现，但又记起他先前说要开拓海外市场，不由得挑眉看向他，问道："你是来这儿出差的？"

"嗯。"他说，"我不知道你也出国了。"

沈岁知心虚地咳嗽两声，毕竟当初自己慌慌张张地跑路到柏林，正是为了躲避晏楚和。没想到竟然这么巧，他们在离故乡相隔千里的地方都能遇见。

"我之前就跟苏桃瑜说好了，这个月来这边找朋友玩儿一段时间。"她勉强地解释道，"不是临时起意，我平时很少出国的。"

这一解释倒像是此地无银三百两了。晏楚和淡淡地看了她一眼，倒是没纠结她出国的意图这个问题。

但听到她最后的那句话，他便稍作停顿，问："很少出国？"

"是啊，我不怎么出门，基本都是在家用 VR 环球旅行。"

晏楚和忆起跨年夜的那场初雪，她说过她喜欢雪。

他看向她："去过瑞士吗？"

"没有。"

"你愿意的话，"晏楚和顿了顿，说道，"明年冬天，我带你去瑞士看雪。"

沈岁知微微怔住，对上男人沉静认真的双眼，相信他说到做到。

沈岁知鲜少会许诺他人关于"以后"的约定，但不知为何，此时此刻却鬼使神差地开口，说了声"好"。

晏楚和的眼里浮现出些许浅浅的笑意。他随后像是突然想起什么，开口欲言，又好像在犹豫什么，最终只是蹙起眉收回视线。

沈岁知看出他的异样，狐疑地追问："你是不是有什么话想说啊？"

晏楚和紧抿着唇，微微回避她的视线，而后嗓音低沉地道："你……"

像是终于下定决心，他开口问道："你和程司年……什么时候认识的？"

他先前目睹程司年与沈岁知的亲密，心头猝不及防地涌起波动，待反应过来时，已经策马来到她的眼前。

他从未如此失态，意识到自己这个行为叫吃醋，整个人都被情绪支配。可他是第一次吃醋，不懂该怎么办才好。

沈岁知闻言愣了愣，没想到晏楚和会问这个问题，难不成他刚才是一直憋着不知道怎么开口？

"你觉得我和他什么时候认识的？"她似笑非笑地瞧着晏楚和，调侃道，"也对哦，我好像一直没跟你说过。"

这话说得好像他们早就相识，晏楚和的眸色微沉，他冷冷淡淡地嗯了一声，算是表明自己明白了。

沈岁知看他这样突然觉得心里隐隐作痛，便不再吊儿郎当地逗他，清清嗓子说："我和他刚认识没两天，他是我朋友的朋友，一起结伴出来玩儿的。"

"不算特别熟，就是朋友而已。"她说，"怎么样，心情好点儿了吗？"

她本来以为晏楚和不会回应，谁知他闻言稍作停顿，当真颔首承认，神色无比正经。

沈岁知定定地看了他两秒，突然出声道："还有，就是……"

"晏楚和，"她唤他，然后抬手指了指某处，"你的耳朵有点儿红。"

话音刚落，晏楚和倏地蹙眉，策马向前走出两步，稍稍偏离她的视线，淡淡地道："是天气太热了。"

好一个天热！她是真没见过哪个男人调情时这么一本正经，日常相处时耳郭泛红，纯情认真得要命。

沈岁知没忍住，握拳抵唇笑出声来，好容易才止住笑意。她轻夹马腹跟上，含笑附和道："是是是，我也觉得热，这儿可比平城高十来摄氏度呢。"

待两人回到马场，戴然和叶逍等人已经下马休息，苏桃瑜在马上找角度自拍。程靖森和程司年不知所终，兴许是还没回来。

　　戴然正喝着冷饮，余光瞥见不远处走来的两人，不由得倒抽一口凉气。

　　叶逍疑惑地看他，问道："怎么了？"

　　"我应该没看错吧，那是不是晏楚和？"戴然用手臂捣了捣他，"沈岁知那没心没肺的自来熟，不会不知道人家生人勿近吧？"

　　"晏楚和！"叶逍震惊不已，"我还以为是哪个晏总，没想到是这位啊！"

　　"沈岁知不会是看人家好看，想搭讪要联系方式吧？"戴然提心吊胆地揣测着，"你看晏楚和那脸色冷的，唉，完了完了。"

　　"不行，咱俩得找机会把沈岁知拉过来告诉她。"叶逍看着沈岁知那副全然不知的从容模样，只觉得心惊肉跳，继续道，"晏楚和的性格我听说过，据说他特别不好接近。"

　　"估计是礼貌。"戴然担忧地低声道，"我都怕他被沈岁知闹烦了发起飙来。"

　　"你们两个嘀嘀咕咕干吗呢？"沈岁知翻身下马，抬手安抚马儿向他们走来，"快饿死了，有吃的没？"

　　戴然看了一眼她身旁的晏楚和。晏楚和目不斜视，从容不迫地坐到木椅上，将皮革手套摘下放到桌上。

　　戴然觉得这位大佬想要独处的意思十分明显，便咳嗽两声，暗示沈岁知别乱凑过去，随后从自个儿的背包里拿出面包丢给她。

　　沈岁知稳稳当当地接住面包，却压根儿没接收到他的眼神的暗示。她拿着面包往晏楚和的位置走去，毫不犹豫地坐在他身边。

　　这也就罢了，她还双腿一搭，姿态散漫，优哉游哉地啃面包，要多随性有多随性，跟身边气场凛然、腰背笔挺的男人的画风严重不符。

　　叶逍震惊不已，戴然则挤眉弄眼地试图让沈岁知清醒过来，但对方好像根本没往他这边看。

沈岁知吃了几口面包觉得口渴，侧头瞥到背包里露出的罐装啤酒，刚好晏楚和离得比较近，便抬手戳了戳他。

自己没看错吧，沈岁知刚才戳了戳晏楚和？戴然和叶逍像受到了某种惊吓，一时不敢说话。

这祖宗是在给老虎捋胡须吗？

两人胆战心惊地暗中观察晏楚和的神色波动。毕竟这位是圈里出了名的不喜接触、拒人千里，据说还有洁癖，反正平时没人敢试探他的底线。

察觉到沈岁知的动作，晏楚和侧首看向身旁的人，眉梢轻扬，像是问她什么事儿。

"就你旁边的背包，我朋友的那个。"沈岁知指着某个方向，示意道，"看到里面的啤酒没，帮我拿过来。"

戴然和叶逍再度心梗。

这祖宗已经不是给老虎捋胡须了，而是直接上手拔啊！

戴然知道沈岁知的性格如此，她此番举动肯定没有恶意，但晏楚和跟她非亲非故，说不定会觉得她无礼。

果不其然，晏楚和的长眉轻蹙，他淡淡地道："不行。"

戴然身为当事人的伙伴，此时只觉得十分尴尬，后悔自己刚才怎么没把沈岁知揪住，好好给她科普一下晏楚和是个什么样的人。

叶逍寻思，总不能让沈岁知这么不尴不尬的，便想主动上前，准备把啤酒拿出来递给她。

然而他刚抬起脚，就看到晏楚和伸手从背包中拿出一瓶纯净水，拧开瓶盖后递给沈岁知："别总喝酒。"

沈岁知心不甘情不愿地噢了一声，腾出手接过水，解渴后又递回给他。晏楚和随后将瓶盖拧紧，放在一旁。

沈岁知仍旧不死心，探出身子问："戴然，你那里有饮料吗？"

不等戴然回答，晏楚和已经伸手将她摁回原位，说："没有，少喝凉的。"

毕竟身边这位是喝水都要泡枸杞的养生族，沈岁知只得放弃，仰面靠在椅背上，懒洋洋地说："好好好，不喝就不喝，听你的。"

眼前两人的互动太诡异了，戴然和满脸茫然的叶逍交换了一个眼神，都看不懂此情此景怎么回事儿。

只有苏桃瑜全程冷静自持，拍完照片开始修图，好像完全感受不到那边的微妙气氛。

没过多久，程靖森和程司年便回来了。晏楚和看了程靖森一眼，语气平淡地说："怎么少了个人？"

"我让人先送她回酒店了。"程靖森勾唇笑笑，漫不经心地说，"我刚问过司年，恰巧我们订的是同一家酒店，既然顺路，不如一起去城区用午餐。"

戴然看向程司年，像是问他怎么回事儿。程司年耸肩，道："我二叔做东请客，我是没什么意见。"

众人也不好发表其他意见。

离开马场后，一行人开车前往城区。前面有段路不限速，沈岁知习惯性地想要把油门往下踩，却突然想起晏楚和还在场，只得讪讪作罢。

副驾驶座上的苏桃瑜啧啧称奇："我的乖乖，也就晏楚和能管住你，不喝酒、不抽烟也就算了，现在车都不飙了？"

"闭嘴吧，"沈岁知翻了个白眼，"人家俩正经人在这儿呢，我怎么也得收敛收敛。"

苏桃瑜闻言撇撇嘴，不再调侃她，生怕她被激得真就猛踩油门。

餐厅是由程靖森预约好的，一行人抵达目的地后将车停好，便随餐厅招待生进入室内。

沈岁知用余光瞥见不远处街道旁的冰激凌店，不由得转头多看了两眼，她肚子里的馋虫被勾出来了，不想挪动脚步。但碍于晏楚和在场，她只能望"冰"兴叹，悠悠地叹了口气，并未注意到身旁的晏楚和已经顺着她的视线望去。

　　沈岁知是几人里唯一没来过德国的，对这里的一切都怀着新奇感，坐下后便着眼打量周围的环境。当她收回思绪时，却发现在场的没有晏楚和的身影，想着他可能是去外面接电话了。

　　戴然拿出手机查阅餐厅的特色，随口说了一句手机快没电了。沈岁知听到便问他："戴然，你的手机充电器在哪儿？"

　　戴然头也没抬，调笑道："充电器在包里，包在车里，怎么，你想帮我去拿？"

　　"我正好出去买包烟，顺路。"沈岁知面色不改地扯谎，"车钥匙给我，你的背包放哪儿了？"

　　"就在驾驶座上，你去拿吧。"戴然将钥匙扔给她。

　　沈岁知接住钥匙，满意地离开餐厅，径直往停车的地方走去。

　　她买烟是假，买冰激凌才是真，而且正好现在晏楚和不在，不怕旁边有人管着。

　　这么想着，沈岁知拿到戴然的背包后便兴冲冲地往先前看到的冰激凌店小跑而去，谁知刚拐过转角，就见一人迎面而来。

　　对方看到她后停下脚步，不再向前。

　　沈岁知瞬间惊呆在原地，心里暗暗地懊恼，怕是吃不上冰激凌了。

　　"晏楚和？"沈岁知挑起一边的眉毛，诧异地问，"你怎么出来了？"

　　晏楚和抬了抬手中拿着的东西。她定睛一看，这才注意到他手里的是小份的冰激凌。

　　他望着她，眼神沉静，开口道："给你的。"

　　沈岁知的眼中浮现出毫不掩饰的惊喜。她快步走向他，心底忍不住感慨贴心细致的晏楚和实在是居家旅行的必备物。

　　她正想接过冰激凌，但手里还拿着包，刚要腾出手来，就看到冰激凌的边缘已经开始往下掉，眼瞧着就要落在晏楚和的手上。

沈岁知一时不清醒，想也没想就低下头，直接伸出舌尖舔了一口冰激凌。

她的反应倒是快，果真没让融化的奶油弄脏晏楚和的手。她刚在心底松了口气，晏楚和却仿佛触电一般，手指倏地一抖，冰激凌球便直直地掉落在地上，变成可怜兮兮的一摊。

沈岁知彻底傻眼了。

这应该是不能吃了吧。

沈岁知心疼得难受，抬起脸正要说话，却不想晏楚和蹙眉看着她好似方寸大乱，声音带着些许愠怒："你怎么回事儿？"

沈岁知觉得满头问号，本来还想质问他怎么回事儿，但紧接着便看到他泛着薄红的耳郭。

她低头看了看地上摔成一摊的冰激凌，又抬头看一眼眉头紧蹙的晏楚和，最后视线定格在他手中空荡荡的脆筒上，心痛得滴血。

"算了，再买一个就是。"她撇撇嘴道，"不好意思啊，我刚才是条件反射，别放在心上。"

晏楚和轻咳一声，正欲开口，便听她疑惑地问："不过我也没凑多近吧，你害羞什么？"

晏楚和略显尴尬，急忙否认："我没有。"

沈岁知摆明了不信，抬起脸正儿八经地同他解释："我发现了，你一害羞，耳朵就会红。"

晏楚和面无表情地说："你看错了。"

沈岁知盯着他看了两秒，突然腾出一只手，不轻不重地钩了一下他的指尖。

下一瞬，晏楚和倏地攥住她的手腕。

不出意料，沈岁知指了指他，温馨提示道："看吧，耳朵红了。"

晏楚和用尽全部的教养才没有掉头就走。他松开她的手腕，看也不看她，语气生硬地说："走了。"

沈岁知觉得心里无比欢乐，嘴上却适可而止，没再出言调侃。

她单手将背包挂在肩上，刚卸了力道，包便被晏楚和顺手接过拎在手中。

肩头蓦地一空，沈岁知愣了愣，随即看向他，弯唇道："晏老板这么贴心啊？"

晏楚和的面上并无波澜。他迈开长腿走向冰激凌店："怎么又叫晏老板了？"

"我的工钱还在你的手里没结呢，回国后还得继续在你家打工，你可不就是老板吗？"

晏楚和颔首，轻抬了抬手中的背包，说道："那这就算特殊的员工福利。"

沈岁知哑然失笑："那你公司里的小姑娘们岂不是开心死了？"

他淡淡地看了她一眼，说："我这儿的特殊员工只有你。"

沈岁知的脚步微滞，心跳瞬间加速不少。她装作面无表情的样子，嘴角绽开一抹笑，说道："虽然你大多数时候跟个老干部似的，但有时也挺会哄人开心。"

晏楚和姑且把这句话当作夸奖，欣然地颔首接受。

买完冰激凌后，沈岁知一路吃着回到餐厅。因为耽搁的时间有些长，菜基本已经上齐，他们回来得正是时候。

"终于舍得回来了啊。"苏桃瑜意味深长地打量了他们一眼，"哟，买冰激凌去了？"

晏楚和在程靖森旁边坐下，淡淡地道："她想吃。"

这三个字他说得无比自然。因为她想吃，所以他去买，一切理所应当。

话音刚落，便有疑惑的目光投向沈岁知。

"干吗这么看我？"沈岁知刚坐下便对上戴然奇怪的眼神，好像自己做了什么了不得的事情。

程靖森慢条斯理地挽起袖口，神情从容，旁观看戏的态度显而易见。

程司年蹙眉看向沈岁知，沉默片刻，突然沉声问道："你不是说你没有男朋友？"

这话如一根细针掉在安静的室内，在场的所有人都听得清清楚楚。

看破不说破的苏桃瑜笑而不语。直男思维的戴然和叶逍此时此刻才反应过来，原来程司年对沈岁知有意思，心下又好奇他们什么时候走得这么近了。

戴然迟疑地开口："你们俩？"

沈岁知揉了揉额头，此等尴尬的情景再次在她身上上演，只好敷衍着开口："我说过我……"

"她的确没有。"晏楚和不紧不慢地打断她，神色淡然地看向程司年，"不过也快了。"

在场的所有人再次觉得震惊。

"晏总可别把话说得太满，"程司年轻笑，眉眼间尽显志在必得之气，"免得最后结果难看。"

晏楚和仍是气定神闲的模样，嗓音低沉地道："原话奉还。"

沈岁知再也无法直面这种尴尬，只好用指节敲了两下桌子，催促他们专心地吃饭。

晏楚和与程司年在接下来的时间内全程零交流，互不干涉，没让气氛再像方才那样压抑。

而戴然却在以一分钟十次的频率看向沈岁知。

好好的一顿饭愣是吃得味同嚼蜡，沈岁知心情郁闷地离开餐厅，拿着钥匙去取车。

他们住的酒店是戴然订的，沈岁知和苏桃瑜一间，戴然和叶逍一间，程司年有洁癖，戴然特意给他单独订了一间。

酒店就在几条街道外，是当地环境最好的一家。几人将车停好后，便一同绕到正门，准备去前台确认预约信息。

然而就在此时，酒店前方传来阵阵惊呼声。沈岁知看到几名围观群众正抬头看着什么，也跟着抬起头来，顺着他们的目光看去。

待看清眼前的景象，沈岁知傻眼了，只见一抹小巧的身影正攀在酒店的外墙上。那人的动作利索，她快准稳地踩住每层楼的阳台围栏，再顺着装饰建筑向下爬。

五楼的高度，看得人胆战心惊。沈岁知突然有些明白方才在马场晏楚和不让自己脱护具的心情了。

戴然目瞪口呆地望着那人："这是在跑酷？"

苏桃瑜也张大了嘴巴，戳了戳沈岁知道："人外有人啊，原来还真有比你更疯的！"

沈岁知没接话茬儿，因为很快便发现，旁边程司年的眼神变了几变，他像是认识那个女孩儿。

沈岁知还来不及多想，就看到那女孩儿突然脚底一滑。女孩儿险些没踩稳摔出去，看得人心头发紧。

几乎是同时，程靖森压着怒意的冷厉声音响起："林未光！"

程靖森在人前向来优雅矜贵，不显山露水，沈岁知还没见识过他发起狠来是这副模样，不由得愣怔片刻。

林未光听到熟悉的声音，吓得差点儿摔倒。她攥紧栏杆回头往下看，不偏不倚地对上男人阴沉冰冷的目光。

她在心底暗骂了一声，面上却挂着乖巧纯善的笑："程叔叔，你回来啦？"

程靖森的火气非但没被她那温柔的语气抚平，反而更盛。

"你找死？"他这句话几乎是从牙缝里挤出来的，"赶紧进屋，不要乱跑，等我回房间。"

林未光狡黠地一笑，心中似乎生出了某个想法。

她此时已经下到二楼，纵身一跃扒住窗沿，找了个离他们这边稍远的地方落地，还没站稳就头也不回地往外跑。

程靖森像是早有预料，快步上前，一把拎起她的后领，把人逮回来了。

"程靖森，你松手！"林未光不再故作乖巧，原形毕露一般逞凶斗狠地道，"要不是你让人把我关起来，我犯得着这样？"

"你倒是有理。"程靖森怒极反笑，"你跟我怄气上瘾了，是吗？想躲我？"

此时距离近了，沈岁知才看清楚女孩儿的样貌：她的五官生得极漂亮，唇色鲜红反着光泽，一双轻佻的桃花眼盈满水光，眉目间透出敛不住的张扬恣意，无比鲜活。

但是，这模样怎么看都像未成年。她没听说过程靖森有女儿啊。

程靖森全程无视林未光的反抗，手上的动作却未放松分毫，语气平淡地对他们道："抱歉，有点家事儿需要处理，稍后再聊。"

说罢，他给晏楚和递了个眼神，见晏楚和点头，便拖着那姑娘走远。

"那个小姑娘就是林未光？"苏桃瑜见人走远了才敢出声，"长得真漂亮，她小时候我还见过她呢。"

沈岁知没听过这个名字，眼神转向程司年，问："这是你二叔的女儿？"

程司年冷声回答："那是我未来的叔母。"

沈岁知震惊不已，问道："不会是未成年吧？"

"如果我没有记错，林未光今年二十岁。"晏楚和淡淡地打断她严重脱轨的想法，"他们的关系有些复杂，不好解释。"

沈岁知也不是八卦的人，只在心底感慨了一声，便走进酒店打算回房休息。

苏桃瑜打算去街上转转，让沈岁知待会儿把房间号发给她。

沈岁知的房间在六楼的最西头。说来也巧，晏楚和的房间刚好在六楼的最东头，其余的人都在七楼住。

要不是因为从时间上看这绝对是巧合，沈岁知几乎都以为这是谁有意为之了。

沈岁知跟晏楚和乘电梯来到六楼。室内暖风开得足，沈岁知原本一身寒气，一时没适应过来，打了两个喷嚏，鼻尖有些泛酸。

晏楚和蹙眉看向她："受凉了吗？"

"应该没有。"沈岁知刚开口便愣住了，这一会儿时间冷热交替，声音有点儿哑，好像还真有生病的苗头。

她只是吃了个冰激凌而已，不至于着凉，应该是刚才在外面吹风吹的。

这么想着，沈岁知满不在乎地摆摆手："没事儿，多喝热水就行了，我的身体素质好。"

晏楚和显然不赞同她的说法，蹙了蹙眉，和她在电梯口分开，各自回房。

沈岁知进屋后，随手把外套搭在门口的衣架上，躺进沙发长舒一口气，身体逐渐放松下来。

片刻后，她起身去浴室冲澡。房间里的温度高，她直接裹着一条浴巾走出来，边拿毛巾擦着湿润的头发，边慢悠悠地走到门口，从衣袋里摸出烟盒。

她刚将香烟咬在齿间正要点燃，便听到门铃声突兀地响起。

沈岁知愣了愣，只得暂时将烟放下，过去拉开门，半边身子掩在门后，只探出脑袋，问道："谁啊？"

门口的男人比她高出不少，她需要仰首才能与他对视。视线扫过对方精致冷峻的眉眼，她不由得挑眉。

"晏楚和？"

暖色灯光下，沈岁知白皙柔腻的肌肤浮现出诱人的光泽，半湿的发丝有些凌乱地散在她的肩后。一双水雾朦胧的眼望过来，盛满潋滟的水光。

从晏楚和的角度，他刚好能看到她半探出的身子，视线无须下移，仅是余光便能将那片裸露在空气中的风光尽收眼底。

她修长的脖颈，流畅的锁骨线条，隐约起伏的柔软胸脯，无一不在刺激着男人的神经。

沈岁知等了几秒，见他仍不开口，反而悄无声息地红了耳郭，不由得疑惑出声："你……"

话还没说完，晏楚和倏地蹙起眉，面露半分愠色，不由分说地便伸手把门拉上。

沈岁知猝不及防间被那力道带得差点儿扑到门板上。她不明所以地握着门把手，一时不明白晏楚和什么意思。

"回去换身衣服。"一门之隔，晏楚和低沉的声音，语气稍冷，"你到底有没有安全意识？"

沈岁知听完这话怔怔的，感觉晏楚和的样子像是恼羞成怒。她回想起方才瞥见他泛红的耳郭，这才后知后觉地明白过来。

她低头看了看自己的扮相，浴巾把身体包裹得很严实。

但是这句话她绝对不敢直接说出来。她只得小跑到浴室里，从柜子里翻出浴袍，三下五除二地简单换上，重新回到门前。

打开门，沈岁知老老实实地揣着手站在他跟前，对他露出心虚又讨好的笑，不等他说话便率先开口："对不起，我错了，下次再也不这样了！"

她的态度倒是诚恳。晏楚和不为所动，眉头紧皱，说道："三岁小孩儿都知道在酒店不能随便给别人开门，你活了二十多年，这点儿常识都不知道？"

沈岁知被这番话噎住，不好意思地咳嗽两声。

她侧身让他进来，嘴里小声地嘟囔着："这不是有你在吗……"

她的声音不大，但足够晏楚和听清楚。

他微合眼帘，见她一副小孩儿犯错后垂头丧气的模样，心底那莫名其妙的怒意竟消散不少，面色变得柔和起来。

晏楚和有些无奈，却又不忍再苛责她，只得沉声道："以后记住，不许再这样了。"

沈岁知连连点头，转而问道："你找我有事儿吗？"

晏楚和将手中的东西递给她："感冒药，等下记得喝。"

沈岁知接过来一看，不禁挑了挑眉，转身朝茶几走去，说道："没想到你这么贴心，谢谢啊。"

她将感冒药放在桌上，又去接了两杯热水，坐在沙发上拍拍身边的位置，侧首看向他，招呼他过来："在门口站着干什么，进来坐啊。"

话音刚落，她看到晏楚和淡然的神情有了一丝波澜，忍不住琢磨着自己的话里有没有什么歧义，确认没有后又补充道："没事儿，苏桃瑜不在。"

晏楚和看她的眼神更一言难尽了。

沈岁知感觉自己好像又说错话了，索性不再吭声，专心致志地冲泡感冒药。

而在晏楚和看来，那两条细长白皙的腿着实晃得人眼疼。要不是清楚沈岁知的秉性，他几乎都要以为她是故意为之了。

晏楚和不着痕迹地移开视线，看到她赤脚踩在地上，问道："怎么不穿鞋？"

沈岁知指了指地面，理直气壮地说："铺了地毯，没必要穿鞋啊。"

怎么看她都跟小孩儿似的，晏楚和轻捏眉骨，从门口的鞋架上拎起一次性棉拖，走到她身前单膝蹲下，将鞋放在她的脚边。

沈岁知僵了僵，捧着水杯的手险些脱力，还好被她及时地稳住。

他淡淡地道："脚伸出来。"

沈岁知僵硬片刻，犹豫着伸出左脚，伸到半路后悔想撤回来，却被晏楚和握住了脚踝。

这样暧昧至极的动作竟被他做得心无旁骛。两人的肌肤并没有接触太久，倒是心乱如麻的沈岁知此时此刻看着神色认真的晏楚和觉得阵阵心虚。

她慌慌张张地喝了两口已经冲泡好的感冒药，试图安抚手忙脚乱的自己。

晏楚和察觉到她的心不在焉，低声提醒道："右脚。"

沈岁知闷闷地噢了一声，将脚抬起，脚趾却不由自主地轻轻蜷缩，甚至觉得自己紧张得手心都泛起湿意，又安慰自己是水太烫而已。

她垂下眼帘，俯视身前屈膝俯首的男人，心头涌现些许绵软酸涩的情绪，却又无法控制这些情绪，任由其弥散开来。

她突然觉得，有些事情好像已经无法回避了。

沈岁知捧着杯子，额角微微泛起湿意，将穿好棉拖的双脚往后缩，直抵到沙发的边缘才放弃退缩。

晏楚和没有起身，仍旧蹲在她的身前，抬起眼帘望着她。他的神情淡淡的，瞧不出什么情绪。

气氛逐渐变了味道，暧昧而危险。沈岁知隐隐约约有了什么预感，有那么一瞬间，甚至想要夺门而逃。

她在感情中是个残次品，被人过分地爱着时甚至会想要逃避。这是她的应激反应，是根深蒂固的习惯。

沈岁知不敢同男人对视，只得将无处安放的目光落在水杯上，盯着已经见底的杯子，云淡风轻地说："我喝完了，你不回去休息吗？"

很明显的逐客令。

晏楚和难得没有尊重她的意见。他纹丝未动，语气平静却又充满了笃定，像是陈述事实："你在害怕。"

沈岁知已经决定装傻到底。她挑眉否认道："我有什么可怕的？"

"装傻这种招数，一次两次还可以。"晏楚和紧紧地盯着她的双眼，不给她一丝一毫逃避的机会，"沈岁知，我不是不许你拒绝的。"

沈岁知的唇瓣微启，但她最终只是抿了抿唇。那句拒绝的话在喉间百转千回，她却怎么也无法说出口，心底不禁涌现几分对自己的恼意。

事情已经到了这个地步，最后的那层窗户纸也没必要存在了。

晏楚和望着她，眼神和语气都出奇地平静："我……"

沈岁知的瞳孔微缩。她仿佛知道他要说什么，慌忙倾身想要捂住他的嘴，却在中途被他攥住手腕。

晏楚和不着痕迹地朝后避了避，终究是把那句话说了出来："我在追求你。"

五个字，落在沈岁知的耳畔，砸在她的心头。

沈岁知静静地坐着，周围寂静无声，眼前的世界一切如常，她却能够清晰地感受到心底有一个角落倏然坍塌。这个地方曾被无数人试探、触碰，最终仍旧岿然不动。但此时此刻，它却如此不堪一击，仅仅是几个字便将它击碎，崩裂得声势浩大，令她措手不及。

她像是骤然失去了防护，猝不及防地将自己袒露在他人的面前。她知道自己该开口拒绝对方，但呆坐在原处，竟然连半分声音都发不出来。

沈岁知攥紧拳头，勉强找回自己的声音，听见自己说："我们不合适。"

晏楚和低声轻笑，却是问："所以，拒绝的原因并不是不喜欢？"

沈岁知这时才明白，平日稳重克制的人步步紧逼起来是如何难缠，她每说一句话都要谨慎斟酌，生怕有什么漏洞被对方捉住。

"没人会愿意待在我身边。"沈岁知说，"你看到的只是我的一部分，我有很多不堪是你接受不了的。"

这世道人人都忙着自保，哪会有人腾出心思去拯救别人？

"我这样的人，不具备爱别人的能力。"她顿了顿，继续道，"你不要浪费时间，太累了，我很难给你什么回应。"

这番话并不是自轻自贱，她初次如此认真地在别人面前自我剖白，生怕满身的污点缺陷不足以吓走对方。这个过程其实很痛苦，但她为了以绝后患，不介意痛这一回。

晏楚和望着她，沉默片刻，道："我教你。"

沈岁知蓦地僵住，她的睫羽微垂，目光望进一双仿佛被澄净的月色映照的眼睛。它像是一汪幽潭，漾出清冷又温和的波澜。

在沈岁知的眼中，这个男人仿佛总带着光芒，像是她曾在宁静的夜里看到的皎洁明月，在某个不经意的瞬间，朝她所在的阴暗角落投进一缕清明。

虽然微不足道，但对自我腐烂已久的她来说，已经足够支撑她再向前继续走完一段路。

可她非但不懂适可而止，反倒被私心支配，对这轮月亮产生了不该有的独占欲，实在是不堪至极。

"我没有喜欢过什么人。"晏楚和稍作停顿，语气认真而平和地说，"这种事情……我也是第一次，但会尽量不给你带来太大的困扰。"

他从未遇见过这样一个人，她让他小心谨慎、瞻前顾后，不知道该怎么将心意表达，怕自己不小心惊扰到她。

就连此时此刻表明心迹，他也远不如表面上看起来那般从容不迫。平日在商场中角逐，工于心计，面对动辄上亿的谈判局竟还抵不过此刻紧张。

沈岁知心中也是一团乱麻，开口正要说些什么，门铃却响了起来。

两人俱是一怔。

沈岁知倏地从沙发上弹起来，二话不说便将晏楚和拉到她身边。

"可能是苏桃瑜买完东西回来了。"沈岁知如同热锅上的蚂蚁，迅速地思考着应对方案，"不行，你若直接出去，她肯定误会。要不你找个地方先躲着？"

晏楚和总觉得哪里怪怪的，却又一时说不上来。但他显然不赞同她的提议，微微蹙眉道："我们不是不正当关系。"

然而沈岁知根本没听进去他这句话，视线落在厨房处，登时眼睛一亮，不由分说地便拉开门将晏楚和推了进去。

关上门前，她还不忘满脸正色地嘱咐道："你先待在这儿，等苏桃瑜进卧室后我拖住她，你到时候赶紧回房间。"

晏楚和无语了，为什么感觉此刻的他们像在偷情？

不等他说什么，沈岁知已经反身回到客厅，将松松垮垮的浴袍整理好之后才开门。

她调整好表情，伸手按下门把手，对来人道："你回……"

剩下的几个字还没来得及说出口，就被她生生地咽了回去，嘴角的职业笑容差点儿没挂住。

程司年没瞧出她表情中的异样，将手中拎着的几听啤酒晃了晃，眉眼带笑地说："戴然说这是你放在他包里的，我给你送过来。"

沈岁知只好点头噢了一声。

她方才以为来人是苏桃瑜，便率先侧开身子让出路。程司年会错意，径直迈步走进室内，十分自觉地将啤酒放在桌上。

沈岁知想到厨房中的晏楚和，直焦虑得想要揪自己的头发。她暗自祈祷房间的隔音效果最好好一点儿，不然真怕这两个人直接在这儿碰面。

程司年看到桌面上还没有扔掉的包装袋，蹙眉看向她："你感冒了还喝酒？"

"不是感冒，就是有点儿受凉。"沈岁知反手关上门，闻言快步上前，将啤酒收到一旁，"你们一个两个的怎么都觉得我很脆弱似的。"

她不过是顺口一说，没想到却被程司年抓住了关键词。他重复道："一个两个？"

他啧了一声，继续问："还有谁，晏楚和吗？"

沈岁知非常后悔刚才说那句话。

"我就说你不像是特别注重身体的人。"程司年将空袋丢进垃圾桶,漂亮的眉眼浮现出几分难辨的笑意,"原来是有人替你注重。"

沈岁知冷声道:"有什么话直说,别拐弯抹角的。"

"对不住对不住。"他也意识到方才的语意不大好,笑着向她道歉道,"我这不是觉得他对你图谋不轨吗?"

沈岁知在心里暗惊程司年的想法,便避重就轻地说:"差不多就行了。他不是你二叔的朋友吗?我看你的态度也不是特别好。"

程司年挑眉看向她:"那我和他也算是情敌啊。"

沈岁知一噎,摆摆手无可奈何地道:"你可别,这种玩笑真没什么意思,你才认识我几天?"

"你说你没有男朋友,那我总要试着争一争这个位置。"程司年说着笑了笑,少年人的傲气和自信尽数显露。

沈岁知心想这人不愧是活在舞台上的人,外表实在太有迷惑性,赶紧移开视线看向别处。

"我们虽然认识不久,但你跟晏楚和也不算熟悉吧,这么说来我和他的起点差不多。"程司年语气轻松地继续道,"再说,我还有年龄优势。"

"我今年二十三,跟你同岁,朋友圈也有所重合,可聊的话题更多。"他道,"我没记错的话,晏楚和今年已经二十八岁。他也算是奔三的老男人,性格还没我活络。"

沈岁知觉得额角见汗,如果程司年知道他口中的"老男人"此时就在厨房里,不知会作何感想。她只盼晏楚和什么都没听见,不然日后有的是尴尬。

"没那个必要。"她认真地表明自己的立场,"我不打算跟谁保持稳定的关系,尤其是恋爱关系。"

程司年抱臂瞧着她,闻言眉梢微扬,半开玩笑似的道:"那你是说,只要不是恋爱关系,别的稳定关系就可以考虑?"

沈岁知把这话消化了五秒,才明白这人说的是什么意思。

她不由得噗笑出声,说道:"不好意思,肉体关系更不考虑。

你不用在这儿内涵，我活这么大就没红过脸。"

程司年听完她的回答有些忍俊不禁，颔首应道："你比我想象中的更有趣。"

"谢谢。"沈岁知用官方腔回他，微抬下颌正要委婉地逐客，随即便听到"叮咚"一声响。

又是门铃声。沈岁知的嘴角抑制不住地抽搐两下，她今天到底是倒了什么霉？

程司年也被吓了一跳，多年躲避狗仔的习惯让他下意识地寻找地方隐藏自己。

卧室毕竟是私人场所，他首先排除掉这个选项。紧接着，他迅速地敲定目标，不等沈岁知安排，便已经闪身来到厨房门前，还顺势给她比了个 OK 的手势。

沈岁知已经惊掉下巴，正要出声制止，程司年已经拉开门躲了进去，还特别贴心地把门关上了。

程司年还没来得及感慨自己的机智敏捷，扭头就对上了一双冷冽漠然的眼。

方才他口中的情敌、即将奔三的老男人，正闲闲地倚在料理台前，神色冷淡地望着他。

这是什么情况？程司年觉得茫然了。

门外的沈岁知抓抓头发，不敢想象厨房中两个男人面面相觑、缄默相对的画面了，只觉得太阳穴突突地跳，隐隐作痛。

门口的铃声再次响起，还传来苏桃瑜不满的呼唤声："沈岁知，快点儿开门。"

"来了，来了！"沈岁知无奈地应了一声，第三次上前打开房门。

"怎么这么久才来？"苏桃瑜怀中抱着一大兜零食小吃，用眼神打量着她，说，"你刚才在浴室？"

沈岁知疲于解释，只答了一声"嗯"。

"我买了点儿吃的，快来一起吃。"苏桃瑜边说边抱着袋子走进室内，扫了一眼沈岁知，颇为新奇地问道，"铺着地毯呢，你怎么还穿拖鞋？"

沈岁知有苦说不出，有气无力地道："我有点儿受凉，穿着呗。"

"哟，这就开始养生了？"苏桃瑜闻言乐了，调侃道，"我看你最近桃花是真旺，前段时间来了个晏楚和，现在又多了个程司年，而且这俩还是不同的类型。三个人的电影可真是有趣。"

"得了，你又不是不知道，我没……"沈岁知话还没说完，就看到苏桃瑜大大咧咧地抱着零食袋子往厨房走去。

沈岁知的心瞬间提到了嗓子眼儿，脑子一片空白。她忙不迭地上前把人拉住："你等等！"

伴随着她话音落下的是苏桃瑜按下门把手的声音。

厨房的门终究还是被打开了。

随之而来的是购物袋倏然落地的声音。

苏桃瑜目瞪口呆地望着厨房内两个明显气场不合的男人，平生第一次不知道该怎么调节表情。

几个人你看我我看你，只有沈岁知面如死灰，对面前的一切已经放弃抢救。

最终还是程司年率先打破这诡异的尴尬，清了清嗓子，唇角弯起标准的营业式笑容，对苏桃瑜道："嘿，你好。"

一旁的晏楚和蹙眉顿了顿，才淡淡地说了一句："你好。"

太尴尬了，场面万分尴尬。

苏桃瑜看看程司年，又看看晏楚和，然后回头看沈岁知，整个人都是傻的。

苏桃瑜艰难地开口道："你们这是……"

"刚从马场回来，差不多该休息了。"为防止苏桃瑜说出什么惊世骇俗的话，沈岁知急忙出声打断。

招惹

上册

　　晏楚和面不改色，从容地颔首道："我先走了。"说罢便迈步朝门口走去。

　　程司年紧跟其后，也随便诌了个理由离开这尴尬的现场。

　　晏楚和临出门前，步履微顿，侧首看向沈岁知，淡淡地道："不要喝酒，嗓子会发炎。"

　　沈岁知就差回过去一句"老妈子"，但也只敢心里这么想，面上仍旧装出认真正经的模样，点头称是。

　　室内恢复安静，此时只剩下苏桃瑜在旁边，沈岁知懒得继续端样子，二话不说地骂了一声，然后直接倒进沙发。

　　"你们三个是什么情况啊？"苏桃瑜满脸八卦地快步上前问道，"他们俩怎么都在厨房躲着？"

　　沈岁知有气无力地把事情从头到尾概述了一遍。苏桃瑜听得津津有味，看样子似乎想拍案叫绝，却又被沈岁知狠戾的眼神吓住了。

　　"这是好事儿啊。"苏桃瑜深知沈岁知的想法，转而认真地说道，"回避不是办法，你或许可以尝试着谈一场恋爱。"

　　"不行。"沈岁知半躺在沙发上，裸露的小腿搭在沙发的边缘有一下没一下地晃悠，"没那个必要。"

　　苏桃瑜的动作稍微停顿。她无可奈何地看了沈岁知一眼，柔声说道："知知，你别这样妄自菲薄。"

　　身为多年的好友，苏桃瑜自然知道沈岁知的情况，心中对她十分疼惜。

　　沈岁知闻言沉默片刻，才道："倒不是妄自菲薄。"

　　沈岁知觉得心中烦躁，不知道怎么说，伸手想要把茶几上的啤酒拿过来，结果鬼使神差地想起某人离开前的警告，又讪讪地把手收了回来。

　　"我只是……"沈岁知斟酌半晌，合眼笑说，"我已经在这种状态下活了十几年了，你懂我的意思吗？"

　　"你天天尽想那些有的没的！"苏桃瑜没好气地骂她，"我

224

只知道活在当下，及时行乐，瞻前顾后有什么意思？"

沈岁知哑然失笑，摇摇头没再说话，心里却承认自己的确是看得清自己的心，却没那个胆去面对。

不知怎的，她模模糊糊地回忆起，在年少时期某个无趣的午后，曾读过一句诗——

"汉之广矣，不可泳思。"

到了晚饭时间，戴然、叶逍、程司年相约去吃北海虾。

苏桃瑜减肥不吃饭。沈岁知不喜海鲜，便打算出门去买块蛋糕垫垫肚子，临出门前问苏桃瑜："用不用给你捎一块蛋糕？"

"不用，蛋糕的热量高。"苏桃瑜坐在沙发上敷面膜，捧着手机百无聊赖地追剧，"不过你可以顺便帮我物色物色，附近有没有什么酒吧或者俱乐部之类的。"

沈岁知给她一个白眼，说："你晚上别乱跑了，国外人生地不熟的。"

苏桃瑜认同她的说法，叹了一口气说："也是，算了算了。"

沈岁知将手机揣到衣袋中，转身推门而出。

萨克森的夜晚并不冷，比起平城，甚至称得上温暖，所以沈岁知出门没戴帽子和围巾。

她刚走到电梯间，就看到电梯门口正有一人在等候。背影挺拔修长，左手半插在裤袋里，右手正拿着手机，他像是在阅览什么。

沈岁知的脚步停住，她本想原路返回等下一趟，晏楚和却听到身后的声响侧首望过来，无波无澜的目光落在她的脸上。

沈岁知的面色略带潮红，毕竟眼前这人刚跟自己表白完没多久，而她也没个回应，这时的偶遇让她有些措手不及。

"去吃晚饭吗？"晏楚和语气如常地问。

"算是吧，我不太饿，去买甜品。"

沈岁知走到他身边两步远的位置，问："程总不和你一起吗？"

"他有事情需要处理。"

沈岁知这才想起下午那个从五楼徒手爬下来的小姑娘，不由得在心底暗暗赞一声佩服。

话音刚落，电梯门缓缓地打开，两人一同进去，晏楚和按下一楼的按键。

封闭的空间内，两人沉默得有些反常，沈岁知甚至能听到自己的心跳声。

她盯着电子屏幕上缓缓下降的数字，从六到四却仿佛隔了好久好久。

她犹豫着开口，唇边刚逸出半节发音，便被凭空的一声巨响打断。机械运行的声响戛然而止前的最后一下，在一方空间内显得无比突兀。与此同时，四周骤然陷入黑暗。

断电了。

电梯停在中途，接下来的几秒再没任何动静，也没有恢复正常的迹象。

狭小的空间内一片漆黑，仿佛随时都可能有一双手将人狠狠地扯进深渊。

密闭的电梯里过于黑暗，一切似乎都是未知的。

沈岁知浑身战栗，踉跄着后退，紧贴着墙壁摸索到角落，仓皇地蹲下身去。

她紧紧地抱着双膝，竭尽全力将自己缩成小小的一团，心跳急剧加快让她呼吸困难，手脚冰凉，整个人惊恐至极。

早就被她丢在脑海深处的记忆再度浮现，来势汹汹，瞬间将她带回那个逼仄黑暗的行李箱里。她浑身麻痛，动弹不得，每分每秒都是对未知的恐惧与煎熬。

她紧闭双眼，狠狠地咬牙逼迫自己清醒过来。突然察觉到有什么接近自己，她什么都看不见，整个人瞬间紧绷。

几乎是条件反射，她挥手推开对方，失控地喊道："别过来！"

晏楚和听出她的状态不对，便没有再靠近，关切地唤她："沈岁知。"

熟悉的声音将她从糟糕的回忆中拉扯出来。她倏地回过神，重重地喘了两口气，意识渐渐地清晰，清楚自己现在是安全的。

晏楚和等她缓了片刻，才试探着朝她所在的地方迈过去半步，问道："你还好吗？"

"说实话，不太好。"沈岁知有气无力地笑了笑，冷汗已把后背的衣服打得半湿。她扶着墙想站起来，但脚下发软，身子不受控制地往前栽。

晏楚和早有防备，在黑暗中准确地握住她的手臂，帮她稳住身形。他的动作内敛且礼貌，待沈岁知站稳后，他便立刻松手，得体而克制。

晏楚和拿出手机打开手电筒，黑暗中有了些许光亮。

他看沈岁知的脸色不太好，结合方才她的激烈反应，试探着问道："你……怕黑？"

有了光源，沈岁知终于稍微平复了情绪，回道："我有点儿密闭恐惧，今天情况特殊。"

他们说话间，电梯里的灯忽然亮起，电梯恢复正常运行。

话题倏然终止，目之所及满目明亮，沈岁知这回彻底地松懈下来，靠着墙长舒一口气。

晏楚和不着痕迹地收起手机，没再追问方才的事。

两人刚出电梯，便有酒店的工作人员迎上来，似乎是在解释电梯断电的原因，神色十分愧疚。

沈岁知听不懂工作人员的德语，将目光投向晏楚和，果不其然，晏楚和从容不迫地操着一口德语同工作人员谈话。

沈岁知听得有些出神，心想为什么这人说什么语言都这么好听。等反应过来时，工作人员已经折身返回前台。

"酒店方愿意为今天的事情做出赔偿。"晏楚和侧首看她,"需要吗?"

沈岁知摆手拒绝道:"没必要,又没什么事儿。"

这个答案在他的预料之内。他稍稍颔首,同她一起走到酒店的门口,顿了顿,问:"你准备去哪里?"

沈岁知本来打算往停车场走,闻言又停下,说道:"我随便逛逛,对这边也不熟,想找家咖啡馆。"

"我知道附近有一家。"晏楚和说,"刚好顺路,我送你。"

沈岁知并未纠结他到底是真顺路还是假顺路,眉梢轻扬,她边伸手往衣袋里摸,边道:"但是我也带了……"

"车钥匙"三个字还没说完,便被她自行收在嘴边。

她的衣袋里空空荡荡,哪有什么车钥匙?

沈岁知愣了片刻,这才回忆起自己出门之前,似乎是把钥匙放在柜子上,忘记带出来了。

气氛有点儿尴尬,偏偏晏楚和看出她的窘迫,还要似笑非笑地关怀一句:"你没带钥匙吗?"

沈岁知想说上楼去拿,但晏楚和已经先她开口:"走吧,上下楼浪费时间。"

最终,她还是坐上了晏楚和的车。

萨克森的夜景很美,灯火通明,很是热闹,满是人间的烟火气,沈岁知靠着车窗往外看,觉得整颗心都安稳下来。

"你好像对这儿很熟悉,不用导航都能认识路。"

晏楚和淡淡地应声:"几年前来过一次。"

沈岁知眨巴眨巴眼睛。

几年前?来过一次?那这人的记忆力真是好到了恐怖的地步。

晏楚和所说的咖啡馆并不是很远,不多久他们便顺利抵达。他在车里等候,沈岁知下车去买蛋糕。

咖啡馆里是标准的欧式装潢,橙黄色的灯光温暖舒服,吧台上趴着一只咖啡猫，它正懒洋洋地打着盹儿。

沈岁知走上前，用英语对服务员说："你好，请给我一杯意式咖啡，谢谢。"

"等等，"她想了想，又补充道，"多加奶，多加糖，还有鲜奶油。"

几分钟后，一杯糖分过高的意式咖啡被送了上来。

沈岁知往旁边的橱柜看了看，锁定一款巧克力蛋糕，看向服务员说："麻烦帮我把这个打包。"

回到车内，沈岁知将蛋糕放在旁边，心满意足地靠在座位上喝咖啡。尤其是那层鲜奶油，对她来说实在太美味了。

她问："接下来去哪儿？"

"先送你回酒店。"

沈岁知颇有眼色地说："你不是没吃晚饭吗？我陪你去。"

晏楚和侧头看她一眼，极轻地弯了下唇角，开车掉转方向，朝着城区商圈而去。

车内奶油的甜香与咖啡的醇厚交织氤氲，存在感强烈得令人无法忽视。

向来只喝现磨黑咖啡的晏楚和不禁问了句："这样喝味道很好吗？"

"嗯？"沈岁知看向他，习惯性把咖啡递过去，说道，"很好喝啊，你要不要尝尝？"

晏楚和望着眼前的咖啡，看见纸杯的杯口一侧印着浅淡的唇印，颜色不深，但在素白的杯壁的对比下显得十分醒目。

他犹豫片刻，正欲开口，前方的道路上却倏地蹿过一只猫。他一惊，迅速地抬脚踩下刹车，车及时停在猫的身前。

然而，正因这突如其来的急刹，原本完好无损呈在晏楚和面前的意式咖啡，在剧烈的晃动下，洒在他的脸上，再缓缓地落在身上。

时间仿佛静止了。

肇事的小猫倒是跑得十分利索，只留下车上静坐无言的两人。

晏楚和的面上瞧不出什么情绪。他任凭咖啡沿着下颌往下淌，许久才轻叹了口气。

望着满身狼狈的男人，沈岁知睁大了眼睛。

要、命、啊！

她为什么总要经历这种尴尬到仿佛凌迟的事情？她和晏楚和怕不是八字不合、天生相克？

沈岁知提心吊胆地看着一语不发的晏楚和，随后缓缓地伸手，小心翼翼地从纸巾盒里抽出纸巾，再小心翼翼地凑过去，又小心翼翼地擦干净晏楚和脸上的咖啡，最后小心翼翼地去擦他衣服上的奶油咖啡混合物。

她头一回如此战战兢兢。毕竟晏楚和这人有洁癖，平日里衬衫都要规规矩矩、整整齐齐，一件衣服干净整洁到连褶皱都不见半分。

而此时此刻，他的衬衫上晕染开污渍，外套也受到殃及，实在称得上狼狈。

沈岁知心里懊恼不已，都怪自己失手，害得他如此狼狈。

眼看着那只手在他的上身挪来挪去，偏偏本人还浑然不觉有什么问题，他眉梢微动，倏地握住她的手腕，压下心头异样的燥热，沉声道："可以了。"

"对不起，对不起！"沈岁知把狼藉的纸巾收进垃圾桶，愧疚地说道，"要不我赔你一套衣服吧？"

晏楚和看了她一眼，没说什么，只抬手将脏兮兮的外套脱下丢到后座。

他的面上不露声色。沈岁知猜不出他的情绪，胆战心惊地看着他，只见他脱完外套又将衬衫的纽扣解开两颗，吓得登时紧张地坐起来，脑袋不小心撞上了车顶。

晏楚和匪夷所思地看向她，指尖搭在纽扣上没再动。

"你要干吗？"沈岁知整个人的状态紧绷，"这责任也不全在我身上啊，我都答应赔你衣服了，你……你不能这样啊。"

晏楚和蹙了蹙眉，看起来一脸困惑："你在说什么？我哪样了？"

沈岁知问："那你突然脱什么衣服？"

晏楚和神情淡淡地答："我的衣服刚才被你的咖啡泼湿了！"

好吧，是她的思想太脏了。

"这样啊。"她轻咳两声，不尴不尬地重新坐好，佯装什么都没有发生过，"那我先去陪你买衣服，然后再吃饭？"

"好。"

"正好前面就是商场，待会儿找个地方停车。"

"嗯。"

沈岁知停顿片刻，心虚地问："你是不是生气了？"

晏楚和看了她一眼，终于舍得多说一个字："有点儿。"

"这不是意外吗？"她用手指卷头发，撇嘴道，"要不我再请你吃顿饭？"

唇角牵起几不可察的弧度，他不疾不徐地说道："回国再说吧，我吃不惯西餐。"

"好呀，平城那么多好地方，随你挑。"

"哪里都行？"

"不能让你白受这么大委屈，当然哪里都行。"

"好。"晏楚和微微领首，"那就去你家。"

沈岁知闻言愣了片刻，总觉得这段对话有种阴谋的味道，可仔细打量晏楚和的神情，他倒不像是在给她挖坑。

她犹豫着答应了："也不是不行。"

事情就此敲定下来。

将车停好后，两人便进入商圈的服装区。刚好有家男装的品牌店，沈岁知问过晏楚和的意见，见他不置可否，便拉着他走进店里。

沈岁知看了看眼前的休闲区，又看了看旁边的正装区，觉得自己已经能猜到身边的男人会选哪边。

果然如她所料，晏楚和不假思索，直接迈步朝正装区走去。

"你平时穿得太正经了，我都没看你穿过休闲装。"她跟上去两步，失笑道，"晏老板，你还真是老干部生活啊。"

晏楚和闻言顿了顿，停下脚步侧首看她，问："你想看吗？"

沈岁知正打量着千篇一律的男士正装，随口回他："当然想啊，不然白费了个衣架子呢。"

晏楚和思忖半秒，折身朝她走来，说道："好，那你帮我挑。"

沈岁知在心中暗暗得意，似笑非笑地看着他说："你今天好听话啊。"

她的话音未落，便有一层淡淡的薄红覆上男人的耳郭。

晏楚和不予回应，径直走向休闲区。

沈岁知算是彻底欣赏到这男人的反差萌。她忍俊不禁地摇摇头，也抬脚跟上去，边挑衣服边对他道："先说好，是你让我挑的啊，我的衣品你也知道的，看你能不能接受。"

话虽这么说，但她还是尽可能挑选符合晏楚和平日风格的衣服。好在这里的休闲男装中黑色占多数，她挑起来并不觉得困难。

沈岁知只觉得那些男士衬衫都长一个样子，干脆略过这些，拿了一件羊毛的圆领毛衣。

外套和裤子就比较好选了，沈岁知按照自己的审美迅速搭出一套休闲装，让服务员调出相应的码数后，递给晏楚和。

晏楚和在接过衣服时略微吃惊，最终还是没说什么，径直去了更衣室。

沈岁知便在各展览柜前浏览起来，服务员在旁边笑道："您的男朋友真帅气。"

她闻言愣了一下，刚想把两人的关系解释清楚，身后便传来逐渐接近的脚步声。

她回过头，正对上男人深邃沉静的眼眸。

晏楚和一改平日严谨刻板的穿衣风格，换上沈岁知挑的那件墨绿色的工装夹克外套，再搭配着黑色的休闲裤，简约却不失稳重，令人眼前一亮。

沈岁知挑眉笑了，也不知是该感慨自己的衣品好，还是该感慨这男人真是个行走的模特。

"可算有点儿年轻样儿了。"

她打量着晏楚和，脱口而出："难怪程司年说你……"

声音戛然而止，她及时住口，正要临时改成"成熟"，然而没说出来的话已被男人接下。

晏楚和的眉梢微挑，他说道："老男人？"

沈岁知摸了摸鼻尖，否认道："又不是我说的。"

说完这话，她便果断地将话题转移，拉着他往收银台走。

沈岁知正要拿出手机准备结账，却被晏楚和轻轻地按住了手。他递了一张卡过去，用德语对服务员说了句什么。

服务员一副恍然大悟的表情，将暧昧的目光投向沈岁知，伸手接过卡去台内结账。

沈岁知被那眼神看得莫名其妙，皱眉看向晏楚和，问道："你跟人家说什么了？"

他神色自若地道："没什么。"

敢情他就是欺负她不懂德语。

沈岁知干脆胡乱揣测道："你不会是说了什么类似'女朋友闹别扭'的话吧？"

她不过是随口一猜，没想到晏楚和当真不大自在地侧了侧首，眼瞧着耳尖又有些泛红。

沈岁知欲言又止、止又欲言，心想要是继续追问下去，显得跟调戏人家似的。

离开服装店后，沈岁知才问："不是说好的我赔你衣服吗？"

"你回国请我吃饭就好。"晏楚和说，"如果觉得愧疚，再多一次也可以。"

沈岁知笑出声来："晏老板还挺会得寸进尺啊。"

晏楚和不置可否。

两人走到三楼的美食区，准备解决晚饭问题。沈岁知正四处打量着，便听到身后传来一个男声："晏楚和？"

沈岁知闻声回头，发现对方是位西装革履的精英人士，那人长得斯斯文文，还戴着一副金边眼镜，瞧起来十分文气。

晏楚和几不可察地蹙了蹙眉，礼貌性地迎上两步，语气平淡地说："好久不见。"

沈岁知站在原地没动，毕竟这是晏楚和的熟人，不好上去掺和，本来打算继续在美食区晃荡，一侧头却不经意地对上那人打量的视线，那里面掺杂着明晃晃的轻蔑和嘲讽。

沈岁知对这眼神太熟悉了。这眼神简直跟南婉看她时如出一辙，令人很是烦躁。

她顿时眉头紧锁。不得不说，这男的实在让她觉得浑身上下都不舒服，若不是因为晏楚和在场，她早就过去质问他到底何意了。

眼不见为净，沈岁知准备暂时离开这是非之地。

那男人竟不紧不慢地开口："如果我没认错，这是沈小姐？"

沈岁知抿了抿唇，只好几步走过去，挂上公式化的假笑："嗯，我是沈岁知。"

晏楚和及时地开口介绍："我的大学同学，魏林。"

沈岁知颔首，正打算礼貌地问好，魏林却在此时收回视线，对晏楚和调笑道："我还以为国内那些传闻是假的，没想到是真的。楚和，你为了晏家的利益还真是做出了不少牺牲。"

说完这话他稍作停顿，又惋惜似的叹了口气，安慰地道："不过沈小姐虽然爱玩儿，但不会惹麻烦，这点还是挺好的。女人毕竟在男人的事业上也贡献不了什么，听话就好。"

沈岁知对这话摸不着头脑，但已然怒火中烧。要是搁平时，她早就撸袖子上手了，但当前晏楚和还在这儿，她只能装听不见，克制着自己的火气。

晏楚和的神色微冷。他轻眯双眼，语气显而易见地沉了下来："这是我和她的事儿，不需要外人评价。"

沈岁知没想到晏楚和会这么直接地向着自己，心下十分感动，火气也消弭不少。她收回出言讽刺魏林的想法，默念《大悲咒》缓解情绪。

魏林听到晏楚和这句话，显然明白他的意思，面上不由得露出几分匪夷所思的神色，重新将他打量一番。

"你是认真的？"魏林皱皱眉，继续说道，"晏楚和，你知道你现在在做什么吗？我父亲前段时间还跟我说，你最近的状态不好，原来是近墨者黑啊。"

"状态不好？"晏楚和淡淡地道，"前不久我与令尊竞标侥幸得手，既然我的状态不好，看来令尊是更加不好了。"不待魏林回答，晏楚和又认真地补了一句，"麻烦替我带句问候回去。"

魏林的脸色很难看，他没想到向来沉稳内敛的晏楚和此时竟然会因为一个声名狼藉的女人同他针锋相对，实在让人难以置信。

魏林啧了一声："才多久不见，你竟然就成了这样的性子？晏楚和，你这样在商界只会越来越惨，声誉还会受损，你难道想不清楚其中的利弊？身为同学，我真是对你太失望了。"

这番话刚落音，不等晏楚和开口，沈岁知已经被气得笑出声来。他贬低她也就罢了，现在竟然还敢讽刺晏楚和。她顿时火冒三丈，觉得无法压制怒火。

"魏林，是吧？"沈岁知轻笑，"你是不是从小到大没挨过揍？"

魏林猝不及防地被问住。而沈岁知压根儿就没打算给他回话的机会，上前径直开口，说话跟连珠炮似的，不难想象憋了多久：

"我估计是没有，不然就你这说话方式，也撑不到现在站在我跟前。看来你父亲给了你挺大的底气啊，还说什么晏楚和为晏家做出牺牲？我看和你说话才是他最大的牺牲。我在这儿跟你呛声都是浪费我的时间。要不是因为不好拂了晏楚和的面子，估计你现在就已经在去急诊的路上了。"

沈岁知的骂技了得，她舌灿莲花毫不重样。文绉绉的魏林哪里听过人这样羞辱自己，瞬间脸色青白。他正准备开口，已被沈岁知机关枪扫射一般的话堵了回去：

"你说我会玩儿是吗？真是不好意思，我还真挺会玩儿的。老娘资金独立，爱怎么着就怎么着。你吃家里的，喝家里的，用家里的，张口闭口你父亲，生怕别人不知道你啃老呢？魏公子，你这么会抬杠，要不要去做停车场的保安啊？你还对晏楚和失望，请问你谁啊？你配对他失望吗？"

沈岁知一连串的灵魂质问，气得魏林脸都要绿了。他哆哆嗦嗦地指着她："你、你果然就是个没教养又粗俗的……"

"你还真没见过我没教养又粗俗的样子。"沈岁知打断他，笑吟吟地继续说，"现场体验就免了，回国后欢迎联系。"

话音刚落，她迅速地偃旗息鼓，退回到晏楚和身边，语气寻常地说道："我说完了。"

晏楚和的面上没什么情绪，眼底却溢出几分笑意，他对她说："渴了吗？等下给你买饮料。"

沈岁知点点头。晏楚和这才像是想起来什么，不轻不重地对她说了句"不许这么不客气"，看神情却压根儿没有责怪的意思。

说完，晏楚和转向魏林，再度恢复清冷的模样，淡淡地道："她说话直，你别放在心上。我还有事儿，先走了。"

魏林巴不得离开这里，咬牙切齿地转身，快步离开两人的视野，怒气冲冲的，跟刚开始从容不迫地讽刺人的时候简直不像同一个人。

沈岁知完全不把这种战斗力为零的人放在眼中，只是结束这场嘴仗后，才后知后觉地有些难受，胸膛里酸涩不已。

她垂下眼帘，不再提及刚才的事，同晏楚和继续走向餐厅，然而没走出去几步，晏楚和倏地停下脚步。她始料未及，撞上他的后背。

沈岁知往后退了退，见晏楚和转过身来，便疑惑地看向他，像是在问有什么事。

晏楚和罕见地犹豫片刻，才开口问她："你在生气吗？"

他的语气像是试探，字字斟酌，小心翼翼。

沈岁知听不得晏楚和用这种语气跟她说话，太温柔，一不小心就让她沦陷其中。

这么好的一个人，凭什么因为她被别人讽刺？

沈岁知没忍住情绪，拧着眉头恶声恶气地回道："是，快气死我了，你那大学同学是什么奇葩？"

他顿了顿，低声说："对不起。"

沈岁知抿着唇，心里不是滋味，正要说话，却听他继续道："我不会再让别人诋毁你了。"

沈岁知蓦地失声，难以置信地盯着身前的男人，偏偏他一副认真的模样，像是做出什么重要的承诺。

她的眼眶当即就开始泛酸。

这人怎么回事儿啊？她被骂压根儿就不重要，重要的是他被诋毁。这人抓重点怎么这么奇怪？

"你……"她没好气地道，"我早就跟你说过，待在我身边对你没好处，你现在知道了吧？那个魏林说近墨者黑也不是没道理，你该好好地考虑及时止损。"

晏楚和看着她认真地说："我考虑得很清楚。"

她笑了："舆论这东西是会杀人的。"

"他们都不懂。"

"不懂什么？"

晏楚和稍作停顿，双唇微抿。他再开口时，语气里含着几分不容置喙的意味："他们都认为你歇斯底里、不学无术，只有我明白，你到底有多好。"

回到酒店后，沈岁知与晏楚和在电梯间分开各自回房。

苏桃瑜还在追剧，见她回来朝她看了一眼。

"你怎么回来啦？我还以为你今天要夜不归宿。"

沈岁知换了鞋，懒洋洋地将外套脱下来挂好，说道："异国他乡的，有什么值得我夜不归宿？"

"跟我这儿还装。"苏桃瑜毫不客气地翻了个白眼，"我都看见了，你跟晏楚和一起出的酒店大门，还一块儿离开的。"

事实被揭穿，沈岁知有点儿无言以对，问道："你闲着没事儿看大门？"

苏桃瑜撇着嘴，头也不抬地说："我去关窗户正好瞧见而已。你们俩那进度跟龟爬似的，我犯不着费心思观察。"

末了她还觉得表达得不够到位，摇着头感慨出声："直男直女的恋爱太难了。"

沈岁知觉得心里乱七八糟，干脆盘膝而坐，盯着指尖，像在认真地思忖什么。

苏桃瑜见她不说话，便专心致志地继续追剧。正看到男女主互相袒露心扉处，她听到静坐许久的沈岁知突然道："晏楚和跟我表白了。"

"噢，那挺正……"

苏桃瑜没说完的话戛然而止。她倏地坐直身子，目瞪口呆地看向坐在地上的人，一时间静止无言。

"你还没按暂停。"沈岁知提醒。

"暂停的事儿重要吗？！"苏桃瑜朝着她的方向正色道，"怎么回事儿？详细说说。"

"他来给我送感冒药，后来气氛有点儿尴尬，我想转移话题，但没成功，他把话说得很清楚，他要追求我。"

"你拒绝了？"

沈岁知想起那句模棱两可的"我们不合适"，顿了顿才说："大概吧。"

"我觉得你也挺喜欢他的。自从你遇见晏楚和，笑容比以前多了。"苏桃瑜一改往日的嬉皮笑脸，认真地分析道，"其实你可以试试的，晏楚和各方面的条件都很好，我觉得……"

她顿了顿，才继续道，"他能拉你一把。"

沈岁知捏了捏指尖，语气平淡得像是在说别人的事情："但我不想让他松手，也不想把他拉进来，所以不考虑进一步发展。朋友可以，暧昧可以，恋人这种亲密的关系不行。"

沈岁知虽然不想承认，但不得不说，晏楚和把她看得很透彻。

她就是在怕。

她嫉妒并且羡慕着每一个活在阳光下的人。他们散发着光芒，无时无刻不在对着她的窘迫，于是她敬而远之，主动回避。

当晏楚和到来时，沈岁知能听见自己枯败的生命中有什么破土而出。

私心作祟，她也希望就这样安逸下去。可她这样一塌糊涂的人，能走到哪一步都是未知数，哪配得上他那样好的人。

晏楚和是她漫长黑夜里的月亮，是她漫漫生命里的春光，映亮她森凉的世界，使得暖春初次光临她的人生。

可这一切注定是留不住的。

"算了。"沈岁知收回思绪，正要说些什么，目光落在右腕的那串星月菩提上，她瞬间便忘了词。

她晃了两下手，默默地放下袖子盖住手饰，终究也没说出个结论。

"磨叽。"苏桃瑜显然不认可，摇摇头重新躺回去，"感情这种事儿，有什么说什么，别扭没用，得自己想清楚。"

沈岁知撑着膝盖，抬起眼帘看着苏桃瑜，说道："咱俩半斤八两，你跟叶彦之难不成理清楚了？"

苏桃瑜憋了半晌："那是他傻！"

沈岁知失笑，揉揉额头正要起身，衣袋中的手机却振动起来。她拿出来一看，是许久不曾联系的姜灿。

她和姜灿除却商业合作基本没什么交流，正因如此，每次看到姜灿的来电，她就知道工作来敲自家的门儿了。

苏桃瑜是为数不多的知情人之一，没什么好顾忌的。沈岁知干脆地接起电话："喂？"

姜灿没想到她这么快就接起电话，说道："马上快一个月了，你别只顾着玩儿，记得交成品。"

沈岁知这才想起那首歌词还没发过去，这两天对着程司年的脸，竟然也没想起来还有这茬儿。

"我已经写好了，待会儿发你。"她说，"最近事儿多，不小心给忘了。"

姜灿看了一眼外面敞亮的天空，平时这个点儿沈岁知应该在补觉才对，不由得问道："你人在哪儿呢？"

"德国萨克森州，前两天跟朋友出来玩儿了。"

"几天没联系，你都跑国外去了？也没什么事儿，你把歌词发过来吧，我正好去跟程司年的经纪人沟通。"

沈岁知挂断通话后把歌词传了过去，歌名是《途经月亮》。

完成后，她百无聊赖地刷了一会儿微博，耐心地等候姜灿的回音。

结果她等了半天，对话框还是安安静静的。沈岁知索性不等了，起身走到桌边想找找有没有什么能喝的。屋内只有几听啤酒，她记着晏楚和的话，没再动喝酒的心思，但也不想喝白水。不知怎的，她忆起先前跨年夜在晏楚和的家里喝的那杯枸杞水，清清甜甜的，是头回尝过的滋味。

沈岁知转向苏桃瑜，脱口而出："你带枸杞了吗？"

苏桃瑜一时愣住了，真情实感地发出疑问："这是什么新梗（喜闻乐见的桥段所成为的典故）吗？"

沈岁知合眼，也在疑惑自己刚才怎么会问这个问题。

自己要是想喝枸杞水，还不如现在去找晏楚和。

沈岁知当然不可能为了这种小事儿过去敲人家的房门，想象着大晚上敲开别人的房门问一句"有枸杞吗"，那场面着实诡异。

她摆手，对苏桃瑜道："没什么，就是想喝点儿甜的。"

"二楼有咖啡厅。"苏桃瑜说。

提到咖啡，尴尬至极的回忆被再度勾起，沈岁知颔首应了一声，随后重新出门。

酒店内部温暖如春，她没穿外套，直接乘电梯来到二楼，中途找工作人员问清楚路线，这才顺利地找到那间咖啡厅。

咖啡厅里的装潢华丽繁复，雕花的桌椅被摆得整整齐齐，零星坐着几位欧洲人。

沈岁知径直来到前台，点了一份加糖和奶盖的意式咖啡，也算是弥补之前在车上浪费的那杯。

接下来就等着服务员送咖啡到桌上，她环视四周，正要选个位置，就看到靠窗处坐着一个眼熟的人。对方显然也看到了她，笑吟吟地朝这边挥手。

沈岁知没想到程司年也在咖啡厅里，最终还是迈步走上前去，与他相对而坐。

"睡不着来喝咖啡？"

沈岁知看了一眼时间，说道："这才几点，我可不会睡这么早。"

程司年歪了一下头，俊秀精致的眉眼含着慵懒的笑意："沈岁知，你发现没，你对我有点儿凶。"

"有吗？我觉得很亲切啊。"她随口胡诌，"我对朋友都这样。"

"晏楚和也算你的朋友？"

她昧着良心给出肯定回答："算。"

程司年的眉眼低垂，目光轻轻地闪烁。他的语气低沉，将"委屈"二字演绎得淋漓尽致："原来是区别对待啊，我懂了。"

刚好此时服务员端着她的那杯高糖分咖啡走来，结束了两人之间尴尬的谈话。

沈岁知的注意力被暂时挪开，她端起咖啡轻抿一口。

味道尚可，就是不够甜。

程司年瞥了一眼她那份甜度堪比奶茶的咖啡，想说什么，终究没作声，只问她："在柏林参加完游轮聚会，你有什么打算？"

"回国呗，都快过年了。"沈岁知说，"怎么，你不回去？"

"不好说，这个得看心情。"他笑了一声，"你要是想让我回去，我就回去。"

沈岁知已经习惯他说话没个正经，并不理会他说了什么。但话说回来，因为沈岁知跟程司年的性格相似，两人相处起来还挺轻松，毕竟性格相近的人总是熟悉得更快。

她好奇地问："你不是歌手吗？难道不用参加娱乐节目或者专访什么的？"

"你是真不关注娱乐圈啊。"程司年轻抬眉梢，"我不走偶像路线，私人生活很自由。"

"好吧，都怪你长了一张偶像脸。"

程司年正欲开口，手机却振动起来。他垂眼扫了一下，转而对她说了声"抱歉"，见她颔首示意无碍，这才将电话接通。

沈岁知不知道电话那边的人是什么身份，但听到程司年喊了一声"段姐",想来是经纪人之类。

她无意听他人的交流,便专心致志地喝自己的咖啡。程司年附和着嗯了两声,随后便将电话挂断,全程通话甚至没超过半分钟。

"我的经纪人。"程司年主动同她解释,"工作上的事儿。我的词作交稿了,她让我看看。"

沈岁知捏着咖啡杯的手柄,闻言指尖无意识地在上面摩挲一下,神情如旧:"词作?"

"嗯。SZ 你知道吧,我今年的首发单曲跟她有合作。我很喜欢她的风格。她很有才华,就是太神秘,前不久才知道她是女孩子。"

那可不是?她也觉得自己挺有才华。她觉得这话很中听,赞同般地颔首:"的确,我也喜欢她的词。"

程司年认真地点评:"可惜歌名都不太行。"

沈岁知强忍住拍桌子跟他理论"途经月亮"这个名字好在哪儿的念头,面上维持礼貌的微笑,问:"我看还行啊,怎么了?"

"太文艺了。我的这首歌主题跟月亮有关,歌名直接用'月亮'或者'月色'就好了。"程司年阅览着手机内接收的歌词文件,正色道,"文绉绉的,像做阅读理解,虽然强调主题了,但有点儿多余。"

沈岁知觉得自己的脾气太好了,认为自己有必要站在客观的角度与他争辩。她正打算心平气和地开口,只是话音还没出来,就听程司年得出一个结论——

"我怀疑她不会取名。"

第十一章
八千里路

就在刚才，沈岁知还想着心平气和地跟程司年讨论取名的艺术。

现在她只觉得道不同不相为谋，捎带着看程司年的眼神就像在看一个不知所谓的难缠甲方。

"你想啊，SZ 的歌名都不超过四个字，基本能用词语代替的就绝不自己想。她之前新歌的名字还有一个字的。"程司年一脸认真地分析着，"应该就是不擅长取名。"

有理有据，沈岁知身为 SZ 本尊，都想给这人的推理鼓掌。

可惜身披马甲身不由己，她忍住这股冲动，心想待会儿回房一定要用 SZ 的身份与程司年理论一番。

沈岁知呼出一口气，半晌才从牙缝里挤出几个字——

"你根本什么都不懂！"

程司年忍不住怀疑自己说错了话。他并不知道眼前这位就是

SZ本尊，还以为沈岁知是SZ的粉丝，便斟酌着收回前言："其实……她的词作得很好，歌名也不是太重要。"

沈岁知再度被噎住，喝了两口咖啡才冷静下来，不然她真怕自己忍不住当场扒掉马甲跟他理论。

"歌名和歌词是一体的，不是说主题是什么就能直接套用。主题只是灵魂，灵魂之外还有很多能表达的东西，歌名不是噱头，你联系歌词就知道那几个字不是胡乱取的。"

毕竟音乐是自己尊重并热爱的事业，沈岁知正儿八经地说道："在我看来，欣赏艺术首要是灵魂，其次才是美感。一件好的艺术品，是从里到外都能带给人不同感受的，你别这么草率地定义别人的作品。"

程司年听到这番回答默不作声，只是嘴角噙着的玩笑的弧度随之淡下。这是他第一次见到她如此认真的模样，不得不说，这样的沈岁知更吸引人了。

"抱歉，你说得很有道理，的确是我考虑得少。"

沈岁知后知后觉地反应过来自己刚才的态度有些过头，补充道："我也就是随口说说。"

"你在这方面很有自己的见解。"程司年直觉精准地问，"难不成你在从事相关行业？"

沈岁知在心底暗骂这人的第六感怎么这么准，明面上却是摇摇头说："你可别埋汰我了，我除了吃喝玩乐还能干吗？"

程司年不置可否地挑眉，将身子靠在松软的椅背上，姿态闲适地打量着她，随后轻笑出声："我后悔了。"

沈岁知没听懂："后悔什么？"

"刚开始我只是觉得你很有趣，没想到晏楚和竟然跟我的眼光相同。"程司年不疾不徐地道，"本来只想试探试探，不过我现在改变主意了。"

他弯唇，迎着她的视线，一字一顿地说道："我要追你。"

沈岁知的大脑再次空白。一天之内被两个男人坦言要追求，偏偏还都是不好躲的，这桃花运她委实觉得无福消受，只希望当场遁地。

她喝完最后一口咖啡，放下杯子，说道："我……"

她的话还未出口，程司年便不紧不慢地拈起桌上的白净纸巾，伸手将沈岁知唇角的奶沫拭去。这个被他做得无比自然的动作，成功地将她剩下的话截断。

"不用急着拒绝，晏楚和虽然比我来得早，但我跟他是不同类型的，你可以考虑考虑。"他说罢，锋利漂亮的眉眼浮起少年气的笑意，"我这人优点还蛮多，等我慢慢展现给你看啊。"

程司年是那种长得比较有攻击性的类型，面无表情时像个酷哥，笑起来时露出虎牙，整个人富有朝气且熠熠生辉，不难想象这家伙大抵就是学生时代中，到哪儿都是人群中心的人气王。这样的人是太阳，是阴沟里的人不肯直视的。

沈岁知内心无波无澜，叹了口气说："没这个必要，白费工夫罢了。"

程司年没正面做出表态，只是将目光挪到她的右手腕，语气笃定地说："你右手上的那串菩提是晏楚和送的吧？"

沈岁知愣住："你怎么知道？"

"就当我这儿有情敌感测仪。"他指指自己的脑袋，怏怏地开口，"虽然不想承认，但晏楚和的动作的确够快，不过这也证明努力就有成效。"

沈岁知没有过跟追求对象讨论努力究竟有没有成效的经历，她觉得太阳穴突突直跳，隐约听到身后传来一阵脚步声，并未在意。

她蹙眉道："刚开始我就告诉你了，顶多做朋友。"

程司年神态自若，语气却极认真地说："那我努力争取，说不定这称谓就能多个性别前缀呢。"

沈岁知轻抿起唇，正要说话，却听背后传来熟悉的低沉男声：

"是吗？"

沈岁知的瞳孔一缩，她当即回头看向不知何时过来的男人：他一身黑衬衫、黑西裤，领口难得地松开两颗纽扣，散发的气场冷冽而又强大。

晏楚和看也没看她，面上没什么情绪地同程司年对视，淡淡地道："我拭目以待。"

沈岁知倏地把头扭回去，发现程司年神态从容，想来是早就看到了晏楚和。

又来了，这如影随形的尴尬。

她揉揉额角，正在想法子如何脱离"战场"，手机在此时响起。

她仿佛看到救命的曙光，拿起手机对两人道："你们俩有话慢慢聊，没话就各回各房，我先走一步。"

说完不等他们回应，沈岁知接起电话就往门口走："喂？"

"你还没睡吧？"

是姜灿的声音。

沈岁知嗯了一声："刚喝完咖啡，怎么了？"

"我刚才把《途经月亮》发给程司年的工作室了，歌词没有任何需要改动的地方，但程司年对歌名有些意见。"

沈岁知正好刚跟当事人争辩完这个问题，眉头微皱："你跟他的工作室说，让他今晚好好品品这首歌词，要是还不满意就把原因告诉我。但说好，我不接受类似于'太文绉绉''像做阅读理解'之类的理由。"

姜灿知道沈岁知对自己的作品向来完美主义，但凡合作方提出修改意见，她都会先了解原因再决定是否做出改动。姜灿作为中间人，只觉得每次交涉都像是辩论赛。

"好，那我委婉地转述给那边。"姜灿无奈地叹息，对着电脑屏幕编辑合适的措辞，"你大概什么时候回来？"

"就这几天吧，柏林还有一场游轮聚会，结束我就回国。"

姜灿犹豫片刻，还是提醒道："沈家最近的动作有点儿大，你不在国内，记得关注着那边的情况。"

沈岁知的脚步微顿："怎么回事儿？"

"说不清，你父……"姜灿临时改口道，"沈擎在垄断股权，外界都怀疑他是准备替接班人清扫道路，但南家也是财团大股东之一，总之事情挺复杂的。"

沈岁知的眼底浮现出几分难以置信之色。她问道："他这是要把南家的势力架空吗？"

"我不确定。我又不懂你们豪门的那些门门道道，就是提醒你一下。"姜灿说，"你心里知道就行，毕竟有备无患。"

沈岁知的脑子有点儿乱。她先是想到宋毓涵手中百分之二十的股权，又想到虎视眈眈的南婉，最后定格在沈擎那句毫无解释的"我不会让南婉动她"，所有的事情似乎都复杂起来。

沈岁知此时才后知后觉地发现，自己多年以来以为的真相似乎并不是真相，她只是一个被蒙在鼓里的人。

"我知道了。"她揉了两下额头，对姜灿道，"我回国后就去了解情况。"

"那没什么事儿了，等程司年的工作室那边给回音我再转告你，拜拜。"

挂断电话后，沈岁知刚好走到房间门口，刷卡进房前，她鬼使神差地回头看了一眼电梯间，没有人出来。

难不成那两个人聊起来了？此时的她没有多余的心思再想那些有的没的，开门回到房间，打算趁早休息。

虽说晏楚和与程靖森已经停掉了手中的多数商务，但两人终究是来这里忙正事儿的，翌日清晨便离开萨克森前往柏林。

出发之前，程靖森还把一个小姑娘丢给沈岁知他们，让几个年轻人同行，到时在柏林见。

那个小姑娘正是昨天徒手攀岩的林未光。

沈岁知醒来时正好赶上晏楚和与程靖森准备离开。她本意只是想出来抽一根烟，没想到刚走到门口便撞上晏楚和。

平平淡淡地扫过来的一道沉静的眼神，却吓得沈岁知差点儿把手里的烟掐折。

她自觉地把烟扔到墙边的垃圾桶里，晏楚和的神情这才和善些许。

程靖森正眉眼冷然地同身前的女孩儿说着什么，余光触及沈岁知的身影，便对沈岁知微微地颔首，面上的凛冽一扫而光，取而代之的是礼貌温和的笑意。

这男人的气场转换实在是快，沈岁知愣了愣，同样回以礼貌的笑容，随后走上前站在林未光的身边。

"昨天没来得及介绍，"林未光对她莞尔一笑，看起来十分乖巧，"你好，我叫林未光。"

沈岁知没想到她本人的性格这么乖，也自我介绍道："我叫沈岁知。"

沈岁知收回视线转向晏楚和，问道："你们准备去柏林？"

"有些事情需要处理，"晏楚和叮嘱她，"空腹不要抽烟。"

沈岁知心虚地清咳出声，胡乱着答应下来，心里却冒出一个模糊的想法：最近自己抽烟量明显下降，也不知道是不是被跟前的这位老干部监督的。

晏楚和垂下眼帘，目光不经意地扫过她大大咧咧敞开的衬衣领口，遂伸手将她那两颗纽扣扣好，好似这才顺眼不少。

他这动作做得实在太自然，程靖森打量一眼后，眼底似乎浮现出几分兴味。

看时间差不多，程靖森偏首看向沈岁知，模样温文尔雅："沈小姐，柏林见。"

沈岁知点头："再见。"

沈岁知目送他们离开，两道身影刚消失在视野中，身边便传来林未光懒洋洋的声音："姐姐，还有烟吗？"

这语气全无刚才那股乖巧劲儿。沈岁知转头便看见林未光浑身上下仿佛换了气场一般，神态散漫慵懒，就连唇角的那抹笑都是锐利的。

沈岁知从衣袋中拿出烟跟打火机，递给她，嘴上调侃道："成年了吗？"

林未光轻笑，接过烟熟练地点燃抽了一口，眼尾微挑："刚刚二十，不违法。"

她的年纪不大，给人的感觉却显锋利。

"你刚才装得还挺像。"沈岁知收回烟盒，说道，"我差点儿以为昨天徒手爬墙的人是你孪生姐妹。"

林未光耸肩，不置可否，问道："你不抽吗？"

"空腹不抽烟。"

林未光似乎觉得有道理，咬着烟伸了个懒腰："也对，谢谢姐姐。"

她抬手时，卫衣下摆往上翻卷些许，露出一截白嫩纤细的腰肢，以及腰侧那向两方延展的墨色。

可惜没能看清楚那是什么图案，不过文身面积之广可见一斑，沈岁知越发觉得这小姑娘有点儿意思。

他人的事情沈岁知并不是多关心，便不再多问，出去上街买早餐去了。

两天后，一行人抵达柏林，准备参加宴会。

夜幕降临，受邀的宾客依次登船。沈岁知同苏桃瑜去高奢店做造型，其余三个男人则先行入场。

待她们抵达时，距离正式开场还有半个小时。苏桃瑜望着眼前的三层豪华游艇，不由得挑眉感慨："别说，程司年他二叔还挺会玩儿的。"

沈岁知颔首："将近四亿英镑，闲钱是够多的。"

说来沈岁知也算富二代，平时买车买房花钱如流水，但像私人飞机或游艇之类的，她绝不会随意购买。

沈岁知和苏桃瑜登船入场，走进一楼的宴厅。游艇内部的装潢简约大气，来往宾客有不少华人面孔，在场的人士非富即贵，互通姓名后基本就知道对方家世如何。

"你们来了。"戴然的声音自身后传来，他们三人朝这边走来。

大家平时都是约着出去玩儿的朋友，鲜少见到彼此这么正儿八经的样子，几人互相打量着。沈岁知调侃道："果然人靠衣装马靠鞍啊。"

"那可不是？"戴然理了两下头发，得意地说，"本靓仔穿得了街潮，也镇得住西装。"

叶逍嗤笑地道："别瞎嘚瑟了。"

程司年的视线却落在沈岁知右腕的那串菩提上，眼神沉了沉。

"程总不愧是有钱人！"苏桃瑜取了一杯酒，不紧不慢地抿了一口，"这宴会办得挺大，说不定能遇见熟人呢。"

"是啊。"叶逍颔首，附和道，"我好多年没回国，听说今天我堂哥也受邀过来，还能见一面。"

沈岁知心想这个年龄阶段和阶层的游轮聚会，沈擎应该不会来，倒是不用担心见面尴尬。

大家随后便分开各玩儿各的。苏桃瑜挽着沈岁知兴致勃勃地说道："那边那个德国小哥长得不错，走，去看看！"

然而沈岁知还没答应，就听叶逍欣喜地唤道："哥！"

她本意不过是打量一眼罢了，谁知就看到了熟人。

男人西装革履，身形挺拔，头发打理得一丝不苟，五官周正英俊，单手插兜，姿态从容，眉眼含着淡淡的笑意。

是叶彦之。

苏桃瑜自然也看到了叶彦之，两人视线相撞。她微微睁大眼，心里暗骂冤家路窄。难怪最初她觉得叶逍这名字有些熟悉，原来他就是叶彦之定居国外的堂弟！

到底是该感慨缘分妙不可言，还是该感慨人倒霉了走哪儿都能碰见冤家？苏桃瑜觉得今天好像不适合出门。

沈岁知看到叶彦之以后，第一想法是世界未免太小，第二想法则是今晚苏桃瑜怕是要睡在游艇上的客用起居室里了。

叶彦之的表情未变，他迈步朝他们这边走来，仍旧一副温和有礼的模样："好久不见，叶逍。"

"没想到在这儿遇见了，哥。"叶逍迎上前，笑道，"你倒是越长越年轻了，怎么还没给我带个嫂子过来？"

"行了，好不容易应付完国内那些长辈，到你这儿还被催？"叶彦之的语气充满了无奈，他将话题转移到别处，"你和朋友一起来的？"

叶逍这才想起还没说明几人身份，忙不迭地挨个儿跟叶彦之介绍："对了，这是我哥们儿戴然、程司年，之前跟你说过。"

叶彦之颔首，对两人稍稍致意："你们好，我是叶逍的堂哥，叶彦之。"

随后，叶彦知看向沈岁知，弯唇笑了笑："这位就不用介绍了，沈小姐可是我未来的嫂子。"

叶逍闻言一愣，这才想起叶彦之与晏楚和私交甚好，想来在国内时三人已经相识。

沈岁知递了个白眼过去，公共场合，倒也没必要为了一句无足轻重的玩笑话争辩。比起这个，她更想看叶彦之和苏桃瑜之间的互动。

果不其然，下一刻，叶彦之便将视线放在苏桃瑜的脸上。他轻轻扬眉，声线平稳无波地开口："这位是？"那神情、姿态和语气，好像站在对面的当真是位陌生人似的。

话音未落，沈岁知余光便瞥到苏桃瑜咬牙切齿的模样。

真是两个别扭鬼。沈岁知这样想着，随后移开目光，安心做个围观群众。

"我是苏桃瑜。"不等叶遒开口，苏桃瑜已经笑吟吟地自我介绍，神态瞧起来比叶彦之还从容，她稍抬手中高脚杯，说道，"叶先生，初次见面。"

叶彦之双眼微眯，不着痕迹地笑了笑，不作回应。

明眼人都能察觉出来这两人之间的气氛异常，可怜叶遒和戴然这两个纯种直男一脸茫然，不明就里。

程司年迅速地察觉出其中的猫腻，意味深长地与沈岁知对视一瞬，确认了心中的猜想。

"知知，走啦。"苏桃瑜侧首，对沈岁知稀松平常地道，"刚才那位小帅哥还在那儿呢，我们赶紧过去。"

天知道沈岁知费了多大力气才没笑出声，随口问道："你过去干吗啊？"

苏桃瑜耸耸肩，说道："说不定我跟人家一见钟情，能上楼闲聊呢！"

众所周知，游艇二楼是休息区，有数十间独立包间，为的就是给某些酒场生情的人提供方便。

话说到这份儿上，摆明了苏桃瑜就是抱着猎艳的想法。

这话刚说完，叶彦之的脸色瞬间就黑了，表情管理被他抛之脑后。他蹙眉冷声问："你要跟谁上楼？"

"嗯？"苏桃瑜戏精附体，佯装惊讶地看向他，"叶先生，我们才刚刚认识吧，问这么多合适吗？"

叶彦之算是明白了，这女人自己不舒坦，还非得拉着别人一起不舒坦。

"是，不合适。"他不怒反笑，"不过为了你的安全着想，宴会结束后，你最好比我先离场。"

这句话听起来意味深长。

苏桃瑜被噎住，恶狠狠地瞪他一眼，扭头就走，却没再朝着她口中的那位小帅哥过去。

叶彦之脸上的笑容淡了下来，同几人暂时道别后，便毫不犹豫地随苏桃瑜走去。

事情发展到这里，再看不出来他们关系的大概就是傻子了。

叶逍震惊地看向沈岁知："这这这……原来是我的嫂子？"

沈岁知想了想说："你如果这么喊苏桃瑜，估计你哥会很开心。"

叶逍短时间内没法从惊讶中缓过神来，呆呆地站在原地。沈岁知到取餐区端了一个甜品，还顺便拿了一杯红酒。

旁边桌前坐着两名年轻的华人女孩儿，沈岁知无意听她们聊天，但由于距离太近，多少听到了些许内容。

"待会儿还有舞会，你找到男伴了吗？"

舞会？沈岁知蹙了蹙眉，怎么不知道有这回事儿？

"找到了啊。"另一名女孩儿笑着回答，"我刚来的时候和一个帅哥搭上话，顺势邀请了他。"

"你下手这么快啊，我还没找到呢。"

"不晚，在场那么多优质男呢。瞧，晏楚和不也在那儿吗？虽然听说他的性子冷，但只要女方主动开口，男士很少会拒绝吧？"

不一定，他是真的不解风情。

沈岁知这么想着，慢悠悠地往嘴里送了一口蛋糕。

"也是。我刚才还看到叶彦之了，不过他好像跟苏家小姐一起……等等，我是不是看错了，那边那个是程司年吗？"

"是他！真的是他！现在换舞伴还来得及吗？我得赶紧拿手机拍照留念！"

"对对对，我差点忘了……"

沈岁知的思绪早就不知道飞到哪儿去了，她只想着什么时候竟然多出个舞会，完全忽略了渐近的脚步声。

她单手执起盛着酒液的高脚杯，正要放到唇边，视野中却突然出现另一个杯子，与她手中的杯子轻轻相碰，发出清脆的声响。

沈岁知掀起眼帘，正对上一双笑意粲然的眼眸。

程司年端着手中的红酒，挑眉望着她。

沈岁知抿了一口酒，不紧不慢地问："你也来吃东西？"

"我来看你吃东西。"程司年说得脸不红、心不跳，还悠悠地晃着手中的高脚杯，"跑这儿来坐着，我都要以为你是在躲谁了。"

沈岁知瞥他一眼，看起来一副没好气的样子："我有什么好躲的，该来的还不是照样来？"

程司年在她的对面坐下，笑着说："你这是在说我吗？"

沈岁知装得像模像样，一脸无辜地说："别冤枉好人啊。"

程司年被她这副模样堵得哑口无言，不禁觉得有几分好笑，转而正经地说："等会儿有场舞会，你知道吗？"

"知道也没用，我又不会跳舞。"

这倒是预料之外的事。程司年语气轻松地说："那要不然，我就勉为其难地……"

"做你舞伴"这几个字还没来得及出口，他的话便被一个低沉的男声打断——

"抱歉，她已经有舞伴了。"

程司年望着来人，唇角的笑意淡了几分，眼神里浮现出些许锋利的意味。

晏楚和在沈岁知的身边停步，英俊的眉眼满是淡漠。他神色清冷地对上程司年的视线，一字一顿地道："沈岁知的舞伴，是我。"

气氛顿时剑拔弩张起来，引得周围的来往宾客都朝这边看过来，眼神里或多或少带着好奇。

"是吗？"程司年轻笑出声，站起身来，直视晏楚和的目光，从容不迫地开口，"那可真不巧，是我先来的。"

沈岁知面色潮红，抬手轻扯晏楚和的衣摆，低声地说："我根本不会跳舞，到时候肯定会踩到你。"

晏楚和却没有作罢的意思，只垂眼看她，固执地道："踩我也不能踩他。"

紧张的气氛俨然到了一触即发的时刻。

幸好宴会正式开始，所有宾客尽数到场，登船入口关闭，游艇缓缓地朝着海中央驶去。

已经陆续有人同舞伴步入舞池。悠扬的乐曲拂过耳畔，蔓延至大厅的每个角落，只有小部分人注意到那一方空间内的剑拔弩张。

程司年毫不退让，唇角含着挑衅的笑意，对晏楚和道："晏总，你总该明白先来后到这个道理。"

"在我看来，她的想法更重要。"

晏楚和神色淡然，眼帘微合，他转而看着坐在椅子上的人，说："沈岁知，你来决定。"

被晏楚和与程司年前后围堵，沈岁知如坐针毡。她倏地站起身，顶着众多围观群众疑惑好奇的目光，打算装傻离场，毕竟之前她经常这样蒙混过关。

沈岁知想当然地以为这次也会如此，可事实证明是她想得太美好。

"这么巧，两位都想邀请沈小姐。"

一个温润低缓的男声不疾不徐地落在耳畔，人未到，声先至，音量不轻不重，却足以让在场的众人听清楚。

只见数名穿着体面、风度各异的男人并然有序地站在大厅入口两侧，雕像般沉默恭敬地守着。一人缓步而来，被下属与保镖护在中央。

男人的身形挺拔如松，他穿着剪裁合体的黑色西装，领口雪白整齐，干净得好似不染凡尘，朦胧的灯光映在他精致冷峻的眉眼上，清冷的目光从长睫下泄出几分，嘴角弧度似有若无，瞧起来凉薄而动人。

程靖森。

游艇主人姗姗来迟，自然瞬间吸引全场的注意力。林未光身穿黑色系带礼裙，轻挽上他的臂弯，眉眼泛着温顺的笑意。

两人朝这边走来，众宾客的视线也随之而来，转瞬之间，沈岁知就成了众人目光的焦点。

沈岁知轻轻地蹙眉，不偏不倚地迎上程靖森的目光。她隐约看到那人温文尔雅下的恶劣禀性，越发确认对方是有意为之。

"既然沈小姐做不出选择，那么为公平起见……"程靖森慢条斯理地开口，语调平和，"两位来场公平竞争，如何？"

强行被定义为"做不出选择"的沈岁知如鲠在喉。

程靖森的英语发音标准动听，完美地传入所有人的耳中，不论何种国家的人，应该都明白这边究竟是什么情况。

今日受邀华人中有不少世家千金，自然能够认出事件中心的三个人，不由得发出低声议论——

"那不是沈家的老幺吗？我应该没认错吧？"

"的确是她，但重点是旁边的晏楚和跟程司年啊！"

"沈岁知这是行了什么好运？竟然能招惹来这么两个优质男？"

戴然和叶道也听到这边的动静，提心吊胆地围观这场硝烟弥漫的无声战役。

程靖森不紧不慢地出声："如果想主动弃权也可以。"

在一众人或忐忑或期待的注视下，晏楚和淡淡地道："好。"

话音刚落，程司年饶有兴趣地挑了挑眉，笑了："乐意奉陪。"

"既然是宴会，各位不妨随意些。"晏楚和神情从容，慢条斯理地抬手松了松袖口，"说吧，比什么？"

程司年转向程靖森，道："二叔，您尽份地主之谊，做个决定吧。"

程靖森不置可否地弯唇，却垂下眼帘，语气和缓地询问林未光："你认为呢？"

林未光的面上仍旧挂着乖巧的笑容，说出来的话却不见得有多乖："今天本就是来娱乐的，不如当是即兴节目，来点儿刺激的玩法？"

程靖森的唇畔蔓开一抹笑意："说来听听。"

"那就赌一局吧，不过赌注不是钱，是姐姐的舞伴位置。"林未光眨眨眼，"玩法的话……Black Jack（21点），怎么样？"

Black Jack，也称21点，是全球各大赌场都有的热门玩法。

晏楚和微微颔首："可以。"

程司年打了个响指："没问题，速战速决。"

两人皆是不假思索便答应下来。围观群众大多没想到事情会发展到这个地步，瞬间不少人往这边凑过来，其中还掺杂着些许议论声。

先前坐在沈岁知邻桌的两名女孩儿此时也瞠目结舌地望着这边，不论如何也没想到有生之年竟然还能看到晏楚和与程司年的竞争。

"这、这什么情况？"

"不知道啊。这真的是晏楚和吗？他怎么会为了一支舞跟人玩儿赌牌啊？和传闻里的人设太不一样了！"

"程司年在之前的专访中不是说没有喜欢的女孩子吗？现在这是怎么回事儿？我感觉这三个人应该会包月上头条了。"

她们的对话清清楚楚地传入沈岁知的耳中。事情发展到这个地步，自己说什么也没用了。

只是让她没想到的是，晏楚和竟然会答应赌牌。因为在她的认知里，像晏楚和这样的精英人士，肯定不会21点这种娱乐玩法。

但自从遇见了晏楚和，沈岁知觉得自己的认知十有八九是错的。

"三局两胜。"林未光从身边的侍从手中接过一盒全新未拆封的扑克，掂了掂，继续说，"不过这样的话有些无聊，不如我们每局加一个赌注？"顿了顿又补充道，"钱除外，我们不干违法勾当。"

"随意。"晏楚和说。

"行啊，玩儿的就是心跳。"程司年欣然地点头。

宴厅中央刚好摆着一张长桌，程靖森稍稍抬起下颌，立即有人上前清理。

林未光身为提议人，负责主持大局。晏楚和与程司年分别落座后，她将手中那副牌往上抛了一下，问："庄家难守，你们两个谁做庄家？"

晏楚和嘴角牵起一抹淡然礼貌的笑容："我是长辈，我先来吧。"

程司年突然被压了一头，不高兴地撇了撇嘴，但也没说什么，点头表示同意。

林未光闻言将扑克拆盒，动作自然流畅，随后递给晏楚和，说："庄家发牌吧。"

晏楚和颔首接过，指尖在牌面掠过，随后抽出大小鬼丢在旁边。

他修长白净的手指把玩着纸牌，发出整齐的声响。不过只是普通的洗牌动作罢了，却让人觉得享受，教人看得眼睛发直。

沈岁知感受到长桌间的暗流涌动，说心里没有波澜是假的，毕竟她从来没有过应付这种场面的经历。

晏楚和身为庄家，首先各发一张暗牌，再者便是明牌。

沈岁知没少玩儿赌牌，往两人的牌面瞥了一眼，看到晏楚和的那张是8，程司年的是6。

如果晏楚和手中暗牌是K，那这一局就直接结束了。这种玩法就是全凭运气好坏。

但她看着晏楚和的神情，便知道他的运气并没有那么好。

程司年掀起自己的暗牌，仅仅扫过一眼，继而道："Hit（拿牌）."

这次程司年是 10，晏楚和是 7，数字仍旧在保守范围内。

"Hit."

程司年的明牌是 2，晏楚和的是 A，两个人的点数一个 18 一个 16，哪个都不安全。

然而就在此时，程司年倏地轻笑出声，带着志在必得的意味开口："Stop（停）."

晏楚和看了他一眼，说："好，开牌吧。"

程司年抽出那张暗牌，指尖微动，牌面稳稳地落在桌子的中央。那是一张 3，正好卡在爆掉的边缘。

沈岁知觉得心里七上八下，侧首看向晏楚和，以为他会开暗牌，但是他没有。

晏楚和的神色从容，他淡淡地宣布道："你赢了。"

程司年微眯双眼，像是在思索什么，片刻后开口："这局的赌注就要你的领带吧。"

沈岁知匪夷所思地看向程司年，虽然听出这句话里玩笑的意味十足，却仍旧觉得震惊。

感到惊讶的不止她一人，在场的宾客皆用难以置信的目光打量程司年，好像在看什么洪水猛兽。

身为当事人的晏楚和仿佛置身事外，云淡风轻地应了声好，便单手将领带解下放在桌面。

沈岁知的眼角难以克制地跳了一下。她还真有点儿后怕，万一程司年说的是皮带可怎么办。

第二局很快开始。

晏楚和仍旧坐庄，发完暗牌后，两人分别掀开第一张明牌。他的手中是一张 4，程司年的是 3。

"Hit."

接下来程司年一张 2，晏楚和一张 9。晏楚和的点数已经是 13，若是不算暗牌，只差 8 点就要爆掉，十分危险。

而程司年目前的点数还在安全的范围内，他蹙眉犹豫半秒，开口道："Hit."

他接到牌后，赫然是张 5。

晏楚和也将自己的那张明牌掀开，是 7。

胜负已分，程司年倏地松了口气，将自己点数为 10 的暗牌抽出丢在桌上，刚好 20 点。

沈岁知蹙眉，两人现在都是 20 点，程司年已经开了暗牌，除非晏楚和真有那么好的运气，暗牌是 A，不然这局他肯定会爆掉。

程司年微抬下颌，对晏楚和道："怎么样，晏总，看来你今天的手气不太好。"

晏楚和却只是似笑非笑地看了他一眼："未必，这局我赢了。"

话音刚落，程司年的面色僵住，他诧异地看向晏楚和掀起的那张暗牌——

它竟然真的是 A，刚好 21 点！

这个反转实在惊人，沈岁知始料未及，不由得在心底感慨一声晏楚和的好运。

现在两人是平局。

始终在旁观战的程靖森看到那张牌后，难免也有瞬间的愣怔。他抬起眼帘，饶有兴致地望着站在长桌边的林未光，两人的视线相接，后者迅速地错开。他低声轻笑，并不多言，将注意力重新放回牌局。

程司年抿唇，叹息着道："说吧，这局赌注是什么？"

"礼尚往来，"晏楚和说，"就要你的领带吧。"

意料之内的答案，程司年干干脆脆地答应，将领带松开放在桌上，神情严肃认真起来。

林未光用指节轻敲桌面，道："最后一局。"

若说前两局都是小打小闹无关痛痒，这第三局便是真正的战场。

晏楚和将牌重新洗好，抬手将暗牌甩给程司年，随后将自己的底牌放好，分别发出各自的明牌。

他们亮牌后，程司年手中的是 10，晏楚和的是 A。

没想到刚开局点数就这么大，程司年蹙起眉来，还是决定继续："Hit."

晏楚和却没有动作，看着程司年，语气沉稳地说："你输了。"

程司年怔住，脱口而出道："怎么可能，就算你这次的明牌是 10，你……"

未说出口的话不再出来，仅仅瞬间，程司年便反应过来。

晏楚和的第二张明牌是 10，点数加起来是 11，他如果要赢，除非他的暗牌是"Black Jack（黑杰克）."

晏楚和将那张暗牌亮出，一字一顿地道："程司年，你输了。"

此时的气氛降至冰点，冷得人几乎要透不过气，连声大气都不敢喘。

晏楚和仍旧噙着礼貌疏离的笑，但沈岁知望见他的眸色极深极沉，好似望不到底的暗色旋涡。

程司年将自己的暗牌掀开，缓缓地吐出一口气，沉声道："好，愿赌服输。"

最终的赢家是晏楚和。

林未光让人把牌收好，不忘安慰似的拍拍程司年的肩膀："没事儿，下次还有机会。"

程司年白了她一眼，说道："我的心态好得很。"

林未光弯唇，重新回到程靖森身边，嗓音清淡地说："您这二叔做得可真不厚道。"

"各凭本事罢了。"程靖森说，笑意寡淡，似是无意多谈。他将视线落在她的脸上，以肯定的语气说了句"21点，你是故意的"。

林未光的睫羽轻颤。她没想到自己的小心思这么轻易便被看穿，嘴硬不承认："不是。"

程靖森望着她，眼底的光泽清冷沉寂，其中的情绪令人难以看透。

"小朋友，"他忽然唤她，语气含着半分促狭，"不会撒谎，就不要骗人。"

另一边，程司年愿赌服输后，围观的宾客们也纷纷识趣地离开，关注的中心不着痕迹地回到宴会的正题。

晏楚和不紧不慢地将领带重新系好，随后侧头看向沈岁知，绅士地朝她伸出手："走吧。"

沈岁知原本没有跳舞的打算，但既然事情到了这个份儿上，便将手搭在他的掌心。

"你刚才挺凶的。"沈岁知同他步入舞池，漫不经心地说道，"晏老板，原来你也有攻击性这么强的一面啊。"

晏楚和不置可否，手轻搭在她的腰间，所处的位置绅士且合规矩，掌心没有全部贴近，而是轻轻地护着她。

两人离得近了，沈岁知嗅到熟悉的雪松气息。眼前的男人似乎永远都是克制有礼的模样，即便已经对她表达心意，也仍旧是那个温和内敛的晏楚和。

舞曲悠扬轻柔，在一个旋身过后，沈岁知听到头顶上方传来男人低沉的嗓音："抱歉。"

她因为平视的角度只够看到对方线条分明的下颌，也没抬头，问："什么？"

"刚才的事情。"晏楚和说，"你应该不喜欢那样引人注意，是我冲动了。"

这人的妥帖还真是无处不在，他此刻还记得担心她呢。

沈岁知的眉梢轻扬，她笑说："我的名声差，今天的事情对我来说无关痛痒。但是，晏楚和，你不一样。"

今天那么多名流在场，多是圈中有头有脸的人物，现场肯定有人拍摄下来了，只怕现在消息已经散布到网络上，会引发怎样的舆论可想而知。

她受惯这些争议了，但晏楚和不是。他干干净净，原本不该这样任人评说。

沈岁知几不可察地叹了口气，盯着他平整干净的领口，问："晏楚和，你觉得这些值得吗？"

晏楚和听出她言下的感慨，长眉轻蹙，像是对她事到如今还保持这种说法感到不满。

他不着痕迹地收力，迫使她不得不抬起脸与他对视。在对方回避之前，他从容地道："没有什么值不值得。"

沈岁知的动作稍滞。她一时忘了挪开视线，猝然撞进男人深邃寂然的眼底，听到他说："对我来说，只有愿不愿意。"

第十二章
枯木逢春

沈岁知觉得，晏楚和真是个奇特的矛盾体。

他已经是二十八岁的人了，骨子里却纯情得要命，稍有什么身体接触就要红耳朵，正经内敛得让人无法坦然自若地同他开玩笑。

但他又是个名副其实的直球选手，虽然不善表达，但他对自己的心意从来不加掩饰，做的比说的多。而且真要当面对峙，他比任何人都要直接，能坦言说出"追求"二字。

沈岁知活了二十多年，应付过形形色色的人，却是头回遇见晏楚和这样的，不仅躲不开，还被害得自己陷了进去。

她知道自己不应该这样，不愿主动前进，又舍不得后退，还心安理得地接受他的好，这种行为跟吊着他有什么区别？晏楚和这样优秀的人，不该在她身上浪费太多的时间。

乐曲进入尾声，沈岁知依偎在男人的怀中，手搭在他的掌心，被他轻轻地握住。

她犹豫片刻，用只有二人能听清的声音唤他："晏楚和。"

晏楚和嗯了一声，示意他在听。

沈岁知斟酌着合适的表达方式，开口问他："你有没有想过，如果最终我还是拒绝了你，你要怎么样？"

他闻言陷入静默，没有立刻给出回答。

就在沈岁知几乎以为他不会开口时，听见他说："想过。"

"如果最后真的连朋友都做不成，我不会再继续纠缠你。"晏楚和稍作停顿，继续低声道，"但或许，我不会再遇到这样让我动心的人了。"

沈岁知的睫羽微颤，短暂的出神让她乱了脚步，她险些崴到脚踝。

晏楚和及时扶住她的腰身，不轻不重地提醒一句："小心点儿。"

沈岁知听到自己加了速的心跳的声音，胸腔里好像有个小人儿在敲锣打鼓。她被晏楚和握着的手无声地收紧，甚至掌心都泛起些许湿意。

这是第一次，她无拘无束地触碰到月亮。

沈岁知羞涩紧张得仿佛是个情窦初开的小姑娘，手足无措，不知该说什么。她初次正式面对自己的感情，只觉得难安，想要把这份感情好好地藏起来。

她清清楚楚地感受到自己的动摇，声音放得很轻："晏楚和，你可能不会知道，你的这句话对我来说是什么意义。"

她本来是已经决定要烂在泥沼中的人，如果他想要将她拉出来，她就不会再放过他了。

"我知道。"

沈岁知倏地愣住。

晏楚和俯首看着她，语气认真，握着她的手紧了几分，说："我知道。"

她透过他的双眼，清晰地看到自己的身影。那里面干干净净，没有掺杂任何多余的情绪。

"再也不会有这样被人保护的温暖了。"沈岁知这么想着。

她或许真的可以试试，试试……她也是可以被爱的。

一支舞毕，两人交握的手分开，彼此也恢复到礼貌且合适的距离。

恰逢此时，一名西装革履的欧洲男子唤了一声"晏楚和"，并朝他轻举手中的酒杯。

晏楚和抬眼望去，颔首算作回应。沈岁知猜想这位大抵是与他有商业往来的合作对象，便主动说道："你先去忙吧，我去找朋友玩儿。"

晏楚和对那名男子做了个稍等的手势，随后同她说："少喝点儿酒，注意安全。"

这叮嘱好像家长嘱咐小孩儿，沈岁知哑然失笑，揶揄地说道："晏老板，我可不是十几岁的小孩子了，再说这种场合我经常去，你不用这么担心。"

他敛眉，显然不是太赞同她的话："防范意识总该有的。"

"知道知道，也就你把我当小孩儿。"沈岁知扬眉笑了笑，开玩笑般唤他，"晏老师。"

晏楚和被她调侃的眼神看得不甚自然，便转身朝方才同他打招呼的男人走去。

她收回视线，思绪正在空中飘忽，戴然的声音将她拉回现实：

"沈姐？沈岁知，你在发什么呆呢？"

沈岁知送他一个白眼，没好气地说道："你不去猎艳，跑来找我干吗？"

"唉，对我就没好脸色。"戴然装出苦巴巴的模样，叹息着说道，"就知道你是个见色忘义的人，有了男人就不要朋友。"

"瞎说什么呢。"沈岁知走到桌旁随手拿起一杯鸡尾酒，把旁边的柠檬片拨开，问道，"叶逍呢？怎么就你自己？"

"在场的有些是他国内的长辈，这不认亲去了吗？又不是只有叶彦之受邀。"

戴然说着也拿起一杯酒，同她碰杯，紧接着凑过来一脸八卦地问："快跟我说说，你和程司年，还有晏楚和，到底怎么回事儿？"

沈岁知一眼看穿他的小伎俩，一句话直接堵住了他的嘴："别想从我这儿套话。"

"好吧，那换个话题，你知道苏桃瑜和叶彦之什么情况吗？"

"人家的私事儿你也问我？"

"你不想说你的事儿，我只能退而求其次问别人的啊。"戴然撇撇嘴，心里十分好奇，"咱们当初好歹也在平城玩儿了这么久，都是朋友，你就简单地给我说说呗。"

沈岁知思索片刻，就简单地把那两个人的事情解释给他听："也没什么，就是当初苏老爷子有意撮合苏桃瑜跟叶彦之，结果他们两个还真就搭上了。"

戴然匪夷所思地扬起眉梢："他们两个可不像是愿意接受包办婚姻的人啊。"

沈岁知没想到他的理解能力这么差，索性直接地概括道："他们正在转正过程中，懂了吗？"

戴然目瞪口呆，消化了好几秒才缓过神来，低声感慨了一句："你们上流社会的人真会玩儿！"

沈岁知扶额，什么叫他们上流社会，这孩子不仅理解能力差，说话方面也不太行。

正在她开口要说些什么的时候，话题的主角之一苏桃瑜突然出现。她看起来似乎一脸焦急，正朝他们这边快步走来。

"你们两个怎么在这儿猫着，害我找了老半天。"苏桃瑜蹙眉没好气地道，"刚才遇见了不少熟人，就缺你俩，赶紧跟我过去。"

戴然一听有熟人，忍不住好奇地问："谁啊？"

苏桃瑜报上来几个人名，果真都是圈里的朋友。想不到大家竟然今天都在场，倒是难得地聚在了一起。

　　前往甲板的途中，沈岁知不经意地瞥了一眼苏桃瑜的脸，随即顿住脚步："苏桃瑜，你就一路这样过来的？"

　　苏桃瑜不明就里，摸了摸自己的脸，问道："怎么了，妆花了？"

　　戴然闻言也看过来，方才没注意，这会儿仔细看才发现端倪，当即啧啧感叹出声，眼神意味深长。

　　"口红花了！"沈岁知无奈地提醒道，"待会儿找个卫生间补好。叶彦之难道没提醒你？"

　　苏桃瑜当即拿出手机来看，气愤地骂道："这混账东西，我刚才就应该把他的嘴咬破。"

　　这句话的信息含量实在有些大，沈岁知装作听不见听不懂，跟着来到甲板。现场果然有许多熟悉的面孔，不少人看到她还笑吟吟地唤声"沈姐"。

　　大家久别重逢，很快便玩儿成一片。

　　甲板餐台上有各种各样的鸡尾酒，度数约莫都不低。一群人聊天喝酒开玩笑，时间不知不觉就迅速地流逝。

　　海风清爽，吹得人舒服自在。沈岁知也不知道自己到底喝了多少酒，难得有了微醺感，这种半醉不醉的状态她已经许久没有过。此时的她懒懒散散地倚在柔软的靠背上，指尖把玩着高脚杯，半合的眼眸慵懒又媚人。

　　旁边有人发现沈岁知许久不曾出声，这才注意到她的身前摆放了几个空杯，当即倒抽一口气，失笑道："沈姐您也太威风了，酒的度数那么高，被你当水喝。"

　　话音刚落，众人将视线纷纷落在沈岁知的身上，其中不乏觉得震惊的。苏桃瑜更是瞠目结舌，伸手抢过沈岁知手中饮了半杯的酒。

　　沈岁知没动弹，只抬起眼帘没什么情绪地看了她一眼。

　　苏桃瑜已经看出沈岁知的呆滞，便谨慎地问道："酒量再好也不能这么喝啊。你还清醒吗？要不要送你到房间里休息？"

沈岁知摆摆手，面上这才显露出几分不耐烦来："苏桃瑜，我没醉，你什么时候见我喝醉过？"

苏桃瑜将信将疑，看到沈岁知的眼虽然蒙眬泛着酒意，但眼神是清亮的，这才放下心来。

"我要找个安静的地方歇歇，待会儿再回来。"沈岁知揉了揉太阳穴，问她，"你知道哪里比较安静吗？"

有人提出一个好去处："我之前看到二楼最东边有间琴房，看起来十分清静。"

沈岁知闻言比了个 OK 的手势："行，那你们继续。"说完便从沙发上站起身来。

苏桃瑜看她的样子不太放心，问："你到底行不行啊？我陪你一起过去吧？"

沈岁知连连摆手："没事儿，真没事儿，你看我走路这不挺稳当的？"

苏桃瑜仔细地观察后，见对方确实不像喝醉的样子，这才稍微放下心来。

待晏楚和与叶彦之来到甲板上时，一群人正畅快地喝酒聊天，压根儿没发现他们两个的到来。

直到戴然看清来人之一，迅速地侧首对苏桃瑜吹了一声口哨："苏桃瑜，有人来找你了。"

苏桃瑜这会儿已经喝了不少酒，闻言抬头，一眼便看到了面无波澜的叶彦之。

她下意识地皱起眉头，语气不善地道："这不是叶先生吗？怎么来这里了？"

叶彦之看她俨然已经喝醉的样子，迈步上前停在她三步之外，说道："十点了，不要再喝了，回房间休息吧。"

苏桃瑜噢了一声，客客气气地回他："叶先生干吗多管闲事？

我马上就回去了，谢谢叶先生的提醒。"

叶彦之看她一副演戏的样子，上前不轻不重地攥住她的手腕，心平气和地说："你跟我走，还是我带你走？"

苏桃瑜愣住，正在思考的时候，已被叶彦之直接打横抱起。他对着在座目瞪口呆的众人笑了笑，说道："不好意思，有点儿家事儿，苏桃瑜我就先带走了，你们继续。"说完便头也不回地离开甲板。

方才还气焰嚣张、装傻充愣的苏桃瑜这会儿也不声不响不再闹腾了。

众人对此情此景皆是难以相信。戴然身为知情者，已经有了一定的心理准备，只是他刚转过头，便意外地对上晏楚和的视线。

晏楚和的眼神深邃沉静，分明没什么情绪，却让戴然倍感压力。他犹豫着问："晏、晏总，您找沈姐……不是，沈岁知？"

在晏楚和跟前，他连个称谓都不敢随意，还得小心揣酌。

晏楚和颔首，原先还不能确定哪位是沈岁知的朋友，此时确认了，便问道："她不在这里？"

"啊，对，她喝得有点儿多，到琴房醒酒去了。"戴然忙不迭地点头，"就是第二层最东边的那间，她刚过去没多久。"

晏楚和将重点落在"喝得有点儿多"这件事情上，蹙了蹙眉，向戴然道谢后便迈步离开。

两个顶尖的优秀男人各自来寻找自己的女人，这个事情足以让现场的众人面面相觑、不知所措，他们的心里满满都是震惊和困惑。

许久才有一个女孩儿弱弱地出声："这、这位也是家事儿吗？"

戴然沉默半晌，回了一句："我觉得是。"

晏楚和走进琴房时，迎接他的是满室的寂静。

钢琴在房间的中央，正前方是一扇宽敞的落地窗。落地窗刚好将外面昳丽的夜景收入视野。海面映着清冷的月色，光辉斑驳地落在室内，像是飘浮在空中的萤火。

沈岁知半趴在琴身上，背对着大门，像是盯着外面的夜色出神。

墨色掺杂着月色，将她整个人笼罩起来，半明半暗的，像是遥不可及，随时可能消散。

晏楚和轻轻地关上门，低声唤道："沈岁知。"

沈岁知这会儿酒意有些上头，脑袋半边清醒半边发蒙。她听到声音愣了愣，才反应过来房间里出现了第二个人。

她撑起身子，侧首看向他，眯了眯眼，问道："晏楚和？"

"你怎么来了？"她抬起手揉了两下额头，"宴会结束了？"

"快了。"他轻蹙长眉，问她，"你在这里做什么？"

沈岁知撑着下巴看他，眼底漾着盈盈的泪水，语调懒散地说："想起一些事情。"

晏楚和看出她的反应较平时迟缓，并没有问她想起什么。待走近后，果然闻到一阵淡淡的酒味，他轻叹一声："你喝多了，我送你回房休息。"

"不算多，我还清醒着呢。"她摇摇头，打着哈欠重新趴回到钢琴上，问他，"晏楚和，你会弹钢琴吗？"

晏楚和没料到她会突然问这个，稍作停顿后回道："学过几年，怎么了？"

沈岁知听到意料之中的答案，没有立刻回话，而是侧首看向窗外的月亮。今晚的月色很好，月亮明朗干净，仿佛触手可及。

她像是透过月亮在看什么遥远的东西，那是刚刚从记忆深处捧起来的星光。

"给我弹一首听听吧，"沈岁知重新看向他，挑眉笑了笑，"就当安眠曲了。"

晏楚和颔首答应，在钢琴前坐下。他将指尖搭在琴键上，侧首问她："想听什么？"

沈岁知仔细想了想，却没能给出一个答案，便随性道："都行，你想起什么就弹什么吧。"

晏楚和思索数秒，便抬起指尖，开始弹奏琴曲。

温润平缓的乐声在这满室的寂静中流淌，音色柔和，轻而慢地拂过沈岁知的耳畔，带着缠绵的倦意，降落在这静寂的夜里。

沈岁知记得这首曲子。旋律并不快，带给人悠长、安谧的感觉。沈岁知垂下眼帘望着那双骨节分明的手，这双手在黑白琴键上弹奏时像是一幅画，是绝佳的艺术品。

今夜的月亮实在太干净、太明亮了，映得沈岁知的眼眶发酸，她想要将自己藏起来。

此时的她觉得自己是真的醉了，不然怎么会觉得，月光再美再清亮也抵不过晏楚和眼底的那份柔和？

几分钟后，最后的一个琴音缓缓地落下，散在满地潋滟的微光中。

沈岁知闭上了眼睛，安安静静地没有出声。

晏楚和见她像是睡着了，便轻声地唤她："沈岁知，回房间再睡。"

"《夜空的寂静》，是吧？"

沈岁知突然抬起头来，眼神清亮地望着他："我没记错的话，是这首歌。"

晏楚和微怔，倒是没想到她居然知道，颔首道："是，你听过？"

她听过，怎么没听过？她这辈子听过那么多钢琴曲，只有这首印象最深刻。

沈岁知哑然失笑，说不上感慨还是心中酸涩。她将脸半埋在臂弯里，嗓音很低，像是在同自己说话："晏楚和，原来我早就见过你啊。"

这话她说得没头没尾，晏楚和却听懂了。

"要不是今天来琴房看到钢琴，我都没想起来。"不等他开口问，她便自顾自地开始絮絮叨叨，"刚才就是想试探试探你，没想到你真的会弹钢琴，弹的曲子还跟当年的一样。"

沈岁知觉得酒意有些泛滥了，开始有倦意，垂下眼帘，恍惚间就回到十年前的那个盛夏。

那个夏天，蝉鸣阵阵，炎热烦闷。

而她被一阵钢琴声吸引，竟然走到了楼层最尽头的房间。

房间门半掩着，她看到一个清瘦的少年背对着她坐在钢琴前，白衬衫干净得不染凡尘，他像是从画里走出来的人。

他的身边围着几个小朋友，都在认真地听他弹奏。而她刚才听到的那悦耳的声音便是从他的手下传来。

说来奇怪，沈岁知从未想到音乐也有感触人心的力量，满心的烦躁郁结统统消散，取而代之的是水一样的宁静。

她就这样偷偷地站在门口，站在阴暗里，望着室内满身光芒的少年，默默地听完他弹的曲子。

一曲结束，她仍陶醉在乐曲中不曾反应过来。那少年侧首同身边的伙伴说了什么，他的侧颜被刺目的阳光勾勒。这一瞬晃得她怔住，心底莫名地生出奇妙的撼动感。

在他转头看向门口前，她落荒而逃，带着自己沉沉的影子，气喘吁吁地躲藏到拐角的阴影处。

这段记忆其实已经很模糊了，沈岁知为什么还有这样深的印象，大概是因为她第一次明白真正"干净明亮"的人是什么样子。

这种人她只看一眼就会下意识地躲开，是她内心深处永远向往的，是从泥沼中抬头看的她永远遥不可及的。是他，原来是他。

"十年前，平城某所孤儿院。"沈岁知终于开口，顺带帮晏楚唤醒记忆，"当时我去做义工活动。你那时应该刚成年不久吧，我不知道你去那里做什么。"

"彼时我刚走到楼上，就听到有人在弹钢琴，便顺着声音找过去。当时房间的门没有关严，你和那几个孩子都背对着我，我就站在门口听你弹完了整首曲子才离开。"

经过她这样详细的描述，晏楚和顺利地从记忆深处搜寻出相关的片段。事情过去多年，虽然记忆已经模糊，但大体的轮廓还是有的。

他顿了顿，低声道："我不知道。"

"你当然不知道，我跑得那么快。"沈岁知听出他的语气中没藏好的懊恼，不禁哑然失笑，"但你当时的那首钢琴曲对我的影响的确挺大。"

她最初走上写词创作的音乐道路，很大一部分原因就是当初那个炎炎夏日里意外流淌进她世界中的明亮。

她逐渐发现音乐是一个能够让她独自栖身的小世界，所有的情绪与思想都能够付诸笔端，通过简单的方式传递给他人。

这样算来，晏楚和也算是她的半个引路人。而她此时此刻才知道，救她的人从来都是他。

沈岁知觉得一定是酒精在作祟，不然自己绝不会像现在这样多愁善感，竟然觉得眼眶都是湿润的，第一次觉得月光也如此耀眼。

"我就是觉得……"她开口，嗓音有些哑，声音轻得几乎快要听不清，"我就是觉得，你怎么这么好啊。"

琴房内静默良久，静到甚至他们能隐约听到窗外海浪翻涌的声响。

沈岁知到底只是红了眼尾，没再任由心底莫名的情绪发散。她的头脑有些发晕，兴许是因为酒意上来，对外界的感知都慢了半拍。

她撑着手臂，抬起头来，一双清亮漂亮的眼半眯着，目光落在晏楚和英俊周正的五官上没再挪开。

她笑吟吟地瞧着他，说："月亮。"

晏楚和任她望着，眉梢轻扬，他问道："什么？"

她还是笑，眼底盛满潋滟的光彩，说道："我看到了月亮。"

晏楚和由此确认，眼前这个人的确是喝多了。

"走吧，送你回房休息。"他淡淡地道，起身正要朝门口走去，却像是突然想起什么，又侧首看向她，眼底闪过一丝犹豫。

"你自己能走吗？"

沈岁知没回答，却用行动证明她不能：她扶着钢琴倏地站起身来，结果脑袋昏昏沉沉的，她瞬间跟跄着往前栽去。

好在晏楚和早有预料，迅速地伸手将她揽在怀中。

沈岁知将全部的重量都压在晏楚和的身上，意识模糊地觉得自己的确是醉了，恍惚清楚自己在做什么，但又不想控制事态的继续发展，大抵也是在借着酒劲儿做那些清醒时不能做的事情。

两人此时的动作过于亲呢。晏楚和微抿薄唇，礼貌地将她重新扶好，轻轻地握着她的一只手腕，带她离开琴房。

沈岁知的步履倒是稳当，但她走得并不快。此刻她被晏楚和贴心地扶着，感觉有些奇妙，因为自己鲜少有这样被人照顾的时候。

这时晏楚和才想起眼下最重要的事，低头问道："你的房间在哪儿？"

游艇共三层，一层大厅是交际区，二层和三层分别设有住房。第二层的房间提供给普通宾客，每位宾客凭邀请函上的数字码入住。第三层的住房较少，房间的设施各方面更为豪华，只有贵客名单中的人才有资格入住，直达电梯都需要人面识别认证。

晏楚和自然是在第三层。沈岁知的邀请函是临时安排的，因此她便在二层。

沈岁知摇摇头："不知道，忘了，也没看。"

晏楚和抬手轻捏眉骨。

"你们三楼的房间不是很豪华吗？"沈岁知眯起双眼，语气自然地问他，"难道只有一张床？"

晏楚和闻言稍作停顿，多少有些犹豫，但房间内确实是有客房的，带她回去也无妨。

"又不是没在你家睡过。"沈岁知不满地嘟囔着，拍拍他的肩膀，连声音都不知道收敛，"怕我吃了你啊，晏老板？"

两人本就相貌出众，此时又赶上众宾客回房休息的时候，来来往往间自然有不少人注意到这边的动静，更别说沈岁知语出惊人。

感受到各种各样好奇的眼神落在两人的身上，晏楚和终于放弃跟醉酒状态下的沈岁知讲道理，干脆带着她往电梯间走。

沈岁知不声不响地跟在晏楚和身后，现在可不想再管这些有的没的了。

宴会已经散场，他们不可能下一楼，所以只能是上三楼。

这话精简下来就是，晏楚和带沈岁知回房间了。

看见这一幕的众人惊愕不已。目送两人渐行渐远，这才有位美丽的小姐难以置信地问同伴："是我喝多看错了，还是晏总有个从未露面的孪生兄弟？"

同伴也尚未从那震撼中回过神来，艰难地开口："这……女人不坏男人不爱？"

关于"风评甚佳、洁身自好的晏楚和为什么会一而再再而三地与声名狼藉、无恶不作的沈家老幺同框"这个问题，短时间内迅速地成为上流社会圈中的讨论热点。

而两位当事人却并不知情。

沈岁知在进入电梯前还能隐约听到后面传来的议论声。她有些烦躁地皱皱眉头："他们在说什么？"

晏楚和垂下眼帘，看到她孩子气的模样，想起她曾说自己无所谓他人言论的话，此时看来这个说法似乎有待考证。

他只轻笑一声，抬手揉揉她的脑袋，嗓音不自觉地柔和些许："没什么，不用理会。"

叮咚一声，电梯门缓缓地打开，沈岁知被晏楚和带着走进电梯。

电梯需要人脸认证，晏楚和在旁边电子识别的屏幕前站了站，随后电梯门合上缓缓地上升。

也就在此时，沈岁知轻轻地挣脱晏楚和的手，然后将五指挤进他的指缝。

十指相扣。

晏楚和的身体僵住一瞬，心底好似有什么倏然炸开，催得心跳越发没有章法。他看向她，她却神情自若地目视前方，好似并没有做出什么让人误会的动作。

"沈岁知。"他唤她，嗓音有些沉。

沈岁知倒是大大方方地与他对视，很是自然地嗯了一声，像是根本没有其他旖旎的想法。

三楼到了，工作人员面带微笑地准备迎接宾客。

电梯门缓缓地打开，女待者看到一名身形挺拔的男人出现在视野中，神色淡然，带着恰到好处的矜贵。男人出众的五官实在太有辨识度，她立刻便认出这是老板的好友，那位圈中声名正盛的勋贵。

她正要恭敬出声，却在下一瞬看到男人身后还跟着一名女子，对方的相貌漂亮得扎眼，很是熟悉。她迅速地在脑海中确定身份，很快又有了结果。

虽然这个结果实在有点儿吓人。女待者勉强收好自己震惊的表情，目光就不偏不倚地落在眼前两人十指相扣的那双手上，表情管理瞬间崩溃。

晏楚和只淡淡地扫了她一眼，不置一词，径直领着沈岁知回房，步履放得很缓。

进入房间后，晏楚和并不着急开灯，而是先让沈岁知坐到沙发上。

朦胧的光影从落地窗渗透进室内，让事物有了不甚清晰的轮廓。

沈岁知环顾四周，环境的确不错。她仰起脸问："今晚睡哪儿啊？"

晏楚和刚将西装外套挂好，并未听清楚她说的话，便走近两步，问道："刚才说的是什么？"

沈岁知缓慢地眨了眨眼睛。此时她是坐着的，而晏楚和站在身前，她需要抬头才能看到他。她抬起手朝自己的方向招了招，示意他俯下身来。

晏楚和只当她是个难哄的小朋友，依言照做，却不想下一瞬被她攥住领带，彼此之间的距离瞬间从礼貌变成了不礼貌。

晏楚和单手撑住沙发的扶手，自上而下地将沈岁知牢牢地笼罩在怀中，连她身上若有若无的酒气都能感知到。

他的呼吸有些乱。

"我说，"沈岁知歪了歪脑袋，懒洋洋地把玩着手中的领带，"我们今天晚上睡哪里？"

这个问题太过暧昧，晏楚和控制自己不要朝别的方向想。

"你睡主卧，我睡次卧。"他哑声道，似乎在竭力控制自己的情绪，微抬了抬身子，说，"别闹，我去开灯。"

沈岁知不答话，却也没松手。她在暗沉沉的环境中看着他，眼中漾着清亮的光，一瞬不瞬地望进他的眼底。

晏楚和微垂眼帘，看到她色泽明艳的双唇。她不知是不是醉酒的缘故，此刻看着格外具有诱惑性。

他突然觉得热。

一定是房间里的暖风开得太足了，他这样想着，正要抬起上半身，同她恢复安全的距离，她却倏地手中发力，同时抬首朝他靠近。

于是，最后那点儿不礼貌的距离也没有了。

沈岁知的吻没什么章法可言，牙齿似乎不经意地磕到对方的下唇。她愣了愣，安抚似的在那处轻啄两下。

晏楚和倏然顿住，偏头躲开她，压着嗓子喊她："沈岁知，你喝醉了。"

"我清楚自己在做什么。"沈岁知坦坦荡荡地同他对视，唇角勾起笑意，"晏老板，这时候还保持绅士风度，你确定吗？"

晏楚和越发觉得热了，尽量克制地攥住她的手腕，将那条被她揉皱的领带松开扯下，随手搭在沙发上。

沈岁知却没闲着，另一只空闲的手搭上他的腰侧，中间只有一层单薄的衬衫面料相隔。她平时见他腰身劲瘦，原以为他会是比较清瘦的身材，不想此时将手按上去，却是紧实有力的触感。

沈岁知觉得有些出乎意料，忍不住轻轻地揉了一下，结果那只手腕也被对方牢牢地攥住。

晏楚和轻蹙长眉，俯首望着眼前有恃无恐的女人，再开口时，语气却已经没刚才那么笃定："沈岁知，你明天会后悔的。"

沈岁知却是弯了弯唇，眼睛像蒙上一层朦胧的水汽，脸颊泛着极为浅淡的绯色，注视他时，神色含着几分慵懒的挑衅。

"明天后不后悔我不知道，"她语调平缓地说，"但是今晚，你如果不想，明天后悔的可能是你。"

说完，她再度倾身在他的唇上落下一个蜻蜓点水般的吻。但就在她即将抽身时，后颈却被不轻不重地按住。

他始终紧绷着的那根弦彻底地断了。

沈岁知方才的那两下根本不能算作是吻，晏楚和重拾主导权后，才将这个吻正式落实。唇齿纠缠间，越发炙热的呼吸在彼此之间交换。

男人在这方面显然比她游刃有余得多。沈岁知的唇瓣被舔吻吮咬得有些疼，这次与跨年夜的那个吻截然不同。他不再克制那份压迫与炙热感，几乎要将她吞吃入腹。

这个吻侵略性十足。沈岁知的呼吸不畅，她全凭晏楚和扶着她的腰才堪堪坐正。微醺的状态下，整个人似乎更加飘忽，她甚至不知道自己是什么时候勾住他的脖颈的。

她实在经不住这样的吻与撩拨，呼吸越发急促起来，泛红的眼尾因呼吸不畅而渗出薄泪。她觉得自己快要烧起来了。

满室的寂静中，细微的水声显得格外清晰。沈岁知这才后知后觉地生出些许难为情，不由自主地往后靠。她的确靠到了椅背上，但晏楚和也随之俯下身来。

他将手撑在她的耳侧，幽深的眼眸里带着她从未见过的压迫感。他嗓音低哑地问："躲什么？"

太要命了！沈岁知在心底暗骂，不自在地移开视线，总不能直接说自己不好意思了。她将心一横，直接上手摸到他的皮带扣，在他的耳边轻声说："晏老板，少问多做啊。"

话音未落，她便觉身子猛地腾空，竟然被晏楚和扣着腰托抱起来，吓得低呼出声。

"晏楚和！"沈岁知觉得脸颊发烫，这辈子还没被人这样抱过，"放我下来！"

晏楚和难得见她羞赧，却没有依言照做。他将她抱到主卧中，灯也没开，径直将她放在床上，这次的力道又恢复往常的温和。

沈岁知撑起半边身子，见晏楚和正站在床边不紧不慢地解着衬衫的纽扣，动作文雅，不见丝毫迫切。

宽衣解带这种寻常动作，他都能做得在视觉上让人感到享受。沈岁知方才同他接吻时不觉脸热，此时仅仅是看着他，便觉得浑身发烫。

视线从结实白皙的胸膛到达瘦削有力的腰身，她骤然被那两段延伸向下腹的线条烫了一下，下意识地往床的深处缩，却被他不轻不重地攥住脚踝。

沈岁知被他似笑非笑的眼神看得心慌，躺在床上单手掩着脸，试图用说话缓解紧张：

"你是第一次吧，毕竟恋爱都没谈过，大家都说你洁身自好不近女色的。

"那个……你用不用上网找个视频学学？

"对了，我今天还看见叶彦之了，你说他跟苏桃瑜这会儿是不是在一起？"

絮絮叨叨这么多，她睁开眼却见晏楚和的面上没什么情绪。她以为他也是有些紧张，便下意识地安慰道："你别紧张，很快的。"

晏楚和第一次觉得沈岁知的这张嘴还是不出声比较好，于是便用最简单利索的方法让她收声，将她没来得及出口的话淹没于唇齿之间。

招惹

从羡 著

下册

青岛出版社
QINGDAO PUBLISHING HOUSE

第十三章

心之所向

沈岁知醒了。

她发现自己的腰上横着一只手臂，身后还躺着一个人，那人温热平缓的呼吸洒在她的后颈上，有些痒痒的。

沈岁知现在只觉得自己浑身上下散架了一般，又累又难受。

沈岁知带着宿醉之后的头晕目眩，回忆起昨晚的事情，大部分的片段她都记得清清楚楚。

她轻手轻脚地往床边挪，虽然不适的身体向她发出抗议，但她仍咬着牙勉强下了床。

沈岁知拖着酸痛不已的身躯挪到浴室，平常她二十分钟可以冲完的澡，此时硬是用了两倍的时间才完成。她披上浴袍走到梳妆台前刷牙，却发现自己身上多了许多分外明显的痕迹，这些痕迹缀在皮肤上极度惹眼。

她沉默片刻，终究还是认命地裹好衣襟，心想幸好现在还是冬天。

沈岁知推开浴室的门往外走的时候，一眼瞥到坐在床边抽烟的晏楚和，不禁愣了愣。

沈岁知下意识地也想抽烟，但一想到两个人面面相觑抽着烟的场景实在诡异，只好作罢。

晏楚和似乎已经醒了一段时间，赤裸着上半身坐在床边，眉眼低垂地抽着烟。

沈岁知想到什么，往他的身上扫了一眼，看到他的身上也有不少她留下的痕迹，肩头的那块齿印尤为明显，心中这才稍微平衡。

晏楚和正在思忖什么，直到沈岁知反手将浴室的门合上，才倏然回神，将烟摁灭在桌上的烟灰缸中，抬起眼帘看向她。

沈岁知对上他的视线，发现他的神情认真且郑重。沈岁知简单地在脑中回忆一番，想起每次他要语出惊人的时候，基本都是这副模样。

沈岁知瞬间就有了不祥的预感，果不其然，紧接着便听晏楚和沉声说道：

"昨晚的事情，我会负责。"

沈岁知顿时愣在原地。

"我今年二十八岁，比你大五岁。你已经见过我的父母，他们很好相处，你不用担心家庭方面的问题。关于我名下的个人资产，我会让助理整理一份明细尽快交给你。"

晏楚和稍作停顿，又对她郑重地说道："如果你觉得可以，我们现在就回国结婚。"

这都什么跟什么啊？！

"结婚？"她艰难地吐出来这两个字，有些难以置信地看着对面的男人，"你和我？"

晏楚和稍稍颔首，再度确定："是。"

沈岁知其实曾想过，出身家风传统、严苛家庭的晏楚和，自然是那种将温良恭俭融进骨子里的人。对于男女情爱上，他应当比寻常人更保守些许。

　　既然事情已经发生，她也没打算逃避，她认为他们顶多也就是关系更进一步，做男女朋友罢了，没想到这人所谓的"负责"竟然是结婚。

　　沈岁知蒙了。

　　"我……我暂时还没有这个打算。"

　　她斟酌着合适的用词，以防显得自己太随便："昨晚的事情我也有责任，你不用觉得需要负责之类的。毕竟都是成年人，彼此也是心甘情愿的，你别觉得这是你的过错。"

　　见晏楚和不语，沈岁知以为他被自己说服了，便继续趁热打铁地说道："而且我觉得吧，我们现在这种状态挺好的，暂时不需要改变什么。"

　　沈岁知觉得自己说得很委婉，毕竟睡一觉就结婚这种事情对她来说太过荒谬。她根本没想过这些，而且也不确定自己是否信任这份感情，现在仍处于随时准备抽身的自我保护阶段。

　　他们的关系可以再磨合磨合，但突然深入还是免了，沈岁知心里这样想着。

　　话音刚落，她就见晏楚和神色冷清，长眉随之蹙起，眼神沉沉地凝视着她。

　　他在生气。

　　沈岁知仅用一秒就确认了这件事情。

　　她觉得自己也没说什么奇怪的话，也不知道怎么就惹怒他了，不由得皱起眉头，下意识地想去浴室远离低压区。

　　身体刚往后挪，她就听到晏楚和冰冷的声音响起："你还想躲？"

　　沈岁知一时无言，脚下的动作停了下来。晏楚和起身，直直地朝她走来，一把攥住她的手腕。

　　沈岁知直接被他拉进怀中，偏偏男人还没有穿上衣。昨夜不曾细看，此时青天白日的，她倚在他的身上，只觉得脸都要烧起来。

"你干吗？"沈岁知觉得浑身不自在，再厚的脸皮在男色前也不堪一击。她稍向后移开脑袋，皱起眉头问："难道我说的话有问题？"

"沈岁知！"

晏楚和低沉的声音自头顶响起，语气含着失望，听得沈岁知心里一颤。

晏楚和忽然松开握住她手腕的手，转而动作轻柔地揽住她的腰身，小心翼翼的姿态仿佛对待珍宝。他俯首吻在她的发间。

"我不希望和你是这种关系。"他开口，嗓音有些哑，"你如果不愿意和我在一起，我可以再等等。昨晚我酒后失了分寸，对此感到很抱歉。但沈岁知，我想要的并不是这个结果。"

沈岁知本来被这沉重的气氛感染得心里不舒坦，此时听完这话却愣了，过了一会儿才明白他的意思。

"你在说什么呢？"沈岁知有些好笑地抬起头，看着他道，"你以为我说的是什么状态？那种关系？"

晏楚和缄默不言，但紧蹙的眉宇证明他刚才的确是这样理解的。

敢情他们两个刚才一直不在同一频道上。

沈岁知："你想多了。"

察觉到腰间的手臂微微收紧，沈岁知无奈之余还有些哭笑不得，继续解释道："我觉得我对你是有好感的，不过究竟到什么程度，我也不确定，所以……还需要些时间。"

晏楚和闻言微顿，垂下眼帘看着她。

房间里彻底地安静下来，只剩两人浅浅的呼吸声。

"不过我倒是真没想到你想跟我结婚，哪儿有跟一夜情对象闪婚的？你这也太纯情了吧，晏老板。"

沈岁知继续调侃道："更何况你现在也不算完全了解我，万一以后你看清我这人有多疯、多麻烦，就想抽身离开了呢？"

"不会。"晏楚和不假思索、斩钉截铁地说道，"只要你不放弃，我绝不会松手。"

沈岁知微微仰头，同他对视。这次谁也没有回避，她清清楚楚地在他的眼中看到认真与专注，他的眼睛如星辰般熠熠生辉，干净明亮。

这样的晏楚和真的很难让人不心动。

似乎是察觉到两人此时的动作有些亲昵，晏楚和将揽在她腰间的手缓缓地收回，稍稍向后退开，为彼此之间保留合适的空间。

他望着她，似乎有些话要说，但尚且在犹豫。

沈岁知看出他的犹豫，疑惑地问："你有话说？"

晏楚和几番欲言又止。

沈岁知等得不耐烦了，就在忍不住再次追问时，晏楚和终于舍得出声了。

他问："那我可以亲你吗？"

这个问题真的很礼貌，很绅士，很像晏楚和的作风。

沈岁知这才想起，两人不久前在萨克森马场重逢时，晏楚和对她保证过以后不会再擅自做出格的事情，没想到他现在还记得。

沈岁知没有立刻给出答复。晏楚和也没动，耐心地等她开口。

两个人靠得并不算太近，沈岁知听到自己逐渐不受控制的心跳声，忍不住抬手揉了揉额头。

随后她上前一步，单手摁住晏楚和的后颈，将他按向自己的同时，踮起脚凑了上去。

在两人即将触到的瞬间，沈岁知稍微侧开脸，他的唇便不偏不倚地落在她的脸颊上。

晏楚和愣怔片刻。

而沈岁知压根儿没给他反应的时间，急忙开口说："好了，赶紧让服务员把衣服送来，待会儿该走了。"

晏楚和将指尖落在自己的唇上，轻笑一声，应了句好。

不久便有服务员送来了某高奢品牌的衣服。沈岁知打量两眼，虽说这些衣服不是她平时穿的风格，但还可以接受，遂干脆换上。

晏楚和正在浴室洗漱，沈岁知斜靠在床头，这才匀出心思来思考其他事情。她能想象到昨晚的视频和消息流传到网上会闹出怎样的风波，但实在懒得管了。别人骂就骂吧，只要不骂晏楚和就行。

卧室里一片狼藉，沈岁知从中艰难地寻找到自己的手机。

她刚一打开手机，赫然跳出来无数条消息——微信的，微博的，甚至还有一堆未接来电和未读短信。

沈岁知看着这阵仗，就知道国内的头条和热搜应该已经炸了。她点开微博来看，果然在首页热搜榜单的前排看到了相关的关键词：沈岁知和晏楚和、晏楚和程司年修罗场、"晏沈"同进套房一夜未出……

好几个热搜都跟她有关。沈岁知随手点开微博的评论扫了几眼，倒是如她所料，不论路人还是晏楚和的颜值粉丝、事业粉丝，以及程司年那边的粉丝，都来围攻她这个事件中心的女主角。

网友A："又是沈岁知？之前是晏楚和，这回是程司年，您身边这么多优质男，活儿肯定不错吧？"

网友B："这姐们儿比娱乐圈的都会玩儿，也不看看自己什么德行，自己脏也就算了，还拉别人下水，吃相够恶心的。"

网友C："服了，这女的有事儿吗？怎么现在男的都喜欢这种吃喝嫖赌、无恶不作的女人？不嫌恶心吗？"

网友D："不是都传她是私生女吗？果然有妈生没妈养，私生活不检点都能被她拿出来炫耀，吐了。"

各种各样的污言秽语扑面而来，沈岁知虽然已经习惯被指指点点，但面对如此盛大的网络暴力，还是忍不住浑身发冷、心脏抽痛。

她不明白，真的不明白。为什么有些人仅凭自己的猜测，就能毫无愧疚地将恶意压在别人的身上，用最恶毒的语言去攻击对方？

站在道德的制高点上，在网络上成为一名他们口中所谓的"正义人士"，难不成就这么让人感到快乐？

那她呢？那些同样被舆论打击得遍体鳞伤的人呢？他们就活该承受这些乱七八糟、莫名其妙的谩骂？

那些人凭借一张嘴、一双手，将有的说成没的、没的说成有的，一传十十传百，证据和事实在他们面前根本起不到任何作用，真真假假没人在乎。在跟风和凑热闹的人群中，无辜者都能成为十恶不赦的浑蛋。

沈岁知觉得恶心。那些黑色的字在她的眼前模糊扭曲。它们跳跃着好像要变成刀朝她刺过来，而她已经鲜血淋漓。

她将手机屏幕关闭，此时才发觉自己的身体在颤抖。

她靠着门框蹲下，平复完呼吸抬起头，就看到已经恢复衣冠楚楚模样的晏楚和站在卧室的门口关切地看着她。

沈岁知透过他的表情，就知道自己现在的脸色有多么难看，想说些什么，却委实有心无力。

"发生什么事儿了？"他走到她的面前，"身体不舒服吗？"

沈岁知摆摆手，习惯性地说道："没事儿。"

晏楚和自然不信她的话，伸手想要将她从地上拉起来，却临时改变想法，单膝蹲下，跟她平视。

"你可以尝试着相信我。"他语气郑重地说，"虽然对你来说有些困难……但只要你开口，我会帮你。"

他从未说过什么信誓旦旦的话，也不会哄人，做的永远比说的多。沈岁知明白，他是真的会说到做到。

这人怎么这么好啊！她这样想着，攥着手机的手指松了松，才说："网友们现在都炸开了，昨晚的事情现在已经占据各大头条，舆论都挺偏激的。"

剩下的话她没有说，这已经是她在外人面前示弱的最后底线，让她开口说自己被骂、被网络暴力，对她来说简直就是被凌迟。

好在晏楚和很快明白她的意思，神色当即沉下来。他起身回到卧室，不一会儿，沈岁知就听到隐约的对话声传来，晏楚和似乎在同什么人通话。

沈岁知还没反应过来怎么回事儿，手机的提示音又响了起来。她解开锁屏一看，竟然是程司年在微博回应热搜事件了。

程司年："一场酒宴上发生的小事情，没想到引起这么大的轰动。我和沈小姐刚认识不久，只是我单方面追求她而已，希望各位网友注意措辞，不要人身攻击，更不要把莫须有的罪名随意往别人的头上扣。"

这条微博刚发布，瞬间给相关的话题添了一把火。沈岁知没想到程司年身为公众人物，竟然这样光明正大地维护她，实在算是有些冲动了。

他的经纪人大概不知情，否则绝不会让这样的文字出现在大众视野里，接下来就是公关人员和多方网友的混战。

沈岁知用微博小号在话题页面内浏览。程司年的这条微博带来的影响的确不小，许多理智的路人下场评论，终于让评论区不再那么乌烟瘴气。

沈岁知沉思片刻，给程司年发了条短信："谢了。"

不过半分钟，程司年便回复她："你是不是跟什么人结仇了？我查到很多水军 IP（网络之间互连的协议），有人在背后引导舆论。"

先前舆论几乎一边倒，沈岁知很难不去怀疑是不是有人在暗地里操作，但毕竟没有证据不好妄下定论，而现在程司年确定地告诉她，确实有人在引导舆论。

除了沈心语和南婉，沈岁知想不到还有谁。

她正出神地想着这些事，手机再度收到推送消息。这回似乎更加劲爆，沈岁知一眼看到好多的感叹号。

她觉得已经没有任何事情能让自己震惊了，内心无波无澜地点开那条推送消息。消息直接跳转到相关微博的页面，竟然没有任何文字，只有一张图片——一封律师函。

沈岁知愣了愣，目光落在博主的名字上，竟是一个企业微博，而且还是晏楚和名下的企业集团官微。

律师函的原微博是由某律师事务所发布的，由官微转发的，虽然被限制评论，但转赞数字直线飙升。

沈岁知瞬间明白了什么，当即点开那封电子版的律师函，"委托人"的签名赫然是晏楚和。她微怔，视线落在那行字体上：经委托人晏楚和反映，并经本律师所查证，目前以下微博用户针对沈岁知女士蓄意发布大量侮辱、诽谤言论。

律师函的最后面写道：我们将依法严厉地追究侵权行为人的法律责任，坚决捍卫沈岁知女士的合法权益。

沈岁知在转发栏里看到无数的问号，此时也满脸问号。她再次刷新微博时，热搜的前排已经没了跟她相关的话题。

晏楚和手下公关团队的能力实在令人咋舌。

沈岁知愣神片刻，倏地站起身来，刚走到卧室的门口，就撞进正往外走的晏楚和的怀中。他伸手扶了她一下，说道："急什么？"

"你发律师函了？"沈岁知抓住他的手臂问道，"这事儿没必要闹这么大，等热度下去就没人关注了。你直接出面会影响你的声誉，就算是临时起意也得考虑清楚啊。"

晏楚和垂眼看她，正色道："不是临时起意。"

他并非耳根清净，听说过不少关于沈岁知"恶劣行径"的传闻。同她相识前，他对此始终保持客观的态度，同她相识后，才知道真相究竟如何。

她没什么野心，也不想伤害别人，可仅仅是为了保护自己，就已经伤痕累累。

"很久之前我就想这么做，只是没有合适的立场罢了。"他说，"你或许看惯他们落井下石，但我看不惯，我想护着你不行吗？"

沈岁知鲜少听他用这样决断的语气说话，瞬间被他堵得哑口无言。

她从来都是独来独往。最初遇到挫折时，她其实也希望有人能拉自己一把，但从来没有这样的人出现过，时间久了，也就习惯自己一个人扛下所有了。

　　"倒也不是不行……算了，反正发都发了。"沈岁知不大自在地松开手，"谢谢你，回国后请你吃饭，晏老板。"

　　手机在此时传来短信的提示音，晏楚和拿起手机看了一眼便眉宇微蹙。

　　沈岁知问道："发生什么事儿了？"

　　"我查到了引导网络负面舆论的团队。"

　　她惊讶地说："这么快？"

　　晏楚和淡声说道："这次事件的主谋团队归属南家名下的某家娱乐公司。"

　　沈岁知早就预料到这个结果，说道："这女人成天跟我过不去。"

　　"你出国的这段时间，沈家在国内的动作很大。"晏楚和说完稍作停顿，"我并不清楚你家里的情况，但如果你的父亲有意栽培继承者，不该是现在的这种情况。"

　　沈岁知对这些商业上的事情向来不关心，听得云里雾里，问道："什么情况？不就是南婉针对我吗？"

　　"沈夫人无意扶持沈家的长女，既要打压你，却没有为子嗣谋后路的意思，而且你的父亲……似乎打算将南家的势力铲除。"

　　晏楚和点到即止。沈岁知却瞬间听懂了，觉得匪夷所思，说道："南婉想跟沈擎夺权？"

　　晏楚和给出保守的回答："这只是初步猜测。"

　　若说之前姜灿给她打电话说明沈家的情况时，沈岁知还不觉得有什么，此时经晏楚和的提醒，才觉得似乎真是山雨欲来风满楼。

　　"那我要尽快回国了。"沈岁知咬咬牙，说道，"既然南婉的野心这么大，主意肯定要打到我妈的头上，到时候有的是麻烦。"

　　她头疼地捏了捏眉骨，没好气地嘲讽道："沈擎也真是好样的，引狼入室这么多年才发现。"

　　晏楚和早前就知道沈岁知与家人的关系恶劣，没有出言询问过，本想等她主动开口告诉自己，但现在情况特殊，只得把话说开：

"我的父亲与你的父亲年少时便交好，我虽然没有刻意打听，但也知道一些内情。

"当年你父亲最初的订婚对象不是南婉，是一位家世平常的女人。之前听我的父母谈及一两句，只知道那时你的父亲为了她和沈家对抗了很久，至于后来为什么沈家夫人换成了南婉，我并不知情。"

"老一辈的事情我知道的不多，"晏楚和说完看向沈岁知，"所以我觉得，或许你父母之间的事情并不简单。"

沈岁知早在疗养院偶遇沈擎时就觉得异常，但也没往深处想，没想到晏楚和竟然知道这些事情，沈家内部的秘密更添神秘。

只是现在想这些也没什么意义，毕竟她人在国外，总归不便。沈岁知与晏楚和离开房间后直接乘坐电梯抵达一楼的大厅。

两人一路迎接了无数或惊讶或恶意的眼神。沈岁知压根儿没有多余的心思分给他们，此时游艇已经靠岸，两人便准备坐船离开。

沈岁知在他们的微信好友群里发消息说自己先回国处理事情，随后便将手机息屏。

晏楚和离开之前给程靖森打电话知会了一声，沈岁知便在旁边溜达着环顾四周，倒是奇怪程靖森身为主办方竟然没有在场。

正出神间，她听到不远处传来讨论声：

"听说清早时有人跳海了，真的假的？"

"假的吧，好端端的，别吓我啊。"

"好像是真的，我的朋友清早去抽烟，正好看到那人跳了下去，我听说还是个小姑娘，年纪看着不大……"

沈岁知被这消息惊得有些茫然，晏楚和的通话也在此时挂断，他蹙眉朝她走来。

"程靖森先下船了，有事情需要处理，已经替我们申请好了航班，稍后会有他的人过来接应。"

沈岁知已经猜得八九不离十，问道："跳海的那个人是林未光？"

晏楚和微顿，颔首道："是她。"

一晚上发生的事情太多，她无暇分神思索，只想赶快回国见到宋毓涵，然后找沈擎问清楚那些乱七八糟的事情。

程靖森的人办事效率极高，不过一个小时，他们已经坐上了飞往国内的飞机。

下飞机后，晏楚和的助理早就已经备好车等候多时。

平城此时还是白天。沈岁知这次倒时差不太顺利，之前在游艇上那晚没休息好，紧接着又在飞机上待了一天，就是铁打的身子也受不住。

晏楚和看她神情恹恹的，便询问道："要不要先回去休息？"

沈岁知抬手按了按太阳穴，将手肘支在车窗旁，似笑非笑地看向他："去你家啊？"

若是之前，对于她的这种玩笑晏楚和定是不为所动。但当下非彼时，晏楚和听到这句话，不由得怔住了。

于是，沈岁知便看到他的耳郭以肉眼可见的速度泛起红晕。他将视线移开，唇角抿成一条线，过了几秒才低声说："我不是那个意思。"

沈岁知就没见过像他这么纯情的人，都不好意思再开玩笑了。

沈岁知没再逗他，转而问道："你现在准备去哪儿？"

"回公司，有些工作需要处理。"

"方便借用一下你的助理吗？我打算回沈家一趟。"

晏楚和不假思索地回道："可以。"

坐在驾驶座的徐助理被赤裸裸地忽视了。

沈岁知悠闲地靠在车座上，打开手机查看未读消息，发现苏桃瑜不久前给她发来了一条语音信息。

沈岁知本想把语音信息转换成文字，却不小心手滑点开。语音自动播放出来："沈岁知，当初说好的那辆 Aventador，记得抽空给我送来啊。"

沈岁知刚开始没反应过来，思索数秒后，才想起苏老爷子寿宴的那晚，终于想起当时自己对苏桃瑜信誓旦旦打的包票。

她当时有多自信，现在就有多肉疼。

沈岁知想到自己的那辆宝贝爱车即将拱手送人，就心口发疼，恶狠狠地回过去两个字："等着！"

晏楚和看出她的情绪波动，侧首看向她，问道："怎么了？"

沈岁知张口就想说"没事儿"，但想到身边的这个男人毕竟也是赌约中的重要角色，便心不甘情不愿地开口："我之前跟苏桃瑜打赌说，要是跟你扯上关系，就得把我的那辆 Aventador 送给她，这不是输了嘛！"

晏楚和的双眸微眯，他的首要关注点却是其他的。

"什么时候的事儿？"

沈岁知有点儿心虚，低着头说："就……就苏老爷子寿宴的那晚呗。"

"你来当家教的那天？"

沈岁知没什么底气地为自己辩解道："你的记性怎么这么好？话说，晏老板，你们生意人不能这么小心眼儿啊。"

晏楚和只觉得好气又好笑，最终还是理智占据上风，合眼轻捏眉骨，问："所以苏桃瑜现在来讨债了，是吗？"

"那可不，估计惦记我的宝贝爱车好久了。"沈岁知撇撇嘴，"算了，就当是送给她的新年贺礼。"

晏楚和打量她一眼，倒是没说什么。

抵达公司后，晏楚和下了车。徐助理准备将沈岁知送往沈家。

就在沈岁知打算合眼小憩时，却看到晏楚和绕到她这边，屈指轻敲两下车窗。

她将车窗降下，疑惑地往外探出半个脑袋，问道："还有事儿？"

晏楚和习惯性地迁就她，为了不让她仰头，微微俯下身，说：

"你去沈家不要和南婉硬碰硬。"

沈岁知被他这句莫名其妙的提醒弄糊涂了，但随即明白过来，原来他还记着那时在大厦的事情。

"放心吧，晏老板，这种场合我从不吃亏。"她扬起眉梢，眼底浮现笑意，"你不是见识过我吵架的水平嘛，南婉在我的跟前讨不到好处。"

见她这副志在必得的模样，晏楚和这才起身离开，临走前不忘叮嘱她："处理好早点儿回家。"

"没问题，等我这边结束给你打电话。"

同晏楚和道别后，沈岁知便前往沈家。她倚着车窗凝眉思索：虽然此行是去找沈擎，但是究竟能从沈擎的口中撬出多少信息，自己也没有底。

她对沈擎的印象太单薄。当年他将自己带回沈家认祖归宗，但她并没有感受到这个半路冒出来的父亲有多爱自己，虽说是管吃、管住、管学业，但她在沈家更像一个房客。

如果说她在沈家是格格不入的存在，那沈擎在沈家就是难以融入沈家的存在。且不说他与南婉多年来始终分房住，每次回到家中也是直接去二楼的书房，平日在家中鲜少露面，就连平日用餐都很少出现。

在她的印象中，沈擎永远不苟言笑，对妻女也仅给予物质支持，好似对什么都漠不关心。

沈岁知越想越觉得乱，不知不觉已经抵达沈家。

沈岁知敲了两下门。管家很快将门打开，看到她后不由得愣怔片刻，唤道："二小姐？"

沈岁知颔首算是应下，被请进室内后，一眼便看到坐在沙发上看书的沈心语。沈心语也闻声侧首，两人的视线刚好撞上。

沈心语原本端着一杯咖啡，在看到沈岁知以后，蹙了蹙眉，将杯子放回桌面上，淡声问道："有什么事儿吗？"

"有事儿，但不关你的事儿。"沈岁知只看了她一眼，便径直去二楼的书房找沈擎。

沈心语看出她的意图："你来找沈擎？他不在。"

沈岁知顿住脚步，侧首看向她，似乎在思考她这句话的真实度。

"要是不信，你自己上楼去看看，反正今天只有我在家。"沈心语勾勾唇角，笑意却没到眼底，"你不是在柏林玩儿吗，这么快就回国了？"

"你妈给我准备了那么一份大礼，我不回来感谢感谢她，实在说不过去啊。"沈岁知笑吟吟地说，"成天盯我梢，倒也不嫌累。"

沈心语的语气瞬间冷了下来，她说："我不信你是为了这种事情来兴师问罪的。沈岁知，你是不是听说家里有变故，就立刻从国外赶回来了？"

沈岁知并未作答，只定定地同她对视。

"我就知道，你天天装作没有野心的样子，其实等这一刻很久了吧？毕竟你妈的手里有百分之二十的股权。股份只要到你的手里，足够你竞争继承者的位置。"

沈心语把她的不作答当成了默认，不由得继续嘲讽道："沈岁知，你凭什么啊，你的出现破坏了这个家庭，现在还想要夺权？实在不明白爸当年到底为什么要把你领回来，你在沈家祸害这么多年还不够吗？"

"首先，我对掌权没有任何兴趣，对商业上的事情更是一窍不通，还不至于闲着没事儿难为自己。如果不是你妈步步紧逼，我根本不会考虑插手这件事儿。"

沈岁知不给她说话的机会，继续说道："其次，现在究竟是谁对权力虎视眈眈，你学经商那么多年，最好不是白学，自己好好看清楚。"

"最后，"她稍作停顿，才说，"我是真不明白你为什么总跟我过去，就算我的存在真的是个错误，那为什么是你来审判我？

你有什么资格？"

沈心语被她连珠炮一般的问话问住，呆愣了一瞬，半晌才咬牙说道："就凭我是受害者！你知道你的出现给我和我妈带来多少困扰、多少烦恼吗？你知不知道你的存在到底有多讨人厌？"

沈岁知本来无意跟她争执这些，这还是两人初次正面冲突，呼出一口气，忍了又忍，还是决定把话说开：

"没有人不想生活在健康的家庭里，我如果能够选择自己的出身，绝不会站在这里跟你辩解这些。难道因为上一辈的错误和恩怨，我就活该千刀万剐、不得好死？"

说完沈岁知竟笑了出来，讽刺地说道："是，你也苦、也无辜，那就别整天矫情兮兮的，好像比谁都委屈。我比任何人都清楚我出生就带着原罪。既然你和你妈这么恨我，不如干脆除掉我，还省得我每天思考怎么从这里脱身才能不给别人带来麻烦。"

她也烦自己，恨自己，可但凡这世上还有念想，还是要活下去。可是，为什么她就活该承受这些恶意？

沈岁知对于家庭伦理十分厌恶，偏偏自己的人生深陷其中，纠缠这么久实在是筋疲力尽。今天一下子把积攒多年的心里话全部说了出来，沈岁知感觉一身轻松。

沈心语被她这番话噎得无言以对，怔怔地看着她，好像还没从巨大的冲击中缓过神来。

这是她们两人第一次当面争执，也是沈岁知第一次就自己的出身问题说这么多话。沈心语多年来被南婉种下的、根深蒂固的思想，在此时被撼动，只觉得心下茫然。

到底谁的错更重？到底谁是更委屈的？

沈心语此时才发现，自己竟然也比较不出一个结果来。

"算了，当我白来一趟。"沈岁知有些烦躁地抓了抓头发。她这回是真的相信沈擎不在家，否则早在她们吵起来的时候他就应该出现了。

"我走了。你继续看你的书吧，顺便跟你妈说声，我不管她打什么主意，只要别算计到我和我妈的头上，我都懒得掺和。"沈岁知撂下这句话，转身离开。

在走出门的瞬间，她鬼使神差地回了下头，却意外地看到沈心语不声不响地低下了头，用手轻轻地抹了一把眼角，应该是在擦眼泪。

沈岁知在心中也无端地生出几分酸涩，最终仍旧不发一语，头也不回地离开了这个家。

外面的太阳高照，阳光刺得她睁不开眼。此刻沈岁知的心里也空荡荡的，她十分想找晏楚和要薄荷糖吃。

办公室内，晏楚和坐在桌前审阅文件，整个房间里安静得只能听到纸张被掀动的细微声响。

徐助理在旁边恪尽职守地站着，表面看起来正儿八经，实则一直在偷偷地数晏总这是第几次瞥手机。

虽然晏楚和的动作并不明显，但徐助理跟随他多年，自然清楚自家总裁认真工作时是什么状态，他现在这样显然是心不在焉。

果不其然，晏楚和放下文件，再次不着痕迹地扫了一眼旁边的手机，然后蹙紧了眉。

"第七次。"徐助理在心中暗自计数，猜想晏总一定是在等沈小姐的消息，毕竟沈小姐下车时说了一句"待会儿联系"。

晏楚和继续看文件，没几分钟便转头问道："今天公司的信号有问题吗？"

徐助理面不改色，沉着地回复道："目前没有员工反映相关的问题。"

晏楚和闻言眉间微拢，几秒后得出结论："那应该是我的手机坏了。"

徐助理努力调整好自己的呼吸和表情，淡声说道："您十分钟前刚接了程总的电话。"

晏楚和没再开口，继续神情淡然地办公。

几分钟后，他再度出声："布加迪 Chiron 和 Aventador，哪辆车更好？"

徐助理并不知道晏总在想什么，只觉得千把万和八百万压根儿没有可比性，但还是十分官方地回答："布加迪 Chiron 最高时速高达四百公里，如果注重跑车性能的话，肯定是首选。"

晏楚和思忖片刻，说道："去提一辆布加迪 Chiron，颜色挑鲜亮些的，然后送到苏小姐的住处。"

徐助理瞬间惊掉了下巴，这才想到之前沈小姐在车里说的那个赌约，瞬间明白了晏总的意思。

一辆布加迪 Chiron 换一辆 Aventador，这生意简直是血亏啊！

徐助理颔首应下，心里想的却是如果把这事儿告诉沈小姐，沈小姐大概巴不得送出自己的爱车换来一辆全新的布加迪 Chiron。

算了，总裁的决定永远是对的。

沈岁知离开沈家后，站在街边顿时觉得茫然起来。她想给沈擎打电话，却又觉得尴尬，只好放弃这个念头。

沈岁知叹了口气，打算去疗养院看宋毓涵。

在等车的空当，沈岁知百无聊赖地低头看手机，余光瞥到跟前开过一辆白色的轿车。她本来并未在意，没想到几秒钟后那辆车又倒了回来，然后停在她的跟前不动了。

沈岁知这才将视线从手机屏幕上移开，抬起眼帘看向驾驶位。

车窗缓缓地降下，露出一张温婉精致的面庞。女人噙着一缕柔和的笑意，不急不缓地对上沈岁知的视线。

沈岁知握着手机的手指微微颤抖，她皱眉将南婉上下打量一番。多日不见，南婉身上的那股子烦人劲儿倒是有增无减。

"刚才路过还以为我看错了，没想到真是你啊。"南婉笑了笑，态度看起来亲和友善，"之前不是还在柏林吗，怎么这么着急回来？"

"这不是你催的吗？"沈岁知也对着她笑，却是皮笑肉不笑，上前几步走到车窗前，冷声道，"南婉，收起你那些龌龊的手段吧，挺没劲儿的。"

南婉不为所动，眼底浮现出嘲讽的意味："不要总是口头上逞强，你和你妈不识大体这点还真是如出一辙。这次如果没有晏楚和，你能解决得了吗？"

"想说话就好好说话，别捎带上我妈，你有你的法子诋毁我，我也有法子让你闭嘴。"

沈岁知笑意盈盈地继续说道："另外，晏楚和愿意护着我，我愿意被他护着，你就算看不惯又怎样？"

"你以为以后都能靠他？"南婉冷哼了一声，明显被沈岁知激得有些怒意，"沈岁知，等晏楚和的新鲜劲儿过去，我看你还能怎么猖狂。"

"谁跟你说我猖狂的资本是他？我这二十多年白活了不成？"沈岁知好似听到什么好笑的话，挑眉看着她，"野心这么大，你无非就是因为知道我对继承家业不感兴趣罢了。你知道的，只要你不触碰我的底线，我就不会跟你撕破脸。"

南婉猝不及防地被她挑破心思，脸色稍沉几分，没有答话。

养虎为患这个道理她向来清楚，当年正是因为看出沈岁知不好把控，才对沈岁知进行各种打压、诋毁，没想到直到现在还是没能除去这个祸害。

南婉思忖至此，望着沈岁知的眼神也逐渐从轻视转为提防。

沈岁知轻笑出声，戏谑地盯着她瞧，说道："南婉，如果哪天我真的要跟你争，你觉得事情还会这么简单吗？"

话音落下，南婉蹙眉，嘲讽地说道："果然是没有教养，竟然用这种语气和长辈说话。"

"长辈？您人老珠黄的，倒的确是长辈。"沈岁知眉眼带笑，心平气和地说，"不过可惜了，就您这种长辈，我实在敬重不起来。"

就在此时，不远处传来一阵鸣笛声。约的车到了，沈岁知抬手朝司机示意稍等,这才重新俯视南婉,撂下最后一句话:"塑料就算深埋地下一百年,也还是个不可降解的垃圾,您也一样。"

沈岁知说完头也不回地钻进车后座,连个多余的眼神都不屑给南婉。

南婉怒火中烧,尝试平复呼吸,却无法成功,反而被激得怒火更盛。

另一边,沈岁知在车内小睡了一觉,醒来便到了南湖疗养院。由于睡眠不足,沈岁知略微有些头疼,揉了揉太阳穴,朝病房楼的方向走去。

在经过休息室时,沈岁知迎面遇到几名走来的小护士,侧身与其错过时却不经意间听到她们闲谈的内容——

"刚才来的那个男人你看到了吗?长得好帅啊,就是给人的感觉太冷。他是有家属在这儿吗?"

"我是第一次见他来,他应该不是来探望家属的。刚才我听魏姐说,这位是咱疗养院幕后的赞助商。"

"的确是,我在这儿工作这么多年,上次见他应该是六七年前了。"

六七年前?沈岁知的脚下一滞,当时正是她把宋毓涵藏到这里的时候。

沈岁知并未多想,乘电梯直奔宋毓涵的病房,谁知刚转过拐角,就在病房的门口看到一个出乎她意料的人。

对方听到脚步声,侧首看了过来,凉薄锋利的视线扫到沈岁知时,微微怔住。

沈岁知没想到,不久之前还在沈家找不到的人,此刻竟然在这儿遇上了。

"你……"沈岁知看着沈擎,一时间有太多问题想问,结果最后只问了一句,"这回怎么敢进来了?"

气氛瞬时尴尬了起来。

沈擎面无表情地看着她，缄默片刻，不答反问："宋毓涵为什么不在这儿？"

"不在吗？"沈岁知愣了一下，随后看向挂在墙上的钟表，"噢，这个时间点她可能在后花……"

还未说完，她就倏地收声了，视线越过沈擎，落在他身后不远处的楼梯口。

宋毓涵刚好从楼梯间上来准备回病房，却看到站在门口的沈岁知。她正要开口唤，注意力却转移到那个与沈岁知相对、背朝着她的男人身上。

男人身姿笔挺，一身穿着无不彰显着矜贵傲气，似乎和多年前无甚区别。

他没有回头。

宋毓涵的双眼缓缓地睁大，她难以置信地盯着那个背影，没有作声。

沈岁知只觉得自己的存在很尴尬。她快步走到宋毓涵的跟前，说："刚从花园回来吗？"

"嗯。"宋毓涵这才回过神来，神情不太自然地说，"你不是在柏林吗，怎么回来了？"

一天之内被三个不同的人问同一个问题，沈岁知实在好奇得很，为什么所有人都知道她的行程。

"有点儿事情要处理。"她勉强地回答了问题。

她的身后传来脚步声，沈擎走过来了。沈岁知侧首看了他一眼，确定这人没有伤害宋毓涵的意思，这才让开了些。

沈擎沉默半晌，才从嘴里挤出四个字："好久不见……"

沈岁知还是头一回从他脸上看出这么明显的情绪——尴尬僵硬得要命——不由得多打量他两眼。

"是好久不见了。"宋毓涵垂下眼帘，掩住眼底翻涌的心绪，"回房间说吧。"

沈擎微微颔首，随宋毓涵朝病房走去。沈岁知也紧跟其后，进去后轻轻地关上了门。

宋毓涵坐在床边，沈擎站在离她三步远的位置，沈岁知倒是自在地倚进沙发。

宋毓涵先开口说道："找我有什么事儿吗？"

沈擎语气平静地说："你手上的股权该交给沈岁知了。"

沈岁知身为旁听，闻言顿了顿，没想到沈擎来这里的目的竟然跟自己的目的一样。

如今南婉对沈氏虎视眈眈，宋毓涵手里的股权已经相当于一颗定时炸弹，危险性太高，倒不如转到沈岁知的名下来，沈岁知尚能同南婉那女人周旋。

宋毓涵蹙眉道："因为南婉？"

沈擎毫不避讳地答："是。"

宋毓涵思忖几秒，倏然语气严肃地问："网上的那些事情也是她做的？"

沈岁知登时心里一惊。

沈擎却轻蹙起眉，问道："什么？"

沈岁知先行解释道："没什么，就是一些乱七八糟的谣言。"

"你闭嘴。"宋毓涵说道，"我还没问你和晏家的那孩子是怎么回事儿，你待会儿好好地跟我解释。"

沈擎闻言稍作停顿，侧首看向沈岁知，正色地说道："你跟晏楚和在一起了？"

沈岁知一时间不知如何作答，这种被父母询问感情生活的感觉太奇怪了。

"没有，八字还没——"她想说"八字还没一撇"，但又想到两人先前在一起的那晚，也算得上八字有一撇了，便改口道，"没确定下来，再说吧。"

沈岁知勉强将个人的感情问题糊弄了过去，最终将话题转回到股权转让上。宋毓涵起先有些犹豫，但在沈岁知的强烈要求下，才同意签署转让文件。

谈完这些事情，精神不济的沈岁知便率先离开了疗养院，给两人留下单独相处的机会。

她虽然不明白当年宋毓涵跟沈擎之间究竟发生了什么，但在刚才看来，他们并不是什么苦大仇深的关系。除了感觉两人的关系微妙，她看不出其他的信息。

沈岁知甫一迈出大门，就被平城凛冽的寒风吹得清醒了些许。她想起同晏楚和道别前的承诺，便从衣袋里掏出手机，想给他打个电话过去。

结果通讯录还没点开，她就收到了一条短信，发送人正是晏楚和。

一定是看她半天没消息，晏楚和等急了。

沈岁知点开短信，果然是晏楚和的一贯风格。短信内容简短而干练，虽然字里行间满满当当都在问"你为什么还没给我打电话"，但表现出来却是一句："还没处理好吗？"

沈岁知哑然失笑，刚开始还奇怪这人怎么用短信而不是微信，但现在仔细想想，他大概是怕她不能及时接收到消息。

这种有些别扭的关心方式实在有趣。沈岁知调出输入法，用某宝的腔调在消息栏中打出几个字，然后点击发送："亲，家里的事情太多，这边刚忙完呢。"

信息发送成功后，她想着晏楚和此时一定忙于工作无暇分心，便想将手机收起。哪知很快手机便振动了一下，沈岁知的眉梢轻扬，她似乎惊讶于他回消息的速度。她解锁手机屏幕后进入短信页面，却在看清那几个字后指尖微颤。

晏楚和回的是："嗯，亲。"

第十四章
日出之前

沈岁知盯着手机屏幕上的字消化了半天，最终决定直接将电话拨过去。

几秒后，一个低沉的男声从听筒中传来："怎么了？"

"我忙完了，还顺带着把沈家百分之二十的股权要了过来。"沈岁知边说边往街区的方向走，"我以后也算是个大股东了，估计身价都得抬高不少吧。"

晏楚和听她的语气悠闲自在，不像是情绪不佳的模样，这才放下心来。

他将文件搁在桌上，继续说道："沈家内部的事情我也听说了一些，情势并不轻松，你要小心。"

"嗯，明白。"她叹息了一声，"矛头指向我总比指向我妈强。我也没学过经商，还没有实战经验，走一步算一步吧。"

晏楚和停顿了一下，才淡声同她说："我可以帮你。"

沈岁知一听，哑然失笑，说道："不用不用，可别难为我了。我对这些声誉名利没兴趣，就是想做个只图自己自在的闲人而已。"

"再说，我又不适合那个位置。"她懒洋洋地说道，"我更喜欢现在这样，自由自在的，多好。"

晏楚和听着她漫不经心的语调，嘴角微微勾起，低声说："嗯，都依你。"

沈岁知心说他怎么像在哄小孩儿一样，但还是觉得满心的甜蜜。她看了一眼通话时间，想到晏楚和此时应该还在办公，便道："你是不是在公司忙着？那我先不耽误你了。"

她的话音落下，晏楚和那边沉默了片刻。

"也不是很忙。"他说。

这话好像只说了一半，若不是沈岁知多思考了两秒，还真不确定自己能否明白他话里的意思。

也不是很忙？换句话说，便是：别急着挂电话。

她望着眼前车水马龙的景象，难得不觉得吵闹烦躁，甚至唇角都是上扬的。

"晏老板，"沈岁知开口唤，语气促狭地说，"你是舍不得挂电话吗？"

晏楚和正欲回答，听筒中忽然传来极轻的声音，像是嘴唇触在皮肤上，啵的一声，轻巧又暧昧。

晏楚和倏地怔住，手中的笔随之停顿，在纸面上晕染出一团墨色。

沈岁知分明不在他的身边，可他的耳朵好似被那声音吻了一下，又像是真被沈岁知触碰到了一般，觉得又酥又麻。

晏楚和搁下笔，转而轻揉额头，低笑道："沈岁知，正经一些。"

虽是警告的话，但他的语气中俨然已经藏着几分不易察觉的喜悦意味。

沈岁知仗着他看不见自己，当即撇撇嘴，语气恢复如常，说道："噢，好吧。我现在还在外面，正打算回家。"

“记得吃饭。”

沈岁知伸手拦了一辆车，边开车门边同他说：“好好好，知道了。我待会儿点个外卖。”

晏楚和听到“外卖”两个字后又忍不住蹙眉，但知道沈岁知自个儿一定是应付着吃饭，便开口询问道：“你要不要来找我？”

沈岁知听见这话时，已经关好车门跟司机师傅报地址，一时不知该怎么回答。

她先是示意司机稍等，随后问晏楚和：“去找你？你的公司吗？”

“我的办公室有起居室，午餐可以让助理去买。”

沈岁知下意识地摸口袋想看看有没有口罩，结果一无所获。不过外套的帽子足够大，应该可以挡住她的脸。

她当即弯起唇角，欣然地答应道：“好，到门口我给你发消息。”

挂断电话后，沈岁知报上晏楚和公司的地址，便前去“探班”。

司机大叔为人亲切、自来熟，一路上没少跟沈岁知聊天，从子女事业到男女爱情再到社会发展，沈岁知无奈之余，也觉得这人颇有意思。

在等红灯的时候，司机随口问道：“小姑娘，你刚才是跟男朋友打电话吧？”

沈岁知闻言稍作停顿，还没给出回答，司机便自顾自地继续说开了：“我看你男朋友工作的地方是家大公司，那家公司特别难进，你男朋友一定是个很优秀的人。”

沈岁知指尖微动，心底没来由地冒出些许喜悦的意味，终于附和了一句：“是挺优秀的。”

“唉，我女儿跟你差不多大，谈了个男朋友就死认着，也不考虑考虑未来，愁人。”

“看个人的选择吧，指不定两个人能共同奋斗出美好的未来呢。”她笑笑，“感情这事儿都不好说，旁人只能提些建议罢了。”

司机听到此话不禁赞叹：“年纪不大，你看得倒是通透。现在哪儿像我们那个年代，二十多岁的人孩子都有了，这要是放现在可养不起。"

沈岁知估摸着算了一下，宋毓涵生自己的时候应该也是二十出头，那时候日子过得难吗？她不清楚。但她在被沈擎接走后，还是很怀念那段平淡的生活的。最起码那是她仅有的、短暂的童年。

几分钟后，沈岁知到达了目的地。她戴上帽子，仰头望着眼前这栋高耸庄严的办公大厦，怎么也猜不出来晏楚和的办公室究竟在几层。总裁是不是应该在顶楼，方便俯瞰全景？

沈岁知给晏楚和发短信询问，回信没等到，倒是等来一位眼熟的人。

徐助理西装革履，面上带着笑容，对她道："沈小姐，晏总让我带您过去。"

沈岁知将帽檐又往下拉了拉，贼似的低声道："需不需要走后门啊？万一被别人看到影响多不好。"

徐助理想说：现在满大街谁人不知晏总和你的关系不一般？你完全没有装没事人的必要。但这种腹诽是绝对不可能直接在未来老板娘的跟前说出口的，他仍旧保持微笑，回答道："不需要，在这里不用担心有人私下议论，您跟我来就好。"

刷卡搭乘专用电梯上楼，沈岁知被徐助理领到了晏楚和的办公室门口。

沈岁知好奇地打量着四周，这还是第一次来这种办公的场合，就连沈家名下的集团都没进去过。

晏楚和的办公室很大，可以在宽敞的落地窗前可以俯瞰整座平城的繁华景象。徐助理轻轻地叩门，唤道："晏总，沈小姐到了。"

正处理工作的晏楚和闻言抬起眼帘，微抬下颌示意他们进来。

沈岁知摘掉帽子，从徐助理的身后冒出来，笑吟吟地挥挥手："哟，晏老板忙着呢。"

这揶揄调侃的语气听得徐助理的心尖儿跟着颤了颤。他毕竟还没见过有哪个人敢在晏总面前这样没个正形，眼前的沈岁知除外。

晏楚和放下手中的文件，侧首朝她示意右侧方的会议桌，对她说道："先吃饭。"

沈岁知上前看了看，发现桌上有一份打包好的午餐。午餐应当是刚被买回来的，还冒着热气，但可惜……

"怎么给我买的这个？"她皱皱眉头，坐到沙发上，"我看到对面的商业街上有肯德基和麦当劳，买那个多好。"

晏楚和义正词严地打消了她的念头："少吃垃圾食品。"

沈岁知低头看向眼前的那份营养午餐，心想只要有晏楚和在场，她就不可能碰烟酒以及各种垃圾食品。

徐助理完成任务后就自觉地退出了办公室，给两人留出足够的私人空间。

沈岁知一天都没有好好地吃饭，风卷残云一般不多久便结束了午餐。她扔掉垃圾，寻找到办公室内的卫生间，洗了洗手。

她想起先前晏楚和说的起居室，视线在这偌大的空间内四处搜寻，却没找到什么能打开的门。她索性俯身趴在晏楚和的办公桌前，下巴搁在手臂上，就这么定定地看着他。

"你不是说你的办公室有起居室吗？在哪儿呢？"她问。

晏楚和的心思都放在正在批阅的文件上，他在听到沈岁知倏然靠近的声音时，手下的动作微顿。

他一抬头便看到趴在他旁边的沈岁知，她巧笑倩兮，柔软的唇看起来分外娇俏诱人，对男人来说无异于视觉冲击。

偏偏她还神色如常，像是在正儿八经地等待他的回答。看他没说话，沈岁知偏了下脑袋，眉梢扬起，说道："怎么不说话？"

晏楚和将目光移开后，才装作若无其事的样子说："起来说话，怎么和小孩儿一样？"

沈岁知闻言笑了，调侃他道："你不就乐意把我当小孩儿嘛，刚才还不许我吃垃圾食品呢。"

晏楚和的耳郭不免浮起些许热意，他停顿半秒才开口说道："你不爱惜自己，总该允许我爱惜你吧。"

沈岁知听到这话心下感动，脸也有点儿发烫，许久才说了一句："这不时间太久，习惯了嘛，我自己又想不起来。"

晏楚和平静地接话："那以后我替你想着。"

以后，又是"以后"这个词。

沈岁知不置可否，只敲了敲桌面，语气懒散地说："晏楚和，未来的事情真的谁也说不准。"

人的聚散离合，谁也说不准，以后谁能陪着谁更是未知数。

沈岁知正这样想着，就听到晏楚和的声音响起。

"我是真实的，"他淡声说道，"你知道这点就好。"

随着晏楚和的话音落下，沈岁知的思绪却飘远了，她想到了以后。

她对晏楚和一本正经的样子向来没有抵抗力，瞬间忘了自己刚才想要说什么，满脑子都是他说的那句话：我是真实的，你知道这点就好。

这回轮到沈岁知哑口无言了。她连跟晏楚和对视都觉得不自在，生怕自己的窘迫被发现，干脆站起身来，胡乱往旁边走了几步，装听不懂。

晏楚和难得见她惊慌，心下觉得好笑，却也没有继续难为她，侧首同她说："你的左首边有扇门，密码是0720，你可以进去休息。"

沈岁知得到想要的答案，当即按他说的走过去，果真有扇密码门。她默念那串数字，依言输入，然后出声问道："0720？你的生日是七月二十吗？"

晏楚和嗯了一声，这才想起自己还不曾问过沈岁知的生日，于是将问题抛了回去："你的生日是什么时候？"

沈岁知闻言怔住，迟疑几秒才开口回答："三月十六。"

她没有告诉晏楚和，其实自从六岁以后，她就再也没有为自己庆生过了。

周围的人都知道生日对她来说是个禁忌，所以她已经许久不曾被问过这个日期。不知为何，这个问题从晏楚和的口中出来，她觉得心底的刺好像也没有那么锐利了。

三月十六，距现在还有两个多月。

晏楚和将这个日期记住，没再说什么，让沈岁知好好休息。

沈岁知解开密码锁后推门而入，却没想到昏暗无比的内室与敞亮的外面相比完全是两个世界。由于双眼没能完全适应光线，她除了浓重的黑什么都看不清。内室，乍一看，就像是看不到边界的深渊。呼吸一滞，她下意识地往后退了两步，脚步有些跟跄。

她自认没有发出任何声响，但晏楚和已经发现这边的异样，一阵急促的脚步声响起，他迅速地来到她的身边。

"怎么回事儿？"晏楚和关切地问道，"身体不舒服吗？"

沈岁知紧绷的神经放松下来。她摆摆手示意自己没问题，说道："没事儿，就是房间太黑，我一时没适应过来，吓了一跳。"

晏楚和闻言走到起居室门口，在墙边按了一下，房间内的折叠窗帘自动倾斜角度。阳光纷纷涌进来，这才让沈岁知在感官上舒服了许多。

"原来是折叠窗帘，我说怎么黑黢黢的。"沈岁知了然地走进屋中，扭头对他笑了下，"谢谢你啊。"

晏楚和想起之前在萨克森州酒店的那次电梯事故，在黑暗封闭的环境内，她的恐慌程度远高于常人。再结合这次意外，他越发确定沈岁知的怕黑是有原因的。

思忖片刻，他还是决定开口："你之前说过，你有幽闭恐惧症。"

沈岁知点头，拍了拍柔软的床铺，在床边坐下，望着他说："是有这么回事儿，不过我已经好得差不多了。"

她不知道他怎么突然问起这件事情，但还是坦诚地回答了。

晏楚和得到肯定的回答后，再次温言开口，语气中含着些许犹豫，说道："能告诉我原因吗？"

沈岁知没作声，只有指尖稍稍地动了下。她没想到他会问这个问题，不禁感觉有点儿惊讶。关于当年的事情，她除了苏桃瑜没有再同任何人说过，倒也不是怕，只是下意识地去忽略那场事故。

"你想知道啊？"她朝他挥挥手，笑着说，"你离得太远了，过来我就告诉你。"

晏楚和反手将门合上，朝这边走了几步，维持着彼此之间恰到好处的距离，既不需要沈岁知抬头仰视，也不会显得过于亲昵。

沈岁知对他的这种绅士行为习以为常，斟酌片刻才语调平缓地说出几个字："我小时候被绑架过。"

晏楚和的眉间微拢，眸底的色泽浓重几分，他一时静默无言。

"绑架我的人是沈擎对头公司的老总，破产后走投无路，带着几个亲信把我绑走，以此勒索沈擎给他们足够生存的钱。"沈岁知的神色平静，她像在讲述他人的故事，"我那时很小。他们把我藏在大号的行李箱里，拖到废弃的工厂，把我锁在一个几平方米没有窗户的小黑屋里，然后用手铐把我的右手和铁栏铐在一起，防止我逃跑。

"当时他们给沈家打电话，那人让我对着电话喊'救命'。我不肯，他就把我扔在地上踹。不过我到最后也没喊，只是对着他骂，估计电话那边的人也听清了。我也不知道被关在小黑屋多久，他们每天只给我吃一顿饭，保证我饿不死。"

说到这里，沈岁知没忍住笑了出来："我刚开始也不知道怎么想的，还试图挣脱手铐，结果最后弄得浑身是血也没挣开。

"沈擎带着警察找到我时，我还发着烧，好像就剩一口气儿了。其实我现在也不知道那时的自己是怎么活下来的，明明求生的欲望也没那么强，可能老天想留我这条命吧。"

说完，她无甚所谓地耸耸肩，全然没有沉痛的感觉。

晏楚和张口想说什么，却觉得喉间干涩无比，问道："你在那个房间里被关了多久？"

沈岁知想了想，语气稀松平常地说道："我自己也不知道，不过听警察说是七天。"

整整七天！绑匪第一天就给了沈家消息，沈岁知却独自在那种地方熬了七天。

晏楚和只觉得心中涩然。

愤怒、疼惜、难过、后悔……许多种情绪交织在一起，他最先感受到的却是无措。他幸福的原生家庭与成长环境，注定了他养成现在的三观与涵养。他不曾见过世界的黑暗面，即使知晓这样的存在，却也没亲自触碰过。

他是始终走在阳光下的人。可是在某天，他意外地捡到了一颗星星，星星是灰色的，不闪亮，甚至有瑕疵，但就是无比特别。

沈岁知挽起右臂的袖子，露出那截白皙的小臂，上面的文身张扬放肆。

她把手臂伸展，倾身凑到晏楚和的眼前，用开玩笑的语气说："今天本姑娘就让你看看，我的胳膊上除了刀疤，还有别的痕迹存在。"

她将那串星月菩提向下拽了拽，让手腕处的皮肤更加醒目。她的肌肤极白，手腕看起来尤为纤细。

晏楚和下意识地捉住她的手腕。他垂下眼帘，一眼看到那白皙柔嫩的肌肤上有一道横向的疤痕，疤痕颜色较深，边缘并不整齐，不难看出当时伤口的严重程度。

这道痕迹被沈岁知用文身盖住些许，不特意看很难被发现。先前他根本没有仔细地关注过，此刻被沈岁知坦白地告知，才知道这道疤痕的存在和来历。

"这就是当时那场事故的结果之一。那副手铐还生锈了，也不知道我那时怎么那么死心眼儿。"沈岁知不甚在意地笑了笑，仿佛毫不在乎这段痛苦的过往。

"唉，这个疤估计是去不掉了，我也没打算做修复手术。"她随口问他，"是不是很丑啊？"

晏楚和没有回答。

沈岁知本来也不是正经问的，没指望他回应自己。正在她打算收手之际，晏楚和稍稍加重了力道，无声地制止她的动作。

在她抬头看向他之前，听到头顶传来男人低沉平静的声音。

"我吻过。"他说。

沈岁知目光微动，只觉得此时被晏楚和触碰到的肌肤都是灼热滚烫的。

她当下心慌不已，只默不作声地悄悄把自己的手抽了回来，顺带着还揉了揉脸，想暗自试探自己有没有脸红。

"噢，反正我也没打算去掉它。"她低头想把袖子放下去，但袖子被手链钩住，只得把手链摘下来重新戴好。

晏楚和的注意力放在自己先前送出的礼物上，他问道："你一直戴着？"

沈岁知一时有点儿害羞，胡乱把袖子放下来，盖住那串菩提，漫不经心地说道："寺庙里求来的东西有灵性，肯定得随身佩戴啊。"

晏楚和知晓她在顾左右而言他，也没揭穿，只轻轻地笑了一声，让她在房间里好好休息，随后便出去处理公事。

沈岁知脱下外套蹬掉鞋，躺在床上翻了个身，躺在柔软舒适的床上，疲惫感瞬间就一股脑儿地涌了上来。

她本以为能安心地睡个好觉，但这毕竟是晏楚和的私人起居室，难免有他的气息存在。沈岁知现在仿佛整个人被他包围住，闭上眼却没有睡意，心猿意马地想着其他的事情。

过了许久，沈岁知仍旧没有入眠。

就在她打算玩儿手机的时候，耳畔传来房门被打开的声响。她登时老老实实地闭上双眼，放缓呼吸，侧躺着装睡。

沈岁知听到脚步声逐渐接近，最后停在床边，随后耳边便传来衣物褪下的窸窣声响。

沈岁知的脑中倏地出现四个大字：少儿不宜。

青天白日的，他要做什么？！

她吓得差点儿从床上蹦起来，正在思考要不要睁开眼睛，就感觉到有件衣服落在自己的身上，随之而来的是一阵清淡冷冽的松香味。

这应该是晏楚和的西装外套。

将衣服盖在她的身上后，晏楚和转身离开。直到听见房门关闭的声音，沈岁知才将双眼睁开。

片刻后，沈岁知竟鬼使神差地仔细嗅了嗅那件外套的味道。

很熟悉的气息，一如既往地让她安心，她像是被他抱在怀里。

沈岁知这么想着，身体无意识地将西装外套拥得更紧，觉得先前的那阵困意再度涌上来。随后她乖乖地合上眼，指尖攥着晏楚和的外套边角，窝在床上缓缓地陷入沉睡。

从柏林回来没几天，沈岁知先是得到沈家的一部分股权，接着股东会议那天又把南婉气得半死。据说南婉回去后气急败坏地同沈擎追究，又被他直接地打发走。

南婉是否对沈氏虎视眈眈，这并不在沈岁知的关心范围内。她有自己的生活要过，虽说网上的舆论已经被控制住，但她跟晏楚和的事情仍旧是大众茶余饭后的话题。

她先前交给程司年工作室的作品已经被顺利地敲定了。虽然不知道是什么原因，但他们最终还是用了她的初版歌名，买断费用也很干脆利索地打到了她的工作账户上。

春节将近，姜灿在一天傍晚提着年货上门去找沈岁知。原本她以为沈岁知可能正在某个夜场里放肆地玩乐，一抬头却看到她家的灯是亮着的，不禁诧异地挑了挑眉。

第一次摁门铃的时候，门没有开，姜灿还觉得奇怪，为什么家里亮着灯却没人来开门。就在她思忖要不要再摁一次门铃的时候，门终于被人打开了。

"新……"她嘴角噙着笑意开口，正准备说"新年快乐"，却在抬眼看清楚来人是谁后戛然而止。

姜灿瞠目结舌地望着眼前五官清隽的男人，对方穿着简单的白衬衫和黑西裤，矜贵而疏离，此时正垂着眼帘看向她。

姜灿没想到自己会在这个地点、这种情况下遇见晏楚和，想说什么却又停止，停下却又忍不住好奇。

晏楚和率先开口打破沉默："你找沈岁知？"

"啊，对，我来给她送东西。"姜灿倏地回神，有些尴尬地笑了笑，"她在家吗？"

晏楚和还未回答，沈岁知便人未到声先至："谁啊，来给我送年货的吗？"

姜灿终于看到了自己想找的人。正在伸懒腰的沈岁知还维持着动作，在看到姜灿的瞬间愣怔几秒。沈岁知几步上前凑到姜灿的跟前，笑吟吟地主动接过她手中提着的礼盒，将"热情好客"四个字演绎得淋漓尽致。

"你今年来得够早啊，给我带这么多东西，辛苦了。"沈岁知说完又假情假意地扭头看着晏楚和，"这位是我认识很多年的朋友——姜灿，平时很照顾我。"

姜灿看她这戏精附体的样子，就知道这小妮子又开始表演了。不过她倒是没想到，晏楚和竟然还不知道沈岁知就是 SZ 的事情。

姜灿配合沈岁知的介绍，笑着对晏楚和道："这位是晏总吧，我听知知提起过你，久仰大名。"

晏楚和稍稍颔首，说道："客气了，多谢你对她的照顾。"

双方礼貌客气地打过招呼后，沈岁知便随便找个由头让晏楚和去厨房了，终于有和姜灿单独相处的机会了。

晏楚和前脚刚离开，紧接着姜灿便低声问道："你们两个同居了？"

"说什么呢，我之前答应请他吃饭。"

"请吃饭请到家里来？你当我白活这么多年？"

姜灿说得有理有据，沈岁知一时没法反驳。

"过年红包给你翻倍。"她干脆利落地转移话题，抬手拍拍姜灿的肩膀，说道，"还好你刚才配合我，反应这么快，不愧是我的姜姐。"

姜灿点点头，感慨地说道："我看过不了多久，就该随份子钱了。"

　　过了一会儿，姜灿拿出手机看了一眼时间，对沈岁知说道："行了，我本来也没什么事儿，年前没工作，你可以放心玩儿了。"随后便告辞离开。

　　沈岁知送走姜灿后，欲回到厨房去找晏楚和，正好看见他端着盘子出来，便欣然地上去帮忙。

　　晏楚和随口问道："刚才来找你的那位是公众人物？"

　　沈岁知的心跳快了几拍，她却面不改色地回答："不算公众人物吧。为什么这么问？"

　　晏楚和看了她一眼，说："就是觉得有些面熟。"

　　"噢。她的工作的确比较特殊。她的照片有时会流传到网上，但她不是混娱乐圈的。"她随便编了个理由掩饰过去。

　　晏楚和不置可否，只眉眼淡然地看了她一眼，没再多问。

　　沈岁知又逃过一次穿帮危机，不禁为自己抹了把汗。倒不是她不信任晏楚和，只是她觉得让身边的人得知那些词作出自她的手下，心里总有一种难以言喻的微妙感受。

　　今天这顿饭算是把先前在萨克森时做出的承诺兑现了，然而，在吃饭过程中，沈岁知又莫名其妙地觉得似乎哪里不对劲儿。

　　她抬起眼帘，偷偷地打量对面吃相优雅从容的晏楚和，确认对方并没有什么奇怪的地方，但就是感觉气氛有些别扭。这种低气压好像是从他们刚才就姜灿的身份问题沟通之后开始的。

　　沈岁知思忖片刻，斟酌着问他："晏老板，你是有问题问我，还是有账跟我算？"

　　晏楚和的动作微顿。他伸手抽了一张纸巾擦拭唇角，随后低声道："我只是感觉，你有很多事情没有告诉我。"

　　沈岁知猜想他可能察觉到她方才的不自然了，于是便照往常一样插科打诨地蒙混过关。她语气轻松地说："这不是很正常嘛，到了这个年纪，谁会完全地坦诚相待啊。"

　　"你看，我其实对你也是一无所知，也就跟你的父母见过一面而已。"沈岁知随便举了个例子，继续说，"现在大家的私人空间越来越少，每个人的秘密不是在手机里就是在自己的心里。大家没必要给出百分百的诚实和信任，差不多就好。"

沈岁知一口气将自己的观点说完，便单手撑着下巴，拿起桌上的饮料喝了一口。

晏楚和看了她一会儿，径直走到她的身边，伸手攥住她的右手手腕，力道不轻不重，但她却难以挣脱。

沈岁知始料未及，愕然地抬起脸仰视他，不明白他想做什么。

晏楚和轻蹙长眉，犹豫了两秒后，将放在桌边的手机拿起，单手操作数下，调出了某个页面，随后松开她的手腕，转而握住她的手指。

沈岁知正奇怪这男人的动作，紧接着，她的右手食指便被他抓住摁在了他手机背面的指纹录入框上。

沈岁知愣住。

相同的动作重复三次后，指纹录入成功的提示音响起，这声音在此刻安静的氛围中略显突兀。

她想说什么，话到嘴边却又迅速地消散。她发不出任何声音，像是难以置信到极致，已经不知道该如何开口。

晏楚和将沈岁知的指纹录入到自己的手机之后，便放了沈岁知，不紧不慢地坐回自己的位置，好像刚才做的一切都理所当然。

他定定地看着她，像是要将她脸上所有转瞬即逝的微表情收入眼底，又像是沉默地同她僵持着。

最终还是沈岁知迟疑着开口道："你录我的指纹干什么？"

"我可以给你百分百的诚实和信任。"晏楚和声音低缓，带着几分执着，"你只需要给我百分之五十就好。"

这是个不等价的交易，或者说，这段感情从刚开始就是不等价的。

沈岁知现在才明白一件事，她迟迟迈不出最后那一步，而晏楚和已经早早地在终点等她，他们之间的距离永远存在。

沈岁知抿唇，没再说些什么。

这天晚上，在某种意义上，两人可以说是不欢而散。

三天后，苏桃瑜飞回平城，给众狐朋狗友发消息，通知他们今晚去 YS 为自己接风洗尘。

苏桃瑜出了机场乘车回公寓，快到家门口时，拿起手机准备给沈岁知打电话。恰在此时，她好像听到有人唤她：

"请问是苏小姐吗？"

苏桃瑜顿住动作，侧首朝声源处看过去。

一位衣冠楚楚的西装男士正带着温和有礼的笑容看着自己，他身后停着一辆崭新的黑红撞色布加迪 Chiron。她倒抽一口冷气，艰难地挪开视线，觉得自己再看下去就要眼红了。

苏桃瑜停止了拨打电话的动作，对男人点点头，问道："你好，请问你是谁，找我有事儿吗？"

"苏小姐，您好，我姓徐，是晏总的助理。"徐助理说着将自己的名片递给她，"这是我的名片。"

苏桃瑜接过名片，确认对方的身份后，这才放下心中的警惕。

"是这样的，"徐助理不疾不徐地询问，"不知道苏小姐还记不记得之前与沈小姐之间的赌约？"

赌约？

冷不丁听到这个词语，苏桃瑜愣了一会儿，几秒钟后才反应过来对方说的是当初在老爷子寿宴上的那个赌约。

赌约本身没什么问题，但这个赌约从晏楚和的助理口中说出来，顿时变得无比惊悚了。

苏桃瑜觉得非常尴尬，想当然地以为眼前这人是来讨要说法的，急忙解释道："呃，关于这个赌约，我其实并没有放在心上，本来就是闹着玩儿。如果晏总介意，你替我说句'对不起'……"

徐助理笑了笑，随后，他便从衣袋中拿出一串崭新的车钥匙交给苏桃瑜。

苏桃瑜目瞪口呆，这到底怎么回事儿？

"这是晏总让我亲手交给您的。"他说。

苏桃瑜已经惊得说不出话来了。

"晏总说，Aventador 是沈小姐的爱车，不便相赠。"徐助理侧身将身后的那辆奢华豪车让出，说道，"作为补偿，晏总让我把这辆布加迪 Chiron 送给您，委屈您将就一下。"

苏桃瑜觉得头顶上飘过一万个"哈哈哈"，人生最幸福之事莫过于此。天上掉馅饼，还刚好掉到了她的头上。

接到苏桃瑜电话的时候，沈岁知正在补觉。

沈岁知昨晚参加了一场酒局，日上三竿才回到家。她被来电铃声吵醒后，不耐烦地胡乱揉了揉乱发，伸手把手机摸过来，看也没看就接通电话："喂？"

兴奋激动的女声从听筒中传来："祝你们百年好合、天长地久、早生贵子、吉祥如意、万事顺利！"

沈岁知一时摸不着头脑，迷茫了一会儿才听出对方是谁："苏桃瑜？"

"是我是我，姐姐我现在已经到平城了。"苏桃瑜美滋滋地将新车开到自己的车库中，边把玩车钥匙边对沈岁知说，"之前赌约的事儿就算了哦，你替我跟你男人道声谢，这还真不是将就不将就的问题，以后你俩的 CP（情侣）超话我绝对是铁粉！"

沈岁知尚在迷茫中，此刻脑子运转迟缓，不明白她到底在说些什么，疑惑地问道："苏桃瑜！你能不能条理清晰一点儿，到底在说什么有的没的？"

"你不知道吗？"苏桃瑜听她这么问，不由得愣了愣，"这辆车不是你让晏楚和送过来的？"

"车？什么车？"

"就是咱俩之前的那个赌约啊，你不是把你的那辆宝贝爱车输给我了吗？没想到我今天刚一回来，就有替代品送上门了。"

沈岁知艰难地回想一番，这才记起之前刚回国的时候，晏楚和无意间得知了这个赌约，他甚至还多问了两句。

"我没把车给你啊，我的那辆 Aventador 还在车库里。"沈岁知捏捏眉骨，撑着床坐了起来，懒洋洋地问，"难不成晏楚和买了一辆新车给你送过去了？"

苏桃瑜这回是确定自己的小姐妹对此毫不知情，眼珠子骨碌碌地转了两圈，思忖着该不该把这件事情告诉沈岁知。

考虑了三秒，苏桃瑜还是委婉地开口说道："这倒不是，他让助理给我送了一辆别的车，还给我捎了句话。"

沈岁知先对最后一件事情发出疑问，问道："捎了句话？什么话？"

"晏楚和说，Aventador 是你的爱车，不方便送我，就让助理给我送来了一辆别的车，叫我委屈将就一下。"

听到这里，沈岁知终于知道哪里不对劲儿了。按照晏楚和那笔直得没有半分波折的脑回路，她总感觉事情不会这么简单。

沈岁知顿了顿，问："他送过去的是什么车？"

苏桃瑜沉默片刻，知道装傻充愣已经不管用了，只好开口说："布加迪 Chiron。"

沈岁知一个手抖，差点儿把手机摔在地上。她把手机放到耳边，再次问道："你再说一遍？"

苏桃瑜不予理会，迅速地转移话题："总之谢谢姐们儿，今晚八点半 YS，老地方不见不散，请你吃饭哦！"说完就逃也似的挂断电话。

沈岁知僵坐半分钟，只觉得又好气又好笑。她非常想告诉晏楚和，比起让苏桃瑜将就，自己更愿意做那个将就的人。

但这个想法最终还是被她的理智制止了。

沈岁知缓缓地放下手机，抬起手揉揉额头，长叹一口气，眼底泛着淡淡的疲惫与倦意。

自从那晚两人不欢而散后，她与晏楚和就再没联系过。说是冷战，其实唯一的变化就是晏楚和没有来找过她。而她不论现在还是过去，从来都是站在原地等候的那个人。因此，当现在这段关系中一直主动的那个人不再露面，她自然不会主动去找他。

沈岁知盯着一个地方出神，在想自己这算不算是及时止损成功了，既然注定是这个结果，还不如在深陷之前趁早离开。

也是，生活本来就已经很忙了，哪儿还会有人愿意花费心思去温暖一个根本焐不热的家伙？再多的耐心也迟早被耗尽。也好，如今这样还省得她最后情难自禁地离不开他。这么好的一个人，干吗来招惹她这种麻烦精？

沈岁知做了一个深呼吸，实在不喜欢这样矫情兮兮的自己。她伸手拍拍脸，扎好头发下床，准备起床煮方便面吃。

她在烧水的空隙随手看了一下手机，便看到姜灿发的消息，才意识到今天是程司年那首《途经月亮》的发布日。身为词作者，她切换到 SZ 的大号，点进程司年的个人微博首页，找到相关的微博进行点赞转发。

距离发生在柏林的绯闻风波已经过去一段时间，群众对这件事情的关注度下降许多。沈岁知营业完毕后便准备退出微博的页面。

她本来想切回小号，却在微博首页的推送消息里看到了那条晏楚和名下公司官微转发的律师函。

沈岁知随手往下翻了翻，并没有什么新鲜的事情发生。此时，水烧开的咕噜声响起。

沈岁知忙将手机放在旁边，专心地煮方便面。

吃过饭后，她决定开车去疗养院看望宋毓涵，这次倒是没遇见沈擎。

她推开病房门时，宋毓涵正靠在床头看电视，侧目见她来了，便示意她坐在床边："坐吧，你最近怎么来得这么勤快？"

"最近比较闲。"沈岁知直接答道，然后顺着她指的地方坐下，"我把股权要过来又不是为了跟南婉母女争权。"

宋毓涵闻言，身子明显僵了僵。

沈岁知说完也脸色微变。这话是她随口而说的，并没有思考太多。最近过惯了安稳日子，她竟然都忘了自己与宋毓涵之间最大的矛盾就是关于沈家继承权的事情。

宋毓涵执意认为沈家本就应该属于沈岁知，而沈岁知对这些东西压根儿不在乎。两个人因为此事怄气这么多年，到现在也没达成和解。

就在沈岁知惴惴不安地不知说什么时，宋毓涵低声问她："你就从没想过接替沈擎的位置吗？"

沈岁知抿抿唇，淡声说道："那又不是我的。"

宋毓涵闻言沉默半晌，侧首看向窗外，发出一声极轻微的叹息，最终还是开了口："如果这一切本来就是你的呢？"

沈岁知显然没料到这个问题，蹙眉道："什么意思？"

宋毓涵却没再多说什么，只弯起唇角笑了笑："算了，可能是我以前太执着，其实也没什么大事儿。"

"你想怎样就怎样吧。"她拍拍沈岁知的手，语气里没什么情绪起伏，"只要你觉得自在就好，我不逼你了。"

沈岁知总觉得宋毓涵的话满含深意，其中的难言之隐应该与自己有关，便握住那只没来得及收回的手，追问道："你把话说清楚，你瞒着我什么？"

宋毓涵佯装烦躁地摆摆手，开口正要说话，脸色却倏地一变，捂住腹部皱起眉头。

沈岁知顿时惊慌失措，当即吓得连刚才的问题都抛之脑后，扶住她的肩膀，焦急地问道："怎么了？身体不舒服吗？"

缓了几分钟之后，宋毓涵才渐渐地恢复正常。她有些虚弱地拂开沈岁知，说道："没什么事情，大概是这两天有点儿受凉。"

沈岁知仍旧不放心，一脸担忧地说道："要不要我跟医生说声，安排你去做个体检？"

"没必要，我的身体我自己清楚。"宋毓涵不假思索地拒绝她，"往年冬天我不是也经常有这毛病吗？瞧把你吓的。"

沈岁知知道她的脾气，她决定的事情，十头牛都拉不回来。

她不想体检就算了，可能是她最近贪嘴吃生冷的东西了。

沈岁知只得就此作罢，又看了会儿电视便准备离开。

此时宋毓涵拍拍床铺，喊她的名字，似乎有话要说。

窗外的阳光正好，沈岁知回过头，就看到宋毓涵逆光坐在床头，漂亮温婉的脸上含着浅淡的笑意，美好得像是一幅画。

她说："如果可以，下次来的时候，你把晏家的那孩子也带过来吧。"

不知道为什么，沈岁知看着她，突然觉得有些恍惚，好像此情此景是个易碎的梦境，它随时都可能远离她。

"这个不好说，我和他……应该没戏。"

回答完这个问题，沈岁知忍不住再次向宋毓涵确认道："你真的没有事情瞒着我吗？"

宋毓涵又恢复往日不耐烦的神色："你什么时候变得这么啰唆了？赶紧走，我不想听你说话。"

这才是她该有的样子。沈岁知这下放心了，挥挥手离开病房。

待沈岁知走出病房，宋毓涵转过头看向窗外，从窗口刚好可以看到疗养院的大门。几分钟后，她便看到沈岁知的身影出现在门口，随后渐行渐远，逐渐淡出她的视线。

宋毓涵的所有情绪都被沈岁知藏进眼底。就在她准备收回视线时，已经走出大门一段距离的沈岁知好像突然感受到什么，回过头来望向她的方向。

宋毓涵好像看到她对这边笑了笑，随后便看到沈岁知转身离开。

宋毓涵独自出神片刻，盯着手中把玩着的一个小型 U 盘。这是刚才从枕下拿出的，她犹豫半天都没能给沈岁知。

最终，她叹了口气，将 U 盘重新放了回去。

算了，再等等吧。

第十五章

明明如月

晚上八点半，沈岁知蹬着一双漆亮的马丁靴踏进了YS的大门。

他们几个在这儿都是常客，苏桃瑜甚至还有个专属的私人包间，他们每次聚会都在那里。沈岁知轻车熟路地乘电梯上楼，推开那扇包间门。

房间内已有十来个人，有男有女。沈岁知粗略地打量，都是平时经常一起玩儿的朋友，而自己竟然是来得最晚的一个。

沈岁知推开包间门的时候，大伙儿都听到了声响，朝这边看了过来。

坐在门口位置的男人看到她，抬起头招呼道："哟，沈姐来了！"

"怎么都不等我就开瓶了？"沈岁知随手将外套搭在椅背上，坐在苏桃瑜的身边，指了指桌上的那几个空瓶，说道，"还要不要做朋友了？"

"这不助兴嘛。"旁边的一人打趣道，"我们刚才还在算怎么分钱呢，话音没落你就来了。"

沈岁知听得一头雾水，问道："什么意思？"

有个女孩儿笑吟吟地解释道："沈姐，你没来的时候我们打了个赌，输的人每人掏一万块钱，凑在一起分给赢的人。"

"不就一万块钱嘛，待会儿就给你们挨个儿地打到账户里。"最开始打招呼的男人开口说道，随后视线转向苏桃瑜："苏桃瑜你可够坑人的，这都带的什么头啊，搞半天跟着你是稳亏不赚啊？"

沈岁知似乎明白了什么，撇撇嘴看向苏桃瑜，问道："你又瞎起什么哄了？"

"也没什么，就是赌你会不会来。"苏桃瑜心虚地看着她，嘿嘿地笑了两声，"毕竟你现在有人管着了，谁知道还能不能出来疯啊。"

说完她还失望地叹了口气，感慨道："本以为晏楚和不会让你过来的，没想到啊，失策了，看来你还不是个'夫管严'。"

沈岁知闻言顿了顿，对众人的幼稚游戏表示无语："这有什么好赌的，你还不清楚有没有人能管得住我？主要看我乐不乐意而已。"

"对对对，不愧是我的沈姐。"邻座的女孩儿笑了笑，善意地打趣一句，随后便从烟盒里拿了一根烟递给沈岁知，"沈姐，抽根烟缓缓火气？"

女孩儿的手里正巧有打火机，待沈岁知把烟接过来后，女孩儿便准备凑过来帮沈岁知点烟。

就在女孩儿将打火机凑到沈岁知跟前的时候，沈岁知的动作倏然僵了一瞬，脑中鬼使神差地想起某个人的名字，整个人都不自在起来。

香烟，薄荷糖，晏楚和。

这三个关键词在她的脑海中挥之不去，连带着让她想起无数过往的片段，最后片段堪堪停留在那天晚上在她家中两人僵持不下的场景。

沈岁知有些恍神，一时不知该不该点燃这支烟。

"不是吧，沈姐转性了？"女孩儿察觉到她的迟疑，不由得惊讶道，"你男人还不许你抽烟吗？"

沈岁知瞬间回神，咬着烟不耐烦地说了句"别瞎扯"，随后便就着女孩儿手中的打火机将烟点燃。

她将香烟夹在指间，狠狠地抽了一口。久违的尼古丁气息涌入口腔，攀着咽喉蔓延进血液，像是有什么燃烧开来，烧断她那点儿不清不楚的犹豫不决。

气氛渐渐热烈起来，时间也在不知不觉中快速流逝。酒瓶空了又空，嬉笑打闹声混在一起，沈岁知最初打算控制饮酒的念头也在这种氛围下被抛之脑后。

大家都知道沈岁知的牌技好，所以这次决定不再玩儿牌，直接用掷骰子这种简单利索的玩法，输赢全凭个人的运气。

沈岁知今晚的手气不好，她掷骰子接连输了好几回。她从刚开始的用杯子喝酒变成后来的对瓶吹，完全就是敞开了喝，压根儿不把有多大酒量当回事儿。

苏桃瑜一看沈岁知狂喝不止的状态，便猜到她的心里可能藏着事儿，但多年好友的自觉性使得她没问这个问题。她只是默默地拿走沈岁知眼前的两瓶酒，防止沈岁知喝得更多。

游戏持续到天色完全暗下，窗玻璃映着大街上川流不息的夜景，时间已经到了深夜。

包间内人声渐歇，沈岁知趴在一堆酒瓶中，脸埋在胳膊里，半晌没出声，像是睡着了。

其中一位男士见她这样，便轻轻地戳了戳她的肩膀，没有得到任何回应。他震惊于桌上的空酒瓶数，扭头问苏桃瑜："稀罕啊，沈岁知这是喝醉了吗？"

"不算醉。"苏桃瑜见怪不怪地摇摇头，给自己满上一杯酒，解释道，"她现在是待机状态，没多久还能爬起来继续喝，这些酒还不至于让她醉倒。"

话音未落，沈岁知倏地抬头，眯了眯醉意蒙眬的眼睛，随后面不改色地拿起酒杯，不耐烦地喊道："人呢，人都哪儿去了？一起喝啊！"

就在沈岁知揪着人要拼酒时，苏桃瑜瞥见她振动不停的手机。她瞬间觉得仿佛看到了获救的希望，看也没看接通后就把手机给沈岁知丢了过去，说道："沈岁知，你的电话！"

沈岁知蹙眉接住手机，语气恶劣地冲对方道："谁啊你，没点儿眼力见儿，不知道姐姐我喝酒呢！"

手机那边的人沉默两秒才开口："你喝醉了？"

沈岁知大笑出声："说什么胡话，本姑娘长这么大就没醉过！"

晏楚和有片刻的哑然，觉得跟一个醉鬼沟通是行不通的。如果说这世上有一种奇特的生物，那便是"喝醉酒的沈岁知"。

沈岁知还在絮絮叨叨地说："姐姐我是专业装醉，连晏楚和都被我骗过去了，你在这儿跟我扯什么呢！"

此话一出，包间内的所有人不约而同地将目光集中到她的身上，炙热且八卦。

晏楚和没料到她会说这些，不由得顿了顿："那天你是装的？"

"废话，我自己的酒量，我不清楚啊！"

"那你为什么装？"

"你这人问题好多啊。"沈岁知放下酒杯，拧着眉头又凶又理直气壮地说，"还能为什么，男色当前，不据为己有合适吗？"

围观的群众觉得震惊，手机那端的晏楚和也一时无言。

为什么沈岁知永远都能精准地粉碎他的所有修养，晏楚和再次思索这个问题的答案。

"你打电话有事儿没啊？没事儿我挂了。"沈岁知对着手机嚷嚷两句，不耐烦地皱起眉头，伸手又要去捞酒瓶。

"我的祖宗啊！你不能再喝了。"苏桃瑜忙不迭地将她的手按住，防止她喝多了撒野。

晏楚和听到那边的嘈杂声响，急忙问道："你在哪里？"

"我在哪里。"沈岁知有些迟钝地重复一遍，扭头看了看周围，最终铿锵有力地答道，"为什么要告诉你我在哪里啊？"

她这话说得胡搅蛮缠、不可理喻。

晏楚和闭了闭眼，轻吐一口气，才淡声说道："把手机给你旁边的人。"

"这是我的私人财产啊，不行。"沈岁知想也没想地拒绝，十分理直气壮，放下手机就要挂断电话。

沈岁知俨然已经喝醉了，但毫不自知。旁边的同伴见此赶紧伸手夺过她的手机，躲出去好几步，对电话那头的人道："喂？哥们儿，还在吗？"

对面沉默片刻，才传来沉稳低缓的男声："你们在哪儿？"

那人觉得这声音有点儿耳熟，但一时也想不起来到底是谁，只匆忙地将地址说了出来："就在 YS 二楼 217。YS 你知道吧，城北不夜城那家！"

"好，我稍后过去。"

"沈岁知今晚喝得不少，你最好早点儿过来把她送回家。"

晏楚和下意识地蹙眉，问道："她喝了多少？"

"有啤酒有洋酒。她今天也不知道怎么了，一杯接一杯地喝……对了，你是哪位啊，跟沈姐熟吗？"

还没等到对方的答案，手机就已传来被挂断的嘟嘟声，他愣了一下，有些摸不着头脑，挂断电话才发现对方的备注竟然是"老板"。

他心中疑惑不已：沈岁知无业一族，哪里来的老板？

此刻的沈岁知正嚷嚷着要去吹风。

好在苏桃瑜反应迅速地将沈岁知摁在沙发上，好气又好笑地说："沈小姐，拜托不要这么折腾自己，好吗？"

沈岁知挥挥手，似乎在寻找着什么。苏桃瑜不假思索地抬起手，不轻不重地将沈岁知揽了过来："别找了，这里不能睡觉，等会儿回家再睡。"

沈岁知眯起眼睛，懒洋洋地回道："不，我要找手机。"

话音刚落，刚才抢她电话的男人便将手机丢了过来："手机在这儿呢，刚才有个人说等下过来接你。"

人群中有人惊讶地出声："有人来接沈姐？男的还是女的？"

"男的，我还没来得及问他是谁，电话就挂断了。"

苏桃瑜听见他们的对话，瞬间想起了是谁，挑挑眉，压低声音问沈岁知："你俩吵架了？"

也不知道沈岁知是没听清楚还是故意装没听见，拿起手机看了一眼时间，身体往旁边一歪就要躺倒睡觉。

苏桃瑜忙不迭地伸手拽住她，正为这醉鬼头疼的时候，包间门被人从外面推开了。包间内十来个人的视线不约而同地聚集到来人的身上。

包间内光线昏暗，气氛慵懒而颓靡。身姿挺拔的男人站在门口处的一方澄净光线里，衣着严谨气度不凡，整个人与这声色场所格格不入。

众人惊愕失色，十分默契地闭紧嘴巴，匪夷所思地看看门口的那位英俊男人，又看看某个毫无仪态仰在沙发上的醉鬼。

场面一时陷入诡异的寂静。出乎众人意料的是，来接沈岁知的竟然会是晏楚和本尊，大家不由得纷纷愣在原地。

全场只有苏桃瑜完全没有感到意外，站起来朝晏楚和招招手："晏总，人在这儿呢。"

晏楚和朝盯着他的众人微微颔首，随后走到沙发前。沈岁知正歪歪斜斜地靠在椅背上小憩，好像已经醉到不省人事，没有意识到有人站在自己跟前。

他轻蹙起眉，视线落在沈岁知的身上，问的却是旁边的苏桃瑜："她怎么喝这么多？"

"不清楚，"苏桃瑜耸耸肩，"她很少有这样不顾自己酒量的时候。"

身为多年的密友，她能察觉到沈岁知和晏楚和之间出现了一些问题，但感情的事情，沈岁知不讲，她也不好直接过问。

晏楚和得到苏桃瑜的答案后，便不再询问什么，稍稍俯下身，唤道："沈岁知。"

沈岁知慢吞吞地睁开眼，整个人还迷迷蒙蒙的。她歪了下脑袋，盯着眼前之人看了几秒钟，像在努力地分辨对方的五官。

随后，她扭头一本正经地问同伴："这是谁啊？"

众人看着当下这个尴尬的场景，无人作答。

然而这样的尴尬场景只是开端，更让人瞠目结舌的事情还在后面。

沈岁知见许久得不到回答，便凑得更近地端详晏楚和的五官，随后眯起眼，将手抬了起来，猛然捧住了晏楚和的脸。

众人皆是一惊。晏楚和一怔，想推开她，奈何沈岁知捧得太紧让他无法动弹。

沈岁知捏了捏他的脸颊，又揉搓几下，最后还乐呵呵地给出评价："这男人不错，哪个哥们儿给我找来的？我还是头回遇见好看到能跟晏楚和相比的，不错。"

随着她的话音落下，全场的人陷入比先前更深沉的沉默。

苏桃瑜面无表情地憋笑，内心突然后悔刚才没有拿手机录下来。这若是被投稿到迷惑行为大赏，绝对能占热搜榜的一席之地。

面对沈岁知的胡言乱语，晏楚和直接当听不到。他面不改色地握住她为非作歹的手，嗓音平淡地说道："起来，我送你回去。"

"回你家还是我家？"沈岁知漫不经心地问他，手上却不老实，翻来覆去地攥着他的手。

晏楚和清楚地感受到背后无数道灼热的视线，低声叹息，语气掺杂了些许无奈，哄小朋友一般说道："你说去哪儿就去哪儿，好不好？"

沈岁知闻言倒是没再闹腾，点点头，慢慢悠悠地从沙发上坐起来。若不是因为她的动作较平时缓慢，单凭她稳当的身形，别人压根儿看不出她喝过酒。

　　站起来以后，她还不忘跟一众朋友挥手说再见："那今天就先这样，我先走了，你们继续玩耍。"

　　沈岁知说完就往门口走，身穿松松垮垮的单薄毛衣，连外套都忘了拿。晏楚和的眉心微蹙，他伸手将她拉到身前。

　　"穿外套。"接收到她疑惑的目光，晏楚和言简意赅地解释道，随后一手拿过她搭在椅背上的外套，二话不说地披在她的肩头，弯腰帮她穿好。

　　就在他将外套的拉链拉到一半时，沈岁知嘴上嘟囔着："不要，拉着拉链不舒服。"

　　晏楚和不容置喙地将拉链拉到她的下颌处，淡声回她："外面冷，这样才暖和。"

　　沈岁知没反驳，却在盯着他看了一会儿后，突然靠上去伸手搂住晏楚和的腰，旁若无人地窝进他的怀里，还得意扬扬地说："白痴，这样更暖和。"

　　沈岁知这猛虎嗅蔷薇的架势，怎么看都像是撒娇，成功地震撼了全场的围观人士。

　　晏楚和也始料未及，怔了怔，一时不知道该计较她骂自己还是计较她抱自己，又或者该义正词严地告诉她，她就算为了暖和也不能在大庭广众之下这样做。

　　但这一切只是他脑海中的想法。他感觉耳郭有些发热，伸手按住沈岁知的肩膀，柔声说道："别闹，乖乖的。"

　　沈岁知顺从地噢了一声。之后晏楚和便领着沈岁知离开包间，剩下面面相觑的众人。

　　苏桃瑜匪夷所思地盯着两人离去的身影，只觉得自己先前的担心完全是多余的。

　　这俩人谈恋爱压根儿就吵不起来！

　　然而，沈岁知的乖巧是有时间限度的。

　　上车以后，她就像个好奇宝宝，左戳戳右碰碰，顺便还扒拉几下车窗户，整个人都不安生，好像所有好动的因子都在酒精的作用下被催发出来。

终于，晏楚和在一个路口等待红灯时，耐性被磨得快要见底，侧首对她正色道："沈岁知，坐好。"

沈岁知嘟着嘴十分叛逆地说："我在坐着啊。"

这人也不知道是真醉还是假醉，故意跟他呛声。

晏楚和的眸色微沉，搭在方向盘上的手紧了又松，他总觉得自己的理智受到了这窄小空间内的酒精气息的影响。

沈岁知还在絮絮叨叨："你干吗命令我？你是我的谁啊，知不知道这样啰啰唆唆的很烦……"

她的话还没说完，侧脸就被人吻了一下。

这个吻特别轻，轻到一触即分。

晏楚和神情淡然地正过身子，时间恰好卡在红灯的最后一秒。

随后的路程中，沈岁知一句话也没说，安安静静地坐在座位上发呆，也不知在想什么。

车子到达沈岁知小区门口的时候已经是深夜，路上没有人，只有雪白明亮的路灯照耀着空旷的前方。

下车后，晏楚和送沈岁知回家，两人一路无言，谁也没有开口说话。

他们一前一后地默默走着，晏楚和突然觉得有些心烦。

那天晚上他与沈岁知的交流并不愉快，翌日，公司里又有新的企划需要他过目。忙了几日好容易空闲下来，他才想起两个人已经很久没有联系了。

他没有收到她的信息，没有看到她的未接来电，没有她的任何消息。

他不找她，她从来就不会主动找他。她甚至可以像什么都没有发生过，跟朋友在外吃喝玩乐，仿佛耿耿于怀的人从来只有他自己。

他不明白究竟哪里出了差错，而她也从来不说。

思绪正烦乱间，晏楚和听到身后传来沈岁知的声音："晏楚和，你刚才干吗亲我？"

　　他停下脚步，侧身看向她。沈岁知站在路灯下，脸颊泛着浅淡的红晕，眼神灼灼地望着他，眼睛里像有熠熠星光在里面。

　　晏楚和的神色淡然，他没有回答。

　　沈岁知没放弃，又问了一遍："你干吗要亲我？"

　　晏楚和沉默片刻，反问："我不可以吗？"

　　"不可以！"沈岁知义正词严地说道，"你都不来找我，跟我划清界限了，怎么还来招惹我？"语气中竟然含着几分委屈的意味。

　　晏楚和顿住，被她凶得一恍神，下意识地解释道："我前几天工作比较多。"

　　沈岁知被噎住，好半天才恶声恶气地说道："那你倒是给我个准话啊，到底要不要放弃我？"

　　晏楚和还没见过沈岁知委屈巴巴、奶凶奶凶的样子，心中有些哭笑不得，迈步走到她身前，看她的神色，她好像随时都要冲上来动手。

　　晏楚和向来不会说煽情的话，同她对视片刻，认真地开口说道："我从来没有想过放弃。"

　　沈岁知拧着眉头看他，好像在慢慢地消化他这句话的意思。

　　"你是不是缺心眼儿？为什么还不放弃？"她疑惑地问道。

　　晏楚和不置可否，只垂下眼帘看着她。

　　"你太烦了，烦死我了。"沈岁知咬牙切齿地说道，"我的性子就是恶劣又别扭。我就是不诚实，把好多事情都埋在心里。我活该没人信！"

　　晏楚和明白她是在说那天晚上的事，轻蹙起眉，认真地否认道："我没有那个意思。"

　　"你白痴啊！"沈岁知没忍住，扬声道，"我口不对心你不知道吗？我对你有多特殊你看不出来吗？这辈子你见过我为了谁乖乖地听话不吸烟、不喝酒的？"

　　"诚实，诚实！我过去十多年都是自己扛过来的，你突然叫

335

我找人分担，这不就是难为我吗？这种矫情兮兮的话怎么非要我说出来你才明白啊？！"

她的声音在空旷的街道上显得有些突兀。

沈岁知低着头，盯着自己的鞋面看个不停，表情冷硬，好像要将鞋子看出个洞。

不知过了多久，晏楚和忽然伸出手，隔开冰冷的空气，温柔地将她揽入怀中。

熟悉的气息将自己包围，沈岁知心头的那点儿怒火消退不少。她没挣扎，但也没说话，头顶上方传来男人低缓温和的声音："抱歉，那我现在可以亲你吗？"

沈岁知不情不愿地哼了个鼻音给他。

她听到晏楚和低笑一声，随后自己的脸被轻轻地捧起。感受到他俯下身来，她下意识地闭上双眼。

温热的触感落在她的额间，是珍重的、是爱惜的吻。

沈岁知迟疑着半睁开眼，却不经意地在夜色中看到他泛着红的耳郭，低声说道："晏楚和，你亲我怎么还害羞呢？"

他将她的脑袋按回怀中，吻了吻她的头发，淡声说道："喝酒喝的。"

"瞎说，明明喝酒的是我。"沈岁知这么想着，但不得不说，现在的她非常非常开心。

昨夜喝得实在不少，沈岁知醒来时，只觉得头晕反胃。

她闭着眼摸手机，结果一无所获，这才费劲儿地回想昨晚自己都干了什么。

她酒后断片儿并不严重，因此昨晚醉酒后稍微清醒时的那些所作所为都被记得清清楚楚。其中当然包括她那番凶巴巴、委屈屈的发言与质问，这让她觉得羞耻得想抽自己一嘴巴。

不过后来她彻底酒劲儿上头，再发生什么就记不太清了。沈岁知躺在床上缓了一会儿，这才赤脚走出卧室，没想到刚推开门，就看到晏楚和正背对着她脱衣服，他此时已将白衬衣脱到一半，露出白皙结实的脊背，直晃入她的眼底。

沈岁知无意识地吞咽了一下，还没来得及开口，听到身后声响的晏楚和停下动作，侧首看了过来。

两人的视线不偏不倚地对上。

沈岁知眨眨眼，试探着开口："早安？"

晏楚和微微怔住，随后将衬衫重新穿好。兴许是因为某人遗憾的眼神太过明显，他的耳郭有些发烫。

"早上好！"他扣好扣子，问，"头还晕吗？"

"还好，待会儿吃粒布洛芬就行。"沈岁知抓抓头发，走到桌边喝了一口水，竟然是温热的，不由得在心底暗暗感叹他的细心，"我昨晚没做什么吧？"

她不过是随口一问，毕竟他们的样子看起来都像是昨晚没有发生过什么，却没想到晏楚和听见这个问题陷入沉默。

晏楚和的沉默成功地把沈岁知吓得水都喝不下去了。

"我做什么了？"她提心吊胆地问，生怕今天的头条就是自己被拍的当街的不当言行。

晏楚和欲言又止、止又欲言，耳尖那处可疑的红晕始终不见消散，更让她心神难安。

终于，他开口道："昨晚送你回家的时候，你坐在楼道口，不肯跟我上楼。"

沈岁知的脑袋里缓缓地冒出一个问号。

"然后，我问你怎样才愿意走。"他顿了顿，"你一定要我亲你一口，而且只能亲嘴巴。"

沈岁知觉得自己的脑袋里绝对不止一个问号了。

晏楚和抿了抿唇，看起来表情十分不自然，将视线挪到别处，说道："我问你原因，你说是因为之前我只亲了你的额头，太纯情，没意思。"

沈岁知听不下去了，这张厚脸皮难得觉得害羞，尴尬地说道：

"可以了，不要再说了。"

"我那些醉话你就……"她正想说"只当没听过"，但转念一想又不是这么回事儿，毕竟自己清醒时坦率太难，只好改口道，"选择性记住，自己琢磨去吧。"

晏楚和知道她在别扭，极轻极淡地笑了笑，温声回道："好"。

沈岁知不自在地挠挠脸颊，不再看他，把话题转回到眼下："对了，你刚才干吗要脱衣服？"

晏楚和拿起沙发上的纸袋，示意里面有崭新整洁的衬衫，说道："我车上有干净的衣服。"

沈岁知噢了一声，背过身子要回卧室，想到刚才他把衣服穿回去的情景，下意识地宽慰他："你放心换哦，不用怕我。"

晏楚和已经习惯她的调笑，选择性过滤就好。

沈岁知还没走出去几步，就听到门铃声响起，疑惑这时候会有谁来，便转身向玄关处走去。

她透过猫眼一看，门外竟是姜灿。

沈岁知把门打开，询问的话还没问出口，姜灿便进屋反手关上门。她一把握住沈岁知的肩膀，露出欣慰的笑容："我的乖乖、祖宗啊，你可算愿意卸掉马甲了！"

沈岁知十分困惑，但理智提醒她屋里还有人。她正准备出声提醒姜灿，姜灿已经激动地开口："我终于不用每年替你去领金曲奖了，这下我的私生活终于再也不会有狗仔的存在了！"

沈岁知瞬间意识崩塌。

"什么？！"她匪夷所思地握住姜灿的手腕，吃惊地问道，"等等，你说清楚，我的马甲怎么掉了？什么时候掉的？"

"已经一天了啊。"姜灿见她这样，觉得莫名其妙，"不是你自己用大号点赞那条律师函微博的吗？你不是突然想通决定公开一切了吗？"

事情发生得太突然，沈岁知被这巨大的冲击震得原地僵直数秒，脑子一片空白。

沈岁知第一次痛恨自己为什么没有养成左手刷微博的好习惯。

就在此时，她的身后传来渐近的脚步声，停在距离她不远不近的地方。

沈岁知看到姜灿的眼睛都直了，便知道她肯定是看到了晏楚和。

不过是披着马甲的事情，反正她跟他昨晚也说开了，此时也没有太慌张。她转身，无奈地耸耸肩，对他说道："这真是我最后一层马甲了。"

晏楚和轻抬了下眉梢，将袖扣整理好，语气平和地说："有需要的话，公司的公关团队可以借给你。"

说完，他将视线转向姜灿，笑意温和疏离，说道："那么，我们是不是该重新认识一下？"

姜灿觉得后背发凉，有些尴尬地笑了笑，简单地同他握手，说道："你好，我叫姜灿，是沈岁知的……经纪人。"

沈岁知自动脱离战场，四处寻找手机，却一无所获。姜灿见此正要把手机给沈岁知，身前的晏楚和却已经先姜灿一步伸手，把他的手机递给沈岁知。

"用我的。"他言简意赅。

沈岁知也没跟他客气。于是，姜灿便眼睁睁地看着沈岁知用指纹解锁了晏楚和的手机，手指在屏幕上点点滑滑。

姜灿觉得自己已经在竭力控制表情了，但这一幕还是让她的五官忍不住扭曲了一下。

她之前怎么就信了沈岁知的鬼话！两人都已经发展到这个地步了，如果说还没有在一起，那沈岁知简直就是个渣女！

"渣女"沈岁知并不清楚姜灿心中想的是什么，在晏楚和的手机上打开微博，却发现是未登录状态。她只愣了一下便明白了，毕竟晏楚和不用微博也不是什么奇怪的事情。

沈岁知点开实时热搜排行榜，不少眼熟的名字都被远远地挤在中后排，前几排是跟她有关的，热度遥遥领先。

引发这场风波的罪魁祸首，就是昨天她煮泡面时误赞的那条官微。后来她煮好方便面只顾着吃饭，竟然忘了检查是否有手滑点赞的微博。

评论区已经吵得乱七八糟，有不敢相信的，有路转粉的，其中不乏暂时脱粉打算冷静冷静的，甚至还有人认为是 SZ 单纯手滑而已，毕竟 SZ 的工作室负责人姜灿还没有发声，只有一堆人闹哄哄地等待"实锤"。

沈岁知只随意地看了几眼，思忖片刻后开口问道："姜姐，之前被我回绝的那几家媒体里，有没有影响力特别强的？"

"给你抛橄榄枝的就没有小角色。"姜灿不明白她想做什么，但还是认真地回答，"从综合影响力和经营状况来看，我这里有家很好的选择。他们前段时间才约了我，但我知道你除了杂志专栏不接受任何形式的采访，所以直接给推了。"

"行，那你帮我跟他们联系一下。"

沈岁知把手机屏幕锁好，抬头对上姜灿的视线："就跟他们说只有今天一次机会，他们要是安排不出专访的档期，以后就没了。"

姜灿迅速地明白了她的意思，难以置信地睁大眼，问道："你要把这一切公之于众吗？"

"反正都这样了，再捂着也没劲儿。"沈岁知云淡风轻地说道，"我正好也打打那些人的脸，他们蹦跶了这么久，简直浪费晏家公关团队的时间。"

姜灿生怕她又后悔似的，当即把事情答应下来，随后离开这里，让沈岁知在家待着等她的消息。

姜灿办事儿十拿十稳，压根儿不需要沈岁知操多余的心。她离开后，便只剩沈岁知跟晏楚和不尴不尬地对视。

她清了清嗓子，把手机还给他，边摸头发边心虚地说道："那什么……你生气了？"

晏楚和不紧不慢地收回手机，坦荡地承认道："嗯，有点儿。"

沈岁知抿嘴，语气充满了无奈，说道："我也不知道怎么主动跟人说这个事情……"

"我气的不是这个。"他不轻不重地打断她。

沈岁知诧异地扬起眉梢，未出口的解释也被她给吞了回去。

"我气的是你永远看不到自己的闪光点。"晏楚和轻叹了口气，像是不知该拿她怎么办，"你的身上分明有很多别人羡慕不来的特质，而你不仅忽视它们，还不许别人认可。"

"你知道我不擅长说这些。"他轻抚她的脸侧，声音低缓温和，说道，"但我想告诉你，沈岁知，你真的很优秀。"

沈岁知对上他那双深邃的眼，现在能够清清楚楚地望见他眼底的所有风景。他眼里没有掺杂任何杂念，只有坦诚的情意，干净透亮，像是莹白的月光。

沈岁知想，其实那些人说得也没错，她跟晏楚和完全就是两个极端。

她性格恶劣阴晴不定，他品行优秀出类拔萃，她是过街老鼠，他是社会精英，他们一黑一白、云泥之别。

可是那又怎样？

她只知道和他在一起时，是快乐的，是活着的。她本来就是个自私的人，只要他不推开她，说什么也不会放手。

沈岁知没作声，沉默片刻，开口唤道："晏楚和。"

"什么？"

她张张嘴，下一秒却失笑，摆摆手道："没什么。"

她确实没想说什么，只是突然感觉，每次喊他的名字的时候，心里就会长出太阳，然后她的世界就会春暖花开。

当晚六点，业内的媒体大咖发出今晚直播的预告。由于是临时加档的，预告没有任何视频资料，只有文字介绍。

但"SZ独家专访直播"这几个字足以吸引无数网友的注意力。直播间开启的时间定在晚上八点，各视频网站平台均有放送。

沈岁知并不缺专访的钱，所以只给合作方半小时的直播时间。

问题对方可以随意出，毕竟她也能随意回答。

平城有合作方的分公司，下午主持人已经在下午从邻市赶来，提前去直播现场做准备，整理今晚要问的问题。

沈岁知倒是不紧不慢的，中途在家接到苏桃瑜的电话问她怎么突然决定这样做，沈岁知三言两语地解释完，也到了出发去直播现场的时间了。

她穿上打底衫，化好妆，随后挑了一件黑色配亚麻色的拼接不规则外套，搭高腰垂感的阔腿裤，仍旧是她平日里又酷又美的风格。

姜灿已经在楼下等沈岁知，送她去直播现场，路上叮嘱她待会儿在镜头前要再三注意。

"别爆粗口，别开黄腔，别不正经。"姜灿对她提出三个"别"。

沈岁知的嘴上应了一声噢，她却在腹诽，怎么整得她被"扫黄打非"办重点盯梢的人员似的。

待沈岁知到达现场时已经七点多，摄像师和相关工作人员已经大概将场地布置完毕。她和姜灿走进室内时，瞬间吸引了许多人的目光。

他们有觉得惊讶的，有觉得茫然的，也有觉得匪夷所思的。沈岁知都不予理会。

她还不知道主持人是谁，便跟着姜灿过去做表面功夫认识一下，避免直播时过于尴尬。

沈岁知这是第一次以音乐人的身份出现在大众面前，称不上多自在。主持人是一位大她几岁的成熟女士，很有亲和力，懂得在对话时拿捏分寸。

没有人不喜欢跟聪明人聊天，沈岁知也不例外。

她对主持人的印象还算不错。姜灿在场外等她，顺便跟拍摄组沟通这次直播的相关事宜。

沈岁知坐在沙发上，习惯性地想把腿搭起来，抬到半路又觉得这样影响不大好，只得规矩地坐好。

主持人看出她的不自然，笑了笑主动开口道："沈小姐，您本人比照片更漂亮，身为同性，我真的很羡慕呢。"

沈岁知颔首，礼貌地回道："谢谢。每个女孩儿都有自己的特点，你也很漂亮。"

主持人被她爽利的回答逗笑："您的性格和大众印象里的很是不同。"

"可能我的路人黑太多。"她不甚在意，"还有，别再称呼我'您'了，'你'就行。"

两人闲聊了几句，不知不觉就到了直播时间。

确认机位后，沈岁知跟主持人表示可以了，于是本次专访直播便正式开始。

姜灿身为沈岁知的经纪人，却在此时准备离场。旁边年轻的工作人员疑惑地唤住她："姜小姐，专访刚刚开始。"

姜灿停下脚步，侧首看她，问道："怎么了？"

"您在这里等待沈小姐就好，不会打扰的。"

姜灿这才反应过来，想来是这小姑娘误会了什么，不由得轻笑出声，解释道："谢谢你的好意，不过我现在准备回家休息了。"

工作人员的神情有些茫然，她问道："那沈小姐呢？"

姜灿意味深长地弯唇："会有人来接她的。"

说完她便道了"再见"，离开直播现场，留下在原地不明就里的小姑娘。

另一面，主持人简短干脆地结束开场白后，便侧首看向沈岁知，切入正题，问道："沈小姐，你之前为什么要隐藏身份，而现在又选择主动曝光呢？"

"我希望别人关注作品本身，而不是作者，这个想法现在也适用于我。"沈岁知云淡风轻地说道，"其实如果不是昨天手滑点错赞，我也没打算曝光这一切。"

"在此之前 SZ 是真的很神秘呢。大家都知道你的家底殷实，那请问最开始你是因为什么才开始作词的？"

沈岁知顿了顿，眉梢轻轻地往上扬了下，说道："受到一个人的影响。"

"能详细说说吗？"

"我只是想随便表达一些东西而已，作词和音乐只是其中一条适合我的路。我发现它适合我，所以就选择它。"她坦然回答，指节敲了敲沙发的扶手，继续说道，"我这个人比较简单，没什么初衷，只要听的人能有自己的想法就好，是褒是贬，我并不在乎。"

由于本次专访的时间并不充裕，所以官方话说得并不多，大多是提问，主持人微微颔首后继续问道："方便透露下你平时是怎样进行创作的吗？"

"我没有特定的地点，想起来就写几句，可以写纸上，也可以存在手机备忘录里，全看心情。"

"那有没有缺乏灵感的时候？你是怎么解决的？"

沈岁知笑了一声，答得很干脆："抽烟喝酒，或者跟朋友出去玩儿。"

主持人沉吟片刻，委婉地说道："嗯……虽然抽烟喝酒能够帮助你解决问题，但对身体的影响还是很大的，你想过戒烟戒酒吗？"

戒？

"说实话，没想过。"沈岁知坦言道，"但有人希望我少抽烟，所以我尽量在忍了。"

主持人迅速地把握住关键词："是对你来说很重要的人吗？"

"比起重要，我更喜欢用'特殊'来形容他。"

"相信观众朋友们都知道，前段时间被转发无数次的那封律师函。"主持人没被她模棱两可的回答难住，从容地问道，"其实我们大家都很好奇你与晏先生的关系，可以透露些信息吗？"

沈岁知没急着回答，虽然早就预料到会有这种问题，但没想到主持人会问得这么直白。

她想了想，抬起自己的右手，宽大的袖管下滑，露出纤细白嫩的手腕，上面戴着一串色泽漂亮的星月菩提。

"我每天都戴着这个。"沈岁知说，随后将手放下来，"这是他给我的。你们怎么理解都行，或者待会儿他来接我的时候，我帮你们问问？"

话音刚落，先前跟姜灿对话的那个工作人员愣了一下，站在场外倒抽一口气，明白了姜灿那句"会有人来接她"的真正含义。

沈岁知的这个回答实在打趣得恰到好处，饶是有多年工作经验的主持人也有些手足无措，只得无奈地笑叹一声："这烟幕弹打得很不错啊。"

沈岁知眼尾微弯，好像在说"多谢夸奖"。

"经过这次事件后，你还会用 SZ 这个名字继续创作吗？"

"会。创作是我自己的事情，别人的喜恶我又不能左右，留下还是离开，完全看他们的选择。"

主持人点点头，道："沈小姐的确有很洒脱的个人风格。"

"这是今晚的最后一个问题。"主持人将双手交叠搭着，双目凝视沈岁知，问出口的话却有些犀利，"对于网络上关于你的种种言论，你有什么想对网友们说的吗？"

沈岁知听闻后忍不住轻笑出声。

这不就相当于采访被网暴者对网暴的感想？作为压轴问题，的确够刺人的。

"我的确是有几句话想说。"她抬手抓了抓头发，好像完全没有负面情绪，笑得漫不经心，"我不需要别人告诉我，我该成为什么样的人。

"我做人，看心情。他们指指点点可以，但别蹦到我跟前来。以前是我主动地回避，现在我改变主意了，我不缺打官司的钱，不介意让某些人体验一下被拘役的生活。"

说完，沈岁知对着镜头笑吟吟地招手，不紧不慢地说道："最后，感谢支持我作品的人，关注作品，别关注作者，祝你们吃好喝好，就这样。"

这场直播就此结束，沈岁知一一跟工作人员和主持人道谢，装得她的嘴角都笑僵了。她不由得暗自困惑，姜灿平时是怎么把这种场面功夫做得这么轻松的。

最后她得出结论：她果然不适合做公众人物。

沈岁知没打算在拍摄场地多留，径直走向电梯。有几个工作人员与她同乘电梯，沈岁知只得硬撑着表情，没让自己显得太冷漠。她好不容易撑到电梯抵达一层，一行人朝着楼道口走去。

沈岁知正准备拿出手机，问问晏楚和在哪里等她，然而手机还没拿出来，走在她前方的工作人员就突然集体停住脚步，像是看到了什么令人震惊的事物。

沈岁知看了一眼，发现身穿黑色大衣的晏楚和正站在门口，身姿笔挺卓然，他遥遥地看向自己。

沈岁知像是没看见那群愣在原地的人，一边扣着外套的扣子，一边朝晏楚和走了过去，说道："你怎么在这里等我？"

"停车场离这边有些远。"晏楚和垂下眼帘，看向她时眼神柔和。

沈岁知正欲随他往外走，却被他握住手臂，还没反应过来，他已经将原本绕在肩头的围巾取下给她围上。

围巾的材质绵软舒适，还有残留的晏楚和的温度和清冽的气息。沈岁知很自然地道谢，随后两人并肩走向停车场。

围观的众人面面相觑，无一不是满脸的难以置信，毕竟亲眼看到跟道听途说完全是两种不同级别的冲击。

当晚，热搜话题空降几个关键字。这个话题一路飙升，挤下其他的话题，带着一个"爆"字标识稳坐首位：沈岁知帮我们问了吗？

第十六章

何时可掇

这件事过去没几天，就迎来了除夕。

周遭热闹欢快，沈岁知早已习惯自个儿过节，照常去疗养院探望宋毓涵，对方竟然破天荒地让她今晚留下来吃饭。

沈岁知有点儿受宠若惊，差点儿以为宋毓涵良心发现对不起自己。但这个可能性微乎其微，沈岁知也没多问。

她打算晚些时候订两份手工的水饺，顺便再给自己点一杯奶茶，就当是今晚的年夜饭。她本就亲情观念淡薄，跟宋毓涵在除夕这天吃顿饭，也能算作团圆了。

天色稍晚的时候，宋毓涵在床上看电视，沈岁知则懒洋洋地倚在床边。突然，她放在口袋里的手机响了起来。

沈岁知维持着懒散的姿态，伸手摸出手机，随意扫了一眼来电显示，旋即愣了下，滑出接听键。

"喂？"

晏楚和没想到她会这么快接电话，顿了顿才问："你现在一个人吗？"

"没，你不用过来陪我，安心吃你的团圆饭。"沈岁知知道他在想什么，当即开口否决，"我在我妈这里，今晚跟她吃完饭再回去。"

晏楚和闻言稍微放下心来，温声道："新年快乐。"

沈岁知轻笑了声，心想这男人这种时候又只会说正经话了，看来那语出惊人的技能完全是随机性施放的。

"新年快乐。"她语气揶揄地说道，"晏老板，红包呢？"

晏楚和正要说什么，晏灵犀却凑了过来，意味深长地问："哥，大过年的跟谁打电话呢？"

沈岁知在电话这边听出晏灵犀的声音，便稍微抬高音量："小朋友，新年快乐啊。"

晏灵犀忙不迭地应道："嫂子新年好！有空来给我的专辑上签个名儿呗。"

自从知道沈岁知就是 SZ 后，晏灵犀逢人就吹自己追星追成一家人，现在就指望着沈岁知抽空给她整个特别的签名，能让她拿到微博超话炫耀好几圈。

沈岁知欣然地答应："下个月我应该还要去给你做家教，到时候给你签。"

现在的小孩儿太会抖机灵，沈岁知对称谓问题并没有进行纠正。倒是晏楚和一本正经地同晏灵犀说道："晏灵犀，别乱喊。"

晏灵犀被他的话噎住，不由得低声吐槽："哥，你这样不行啊，按别人的速度，早就全垒了。"

沈岁知品了品这话，心想晏灵犀说的也不完全对，虽然他俩还没确定关系，但该做的、不该做的都做了。

这想法显然太少儿不宜，她只在心里想了想，正思忖怎么把话题转移过去，就听对面传来晏楚和无波无澜的声音：

"还要不要压岁钱了？"

晏灵犀瞬间闭口不言。

沈岁知不由得笑出声来，赞赏道："晏老板，不愧是你。"

他清咳一声："红包我等下发你。"

"你还真的给我发啊？"她用指尖绕着自己的发丝，转几圈又放回去，重复几次玩儿得不亦乐乎，"你给你的妹妹发也就算了，给我发算怎么回事儿。"

晏楚和思索一秒，说道："你可以把它当作分红。"

沈岁知闻言愣了一下，把玩头发的手也顿住，回过神后有些忍俊不禁，又开始一本正经地调戏晏楚和："好吧，我以为你想做我的老公，原来你想做我的老板。"

话音刚落，她身旁的宋毓涵就一脸"你害不害臊"的表情看向她。她却没觉得腻歪，毕竟早就习惯了调戏某位"老干部"。

晏楚和这次却没再沉默，顿了顿，嗓音沉静地说："那我现在把私人账户交给你管，你敢接受吗？"

这下换沈岁知沉默了。

其实她对自己的定位十分清楚，就是一个语言上的巨人行动上的矮子。因此面对晏楚和此刻的直白，她不知如何作答，正要开口转移重点，对面便传来晏灵犀的声音。

"哥！"晏灵犀冲晏楚和喊着，"快过来吃饭啦！"

"去吧，别让你的家里人等着。"沈岁知很识时务地开始赶人，"我也准备吃饭了。"

晏楚和看了一眼时间，即使沈岁知没说，也能猜到她此时应该在南湖疗养院，便问她："晚上我去接你吧？"

"不用，我这么大个人，又丢不了。"

"那你路上注意安全。"他说完又叮嘱道，"不要去 YS，这个时间段不安全。"

沈岁知知道他还记着之前她在 YS 跟朋友聚会喝醉酒的事情，应下之后才结束通话。

沈岁知点开外卖 APP（应用程序），开始浏览营业的商家。

宋毓涵侧首瞥了她一眼，问道："不是说没戏吗？"

沈岁知在手机屏幕上滑动的指尖顿住，她云淡风轻地说道："随缘吧，或许可以试试。"

宋毓涵没再问什么，继续看电视。

沈岁知点了两份手工水饺，附近没有开门的奶茶店，只好退而求其次地从刚才的店铺里加了一罐啤酒。

正在输入支付密码的时候，她突然听到宋毓涵没什么情绪的声音："那你注意安全。"

沈岁知乍一听还不明白她的意思，用了几秒钟反应后，倏地睁大双眼。

"你提醒我这个干吗？"沈岁知觉得脸发烫，将手机搁在一旁，红着脸开口，"我活这么大岁数，心里没谱儿吗？"

宋毓涵也尴尬地咳嗽两声，没好气地回："谁知道你有没有谱儿，我还怕你到时候抛夫弃子了！"

沈岁知觉得又好气又好笑，干脆撂下一句"我以后也不打算养小孩儿"，这才结束话题。

宋毓涵虽然看起来对她的发言不甚满意，但也及时终止了这个话题。毕竟她鲜少关注沈岁知的私人生活，这样的对话让两个人都不自在。

沈岁知把刚才没输完的密码输好，下单成功，大概四十分钟外卖可以到。

此时手机上方的通知栏突然出现微信转账的提示，她看也没看就点进去。她本以为又是哪个兔崽子发一毛两毛钱的红包逗她，没想到，竟然是晏楚和的转账。

而转账金额——

五个六！

沈岁知瞬间惊掉下巴，觉得匪夷所思地点开那条转账消息，犹豫半天也没点确认收款。

似乎是她犹豫的时间太久，晏楚和发来了一个问号。

沈岁知盯着那个问号，斟酌后，回他两个问号。

晏楚和大抵是不愿再浪费时间，直接问："为什么不收？"

沈岁知十分疑惑地回："你给我这么多钱干吗？"

"晏灵犀说这个数字比较吉利。"

这条信息刚冒出来，不一会儿，又紧接着跟上一条信息："她说六个六更好，但是转账金额的上限太低了。"

沈岁知最终还是接受了转账，但钱到账后，便立刻从自己的银行卡里给晏楚和转账过去66666元。把支付方式改成自己的银行卡，随后给晏楚和回了五个六过去。

果不其然，晏楚和再次发来一个问号。

她的指尖在输入法上轻轻地敲点，将消息发出去："当聘礼不够，当红包太多，这钱我可不好收。"

似乎这话揶揄的意味太重，沈岁知一直盯着聊天框上方的"对方正在输入中"。几个字反复出现了数次，也没有新的消息发过来。

她不由得轻笑出声，本想着继续打字，但临时改了主意，改成发语音信息："六六大顺嘛，我总不能只自己顺。我用的是我卡里的钱，你收了，我们两个就都顺了。"

这条语音信息发出去后，过了半分钟，她的转账被对方接收。

沈岁知弯起唇角，似乎在为刚才的事情开心。外卖员在此时打电话过来，她接听电话确认位置后，便拎起外套下楼去门口取餐。

回到病房后，沈岁知打开外卖。水饺被封得很好，打开后还冒着热气。她摸了摸那罐啤酒，竟然被焐得有点儿温热。

吃饭的过程中，她习惯性地将衣袖往上挽起两截。菩提手链上的珠子发出相互碰撞的轻响，吸引了宋毓涵的注意。

"以前没见你喜欢这些。"宋毓涵问她，"你去寻相寺求的？"

沈岁知闻言愣了愣，想说这是别人送的，但又奇怪宋毓涵为什么会这么问。

斟酌片刻后，她没给出正面回答，反而问道："你怎么知道我去寻相寺？"

"你出国的那几天，我去了趟 C 市。"

宋毓涵不紧不慢地咬了口水饺，继续说："我在寻相寺请了香，看别人都在供灯，就去看了看，结果看到有一盏灯上面是你的名字。"

沈岁知倏地顿住，张口却不知道该说什么好，脑袋有些转不过来。

"你以前不是说不信这些吗？"宋毓涵没察觉到她的异样，权当她是别扭，继续说道，"现在又是戴菩提手链又是供灯的，终于对自己上点儿心了？"

不是。

不是她。

沈岁知低下头，思绪乱糟糟的，理清思绪后，只有一个结论——那盏灯，是晏楚和为她供的。

寺庙供灯是为平安喜乐，她向来不在乎这些东西，但有人替她在乎。

原来也有人会怕她消失在这个世界上吗？

沈岁知缓慢地眨眨眼，觉得心底那份原本并不清晰的情愫逐渐地鲜明起来。

她突然说了句与刚才话题毫不相干的话："过两天我带晏楚和过来看你。"

宋毓涵闻言愣住，抬起眼帘看她一眼："你刚才不是还说只是试试？"

"你又不是不知道，我想一出是一出。"沈岁知无所谓地耸耸肩，慢条斯理地开始吃水饺，"我还挺喜欢他的。"

宋毓涵语气平淡地说道："我看到你之前的那场访谈了。"

沈岁知狐疑地看向她。

"你以为我闲着没事儿关心你？"宋毓涵皱眉，低头吃饭不看她，"那场直播是全平台开放的，打开手机全是推送信息。"

"直播怎么了？"

"他对你到底好不好？你第一次谈恋爱，别傻乎乎地跟人走了还不知道。"

沈岁知听得差点儿噎住，晃晃手腕上的那串菩提手链："看见这个没？"

宋毓涵扫了一眼："怎么？"

"他去寻相寺求的。"她说，"那盏灯也是他替我供的。"

宋毓涵的目光微动。她也不知想到什么，神情恍惚一瞬，随后收回目光，淡淡地应了声："挺好的。"

沈岁知不知道自己这算不算秀恩爱，但不得不说，这样让她的心情很好。她没再说多余的话，继续埋头吃饭。

她几口喝完啤酒，拿起手机给晏楚和发了条消息："你今晚在哪儿过夜？"

她没收到他的回复，却在几分钟后等到了他的电话。

沈岁知没想到他会直接打电话过来，轻咳一声开口："不回微信消息回电话，你这也太正式了吧。"

晏楚和并没有接她的话茬儿，直截了当地说道："吃过晚饭我回公寓，怎么？"

公寓？那敢情好啊。

沈岁知在心中窃喜，不答反问："那你喝酒了吗？"

"没有，我要开车。"

沈岁知等的就是这个答案。她将自己兜里的家门钥匙掏出来往床头柜上一放，显然是不打算拿走了。

在宋毓涵匪夷所思的注视下，沈岁知面不改色地对手机那边的晏楚和道："我刚发现我没带钥匙，能不能去你家借住一晚？"

目睹全程的宋毓涵呈惊呆状，觉着她女儿在某种意义上的确应该进军娱乐圈。

沈岁知的话音落下，晏楚和似是被她问住，稍作停顿才答应下来："好，我去接你。"

"你还记得这儿的地址吧？"沈岁知看了一眼窗外已经暗下的天色，"你回去的时候顺道过来就行，到了给我发消息。"

"好，一小时后可以吗？"

"没问题。"她弯起唇角，"麻烦了啊，晏老板。"

沈岁知挂断电话后，宋毓涵看着她从容不迫地收起手机，完全没有骗人后的心虚。宋毓涵不由得默了默，评价道："你的演技出神入化，应该去当演员。"

沈岁知嘿嘿一笑，转而正色道："其实我很早就有这个想法了。"她将两腿随性地搭着，目光落在电视屏幕上，"就是突然觉得人生在世，本来时间就少，没必要浪费。"

说完她像是突然想到什么，把头扭过去，问宋毓涵："你还瞒着我什么了？"

她的问话无波无澜，听不出是试探还是好奇。宋毓涵心底微动，说道："你不是说对过去的事情没兴趣吗？"

"突然想通了，知道总比不知道好。"沈岁知头枕着手臂，神色自然地说道，"你说沈家本来就该属于我，什么意思？"

宋毓涵顿了顿，听到她是在问这件事后，淡声地说道："就是字面的意思。"

沈岁知蹙眉沉默片刻，终于问出那个藏了多年的问题："我到底是不是私生女？"

宋毓涵没有回答，只轻嗤一声："沈擎是这么跟别人说的？"

"沈老爷子说的。"

宋毓涵听到这个回答，一字一顿地说道："你不是！"

"可沈心语长我一岁，也是沈家的孩子。"

"是啊，亲生的。"宋毓涵轻笑，"那估计没人跟你说过，最初跟沈擎订婚的人是我。"

沈岁知震惊地盯着她。

"我和他从高三开始恋爱，中间过程没什么好说的。虽然他爸爸竭力反对，但最后我们还是订婚了。"

宋毓涵的语气稀松平常："不过谁也没想到，一年后我得知怀孕的那天，南婉抱着个小孩儿找到了沈家。"

那个小孩儿就是沈心语，沈岁知明白她的意思。

"经过鉴定，那个小孩儿的确是他的孩子。"宋毓涵说，"可奇怪的是，沈擎对此一无所知。他跟南婉甚至只在宴会上见过一面而已。"

沈岁知张了张嘴，半晌才艰难地挤出几个字："他是被算计了吗？"

"他爸有一次让他回家谈谈，说是同意我们的婚事，当夜他宿在沈家。第二天回来，他说自己昨晚没喝多少酒却醉倒了，我们当时都没有起疑，后来才知道，是他爸让管家在他的晚餐里加了东西。"

沈岁知只觉得匪夷所思，说道："所以，沈擎是被沈老爷子和南婉算计了？沈老爷子用亲情把沈擎引上了钩？"

"毕竟我没什么家世背景，沈擎又不是顺从之人。而南家是最好的联姻对象，老爷子只能用最极端的办法，把他们两家绑在一起。"宋毓涵提起多年前的往事，此时心中已经不再有愤懑无奈。

沈岁知本想问是不是她主动离开了沈家，但仔细想想，似乎也没这个必要了，不论如何，这么多年过去，当下已经是既定的结局。

这样一来，沈擎对待沈家人的冷漠态度就都有理由了，以前所有疑惑的事情也都串起来了。

那他们两个还没放下当年的感情吗？

沈岁知最终没把这个问题问出口，以旁观者的立场，不好发出什么质疑。她只是觉得，对这段感情心有不甘的人不会只有一个。

"还是那句话，美好的时光本来就少，没必要浪费。"沈岁知抽出一张餐巾纸，擦了擦指尖，说道，"你比我多活了二十多年，可别没我看得通透。"

宋毓涵没想到自己的女儿会这么亲昵地跟她说话，有些好笑地扫她一眼："我还用你多说？"

"这么难的感情，这辈子有一段就够了，折腾人。"她云淡风轻地说道，"早都来不及了。"

沈岁知不明白她最后的那句话是什么意思，正要开口问，宋毓涵便抬了下手，示意她往窗外看。

沈岁知不明就里，探头往窗外看去，浓重的夜色里，一辆车子静静地停在疗养院的门口。

那是晏楚和的车，沈岁知认了出来。

"刚才跟你说话的时候就看到了，"宋毓涵看向她，"他应该等了一段时间，没给你发消息吗？"

沈岁知赶忙拿过手机确认一番，没有任何未读消息。

宋毓涵看她的表情就知道答案了，淡淡地挑了挑眉，说道："这孩子对你倒是不错。"

沈岁知不解其意，问道："什么意思？"

"他在等你办完事情联系他。"对于自己女儿的慢半拍，宋毓涵只得耐心地解释说，"要是给你发消息说他到了，不就相当于变相催你？"

沈岁知愣怔两秒，后知后觉地明白过来。她不大自然地抓抓头发，低头给晏楚和发信息："晏老板，什么时候到？"

没等多久，晏楚和就回她："很快。你和伯母吃好了？"

装，他继续装。

沈岁知想看看他要装到什么时候，故意继续发消息："那我等会儿去门口等你。"

信息发送成功后，她没再看他是否回复信息，而是径直收起手机，似笑非笑地从窗口打量那辆车。

沈岁知朝宋毓涵挥挥手，往门口走去，说道："我先走了，过两天再来。"

宋毓涵目送她离开，脑中浮现的却是刚才沈岁知看手机时熠熠发光的双眼。

宋毓涵也年轻过，也有过这样的时候。她很清楚那是怎样的眼神，这么多年来第一次从沈岁知的眼底看到光芒。

既然如此，她就放心了。

宋毓涵将灯关上，收回落在窗外的视线。

沈岁知快步走到楼下，特意轻手轻脚地绕了个圈儿，溜到驾驶座的车窗前，伸手用指节敲了两下车窗。

晏楚和没有注意到有人靠近，不设防地将车窗降下，正欲开口，对方就弯腰凑了过来。

沈岁知扒着窗沿，笑吟吟地问："晏老板，你这是飙车过来的啊？"

晏楚和没想到开窗就是个惊喜，不由得愣怔半秒，才语气不自然地说道："路上不堵车……"

沈岁知强忍着自己骨子里的恶劣因子，没把事实揭穿，像是信了这个根本不牢靠的说法。她绕到副驾驶座，拉开车门坐了进来。

"你出来的时候怎么跟家里人说的？"她随口问道。

"我说要去接人。"

"就这样？"沈岁知轻扬眉梢，"你爸妈都不问你，大过年的跑去接谁啊？"

晏楚和侧首看向她，并没有回答，只倾身贴近她，替她把安全带扣好，这才淡声说道："问了，我说我现在是实习期，有待转正，需要随叫随到。"

沈岁知听到这话轻笑起来，心中莫名地感到踏实。

车程并不算长，再加上这个时间段车流量小，不过十分钟就抵达晏楚和居住的公寓。

两人乘电梯上楼，不知为何一路上彼此都静默，像是等着对方开口说什么。

最终晏楚和打破沉默。他在开门时出声问她："你为什么还不问？"

"问什么？"

"你说你要替他们问我。"他输入密码后，转头望向她，"忘了？"

沈岁知这才明白他是说自己那天在访谈中说的话，那时只是单纯地想堵住一些人的嘴，哪里知道晏楚和竟然会较真。

沈岁知沉默片刻才说："没忘，但我有另一件事情想问你。"

话音未落，她便迅速地把晏楚和拉进室内，反手关上门，又以迅雷不及掩耳之势将他堵在玄关处，一套动作流畅无比，只可惜两人的身高差实在违和。

晏楚和虽有诧异，但也没制止她。周遭黑沉沉的，只能看到彼此五官的模糊轮廓，他轻眯起眼，正欲开口，便被人打断："别开灯。"

晏楚和开口："你想问什么？"

沈岁知在这种环境下比较有安全感，至少不用担心表情管理崩盘这种尴尬的场面出现。她发现虽然被逼问的是晏楚和，但最紧张的却是她，这个认知令她十分不爽。

她开门见山地说道："你当初去寻相寺，是不是还给我供了一盏灯？"

这句话无疑是个重磅炸弹，晏楚和轻蹙长眉，没承想她会问这个问题，一时间，竟不知道该承认还是否认。

"我妈年初去了一趟寻相寺，看到有盏灯上写着我的名字。"沈岁知等了几秒，没听到回应，也不催促，继续说道，"我没去过那儿，所以只能是你了。"

晏楚和缄默不言，半晌后沉声开口："是我。"

他承认得这么干脆，倒使得沈岁知哑口无言了。她想过无数的答案，但此时到了晏楚和跟前，才发现所有答案都不重要，只想要最肯定的那个答复。

"我虽然不是信徒，但尊重这份信仰。"他说，"我只是希望，你眼里看到的都是光明，心里记得的都是善意。"

男人的嗓音低缓，带着柔和的温度，似比窗外的月色都要温润。

沈岁知忽然觉得，没必要再试探下去了。

世人世事从来不在她的思虑范围内，她没有在阳光下行走过，即便光明盘桓整个世界，人声鼎沸热闹非凡，也觉得无趣。

可她遇到晏楚和以后，风和日丽的日子似乎多了起来，这个世界好像有了让她依恋的东西。于是，她开始改变想法，自己是不是也可以多活几天？

"晏楚和。"沈岁知突然唤他。

"我早就劝过你了。既然你要跟我一起走这条路，我就要把我所有的偏执和病态都展现给你看。"沈岁知一字一顿地说道，掌心沁出些许湿意，"这是我能给你的最后一次机会，你考虑好。"

如果他真的要陪着她，她就绝对不会放过他了。

静默的时间似乎格外漫长，当沈岁知听到开关被按下的声音时，已经迟了一步。

明亮笼罩在这片空间内，沈岁知维持着仰头的动作，双眼不适应地闭了闭。也就是此时，她感受到一双温和的手掌覆在眼前。

随后，她的额头被印上了一个轻柔的吻。

"这条路，我不是陪你走。"她听到男人这样说。

眼前的遮挡物缓缓地收回，沈岁知的睫羽微颤，她睁开双眼，便跌入身前人眼底那片深邃澄净的海里。

晏楚和望着她，逐字逐句地对她说："沈岁知，我带你走。"

阳光不是光，灯光不是光，温暖又如何，明亮又如何，还不是照不亮她沈岁知的路。

她踽踽独行了二十余年，终于在此刻等到了光。

"我带你走。"他这么说。

接下来的事似乎顺理成章了起来。

沈岁知踮起脚，手环着晏楚和的脖颈，凑过去亲了他一口，随后脸轻蹭了蹭他的耳朵。

晏楚和没有作声，伸手揽住她的腰身，直接用实际行动去回应她。

呼吸在方寸间交换着。沈岁知半合着眼，身子正软，下唇却猝不及防地被对方轻轻地咬了一下，不疼，但能察觉到对方有些不满。

她含混不清地问他："干吗？"

"你喝酒了？"他的嘴靠在她的唇角，说话时温热的呼吸洒在她的脸颊上，酥酥麻麻的。

沈岁知眨巴眨巴眼，笑吟吟地手勾着他的脖颈亲，云淡风轻地说道："就一点儿啤酒而已啦。晏老板，做正事儿的时候可不能分心啊。"

晏楚和被沈岁知这么一打岔，也没心思再计较此事，没再给她出声的机会，俯首吻上她。

男人温热的气息线一般缠绕着她、绑着她、牵着她。酥麻感汹涌而至，顺着脊背缓缓地攀升，沈岁知的呼吸开始乱了起来。

不得不说晏楚和的学习能力的确很强，不同于先前毫无章法的吻法，他不知怎么学会了以退为进。沈岁知感觉有点儿燥热，正要倾身迎合，却被他不着痕迹地避开。

这一刻的晏楚和，像极了之前那晚的她。

沈岁知觉得又羞又恼，径直将脸错开，恶意地用牙齿磨了一下晏楚和的喉结，随后又像是给好处，不轻不重地吮了一下。

果不其然，身前男人的身体僵住，连带着手下的力道也收紧几分。

他带着些许恼意的声音自头顶上方传来："沈岁知。"

沈岁知没忍住笑出声来，仰起脸亲了亲他棱角分明的下颌："我在呢。"

清亮的光盈满室内，映衬着她眼中的水光泛出的涟漪，她脸上的笑意分外动人。晏楚和拿她没办法，只好用别的方式同她计较。

沈岁知这儿还打算继续开玩笑，结果话就被吻截断。这吻来得热烈强势，几乎瞬间便乱了她的呼吸节奏。没多久她就有些呼吸不畅，只有揽着晏楚和才能勉强地站住脚。

他俯首轻咬她的耳垂，嗓音低哑地说："别闹我。"

沈岁知的耳朵敏感，此时她忍不住往旁边偏偏脑袋。两人之间几乎没有距离，对方的呼吸近在咫尺，唇与肌肤因彼此肢体的起伏而不时相触，耳鬓厮磨。

沈岁知忍无可忍，啪的一声，抬手把灯摁灭，说道："你跟我计较这个干吗？"

晏楚和不答反问："你关灯做什么？"

她一噎，回道："这环境有益于我发挥，不行吗？"

他低声轻笑，不再同她计较这些，径直将人抱起，去卧室办该办的事儿。

清晨时分，徐助理在公寓的门口徘徊不定。

他一会儿看看手表，一会儿又看看手机，然而没有收到老板任何的信息，只得在门口继续等着。

现在已经是七点钟，他昨天就跟晏总说好，今天将企划案和合同整理好今天送过来，此时准时抵达，却没收到上司的信息，也不敢贸然按门铃。

按照以往的惯例，晏楚和起床的时间再晚，也不会超过六点半的时候。这次晚了半小时，他不由得有些疑惑，却也只能无奈地等着。

毕竟晏楚和睡醒后的十分钟，不是寻常人能面对的。

他在晏楚和身边做事多年，知道这位脾气温和、待人有度的上司也有难应付的时候，那就是他起床后的十分钟。尚未完全脱离睡眠状态的晏楚和会以最严苛的标准看待所有人，稍不合心意，对方就要遭难。

徐助理早年在这方面吃过不少苦，现在学聪明了，知道等晏楚和主动联系他。

但眼下已经超出常规半个小时了，徐助理不由得认真思考晏楚和过年赖床的可能性。但往年都没有过这种情况，他又开始想晏总是不是根本没在家。

他思来想去好一会儿，手机还是没有任何动静。徐助理做了个深呼吸，将文件夹在臂弯，抬手敲了敲房门。

他本想按门铃，但万一真吵到那尊大佛睡觉，后果不堪设想。

等待了几秒钟，没有任何回应，徐助理微微蹙眉。就在他想要再次敲门的时候，公寓的门倏地震了一下，被人从里面打开了一条缝隙。

徐助理下意识地就想喊"晏总"，却发现眼前这人并不是晏总，便陡然收声。

于是，他跟开门的人面面相觑，一时间谁也没有说话。

被他的敲门声叫来的人不是晏楚和，而是一名女子。对方似乎是在睡梦中被吵醒的，睡眼惺忪，神情透着一些不耐烦的意味。她胡乱地披着一件对她来说过于宽大的睡袍，纯黑色的丝绸质地，下摆落在脚踝处，露出雪白的脚踝，两者对比鲜明。

徐助理呆若木鸡，好半晌才结结巴巴地打招呼："沈、沈小姐？"

沈岁知看到是徐助理后，那点儿不爽退去些许，抓了抓凌乱的长发，问："你找晏楚和吗？他还没起床。"

"啊，也不是。"徐助理倏地回神，瞬间明白了当下的状况，忙将手中的文件交给沈岁知，"我主要是来送企划案的，您替我转交给晏总就好。"

沈岁知接过文件客气地对他说："大清早的，麻烦你了啊。"

"不麻烦不麻烦，都是我应该做的。"

徐助理当即往后退了退，一面说着"祝你们有个美好的早晨"，一面笑容可掬地离开沈岁知的视线。

沈岁知看着他的身影消失在走廊的转角，反手将门轻轻地关好。她把那些文件放在桌上，忍不住小声地打了个哈欠。

她已经好多年没起过这么早了，压根儿就没睡饱。这么想着，沈岁知刚往卧室的方向迈出去两步，双腿就软得差点儿站不住，幸亏及时扶住墙。

不难想象昨晚两人发生了什么。沈岁知在心底暗暗地叫苦，慢慢悠悠地挪到卧室。室内光线昏暗，晏楚和仍旧睡得很沉，没被方才那些细微的动静吵醒。

沈岁知轻手轻脚地掀开被子钻了进去，重新回归到温暖舒适的被窝中，不由得轻眯了眯双眼。

片刻后，她抬起眼帘，仗着晏楚和熟睡，便肆无忌惮地打量他：

晏楚和的双眼合着，两弯长睫静静地垂落，高挺的鼻梁下的唇角不明显地抿着，瞧上去略显冷酷。

沈岁知盯着他看了两秒，竟鬼使神差地凑了过去，轻轻地在他的唇上偷来了一个吻。

没有任何想法，她只是单纯想这么做而已，做完了就回到自己的位置。

沈岁知安安分分地躺回去，闭上眼想睡觉，可是不知道为什么，心率过于快了。

沈岁知不知道谈恋爱该干什么、能干什么，只觉得自己跟晏楚和的相处方式同以前似乎没什么不一样，但有些东西的确有了些变化。

过去的十几年里，她始终讨厌迎接早晨的太阳，抵触新一天的到来。以往她拉开窗帘，看到外面一片生机勃勃，内心毫无触动。可是现在，她感觉自己终于感受到了普通人的心情，清早醒来看到光，这就是崭新的一天，是值得期待的日子。

她正有一搭没一搭地胡思乱想着，旁边的晏楚和忽然转过身来，十分自然地抬起手臂，方便沈岁知缩进他的怀里。

沈岁知想也没想就顺势枕上他的肩，完全没有经过思考，好像他们本就应该这样亲昵。

她懒洋洋地问他："你平时都醒这么早吗？"

晏楚和半睁开眼，颔首吻了吻她的额头，嗓音带着刚刚睡醒的沙哑慵懒："我做了一个梦。"

"噢。"沈岁知随意地问他，"什么内容？"

他低声道："我梦到你亲了我。"

沈岁知莫名地有种做坏事被抓包的尴尬感觉，无比后悔自己刚才怎么就鬼迷心窍了。

"你这场梦做得还不错，"她一本正经地胡诌八扯，说得跟真事似的，"还能梦到我没干的事儿。"

晏楚和从容不迫地看着她，知道她是想蒙混过关，只是不置可否地说了声"是吗"，然后便用指尖撩起她脸颊旁的发丝，有意无意地玩弄着。

他越漫不经心，沈岁知就越觉得心里没谱。

浅淡的笑攀上他的眼尾眉梢，晏楚和语气平和地对她道："那你亲亲我，让我和梦里对比一下，看看哪个才是真的。"

沈岁知瞬间气血上涌，无法再装作若无其事地跟他对视了，索性把头埋得更深，没好气地质问他："搞了半天你刚才是装睡啊？！"

晏楚和轻拍了拍她的脊背，只觉得现在的沈岁知像个害羞闹别扭的小孩子，耐心地解释道："我那时没有睡醒。"

沈岁知不假思索地接道："半梦半醒也是醒！"

晏楚和轻笑出声，将她揽入怀中，低头吻她的头发："嗯，都是我的错。"

第十七章
所见即光

沈岁知因为没睡够，又翻身继续睡了个回笼觉。

刚才晏楚和听到沈岁知提醒自己文件在桌子上，便换好衣服去外面办公。

临走前，他还不忘给沈岁知掖掖被角。怕影响她睡眠，他没有拉开窗帘，只轻轻地将卧室的门虚虚掩上，这才去取助理送来的企划案。

沈岁知再次醒来的时候已经快十一点，睁眼看着天花板发了会儿呆，然后翻身下床。

她紧了紧身上松松垮垮的浴袍，不由得蹙起眉头：晏楚和这儿什么都好，就是没衣服可以换。她在考虑下次来的时候要不要带两件自己的衣服放到他的衣柜里。

沈岁知趿着拖鞋走到卧室门口，一眼就望见靠在沙发上翻阅文件的晏楚和。

他私下里给人的感觉往往很温和，虽说还是那身百看不厌的衬衫黑裤，但整个人的气场都与在办公室里工作时的感觉截然不同。

"晏老板，过年期间还忙工作啊？"沈岁知凑过去，低头看了看他手中的文件，上面全是专业术语，看得她头晕。

"只是提前过目一下，不重要。"晏楚和说罢将企划翻过最后一页，整理好放到桌角，转头询问道，"饿了吗？"

沈岁知坐到他的旁边，闻言摸摸自己的肚子，说道："有点儿。"

晏楚和起身去往厨房。不多会儿，他端着一杯冒着热气的饮品回来了。

她歪歪脑袋，问道："你不会是给我泡枸杞茶了吧？"

"热可可。"他将那杯热饮放在她面前的茶几上，随后坐到她的旁边。

沈岁知有些诧异地挑挑眉，侧首看向他。

"你早上没吃饭，喝这个可以补充热量。"晏楚和耐心地跟她解释了一句。

沈岁知心下微动。他永远这么妥帖，即便是这种细枝末节的事，也会为她考虑周全。

晏楚和家的沙发松软宽敞，故而沈岁知的坐姿随意。她干脆盘腿在沙发上坐着，方便做一些想做的事情。

沈岁知倾身凑过去，在晏楚和的侧脸上亲了一下。

晏楚和始料未及，愣怔片刻。随后，他眨了眨眼，耳郭后知后觉地红了起来。

沈岁知被他这纯情的模样逗得止不住笑，身子往前挪了挪，干脆环住晏楚和的脖颈，把脸埋进他的颈窝笑个不停。

晏楚和抬手扶住她的脊背，疑惑地问道："你这么喜欢热可可吗？"

沈岁知听到这问题顿了一秒钟，随后笑得更欢了："完了，晏楚和，我怎么这么喜欢你啊？！"

这是她第一次正经意义上的表白。晏楚和揽着她的手微微收紧，他觉得耳朵上刚消散的热度又回来了。

"多谢款待，我的确喜欢热可可。"沈岁知终于止住笑，抬起头来认真地看着他，"但是你放心，你的地位绝对远远超过它。"

晏楚和对于沈岁知把他跟热可可比较的行为并不满意，但毕竟从她的口中听到了"喜欢"二字，心中倒是欢喜。

吃午饭的时候，沈岁知出神地想着，其实这样的生活好像很不错，最起码有晏楚和在，她可以不用再吃安眠药，唯一不舒服的就是要戒烟戒酒了。

不过他为自己付出了这么多，这次也该轮到她为晏楚和做些什么了。

但是这样会不会太快？而且由女方提同居为什么她感觉怪怪的？

沈岁知无比纠结，走神走得连晏楚和唤她名字都没听见，直到他重复一遍，她才倏然回神。

"啊？"她茫然地抬起脸，"什么？"

晏楚和见她这表情就知道她是走神了，轻叹了口气，斟酌片刻，对她认真地说道："你……要不要考虑过来跟我一起住？"

沈岁知蒙了，这就是传说中的心有灵犀？

她难得地结巴起来："现、现在？"

晏楚和以为她不同意，赶忙说道："如果你觉得太快，那……"

"不快，一点儿都不快！"沈岁知迅速地将他的话打断，眼里含着期待，"我今天就搬，开车搬过来！"

晏楚和微怔，随后唇角弯起浅浅的弧度，温声应道："好。"

沈岁知从来都是个行动派，说今天搬就今天搬。她吃完午饭就套上衣服准备回家收拾东西，走到门口才发现晏楚和竟然也穿戴整齐地准备外出，不由得疑惑地看过去。

"你要去公司吗？"她真诚地发问。

"不，今天是假期。"他认真地回答这个低智商的问题。

沈岁知困惑了："那你要出门干吗？"

"你不是说今天要搬过来吗？"

沈岁知欣然地接受陪同，两人一起出了门。

等待电梯时，沈岁知同晏楚和并肩站着，两人之间的距离虽然不似以前礼貌客气，但也没有男女朋友之间的亲昵。

她觉得这样有点儿奇怪，但又不知道怎么说这事儿，只能别别扭扭地站在他的身边，默默地看着电梯显示屏上的数字。

电梯门缓缓地打开，晏楚和微微侧身，让沈岁知先进。他们一前一后地踏进电梯后，他便按下了地下车库的楼层数字。

当电梯门闭合最后一丝缝隙时，晏楚和的眼前倏然出现了一只纤细白皙的手。

这个动作很突兀，晏楚和没能看懂她的意思，便侧首看向她："怎么了？"

沈岁知深吸一口气，将手抬高几分，强行理直气壮地说道："借给你的，拿着。"

晏楚和沉默半秒，随后低笑一声。

他将那只停在半空的手包裹进掌心，垂下眼帘望着她，嗓音低缓地说："只是借吗？我以为原本就是我的。"

沈岁知觉得脸颊有点儿发烫，本来想套路他，结果却被他套路。她装模作样地思忖片刻，才点点头说道："有道理，晏老板，以后重要的物品请随身携带啊。"

晏楚和哑然失笑，轻捏了捏她的掌心，说道："好的，记住了。"

沈岁知一路上信誓旦旦地跟晏楚和说自己的东西特别少，然而，当她的化妆品就塞满一个行李箱的时候，晏楚和就知道她的话只能当没听过了。

晏楚和不清楚女孩子是不是都有这么多东西要收拾，不好帮忙整理，只得坐在客厅的沙发上等候，听着卧室中噼里啪啦的声音。

虽然沈岁知要带的东西不少，她收拾起来还算迅速，化妆品一个小箱子，衣服一个大箱子，日常用品再分出一个箱子，东西她基本就收拾好了。

她收拾床头柜时，看到抽屉里成瓶成盒的药物，扒拉两下，却没有下一步动作，像是在思考什么。

之前李医生经常因为她吃药不按时而发牢骚，气头上还会训她一顿，每回沈岁知都下定决心按时吃药，但坚持不了多久就又将事情抛之脑后。毕竟平时没人在身边监督，她又对自己不上心，只有在发病时才会想起没吃药这回事儿。

除了安眠药这种每晚被大脑自动提醒的药物，她经常忘记自己还需要服用其他药物。

"不拿着吗？"她正发呆，晏楚和的声音忽然自上方传来。

沈岁知不知他什么时候进了卧室，仰起脸看看他，又低头看看手中的药，说道："我到底要不要拿这个啊？因为平时总是想不起来，我吃药也断断续续的，不拿的话应该……"

她想说"没什么关系"，但话还没说完，就被晏楚和淡声打断。

"拿着吧。"晏楚和单膝蹲下，看了看那些药，认真地对她说道，"回去后归我保管，我每天提醒你。"

沈岁知眨巴眨巴眼，原本到了嘴边的话又被咽了回去，低头噢了一声，嘴角却浮出半分笑意。

被人照顾的感觉真好啊，她这样想着。

晏楚和收拾了厨房，原本以为沈岁知的家里该有的食材都有，但事实告诉他并非如此。

他的视线扫过餐台，上面空荡又干净，他只得拉开冰箱门。然而，当他看到冰箱里满满当当的啤酒、香烟以及速食品时，很难说清楚心里是什么感觉。

正在往外拖行李箱的沈岁知显然也想到了什么重要的事情，忙不迭地扔下箱子小跑进厨房，却为时已晚，不该被看见的东西全都被晏楚和看见了。

沈岁知对上晏楚和情绪难辨的眼神，摸不准他什么态度，心虚地解释道："那什么，这都是我原来存的，我独居时的饮食习惯不大好。"

晏楚和拿出那两条烟，神色未改地问她："这都是你的？"

沈岁知愣了下："嗯……怎么了？"

"拿着吧。"他把烟递给她，"戒烟可以慢慢来，不必急于一时。"

沈岁知没想到他这么宽容大度，接过烟后，有些匪夷所思地望着他，再度确认道："我的烟瘾很大，你不担心吗？"

晏楚和语气平淡地说："有我在，你觉得你还有那个机会吗？"

行，她差点儿忘了跟前站着的是个养生标兵、老干部。

跟晏楚和确定关系后，沈岁知艰难地戒了自己的夜生活，毕竟自己也是家里有男人的人了。虽然朋友们免不了调侃，但大多是善意的。

沈岁知在这个年纪脱单，在圈子里算是早的。苏桃瑜得知这件事情以后感慨万分，没想到这俩人兜兜转转还是得在一起。

苏桃瑜跟叶彦之仍旧是剪不断理还乱的关系。沈岁知自己有了感情生活，有事儿没事儿便凑过去问候苏桃瑜的感情进展，势必要让她体会到之前自己的感受，烦得苏桃瑜巴不得躲着沈岁知。

沈岁知开始尝试戒烟。只要她觉得自己的烟瘾犯了，就窝在晏楚和的怀中吃薄荷糖，或者抱着他亲，借此转移注意力。

她甚至还特意准备了一本戒烟日记，把每天的心情写到上面，说是记录戒烟，倒不如说是拐弯抹角地写给晏楚和看的。

记录多如此类：想抽烟，要是有蛋包饭堵住我的嘴就好了；今天只抽了一根，我觉得需要个奖励。此类句子暗示意味极强，日记偏偏还敞开放在桌上，晏楚和想看不见都难。

好在他们一个肆意幼稚，一个愿意惯着。终于在两个月后，沈岁知顺利地从原本的一天抽小半包烟变成了现在的一周抽小半包烟，是她戒烟道路上的大成功。

晏楚和在帮她戒掉坏习惯这方面并不操之过急，毕竟来日方长，他们还有很多时间来适应彼此。

沈岁知的生日那天，她原本想着跟晏楚和一起去疗养院探望宋毓涵，然而打电话过去，宋毓涵却回绝了她。宋毓涵说今天不舒服，以后再见。

沈岁知听她的声音有气无力的，不由得有些起疑，挂断电话后，便让晏楚和把她送到疗养院的附近。

她总觉得宋毓涵是在瞒着她什么，但也知道绝对不可能从宋毓涵的口中撬出什么话，只能退而求其次，用些如偷偷摸摸观察之类的方法。

她上楼后，放轻脚步来到宋毓涵的房间。她站在一个巧妙的角度，刚好能在不暴露自己的前提下看清楚病房内的景象。

宋毓涵面色略显病态。沈岁知总觉得她似乎比几个月前更憔悴些，也不知是不是错觉。

宋毓涵倚靠在床头，手中正把玩着一个精致小巧的U盘。在阳光的映照下，U盘反射出熠熠的金属光泽。

沈岁知突然推门而入，眼睛一瞬不瞬地盯着她看："你是不是有什么秘密瞒着我？"

宋毓涵被这突然出现的人吓了一跳，下意识地想把U盘放下，但不知想到了什么，又止住动作。

"我就知道你今天会来。"她朝沈岁知招招手，"过来吧，我有东西给你。"

看着宋毓涵轻松的神态，沈岁知不由得蹙起眉来，狐疑地走上前，说道："你别又跟我说假话。"

宋毓涵闻言只是笑笑，轻描淡写地说道："没这个必要了。"她说完便将那个U盘递给沈岁知。

"拿着它，亲手交给沈擎。"宋毓涵说。

沈岁知意识到这件事情似乎并不简单，接过U盘，面色微沉地问："这里面是什么东西？"

宋毓涵看了她一眼，用极其平静的语气回答："南婉经济犯罪的部分证据，加上沈擎掌握的那些相关资料，足够把她送上法庭了。"

这段话无异于重磅炸弹，炸得沈岁知猝不及防，她一时间竟然不知该说什么。

想问的问题太多，从刚开始察觉到南婉的意图到现在，不过短短几个月，她甚至还没来得及多做了解，而大戏就要落下帷幕了。

沈岁知顿了顿，挑了个最重要的问题问："你哪里来的这些证据？"

"我在这儿生活的时间比你长。"宋毓涵只是扯了扯嘴角，挪开视线，"这是老一辈儿的事情，你就别问了。"

沈岁知知道从她的口中应该探听不到这个问题的答案，便将 U 盘收好，转而问道："还有一个问题，现在南婉的矛头已经转向我了，你为什么还要把她送进牢里？"

宋毓涵顿住，半晌才笑了一声，才不紧不慢地说道："她欠我的，我欠你的。"

沈岁知一时无言，手却悄无声息地攥紧几分。

"我不是个好母亲。"宋毓涵坦然地承认，眼神并未看她，像是叙述给自己听，"我对你漠不关心，因为自己无能，所以对你成倍施压，拿你发脾气。每次看到你，我就想到自己原本可以有更好的生活。

"当年沈擎找到我的时候，是我主动提出拿你交换股权的。我想要你长大后替我夺回原本属于我们的东西，这个就是我的私心，没有什么好解释的。

"你的病……我也有责任，毕竟我没能让你拥有一个健康的童年。"宋毓涵说到这里合上了眼，像是想到某些痛苦的事情，"既然现在遇见喜欢你的人了，你就好好过，好好治病。"

她沉默几秒，才开口对沈岁知说："我跟你之间也就只有血缘关系，也清楚自己配不上你那声'妈'。这个就当我还你的，你以后少怨我一点儿就行。"

沈岁知做梦都没想过宋毓涵会有退让的一天，还以为她们之间即使再怎么缓和也要别扭一辈子。

"你……"她干巴巴地开了个头，好一会儿才憋出一句话，"好端端的，说这些做什么？"

"就当我突然想通了吧。"宋毓涵像是懒得再跟她废话，摆手赶她出去，"赶紧走赶紧走，别打扰我休息。"

沈岁知猜宋毓涵应该不知道今天是她的生日，或者宋毓涵连她今年几岁都说不上来。

她单手插兜，指腹捏了捏那枚 U 盘，转身就往门口走去。

宋毓涵在后面再次提醒她："记得亲手把东西给沈擎。"

"知道了，还用你提醒啊。"沈岁知没好气地回她，随后径直地离开了病房。

晏楚和在离疗养院最近的街口等着她。沈岁知一路走一路想，怎么都觉得今天发生的这些事情有些奇怪。

她不知道宋毓涵为什么突然转变了态度，但这种迟来的关怀实在让她觉得很难过。

原生家庭真的可以成就一个人，也能摧毁一个人，她与晏楚和就是最典型的例子。他是被成就的，她是被摧毁的，他们之间有很多东西是无法感同身受的。

沈岁知想起自己小时候，因为家庭，性格过分孤僻敏感，无时无刻不在被人指指点点。她被沈擎接到沈家后，旁人即使觉得好奇，却也只敢用看异类的眼光看她，没有多余的闲言碎语。

她一个人活到二十多岁，稍微熟悉她的人都知道她是个不要命的疯子。不过她的运气比较好，她在这短暂的岁月中能遇到一名好友，还有一位爱人。

她觉得自己已经满足了，亲情的缺憾不足以成为压垮她的东西，但宋毓涵今天的这番话又彻底让她清醒。

她还是在乎的。

沈岁知坐到副驾驶座上还在发呆，感觉脑子里乱哄哄的，一部分因为 U 盘，一部分因为宋毓涵，一部分因为自己。

招惹

晏楚和见她失魂落魄的样子，不由得关切地问道："怎么了？"

沈岁知却不知道该从哪件事说起比较好，最终问了个很莫名其妙的问题："晏楚和，小时候你的父母会带你出去旅游吗？"

晏楚和闻言，稍作停顿，心里隐隐明白了什么，答："会。"

"会出席你的家长会吗？"

"会。"

"会每天都跟你一起用餐吗？"

"会。"

"会每天都和你说'早安''晚安'吗？"

"会。"

沈岁知听他这不假思索的回答，心底浮现些许艳羡。她笑笑，垂下眼帘感慨道："你的父母一定非常非常爱你吧。"

话音未落，她便被揽住肩头，随即腿部微紧，身子一轻，转眼就换了个位置。

晏楚和竟然将她托抱过来。

沈岁知始料未及，两腿跨坐在他的腿上，手扶在他的肩头上，一时有些呆愣。

晏楚和安抚似的按了按她的腰，随后在她的嘴角轻轻地吻了一下，动作温柔至极，声音也温柔至极："不久的将来，他们也会像爱我一样爱你。"

沈岁知的睫羽轻颤。她觉得眼睛有些发酸，但不想做出像掉眼泪这样没面子的事情，所以她直接揽住晏楚和的脖颈，干脆把上半身趴在他的身上，脸埋进他的颈窝。

这是个撒娇意味极明显的动作。

"我知道，我们两个人的经历不同，你的许多难过我无法感同身受。"晏楚和把她从自己身上拉起来，哄小朋友似的，抬手蹭了蹭她的脸颊，"我知道你会怕，所以不强求你坦诚。只是我需要一些时间，才能成为能取代你的药物的存在。"

沈岁知定定地望着他，虽未说话，但眼尾染上的含有湿意的红晕说明了她的心情。

晏楚和凝视着她，语气温和地说道："我希望你可以在你的道路上走得更远，永远有自己的理想，学会为自己生活。"

"琐碎的事情都交给我，你只需要做你想做的。过去的十多年你过得不好，以后的几十年我会一直陪在你的身边，把你没体验过的那些好，加倍地给你。"

沈岁知听完晏楚和的话，突然明白了有个足够成熟的爱人的好处。

他会用漫长的时间与心力去解决所有难题，确保在她愿意握住他手的时候，能带她走一条平坦无阻的路。

路上没有任何隐患与未知，只有他坦然交付的爱意以及温柔与包容。

只要他在，她就能看清楚前方的路。

沈岁知垂下眼帘，忽然伸出手抱住了晏楚和，这个拥抱没有任何暧昧的意味，仿佛是想要抓紧最后一根稻草，觉得仓皇而渴望。

沈岁知张了张口，好多好多想说的话，最终只默默地在心底重复千遍万遍：

你把曾经的我打碎，塑造了现在的我。

你是不会知道的，你对我来说有多么重要。

沈岁知想，永远不会有人明白的。

她一无所有，只剩一条贱命，连人格都是残缺污秽的，没有任何可以去回报他人的东西。

"就算你什么都不做也没关系。"沈岁知开口，嗓音有些哑，顿了顿继续说："救我的话，你只要站在原地就够了。"

晏楚和闻言没有回应，偏首轻轻地吻她，低声说道："可我永远不会留你自己一个人。"

U盘这个烫手的山芋还在手里，沈岁知没有耽误时间，直接给沈擎打了电话过去。

她没等几秒，电话被接通。

沈擎语气平淡地问了句："有事儿？"

沈岁知开门见山地说："我有东西要给你，你在哪儿？"

沈擎没回答她的问题，而是问："什么东西？"

沈岁知懒得把事情从头到尾说给他听，索性直接说道："宋毓涵给了我一个 U 盘，让我交给你。"

果然，这句话说完，沈擎便沉默片刻，似乎在思忖什么。

不久，他开口说道："来公司找我。"

沈岁知不由得蹙起眉："你还没处理完工作？"

沈擎语气漠然地说："难道你想去沈家找我？"

沈岁知果断地说"好"，随后挂断电话。

她捧着晏楚和的脸亲了一口，随后侧身回到副驾驶座的位置，狡黠地一笑，对他说道："晏老板，麻烦再把我送到沈擎的公司，路费刚才给你了啊。"

晏楚和这才明白她口中的"路费"是刚才的那个吻，不禁有些好笑地看她一眼。

沈岁知盯着窗外看了一会儿，身边的人仍旧一语不发，忍不住说："你不问我吗？"

晏楚和目不斜视，轻描淡写地将问题丢回去："问什么？"

沈岁知噎了一下："就……我妈给了我什么东西，我为什么要去找沈擎，你不好奇？"

"好奇。"他颔首坦然地说道，"那你想说吗？"

沈岁知想说：废话，我不想说干吗还问你？但她最终还是憋住了。

"我妈给了我一个 U 盘。"她说着从口袋中拿出 U 盘，怕影响晏楚和开车，便简单地在他的视线中示意了几下，"喏，就这玩意儿。"

晏楚和用余光将那个 U 盘打量一番："既然要交给你父亲，看来是很重要的东西。"

"是啊，挺重要的。"

沈岁知把"重要"两个字重复一遍，垂眼把玩着这小东西，道："我妈说，这里面的证据加上沈擎手里掌握的那些资料，足够送南婉去吃牢饭了。"

晏楚和似乎早有预料，并没有太过惊讶，只是稍稍颔首表明他知道了。

沈岁知手撑着下巴，见他这波澜不惊的模样，不由得撇了撇嘴："你好像一点儿都不觉得意外。"

"南婉的小动作太明显，她被抓住把柄只是早晚而已。"晏楚和解释道，"我对这个结果并不觉得意外，但的确没想到会是你父母出手。"

沈岁知闻言，觉得的确也是这么回事儿。

毕竟南婉是沈擎名正言顺的妻子，虽说当年的事情或有内幕，但南婉仍旧是坐在这个位置上的。沈擎如果亲自出面解决这件事，传出去实在不好听，指不定还能把沈老爷子气得昏厥过去。

"我真搞不懂他们老一辈儿的事。"她蹙起眉来，越想越觉得这几个人之间的关系复杂，索性不再纠结这些。

抵达目的地后，沈岁知下车朝大厦走去，本来想问沈擎具体的位置，没想到他已经事先让助理在大厅里等候了。

沈岁知刚踏进大厅，就听到有人毕恭毕敬地唤了声"沈小姐"，她闻声望去，却发现对方的五官有些陌生。

接收到沈岁知疑惑的视线，助理微微俯身，自我介绍道："您好，我是沈总的助理，带您去见沈总。"

沈岁知跟着助理乘专用电梯上楼。

这是她第一次来沈氏公司，谁看她都觉得是生面孔。助理对于这位二小姐的了解也只限于传闻而已，前不久媒体还曝光了她的真实职业。据说她还跟晏家的少爷是恋爱关系，实在占据了各项优势。

助理毕竟有多年的工作经验，知道不该问的不能问，不该打量的就装看不到，途中没有询问半句多余的话，将人领到了办公室门前。

"沈小姐，到了。"助理解开密码锁，开口道，"您稍等，我……"

他正想说"我去请示沈总"，话就被打断了。

沈岁知直接握住了门把手，干脆利索地推门而入。

助理瞠目结舌，虽然不知道这对父女平时是怎么相处的，但由衷地担心他们两个会吵起来。

助理连忙跟着走进办公室，果不其然，一眼就看到沈擎坐在办公桌前，他面色凉薄地看着沈岁知："不会敲门？"

助理听这语气觉得胆寒，正想劝劝沈岁知，就听她满不在乎地说道："你见我这么多年跟你讲过礼貌吗？"

助理目瞪口呆，天知道他的冷汗怎么流下来的。

然而想象中的争吵并没有出现，沈擎只是抿了抿唇，随后便将视线挪到他的身上："你去忙吧。"

助理愣了下，依言离开了办公室，并且带上了门。

这会儿只剩他们两个人了。沈岁知无可避免地觉得尴尬，将U盘从衣袋中摸出来，递到沈擎的眼前，说道："就是这个东西，你收好。"

沈擎并没有急着查看U盘里的内容，而是抬起眼帘，认真地看向她："宋毓涵让你交给我的？"

沈岁知轻扬眉梢，说道："还要求我一定要亲手给你。"

"里面是什么？"

沈岁知很想直接说"你就不能自己看吗"，但又想看沈擎知道U盘里内容时的表情，便回道："里面是关于南婉经济犯罪的证据。宋毓涵说这个U盘加上你手里的那些资料，足够让南婉收到传票。"

出乎她意料的是，沈擎的面上根本没有任何波澜，他像是在听与自己丝毫不相关的人和事儿。他甚至只是平淡地嗯了一声。

沈岁知忍不住问了出来："南婉是你的妻子，你不关心这一切吗？"

沈擎没有回答，将U盘插入电脑，直到响起连接成功的提示音，才不紧不慢地对她说道："宋毓涵没有跟你说过吗？"

她说过是说过，但从当事人嘴里说出来会不一样啊。

沈岁知在心里这么想着，但嘴上没出声，像是不置可否，又像是真的不知道。

"她只是占着沈夫人的位置罢了。"沈擎神色清冷，正在阅览电脑屏幕上的东西。

沈岁知无法从他的脸上看出任何多余的情感。他藏得太深，沈岁知终于承认，从沈擎这里她根本挖掘不到任何有效的信息。

"好吧，估计这事儿过去以后，我跟你们沈家也不会再有交集了。"

沈擎听出她好像还有话想说，便抬头定定地看着她，似乎在等她开口。

"当年的那场绑架案……"许久之后，沈岁知终于开口。这件事情在她心底藏了太久，她此时说出来觉得无比艰涩，停顿片刻，问："当初接到绑匪电话的沈家人是谁？"

沈擎没承想她会问这个问题，向来不起波澜的眼底终于有了些许变化，沉默几秒，淡声答："南婉。"

果然，果然是她。

沈岁知得到这个答案，心中说不出是什么感觉。明明她并不信任沈擎，但直觉告诉自己，这个人不会伤害她。

其实她也不知道自己为什么会有这个疑惑，或许是因为在好多年前，他将那扇木门踹开，俯身将她抱在怀里的时候，她在意识蒙眬间听到男人说："对不起，爸爸来晚了。"

这已经是太久远的事儿了。那是她第一次听到那个称呼，或许沈擎并不知道，那时候的她其实没有完全失去意识。

他没有尽到一个父亲的责任。

她并不感谢他，但也不恨他。

沈岁知其实还有个问题想问他——

如果当年接电话的人是他，他会让她在小屋里被关那么久吗？

但是没必要了，很多问题都没必要了。

她该学着放过自己了。

沈岁知吐出一口气，云淡风轻地噢了声，对他摆摆手说道："U盘你自己好好利用，我先走了，晏楚和在楼下等我。"

沈擎手上的动作突然停顿了。

沈岁知推开办公室大门的时候，莫名地有种怅然若失的感觉，好像今天离开这里，与沈擎这脆弱的父女缘分也就此断裂。

证据齐全，万无一失，南婉终于聪明反被聪明误，在窃取沈擎私章的时候，跳进了沈擎为她准备的陷阱。

半个月后，沈擎丝毫不念旧情，将相关的文件连同证据一起上交至公安部门，顺带把董事会和公司里所有南家的势力扫地出门。当然，被一起扫地出门的还有沈老爷子的心腹。

沈擎这一套操作实在把老爷子气得吹胡子瞪眼。沈老爷子怒气冲天，甚至砸毁了家里的很多东西，嘴里骂骂咧咧道："这小子就是记仇。他是在报复我！"

老管家作为当年事件的见证者，只觉得沈先生的所作所为其实算不上报复，只是警告和示威罢了。

南婉侵占公司的财产、偷窃私章、挪用公款，涉案金额巨大且情节严重。案子一经公布，震撼了无数圈内圈外的人。

沈岁知不懂这些，问过晏楚和后才得知，保守估计南婉会被判处有期徒刑十年，只是不知道南家还有没有心情肯为她请一位好律师了。

沈擎的律师团队从未打过败仗，这场震惊全国的经济犯罪案他们似乎已经能够看到最终的结局。

南婉自食其果，沈岁知彻底放心，以为一切都结束了，自己终于可以开始新生活。

但她没有想到，那只是她的以为。

第十八章
人间值得

沈岁知没想到，老天爷会跟她开这种玩笑。

距离南婉的一审结果出来已经过了小半个月，漫长的凛冬终于过去，天气渐渐暖和起来。

平城的夏天来得早，沈岁知最是怕热，成为第一批穿上短袖的人，并且对晏楚和这种不论春夏秋冬出门必穿正装的人表示由衷的佩服。

遥想去年冬天，她还问他穿不穿秋裤这种接地气的问题。如今沈岁知仍旧没能按捺住自己的好奇心，趴在床边问："晏老板，你穿这么多，夏天都不会出汗吗？"

晏楚和背对着她，不紧不慢地扣上最后一粒纽扣，说道："工作需要。"

沈岁知歪了歪脑袋，没再说什么，却默默地翻开放在床头柜上的本子，拿笔在上面写下一行字：我不是真的怕热，但晏楚和是真的厉害。

写完以后，她便将本子放回原处，顺便卷着被子翻了个身，对晏楚和招招手说道："晏老板，帮个忙，看到那件黑色的 T 恤没，胸前带蓝色花纹的那件。"

偌大的衣柜中，沈岁知花里胡哨的衣服占据大半的空间，与色调单一冷淡的男士服装形成鲜明的对比。

晏楚和从她那些衣服中拎出来一件，问："这件？"

"对对对，还有裤子……算了，那件不好找，我自己来。"沈岁知说着懒洋洋地翻身下床，直接赤脚走了过去。

沈岁知平时在家里从来不肯好好穿衣服，经常性地把晏楚和的某件不常穿的黑衬衫当睡衣，仗着衣摆能遮住臀部，便成天光着腿在屋里晃来晃去。晏楚和起先不敢正眼看她，动不动就耳郭泛红，后来习以为常后才自然些。

晏楚和无奈地扫了一眼她踩在地毯上的双脚，淡淡地说了一句："去穿鞋。"

沈岁知闻言抬起脸看他，随后灵机一动，干脆背对着他，直接站到他的双脚上。

晏楚和怕她重心不稳，便伸手揽住她的腰身。他轻叹一声，脚下却不敢动，心甘情愿地当她的人肉垫脚石。

"这不就行了嘛。"沈岁知笑吟吟地说道，侧首勾住他的肩头，凑过去亲了亲他的唇角，"这是酬劳，委屈你一下啦。"

晏楚和不置可否，没给她转过头的机会，伸手轻抬起她的下颌，和她接了个温柔缠绵的吻。

一吻罢，他才揉揉她的发顶，嗓音沉静地说："要这些酬劳才够。"

沈岁知被他逗笑，不轻不重地咬了一下他的下巴，随后转身从衣柜里翻出那件深灰色的西装短裤。它正好搭那件黑色的上衣，是她喜欢的日常中性风。

"待会儿跟我去趟疗养院。"沈岁知抬了抬脑袋，"现在南婉的事情已经解决，我妈那边应该也没什么事儿了，我带你去见见未来的丈母娘。"

晏楚和微怔，先前她只跟自己说要出门，但没说是去做什么，此时听到目的地，不由得有些讶异。

沈岁知抱着衣服往旁边挪了挪，好笑地在他的眼前挥挥手："怎么，至于这么激动吗？我之前见你父母的时候也没见你这样啊。"

晏楚和堪堪回神，握住她的手腕，眼底浮现浅浅的笑意，随后吻了吻她的手，说道："我很开心。"

沈岁知晃晃脑袋，十分大方地说："不用谢，不用谢。"

换好衣服后，她趿着拖鞋去卫生间洗漱。晏楚和起得比她早，收拾利索后就去厨房准备早餐。

待沈岁知神清气爽地从卫生间出来时，三明治和豆浆已经摆在桌上了。

沈岁知小跑过去，亲了晏楚和一口，边夸他贤惠，边坐到椅子上风卷残云地将早餐解决掉。

晏楚和吃相斯文，这边三明治还没咬几口，沈岁知就已经吃完了。他不由得顿了顿："怎么吃得这么快？"

"女人的化妆时间很长的，体谅下哦。"沈岁知说着从储物柜里拎出化妆包来，"等我半小时。"

晏楚和知道她口中的半小时从来不止半小时，所以只不置可否地嗯了一声。

沈岁知回到卧室后，想着先在本子上写个日记，没想到翻开本子以后，却看到自己之前写的那句"我不是真的怕热，但晏楚和是真的厉害"，前半句被横线标出，旁边还附带了个问号。

沈岁知一脸震惊地盯着那个问号，愣怔了好半晌才忍不住笑出声来。

毫无疑问，这是晏楚和写的。

他这是提醒她不要装耐热、多穿衣服呢！

沈岁知弯着唇角，在问号的旁边画了一个耍赖的小表情，随后便合上本子。

果然如晏楚和所料，待沈岁知光鲜靓丽地走出卧室时，已经是四十分钟后。

两人开车前往疗养院，因为今天是休息日，路上有些堵车，花费的时间比原来多了将近一倍。

在停车场停车时，沈岁知觉得有辆车格外眼熟，便多看了两眼，但最终也没能想起这辆车是谁的。或许是看错了，沈岁知不再关注那辆车，跟晏楚和一起走进疗养院。

她在电梯口遇见了许久未见的李医生，李医生见到她有些惊讶。

"沈小姐？"

"李医生，"沈岁知笑吟吟地打招呼，"好久不见啊，我带我的男朋友过来见我妈。"

李医生闻言怔了怔，视线放在沈岁知身边英俊沉稳的男人身上，想必这就是那位晏家的少爷了。

他正要开口自我介绍，却突然想起晏楚和也许并不知道沈岁知的情况，一时竟然不知道怎么开口。

但出乎他意料的是，沈岁知先他一步开口，坦然大方地跟晏楚和介绍："这位是李医生，我的主治医生，我在他这里治疗很久了。"

晏楚和微微颔首，随后朝李医生伸出手，温和地说道："我姓晏，感谢您这些年对沈岁知的照顾。"

李医生没想到这位名门勋贵如此谦逊有礼，忙不迭地同他握过手，笑道："这是我应该做的，晏先生不必客气。"

沈岁知随口问了句："对了，李医生，我妈现在起床了吗？"

李医生稍作停顿，似乎想说什么，但又不知道该如何开口，最终叹了口气，说："起了。"

沈岁知并未注意到李医生的异样，倒是心细的晏楚和注意到了。他不着痕迹地蹙了蹙眉，正思忖是否要开口询问，沈岁知已经同李医生道别，拉着他走进电梯。

抵达宋毓涵所在的楼层后，沈岁知在前带路。这是她头一回带男友见家长，看不出晏楚和紧张，她倒是开始心跳加速。

沈岁知在心底嘲笑自己一句，两人逐渐接近病房时，却隐约听到了房间里的说话声，像是有人在争执。

晏楚和显然也听到了，停住了脚步。

沈岁知离病房的门口近，房间里的对话听得清清楚楚。

她原本是很开心的，但只是原本，直到她听见那熟悉到不能再熟悉的男声传来："宋毓涵，你这就自作主张地给自己安排好后事了？"

沈擎的声音，她没想到沈擎竟然也会有这样情绪外露的时候。

车库里的那辆车也是沈擎的。因为她之前见过，才会觉得眼熟。

沈岁知站在原地没有动弹，听到病房中传来宋毓涵平静坚决的声音："是，现在没有了南婉，你和沈岁知都自由了，我也没什么好不甘心的。"

沈岁知不知道是不是人在这种时候都格外清醒，突然想起之前目睹宋毓涵腹痛，见她经常精神快快，睡眠时间似乎也比以前多了许多。

沈岁知浑身发凉，不敢再想下去了。

就在她感觉自己无法正常呼吸的时候，被揽进一个温暖熟悉的怀抱。

晏楚和安抚地吻了吻她的额头，轻声道："沈岁知，有我在，别怕。"

沈岁知闭了闭眼，抿唇重重地拥抱了一下晏楚和，随后便推开了病房的门。

室内的说话声戛然而止，宋毓涵和沈擎都往这边看了过来。

宋毓涵惊慌失措，沈擎更是难得出现冷漠以外的表情。

"什么意思？"沈岁知走过去，盯着沈擎问道，"什么叫'安排好后事'，你给我说清楚。"

"这是我的事儿，你别过问……"

宋毓涵的话说到一半，便被沈擎冷声打断："你还想瞒着她？"

宋毓涵猛地被噎住，还没重新开口，就见沈擎已经把桌上的那沓纸递给沈岁知。他用隐隐含着倦意的语气说："你自己看吧。"

沈岁知把那沓纸接过来，从第一页看到最后一页。起先她只简略地看了看，但怀疑自己的理解能力，所以又逐字逐句地重新看了一遍。

虽然那些检查指标她看不懂，但是检查结果再明显不过。她不至于到这份儿上还不明白这代表什么。

胰腺癌，晚期。

癌中之王，胰腺癌。

沈岁知连指尖都是颤抖的，甚至在想这是不是噩梦，醒来后晏楚和就能给她一个拥抱，告诉她没有任何不好的事情发生。

可是晏楚和此时就站在她的旁边，看着她手上的那份诊断结果，同样被震惊得不知该说什么。

"所以呢？"沈岁知甩了甩那几张单薄的纸，突兀地笑出声来，看向宋毓涵，说道，"你要死了？"

"我已经联系了国内最专业的胰腺癌专家，可以提供最好的医疗资源。"沈擎捏了捏眉骨，嗓音微哑，"但她不配合。"

沈岁知闻言盯着宋毓涵，像是在等她给一个解释。

"保守半年，没必要治了。"宋毓涵见事已至此，便不再隐瞒，淡声说道，"只是拖延时间而已。"

沈岁知沉默片刻，突然扯了扯嘴角笑了。

"所以你之前跟我说你想开了，还让我带晏楚和来见你，就是因为知道自己快死了，是吗？"她问道，眼眶逐渐泛红，"你搜集证据把南婉送进监狱，就是想在死前替我扫清障碍？"

宋毓涵说不出反驳的话，毕竟沈岁知说的每句话都戳中了她的心思，没什么可以辩解的。

"我说过，"她垂下眼帘，淡声说道，"是我欠你的。"

"你欠我的多了去了，宋毓涵你还得清吗？"沈岁知倏然抬高声音，对她怒目而视，歇斯底里地说道，"你欠我个童年，欠我亲情，欠我让我胳膊上有这么多的疤痕！结果你跟我说你马上要死了。你怎么这么自私啊？"

她快哭了，真的快哭了。她太难过了。

"我今天带晏楚和过来，本来是想跟你说'妈，我遇到一个很好很好的人，打算跟他过一辈子，你可以放心我了'。"

说着，沈岁知嘲讽地笑出声来，眼中的水光闪烁，终究没有泪水落下。

她扬起手中的那份检查报告，轻笑地说道："我没想到，你会用这个来迎接我。"

沈岁知突然觉得整个人都空荡荡的了，她得到的爱本就不多，却还被命运捉弄。命运将爱从她的身边剥离出去。

为什么，为什么偏偏是她？

沈岁知缓缓地闭上了眼，不知道为什么，现在突然冷静下来了。

她将报告还给沈擎，俯首对宋毓涵说："现在就转院，你配合治疗。"

宋毓涵抿唇，迟疑片刻，将之前的话重复一遍："我这是晚期，没必要……"

沈岁知毫不犹豫地打断她："那你是想让我不好过？"

这句话成功地让宋毓涵僵住，就连沈擎也向她投来震惊的目光。晏楚和虽没有开口，却在这时紧紧地握住了她的手。

沈岁知没挣脱，仍旧面无表情地看着宋毓涵，一字一顿地说道："你配合治疗，我陪你一起，或者拒绝治疗，我们母女的情分到此为止。你选一个吧。"

宋毓涵终于同意转院，沈擎给助理打电话安排相关事宜。沈岁知在原地站了几秒，脑子仍旧是空的。

她感觉自己似乎在歇斯底里的边缘徘徊，但将注意力转移到那只与自己十指相扣的手上，又冷静下来不少。

她没再跟宋毓涵说什么，而是侧首看着晏楚和，说："走吧，回家。"

晏楚和温声应好，同宋毓涵颔首，便牵着沈岁知离开了。

宋毓涵望着他们离去的背影，半晌才低下头，久久没有动作。有什么液体滴落在她的手背上，透明的，从温热变得冰凉。

回去的途中，沈岁知一路上都没有说话。她这次没有歇斯底里，没有惊恐，没有抽烟的欲望，更没有试图伤害自己，冷静平淡得像是处于正常的状态。

但正因如此，才会让晏楚和觉得，她从未像现在这样令人感觉缺少生命力。

以前的沈岁知是鲜活的、放肆的，而不是静得如同一潭死水，让人从她的身上看不到任何生机。

他以为她会哭，可是她没有。她在父母面前说出那样决绝冷漠的话，他却只知道那时她的手有多凉，指尖都是颤抖的。

到了家里，沈岁知仍旧不吭声，换好鞋子以后便乖巧地窝到沙发的角落中，抱着膝盖坐着发呆。

她像是一只受伤后鲜血淋漓却不知该怎么办的小兽，周身散发着生人勿近的气息，却又比任何的易碎品都要脆弱。

沈岁知觉得自己现在的状态很不对劲儿，比以往任何一次都要不对劲儿。她试图闭上眼清空脑子，但是一闭上眼，那份检查报告就在她的脑子里飘来飘去，甚至还能想到宋毓涵病态的模样。

宋毓涵是多漂亮的人啊，岁月都不忍心伤害她，为什么癌症会找上她？沈岁知想到这里，就忍不住浑身颤抖。

她攥紧自己的手臂，用疼痛提醒自己这里不只有她自己，不能犯病，不能失控，不能影响到别人。以往独居的时候，她可以随时情绪崩溃，一包接一包地抽烟，用酒精麻痹自己。但现在不行，她害怕在这晴朗的白日里，暴露出一个肮脏阴暗的自己。

就在她跟自己较劲儿的时候，听到旁边的茶几上传来玻璃杯与桌面碰撞的声音。思绪被打断，她茫然地抬头看去。

晏楚和倒了一杯热水放在桌上，看了看沙发角落里缩成一团的沈岁知，没有说什么，只是在距离她比较近的地方安静地坐下来。

不一会儿，他稍稍抬起手臂，温柔地把她搂进自己的怀里，让她的脸埋进自己的胸膛，给她一个安全感十足的拥抱。

他摸摸她的脑袋，轻声地说道："过来抱抱。"

沈岁知憋了这么久的眼泪，瞬间就落下来了。

她连崩溃都是安静的，闷声不响地窝在他的怀中。如果不是因为胸前衣襟传来的濡湿感，晏楚和几乎以为她是平静的。

沈岁知咬紧自己的下唇，没泄露出半分显示自己脆弱的哭音，只是紧紧地攥着晏楚和的衣服，一面崩溃，一面修补自己。

"她不是个好妈妈。"她用哭哑的嗓音说道，像是说给他听，也像是说给自己听，"她生下我，却很少管我，比起其他的母亲，对自己孩子付出的爱太少了。

"我从来没有过过生日，没有收到过礼物。我好多次去讨好她，哪怕她平时对我再冷淡，但只要给我点儿甜头，我就能记住好久。她把我交给沈擎的那天其实是我的生日，可是她跟沈擎都不知道，没人记得我还只是个小孩儿。我在乎那些在他们看来无所谓的小事，但不敢说，不想再被抛弃了。

"我那几天被关在屋子里真的很难熬。他们都以为我没心没肺，其实我往后好多年都做这个噩梦。我整夜整夜地失眠，甚至站在高处就想往下跳。谁都不知道我有多痛苦，也许是因为我太嘴硬，不愿意主动示弱。"

沈岁知说到这里，哽了哽，终于没能控制住哭腔，扯着晏楚和的衣襟道："可是……为什么就没人来问问我呢？只要对方愿意朝我走一步，我就愿意跑过去啊。"

晏楚和觉得心底有些涩然，没有说话，只将她抱得更紧了些。

"我知道我的出生是个错误，我认了。"她吸吸鼻子，低声说道，"沈擎和宋毓涵都不是合格的父母。我不爱他们，但也不恨他们。我对亲情没什么需求，只希望他们都好好地活着而已。"

此时此刻，晏楚和觉得，就连安慰的话都显得多余。

胰腺癌晚期，任谁都明白，宋毓涵已经没有任何康复的希望。他们能做到的只是延迟患者的死期，而在这个过程中，患者与家属都十分煎熬。

晏楚和合上眼，轻拍了拍沈岁知的脊背，力道温柔，对她说道："我还在这里。"

他说："沈岁知，不论如何，我会陪着你。"

宋毓涵的情况比想象中要差。

她转院后，虽然沈擎请来了最权威的专家，但沈岁知还是听见了专家对沈擎说的那声"抱歉"。

那她还剩多少时间？沈岁知没敢问出这个问题，怕自己陷入深深的焦虑。

沈岁知每天都会去医院探望宋毓涵，几乎每次都能遇见沈擎。她知道沈擎在这儿待的时间一定比自己长，而他也绝对没有表面上那样不在乎宋毓涵。

可是那又怎样呢？沈岁知觉得无力，就算他们都心有不甘，他们也不会有以后了。

生离这么多年，他们应当都没想到会有死别的这天吧。

宋毓涵在医院的这段时间其实还是挺轻松的，她不再像先前那样拒绝配合治疗，笑容也比以前多了不少，沈岁知好几次看见她跟沈擎两个人在拌嘴。

四十多岁的人了，却好像彼此都还没有老去。

沈岁知不知道他们两个有没有把当年的事情说开，也不知道他们有着怎样的过去，只是没想到，自己竟然会在这种情况下感受到了家的氛围。

这天，沈岁知答应宋毓涵带着晏楚和一起过来。两人刚进门，就看见宋毓涵靠在床头，沈擎坐在旁边剥橙子。

宋毓涵用半开玩笑的语气对他说："突然想起咱们上学那会儿，我有一次削苹果伤了手，没想到后来每次吃带皮的水果，你都要抢过去削好后再给我。"

沈擎抬起眼帘扫她一眼，冷冰冰地说道："也好意思说，我这富家少爷都没你娇气。"

宋毓涵没好气地回他："我就失手那一回，你却记得挺深。"

这本来该是一幅很美好的画面，沈岁知想，如果不是其中一方即将面临死亡的话。

"你们俩赶紧歇歇吧。"她叹了口气，抬手叩了叩门框，"女儿女婿来了。"

宋毓涵侧首看过来，眉眼间浮现些许笑意，对他们招招手，说道："别站门口了，快过来说话啊。"

晏楚和将带来的东西放好，谦逊礼貌地分别对两人唤了声"伯父、伯母"。

"之前没能好好认识，现在这么看，你跟你父亲年轻时很像。"宋毓涵望着晏楚和，笑了笑，"我跟沈擎还有你的父亲，都是同一所高中毕业的，沈岁知交给我也放心。"

始终没有动静的沈擎忽然开口说："你父亲知道你们的事情吗？"

晏楚和从容不迫地说道："我在追求沈岁知的时候就已经跟家里说清楚了。"

沈擎听到这个答案微微颔首，不再说什么。

"你们两个要是定下来了，就趁早把证给领了。"此时的宋毓涵如同全天下所有的母亲，开始催婚。说完这句话，她又继续问道："你们两个现在什么情况？"

沈岁知一时没听明白："什么什么情况？"

沈擎索性替宋毓涵把话挑明："你们在同居吗？"

沈岁知瞬间僵在原地。

相比沈岁知的僵硬，晏楚和倒是坦然得多："是，我们已经同居三个多月了。"

宋毓涵闻言似乎并没有感到意外，而是对晏楚和叮嘱道："虽然我对这丫头的了解可能没你多，但知道她那别扭的性子大概是随了我。她抽烟喝酒的那些坏习惯你帮她改改，别让她晚上出去疯，每天吃的那些药也记得提醒她。她对自己不上心，要麻烦你多照顾着。"

"还有就是……"宋毓涵说到这里，看了一眼沈岁知，似乎在犹豫要不要说，但想到自己如今的境况，最终还是开了口，"她从小到大没过过生日，我怕是没这个机会了，希望……你多爱她一点儿。"

沈岁知身子一僵，不动声色地把脸别开了。

晏楚和微抿唇角，郑重其事地承诺道："我会照顾好她，您放心。"

宋毓涵又事无巨细地交代一堆事情，晏楚和十分耐心地一一答应，态度认真。

两人临走前，宋毓涵叫住了沈岁知。

沈岁知扭过头，挑眉问她："怎么，还要唠叨我啊？"

"跟你说正事儿。"宋毓涵白了她一眼，神色虽有些不自然，但不难看出几分真心，"我没见你对什么东西感兴趣过，既然现在有了热爱的事业，你就好好做下去，别半途而废，听见没？"

沈岁知目光微闪，做几乎快要落下泪来。

"知道了，还用你说。"她把脸转回去，低声说道，"明天我再来看你。"

宋毓涵的病情恶化得很快，人也在以肉眼可见的速度消瘦下来。沈岁知仍旧每天都来看望她。

宋毓涵已经住院治疗两三个月了，虽说人还撑着，但精神却萎靡许多，睡眠的时间也越来越长。很多次沈岁知过来的时候，都看到宋毓涵处于熟睡的状态，而沈擎就坐在床边神色难辨地看着她。

　　虽然沈岁知早就明白这世界永远不会让人满意，但真到了这种时候，还是想骂一声"老天不长眼"。

　　相比前期，她的情绪已经冷静许多，她也逐渐接受宋毓涵即将离开的事实。但她只知道这个女人马上就要走了，自己以后该怎么办，还不想考虑。

　　晏楚和近期有个很重要的海外合作项目。沈岁知明白他有自己的事业要忙，并不想他把重心放在自己身上，在家里没有再流露出什么负面情绪。

　　但她免不了深夜里被噩梦惊醒，即便发出的声响很小，晏楚和也能第一时间发现，然后静静地把她揽入怀里。

　　这天，沈岁知再次在夜里醒来，额头有冷汗滑下。她正缓缓地平复紊乱的呼吸，便察觉到有只手臂轻轻地环住自己。她默不作声地凑了过去，额头抵着他的颈窝。

　　晏楚和没有说话，安抚了她一会儿，温柔地吻了吻她的发丝。

　　沈岁知沉默片刻，才低声对他说："我刚才做了一个梦。"

　　"我梦见自己站在天台上，下面好多人在看我。"她顿了顿，声音放得更轻，"他们都让我跳下去，于是我就跳了。"

　　晏楚和默不作声地收紧了怀抱，嗓音低缓地说："我刚才也做了一个梦。"

　　"什么？"

　　他说："我拉住你了。"

　　沈岁知闻言愣了一下，随后弯起唇角："你怎么这么好啊？"

　　她抬起脸亲了他一口，迷迷蒙蒙地说道："好啦，再睡会儿吧，你明早还得去公司。"

事实证明，不论人再怎么努力，也没办法从病魔的手中抢人。

八月末，宋毓涵被推进了抢救室。

沈岁知虽然早有预料，但接到消息时还是忍不住慌了神，生怕宋毓涵就这么匆匆地离开自己。

彼时晏楚和在公司，沈岁知便自己开车去了医院，马不停蹄地赶到手术室的门口，沈擎正在跟医生沟通着什么。

沈岁知过去的时候他们的谈话已经接近尾声。她只隐约听到"时间不多""尽力"这几个词，但仅仅凭借这几个词，她就明白是什么意思。

沈岁知坐在长椅上，两腿交叠搭着，心里觉得烦躁不安，手里也空空荡荡的，忍不住从衣袋里拿出烟盒。

她没有直接抽烟，而是胡乱地拨弄着烟盒，事实上，她的注意力全程放在紧闭的手术室大门上。她低着头发呆，却不知在想什么。

沈擎同医生谈完话便坐到了她身边，看到沈岁知手里的烟盒，微微蹙眉，说道："这里是医院。"

"知道。"沈岁知不耐烦地回了一句，"我又不是脑子不清醒。"

手术不多久就结束了，好在宋毓涵并无大碍，被医生推回病房休息。

得知宋毓涵大概第二天才能醒来，沈岁知稍微放心了些。她在门外看了一会儿那个过分瘦弱的身影，然后悄悄地离开。

沈岁知没有告诉晏楚和宋毓涵急救的事情。她回到家后如往常一样，抱着电脑编辑、修改了一些歌词，又闲来无事弹了弹吉他。待她忙完这一切，晏楚和刚好下班回家。

"你们的项目进行得还顺利吗？"沈岁知躺在沙发上，懒得扭头，干脆直接下巴朝天地仰过去看他。

晏楚和将外套挂在衣架上，说道："差不多了，开拓海外市场比较麻烦。"

他走到沈岁知跟前，把她的脑袋托了起来："你这样会脑充血。"

沈岁知就着这个动作，顺势揽住他的脖颈，在他的嘴角亲了一口，笑吟吟地说道："不愧是晏老板，跨年夜那会儿的愿望这就实现了。"

晏楚和轻笑，揉了两下她的发顶，说道："行了，我贫不过你。"

沈岁知嘿嘿地笑了两声，从沙发上盘腿坐起来，对他张开双手，说道："来，例行充电。"

晏楚和素来惯着她这小孩子的行为，径直将她抱了起来。沈岁知十分自然地抬腿搭上他的腰侧，把脸埋在他的颈窝蹭了又蹭，直到那阵令她安心的气息彻底将她包围，她的那颗心才算真正地安稳下来。

感受到沈岁知的呼吸逐渐放缓，晏楚和轻拍了拍她的脊背，温和的嗓音在她的耳畔响起："很累吧？"

沈岁知笑笑，没说话，只是不声不响地收紧了手臂，抱他抱得更紧。

沈岁知想，那些不好的事情就不要跟他讲了，毕竟她之前也说过，救她的话，他只要站在原地就够了。

最起码她难过的时候有个人可以给她继续走下去的信心。仅仅是这样，她就已经很满足了。

翌日上午，沈岁知独自前往医院。

她估摸宋毓涵应该已经醒了，问过护士长，果然得到了肯定的答复，这才放心，朝病房走过去。

走到门口，她发现门是虚掩的，正要伸手推开，却听见房间里传来宋毓涵的声音："我昨天做了一个很长的梦。

"我梦见二十多年前我们还在校园的时光，那时候不用顾虑那么多东西，也没什么烦心事儿。我们当时还是同桌，一起学习一起备考，我还记得你当时的成绩特别好。"

宋毓涵的声音有些有气无力。她脸上含着些许笑意，说道："那么久远的事情了……想起来好像还在昨天。"

沈岁知放下了想要推门的手。她侧开身子，透过门上的玻璃窗看到病房内的景象：

宋毓涵躺在床上，沈擎坐在床边的椅子上，背对着她，看不到是什么表情，但沈岁知猜测他应该是面无表情。

但是下一瞬，男人沉声开口，带着些许恼意："宋毓涵，你敢不敢再坚持坚持？"

沈岁知指尖微颤，心底掀起些许波澜。

这是她第一次听到沈擎用这种语气说话，语气里充满了压抑、沉重、脆弱。

宋毓涵听到沈擎这么说，好似想起了很久远很久远的事情，许久才笑了出来，坦荡地答道："敢啊，怎么不敢。"

"但我已经没力气了，"她又缓缓地说道，"对不起。"

沈岁知没有再听下去，转身离开，打消了进入房间的念头。

她坐在车里抽了很久的烟，又开车去跨海大桥吹了会儿风，然后收拾好情绪回家。

沈岁知感觉自己现在好像走进了一条死胡同，她找到了光，想要往上爬，可是此时才发现想要从泥沼中站起来竟是这么困难。

这天晚上，沈岁知照常靠在晏楚和身上玩儿手机的时候，听到有人给他打来一通电话。

因为两人靠得近，沈岁知隐约也能听到他们的谈话内容，猜测对方应该是徐助理。

她听到类似于"合同""商谈""航班"等关键词，联想到晏楚和谈妥的那个海外项目，便猜出他这是要出差了。

看来这个项目是十拿九稳了，晏楚和不愧是商界精英，沈岁知不由得感到佩服。

然而紧接着，她却听晏楚和对徐助理道："把航班取消吧，这件事情先往后推。"

沈岁知瞬间僵住，难以置信地转头看他。

她最怕的事情还是发生了。晏楚和这么好的人，不该为了她做出任何的退让，这也正是她不愿意袒露负面情绪的原因，她最不希望看到的就是自己成为他的负担。

沈岁知看着他挂断电话，便将身子直了起来。

她揉揉头发，思考了片刻才开口："晏楚和，工作上的事情不能耽误，我知道这个项目对你来说很重要。我自己可以的，你去忙吧。"

晏楚和轻轻地蹙眉，直截了当地说道："我不放心你。"

"可我不喜欢你这样。"沈岁知逐字逐句地说道。

"你想要照顾我，这些我都懂，但前提是你不能影响自己的工作和生活。"她语气平静地说着，"最近事情太多，我们都挺累的，所以我觉得……"

她蓦地顿住，后又艰涩地开口："我觉得，我们可以先分开一段时间，彼此都冷静冷静。"

话音落下，满室寂静。

"我不同意。"

晏楚和无波无澜地说完这句话，便拿起手机，给徐助理打了个电话，让他不用取消航班，一切按照原定计划来。

沈岁知闭上眼，在沙发上坐了很长一段时间。她有些茫然，究竟是自己需要冷静，还是晏楚和需要冷静？他给她的爱太满，她反而会有负罪感。她只是希望他能够继续发光发亮、做个干净而美好的人。

一周后，晏楚和乘飞机奔赴海外。

他临走前告诉沈岁知他会尽快处理完那边的事情，大概一周后就回来。

两人自从那晚的疑似吵架后，就没有再提过与之相关的话题。晏楚和出差的前几天，沈岁知时不时地跟他打电话、发视频。他不在身边的日子她倒也安逸，只是自己在家有些孤单而已。

沈岁知原本想着，再等等，等到晏楚和回来，这个家里就会温暖起来。

但她没想到意外竟然会这么快到来。

那天是几个月以来宋毓涵的精神最好的一天，沈岁知推开病房门，正看到宋毓涵言笑晏晏的模样，宋毓涵对她招招手示意她进来。

日光柔和，映亮宋毓涵温婉动人的眉眼，显得那有浅淡笑意的脸越发惊艳漂亮，满是生机。

恍惚间，沈岁知好像回到很久以前在疗养院外，看到她向园林工请教修剪花草的时候。时间转了又转，她仍旧是位美人。

这天宋毓涵的话格外多，她有一搭没一搭地絮絮叨叨。

她对沈擎说："你以后少摆冷脸，沈心语那孩子也是无辜，以后别迁怒她。继承人的位置你看着安排，沈岁知有自己的事业，别把担子扔给她。"

说完这些琐事，她又叹了口气，对他道："咱俩……算是有缘无分吧。这么难为人的感情，我这辈子有这么一段也算够了。"

沈擎站在旁边没有说话，只缄默着移开视线。

"还有你。"宋毓涵示意沈岁知过来，"坐这儿，我抬头累。"

沈岁知坐在椅子上，随即便感受到自己搭在床边的手背上覆盖上一层热意。她顿了顿，指尖下意识地蜷了蜷。

说来可笑，这是沈岁知十几年来第一次跟宋毓涵有这样亲近的接触，甚至觉得有些僵硬无措，不知道该不该回握住她的手。

宋毓涵没有在乎她是否回应，而是语重心长地说："这辈子能遇见一个把你放在第一位的人很不容易，晏楚和人不错，你们两个好好的。结婚证我估计是看不到了。我没资格自称'妈'，把你草率地带到这个世界上，是我欠你的。

"你那些坏习惯尽量改改，别到我这个年纪身体垮了。你跟晏楚和外出的时候注意安全。还有，既然你喜欢写歌，就在这条路上继续往下走，人这一辈子太短了，做点儿开心的事情。"

宋毓涵说了很多。沈岁知耐心地听着，没有作声，眼眶却不知道为什么泛起红来，不自然地眨了眨眼，却觉得心口发堵。

宋毓涵轻轻地牵起唇角，指腹蹭过沈岁知的手背，轻声说："你下次掉眼泪，一定是因为幸福。"

随着话音落下，宋毓涵像是累极了，缓缓地合上双眼。

她的话音逐渐微弱下去，最终，归于寂静。

沈岁知感受到，覆在自己手背上的那只手渐渐地松开了。

沈岁知垂下眼帘，手腕微动，摸了摸宋毓涵的手。宋毓涵的手还是暖的，过会儿就会冰凉了，她沈岁知这辈子再也没有机会能握住了。

宋毓涵躺在那里，一如她多次见过的熟睡的样子，眼睛轻轻地闭着，唇角微抿，平静又温和。

此时离得近了，沈岁知才发现宋毓涵的发丝间竟有几缕银白，这才后知后觉地意识到，原来宋毓涵已经到了半百的年纪，原来时间已经过去这么多年。

沈岁知不知道自己维持这个动作有多久，直到身体开始抗议，不适感爬上周身，才缓慢地回过神来，意识到自己在这儿好像也没什么意义了。

她站了起来，没有跟沈擎说话，也没有看他一眼，一步一步地走出了这间病房。

外面的阳光仍旧很好，所有的生命鲜活明亮。

沈岁知觉得心情意外地平静，往停车场的方向走，一路上好像什么声音都听不见，直到回到家里——没有晏楚和的家里。

沈岁知在门口站了很久，不知道自己该做些什么。在这个没有晏楚和的家里，她无比不适。她慢吞吞地拿起日记本，随后又胡乱地往行李箱里塞了几件衣服，带上药和烟，开车回到了自己原来的房子。

她想自己一个人静静，等晏楚和回国再说其他的。

沈岁知不想抽烟也不想喝酒，甚至没有崩溃，只是觉得很累，甚至没有换衣洗漱就直接躺到了床上。

招惹

她一觉醒来，房间里黑黢黢的，夜色从窗户流进来，有种不分昼夜的感觉。

沈岁知睡眼惺忪地坐起身子，打开手机发现现在是凌晨，世界安静空旷，只有她自己。

她迷迷瞪瞪地想，天亮后是不是还得去医院探望宋毓涵？

随后她忽然反应过来，噢，不用了。

宋毓涵已经死了。

她没有妈妈了。

沈岁知在心底一个字一个字地重复道。

沈岁知终于意识到这天发生了什么，脑中紧绷的那根弦倏然断裂，几乎还没有反应过来，眼泪便已经争先恐后地夺眶而出。

她一而再再而三地降低底线，也不奢求亲情，只是希望世界上还能有人与她存在难以割舍的关系，来证明她在这个世界上留下过痕迹。可现在这微小的希望都没有了，难道真是她贪心？

宋毓涵太自私了，明明欠着她那么多，最后却抛下她撒手就走了，连个怨怼的机会都不肯给她。

她二十多年来流离失所，寄人篱下，对童年最珍贵的记忆也不过就是宋毓涵对自己为数不多的几分好，可现在就连这些也没有了。

她原本以为一切都会好起来的，甚至快要相信这个世界是美好的了。

人生怎么会这么痛苦？沈岁知哭得上气不接下气，拿起手机想给晏楚和打电话，却想起他那边应该是白天，他肯定还在办公，只好将手机丢到一旁，独自消化这些情绪。

沈岁知曾经想过，要把所有想去的地方走一遍，然后拍下来给自己爱的人看。山川河流、日月星辰，这世间万物的模样，她都想去看一看。

可她跑不出去，永远也跑不出去。

她站在深渊里，不想倒下，也不想抬头。她不甘后退，却已经没有力气再往前走。

她的人生太糟糕了，她怎么会活得这么狼狈呢？为什么即使身边有那么好的人，她还是这么无能？她终究没有资格拥有别人的好意。

沈岁知赤脚走下床。她哭得几乎喘不过气来，手摁着胸膛，感觉心脏痛得快要让她昏厥。此刻她所有的懦弱都被无限地放大，推动着她的肢体自我运行。

一瓶安眠药，还有零零碎碎的几盒抗抑郁药。

她觉得脑袋昏昏沉沉，整个人像紧绷着的一根弦，这根弦随时可能断了。她仍然记得要吃药控制情绪，但一杯水将药服下，最后却忘了自己究竟吃了几颗。

直到这时，她才发现自己既不是一个合格的人，也不是一个称职的爱人。命运推着她向前走，不容许她反抗。

沈岁知端着杯子，靠在沙发上哭哭笑笑，脑中充斥着混乱的片段。

她想起灰暗无望的童年，想起浅薄脆弱的亲情，想起漫漫长夜里的月亮，最后想起一无是处的自己。

一切都很好，只有她这样糟糕，从始至终走不到阳光下。

沈岁知忽然觉得疲惫至极，狠狠地抹了把眼睛，想止住泪水，然而却起不到任何作用。她又开始恼怒自己的没用，把手中的玻璃杯摔碎在地。锋利的碎片飞出，倏然划破她手腕的肌肤。

沈岁知只觉得一阵钝痛，茫然地低下头，就看到有液体正在向下滴落。

一滴、两滴……

暗红色的血液落在地板上，不多会儿便凝成了小小的一摊。

她觉得很痛，但还是不够清醒。

沈岁知觉得太累了。刚才服用的药已经开始起效，使她昏昏欲睡，大脑也只是勉强地运转。

她本来还想等晏楚和回来，他们就去瑞士看雪呢，现在看来，也不知道还能不能如愿。

果然，他一不在身边，她就要把自己弄得一团糟，狼狈得要命。

可她太难过了。如果他生气，就等回来再教训她吧。

她这么想着，拿起手机，撑着保持最后一丝清醒给晏楚和发了一条短信：

"对不起。"

短短的三个字，代表了她当下的所有想法。

对不起，她又把一切搞砸了，沈岁知在心里说。

随着手机屏幕的灯光暗下，她觉得意识也逐渐昏沉，最终倚在沙发上睡了过去。

与此同时，身在海外的晏楚和倏然从梦中惊醒。他蹙起眉头，突如其来的焦虑感令他有些不适，梦境的内容更是匪夷所思。

手机的提示音在此时响起，他拿起手机便看到短信栏里的那三个字，当即瞳孔一缩。

徐助理正在跟合作方进行电话对接，身后休息室的大门却猝不及防地被推开，惊得他回头去看。

晏楚和神情森冷，厉声说道："联系国内，派人立刻去找沈岁知！"

徐助理第一次见上司这副表情，险些把手机扔掉，有些胆寒地应声好，随后却见晏楚和抓起外套就往外走，忙不迭地问："晏总，您要去哪儿？"

晏楚和头也不回地说："回平城。"

第十九章
骤雨终日

　　沈岁知有很长一段时间不知道自己是不是死了，还是说只是在做梦而已。

　　四周黑黢黢的，她什么都看不见，也听不到任何声响。

　　她盘腿坐在地上，有些茫然无措，不知道接下来该做什么。她抬起自己的右手，看到小臂上鲜血淋漓的伤口还在，不知道现在究竟是怎么回事儿。

　　她感觉自己似乎在原地坐了很久很久，久到心跳开始加速浑身发冷。她闭上眼睛，耳朵里除了自己剧烈的心跳声，什么都听不到。

　　漆黑的视野里，好像突然出现了一束清冷干净的光。沈岁知愣了愣，随后睁开眼，看向光源处。

　　月亮，触手可及的月亮，是她世界里仅有的澄净的存在。

　　沈岁知下意识地抬起手去触碰它，但当她把月亮小心翼翼地捧在掌心时，手臂上的鲜血却把它弄脏了。

沈岁知慌了神，想要将那些污渍擦干净，却怎么都做不到，只能看着月亮逐渐失去光彩。

不该是这样的。

沈岁知的泪水倏地落下，滴在掌心的那轮月亮上，仍旧没有任何作用，月亮的光晕逐渐淡去，紧跟着周遭也逐渐陷入沉暗。

沈岁知想，如果她不去试图触碰月亮，会不会就不是这个结局？

她手中的光渐渐暗了下去，它彻底化成一团灰扑扑的物体。它没有过哪怕半分的挣扎，安安静静地看着她，再安安静静地暗下去。

它最后还是熄灭了。熄灭前，它带着最后那点儿残余的温度，对她说："不要怕，星星也会发光，以后你就看着星星吧。"

沈岁知抬起头，看到许多或明或暗的光点，离她很远很远。好可惜，那些都是属于别人的，不是她想要的那个。即便真的找到一颗干净而明亮的星星，她也只是想要最初的那轮月亮。

可她很清楚，那个月亮已经消失了，被她害的。

耳边传来嘀嗒声，平稳而有规律。

沈岁知的五感在缓慢而艰难地恢复运作，首先是闯入她鼻腔的一股难闻的消毒水味。

她感觉头疼、身子疼，胳膊和胃更疼。沈岁知想动，却没成功，浑身上下没有任何力气。

眼皮太过沉重，沈岁知花费很大的力气才勉强睁开一条缝隙，适应了光线后，才彻底将双眼睁开，看到的是雪白得不染尘埃的天花板。

沈岁知不由得有些困惑，这是在哪里？她还没死吗？

她迟缓地朝周围打量，发现四周的环境应该是医院，而之前听到的嘀嗒声正是床头的医疗器械发出的。

待脖颈恢复些许知觉后，沈岁知艰难地歪了歪头。她本意是想看看自己的右胳膊是不是被包扎成粽子了，却没想到看到了一个非常出乎她意料的人。

晏楚和趴在她的床边睡着了，凌乱的发丝垂在她的手臂旁。不论是从疲惫的神态，还是从微乱的仪表，她都可以看出他是风尘仆仆地来到这里的。

沈岁知的右手还输着药水，她却没像以往输液那般感觉到发冷。她垂下眼帘去看，原来是晏楚和轻轻地握着她的手，他用自己的温度焐热了没有温度的药水。

沈岁知忽然不知道该怎么面对他，甚至想拔针逃跑，但这个想法显然太过不切实际。而且她也想知道自己到底怎么被救回来的，在这里躺了多久，为什么一觉醒来人在海外的晏楚和就在她的身边。

就在她思考要不要闭眼装睡的时候，晏楚和微微动了动，像是察觉到什么。

他抬起头来，在沈岁知毫无防备的情况下，两人就这样对上了视线。

晏楚和从国外飞奔到医院后，几乎没合过眼，衣服也没顾得上换。他的眼睛布满了血丝，此刻正用难以置信的神情望着她。

沈岁知眨了下眼，不知道怎么开口，只好抿抿唇，将目光挪向别处。

晏楚和眯着眼神色难辨地看了她一会儿，随后舒出一口气。他什么都没说，起身把医护人员唤来，自己则去卫生间洗漱。

医生对沈岁知进行了全面的盘问和检查，确定她没什么大碍后才放松下来，对她说道："好好休息，已经被您消化的药物可能还有副作用，有不舒服一定告诉我们。"

沈岁知嗯了一声，看向洗漱间的方向，停顿片刻，问道："我晕了多久？"

"整整一天一夜。"医生说道，"晏先生赶到后就一直陪在您的身边，没有合过眼。"

沈岁知又问："他送我过来的吗？"

"不是，有人发现您在家中昏迷，然后给我们打了电话。"

也是，晏楚和不可能这么快回国，应该是他派人找到她的。

"谢谢。"她对医生说。

"这是我们应该做的。"医生毕恭毕敬地嘱咐她，"您右臂上的伤口缝了三针，您近期最好不要有大幅度的动作。现在我们只需要观察药物是否还有副作用即可。"

沈岁知点了点头。她现在除了头昏脑涨没有任何不适感。

医护人员离开后，晏楚和刚好洗漱完毕。病房内再度只剩下他们两个人。

沈岁知咬咬唇。就在她犹豫着该怎么开口的时候，晏楚和已经朝这边走了过来，坐到床边的椅子上。

他抬起手。沈岁知不知道他要做什么，心头微紧，却见晏楚和只是帮她将输液的速度调慢了些。

她愣了一下，开口说："谢谢。"

晏楚和没说话，只是无波无澜地看着她，片刻后才问："你吃药的时候没注意用量？"

沈岁知哑然，在他的面前，实在没勇气开口回答这个问题，于是只点了一下头，算是承认。

为防止他继续问这件事儿，她有些不太自然地转移话题："你怎么回来得这么快？"

晏楚和沉默着捏了捏眉骨，并没有给出答案。

就在沈岁知以为他不会开口时，他淡声说道："我梦到你死了。"

"我醒来就收到了你的短信。"晏楚和用平静的语气说，让人听不出任何隐含的情绪，"电话打不通，我就派人去家里找你，但没有找到，所以我让他们去了你原来的家。"

不知为何，沈岁知此刻竟然觉得有些侥幸，幸好看到她濒死模样的人不是晏楚和。

沈岁知不知道说什么好，便扯扯嘴角，低声说道："这样啊……给你添麻烦了。"

晏楚和闻言微垂眼帘，视线落在她被绷带严严实实地包裹着的右臂上，唇角紧抿。

沈岁知注意到他在看什么，下意识地想要将手臂藏起来。但她还在输液，根本无处可躲。

"沈岁知。"晏楚和突然笑了，轻唤她的名字。

沈岁知看向他。

他说："我答应你分开，你好好的，行吗？"

晏楚和离开后，沈岁知在床上发了很久的呆。

直到护士给她拔了针，她才能自由行动。她慢慢悠悠地下床，想去卫生间洗把脸。

刚打开门，她便嗅到一阵极为熟悉的气味——烟草的味道。

沈岁知在垃圾桶里看到了几个烟头，瞬间怔住。在她进来之前，只有晏楚和进来过。

沈岁知盯着那些烟头再度陷入沉思。比起宋毓涵离去和她药物中毒这两件事情，晏楚和抽了这么多烟更让她觉得难过。

沈岁知用左手往自己的脸上泼了一捧水，试图清醒一下。她看着镜子里的自己，不知道怎样才能让自己重新振作起来。

之后的日子里，晏楚和果真如他所说，没再来过一次医院。

沈岁知并没有如释重负的感觉，在病床上躺了两天，其间收到沈擎的消息，知道了宋毓涵的墓碑所在地。

那个位置有些偏僻，海拔也不低。沈擎不会擅自决定这种事情，这一定是宋毓涵的意愿，她不明白宋毓涵为什么要选这样一个地方。

沈岁知将手机锁上屏，并不打算这种时候去看宋毓涵的埋葬之处。宋毓涵应当是没有葬礼的。毕竟她也没什么亲人，孑然一身地活在这个世上，死了也是孑然一身。

沈岁知出院的时候没有告知任何人。她关上微信，除了用短信回复姜灿一些工作的事宜，没有跟任何人联系。

回到家里时，沈岁知发现客厅里仍旧满地狼藉。她慢吞吞地把客厅清扫干净，然后坐在沙发上思考接下来可以做什么。

这个问题她等到去医院拆线的那天才彻底想明白。

离开医院前，医生对她说："多去看看外面的风景吧，即使不接触人群，这个世界也有很多美好的地方。"

这份看似无意的善意提醒，却瞬间给了沈岁知一些新的想法。她同医生道谢后，便回家在手机上下载了一张世界地图，闭上眼全凭直觉选择了一个地方。

确定下来后，她立刻查询去这个地方最近的线路和机票，然后简单地收拾行李，准备开始她漫无目的的独身旅行。

沈岁知犹豫了很久，最终还是将那个日记本放进行李箱。那串星月菩提则被她戴在左手的手腕上。她摸了摸颈间的平安扣，这是宋毓涵唯一留下给她的东西。

千山万水，自己看也是看。

沈岁知从来不缺孤注一掷的勇气。她想去看看别人是怎样过好生活、怎样爱一个人，然后再试着去学习怎样从泥沼里一步步地走出来。

她不能永远做那个被拯救的人，若想挣脱这个死循环，只有自己和自己和解。

沈岁知去机场的那天是个晴朗的日子。她拖着行李箱，独自穿越重重人海，在进入登机口时，看了一眼平城的天空与风景，随后收回视线，头也不回地向前走去。

沈岁知孤身一人去了很多地方。

那张世界地图被她存在手机里，越来越多的国家与城市被她用红色的圆圈标记。她看过许许多多的风土人情，才发现这个世界真的有很多不为人知的美好。

苏桃瑜得知她一声不吭地跑去国外后，当即气得不远万里地跑过来逮她。两人见面后，苏桃瑜二话不说便把沈岁知拎起来丢进车里。

苏桃瑜本想对着沈岁知一通怒骂，却在看到她右手小臂上狰狞的疤痕后，眼眶就酸了，只好抬手不轻不重地拍了她一下。

"你搞什么啊？！"苏桃瑜怒道，恶狠狠地瞪着她，"怎么，你妈走了你也要跟着走？你当时想什么呢？"

沈岁知勉强一笑，不着痕迹地盖住那处疤痕，道："这不是没事儿嘛。"

苏桃瑜被她气得不知说什么好，想到另一件重要的事情，便问她："你跟晏楚和怎么回事儿？"

沈岁知顿了顿，已经有段时间没听过这个名字，即使偶尔午夜梦回想起那段短暂的美好时光，也强迫自己要放下。

"我太病态了，"她坦然地说道，"还是学不会怎样健康地去爱一个人。"

苏桃瑜哑然片刻，才道："要是他有这个耐心去教你呢？"

沈岁知笑了："我干吗拿他的人生来赌啊？"

学会爱别人之前，她总该学会爱自己吧。

"对了，"她突然想起什么，抬手把脖颈间的平安扣取下，递给苏桃瑜，说道，"这个你帮我拿着。"

苏桃瑜接过来，说道："这不是……你妈妈给你的吗？"

沈岁知点点头，说道："现在也没必要戴着了，先放在你那里吧，我回国了再把它放到它主人的墓前。"

苏桃瑜叹了口气，应了声好，没再多说什么。

苏桃瑜此时不宜在国外久留。沈岁知连哄带骗地送她去机场，答应她以后经常联系后，苏桃瑜这才心不甘情不愿地回了国。

沈岁知走出机场，才想起忘了叮嘱苏桃瑜不要把自己的行踪告诉叶彦之，否则晏楚和肯定会知晓。但这个想法未免太过自多情，她摇摇头又放弃了。

满世界流浪了一年有余，在国内春节的这天，沈岁知不声不响地回了一趟平城。

沈岁知同她离开平城时一样低调，回国的事情照旧谁也没有告知。怕行踪暴露，她白天没有出门，等到夜色正浓才离开公寓。

外面雪下得正大。一年的时间，平城有了不少变化，好在道路没什么改动，沈岁知在路边拦下车，给司机报了一个地址。

在距离目的地还有几百米处，沈岁知打算提前下车，步行前往那里。她付款后不等司机找零钱，便戴上帽子下了车。

司机看着她的背影，不由得疑惑，这位顾客实在是位怪人。

沈岁知踏着雪往前走，特意选择了一条小路，生怕大路上来往车辆的灯照到自己，毕竟只是想偷偷摸摸地来看一眼。

走了不知多久，她在街巷的拐角处停住，抬眼望去，刚好能够看到那幢熟悉的欧式别墅。别墅里灯火通明，满是烟火气的温暖。

沈岁知不知道她等的人有没有来。反正她也无家可归，在这儿等着也无妨。

天色已经很暗了，雪花窸窸窣窣地落在她的衣服上。她抬手拨了拨帽檐，抖落一片冰晶。

百无聊赖地等了半个时辰，沈岁知终于听到有车辆接近的声音。她倏地抬起头来，朝声源处望去——

是那辆熟悉到深深地印在她脑海中的车，是那个人日常出行时的首选车辆。

沈岁知的眼里登时浮现些许光彩。但她更怕自己被对方看到，于是便往里缩了缩，抱着膝盖蹲在地上偷偷地往那边看。

晏家的仆人早早地等候在门口，上前毕恭毕敬地为车内人撑起伞，遮挡这漫天的飞雪。

沈岁知看见男人下了车。他似乎没什么变化，仍旧是她记忆里温和疏离的模样。他迈步走进晏家，自始至终没有朝她这边投来一眼。

那束光很快又消失了。

沈岁知默默地搓搓手，呵了口气。既然此行的目的已经达成，她该计划下一个目的地了。

这个时间路上已经没有车辆，沈岁知干脆步行回去。街道上到处张灯结彩，开张的店铺寥寥无几，行人也寥寥无几。

沈岁知走累了，就坐在街边的长椅上发呆。她刷了会儿手机，没什么新奇的玩意儿，便锁上屏幕。

不知道为什么，她突然想起前年的春节。那时她还跟宋毓涵吃了水饺，和晏楚和还在一起，一切都很好。沈岁知莫名地有种想要落泪的冲动。

就在此时，她听到旁边传来一个稍显苍老的声音："小姑娘，不回家过年吗？"

沈岁知掀了下帽子，看到一位笑容和蔼的老婆婆，对方像是刚从附近的公园散步回来，用善意的目光打量着她。

沈岁知笑了笑，坦然地答："我没有亲人。"

"啊，抱歉。"老婆婆歉意地说道，"这雪一时半会儿停不了，在外面容易受寒，你在这儿坐着干什么呢？"

"嗯……明天清晨的航班，我也没什么事儿，就随便坐坐。"她云淡风轻地道，"您呢，怎么没回家吃团圆饭？"

"我的孩子一家在国外。"老婆婆说着在她的身边坐下来，"上年纪了，我也不想折腾，跟他们视频完就想着出来散散步。"

沈岁知说："能见还是要多见见的。"

老婆婆颔首，目光落在她手腕的那串菩提上，不由得笑问："小姑娘，你也是佛家人？"

沈岁知眨眨眼，反应过来她说的是什么，便抬起手来，牵了牵唇角，说道："这是别人送我的。"

"把菩提这类佛物送人，意义重大啊。"老婆婆点点头，感慨地说道，"那个人一定很爱你。"

沈岁知倏地顿住。她望着手腕上的星月菩提，有纯净的雪花落在上面，像极了当年和他一起看的初雪的雪花。

"嗯，"她说，"他是个……对我很好的人。"话刚出口，突然有温热的液体涌出眼眶。

老婆婆被她吓到了，手足无措地安慰道："小姑娘，你别哭啊，是我说错了。你怎么啦？"

沈岁知只是摇头，用手盖住眼睛，泪水止不住地往下掉。

"怎么突然掉眼泪啊？"老婆婆显然不知该如何安慰这个素昧平生的女孩子，"没事儿，没事儿啊。"

沈岁知知道自己这样太莫名其妙，可真的忍不住。

晏楚和是个什么样的人呢？

他干净而纯粹，会毫无保留地将所有的爱意都交给她，会努力把世上的所有美好都带到她的眼前给她看。

"他真的……是个对我很好的人，很好很好。"沈岁知抽噎着说，嗓音哑得不像话。

他真的特别好。

她特别爱他。

两年的时间，足够一个人走遍许多地方。

沈岁知独自攀登雪山，独自蹚过沙漠，独自等候极光，独自在异国流浪。

在漫长的旅途中，她见过无数人的悲欢喜乐，然后将感情付诸笔端，写了一首又一首作品。她挑选其中几首满意的作品发布出去，一经发布便反响热烈。她偶尔会更新世界各地的风景图，还因此成了旅行博主，虽然她并不爱在微博上讲话。

值得一提的是，在她今年生日的那天，她在身上添了一处新的文身，它覆在当年被玻璃划出的那道疤痕上。

沈岁知去遍世界各地的大小酒吧，把各种各样的烟、酒尝过一遍，它们却都抵不过当年的一颗薄荷糖让她觉得心满意足。于是她走访各地的零食铺，想要寻找那个于她来说特殊的存在。

可最终她把糖吃到吐，也没能尝到记忆中的味道。

沈岁知后悔自己当初没有看清薄荷糖的牌子，否则也不用像现在这样疯了似的全球寻糖，就为了那份执念。

她还在世界的一角挣扎，但好像哪里都不是家，只有看到左手手腕上的那串星月菩提，心底才生出几分归属感。

沈岁知把过去二十多年来所有想去的地方都走了一趟，最后在地图上看到瑞士，想了很久，还是没有画上红圈。

鬼使神差罢了，她也不明白自己为什么还要记得这些，或许那人已经不再愿意带她去看雪了呢。

每天白昼结束的时候，沈岁知都会默默地思考。她在这里看到落日，他在那边看到的应该是日出。

在流浪的第二年，沈岁知来到了她计划中的最后的目的地——坐落在西欧某个角落的小村庄。

这里依山傍水，生活安逸平和。村民们对她这个外来旅人也十分友好，沈岁知在这里过了几天安稳的日子。

这天她闲来无事收拾行李箱，在叠衣服的时候，一个东西掉落到地上。

沈岁知疑惑地垂下眼帘，便看到一个小巧的本子安安静静地躺在地上，平整得像是从来没有打开过。

事实上，沈岁知这两年也确实没有打开过它，因为不敢去回忆。

她学会自我救赎的时间太漫长，已经不敢确定这份迟来的爱对那人来说还重不重要。

沈岁知的指尖微颤。她犹豫许久，才缓缓地将那个日记本拾起来。

她翻开封面，入目的便是自己熟悉的字体——她的，晏楚和的。日记大多是她各种各样的碎碎念，晏楚和只在旁边简单地回应。

不知不觉就翻到了末尾，沈岁知摸着那页空白的纸，许久才叹了口气，正要将日记本合上收起来，却不经意地弄掉了本子的封皮。

夹在末尾封皮内侧的纸袒露出来，沈岁知刚把正面的封皮套上，日记本翻过来后，她的动作却倏然顿住。

原本该被收进封皮里的末页上竟然有字，而且是她无比熟悉的字体。

沈岁知难以置信地睁大双眼，指尖有些颤抖地将那页纸抚平，上面清隽有力的字映入眼帘——

"我对你说过，是因为梦到你的死，所以才那么匆忙地赶回国去找你。

"当我看到你躺在病床上的时候，才发现自己虽然多数时间运筹帷幄，但仔细想想，其实还是无能，甚至都没有救下你。

"我在想，如果你真的很累，那就停下吧。

"而当我垂垂老矣、狼狈苍老地来到另一个世界时，你还是那个停在二十四岁、永远优秀漂亮的女孩子。"

沈岁知的目光继续向下移动。

后面的字被画去，内容看不分明，她却能从中瞧出书写者当时的心情并不像他笔下的内容那般从容。

他写："抱歉，我承认我还是有私心。"

他写："沈岁知，我想在未来等你。"

他写："我希望能等到你。"

看完最后一个字，沈岁知终于再也忍不住，抱着日记本泣不成声。

她突然想起很久很久以前，在宋毓涵病重的那段日子里，偶尔会从梦中惊醒，然后窝在他的怀中寻找温暖。她半梦半醒地对他说："晏楚和，能让我难过的人只有你了。"

他那时说了什么呢？

他吻了吻她的额头，告诉她："我不会让你难过。"

沈岁知想通了，不要再让他一个人等了。

她匆忙地把行李收拾好，不管现在国内什么时候，直接给苏桃瑜打电话，直到对方接起为止。

苏桃瑜大半夜被电话吵醒觉得十分不爽，看也没看就接起电话，愠怒地说道："谁啊？"

沈岁知开门见山地说道："你还记得我之前让你替我保管的那个平安扣吗？"

苏桃瑜这才听出是沈岁知，蒙了一会儿才回道："在我这儿，怎么了？"

"你现在……不对，你那边是晚上？"

"你这不是废话嘛！"

"明天一早，你帮我把平安扣交给晏楚和。"沈岁知一边说，一边收拾行李，"我待会儿订最早的机票回去。"

苏桃瑜这会儿彻底清醒了，忙追问道："你什么意思？"

沈岁知一字一顿地说道："我、要、追、他。"

第二天一大清早，苏桃瑜便拿着沈岁知的那枚平安扣，直奔晏氏公司。

到了前台，她才想起没有提前预约压根儿见不到晏楚和，便让前台小姐联系晏楚和的助理。

被问及原因，她大言不惭地说道："事关你们总裁的婚姻大事，刻不容缓。"

前台小姐知道苏桃瑜的身份，虽不明白发生了什么，但还是依言给徐助理拨打电话，将苏桃瑜的话转述给他。

几分钟后，徐助理亲自下楼迎接苏桃瑜。

"苏小姐，"徐助理对她颔首打了声招呼，"请跟我来。"

苏桃瑜跟着他一路上了电梯。直到电梯门合上，徐助理终于憋不住了，问道："是沈小姐让您来的吗？"

"嗯，她昨天给我打了电话。"苏桃瑜点点头，争取让自己的表情沉稳一些，"她特意让我过来，转交给晏楚和一个东西。"

徐助理回忆起今天凌晨看到的那条消息，原本还不敢相信，但结合此时苏桃瑜说的话，他的一颗心不由得沉了下去。

他艰涩地开口说道："难道……沈小姐真的……"

苏桃瑜不明白他为何露出这样的表情，正要开口询问，他们就抵达了相应的楼层。

苏桃瑜被徐助理领进办公室的时候，晏楚和正同人通电话。他抬手轻捏眉骨，眉眼间不经意地流露出疲态，好像还有更深层的意味。苏桃瑜顾不得多想，见他挂断电话，便走上前去。

晏楚和侧首看向她，淡然地颔首说道："苏小姐。"

苏桃瑜急着给自己的姐妹牵姻缘线，迅速地从衣袋中摸出一个檀木的首饰盒，递给他，说道："沈岁知让我交给你的。"

果然不出她所料，晏楚和闻言，无波无澜的眼里终于有了些许变化，虽然转瞬即逝，但仍被她捕捉到了。

晏楚和将盒子打开，在看到那枚明净温润的平安扣后，不由得顿了顿。随后，他不着痕迹地掩去眼中的情绪，像是坦然接受了什么事情。他垂下眼帘，把盒子重新合上，递还给苏桃瑜。

苏桃瑜不解其意。

"麻烦你把这枚平安扣放在沈岁知母亲的墓前，这是她母亲最后留给她的，我不能收。"晏楚和沉声说道，"虽然我与沈岁知还不是夫妻，但晏家少夫人的位置，我会永远留给她。即便她现在不在了，这个事实也不会改变。"

苏桃瑜越听越觉得迷惑，满脸茫然地问他："不是……你什么意思，当沈岁知死了？"

这问题一出，轮到晏楚和迷惑了。他蹙起眉说："什么？"

苏桃瑜正准备继续问，旁边的徐助理就已经把手机的屏幕挪到她的跟前，问道："苏小姐，沈小姐难道不在这个村庄吗？"

苏桃瑜闻言定睛一看，新闻标题中的"山体滑坡"四个大字映入眼帘，而上面的地理位置，正是沈岁知所在的小村庄。

苏桃瑜蒙了，再一看时间，正好是沈岁知给她打完电话的三个小时后。

"她昨晚给我打电话，说会订最早的机票回来。"苏桃瑜有些慌神，正要翻通话记录，屏幕上某个疑似身亡的人就给她打来了电话。

苏桃瑜浑身一震，急忙接起电话问道："沈岁知，你在哪儿？"

对面沉默几秒，传来一个持标准英语的男声："您好，请问您是机主的家属吗？"

"我是她的朋友，"苏桃瑜觉得指尖发凉，着急地问道，"她、她没事儿吧？"

"是这样的，由于村庄突发山体滑坡，机主受了伤。因为她不是本国人，需要联系家属来接她。"

说完，那人报了医院的地址和联系方式，以及沈岁知的病房位置。

大起大落不过如此，苏桃瑜瞬间放松下来，连连道谢后挂断电话。

"放心吧，人没事儿。"她舒了口气，把刚才的通话录音给晏楚和听了一遍。

晏楚和只一遍就记住了医院的地址和电话，对苏桃瑜道了声"谢谢"，随后便抓起外套头也不回地往外走，同时对徐助理道："申请航线，现在就过去。"

苏桃瑜目送他们离开后，才发现那个装着平安扣的盒子还在手里，只好尴尬地眨眨眼睛。

算了，等他们俩和好回来后她再给他们也不迟。

沈岁知醒过来的时候，有人正拿手电照她的眼睛。

她当即抬手推开对方，艰难地恢复视力后，才发现自己正躺在床上，周围环境疑似医院。

沈岁知觉得脑子发昏，只记得自己订完机票就躺回床上睡了一觉，结果中途被轰隆隆的巨响吵醒。昏昏沉沉中她出门去看，只看到铺天盖地朝这边奔涌过来的树木和泥土，还有无数拖家带口逃离的人们。

虽然沈岁知知道自己倒霉，但不知道自己原来可以这么倒霉。

她记得自己逃跑前把手机和日记本带上了，但此时身上似乎并没有这两样事物，她的心中一空，登时想要坐起身来。

她还没挣扎两下，肩膀就被人不由分说地按住，耳边传来陌生的男声，他用当地的语言说："等等，你别急！"

沈岁知没再动弹，皱着眉头看向对方，一位穿着白大褂的医生。原来她真的在医院。

"你有没有看到一个本子？"她拉住对方的手臂，问道，"我当时应该抱得很紧，不会丢的。"

医生愣了下，指着床头柜，问道："是这个吗？"

沈岁知闻言扭头，果然看到了自己的日记本和手机，不由得重重地舒了口气。

"谢谢。"她将日记本上的泥土拍掉，对待珍宝一般小心翼翼地用纸轻擦干净。医生在旁边啧啧称奇。

"我还没见过你这样的人。"他惊叹地说道，"经历过这样的灾难后，你醒来竟然不是庆幸自己没死掉！"

沈岁知抬眼看他，说道："我知道，睁眼的时候就已经确定了。"

医生被她噎得无言以对，轻咳两声，对她说："你很幸运，距离安全的位置很近，身体只是部分擦伤。另外，你的左脚踝有些扭伤，近期最好避免剧烈的活动。"

沈岁知经他这么提醒，才后知后觉地简单活动一下身子，擦伤倒是不打紧，主要是左脚踝的扭伤确实挺疼。

还真是大难不死，她在心底感慨着，随后抬起脸问医生："麻烦你了，请问我睡了多久？"

"快要一整天了。"医生说，"放心，我第一时间给你的同伴打了电话。啊，我不认识中文，当时搜索了一下，是念'苏'？"

那声"苏"的发音怪怪的，听得沈岁知哑然失笑。她纠正医生的口音，耐心地教到他学会为止。

学会单字发音的医生由衷地说道："中文好难。"

沈岁知笑了，调侃道："用你手机里的翻译软件，还是足够沟通的。"

她说完这话便愣住了，发现自己不知在什么时候，已经可以这样从容自若地跟陌生人聊天打趣了。

医生还要去看其他的病人，沈岁知便目送他离开。医生走到门口突然停下脚步，似乎是看到了什么人，似乎还简单地交流了几句。

沈岁知收回视线，没有过多关注。

哪知下一瞬间，医生便与那人错开身子，对她说道："嘿，苏来了！"

沈岁知心想苏桃瑜怎么来得这么快，转过头，嘴角的笑容还没完全展开，就看到了极为熟悉的清隽眉眼。

沈岁知微张着嘴，怔怔地望着对方。

晏楚和的目光只在她身上停留一瞬，随后他便同医生纠正道："我姓'晏'。"

医生自信满满地学出一声"Yeah（原意为对，此处为医生模仿出的发音）"。晏楚和缄默片刻，没说对错，让他先忙工作去了。

病房中不只沈岁知一名病号，他们虽然是不同地域的人，但大多对这位突然出现的英俊男人感到好奇，或多或少有打量的目光落在晏楚和的身上。

直到晏楚和走到床边，沈岁知才晃晃手，干巴巴地说道："嘿……"

晏楚和没有回应她的打招呼，简单地打量周围，发现没有椅子便微微蹙眉。

"怎么回事儿？"他垂下眼帘看她，淡声问道。

沈岁知摸了摸自己的脸，也不确定自己现在什么样，有些沮丧地说道："我本来打算回国的，没想到睡了一觉，就赶上村庄的山体滑坡。"

"不过我没什么事儿。"她说着摆摆胳膊、晃晃腿，对他笑吟吟地说道，"就是脚踝扭伤了，很快就能好的。"

晏楚和颔首，视线不经意地落在床头柜上，没再挪开。

沈岁知顺着他的视线看过去，就看到被她誓死保护的日记本。她一惊，下意识地想伸手拿过来，却被晏楚和握住了手腕。

她僵住，却也没敢再挣扎。

晏楚和欲言又止，最终也没把问题问出口，松开手后，嗓音沉静地问："打算什么时候回去？"

"去哪儿？"

晏楚和看着她，没给出答案，只是没什么情绪地问："你想去哪儿？"

沈岁知悄无声息地攥紧被角，紧张得几乎不知道该怎么呼吸。

她想去有他的地方，就算现在已经晚了。

"我想……回家。"她低着头，艰难地从嘴里吐出那几个字，不敢看他，"我还能回去吗？"

沉默，回应她的是沉默。

沈岁知觉得眼眶都酸了，抿紧唇，没有作声。

就在她想要出声替自己解围时，脸被人抬了起来。

晏楚和单膝蹲下，与她平视着，眉眼间终于浮现出她熟悉的纵容与温和。

他轻叹一声，掌心覆在她的侧脸上，语气带着些许无奈：

"回不回来，不是从来都由你说了算吗？"

第二十章
我见明月

说实话，沈岁知也不知道现在是什么情况，但也没敢多问。

晏楚和去帮她结算相关的费用。先前的那名医生过来检查其他病人的情况时，被沈岁知叫住。

"我现在可以出院了吗？"她问。

"当然，你回家好好休养就可以。"医生毫不犹豫地给了她一个肯定的答案，随后打量她几眼，"出去后最好找一家酒店清洗清洗，这么漂亮的脸蛋，现在脏兮兮的，太令人难过了。"

沈岁知这才知道现在的自己是这副模样。

"刚才那位'yeah'先生呢？"医生这才发现少了个人，往旁边看几眼，问道，"'yeah'先生还真是英俊，你们中国人都长得这么好看？"

她往门口看了一眼，确认晏楚和还没回来，才对医生道："不是，只有他这么好看。"

医生惊讶地噢了声，好奇地八卦了一下："你们是爱人关系吗？"

这个问题再次让沈岁知往门口看去，过了一会儿她才低声回答："以前是，未来也是，现在不一定。"

医生感到疑惑，感慨了一句"奇妙的逻辑"，便端着消毒用具离开了病房。

刚踏出门外，他便看到旁边靠墙站着的"yeah"先生，挑眉正要出声，对方却示意他噤声。

医生自动理解为他要跟自己说悄悄话，于是无比认真地做倾听状，当真没再出声。

然后他听到"yeah"先生问道："耽误一下你的时间，方便告诉我你们刚才在聊什么吗？"

医生愣了一下，刚才那番对话好像也没什么要保密的，便坦诚地回答："她说中国人里只有你这么好看。我问她你们是什么关系，她说……"

最后，他艰难地把沈岁知那句逻辑复杂的话重复出来。

"yeah"先生的表情有点儿一言难尽，不过医生也没有多想，说完这些便匆匆地道别离开。

沈岁知坐在床上，百无聊赖地清理衣服上的泥点。她虽然没有洁癖，但这样实在是不舒服，更何况旁边还有个有洁癖的人呢。

她这么想着，甚至没有察觉到那个她想着的人已经走到她的床边，不紧不慢地倒了杯温水。

沈岁知看到有水杯递到自己眼前才反应过来，倏然抬起脸，对上晏楚和不起波澜的双眼。她迟钝地说了声谢谢，把杯子接过来。

她不声不响地喝完水，把空杯子放在床头柜上。她想抬脸看晏楚和，却又不太敢，毕竟两个人已经两年没有接触——除了她单方面跑去平城偷偷看了他一眼。

沈岁知缓慢地眨了眨眼睛，明明想着这次应该轮到她主动，但又不知道从何下手。

就在此时，晏楚和淡声开口："我在附近订了酒店。"

她以为他准备离开，下意识地抬起脸问："带上我吗？"

晏楚和垂眼看她，说道："你说呢？"

沈岁知知道他还在生气，但现在这样她已经很开心了，眼底登时浮现光彩，对他展露笑颜，说了声好。

事不宜迟，她拿起手机和日记本，就要翻身下床走路。

她原以为左脚踝的扭伤无足轻重，下地后发现并非如此，不过还没到完全迈不开腿的地步。

她咬了咬牙，想着自己绝对不能再多事儿，便把重心放在右脚上，准备走。

但还没开始走，她就被人拉住了。

头顶上方传来晏楚和淡然的声音，语气稍有责备意味："都这样了，还学不会服软？"

沈岁知下意识地想说，不给你添麻烦怎么就成了学不会服软。不过话还没出口，她就直接被人打横抱了起来。

沈岁知条件反射地用手环住他的脖颈，脑子里只剩下一堆疯狂转的圈圈。

脑中闪过无数话语，最终她却说了句最清奇的："那个，我衣服上都是泥点，很脏的。"

身有洁癖的晏楚和却不为所动，抱着她朝医院的门口走去，说道："去酒店洗。"

沈岁知在高度紧张的情况下，说出来的话完全没经过大脑。

她磕磕巴巴地问他："一、一起洗？"

晏楚和听到这个问题后脚步微顿，垂下眼帘有些复杂地看了她一眼，没有给出任何形式的答复，继续朝前走。

沈岁知庆幸他没有接自己的话茬儿，不然自己没有死在天灾，也要死于羞耻。

也不知晏楚和从哪儿弄的车，她被他放进副驾驶座，他甚至还无比自然地替她扣好了安全带，好像两个人根本就没有分开那么久过。

在前往酒店的途中，沈岁知尚且在思索可以聊的话题，就听到正在开车的晏楚和她："为什么独独把日记本带出来了？"

沈岁知虽然早预料到他会问这件事儿，但真到了这个时候，反而什么煽情话都说不出了，只受最纯粹的本能驱使。

"就……很重要啊。"她说，"我那时候什么也没想，等反应过来的时候，已经抓着它跑出去好远了。"

晏楚和没有问她是否看到了日记本末页的那些话，沈岁知也没主动提起，两人心照不宣地给了彼此平复心绪的时间。

抵达酒店后，沈岁知不想因为被他公主抱而引起围观，便要求扶着晏楚和走。他只好依了她，并有意放缓脚步。

在前台领取房卡时，沈岁知看到他只领了一张房卡，心里不禁有些忐忑。

她控制不住自己的思绪。其实她有想过，如果追求不成功，下下策才是色诱。现在是不是太快了？而且她的脚还受伤了。

正胡思乱想着，晏楚和已经将她带到房间。

他关上门，把她放到床上以后，才重新回到门口插卡开灯。

房间内是类似民宿的装修风格，给人亲切之感。沈岁知觉得眼下最重要的事情是赶紧洗澡，她合理怀疑自己再被这身衣服捂一天可能就要臭了。

"这里有浴缸。"晏楚和推开浴室的门打量一眼，随后问她，"伤口能沾水吗？"

"没什么问题，就是一点儿擦伤而已。"沈岁知站起身，单脚跳着朝他跳过去，"我先进去了。"

晏楚和见她慌慌张张的，仿佛下一秒就要扑倒在地。好在沈岁知的平衡能力极佳，单脚跳根本不影响她的速度。

他稍微放下心来，转身回到玄关处，把沈岁知已经低电量自动关机的手机拿起来，用房内自带的充电器充上电。

他翻开那本日记，从第一页开始往后看，最终越过中间数十张空白页，停在最后写有字迹的那一页纸上。

纸张有些泛皱，并不是主人不爱惜，而是因为上面的泪痕太多。

晏楚和目光微动，随后把日记本放回原处，好像从来没有碰过它似的。

仅仅这次！就算他再不忍心，也要让她自己主动踏出那一步。

沈岁知并不清楚晏楚和在外面做些什么，她洗完澡换上浴袍，拎着洗干净的衣服，便神清气爽地跳出浴室。

"我洗好了，你去吧。"她习惯性地说了这句话，说完才发觉这语气似乎太暧昧了些，不由得侧首去看晏楚和的反应。

晏楚和神色未改，像是根本不在乎她说了什么，只简单地回了声嗯，便起身朝浴室走去。

沈岁知不知道自己是该庆幸还是该失落。她有些苦恼地抓了抓湿发，坐在烘干机旁烘烤衣服，心里却在思考接下来该怎么办，目前主动权还不在她的手里。

沈岁知把衣服挂到通风口处后，便拿起吹风机对着头发一通猛吹。

吹风机产生的噪声有些大，沈岁知没能听清浴室门被打开的声音，也没发现有人正在走向自己。

她右手拿着吹风机，手腕有一搭没一搭地晃动着，好让头发干得更快些。

她只穿了件浴袍，再加上抬手的动作，袖口滑落在臂弯处。她的整截小臂便明晃晃地露了出来，栩栩如生的乌鸦文身融于昏黄的灯光。

沈岁知正专注地吹头发，没有丝毫防备的时候，她的右手手腕被人不轻不重地攥住了。

她倏地朝身后看去，只见晏楚和单膝蹲着，双眼微眯，盯着她的手臂内侧看。

沈岁知被他的动作惊住，暂时停下了手上的动作。待她知道晏楚和是在看她的手臂内侧时，她猛地想要把手抽回来，但晏楚和难得强硬，根本不容许她挣脱。

他抬手把嗡嗡作响的吹风机关掉，随手放到一旁，然后注视着她疤痕之上的那处文身，不疾不徐地念出来——

"Mr Yan."

他神色认真地看着她，问道："什么时候文的？"

满室寂静，沈岁知突然开始怀念刚才吹风机的噪声。

她知道这个文身迟早会被他发现，但没想到这么快。她犹豫片刻，回答道："去年，我生日的那天。"

晏楚和没有说话，只是静静地看着她。

"当时文身师问我，为什么要把这个文在伤疤上。"

沈岁知说到这里停了停，过了一会儿才低声说道："我说，我想告诉自己，我的痛苦已经被覆盖了。"

晏楚和松开了她手腕，指腹贴着那处粗糙不平的肌肤轻轻摩挲，没有任何暧昧意味，而是充满了温柔和怜惜。

他看到"Mr Yan"的后面还有一轮月亮，这并不是他第一次注意到沈岁知对月亮的格外偏爱。

"为什么？"

沈岁知没能理解他的意思，疑惑地看着他，似在等他继续说下去。

他提醒道："月亮。"

这次沈岁知明白了。她局促地避免与他对视，像是在进行漫长的思考。而晏楚和始终不发一言，耐心地等她给出答案。

半晌，沈岁知才重新看向他，声音虽轻，语气却无比郑重，说道："因为我爱你。"

沈岁知不知道该怎么说。

她的爱、她的感情太抽象了，抽象得甚至让她无法用语言表达出来。

她闭上眼，干脆不再斟酌，索性用最直接的话语表达道："对我来说……你就是月亮。"

话音落下，沈岁知抿了抿唇。

"我讨厌白天，讨厌太阳，不喜欢跟别人相处，所以我就把自己藏在夜晚。"她说，"我看到的天空永远都是阴沉沉的，但是后来遇见你，就有了月亮。"

晏楚和抬起手，用指腹轻轻蹭了蹭她的脸颊，嗓音低缓平稳，像是鼓励："继续说。"

沈岁知感觉自己的心脏跳得快要蹦出来了。

她继续开口说道："太阳太刺眼了，对我来说很压抑，我不能去直视它。而月亮不是，月亮……很干净，很平和，它会一直安静地看着我，我不用抬头，就知道它在那里。"

沈岁知说完这段话，只觉得这些话说得前不着边后不着调，忍不住懊恼地啧了声。

她低下头，有些烦躁地开口："我不知道该怎么说，也没跟人表达过。我的世界太抽象了，乱七八糟的，有时自己都理解不了，更不要说别人了。"

如果对方不是晏楚和，她是绝对不会说这些的，否则她肯定会被当成疯子的。

"你说你以前没喜欢过谁，我也是。这是我第一次对一个人有这种感觉，我还是有点儿搞不懂，好像只学会了一点点……我就是想说……"

沈岁知语无伦次地说着，纠结半天也没找到合适的词语来表达，深厚的文学功底派不上用场了。

"我不会说，"她再度卡壳，沮丧地揉揉自己的头发，"我不会说，不知道该怎么说。"

晏楚和原本没想这么快软化自己的态度，但见她这副懊恼的模样和面上流露出难过，他就于心不忍。

他的唇角微抿，没有开口。

沈岁知心慌意乱，生怕他说出什么冷冰冰的话来。她伸手扯了扯他的袖口。

晏楚和不经意地触到她的肌肤，才发现她的手满是凉意。他不着痕迹地拂开她的手，随后起身准备去调一下室内温度。

沈岁知跟着站起来，紧张兮兮地问："你要去哪里？"

晏楚和并未回答这个问题，而是言简意赅地命令道："坐好。"

沈岁知眨了下眼睛，虽然嘴上不出声，手却悄无声息地攥紧他的袖口。精细的布料皱了起来，和她布满委屈神情的脸一般。

其实沈岁知已经把自己的表情控制得很到位了，只是垂下眼帘的片刻间，仍旧难掩那份失意，在昏黄灯光下被映衬得越发明显。

可这份难得的示弱不但没有起到作用，反而莫名地触怒了晏楚和，微冷的嗓音倏然响起："坐好！"

晏楚和向来都是温和疏离的，原先他们还在一起的时候，他也从未用这样严肃的语气同她说话。这是沈岁知第一次见他动怒，惊得她的睫羽颤了颤，迟疑着松开手。

他这么反感跟自己接触吗？

沈岁知局促地抿唇，双手无处安放似的搭在膝盖上，不敢抬头看男人的脸色。

晏楚和知道自己本不该这样。他有想过再次见到沈岁知的场景，准备心平气和地同她就事论事。况且他比她年长五岁，不论涵养还是阅历，都足以包容她的不成熟。

但只要跟她接触，他的那些理智与客观就瞬间被粉碎。在感情面前，没人能完全冷静，他虽然不愿承认，但这点由不得他。

"你当初有勇气拎着行李跑出国，为什么现在还要怕我走？"晏楚和扣住沈岁知的肩膀，俯身望着她，说道，"什么都不跟我说，自己满世界乱跑，然后想回来就回来？"

沈岁知下意识地往后缩了下，知道自己很多行为任性而荒唐，也根本没什么可以狡辩的，低声说了一句"对不起"。

他们之间的很多事情，她都需要说声对不起。她不敢奢望他还在原地等着自己，虽然他过去纵容她太多次，这次她想要主动去接近他，甚至愿意小跑着奔向他。

这声道歉落下余音，房间内只剩沉寂。

"沈岁知。"晏楚和突然唤她，声音很低。

她抬起头，猝不及防地撞进他无波无澜的眼底。

"我做不到像你这样，瞒着所有人不声不响地离开两年，其间没有任何联系，甚至对在意你的人不闻不问、漠不关心。"说着，他手上的力道加大，长眉蹙起，"沈岁知，你自己好好想想，你的所作所为过不过分？"

自相识以来，晏楚和鲜少用这样的语气对她说话。这不仅仅是表达不满，更是一种内敛的示弱。沈岁知宁愿他不理自己，甚至是质问、指责自己，都好过现在这样。

"我……"她正要开口说话，眼泪却掉得更快。她仓皇地抹了抹眼睛，但根本没能止住泪水。

"我没有。"沈岁知皱起眉头，边掉泪边哑声说，"我、我去找过你的……"

晏楚和没料到她会给出这样的回应，不由得怔了下："什么时候？"

"就是去年春节，我乘清早的飞机回到了平城。"沈岁知不可抑制地有些哽咽，尽力平复呼吸，继续说，"我知道你那天肯定会回家吃团圆饭，晚上就打车去了晏家的附近。"

像是怕他不信，她说了更多的细节来证明她所言非虚："那天下着很大的雪，我怕被人认出来，就躲在后街拐角的地方等你……有用人替你撑伞，我看着你走进屋里的。"

沈岁知没敢说自己在雪里冻了多久，更没敢说因为自己太想他，还在一位陌生的婆婆面前哭得不成样子，不想用这些事情去打动他。

晏楚和根本没有怀疑她这些话的真实性，当她一五一十地说出这些细节时，他不免哑然。

他缄默片刻，沉声问她："为什么要躲着？"

招惹
下册

沈岁知的直觉告诉她，对方是知道答案的，但他还是要问她，让她亲口告诉他。

事情都到了这份儿上，也没什么是不可以说的，她低声说道："我不敢。"

她怕见到他，怕她所有的努力都会功亏一篑，怕她仍旧会义无反顾地去依赖他。她不想将生活中所有的热爱都倾注到他一个人身上，不想那样去爱一个人，也知道那样的爱并不健康。

晏楚和又何尝不明白她的顾虑。他垂下眼帘，许久才轻轻地叹息一声。只要在沈岁知的面前，晏楚和好像永远都束手无策，心甘情愿地迁就她的一切。

此时此刻，沈岁知终于从他的眼中找回了曾经的温柔与纯粹。他的眼神里含着绵绵的情意，深深地吸引着她。

"或许你以为我气的是你不告而别。"晏楚和这次主动开口，垂眼望着她，继续说，"并不是，当我知道你开始独自环游世界的时候，我虽然气你音信全无，但内心是替你高兴的。"

"我认真地思考过了，只要你能开开心心地活着，我在不在你身边也不是很重要。"他说，"所以现在知道你即使没有我也能自己好好地生活，对我来说已经足够了。"

他曾经想要成为治愈她的良药，却无意中忽略了治标不治本的问题。她离开的两年里，他考虑了很多，理智告诉自己该给她时间，但感情上不容许他这样大度。

"不够！"沈岁知最怕他说成全、放手之类的话，慌忙拉住他，着急地说道，"怎么可能足够，永远都不够！"

她哭得太急，连双颊都泛着红，虽然还在喘息，嘴巴却丝毫没有停下："有你的生活才是生活，没有你我只是活着而已，如同行尸走肉一般！"

晏楚和任由沈岁知牵着他，随后微微俯身，眉眼低垂地看着她，眸中浮现些许波澜。

"好。"他说，随即又淡声问她，"那你让苏桃瑜给我平安扣是什么意思？"

这问题转得突然，沈岁知一时不知该怎么回答，只茫然地眨眨眼睛。许久，她伸出手，试探性地轻轻搭在他的腰侧。

晏楚和知道她这是一个想要拥抱的动作。

见晏楚和并没有拒绝的意思，沈岁知稍微放下心来，将自己努力地蹭进他的怀里，闷声说道："我想说我这辈子非你不可了，你不答应，我就要一直缠着你。"

晏楚和听到她充满孩子气的话觉得有些好笑，用指尖拎了拎她的浴袍后领，说道："可我还没收下，怎么办？"

沈岁知没想到他会拿这句来堵她，登时身子僵住。她思忖片刻，又厚着脸皮说："没事儿，我卡里还有不少钱，回去订一对戒指，比平安扣更有诚意。"

晏楚和忍俊不禁，不置可否，只是温柔地揉了揉她的发顶，像是已经答应了她的许诺。

沈岁知最擅长的事情就是得寸进尺，见晏楚和的态度已经软化不少，便抬起脸可怜巴巴地瞧着他："我还有件事儿想跟你商量。"

他指尖把玩着她散落在肩颈处的发丝，面上情绪淡然地说："你先说。"

她把下巴往上抬了抬，眼底闪着细碎的光彩，说道："我想亲你一下，可以吗？"

这个问题倒是十分礼貌，很久以前也出现在他们两人之间过，只是现在问的人和答的人已经调换了身份而已。

晏楚和没有立刻回应，只是似笑非笑地看着她。

沈岁知默认这是许可的意思，登时便倾身上去，贪婪又毫无章法地在他的唇上亲来亲去。

她太想他了。

晏楚和被她亲得轻笑一声，沈岁知不由得脸热。虽然知道他的笑声里有笑话她的意思，但还是恋恋不舍地又覆上去亲了几口。

沈岁知刚刚停下吻他，晏楚和便不轻不重地扣住她的下巴，用看起来一本正经的严肃语气问她："你不是说就亲一下吗？"

"道生一，一生二。"沈岁知也一本正经地回答他，"二生三，三生万物。"

虽是一番胡言乱语，却成功地收服了晏楚和。

晏楚和终究被她闹得半分脾气都不剩，正如某人说的那样，在她第三次亲过来的时候，两人没有再分开。

沈岁知起先还怕晏楚和会拒绝她的靠近，但当两人触碰到的那一刻，才发现其实一切并没有什么改变。

她曾经对他说过，要救她的话，他只需要站在原地就够。

他也这么做了。所以当她终于朝他奔跑过去的时候，看见他始终等着她朝他而来。

"晏老板，"沈岁知唤出那声久违的称呼，双手环着晏楚和的脖颈，脸眷恋地蹭了蹭他的脸颊，不嫌腻歪地嘟囔一句，"你怎么这么好呢！"

说完她没在意对方的回答，强盗似的又追着亲了上去，手也不怎么安分地滑到他劲瘦的腰身。

晏楚和身上的浴袍原先穿得好好的，被她这么上手折腾，系带不免松散些许。

在沈岁知的那只手即将凑到衣襟内时，晏楚和不轻不重地握住了她的手腕，装作严厉的样子明知故问道："你想做什么？"

沈岁知眉眼漾起明艳的笑意，倾身啄了口他的下颌，坦坦荡荡地回道："我好想你。"

晏楚和从来都拿她没办法，有些好笑地捏了捏她的掌心，低声道："想我需要上手想吗？"

沈岁知顺势握住他的手，笑吟吟地说："没办法，流氓式想法就这样嘛。"

晏楚和哑然，知她一贯这样，便无可奈何地轻叹一声，将她重新按坐回床边，让她老老实实地休息。

沈岁知回头看了一眼身后的那张床，又看了看自己坐的这张床，说实话，不想跟晏楚和各睡各的。

于是，她抬起头来，对着他眨了眨眼，十分诚恳地问："我今晚能跟你一起睡吗？"

晏楚和将浴袍系带重新整理好，神色淡然地说道："不可以。"

她弯起眉眼，撒娇道："求你啦。"

沈岁知总是知道怎么让他说不出拒绝的话，不论是两年前还是两年后，这一点始终不曾改变。

最终还是晏楚和妥协了。虽不是双人大床，但好在床并不算小，两个成年人也刚好合适。沈岁知心满意足地钻进晏楚和的被窝，留下另一张孤孤单单的床。

房内只留了一盏洒着昏黄光线的床头灯，气氛安逸而温馨，是沈岁知许久不曾体会过的心安。

她拿着手机——手机屏幕已经有了裂痕——开机后登录微信，给苏桃瑜报了声平安。

她很快便收到了苏桃瑜的回复："怎么样怎么样？没缺胳膊少腿儿吧？"

她回复道："一些皮外伤而已，就是左脚崴了不太方便，能蹦能跳的，放心。"

"你都不知道当时多吓人，晏楚和还以为平安扣是你的遗物。我从他那儿才知道山体滑坡的事情，要不是紧接着接到电话，也以为你出事儿了。"

沈岁知回想自己大难不死的经历，回她："估计是老天舍不得再难为我了。"

确认她平安后，苏桃瑜的八卦属性便暴露无遗，急忙问道："你跟晏楚和怎么样？"

沈岁知精准地概括现状："盖着被子，各干各的。"

苏桃瑜噼里啪啦发来这么一句话："久别重逢破镜重圆，干柴烈火，该干吗还得干吗，别尿啊。"

沈岁知又跟苏桃瑜简单地聊了几句就放下手机。床头灯洒下昏黄温暖的光芒，当下氛围太过宁静，她还没有困意，心中蠢蠢欲动起来。

她偷偷摸摸地翻过身子，装着半困不困的模样，实则是打量旁边的人正在做什么。

晏楚和靠坐在床头，正拿着手机看文件。

沈岁知悄悄地将视线挪向男人流畅锋利的下颌线条，顺势还把脑袋往他的方向凑近。她用眼神扫一眼手机屏幕，没话找话地说："我还没见过你在手机上看文件。"

"还有些事情没处理妥当。"晏楚和垂眼看她一眼，"我出门匆忙没带电脑，只能先用手机将就一下了。"

沈岁知抬手蹭了一下自己的脸颊，突然想起一件重要的事情，问他："山体滑坡的时候，国内应该是晚上吧？"

晏楚和嗯了一声，目光落在手机屏幕上，没有挪动半分，回道："怎么了？"

沈岁知再次想起苏桃瑜刚才发给自己的那段话。

"也是，这种消息被报道得比较快，所以你大半夜就知道这事儿了。"她正分析他是怎么知道的，却又猛地心头一震，抬脸看他，认真地再次问道，"不对啊……那你怎么知道我在这里的？"

晏楚和用一种极为复杂的眼神看她，像是不明白她是如何问出这种低智商问题的。

沈岁知自个儿琢磨两秒，终于反应过来了，以晏楚和的人脉跟手段，他查她的行踪轻而易举。

她沉默片刻才说："所以，我让苏桃瑜给你的平安扣，你以为是我临死前交给你的？"

晏楚和不置可否，说道："苏桃瑜刚刚告诉你的？"

沈岁知点头承认，然后手臂斜斜地撑着身子，脸靠在掌心里，望着他说："晏楚和，我不会允许自己那样死的。"

"如果是以前，我的确希望意外降临到我的身上。"她坦然地说道，"但从现在开始，我不会这样了。"

"虽然还没彻底回到正常人的行列，但我已经在努力接受这个世界美好的一面了。"她说，眼尾轻扬，染着三分笑意，"况且，我舍不得第二次离开你啊，晏老板。"

沈岁知说这些话的时候，从始至终都是看着晏楚和的。她在面对自己和他人的时候比以前坦率了很多，这点让人不得不承认。

以前的沈岁知虽然笑着，人却是空的。而现在，晏楚和能从她的眼睛里看到神采，虽然很淡，但真真切切地存在着。

晏楚和将手机息屏放到床头柜上，手还未来得及收回时，身边的人便十分不安分地贴了上来。

纤细白嫩的手臂缠上他的脖颈，两人之间仅隔着一层薄薄的被子。薄被之下，沈岁知漫不经心地把腿搭在他身上，脚尖恶劣地探在他的睡袍缝隙间，彼此的肌肤似有若无地接触着。

"晏老板，刚才我就发现了，"沈岁知轻扬眉梢，笑道，"你没有下滑过文档。"

晏楚和半合上眼睛，神情淡得好似被看穿的人根本不是他，开口时嗓音微哑："从我身上下去。"

沈岁知权当听不见，反而变本加厉地在他的颈窝蹭了蹭，虽然动作刚进行到一半就被他挡住了。

晏楚和轻蹙长眉，语气中含了少许克制的意味："别闹。"

"还不是因为你太惯着我了吗？"她满不在乎地侧了侧脑袋，下颌垫在他的肩头，"你真的不是在故意给我机会？"

晏楚和仿佛没听到她的问题，偏首避开她过于接近的呼吸，看似冷淡，可明显乱了节奏的呼吸暴露出不同的意味来。

"你身上还有伤，"他哑声道，"躺好睡觉。"

沈岁知觉得其实这男人有时候太温柔、太绅士了也不是件好事儿。

她想了想，伸手扣住他的下颌，强迫他跟自己对视，问："真不做啊？"

沈岁知说这话的时候，眼中仍盈着澄净的光，在浓稠的夜色映衬下委实勾人，更何况此时看着她的人是晏楚和。

沈岁知没有等对方开口，便抢占先机地凑过去吻他，但也只是浅尝辄止的一下而已。

晏楚和的喉结微动，他略眯起眼，眸底终于蔓起黯色。就在他要按住沈岁知的时候，她却迅速地抽身离开，重新钻回被窝。

"那晚安喽，"沈岁知笑吟吟地说，一副奸计得逞的样子，"晏老板。"

沈岁知虽然是第一次玩儿这种欲擒故纵的把戏，但觉得自己的表现还不错，可是为什么压根儿没起到应有的效果？

她身上不过是些无所谓的小伤而已，最严重的也只不过是崴伤的左脚，他也没必要这么严肃地对待吧。

沈岁知有一搭没一搭地想着，这会儿背对晏楚和，对彼此之间的距离没什么概念。她随意调整了睡姿，没想到小腿却不经意地蹭过晏楚和的腿侧。

刚刚缓和下来的气氛瞬间又迸发出火星。即便是如此细微的触碰，也像是险些被点燃的导火索，几乎让晏楚和先前所有的隐忍、克制功亏一篑。

他合眼，无声地吐出一口气。

沈岁知这边就不同了。天知道为什么会这样，她这回是真的没想招惹晏楚和，刚才的触碰纯属意外。

身为言语上的巨人行动上的矮子，沈岁知有点儿脸热，下意识地把腿收回来，老老实实地把身体往外面挪一挪，然而身子刚往旁边挪动，肩膀就被人扣住，与此同时，耳边传来晏楚和低沉的声音："去那张床上睡。"

沈岁知听到他的声音有了明显的变化，已然知道他现在是什么状况。

她翻过身来看看他，随后装出乖巧的样子，坐起身说："好吧，听你的。"

她说着便当真掀开被角打算下床，不论从言行还是神色来看都十分坦然。但前提条件是，如果她离开前没有用脚尖碰他的话。

　　沈岁知本意只是想故意调戏一下晏楚和，以为他说今晚不做就真的不做，却没想到一条腿刚迈出去，就被人拎了回去。

　　她甚至还没有反应过来怎么回事儿，就已经被方才坐怀不乱的男人压在身下。两只手腕也被他单手控制，轻而易举地禁锢在她的头顶上。

　　这是个满含压制意味的动作。

　　晏楚和居高临下地俯视着她，向来深邃沉静的眼底此时终于有了波澜，淡声问她："明早的航班，你今晚还想不想睡？"

　　沈岁知微微瞠目，没想到晏楚和还有这副面孔，忍不住想打退堂鼓，思忖片刻后迅速地得出答案。

　　她没有挣开他的束缚，而是抬腿勾上他的腰，柔情似水地说道："其实吧……不睡也行……"

　　沈岁知的话音未落，晏楚和便俯身吻住她。

　　和之前沈岁知蜻蜓点水似的吻法不同，此时此刻晏楚和的吻才算是实打实的接吻。那种带着男性特有的压迫感与炙热气息，将她的身体上下包围起来。

　　先前的游刃有余悉数消散，她不满地动了动自己的手腕，试图挣开束缚去揽住他。但晏楚和丝毫没有放开她的意思。

　　沈岁知只得被迫仰着头承受这个吻，呼吸逐渐变得急促，眼尾因此泛起红晕，沁出几分水光来。

　　耳边是赧人的声响，她听得心跳都加快了几分，整个人都稀里糊涂的，不由得抬脚去抵着男人的腰侧，以此来表达自己的情绪。

　　晏楚和没有理会她这软绵绵的抗议，直到把方才的隐忍与克制都以另一种方式还给沈岁知后，才肯松开她的手腕，给她中场休息的机会。

　　沈岁知已经完全没有力气抵抗了，狼狈得要命，没好气地说："晏老板，你怎么这么记仇啊？！"

晏楚和不置可否。他在这种时候向来话少，既然当事人都说了不睡也可以，那自然没有再收敛的必要。

进入正题后，沈岁知抱着自己那点儿羞耻心，死咬着牙不肯吭声。实在忍不住的时候，她便抬手欲捂住嘴巴。但晏楚和很快就识破她的心思，以不容反抗的力度，伸手将她的双腕反扣在她的后腰。

沈岁知气得瞪他。不过这眼神在此时更像是嗔怪，软巴巴的，根本没什么影响力。

晏楚和倒是很有兴致地安慰她："别怕，这里只有我听得见。"

沈岁知皱紧眉头，用脚跟轻踢他，试图跟他商量："晏楚和，你这是欺负人。"

晏楚和不为所动，反而从容不迫地问她："你欺负了我整整两年，还不许我欺负你一晚吗？"

这话他说得有理有据，令人无法反驳。

沈岁知快气死了，但仔细想想，更委屈的人好像确实是晏楚和。

她只好心不甘情不愿地咽下这口气，决定换个法子宣泄自己的不满。

晏楚和倒也习惯她在自己身上又亲又咬，任她胡作非为一番后，忽然俯首咬着她的耳朵说了句什么。

沈岁知怔住，还没来得及回神，就被对方夺走了精力，被迫将注意力转回该做的事情上。

沈岁知还是后悔了。

她不该低估一个两年没有开荤的男人，更不该高估自己并没有完全恢复状态的身体。

昨晚结束以后，沈岁知已经筋疲力尽，便要赖以左脚受伤为借口试图休息。但在晏楚和看来，显然办法总比问题多，她的伤并不会成为障碍。

沈岁知活了二十多年，从未想过有一天自己竟然会以这种方式开启诸多新体验。

翌日清晨被叫醒的时候，沈岁知整个人还是昏头昏脑的，甚至都不知道自己昨晚究竟什么时候睡的。

混混沌沌中，她似乎听到有人唤自己的名字，翻了个身，顿时感觉满身酸痛，立马清醒了过来。

晏楚和已经穿戴整齐，衣冠楚楚地站在床前，跟精神不济的沈岁知形成了鲜明的对比。

他垂眼望着她半梦半醒的模样，俯身用指腹蹭了蹭她温热的脸颊，问道："还没睡醒吗？"

沈岁知显然对这个问题感到不满："我才睡了几个小时，当然睡不够啊。"

晏楚和看着她修长洁白的脖颈上被染上的几道红痕，不由得有些愧疚，说道："那你再睡会儿，我让助理改航班时间。"

沈岁知心中清楚，晏楚和其实还有很多工作没有处理，他已经在这边耽误了不少时间。

听到他这样说，她开口问道："改到什么时候？"

晏楚和没有回答，眉梢极轻极淡地抬了一下，默不作声地凝视着她。

沈岁知只好放弃迂回战术，直接打开窗户说亮话："你打算订一张机票还是两张机票？"

这也就相当于问他，要不要带她一起走。

说实话，沈岁知对平城有种近乡情怯的感觉，两年来只回去过一次，还是为了晏楚和。她对平城的茫然感大于归属感，现在这样回去，心里多少还是有些胆怯的。

晏楚和面对沈岁知试探性的提问，神情如常，径自走到床头柜前，拿起手机编辑了一条短信发送给徐助理，随后说道："我给了你两年的时间，已经足够了。"

沈岁知沉默不语，只定定地看着他。

"再过两个月就是除夕了，"晏楚和稍作停顿，才接着对她说，"去年你是偷偷摸摸地回国，今年作为晏家的少夫人，总该光明正大地跟我一起回去。"

他俩回到平城时，徐助理早早地候在机场。晏楚和同他回公司处理待办的事项，又另让司机将沈岁知送回她的公寓。

沈岁知只告诉了苏桃瑜回国的事情。但她忽略了一个事实，现在的自己还是一个坐拥千万粉丝的知名词作人，以至于发现自己被偷拍的时候，都没反应过来对方的意图。

当姜灿的电话打过来时，她才知道自己回国的消息已经被传到网络上了。沈岁知没想到自己已经这么火了，还暗自惊叹了一下这阵仗。

"我这是红出圈儿了吗？"沈岁知已经回到公寓，边开门边说道，"看来我以后出门得考虑戴口罩了。"

姜灿在电话那头问她："你用两年的时间就环游完世界了？"

当年事情的知情人只有寥寥数人，姜灿并不是其中一位。

沈岁知笑笑："怎么，没环游完世界不能回来吗？"

"你这两年没关注国内的事儿，不知道也正常。"姜灿顿了顿又说，"两年前你不声不响地离开平城满世界乱跑，晏楚和却独自留在国内，大家都猜你们是不是分手了，各种版本的故事都有。"

国人的八卦力量果然强大。沈岁知反手关上家门，说道："说得也没错，当年我们的确是分手了。"

姜灿虽有讶异，但也没多过问，只是提醒她工作相关的事情："再过半年就该公布金曲奖入围名单了，你销声匿迹了两年，这次还打算退出竞争吗？"

沈岁知没立刻给出答案，用指尖钩着钥匙环转圈儿，然后陷入思考。

她过去两年的确有些消极怠工。人的精力总是有限的，在她忙着摸索怎样热爱生活时，自然没有太多的心力去琢磨作品。虽然其间也发布了一两首歌，但都只是入围而已，她也清楚自己没有足够的实力获奖。

"我有一首原创歌曲正在准备阶段，不过本来没打算这么快发表的……算了，我看看吧。"

姜灿并未催她，只是身为经纪人例行公事地提醒一下而已："按你自己的想法来就好，别的没什么，好好休息吧。"

挂断电话后，沈岁知才想起自己的行李和电脑都被埋在那场山体滑坡中了。好在文件数据都是云端保存的，她可以在手机上查看。

沈岁知计划这两天买台新电脑，顺带音乐设备也得换新的了，毕竟接下来的歌曲是个大制作，估计她要费不少心力。

不过眼下还有更重要的事情，因为现在"腿脚不便"，她只得翻出附近的商圈中几家常逛的品牌店的联系方式，买了一些必备的衣服、鞋子、化妆品等，让人送货到家。

一个小时后，沈岁知便带着自己崭新的行李前往下一个目标地点。

虽然中间耽误了很多时间，但当沈岁知站在晏楚和的公寓门口时，发现自己还是来早了，房子的主人并没有下班回家。

早前晏楚和给她的房门钥匙也不知道被丢哪儿去了，此刻她只得百无聊赖地靠着墙玩儿手机。

约莫等了十分钟，电梯传来叮咚的声响，沈岁知闻声望去，正对上来人稍有错愕的目光。

"晏老板，"她收起手机，唇角漾着无害的笑，对他晃晃手，"我来投奔你了，你还愿意收留我吗？"

晏楚和的确没想到她会用这种方式再次出现在这里，迈步上前将门打开，问她："等了多久？怎么不给我打电话？"

"也就十几分钟的事儿，想给你个惊喜嘛。"

沈岁知笑吟吟地说道，弯腰刚拎起一个袋子，其余的已经被晏楚和先一步拎在手中。

沈岁知跟着他进屋，简单地打量一下四周，屋内的陈设跟她记忆中的并无太大的差异，说道："你的家没什么变化啊。"

晏楚和把东西放下，语气平淡地说道："你走以后，家里的东西我没有动过。"

沈岁知闻言动作微顿，下意识地按照记忆里的去对比，发现当真没有分毫偏差。她的心里突然有了一种说不清楚是喜悦还是酸涩的感觉。

她踮起脚，手环住晏楚和的脖颈，凑过去在他的唇上吻了吻。很单纯的吻，包含着很单纯的爱意。

"我不走了。"沈岁知望着他，一字一顿地说道，"再也不会走了。"

他们虽说是重新回到同居生活了，但仍旧有个问题没有解决。

敲定一套全新的音乐设备后，在确认配送地址时，沈岁知陷入纠结。

她原本想把自己原来的房子改造成一个小型工作室，到时可以把设备都放到那里去，但又担心成天跑来跑去地忙活。在多天考虑依然悬而未决的情况下，沈岁知决定询问晏楚和的意见。

这天晚上，她趴在床上用新头的笔记本电脑完善编曲。晏楚和从书房开完视频会议过来，就见到她以这么不健康的姿势玩儿电脑。他不由得伸手拎了拎她，提醒道："坐起来，这样对颈椎不好。"

沈岁知对此已经习以为常，翻身合上笔记本电脑，撑着床坐了起来，说道："晏老板，跟你商量个事儿。"

晏楚和松开袖口，闻言看她一眼，问道："什么？"

"就是……你也知道我的工作嘛。"沈岁知盘起腿来，眨巴眨巴眼睛，"原来的那套设备被我换掉了，我又新买了一套，不过还没定好放在哪边。"

她本以为晏楚和需要思忖片刻，哪知他闻言稍稍颔首，他对她道："客厅走廊的第二间屋，四五十平方米，够吗？"

沈岁知顺着他的话想了想，四五十平方米绝对是够了，不过——

"那不是原来的客房吗？"她问。

"原来是。"他背对着她换下衬衫，嗓音沉静地说，"我之前让人把房间收拾出来，就是想要给你用，不过还没告诉你这件事情，你就走了。"

沈岁知瞬间感觉自己的心窝子被人不轻不重地戳了一下。

"晏老板受委屈了。"她迈下床，几步凑上前从后面揽住他，叹息着说道，"放心，以后我一定做个顾家的好女人，免得你独守空房。"

晏楚和习惯了她没正形，也惯着她的随性而为。他反手把身后正作乱的人拉到身前，搂在怀中亲了一会儿，才揉揉她的发顶，说："明白就好。"

于是乎，设备问题顺利地被解决，她终于算是完成了一件心头大事儿。

沈岁知跟卖家确认好发货时间和地址后，时间还不到九点，便趿着拖鞋去客厅看电视。

晏楚和在洗漱。她一个人看电视也没意思，就去厨房洗了一盘草莓，打算待会儿边看电视边吃。

毕竟家里没什么零食。她以前独居时向来不是吃外卖就是吃零食，饮食习惯极差，自从跟养生老干部晏楚和同居后，一言一行都被他看在眼里，于是，她在生活上的许多坏习惯也就自然而然地被矫正了。

沈岁知洗着草莓，脑子里却在想过去两年晏楚和是怎样在这里生活的。

分明是有着两个人生活痕迹的房子，却只住着一个人，她很难想象那是怎样的感觉。

沈岁知这才后知后觉地发现，不知道为什么，他们两个竟然心照不宣地没有提起过去两年里各自的生活。明明是彼此缺席的日子，却反而被忽视了。

她的思绪正飘忽不定，身后忽然传来男人的声音："在想什么？"

不知何时晏楚和已经走到她身后，正微微侧着脸看她。

"想你过去两年怎么过的。"她坦然地说道，顺便挑了一颗草莓塞进嘴里，"你一直都有关注我的行踪吗？"

"没有，我怕自己忍不住去找你。"晏楚和回答得同样坦然，揽住她低声问道，"好吃吗？"

沈岁知没回答，直接踮脚吻上他，让他自行评价。

浅尝辄止后，晏楚和轻笑一声，揉揉她的发顶，说道："的确不错。"

"其实我有点儿后悔了。"沈岁知说，"我这两年去过很多地方，还拍了很多照片……可惜照片都在行李箱里，现在没了。

"我攀登过雪山，也穿越过沙漠，还去南极和北极等过极光，只是那些都是我一个人看到的景色。其实这个世界上真的有很多美好的事物，但我想到不是跟你一起看的，就觉得好像也没什么意义。"

沈岁知说不清楚这是一种怎样的感觉，好像自己的成长过程中缺少了某些要素，而这个遗憾是无法弥补的。

晏楚和看着她半晌，忽然笑了一声。

"你看到了世界的正面，这就是意义。"他对她道，"更何况以后我们还能一起看的，会比你在这两年看到的更多。"

沈岁知心下一动，只要和他在一起，美好的未来都将在不远处等待。她瞬间觉得心情又明朗起来，转身用手勾住晏楚和的脖颈讨吻，嬉皮笑脸地说："我的晏老板可太好了，快来亲一下！"

晏楚和被她缠了好一会儿，才把人半拖半抱地带回客厅。在他这儿，沈岁知永远像个长不大的小孩儿，而他也愿意惯着她的各种幼稚的小把戏。

客厅内还没有开灯，昏昏沉沉的室内只有电视屏幕投出的光线。沈岁知盘腿坐在沙发上，拿遥控器的时候，漫不经心地朝窗外扫了一眼。

晏楚和正欲起身将灯打开，却被身边的沈岁知攥住手腕。他解释道："我去开灯。"

沈岁知没松手，而是出神地望着窗外。

绒毛般轻盈的雪花自空中塞塞窣窣地落下，在朦胧的夜色里，仿佛给大地蒙上了一层洁白无瑕的雾，轻飘飘的，又亮晶晶的，像是怎么也不会泯为尘埃的模样。

初雪吗？沈岁知并不知道，但知道这是两年后她与晏楚和共同看的第一场雪。

"晏楚和，"她扭过头，望着他说，"下雪了。"

晏楚和淡淡地朝外面看了一眼，随后便收回视线，俯首吻她的额头，嗓音低缓而温和：

"嗯，我爱你。"

晏楚和很早便同家里知会过，除夕那天，要带着沈岁知一起回去。

沈岁知紧张兮兮地准备了很久，一会儿怕衣服不太合适，一会儿又琢磨见了晏楚和的父母该说些什么。

她也只是在两年前分别见过伯父伯母一面而已，没什么交情，也不怎么了解。这算是她第一次正式地见家长。

虽说晏楚和一直劝她不要紧张，像平常一样就行，但沈岁知还是在家里认认真真地准备了三个小时才出门。

晏楚和还有一些事情要处理，沈岁知便决定直接打车去他的公司等他。

待晏楚和开车过来的时候，恰巧撞上沈岁知同一个看起来二十出头的男生交谈，两人谈笑风生，气氛融洽。他微眯双眼，手撑着额角无波无澜地注视着那边。

男生说了些什么，沈岁知停顿片刻，稍微往男生的旁边靠了靠。随后男生笑意粲然地抬起手机，似乎是拍了张合照。

晏楚和面上没什么情绪，指尖却在有一搭没一搭地敲着方向盘。之后，沈岁知笑吟吟地同那人道别，朝他这边小跑过来。

沈岁知拉开车门坐进副驾驶座，连安全带都没顾得上系，就极为自然地倾身上前讨了个吻。

晏楚和却没让她抽身，而是轻轻地按住她的后颈，淡声问道："那个人是谁？"

沈岁知感受到了来自他的掌心的压迫感，知道他大概是吃醋了，不由得笑了："我的粉丝啊！那小孩儿本来想让我签名的，但是我没有纸和笔，就用合照代替了。"

晏楚和的力道微松，他顿了顿："合照需要靠那么近？"

沈岁知眨巴眨巴眼睛。老天是知道的，他们的肩膀都没靠在一起，彼此之间的距离就跟拍证件照的时候一样。

但她没这么说，而是饶有兴趣地歪头看着他，问："晏老板，你是在吃醋吗？"

晏楚和被她这么直截了当地拆穿，眼底浮现些许不自然，但承认得却很坦然："是的。"

沈岁知眼底的笑意更浓。她抬手勾住他的肩头，把他朝自己这边揽了揽，随后挑眉道："放心，我刚刚还跟那小孩儿说呢，我男朋友在车里等我，去晚了他会吃醋的。"

话音落下，晏楚和虽然没有什么表示，但沈岁知却看到他的耳郭隐隐地泛红。

她有些忍俊不禁，不假思索地倾身上去吻住他。两人唇齿相依缠绵了好一会儿，这个吻也在逐渐升温的气氛中加深。

然而，就在沈岁知不安分地摸到他的腰侧时，她的手被晏楚和握住了。

她懒洋洋地抬起眼帘，以为这人只是故作矜持一下，便满不在乎地在他的下唇上轻咬一下，然后继续自己的动作。

晏楚和无奈地按了按她的腰窝，侧首避开她的吻，嗓音微哑地说："别闹。"

沈岁知靠在他的怀中，不满地皱皱眉头，疑惑地说道："干吗？"

晏楚和的神情不太自然，搭在她腰间的手松了松，然后他俯首在她的耳边低声说道："晏灵犀在外面看着。"

沈岁知吓得差点儿跳起来，登时以迅雷不及掩耳之势坐回原位。她一转头，果真在自己这边的车窗外看到了满脸不自在的晏灵犀。

沈岁知瞬间想找个地缝钻进去，还没有调整好脸上的表情，就看到晏灵犀站在窗外，视线无处安放地胡乱地瞟着。

沈岁知觉得尴尬不已，压低声音问晏楚和："你怎么不早说啊？"

"我本来想告诉你的。"晏楚和无奈地回道，却没把后面那句"但你没给我说的机会"说出口。

知道沈岁知羞愤欲绝的心理状态，晏楚和没让她出面打招呼，抬手将她那边的车窗降下来，面不改色地唤晏灵犀的名字。

晏灵犀目不斜视地盯着街边的树木，声音干巴巴地回应道："哥，嫂子……过年好。"

沈岁知想遁地而逃，拼命克制着自己的面部表情，却忘了控制过度紧张的大脑，以至于猛然出声的一个"好"字如平地惊雷。

晏楚和迅速地侧开脸用指尖蹭了蹭唇角，用尽所有教养才堪堪控制住自己没有笑出声来。

沈岁知瞬间收获了双倍的尴尬，无言地揉揉额头，对窗外被吓得戳在原地的晏灵犀道："那个什么，好久不见哦。我这不是大过年的太高兴了嘛……你哥都没跟我说你也来了。赶紧上车吧。"

晏灵犀连连点头，当即就去拉车的后门，结果竟然差点儿摔倒，惊得沈岁知连忙伸手欲扶住她。

好在晏灵犀的反应极快，迅速地稳住了身形。接收到沈岁知担心的目光，她下意识地解释道："嫂子，我没事儿，就是站的时间有点儿长，脚麻了。"

面对眼前这尴尬的场景，沈岁知简直想把自己埋起来。

她想问这位小妹妹到底是在车前站了多久啊。

坐在后座的晏灵犀此时才想到自己刚才脱口而出的话有多让人尴尬，见沈岁知的表情也不太对劲儿，不由得小声安慰道："嫂子，我当时没好意思打扰你们，没什么的。"

沈岁知："哈哈哈，这、这样啊。"

晏灵犀："哈哈哈，是啊……"

车里的气氛尴尬无比。

晏楚和开口帮这两人破解了此时古怪的气氛，问晏灵犀："你跟朋友一起过来的？"

"啊，对。"晏灵犀点点头，"我陪朋友买了点儿东西，过段时间准备去墨尔本嘛。"

沈岁知一边将手机的蓝牙连接车载音乐播放器，一边问了句："墨尔本？你要跟同学一起去吗？"

"嗯，我有个朋友在那边有亲戚，我们相互之间也能有个照应。"

"那还好。"沈岁知作为有着两年环球旅行史的资深人士，忍不住科普道，"有条件的话借辆车开，大洋路的景色非常美丽，你腾出两三天的时间足够了。十二门徒的日出和日落也不能错过。"

晏灵犀轻咳两声，笑道："其实我就是从嫂子你的微博里看到照片，才决定去墨尔本的。"

沈岁知愣了一下，这才想起跟前这位是自己的粉丝。她摸了摸鼻尖，哑然失笑道："我当时只拍了几张。菲利普岛和霍西尔巷这些地方都不错，你们时间充裕的话可以慢慢地逛。"

晏灵犀对沈岁知的旅行史感到十分好奇，追着问了一路。晏楚和安静地开车，听着两人在耳边谈笑风生，唇角无声地弯起浅淡的弧度。

三人抵达晏家时，天色已经暗下来了。

沈岁知这是第一次真正意义上的过年。回忆过去的二十多年，她大多是自己在家喝酒，只有那么一次是跟宋毓涵一起吃了饺子，严格来说也不能算是过年。

她如果说很快就能有融入感，那肯定是假的。

沈岁知的性子慢热，但苏雪仍旧如初见时那样热情，很喜欢她，随便扯个话题都能聊上半天，晏灵犀也兴致勃勃地加入其中。

沈岁知原先只是知道晏楚和的家庭氛围很好，但没想到会好到令她艳羡。苏雪虽家世显赫，却完全没有圈中人的架子，这让她感到很自在。

晏景峰曾经与沈岁知在晚宴上有过一面之缘。饭桌上，他对她温和地笑笑，说道："那时我只看出晏楚和对你不同，没想到你们竟然真的走到一起了。"

沈岁知回道："都是缘分，我当时也没想到将来会有幸跟您一起吃年夜饭啊。"

"吃年夜饭算什么呀，"苏雪喝了口果汁，笑着打趣，"你们两个去领证，才算是把这段缘分真的落实了。"

沈岁知还没想过结婚的事情，此刻苏雪猝不及防地提起这个，一时间竟然不知道怎么回答。

"不急。"晏楚和不着痕迹地把话题带过去，"等她的事业稳一稳再说。"

此话一出，聊天的重心便挪到沈岁知的词作上面了。尤其是晏灵犀，身为 SZ 多年的铁粉，她心满意足地跟本命词作吃了一顿年夜饭，现在拿着手机，巴不得跟所有人说沈岁知就在她家。

"对了，我让李姨包饺子的时候在其中一个饺子里面放了一枚硬币，"晏灵犀吃到最后一个水饺的时候才想起这件事儿，"我的这碗没有，你们吃到了吗？"

"硬币？"晏景峰刚好吃完碗中的水饺，闻言顿了下，无奈地笑着看向她，"你这次记得给硬币消毒了吗？"

"当然了！我还用小苏打仔细地洗了几遍！"晏灵犀有点儿脸红，没好气地说道，"去年是意外啦，反正最后也是我自己吃到的。"

苏雪的碗底也已经见空。她将视线放在餐桌上唯一还剩下一个水饺的人身上，笑着说："那就是说，幸运的饺子在岁知的碗里喽？"

话音落下，晏楚和不着痕迹地顿了顿。

沈岁知没有发现他的异样，觉得自己应该不会那么好运，咬下去后发现果然如此，耸了耸肩。

晏灵犀纳闷地皱起眉头，开始怀疑自己的记忆力："不会是我当时忘记把硬币放到盘子里了吧？"

吃过饭后，晏景峰到外面接电话去了。沈岁知正欲起身帮苏雪和晏灵犀收拾碗筷，却被晏楚和在桌下轻轻地握住手腕。

她诧异地侧首看他。晏楚和却没有动作，神色也是淡的，唯独没有松开力道。

苏雪和晏灵犀在厨房里有说有笑地收拾着，并没有注意到他们这边。也就是此时，晏楚和微微发力，将沈岁知拉入怀中。

她还没有反应过来，他便已经俯首吻住她。

虽然只是一个一触即分的吻，但沈岁知仍旧惊得半晌没反应过来。

她眼睁睁地看着晏楚和面不改色地坐正身子，随后拿起水杯轻抿一口水，坦然得仿佛刚才什么都没有发生。

沈岁知方才清晰地察觉到从他口中传来了一个物体，这时拿了一张纸巾把那个东西吐到掌心，竟然是一枚硬币。

沈岁知愣住，随即便明白了他的意思，脸上染上一抹笑意。她站起身来，偷偷地在他的唇角亲了下，低声道："共享幸运。"

过了一会儿，她又凑过去轻笑着说："晏老板，这份新年礼物我收下啦。"

说完，沈岁知便拿着那枚硬币脚步轻快地朝厨房走去。

离开晏家时，苏雪不由分说地给沈岁知塞了个红包。

沈岁知受宠若惊，百般推托不肯收下，最后还是苏雪直接问愿不愿意做她的准儿媳，沈岁知这才勉强收下。

"你父母的事情，我知道一些。"苏雪握着沈岁知微凉的手，眉眼笑意柔和，"都过去了，上一代的事情，就交给时间去冲淡吧，这不该成为你用来惩罚自己的理由。"

"以后这儿就是你的家，你会跟着晏楚和叫我'妈'，我也会把你当女儿看待。"苏雪对她温声说道，"岁知，你真的是个很优秀的姑娘。"

沈岁知觉得眼眶有些酸涩，抿了抿唇，点头低声应好，又怕不够似的，补了声"谢谢"。

晏楚和取好车后，在门口耐心地等待沈岁知同苏雪聊天。待她上车坐好后，晏楚和不经意地看到她泛红的眼尾，不由得怔了怔："怎么哭了？"

沈岁知轻拭眼角，说："你爸妈太好了，你可真幸福。"

晏楚和看着她柔声说道："以后也是你的爸妈。"

这样想着，沈岁知又开心许多，果然，自己跟着晏楚和沾了不少光。

这时沈岁知瞥见那个隐蔽的巷口，扯了扯他的衣袖，指着那边道："我当时就是躲在那里的，然后等你过来。"

晏楚和看向那边，那里正是一个风口，去年的除夕还下着大雪……不禁轻蹙起眉，说道："你在那儿待了多久？"

"好几个小时呢。"沈岁知笑笑，再谈起这件事儿时，已经没有那么别扭，云淡风轻地说，"我那时只想看你一眼而已，但是没忍住，又在那儿傻兮兮地待了半天。况且我也不知道你那天会不会留宿这里啊。后来我就沿着小道溜达，遇到了一位老婆婆，她看到我戴着菩提手链，还问我是不是佛家人。我觉得心里一下就难受了，说这是别人送我的……然后，我就在一个陌生人的面前哭了好久好久。"

沈岁知想，那个时候的自己其实真的真的很想回去找他，想抱抱他，说想他爱他。

那个时候她还没有勇气，但现在有了。

沈岁知转过头，眼里粲然生辉，说道："晏楚和，"然后停顿片刻，凑上去亲了亲他，喃喃道，"我好爱你啊，特别特别爱你。"

沈岁知只用了半个月的时间，就将原创歌曲准备好了。

姜灿原本想要把首发的时间提前，但在沈岁知的强烈要求下，最终把时间定在除夕夜零点整。

被问及原因，沈岁知神秘兮兮地说"这是秘密"，然后就挂断电话消失无踪了。

这次的歌名为《致月亮》，一扫她原先颓废厌世的极端风格。这是她真正意义上有着希望意味的作品，也是她作词以来最认真对待的作品。

其实沈岁知原本不想把这首歌发表出去，私心作祟，这本就是她写给晏楚和的，理应只属于他一个人。

不过后来她想了想，晏楚和可以坦然地告诉别人他们的关系，那么她也可以。而且她一定要用最郑重、最盛大的方式让别人知道，他们在相爱。

把这次发表作品的行为当成秀恩爱以后，沈岁知果然觉得舒服了许多。

这天用过晚餐，沈岁知照常倚在晏楚和身上看综艺节目，闭口不提新作的事情。而晏楚和向来尊重她的意愿，并不过多关注她的创作，给她足够的空间，因此并不清楚她已经筹备好新作的事情。

直到睡觉前，沈岁知关上电视，抬手拍拍他的肩膀，说道："坐好，沈姐要给你一个惊喜。"

晏楚和微扬眉梢，表示悉听尊便，没有问她是什么惊喜，只看着她趿着拖鞋小跑进她的工作室内。

他抱着好奇与期待，猜测沈岁知会给他怎样的惊喜，当看到她抱着吉他走来时，觉得有些出乎意料。

沈岁知清了清嗓子，看起来郑重其事。毕竟这是她人生中第一次跟人表白，脸皮再厚也难免觉得不好意思，便顺手关了客厅的灯，只留月色流淌进室内。

"我写了一首歌，"她在他面前坐下，将吉他在怀中摆正，"是我在旅行的途中一个字一个字地写出来的，这是写给你的歌。"

说到这里，沈岁知的视线不太自在地闪躲了一下，但也只是瞬间而已，随后便定定地望向晏楚和，没有再动摇半分。

"这首歌的名字是——《致月亮》。"

她说："这个版本，我只唱给你一个人听。"

晏楚和的眼中忽然起了些许波澜。

沈岁知轻轻地拨动琴弦，没有伴奏，也没有煽情的开场白，简简单单地为他唱出这首歌：

"我从人间踽踽走过，有幸得见一抹春色。

"万物复苏，蓬勃生长，而我见你，湖光山色都暗淡无光。"

沈岁知半合上眼，轻声地唱着早已独自练过无数遍的歌曲。每个字、每个音符、每个停顿点，都是她反复认真地修改无数次的结果。

"踏过长夜漫漫，我因你得见光亮。"

她想起过去踏遍千山万水，想起所看过的美景风光，想起相机里千千万万张惊艳片刻的照片……她将它们存留只是因为一个名字。

她直到最后才发现，他始终都在她看不见的地方耐心地等她伸出手，然后紧紧地抓住他。现在她明白了，不论早晚，她都一定会去往他的身边，一路奔跑，一路微笑。

"你是我孤注一掷的人生理想，是我从一而终的坚定勇往。

"是我难明长夜里，唯一的月亮。"

他来的时候，世间所有的美好都到达她的眼前。

一曲终了，沈岁知抬起脸，星辰般璀璨的眸子里流露出明媚的笑意。

晏楚和望着她，神色是少见的怔然，还未从歌曲中回过神来。

"这首歌会在零点发布到各大平台上。"这是沈岁知第一次给人唱情歌，面色潮红地说，"其实我最初没有想过要把这首歌发表出去。"

屋内的光线昏暗，她站起身来，慢吞吞地挪到晏楚和的跟前，然后蹲下趴在他的双膝上，仰起脸看着他："但是，我想在这个我比较有影响力的领域用这种方式告诉别人，你对我有多重要。"

"晏楚和，"她轻声唤他，"我为你写了歌，还把你文到了身上，是真的把自己的全部交给你了。"

许久，晏楚和才笑了一声，略微俯身，指腹贴在她的脸颊上摩挲着，好似摩挲着无比珍重的宝贝。

他开口，嗓音低缓地说："我会妥善保管好的。"

在三月的某天清晨，沈岁知睡醒后发现枕边多了一个东西。

她是在睡意蒙眬间感觉到枕边好像有一个冰冰凉凉的东西，这才不情不愿地睁开眼。

沈岁知半撑起身子，发现那是一个类似证书的东西。她翻开去看，里面并没有几页纸张，印章倒是一个挨一个，有中文的，有英文的，她第一反应便是觉得这本证书应该很重要。

她看清证书最上方的几个大字后，不由得愣了愣。

《小行星通告》？

这是什么意思？沈岁知觉得茫然，尤其是在看到下方大写的"沈岁知星"四个字的时候。

她以为自己是在做梦，毕竟突然间拥有了一颗以自己名字命名的行星，任谁都不会轻易相信，但随即就在证书的后方看到了相应的行星编号。

沈岁知的第一反应是拿起手机上网搜索到底有没有这颗星。结果她一拿起手机，就有一条推送的消息率先跃入眼中：《小行星通告》新增数颗行星名称，其中一颗以知名词作家沈岁知的名字命名。

沈岁知再度陷入疑惑，重新确认手中证书上的所有印章，证书上的确有 IAU（国际天文学联合会）的标识。

沈岁知瞬间清醒了，连拖鞋都没穿就下了床，风风火火地冲出卧室，正好看见坐在沙发上喝咖啡的晏楚和。

晏楚和因她这冒失的举动轻蹙起眉，随后目光落在她手中拿着的证书上，问道："你看过了？"

"这什么情况？"沈岁知还在蒙着，三步并作两步地走上前，"这颗行星是以我的名字命名的？"

"我祖父在航天领域有些名望，所以晏家对 IAU 的赞助这些年没有断过。"晏楚和知道她心中满是疑惑，便将咖啡放在桌上，耐心地解释道，"三年前一个偶然的机会，我拥有了一颗未命名行星的命名权。我以为审核的时间会很长，没想到会刚好赶在你生日的这天。"

他稍作停顿才继续说："虽然我不能给你月亮，但是可以给你一颗星星。"

沈岁知站在原地，迟钝地自我消化了一会儿。

一颗星星，竟是一颗星星。

她从没想过自己会收到这样特殊的礼物，一颗以她的名字命名的星星。

它可以在浩瀚的宇宙中生生不息地存在，是独属于她的存在。

"你过去经常怀疑自己，能不能在这个世界上留下痕迹。"晏楚和对她笑了笑，温声道，"现在可以确定了吗？"

沈岁知的眼眶有些发酸。

她的月亮送了她一颗星星？这当真是天底下最浪漫的事情了。

沈岁知忍不住又笑了，把那份《小行星通告》的证书放到旁边，轻轻地揽住晏楚和的脖颈，完全地将自己投入他的怀抱当中，眷恋地用额头蹭了蹭他的颈窝。

"晏楚和，人生为什么这么短啊？"她闷声道，半合着眼，鼻尖发酸，"我还想跟你在一起很久很久，现在好后悔以前错过那么多有你在的时光了。"

因为这样好的一个人，她才开始渴望长命百岁，想要博得与他白头的机会。

人这一辈子真的太短太短了，不论爱恨，人们都应该认真地对待，才对得起来这世上走一遭。

"没什么可后悔的。"晏楚和抬手轻揉她的发顶，嗓音低缓温和地说，"你的以后都会有我，这点你可以确信。"

沈岁知偷偷地揉了揉酸涩湿润的眼睛，笑着说道："行啊，谁都不许先走。"

她用双手撑着他的肩膀，将身子正坐过来，不假思索地在他的脸侧上亲了一口，打趣地说道："这份生日礼物是我收过最贵重的，你这时间赶得也太巧了吧？"

话音刚落，晏楚和将视线移开半寸，没有作声，神情闪过半分不自然。

沈岁知一下子看出他有不对劲儿的地方，追着他的目光跟他对视："你原本是不是有准备好的礼物？"

被猜中心事的晏楚和垂下眼帘看向她，语气带着些许无奈："是，计划被打乱了。"

沈岁知笑吟吟地抱着他，很是期待地说："没事儿，按照你原先的剧本来，我保证配合到位。"

晏楚和闻言觉得有些好笑，思忖片刻后，还是从衣袋中拿出一个东西放在她的掌心。

于是，沈岁知便经历了今天的第二个重大的刺激。

她盯着掌心那个做工精致的盒子，它方方正正、小巧玲珑，她怎么看都觉着应该是戒指盒。

而晏楚和接下来所说的话，也印证了她的猜想。

"这戒指是我亲自拿身份证买的。"他将绒盒打开，正面朝向她，淡声说道，"一名男士一生只能定制一枚。"

沈岁知怔怔地看着眼前的那枚钻戒，钻石质地透亮纯粹，在日光的照射下漾着粲然的光晕，映亮她的眉眼。

他说："你要是不答应，我只好单身一辈子了。"

她还没有发出声音，泪水便已经迅速模糊了她的视线，争先恐后地涌出眼眶。

她把手递给晏楚和，看他将戒指缓缓地戴上她右手的无名指。戒指带着微凉的温度圈住手指，却给了她前所未有的归属感。

沈岁知突然想到了宋毓涵对自己说的那句"下次掉眼泪，一定要是因为幸福"。

此刻的她非常确信，往后余生，自己每次落泪都只因为幸福。

沈岁知弯起唇角，倾身将唇覆上晏楚和的唇。泪水悄悄地滑落到嘴角，沈岁知觉得有点儿甜，不同于以往的涩。

唇齿相依间，她在心中将那三个字深情地道了千千万万遍：我爱你。

她曾经无数次地崩溃、哭泣、自我重塑，在荆棘遍布的路上举步维艰地走到现在，终于拥有了属于她的月亮。

何其有幸，在她遍体鳞伤地坐在世界的背面时，仍旧有人耐心地陪在她身边，将所有的美好与明亮带到她的眼前。

他让她明白，原来真的会有人愿意小心翼翼地拥抱她，包容她的所有好与不好，去爱她、救她。

这世间多冷漠，有一个能让她把温柔坚持到底的人，真的是一件很幸运的事情。

番外一
我的月亮

IAU 最新出版的《小行星通告》中，"沈岁知星"成功地吸引了所有人的注意力。

知道沈岁知是 SZ 的人，大多觉得震惊，为什么她会拥有行星的命名权？而不知道沈岁知真正身份的人，大多震惊于 IAU 什么时候出售行星的命名权了。

不过很快真相便摆到了大众面前，IAU 官方发布微博，将本次所有新增小行星命名的缘由都公布出来。

而在"沈岁知星"的后方，赫然写着"因晏楚和先生赞助 IAU 数千万美元"这么一句话。

换个通俗易懂的说法，这颗星星是晏楚和送给沈岁知的。

这条官微一经发布，瞬间把相关的话题炸到热搜的前排。众所周知，当事人两年前就被传分手，如今突然冒出这件事儿，众人都好奇究竟有何内情。

而身为当事人之一，沈岁知看了看手上的戒指，又看了看那份《小行星通告》，觉得事到如今还不光明正大地秀恩爱的话，可真是太对不起自己了。

她坐在晏楚和的怀中这么想着，便微微仰起脸来，认真地唤道："晏楚和。"

他垂下眼帘，示意她说下去。

"咱们领证去吧，就现在。"

晏楚和微怔，觉得出乎意料，确认道："你说什么？"

"我的身份证和户口本都在我这里。"沈岁知揽住他的脖颈，弯唇笑道，"证件照咱们可以现拍嘛。"

"你可以再考虑一段时间。"晏楚和对她说。

沈岁知听他的语气，自然知道他在顾虑什么。

她定定地看着他，郑重其事地说："晏楚和，我不是一时兴起。

"我早就跟你说过，这辈子非你不可了。领证、结婚是我以前想都没想过的事情。但现在对方是你，我就很期待，想结婚。"

沈岁知明白，自己在情感的表达上从来都是个别扭的人，因为自卑的惯性，很多时候都会下意识地隐藏并回避自己的心意。

在性格上做出改变是件很困难的事情，但她爱的人在感情上也是个笨拙的新手啊。她不想看他独自努力，所以也要慢慢地学着告诉他，自己有多想跟他走下去。

"晏老板，"沈岁知靠在晏楚和的颈窝，声音中含着几分笑意，"其实我天天想跟你在一起。"只是她没有天天说而已。

后面还有很多话她没有说出口，嘴便被晏楚和以吻封住。

这个吻很温柔，不含任何欲望，只能让人感受到满满的情意与珍重。

他轻轻揉了揉她的发顶，嗓音轻缓地说："我知道。"

有些话她不必说，他都知道。

当天上午，沈岁知与晏楚和一起去了民政局，也不知道今天是个什么好日子，民政局门口已经排起了一条长龙。沈岁知出门前全然忘记了自己的名字还在微博的热搜上挂着的事儿，直到发现有人用手机偷拍他们，才反应过来。

她对这种行为倒算不上反感，只是自己跟晏楚和这样被人围观，觉得有些不大自在。

"晏老板，现在网上都在讨论你送我星星的事情。"沈岁知微扬眉梢，侧首对身边的人道，"那边还有偷拍的，看来这回的影响力很大啊。"

晏楚和闻言朝偷拍的人望去，对方当即心虚地放下手机，装作什么事情都没有发生过。

他垂下眼帘，对她说："我现在联系公关团队。"

"不用啦。"她笑着制止他，"我是觉得你这种性子的人肯定不喜欢高调。我在网上好歹算个公众人物，影响力还是有的。"

晏楚和稍作停顿，坦然地承认道："我的确不喜欢高调。"

就在沈岁知以为他已经说完的时候，他又突然说了一句："但如果跟你有关，就另当别论了。"

沈岁知心想真应该把这句话录下来，以后谁再说晏楚和是高岭之花，就把这段录音放给对方听。但她也只是想想，毕竟晏楚和说的情话她只想自己听。

他们虽然需要排队，但办手续的流程很快，不多久便轮到了他们。签完协议，盖上章，拍好红底的合照，两人就顺利地拿到了两个红艳艳的小本子。

沈岁知觉得十分新奇，离开民政局后，对着结婚证研究好半晌，这么快速就确认了她与晏楚和的法律关系，实在是太神奇了。

"以后我们两个是不是就绑到一起了？"她摩挲着结婚证的封页，向他确认道，"房子、车子，还有财产，都会变成我们共有的吗？"

"嗯。"晏楚和耐心地回应她，"我们的名字还会在同一个户口本上。"

沈岁知盯着结婚证看了一会儿，忽然弯起唇角笑了，眼中盛满比日光还要耀眼的光彩。

她拿出手机，对着结婚证拍了一张照片，随后又执起晏楚和的手，与他十指相扣，放在手机的取景框中拍摄下来。

她点开微博，将这两张照片发了上去，随后附上几个字，点击发送——

SZ沈岁知：我的月亮。

婚后的生活似乎与原先并无区别，只是沈岁知在自己的短期计划内加了一条"每晚睡觉前要亲晏楚和一口"，并且这张计划纸成功地让李医生受到了暴击。

还有一点不同的是，沈岁知现在有了一个新朋友。那天从民政局回来的途中，沈岁知跟晏楚和抱回了一只小比熊犬。

他们那天的举动也不完全是突然兴起。晏楚和始终记得，那年跨年夜，沈岁知曾对他说过想要养一只狗。

因为沈岁知连泰迪和比熊都傻傻地分不清楚，错把这个小家伙认成了泰迪，便干脆给它取名为泰迪。

就这样，她拥有了一只名叫"泰迪"的比熊犬。

时间飞快地流逝，两个月眨眼过去了。五月中旬，金曲奖颁奖盛典如约而至。

沈岁知毫无悬念地收到了入围的邀请函。她的《致月亮》早在数月前发布时便霸占了无数音乐平台榜单的首页，名气甚至较她的成名曲还要大许多。

这是SZ第一次发表与爱情有关的作品，也因此吸引了无数粉丝与路人的关注。人们都在猜测《致月亮》中的"月亮"究竟是何许人也。

不过还没等网友们讨论出结果，另一边，词作者就已经干脆利索地把结婚证照片发了出来，直截了当地告诉所有人她的月亮是谁。

　　合照中，女人的五官明艳动人，笑意粲然。而她身边的男人眉眼清隽，唇角的弧度轻浅，眼里盛着缱绻的情意。两人并肩站着，俨然一对璧人。

　　不必再多说什么，沈岁知与晏楚和感情破裂的谣言不攻自破。

　　虽然沈岁知从来没有承认过《致月亮》是写给晏楚和的，但这个问题的答案已经不言而喻。况且晏楚和把行星作为礼物送给沈岁知的事情，至今还被津津乐道。

　　颁奖典礼举办的当天，沈岁知为了穿裙子走红毯，特意没吃晚饭，即便饿得难受，也只能可怜巴巴地让晏楚和帮她准备夜宵。

　　晏楚和坐在沙发上，不紧不慢地说道："时间快到了我再去厨房，做好饭等你回家。"

　　沈岁知一下抓住了他上句话的重点，边给泰迪倒狗粮，边问道："你要看现场直播吗？"

　　泰迪原本窝在晏楚和旁边小憩，见开饭了，便屁颠屁颠地从沙发上蹦下来，迈着小短腿蹿到食盆前，垂下脑袋大快朵颐。

　　"嗯，工作刚好处理完了，我有了不少闲暇时间。"晏楚和说着合上笔记本电脑，无奈地对她说道，"我下午刚喂过它。"

　　"啊？"她尴尬地睁大眼睛，随后满不在乎地挥挥手，"没事儿，咱们的泰迪瘦得很，正是长身体的时候，加餐就当补钙了。"

　　泰迪像是听懂了两人的对话，当即抬起脑袋，眨巴眨巴眼睛，看起来无辜又可爱。

　　晏楚和只觉得宠物的性格果真随主人，它撒娇装傻时简直同她如出一辙。他抬手捏捏眉骨，笑笑没再多言。

　　沈岁知笑吟吟地看着泰迪吃完饭，随后将它抱了起来，在它的脸上亲一口："乖宝贝儿，临走前过来亲一口。"

　　"我待会儿要出门，你乖乖地待在家里哦。"她捏捏泰迪的脸颊，"跟你爸爸一起等我回来吃饭。"

　　说着她便凑到晏楚和身边，把狗狗递到他跟前。

泰迪十分给面子地舔了舔晏楚和的侧脸，眼巴巴地扒着他要抱抱。

晏楚和把这小家伙揽到怀中，摸摸它的脑袋，对它道："今晚的夜宵抵明天的早餐。"

颁奖典礼的现场，人声鼎沸、热闹非凡，无数的闪光灯接连不断地亮起，直晃人眼。

这是沈岁知第一次以 SZ 的身份出席颁奖典礼。她本就生得标致，样貌堪比娱乐圈里的明星，再加上近年来的各种传闻事迹，自然成为全场的焦点。

而沈岁知也不负众望，再度摘得"最佳作词人"的桂冠。

虽然她曾经数次与这个奖项擦肩而过，众人以为她江郎才尽，但她又给了所有人一个惊喜。

关于"最佳作词人"这个奖项，沈岁知实至名归。大家对沈岁知的才华没什么异议，毕竟都知道她虽是后起之秀，但作词水平确实惊人，放眼整个华语乐坛恐怕都鲜少有能与之抗衡的人。

可今年的沈岁知也实在令人意外，她不仅重回她的巅峰时期，甚至还突破了自己，或许正应了那句话：能打败沈岁知的只有沈岁知自己。

她除获得最佳作词人奖，她的《致月亮》还荣获了年度专辑奖、年度金曲奖。

在最后上台领奖的环节中，沈岁知在万众瞩目之下，从容不迫地踏着满厅光芒走上舞台。

当她面朝座无虚席的颁奖大厅的那一刻，耀眼得像是本就为高位而生的人。

这是沈岁知第一次出席金曲奖，怕她以后不会再来，主持人自然不肯放过她，几乎把所有关于 SZ 的无解问题问出来。

沈岁知全程对答如流，言语幽默诙谐，还因此收获了许多路人粉丝。

直到主持人提到压轴问题："其实大家都觉得很好奇，SZ 的这首《致月亮》，究竟是不是送给恋人的？"

沈岁知其实已经想到会有这个问题。她轻扬眉梢，开口否认道："不是恋人。"

此话一出，不仅主持人，连台下的人都忍不住倒抽一口冷气。

紧接着，众人就听沈岁知慢声地更正道："是爱人，不是恋人。"

全场响起雷鸣般的掌声。

最后一个问题结束，沈岁知知道是时候发表感言下台了，毕竟家里还有人在等着她。

"因为明年我可能会跟晏先生去度假，不确定到时是否还能参加金曲奖，所以有些话就今天说清楚好了。"

她开口，对着无数摄像机与嘉宾，说道："《致月亮》这首歌的确是我写给我爱人的，从创作到完成，初衷都是他。"

"我和他很好，感谢大家对我们感情生活的关心，但也恳请大家适度关心就好。"沈岁知说完对着镜头弯唇笑道，"那么，大家有缘再会。"

沈岁知下台前说的最后一句话是："我先走啦，我的爱人已经做好饭等我回家呢。"

番外二
Q&A

采访的时间是沈岁知收到自己的月亮送的星星后，两人已领证，且过着两人一狗的幸福生活。

Q1（Q 为 question 的缩写，问题）：姓名？

S：沈岁知。

Y：晏楚和。

Q2：年龄？

S：问就是十八岁。

Y：她刚过完二十六岁的生日，我到七月份三十一岁。

Q3：如何评价对方的性格？

S：晏老板是人间理想型，遇到他之前我不会想到有这么温柔的人，所以我现在把他买断了。

S：噢，他肯定不会给我坏的评价，其实我的性格烂得很。

Y：很特殊的性格，只有她是这样的。我并不觉得讨厌，但她有时固执起来的确惹人生气。

Q4：日常生活中会吵架吗？

S：他不让我关灯看电视算吗？他还不许我光脚走路。

Y：我们偶尔会有小摩擦。比如，她总不把她自己放心上，没有我的提醒甚至会忘记吃药。

S（心虚地挠脸）：……

Q5：冷战闹别扭的话，谁是先服软的那个人？

S：晏老板是成熟的男人，我一般跟他直接面对面地把话说开，有一说一地讲道理。

S：等等，补充一下，是晏老板引导我讲道理。

Y：她不会在言语上服软，但会表现出希望我找她谈谈的模样。

Q6：与对方初遇时的情景。

S：我十三岁的那年去孤儿院做义工，因为恐惧人群就躲起来了，结果阴错阳差地听到他弹钢琴，过去偷看了一眼，在被发现之前跑掉躲起来了。

Y：十七岁。我和我的父母去伯父家做客，饭后在宅子里闲逛迷了路，看到她救起一只翅膀受伤的麻雀，然后去找她问了路。

S：可惜我对与你的初遇完全没有印象。

Y：没什么好可惜的，我们以后都会在一起。

Q7：初遇对方的第一印象。

S：我没见过这么好看的男孩子。我的白月光吧，不过是没什么执念的那种。但他的确是我走上现在职业道路的启蒙人。我从前很感谢他，现在很爱他。

Y：很矛盾的一个人。我在她身上看不到那个年纪的人该有的特性，但她真的很特别。

Q8：最喜欢对方的哪一点？

S：晏老板性格上的所有特质都是我喜欢的。如果非要选个最喜欢的，那就是他对我的耐心吧，就算我推开他一百次，他也会第一百零一次拉住我的手。

Y：坦率，会努力活出自己想要的人生。

Q9：最讨厌对方的哪一点？

S：他总是不声不响地把我的冷饮换成枸杞水。

Y：饮食习惯不好。

Q10：日常生活中怎么称呼对方？

S：晏老板、晏老师，还有特殊情况下的特殊称呼，在这儿就不赘述了。

Y：一般直呼全名，或者"你"。

S：晏老板是"老干部"，我之前故意喊他老公，他的耳朵都红了，不过我蛮喜欢。

Q11：在没有与对方见过面，并且零了解的情况下，会对对方产生好感吗？

S：说实话，不会。我可能只会看他一眼就忘掉吧，毕竟不是一个世界的人，他太优秀了。更何况我们原生家庭的环境也天差地别，我会自卑。

Y：你现在还自卑吗？

S：这么优秀的人都跟我在一个户口本上了，我还自卑什么？

Q12：对现在的自己满意吗？

S：非常满意，毕竟我以为我这辈子都会浑浑噩噩地过，没想到会有一个人让我想要长命百岁。不论从心理状况还是生活状况上来看，我已经找到了自己活下去的意义。

Y：有她以后一直都很满意。

Q13：互相说一个对方性格上的缺点。

S：晏老板的话，我想不出来。他太好了，一直都在包容我。如果要在性格上找缺点的话，大概我的问题会比较多。

Y：她有心事会第一时间自己藏着，从不会主动跟我说。但这是她过去二十多年养成的习惯，我可以陪她慢慢地改正。

Q14：在之前的相处中，怎样确定对方就是那个对的人呢？

S：他见过我歇斯底里的样子，但是从未放弃过我。

Y：她口是心非，总是推开我，但在很多细节上会表现出对我的在乎。

Q15：婚后的生活，两个人之间的财务是怎么管理和分配的？

S：共同管理，但基本上都是各花各的钱，毕竟我跟他的工作都挺赚钱。

Y：没有特意地分配过。

Q16：日常出行的衣服穿搭会给对方意见吗？

S：会，晏楚和真的白瞎了一副模特的身材，成天穿西装会让人审美疲劳的。

Y：不会，她有她自己的穿衣风格，都很好。

S：他是夸我好看的意思，这样理解就行。

Q17：平时都是谁下厨做饭？

S：晏老板居家生活的技能满级，首选肯定是他啊。

Y：我在家时是我做，晚回来时她会做好饭等我一起吃。

S：就是不太好吃。

Y：我觉得挺好的。

S：那可能是爱情使人失去味觉吧。

Q18：考虑过生小孩儿吗？

S：暂时不考虑，未来的事情说不准。我不确定自己是否有能力把另一个生命带进自己的人生，而且觉得我并不清楚怎样做个好妈妈。

Y：听她的，这些事情慢慢来就好。

Q19：未来一两年之内的生活计划是什么？

S：多拿几个奖，多给晏老板写几首歌，把以前没秀的恩爱秀给大家看。

Y：跟她一起好好地生活。

Q20：说出对方最让你心动的几件小事儿。

S：我在家里赤脚的时候他会揣着我给我穿拖鞋，睡觉时他会把我抱在怀里。

Y：我每天回到家后她都会跑过来抱我。她会主动跟我分享她这一天所有开心和不开心的事情。

Q21：平时都是谁做家务？

S：我好懒，买了扫地机器人以及各种黑科技产品。

Y：嗯。

Q22：喜欢跟对方一起拍照吗？

S：谈不上喜欢不喜欢，旅游时肯定会拍合照啊，但日常生活中很少会想到拍照，我跟晏老板对这些事情不太在意的。

Y：不一定只是拍照，做其他有纪念意义的物品也可以。

Q23：请举一个例子说明对方做过的最令你感动的事情。

S：嗯……我有时候控制不住自己，突然犯病的时候就会一直哭或者情绪崩溃，他会陪我一起度过那个阶段。

Y：她心情不好的时候第一个想到的人就是我。

Q24：提问开始前，已经说明你们过着"两人一狗"的生活，可以详细地说说吗？

S：就是我生日的那天啊，我们去民政局领完证回家的路上看到一家狗舍，晏老板就把车停下了。

Y：因为我一直记得她说过想要养只宠物犬。

S：当初跨年夜那天啊，没想到你还记着。

Y：答应过你的事情我都记着。

Q25：狗狗是什么品种，名字和性别呢？

S：是一只纯白色的比熊犬！几个月大的女孩子，叫"泰迪"。

Y：她喜欢黏人类型的狗。因为刚进店的时候她把比熊认成了泰迪，所以名字就取了"泰迪"。

Q26：狗狗跟谁比较亲？

S：这个不能比较啦，泰迪很黏我们两个，走到哪里都要跟着，像块小牛皮糖。

Y：其实比较黏她，因为她在家的时间比我多一些。

S：但晏老板有时候会因为泰迪吃醋，因为我经常搂着泰迪而不能抱他。

Y：下一题。

Q27：如果要给对方送礼物，会送什么？

S：当然是我自己啊。

Y：送有珍藏价值的。

S：嗯，比如"沈岁知星"，我觉得我可能要青史留名了。

Q28：自己最希望收到什么礼物？

S：当然是他啊。

Y：只要是她认真选的，我都喜欢。

Q29：你认为自己做什么事情会让对方感到不开心？

S：偶尔把自己搞得一团糟，控制不住精神状况的时候吧……我觉得那时候的我很难沟通，特别麻烦。

Y：其实还好，主要是我会心疼。

S：不过我在努力地配合治疗啦，肯定会越来越好的。

Q30：有经常去的约会地点吗？

S：没有吧，因为比起约会，我更喜欢和他去世界各地旅游。

Y：嗯，我们想把当初没有去过的地方都走一遍。

S：其实对我来说，只要跟晏老板在一起，去哪里都是约会啊。

Q31：见过对方喝醉时的样子吗？

S：这个还真没有，晏老板喝酒从来不超过五杯，我就没见他喝醉过。

Y：见过，说实话不太好沟通。

Q32：对方喝醉后是什么样子的？

S：想象不出来。

Y：不讲道理，不听话，像小孩子一样闹脾气。但只要我亲她一下，她很快就消停了。

S：可以了，下一题。

Q33：有多喜欢对方？

S：我以前是希望自己死后火化然后海葬的，希望自己能在每个地方都留下痕迹，但现在只想安安稳稳地跟他一起老去，最后合葬。

Y：我的所有特殊对待只对她。

Q34：发现过对方有什么不可思议的行为吗？

S：有。他逗泰迪玩儿的时候，竟然会像亲我的额头一样亲它的脑壳。

Y：她吃鸡蛋只吃蛋清，蛋黄永远留给我，这个算不可思议吗？

S：茶叶蛋的蛋黄我还是吃的。

Q35：彼此的朋友都相互认识吗？是怎样与对方的朋友相处的？

S：不好意思，我们两个的朋友还在拍拖，没时间相处。

Y：是的。

Q36：如果对方在你面前睡着了，你打算做些什么？

S：偷亲？拍照？我大概会把照片设置成手机壁纸吧，然后炫耀给朋友看。

Y：抱她回卧室，不然她容易着凉。

S：晏老板一向关注点清奇。

Q37：对方做什么或者说什么会让你感到拿他没办法？

S：他跟我讲道理的时候，从来不会有人这么惯着我。

Y：撒娇的时候。

Q38：有没有什么特别想一起去的地方？

S：瑞士啊，我一直等着跟他一起去呢。

Y：我今年入冬就带你和泰迪一起去。

S：好啊。

Q39：请说出到目前为止印象中最深刻的两个人相处的情景。

S：晚上我窝在他怀里看电视的时候。

Y：嗯，我抱着她，她抱着泰迪的时候。

Q40：对方撒过谎吗？

S：没有吧，晏老板应该不屑于对我说谎，但我就不一定了。

Y：撒过。

Q41：最后是被拆穿的还是主动坦白的？

S：我被他揭穿了。事实上我觉得我没有事情能瞒住他，只是他一直在等我主动说而已。

Y：我只需要她的解释。

Q42：如果用一件事物去形容对方，会是什么？原因呢？

S：月亮，干净明亮遥不可及，可以照亮我……哦对，现在这轮月亮只属于我一个人了。

Y：一阵风，自由且没有方向，跟她本人很像。

Q43：对于"如果得不到心，至少也要得到肉体"这种观点，你是持赞同的态度，还是反对的态度？

S：可以，但没必要，我更喜欢有话说开，好聚好散。

Y：我尊重她的选择。

Q44：如果把对方惹生气了，你会怎么做？

S：我厚着脸皮过去亲亲、抱抱、撒撒娇。晏老板不会真的生我的气，有时他只是需要我给他点儿安全感罢了。

Y：一般在她生气之前，我就已经把问题解决了。

Q45：看到什么东西会第一时间想起对方？

S：月亮、雪。所有干净的东西都会让我想到他，但那些都配不上他。

Y：值得分享的事物。就算是一些琐碎的事儿，我也会想告诉她。

Q46：现在的对方符合你最初的理想型吗？

S：我没有过理想型，遇见晏老板之前不打算谈恋爱也不打算结婚，和别人过一辈子更是想都没想过。晏老板就是我的理想型，这辈子只有这么一个人。

Y：我在此之前没有考虑过这方面的问题。只要对方和我是相爱且合适的，那就是对的人。

Q47：会在意外界对这段感情的看法吗？

S：刚开始是在意的，毕竟我的名声太差了，我很怕影响到他……不过后来发现这些都无所谓。别人是否祝福我们，并不会影响我们互相喜欢。

Y：不会。在我看来感情是两个人的事情，其次是两个家庭的事情，外人的看法并不在我的考虑范围内。

Q48：什么时候能够感受到对方对自己的爱？

S：时时刻刻。

Y：嗯。

Q49：你希望被对方怎样称呼？

S：现在这样就挺好的，肉麻点儿就不是晏老板了，别逼他了。

Y：嗯……维持现状就好。

Q50：是谁先表明心意的？

S：晏老板啊，一直都是他主动，我在反复地推开他。有时候真的奇怪他竟然都不会觉得我又作又烦。

Y：瑕不掩瑜，你值得我坚持。

S：噢。

Q51：如果察觉到对方有变心的嫌疑，你会怎么做？

S：不会，没可能，不存在假如。

Y：下一题。

Q52：你表达爱意的方式是什么？

S：过好每天的生活，培养自己对生活的热爱。

Y：陪着她改变。

Q53：有什么还没有跟对方说出口的心结吗？

S：有。

Y：有，我在等她主动开口。

Q54：对于曾经分开的两年，你是怎么看待的？

S：说没有遗憾是骗人的，但那两年对我人生的影响确实挺大的。

Y：生了两年闷气。

S：喀，对不起嘛。

Q55：会察觉到对方心情不好的时候吗？

S：他会直接跟我说。

Y：她也是。

Q56：对方的心情不好你会怎么做？

S：抱着泰迪一起刷存在感，看看能不能让他转移注意力，毕竟我真的不会哄人。

Y：陪着她，等她从负面情绪中走出来。

Q57：在认识对方之前，有过心动的对象吗？

S：没有，之前就说过在遇到晏老板之前，我根本没有考虑过这些事情。

Y：没有。

S：大概这就是缘分。

Q58：当初沈岁知药物中毒的时候，彼此的真实想法是什么？

S：我第一次因为自己伤害自己而感到愧疚，虽然并不是主观意识上做出的行为，但真的不想用这种方式去伤害在乎我的人。

Y：气她为什么要自己承担压力，我不是不能理解，但这不影响我生气。

Q59：沈岁知醒来的时候，你们是如何看待这个问题的？

S：我不敢面对他，觉得自己很卑劣，配不上这么好的人，还让他难过。

Y：尊重她的想法，给她时间考虑清楚，我也希望她能够学着自己走出来。

Q60：有觉得这段感情累到无法进行下去的时候吗？

S：就是宋毓涵弥留的那段日子吧，精神压力太大，我突然找不到坚持下去的意义了。

Y：虽然累，但我觉得还是可以进行下去的。

Q61：在确认婚姻关系前，有想过与对方未来的生活吗？

S：肯定想过啊，谁不想跟晏老板这么好的人一起生活呢。

Y：想过，确认恋爱关系后，我的人生计划里一直都有她。

Q62：谈谈个人的爱情观。

S：能够互相弥补不足之处的？我不知道，只要是健康的恋爱关系就好。

Y：符合我和她的现状。

Q63：谈谈个人的人生观。

S：开心就好，及时行乐。人生那么短，我只想在不伤害别人的前提下，做点儿让自己高兴的事情。

Y：活出自己的价值。

Q64：遇到对方后，自身有了什么改变？

S：不仅想要活下去，更想要好好地活下去。

Y：对一些特殊群体有了了解，理解了以前不明白的社会现象。

Q65：双方的家长对待你们的关系是怎样的态度？

S：他们俩估计不会关心这种事儿。

Y：赞同、接纳、鼓励。

Q66：有洁癖吗？

S：还好。

Y：有，但不严重。

S：可你每次都要求我饭前饭后洗手。

Y：那是基本的要求。

Q67：最喜欢对方身体的哪个部位？

S：哪儿都好，反正都是我的。

Y：眼睛，很漂亮。

Q68：平时会选择怎样的健身方式？

S：蹦迪啊，一晚上几万步，效果绝对立竿见影。

Y：健身房。下次我会带她一起去。

Q69：和对方在一起做什么会感觉愉快？

S：做……

Y：下一题。

Q70：一周里做私密事情的频率？

S：不好意思，这个拿"天"来当单位比较合适。

Y：嗯。

Q71：有特别讨厌的人吗？

S：以前有，现在没了，我现在人淡如菊、戒骄戒躁，不给那些家伙留余地。谢谢，开心最大。

Y：有，那些针对她造谣、诋毁的人。

S：其实还好，你抱抱我，我就不管他们了。

Q72：初次做私密事情时的地点？

S：感谢程总提供的豪华游轮，床很软设施很齐备，谢谢。

Y：游轮上。

Q73：当时的感觉如何？

S：刚开始挺好，后来很不好。

Y：全程都挺好。

Q74：当时对方是什么样子？

S：我为什么要跟别人描述这个？我自己慢慢地品不好吗？

Y：下一题。

Q75：一般情况下会选择在什么场所做私密事情？

S：卧室、客厅、浴室……

Y：家里。

Q76：理想情况下希望在什么场所？

S：听苏桃瑜说在落地窗前做不错，其实在厨房里做我也可以的。

Y：下一题。

Q77：做私密事情时会觉得不好意思吗？

S：为什么要不好意思？

Y：不会。

S：可你的耳朵会泛红。

Y：不会。

Q78：做私密事情时最喜欢听对方说什么？

S：他说话比较少，但不知道为什么总不许我捂嘴。

Y：听她喊我的名字。

Q79：彼此之间在生活中有什么小约定吗？

S：每天晚上睡觉前都要亲一下晏老板。

Y：每天回到家以后都要接住跑过来抱我的她。

Q80：最喜欢亲吻对方的哪里？

S：耳朵，真的趣味无穷。

Y：都可以。

S：他不好意思说，其实他喜欢吻我的额头和眼睛。

Q81：如果不是情侣，希望可以是对方的什么人？

S：不是情侣就不要认识了吧，他太好了，留在身边像个定时炸弹。

Y：不做情侣，可以做夫妻。

S：噢，有道理啊。

Q82：如果可以，希望在什么时候和对方相爱？

S：我对现状已经很满意了，过去的事情没什么好纠结的。

Y：希望那时候我看到站在门外的她，至少不会错过那么多年才重新遇到。

S：现在也不晚。

Q83：说一个对方不知道的自己的习惯。

S：我睡眠浅，喜欢半夜偷偷地钻到他的怀里，抱着他睡。

Y：这个我知道。

S：你怎么知道？

Y：难你抬我的手我都不会醒过来吗？

Q84：说说本人最喜欢的穿衣风格。

S：街潮休闲。我不喜欢穿裙子和紧身的衣服，最喜欢晏楚和的衬衫。

Y：她喜欢就可以。

Q85：最喜欢对方的穿衣风格是什么？

S：衬衫的扣子系得不那么严的时候。

Y：都很好。

Q86：如果送一首歌给对方，会是什么歌？

S：当然是《致月亮》。

Y：不怎么听歌，播放器里只有她的歌。

Q87：如果要把对方形容成颜色，会是哪种颜色？

S：白色？蓝色？总之是干净的一类。

Y：透明，所有的颜色都适用于她，但她有自己的颜色。

Q88：短期内自己有什么要求或目标吗？

S：教会泰迪站起来跟我握手。

Y：带她和泰迪去瑞士看雪。

Q89：有自己或彼此的长期目标吗？

S：赚钱，如果有机会，我也想送晏老板一个独一无二的礼物。

Y：维持现状，过好每天就好。

Q90：你认为与对方相处得好吗？

S：好，非常好，晏老板有时候太有趣了。

Y：好，如果她不总是逗我的话。

Q91：做私密事情的时候喜欢什么姿势？

S：面对面，有安全感。

Y：常规的就可以。

Q92：讲一件对方不知道的自己的糗事。

S：我不小心把没加糖的柠檬饮料倒进了他的杯子，第二天才想起来。

Y：喝了一大口那杯柠檬饮料。

S：你竟然喝了？！

Y：下一题。

Q93：有过主动诱惑对方的事情吗？

S：有，不想说。

Y：算是有。

Q94：做私密事情时对方的表情是什么样的？

S：他可能在看一个智障吧。我忘了，不知道。

Y：挺可爱的，就是不太适合她。

Q95：如果双方在某件事情上意见产生分歧，会怎么做？

S：讲道理。

Y：说明自己这么做的原因，然后再针对事情本身讨论。

Q96：下雪时更习惯撑着一把伞遮挡，还是步行无防护地淋着？

S：为什么要打伞？雪多好玩儿啊，还漂亮。

Y：如果是跟她一起，怎样都可以。

Q97：喜欢哪种类型的吻？

S：事后吻，温柔加倍。

Y：撒娇的时候，很可爱。

Q98：觉得自己与对方相处得好吗？

S：可以吧，我们有各自的生活和圈子，然后每天都有聊不完的话题。如果可以，我想天天跟他在一起。

Y：挺好的。

Q99：有什么对自己来说很特殊的事物吗？

S：月亮。

Y：月亮，因为对她来说很特殊，对我来说也是。

Q100：在本次采访的最后，和对方说一句话吧。

Y：回家吗？

S：走啊，今晚你下厨吧，我想吃流心八宝饭。

Y：好。

番外三
终究意难平

宋毓涵和沈擎从来都不是一个世界的人。

即便命运的线在不经意的某个瞬间相互缠绕，最终留下的也只是握不住的尾端。

高中时代的宋毓涵沉默内敛，有着自己不大不小的朋友圈，除却优异的成绩与出众的外貌，跟其他姓并无不同。

而沈擎则不同，家世显赫，是所有师生、长辈眼中品学兼优的代表，名列前茅的成绩加上出众的相貌，好似所有加分项都汇集到他的身上。

过分优秀的人难免成为他人闲暇时的谈资，宋毓涵偶尔会从朋友口中得知沈擎的事迹，多少对这个人有所了解，知道他生在一个家风甚严的家庭中，性格有些冷淡，但更多的就不知道了。

在同龄的女孩子们对学校里某些少年评头论足的时候，宋毓涵往往不置可否，只在旁边做个安静的听众，从未发表过任何言论。

年少时期懵懂的情愫对她来说只是一个空泛的概念。她从未体会过情窦初开的感觉，哪怕是憧憬也不曾有过，事实上她的潜意识里对异性是排斥的。

宋毓涵从来没有对任何人说过家里的事情，哪怕是身边最亲近的朋友。

她的原生家庭并不算美好，母亲怀孕时父亲出轨，而早在她出生前，父亲便已经带着那个女人远走他乡，再也没有回来过。

虽然母亲是位坚忍善良的女性，但宋毓涵仍旧对人与人之间的情感感到由衷的抵触。

她同任何人都维持着泛泛之交的状态，虽然大多数时间能够融入集体，但有时她还是能够察觉出自己与他人的不同。不过宋毓涵对此习以为常，惯会让自己迅速融入新的环境。

宋毓涵曾与沈擎见过几面。他们都是学生会中的干部，难免抬头不见低头见，不过也仅仅是知道彼此的姓名而已。

这样的两个人只知道彼此的名字，却偏偏在高二分班之后，有了正式意义上的交集。

宋毓涵成绩优异，被分在理科一班。她向来不喜欢中间的位置，所以选了个后排靠边的位置坐下。

因为班里大多是成绩差不多的学生，排座位时也没有什么硬性要求，大家随心坐就可以。报到那天有个人没来，班主任是宋毓涵高一时的代课老师，知道这小姑娘品学兼优，索性直接把那人的位置安排在她旁边。

宋毓涵并不关心这些，对于自己神秘兮兮的同桌也没怎么好奇。

第二天上学她来得早，正趴在桌子上补作业时，旁边的位置有人搬书过来，来人不小心碰到了她的手臂。

笔尖在纸上蹭过去，留下一道并不明显的痕迹。

宋毓涵皱皱眉头，这才扭头看向自己的同桌：对方身穿干净的校服，整洁的领口竖在下颌处，清隽眉眼上情绪很淡，周身仿

招惹

下册

佛写着"生人勿近"四个字。

他似乎并没有注意到自己碰到了身边的人，坐下后便开始翻阅笔记，始终没跟宋毓涵说一句话。

宋毓涵喊他："喂。"

沈擎翻页的指尖顿了顿，他侧首看向她。

就在宋毓涵想要拿着作业跟他算账时，只见他无波无澜地收回视线，将那页书翻过去，继续专心学习。

宋毓涵气极，说实话，在正式接触沈擎之前，没想到他的性格这么冷。

只是一个小意外而已，宋毓涵也不是一个多事儿的人，没趣地耸耸肩，趴回去补她的作业。

两人就这么几乎没有任何沟通地度过了开学后的一周。宋毓涵知道自己经常被朋友说话少，但没想到身边来了个根本不说话的家伙。

周五那天是月考成绩出来的日子，宋毓涵成绩稳定，排名仍然稳居年级前十。不过值得一提的是，向来年级第一的沈擎这次却失了手，落到了第二。

宋毓涵虽然觉得惊奇，但也觉得正常，毕竟是个人就有出错的时候。中午回家时她告诉母亲自己的成绩，得到一句平淡的夸奖后，回到学校继续无聊的学习生活。

那天正好她值日，晚自习前的休息时间里，跟同学边扫地边闲聊，听到教室外的走廊传来一阵脚步声，她漫不经心地投去一眼，结果看到了沈擎。

他还是那副一潭清水似的冷淡模样，但走在他前方的男人却像是怒火中烧。两人虽有着相似的眉眼，但他们之间却没有任何亲切感。

宋毓涵忍不住多看了一眼，旁边的同学也注意到那边，偷偷凑过来对她说："那个人是沈擎的爸爸，是个特别有名的企业家。"

宋毓涵收回目光："看起来挺凶的。"

同学闻言看了看周围，悄声说道："这事儿你别跟人说啊。"

"怎么啦？"

"我原来跟沈擎是同班同学。有一回他的成绩比之前下降了五六分，第二天他的脸上就有伤，估计是挨了一巴掌。"

宋毓涵扫地的动作顿住，她不知怎的就想起了之前听说沈擎家的家风甚严这件事情。

这不是家风严不严的问题了吧。

宋毓涵抬起头，说道："他爸妈对他这么严格？"

"我也不知道真的还是假的。"同学摇摇头，说，"听说沈擎的妈妈当年就是因为他难产走的，难怪他爸对他这样。"

宋毓涵皱眉，下意识地想说沈擎哪里错了竟被这般对待，但又想到自己没什么立场，只好作罢。

不知道为什么，她听完这些就觉得心里不舒服，一时也没了值日的心思。宋毓涵索性放下扫帚，对同学说了句"我去趟洗手间"，便快步离开教室。

她走到办公室的门口，还没酝酿好找什么理由进去，就听到里面传来一声闷响，吓得瞳孔微缩，当即推门而入。

"报告！"

她第一眼便看到沈擎正被他父亲揪住衣领，不由得被这剑拔弩张的气氛镇住。

班主任一脸为难地夹在这父子俩中间，看到宋毓涵后，明显松了口气，温声问："宋毓涵？怎么了？"

宋毓涵不着痕迹地看了一眼沈擎，发现他还是那样一言不发，即便听到她进来的声音，也没有任何动作，只面无表情地同他父亲对峙。

她看到落日的余晖透过少年的碎发洒进他澄净平淡的眼底，好像没有什么能让那里掀起半分波澜，即便是在这样难堪的情况下。

男人看到外人过来，怒气被他硬生生地压下去一些，随后放开沈擎，但眉眼情绪仍旧是冷硬的。

宋毓涵定了定心神，面不改色地走上前去，没看那男人一眼，对班主任道："老师，周老师让我来找沈擎，说上次的英语作文还有可以改善的地方，想当面指导他。"

沈擎闻言侧过脸，看向她时眼底似乎有什么隐秘的东西一闪而过。

班主任顿住，随后看向沈擎的父亲。后者不耐烦地皱起眉，挥手说道："去吧。"

沈擎在前，宋毓涵在后，两人相跟着离开了那片低气压区。直到办公室的门合上，她才抬起头打量他，盯着他的脸看了一会儿，确认自己来得还算及时，那个巴掌没有落在这张俊秀的脸上。

两人一路无言，快要抵达教室的时候，她倏然开口说道："我骗人的，你不用去找周老师。"

她看着前方的少年，看到他的背影消瘦笔挺，像是青松，在从窗口经过的微风下，发丝似有若无地晃了几晃。

出人意料地，沈擎停下脚步，回头朝她望了过来。他对她轻声说："我知道。"

他说他知道。

宋毓涵有些恍神，似乎看到少年的唇角有上扬的弧度。但是这个笑太轻太快了，她还没来得及抓住就消失不见了。

宋毓涵很少会对某样事物执着，但在那天晚上，梦到了沈擎对她笑的模样。少年清隽温和的面庞映在日光下，却比日光里的任何东西都要吸引她的视线。

从那天以后，宋毓涵与沈擎之间的关系不知不觉间变得不一般了。

宋毓涵上晚自习的时候有个不太好的习惯，总喜欢用最后一节课来补觉，偏偏她的位置还在过道，极容易被发现。

刚开学没多久，宋毓涵想让沈擎帮她盯梢站岗，但对方压根儿懒得搭理自己，只好拜托前后桌帮忙，虽然被班主任捉住好多次就是了。

后来有一次，她趴下睡得正昏昏沉沉、半梦半醒的时候，突然感觉自己被人轻轻地推了推手臂。她不满地挪开手，想要继续跟周公聊天。

但对方只是顿了顿，随后又碰了碰她，似乎执意要打扰她的睡眠。

宋毓涵有些起床气，这一点鲜少有人知道。顾忌这里是教室，动作幅度不敢太大，她只好拧紧眉头转过脑袋，想要问问这位冷面阎王是有什么天大的事儿。

没想到沈擎方才见她没有反应，便稍微俯下身子，刚要低声唤她的名字，宋毓涵便倏然转过头来。

她的嘴唇在他的脸颊上不轻不重地擦过。两个人都愣住了。

教室里很安静，所有学生都在埋头学习，静得只剩下窗外呼啸的风声，还有笔尖在纸上书写的声响。没有人注意到他们这里的时间好似刹那停滞。

最终还是沈擎率先回过神来，不自在地将身子坐正，别开脸不再看她，脸颊有些泛红。

宋毓涵整个人都是蒙的，其实从半睡半醒到不小心亲上沈擎，整个过程她都没反应过来。

她抬手抓了抓头发，想掩饰自己的尴尬，结结巴巴地问："你、你喊我干吗？"

沈擎还是没有看她，轻抿了抿唇，低声对她道："你要睡觉的话，我和你换位置。"

宋毓涵又蒙了，不明白他在说什么，没头没脑地问："为什么？"

沈擎蹙眉扫她一眼，像是不明白她为什么会问这种没智商的问题。

宋毓涵这才反应过来，敢情这哥们儿是不想让她被班主任逮住？

里面的位置是她梦寐以求的，宋毓涵登时抛开刚才的尴尬，兴奋不已地连连说好，如愿以偿地挪到了沈擎的位子。

的确是个让人很有安全感的位置，况且对宋毓涵来说，旁边还坐着一个让她很有安全感的男孩儿。

宋毓涵将脸埋进臂弯的时候，没有意识到自己的唇角正微微上扬。

那是少女情窦初开的痕迹。

宋毓涵跟这位冰山少年的故事，虽然出人意料，但也合情合理地顺势发展着。

学校里渐渐有了他们的传闻，但没有任何一条是得到证实的，毕竟两个当事人根本不屑一顾。

在高三下学期的某个晚自习，外面下起了雪。

虽然这年的冬天特别冷，但同学们在学习上都争分夺秒。到课下休息的时间，宋毓涵抬起酸痛的脖子，看到窗外飘雪后，不由得小声说："下雪了。"

沈擎听到她的话朝外面看去，本想说什么，门口却传来老师的声音。

因着有老师在外面站着，就算是课间时间，也没有学生敢轻举妄动，都识趣地趴在桌子上写卷子。

不一会儿，班主任便走进教室开始例行巡逻，意外地看到宋毓涵竟然没在睡觉，还停在她的旁边惊讶了一下。沈擎在此时抬起手，将卷子交给班主任。

他说："老师，卷子我做完了。周老师喊我和科代表去办公室整理错题，我可以去吗？"

宋毓涵闻言愣了一下，突然反应过来自己就是沈擎口中的那个科代表，忙不迭地把自己已经做完的卷子也交了上去，睁眼说瞎话："是的，周老师刚还催我们呢。"

班主任对这两位优等生的话没有丝毫怀疑，直接放他们离开，还跟班里的学生说要向他们好好学习，提高学习效率。

宋毓涵在教室外面听见这话，差点儿笑出声来。

她跟沈擎从教学楼后方的楼梯走下去，来到后院稍微空旷的位置。

雪下得越来越大，草木被覆上浅浅的一层。身后的教学楼灯火通明，他们处在这片小小的天地间，四周静谧无声，一切都恰到好处。

宋毓涵轻轻拨弄草丛上的积雪，对身边的沈擎道："这是不是你第一次旷课啊？"

"卷子已经做完了。"沈擎认真地将问题抛了回来，"既然已经完成任务，还算旷课吗？"

宋毓涵扑哧一下笑出声来："沈擎，你这人说谎都不眨眼的呀，还说什么周老师找我们。"

沈擎不置可否，只是笑了笑。

两人安安静静地看雪，谁也没有说话。

宋毓涵突然出声打破寂静："沈擎。"

他嗯了一声："怎么了？"

宋毓涵低头专注于雪花，看似漫不经心地道："有人说我们早恋。"

沈擎闻言看向她，脸上的表情微动。

宋毓涵紧张兮兮地等了好半天都没等到回音，又羞又气地折了手中的树枝，没好气地说道："我可不想玷污你的名声，你赶紧跟人解释清楚！"

沈擎被她恼羞成怒的模样逗笑了，说："没什么好解释的，本来也没有早恋。"

宋毓涵微微瞠目，缓了一会儿，正想内心酸巴巴地顶回去，就听少年淡声说道："等高考完就不是早恋了。"

沈擎只一句话便吹皱了宋毓涵的一池春水。

她那一瞬间的感觉，该如何描述呢？

像是烟花绽放，还是永不坠落的烟花，长长久久地留在她心底，永远熠熠生辉。

宋毓涵与沈擎最终考上了同一所大学，也在这个夏天确定了情侣关系。

他们像最普通的恋人那样，度过每天有着彼此的时光，为了同一个未来而努力前行。两个曾经都漫无目的的人，此时有了共同的目标。

但家世的差距终究是横在他们之间的永恒障碍。沈父坚决要求沈擎与宋毓涵断绝关系，而沈擎也完全遗传了父亲的固执，他干脆彻底同沈家斩断联系，直接撂下话说，等他结婚了再带着宋毓涵回来看他老人家。

沈父大发雷霆，直接让人停了沈擎的所有银行卡和支付方式。而沈擎一身硬骨头，岂会轻易屈服？他虽是富家公子出身，却是肯吃苦之人，在外打工照样能够维持正常生活，完全不需要依附沈家。

纵使后来沈父从中作梗，让他被所有企业拒绝录用，他也不曾服过软，不曾回过沈家一趟。

宋毓涵在这场父子拉锯战中逐渐有些动摇，几次想要跟沈擎说这件事儿，都被他止住话头。

此时的宋毓涵更加明白，他在高中时期就已是那样坚定的少年，又怎么会在这个时候轻易动摇呢？她是他的底线，而他是自己挚爱的恋人。宋毓涵的心也更加坚定，不论遭遇怎样的境况，她都要陪着他一起走下去。

沈擎软硬不吃，惹得沈父恼羞成怒。沈父使计让人将沈擎抓回家软禁，彻底将他与宋毓涵分开，不让两人再见面。

也就是在那时，沈擎才发现，自己在绝对的权势面前仍旧是无能为力的那一方，他甚至无法留在爱人的身边，只能被囚禁在这一小方天地。

后来，他开始接管公司事务，好似重新做回沈家少爷，就连沈父都信以为真。然而，他的企图终究没瞒住，没过多久，沈父就意外得知沈擎已经有了自己独立的公司，不需要依附沈家就能站稳跟脚。

也就是在那天，沈擎打晕看守房门的人，毫不犹豫地逃出沈家，去往宋毓涵在城中租赁的住处。

他又慌又乱，但更多的是期待。他在窗下喊她的名字，如愿看到数月未见的心上人，心跳快得几乎要跃出胸膛。

两人喜极而泣。因为时间紧迫——很快就会有人找到他——他甚至来不及上楼给她一个拥抱，或者一个吻。

沈擎抿了抿唇，抬头望着宋毓涵，无比认真地问："你敢不敢跟我私奔？"

那时她是怎么回复的呢？

她扶着窗沿，用同样坚定的语气说："我敢！"

只要他一句承诺，她没有什么不敢的。

年少时是这样，现在与未来更是如此。

他们原本应该很好的，那时候他们都这么想。

但他们也只是想想。

在一无所有的时候遇上能相爱一生的人，或许终究只能落得意难平的结局。

当他已经拥有了足够替她遮风挡雨的能力，两人已经不是最初的彼此了。

千疮百孔的感情，谁都没有勇气和力气去触碰了。

兴许没了念想后，人就会变得无所事事起来。

在接受宋毓涵已经离世这个事实的几个月后，沈擎闲来无事整理书房，发现了自己高中时期的毕业手册。

手册的封皮已经旧到泛黄，但仍然是干净平整的，不难看出主人平时有多爱惜它。

沈擎将它小心地放在桌上，坐在桌前盯着它看了许久。

其实这本毕业手册最开始在宋毓涵的手里，可惜后来发生了太多事情，她离开时终究忘记拿走了。

这么多年来，沈擎从来没有主动寻找过它，更没有想过打开它。他始终知道有这个东西的存在，但执意去忽视。

是不愿意回忆，还是害怕被回忆伤害？他已经懒得去回想自己年轻时的心思了。

最重要的人已经离开人世，其他的什么都不再拥有意义，而他也终于能够平静地翻开这本毕业手册。

翻开首页，入目的便是那张毕业合照。宋毓涵与他并不同排，但刚好都在中间的位置，尚且青涩的面庞对着镜头，满是懵懂、纯粹的表情。

他正要继续往后翻，却不小心带出了照片后的一页纸。

他将那张纸抽出来展开，发现是一封信。

沈擎目光微动，目光落在最后的落款与时间上，这是宋毓涵在离开沈家的那天写的。

他的指尖顿了顿，他隐隐明白了什么，却又突然有些胆怯，不敢去看信的正文。

原来，毕业手册不是宋毓涵忘记拿走的，是她故意留下的。对于这封信，他或许已经彻彻底底地错过了本该阅读的时间期限。

沈擎很快意识到这一点，垂下眼帘，视线落在首行文字上，随后缓缓地下滑：

"我也不知道怎么开头比较好，也不知道我们以后还会不会再见，所以矫情这一回，不管你能不能看到，我都写下来吧。话说在前头，其实我猜不到你看见这封信的时候已经是多少岁了，但肯定不是三十岁之前吧。"

她说对了。

沈擎如实想着，继续往下看：

"你的性子我知道，既然我决定主动离开，你短期内肯定不会想碰跟我有关的任何东西，所以现在在信前的你，看到这些字以后是不是挺生气的？想把它撕掉？"

她说错了，大错特错。沈擎拿着信纸的手指收紧几分。

"其实我也不知道自己为什么写这封信，或许就是……想给自己一个交代吧，毕竟我这辈子也就这样爱过你一个人了。我知道你现在肯定已经没了来找我的想法，所以才敢写这些的。我总是想起我们还在高中时的日子，虽然什么都没有，只能空想着未来，但那段时光是我最珍贵的宝藏。不知道那对你来说算什么，在我这里就是这么重要。我想我应该是先喜欢上对方的那个人。你当时对我说'等高考完，就不是早恋了'，或许你自己都不知道，你那时候有多好看，能让我记了这么多年。那时候我就在想，这辈子栽到你的手里了，我认了。"

沈擎有些看不下去了，烦躁地蹙起眉，将信纸放到桌上，半晌才又重新拿了起来。

"其实你特别好，虽然很多人说你性子冷不好相处，但我知道你有多好，只有我知道。我原本想要陪你走下去的，但不单单是我，你也能感觉到吧，这段感情已经让人累到想停下来休息了，我们都越来越无力了。我这人比较自私，知道自己拼不过现实，所以想用这种方式留在你的回忆里。不知道你现在还会不会跟你爸吵得天翻地覆，会不会有人在争吵后陪着你、安慰你。不过这些都过去了，现在的你大概不需要安慰了吧。你现在多大年纪了？三十？四十？或者更年长些？真不知道你现在看二十多岁的我是什么感觉，不过我还挺想看看你以后的样子的，应该跟年轻时一样好看，是个事业有成的成功人士。"

她又说错了。

沈擎笑着摇摇头。他仍旧是那个寡言少语、对谁都冷漠的"扑克脸"，亲缘浅薄，待人刻薄，不好相处。他也没有成为一个优秀的成功人士，他失败至极。

"我有好多话想说，但感觉再这样下去真是没完没了，反正都决定要放过你了……唉，别活在回忆里，人生那么长，应该向前看，谁知道还有没有新的缘分呢，或许再遇到的就是正确的了。这封信也差不多该结束了。

"愿你从今往后，幸福美满，所愿皆成真——宋毓涵留。"

沈擎攥紧信纸，深深吐出一口气，合上双眼。

太多情绪涌上心头，他竟然有些想笑，却也不知道该笑命运多舛，还是该笑她离开这么久还要让他难过。

他们的关系实在是很难讲述。

他们相爱，但是并没有在一起的力气。他甚至分不清自己对宋毓涵究竟是爱多一点儿还是恨多一点儿，毕竟这要追溯到少年时期的无数次心动与犹豫，而她与他相处时所有的模样，张牙舞爪的、哭的笑的，似乎都还历历在目。

在她死去之后，他无数次午夜梦回见到她，却永远只能偷到一个对视的机会，最后留他自己对着天花板怔神。

他们是同学，是爱人，不约而同地耽误了彼此一辈子，就是这样复杂且无从说道的关系，但其实一句话就能够概括：他们曾经相爱过。

宋毓涵临走前，他没有对她说任何话，事实上也没有什么话可说。

他们早就过了那个随性子敞开心扉的年纪，许多话不用说出口，对方也能明白，没说任何话算不得遗憾。

只是看完这封信后，沈擎头一回感受到后悔这种情绪。

他想，自己还是有话想跟她说清楚的，亲口说，面对面说。

他想告诉她，其实那些年他过得一点儿也不好，如果当年他能够放下自己的那点儿自尊，就一定能够找到她，保证以后再也不会让她被谁欺负，并且可以用很长时间去证明这个承诺。他们互相欠彼此一场婚礼，他真的很想在所有人的面前吻她，亲手为她戴上戒指，在很多很多年以后，还能够靠在一起回忆年轻时的事。

他曾经很认真地想过，要跟她好好地过完这一生。

可前提是她愿意为他留出时间，又或者说，她能够拥有这些时间。

收好那封信后，沈擎去了埋葬宋毓涵的地方。

外面下着雪，他独自走到山头，一眼就看到了那块墓碑，孤孤单单地立在雪中。

这是她死后他第一次过来看她。

虽然不知道她会不会等，但或许用不了多久，他也会去那边找她。

沈擎抬起手，将墓碑上的积雪拂去。望着黑白照片上的女人，他默默想道："希望下次再朝你伸出手的时候，你仍有勇气握住它。"

可以吗？就像当年你说你敢一样。

他们已经天人永隔，而这个城市在下雪，干净得像是两人年少时晚自习逃课的那个雪夜时的样子。

随着年岁渐长，从前的那些执着似乎都被遗忘了。

沈擎想，会不会再过十年或者几十年，他就会忘记在很久很久以前，有个姑娘长久长久地留在他的回忆里。

或许吧，他也不知道。

爱很难，恨也很难，那就这样吧。

一生被照亮过这么一次，于她，于他，都算足够了。

沈擎在墓碑前站了很久，始终微微低着头，好像怕别人看到他的表情，虽然此时并没有其他人在。

他这辈子要走的路还很长，但是永远没有她了。

那就让他一个人走下去吧。

沈擎当晚便做了一场梦。

梦里他终于不再只是同她仓皇地错过，而是有了更具体明晰的内容。

他看到自己坐在病床边，低声问她："宋毓涵，你敢不敢再坚持坚持？"

她笑了笑，虚弱得好像随时都可能离开，说道："敢啊，怎么不敢。"

然后她又说："但我已经没力气了，对不起啊。"

画面陡然一转，沈擎看到日光正好，春色正浓，少年气喘吁吁地穿过小巷，跑到老旧的平房外，在那扇窗前停下脚步，心跳如擂鼓。

是心动，也是期待。

他略微调整呼吸，抬声唤道："宋毓涵！"

短暂数秒，窗户便被人推开。少女欣喜地探出身来张望，同他对视的刹那，展露出比阳光还要明媚的笑意。

她将身子前倾，眉眼含笑地问道："你怎么在这儿？"

"我偷跑出来的。"他抿抿唇，对她说，"宋毓涵，我的公司已经步上正轨，很快我就能离开沈家，光明正大地和你在一起了。"

少年做了个深呼吸，因为紧张，额角沁出些许晶莹的汗珠。

他定定地看着她，一字一顿地问："到那时，你敢不敢跟我私奔？"

少女微微地怔住，旋即笑了。

"敢！"她用无比坚定的语气说，眼底闪烁着熠熠的光彩，毫不犹豫地将自己的一生托付给对方。

她说："我敢！"

番外四
爱意逢时

苏桃瑜和叶彦之的相遇，其实是有点儿戏剧化的。

引发所有事端的前提，是苏桃瑜有个热衷于红娘事业的父亲和爷爷。

从她上大学开始，家里就不停地给她物色各类男人，苏桃瑜身为新时代的自由女性，自然每次都以"拒绝任何包办婚姻"为由拒绝相亲。

不过老爷子对这件事儿十分执着，而且有她的父母联姻出真爱的例子在前，苏桃瑜已经到了搜肠刮肚也找不到拒绝的借口的时候了。起先她还机智地从身边的朋友里挑个人跟自己假装谈恋爱，但时间久了自然有败露的时候，更何况盯着她的还是两个老狐狸。

苏桃瑜拒绝了一个又一个，奈何家里给她找的相亲对象就是接连不断。

刚端开上一个相亲对象没多久，在老爷子庆寿的前夜，她又被告知长辈会在宴会上将她介绍给叶家少爷，美其名曰认识认识，说俗套点儿就是相亲。

苏桃瑜觉得郁闷极了。

"您老这样可真是没意思了。"她坐在沙发上跷起腿，无奈地说道，"跟谁恋爱跟谁结婚这都是我自己的事儿，我这还没三十呢，二十多岁这么好的年纪，您让我把心思全放在相亲上？"

"爷爷，我三十岁之前就没打算谈恋爱，更别说结婚了。"苏桃瑜端起跟前的茶杯，抿了一口，似乎在酝酿接下来说的话。

既然已经把话挑明，她干脆一鼓作气地全说清楚："我有自己的事业和生活，对现在的生活很满意。您这么着急给我物色联姻的对象，那我到时候只能考虑形婚了。"

苏桃瑜觉得自己已经把话说得再明白不过，老爷子也该知难而退了，然后轻舒一口气，感觉轻松了不少。

哪知刚抬起眼帘，她就看到老爷子拿着一方手帕，颤颤巍巍地抹着眼睛。他用悲恸欲绝的语气说道："我都这把年纪了，就想看看孙女许个好人家，怎么就这么难呢？"

姜还是老的辣，苏桃瑜忍不住想为老爷子竖个大拇指。

她赶紧开口说："爷爷，我不是这个意思，您别……"

"哎哟……"

老爷子声泪俱下地打断她，语气沉痛得好像她是个不肖子孙，捂着胸口道："老头子我剩下的时间已经不多了，还能陪咱们桃桃多久呢？唉，爷爷错了，没有考虑到你的感受，其实只要你幸福就好，爷爷能不能看到都无所谓……"

"停！"苏桃瑜忍无可忍，打断他老人家能得奥斯卡奖的表演，"我去！我去，行了吧？"

老爷子瞬间恢复如常，笑吟吟地将手帕收起来，说道："我就知道咱们桃桃还是很关心我的，那就这么说定了。"

苏桃瑜对此早就习以为常，毕竟此类场景多次在她的眼前上演，演员不是她爹就是她爷爷。

"叶家的那孩子你肯定听说过，那可真是青年才俊啊，年纪轻轻已经把家业发展得如此壮大。这孩子你绝对能相中！"老爷子喋喋不休地同她介绍这位相亲对象，绘声绘色地描述对方的各种优点，苏桃瑜听得云里雾里。

她压根儿没想那些有的没的，在老爷子絮絮叨叨的空当，已经开始琢磨这次应该用什么理由说对方不行，毕竟越优秀的人越难挑毛病。

唉，愁死个人了。

于是苏桃瑜在多方的压力下，不得不打扮一番，被迫走上贼船。

不过她没想到，上了这艘贼船之后就再没下来过。

老爷子寿宴结束后的次日清晨，苏桃瑜是在一个陌生的地方醒来的。

她觉得头脑昏沉，浑身上下也酸痛得像是跟人打过一架，迷迷瞪瞪间甚至怀疑自己是不是喝醉了踩着高跟鞋跑回家的。

床倒是很舒服，绵绵软软的，但她并不记得自己有裸睡的习惯。

苏桃瑜胡乱地抓了两把头发，撑着床坐起身来，低低地抽了口气，感觉自己昨晚好像进行了某种体力劳动。

她还未完全从睡眠的状态中清醒过来，眯着眼睛茫然地打量四周的环境，发现这是一间酒店的房间，陈设看起来十分高级。

苏桃瑜记得自己从未来过这家酒店，当下觉得惊慌不已，下意识地摸了摸旁边，想抓过手机看看现在是什么时辰，结果手机没摸到，倒是摸到了一个温热的身体。

苏桃瑜倏然清醒，险些尖叫出声。她慌慌张张地往身边看去，就看到一张熟悉的面孔：男人还在熟睡，眉目间的温和被敛去些许，与昨晚初遇时温文尔雅的形象有些出入。

苏桃瑜低头看看自己身上的痕迹，再看看旁边的男人，最后看彼此都一丝不挂的身体。

苏桃瑜用三秒钟接受了自己跟相亲对象酒后胡来的事实，随后小心翼翼地下了床，穿好衣服后打算逃之夭夭。

苏桃瑜准备出逃之际，想起来这样溜走似乎有点儿不太地道，是不是应该给人留个交代？可惜房内找不到纸笔，她又着急离场，灵机一动，想到一个绝妙的好方法。

她将钱包里的卡和证件抽了出来，把钱包和钱放到床头。临走前她又觉得这样似乎不太好，钱包里不应该放零钱，索性将零钱收走，只在钱包里留下百元大钞。事了拂衣去，深藏身与名，苏桃瑜做完这一切便悄悄地离开现场，

一个小时后，叶彦之悠悠转醒。

他轻蹙起眉，宿醉后的太阳穴隐隐作痛。他闭上眼睛，慢慢地将昨夜酒后的回忆拼凑完整，随后侧首看向身边的位置。

意料之外，他的旁边空无一人。

叶彦之抬手捏捏眉骨，隐约回忆起昨夜苏老爷子寿宴的后续：苏桃瑜跟朋友喝了个酩酊大醉，而他因为受到家里长辈别有用意的委托，要把她平安地送到家。

他并非第一次应付这种场合。叶家跟苏家无非想介绍他们两个认识，以往他都是做做表面功夫敷衍了事，但没想到这次酒后误事儿，似乎惹了个麻烦。

昨晚苏桃瑜忘带家门的钥匙，又醉得不省人事，他只好先让助理将她送到叶氏名下的酒店里，然后亲自将人送到他预约的房间里。

后来两人就发生了不该发生的事情。

成年的男女之间本就没有太多好避讳的，再加上酒精作祟，自然而然地就发生了一些事情。

叶彦之穿衣下床，本想找找自己的手机在何处，却不想在床头柜上发现了一个皮夹，看起来像是女士用的。

它的主人是谁，不言而喻。

叶彦之起先想着这苏家小姐实在马虎，竟然连皮夹这么重要的

东西都能落下。但当他将其打开后，却发现事情并不是他想的那样。

皮夹里没有任何个人证件，只有数十张百元钞票，除此之外，竟然连零钱都没有。

他虽然不想承认，但事情到了这个份儿上还看不出对方是什么意思，可以说是情商堪忧了。

叶彦之觉得好气又好笑，抽出来那些钱顺手一翻，有两千多块，应该觉得正好还是太少呢？

叶彦之眯起双眼，将那一沓钱塞回去，随手把皮夹丢到一旁。

他找到手机解锁屏幕，信息通知栏里果不其然地有助理打来的两个未接来电。

叶彦之给助理发了一条短信："把苏家小姐的联系方式发给我。"

随后他便放下手机去卫生间洗漱。当他不经意间抬起眼帘望向身前的镜子时，忽然顿住了动作。

叶彦之略微眯眼，望见镜中自己的脖颈右侧，一直到锁骨处，缀着一串极明显的红痕，肩头甚至还有一道牙印。

叶彦之挑眉望着这两处，觉得那两千多块钱还是给少了。

待他收拾利索走到卧室时，助理已经将苏桃瑜的手机号码发了过来。他将那串电话号码保存，待到修改备注的时候，不禁蹙起了眉。

他发现自己还不知道这位苏小姐的名字。

叶彦之沉吟片刻，索性直接拨了电话过去。

彼时的苏桃瑜刚换好衣服来到苏家，正准备例行公事跟老爷子说明相亲失败的情况，结果手机就接到了一通没有备注的来电。

她在门口停下脚步，接起来问："哪位？"

手机听筒中传来男人懒散低沉的声音："苏小姐？"

苏桃瑜觉得这声音有点儿耳熟，但又想不起来是谁，看了一眼电话号码，问道："不好意思，请问你哪位？"

"叶彦之。"

"噢，叶彦……"她还没念完那个名字，就霎时顿住，"你说你是谁？"

叶彦之确定她听清楚了，所以并没有重复。他不紧不慢地扣着衬衫的纽扣，同她说道："关于昨晚的事情，我认为我们有必要谈谈。"

苏桃瑜终于意识到发生了什么，没想到这个人会突然给自己打电话，万一要是让她负责可怎么办。

想到这个可能性，她不由得紧张起来，碍于在家门口，只好压低声音问道："钱不够的话，支付宝转账可以吗？"

叶彦之满脸尴尬。

苏桃瑜方才之所以不假思索地问出这句话，是因为开口时并没有考虑太多。话音落下，她稍微琢磨一下，才反应过来这样说话不太礼貌。

"不是，我不是那个意思。"她抬起手揉揉额头，冲电话对面的人解释道，"我是想说，大家都是成年人了，昨晚的事情只是酒后的意外而已，你其实不用太放在心上。"

苏桃瑜觉得已经把自己的想法表达出来了，就差直接对他说"我不想负责"这句话了。既然话里话外已经暗示得很到位，她静静地等待对方的回复。

她沉默两三秒钟，听筒中终于响起低沉的男声："所以，苏小姐是希望咱们昨晚的事情就此揭过？"

叶彦之的语气温和且客气，他好似只是在同对方洽谈工作上的事情。

苏桃瑜不清楚他问这个问题是想做什么，便坦然地承认道："是，毕竟我已经跟我爷爷说明我不想联姻，你不用担心。"

所以，她大清早这么急着走人，就是为了去跟家里人回绝联姻？

叶彦之不由得再度缄默。虽然昨晚酒后的事情印象模糊，但在苏老爷子的寿宴上发生的事情，他还是记得清清楚楚的。

家中的长辈同他介绍苏家小姐时，称她"落落大方""性格温婉""名门闺秀"。而他与她在宴上初次接触时，对她的第一印象也的确如上所说。

虽说他们只是跳了一支舞，对彼此的性格并不了解，但他的确没想到这位"名门闺秀苏小姐"的真实人设会是这样。

"刚好，我和苏小姐的想法不谋而合。"叶彦之笑了笑，对她缓声说道，"那么我也好放心跟家里说清楚了，多谢。"

这男人比想象中的要识趣得多，苏桃瑜觉得心情明朗些许，说道："那就好，既然如此，我们以后应该也不会见面了，昨晚的事情就这样揭过去吧。"

叶彦之嗯了一声，继续道："但是，苏小姐，你的钱我该怎么还给你？"

苏桃瑜咳嗽两声，不大自然地说："那些钱你不还也行，就当……麻烦你昨晚把我送到酒店的报酬？"

那最正确的方式应该是把这些钱给他的助理，叶彦之这么想道。但他不会将内心的想法说出来，只是客气地回绝她，说道："谈不上麻烦，我还是把钱转给你吧。"他说完稍作停顿，不紧不慢地问，"支付宝转账可以吗？"

以其人之道，还治其人之身。

如果不是因为对方的语气太过诚恳认真，而自己又看不到对方的神情，苏桃瑜都要以为这人是故意的了。

"支付宝账号就是这个电话号码。"她回答。

"好的。"叶彦之应下来，正准备说完道别的话结束通话，却突然想起自己还不知道她叫什么名字。

虽说以后可能不会再见面，但不知为什么，他觉得有必要知道她叫什么名字。

叶彦之觉得贸然开口问这个问题有些不礼貌，就在思忖该如何开口时，苏桃瑜先说话了："话说，你为什么一直用'苏小姐'称呼我？"

她不等对方给出答案，就已经精准地猜中："你不会是还不知道我的名字吧？"

叶彦之觉得眉尾跳了跳，没有说话，算是默认。

苏桃瑜忍不住想笑，正要开口调侃他，就听到对方不疾不徐地问："那么，你为什么一直用'你'来称呼我？"

这回换苏桃瑜沉默了。

通话的最后，便是两个人各自沉默，不约而同地自己把自己弄到了尴尬的境地。

最终，她清了清嗓子，开口道："我叫苏桃瑜，木兆桃，瑾瑜的瑜。"

"叶彦之，'邦之彦兮'中间的两个字。"

总算是互通了姓名，苏桃瑜借口要找老爷子说事儿，迅速地将话题结束并挂断电话。

她顺手把叶彦之的号码存进通讯录，没有什么以后可能联系的想法，只是觉得不能白知道他的名字，总该占个位置，刚编辑好备注，手机上方的通知栏便传来支付宝到账的通知。她看了一眼金额，大概是她早上留下的那些钱。

苏桃瑜感到十分尴尬，无奈地摇摇头，收起手机朝宅子里走去，在庭院中看到给花花草草浇水的苏老爷子。

老爷子正眯着眼睛优哉游哉地沐浴阳光，手中还拿着喷壶，怎么看都是岁月静好的模样。

苏桃瑜径直走上前去，甜甜地喊了一声"爷爷"。

老爷子听到她的声音便扭头看了过来，脸上浮现和蔼的笑意，说道："桃桃啊，这么早就来找我了？"

"您别再跟我打马虎眼了，我这回认真的。"苏桃瑜叹了口气，抬起手轻抚两下娇艳欲滴的鲜花。晶莹的水滴从上面滚落下来，沾湿她的指尖。

老爷子似乎并不打算正面回应，转而问道："昨晚你不是跟叶家的小孩儿一块儿回去的吗？我看你们两个相处得不错啊。"

是不错，他们都不错到床上去了。

苏桃瑜只敢在心里这么想，嘴上是绝对不可能这么说的。她挪开视线，说道："您这么多年的阅历了，难道还分不清真情实意和逢场作戏啊？"

"不论我还是叶彦之，我们都对联姻没有兴趣。"她尝试着用软语温言来说服自家顽固的老头，"我俩真处不来，您以后就别操心这些了。"

老爷子的关注点却放在了别的地方，他兴致勃勃地说道："看来你们相处得还挺好的嘛，你都知道叶家小孩儿的名字了。"

苏桃瑜哑口无言。

她该怎么说？难道要告诉老爷子，如果不是因为这位联姻兼一夜情的对象给她打电话还钱，她可能根本不知道对方姓甚名谁？

"以前我给你介绍人的时候，你哪次不是连人家的名字都叫不上来？"老爷子甚为满意地说道，"这才一晚上就记住名字了，不错不错。"

苏桃瑜无话可说，微蹙秀眉，总觉得眼下这个话题让人头疼："我跟他的性格合不来，我们走不到一块儿去。"

老爷子满不在乎地摆摆手，说道："你们毕竟第一次见面，分不清真情实意和逢场作戏也没什么关系，多相处相处就互相了解了。"

苏桃瑜一上午连续两次被别人用自己的原话堵住嘴，觉得自己的战斗力简直为零，分分钟被对方秒杀。

苏桃瑜放弃争辩，干脆放出大招，说道："我跟叶彦之没戏。您要是再继续这样强行牵线搭桥，以后我就不陪您出海钓鱼了。"

此话一出，果然成功地撼动了老爷子。

毕竟出海钓鱼这种娱乐项目是他喜爱的休闲方式之一。而十分不巧的是，苏桃瑜的父亲忙于公司的事务，小辈里只有苏桃瑜能陪着老爷子放松心情。如果连苏桃瑜也不去了，那可真是无聊透顶了。

老爷子终于收起云淡风轻的笑容，为难了好半晌，最后心不甘情不愿地妥协了。

"行行行，这段时间不折腾你了，你自己好好玩儿吧。"老爷子颇为忧郁地长叹一声，"小妮子真是越来越知道怎么威胁人了，唉。"

计划达成，苏桃瑜心满意足地打道回府，临走前还心情甚好地帮着老爷子修剪了花花草草，虽说修剪得惨不忍睹，最后是被老爷子赶出去的。

当天晚上，苏桃瑜照常跟朋友们去 YS 撒野。因为心情大好，她在内场玩儿了好久才回卡座。

音乐声震耳欲聋，场内的光线交错闪烁，苏桃瑜边从人群中往回走，边跟沈岁知打电话："姐，你这是养生了还是转性了，今晚怎么不出来玩儿？"

沈岁知这会儿正在家里备课，专心地搜着"高二语文重要的知识点"，不耐烦地回道："温知好那个没良心的给我留了个烂摊子。我没时间出门，过两天再说吧。"

苏桃瑜唉声叹气半晌，又跟她贫嘴几句，才把电话挂断。

回到卡座时，她发现隔壁的卡座不知何时来了别人，也没有留神看，便径直和朋友一起喝酒摇骰子去了。

苏桃瑜性格豪爽，输了从不耍赖，满上酒直接一饮而尽。

"徐司齐，帮个忙。"她把酒杯递给身边的男人，"我这儿酒瓶空了，帮我满上，待会儿指不定还得喝。"

"看你今天的心情不错。"徐司齐接过来，没给她斟满，随后把酒杯递还给她，"让我猜猜，你相亲又失败了？"

"可不是嘛，老爷子给我介绍一个我就搅黄一个，可算消停了。"苏桃瑜懒洋洋地往后靠，眉梢眼角染上几分酒意，"我还想着多玩儿几年呢，怎么可能把时间浪费在这个上面？"

"聘个未婚夫不就行了。"他轻笑，"各玩儿各的，还能堵住家里长辈的嘴。"

"你说得倒好，你以为让我放心的人这么好找吗？你跟我订婚啊？"

话音刚落，她便感受到有道存在感极强的目光落在自己身上，想忽视都难。

苏桃瑜抬起眼帘，刚好看到隔壁卡座上的某个男人，两人的视线不偏不倚地在空中交会。

男人微抬下颌，姿态慵懒地靠在沙发里，同她对上视线也不慌不忙，反而举了举手中的酒杯，长眉轻挑。

光线太过昏暗，苏桃瑜没能将对方的五官看得清晰，但男人的相貌无疑是上乘，还带着几分说不清楚的熟悉。

不得不说，这种类型的男人确是她的菜。苏桃瑜被酒精催得头脑迟缓，眯着眼睛歪了歪脑袋，打量对方几秒，然后朝他弯起唇角。

男人微微怔住，随后低声轻笑，侧首同身边的朋友说了什么，便起身朝这边走过来。

"桃子，那边的帅哥过来了。"

苏桃瑜正思绪涣散，便被朋友碰了碰手臂，在耳边提醒道。

她嗯了一声，随口向朋友问道："你俩认识？"

"看着挺眼熟的，不过他看你好一会儿了，你们俩不认识吗？"

苏桃瑜也觉得对方的面部轮廓十分眼熟，正要开口问，整个人就愣在原地，瞬间清醒了。

因为她看清楚了那男人的脸。

男人五官俊逸，右眉的眉尾缀着一颗淡红色的痣，整张脸被衬得出奇好看，在迷离暧昧的光线下叫人挪不开眼。

他微笑地看着她，语气寻常得好似遇到了熟人，说道："没想到在这里遇上了。"

方才跟苏桃瑜插科打诨的徐司齐就坐在她旁边，苏桃瑜能看清楚对方的脸，他自然也可以。

徐司齐稍微倾了倾身子，盯着叶彦之打量片刻，神色有几分难辨，说道："原来是叶少啊。"

苏桃瑜经他这么一说，这才想起来为什么觉得这人眼熟了。

这可不就是她昨晚刚见过还睡过的人吗？

人生何处不相逢，她没想到上午刚说以后大概不会再见面的人，现在就碰见了。她稍微抬了抬脸，说："刚才的光线太暗，没认出来。"

叶彦之看一眼她的表情，就知道这小妮子刚才压根儿没想起来他是谁。他也没拆穿，而是客气疏离地说："我本来打算明早跟你打电话确认时间，既然现在遇见了，那刚好。"

确认时间？

徐司齐微微蹙眉，对这句暧昧的话感到些许惊讶，这两个人什么时候这么熟悉了？

"确认时间？"苏桃瑜也觉得纳闷不已，疑惑地问道，"确认什么时间？"

叶彦之似是没料到她这个反应，不由得扬了下眉梢，说："你的爷爷没跟你说吗？后天苏家和叶家的两家长辈出海游玩，会带着小辈一起。"

苏桃瑜无言以对，由衷地佩服自家老爷子的段数真是高明，一举两得的法子原来可以这么用。

她顿时语塞，知道这时就算回去找老爷子也不管用了，也不好当着这么多人的面拂了叶彦之的面子，便说："我都行，看他们的安排吧。"

叶彦之望着她，眼里浮现些许意味深长的思忖，像在进行某种考量。

在座的众人大多知道苏桃瑜常年受相亲与联姻折磨，所以并没有对叶彦之认识苏桃瑜这件事情感到惊讶，照例该怎么玩儿还怎么玩儿。

苏桃瑜也不知道是喝酒喝得脑子迟钝，还是的确动了某些心思，待反应过来时，已经自行开口："你过来不只是为了这一件事儿吧？"

叶彦之若有所思地看了她一眼，没正面回答，只对她道："你好好玩儿，我就不打扰了。"

说完他便客客气气地同一桌人颔首，迈步回到隔壁的卡座。苏桃瑜侧首，正看到与他同行的人似乎在同他说什么。

她看不清楚他的表情，自然推测不出来其中的内容。

苏桃瑜转过脸来，脑中莫名其妙地多了一个想法。

"你之前说的聘个未婚夫是什么意思？"她懒懒散散地靠在沙发上，手指戳了戳面色不豫的徐司齐，"你干吗呢，发什么呆？"

徐司齐闻声一怔，迅速地将眼底多余的情绪掩饰过去："怎么，允许你跟叶家那位调情，还不允许我自动屏蔽啊。"

"滚滚滚，"苏桃瑜没好气地推他，"你家里不是也催你吗？你试过刚说的那个法子没？"

徐司齐不由得挑了下眉，想不到她会这么问，语气揶揄地说道："你不会是想跟叶彦之试试吧？"

苏桃瑜喝了一口酒，随即用看弱智的表情望着他："你觉得他像是能接受这种事情的人吗？"

"也是。"徐司齐尴尬地咳嗽两声，才反应过来自己问了个什么问题，无所谓地摆摆手，说道，"我也没试过啊，就是这么想想而已。"

说完，他拿酒杯与她碰杯，懒洋洋地提议道："要不干脆咱俩试试吧？我觉得这样还挺有意思的，能堵住家里长辈的嘴，还能有足够的个人空间。反正咱们都是一个圈子的，大不了真遇见喜欢的人再分开呗。"

他说这些时毫不避讳，周围的人都听清楚了他们的对话，瞬间不少人起哄：

"兔子还不吃窝边草呢，徐司齐你怎么回事儿啊？"

"你说得那么勉强，怎么跟早有预谋似的？"

"咱徐哥是不是盼着假戏真做呢？"

徐司齐一个眼刀横过去，冷声道："行了，我看你们这是喝醉了，一个个胡说什么呢？"

苏桃瑜倒是没什么所谓地笑了笑，将杯中的酒一饮而尽，随后把杯子放到桌面上，落下清脆的一声响。

"人家都说了，这是合作关系，"她撑着下巴打了个哈欠，笑意慵懒，神色坦荡地说，"行得正坐得端。你们是太闲了，没体会到相亲的烦恼。"

徐司齐揉着眉心道："我之前为这事儿都不敢回家。"

坐在桌子对面的女孩儿叹了口气："可不是嘛，我也想方设法地躲好几回了，不过哪儿有什么选择权啊，就是纯商业联姻，真没意思。"

苏桃瑜正要开口打趣，余光却瞥见隔壁的卡座处有人站了起来。她下意识地把注意力挪过去半分，谁知却意外地对上了叶彦之的视线。

他倒是不避不躲，见她朝自己看了过来，唇角勾出一道好看的弧线。

"这才几点就准备走了？"同伴见他将风衣拎到手中，惊讶地看他一眼，说道，"不像你啊，怎么转型向晏楚和学习了？"

"明天还要去公司。"叶彦之不着痕迹地将话题岔开，"今天算在我的账上，你们继续。"

说话间，他起身走出卡座，特意在离开前看了一眼苏桃瑜，但也只是短短一瞬罢了。

这是属于成年人之间的暗流涌动。

苏桃瑜眯着眼睛抿了抿唇角，目送叶彦之离去，说不清楚心里什么感觉。

旁人没有发现这两人极其隐晦的互动，而苏桃瑜也恰到好处地没有表现出半分犹疑，面不改色地继续同朋友谈天说地，好像什么都没发生过。

几分钟后，苏桃瑜抬手按了按太阳穴，有些疲倦地说道："上了年纪就玩儿不动了，晕得难受。"

"你今天喝得不多啊。"身边的徐司齐用目光扫过她跟前的酒杯，"这么不经折腾，昨晚熬夜了？"

苏桃瑜想了想，说道："应该是熬夜了。"

"太困了，我先走了啊，回家睡觉去。"苏桃瑜说着站起身来，伸了个懒腰，随手扯过外套披到肩上，对众人摆摆手，"改天再约，下回我带着沈岁知过来跟你们喝。"

"别，喝酒别带沈姐，她喝起酒来太狂了，吓死人。"其中一人忙不迭地说道，"我上次跟她玩儿骰子，输得至今还有心理阴影。"

"那是你的手气臭。"苏桃瑜觉得好笑地嘲讽一句，"不跟你们废话了，我走了。"

徐司齐站起来说："我送你吧。"

"不用。"她临场胡诌道，"我约车了，这会儿应该在外面等着了，你们好好玩儿。"

徐司齐轻蹙起眉，看到她这么拒绝的样子也只好作罢。

苏桃瑜在场里稍微绕了小半圈，这才不紧不慢地来到那处人迹罕至的偏僻地带。

这个位置靠着电梯，楼上就是包间，附近很是清静，她一路上没遇见几个人影。

苏桃瑜走到门口的时候，看到叶彦之正倚在洗手台的边上，他的指间夹着一根快要燃尽的烟，红色的光点忽明忽暗。

他口中吐出的白雾很快便融进周遭明黄色的灯光。此刻没有错落晃眼的光线，也没有嘈杂喧嚷的人声，苏桃瑜可以更加清晰地看清他的眉眼。

男人眼眸漆黑，深邃，五官线条偏硬朗些，说不上冷淡，却也并不温和。

他的衣品不错，至少符合苏桃瑜的审美，标准的都市雅痞风格，从发丝到鞋面，每一处都很戳她的心。

昨晚见面时彼此都不甚清醒，现在这样安安静静地相处，苏桃瑜对他又有了不同的感觉。

叶彦之原本正思忖着其他事情，没有听到门口的微弱声响，直到感受到有道熟悉的目光落在自己的身上，才侧目朝这边看了过来。

他轻挑长眉，语气平淡地说道："我还以为你不会来了。"

"我总得装得像点儿。"苏桃瑜迈步上前，走到洗手台跟前，把手伸到水龙头的红外线感应区域，"你前脚刚走我就跟过去，跟偷情一样。"

叶彦之闻言，似笑非笑地看着她："那你觉得现在就不像偷情？"

苏桃瑜被他问得哑口无言，仔细地思考后，发现现在这种情况确实更像偷情了。

她边洗手边面不改色地说道："所以呢，你找我有什么事儿？"

叶彦之并不急着给她答案，将烟摁灭丢弃，看她不紧不慢地洗完手，便十分贴心地递给她一张干净的纸巾。

苏桃瑜接过来，将手上的水珠擦十净。她还没来得及抬眼，便听身前的男人语气从容地说道："苏小姐，有没有兴趣跟我合作？"

苏桃瑜停住动作，将纸巾丢进垃圾桶，抬起眼帘看他，问道："你说的哪方面？我考虑一下。"

叶彦之似乎低笑了一声，说道："好，去你家还是我家？"

"好，去你家还是我家？"男人低缓的嗓音落在耳畔，倏然砸在苏桃瑜的心头。

苏桃瑜没想到他会这么直白，戳在原地愣了好几秒才眨巴眨巴眼睛，由衷地感慨道："叶彦之，你的演技真是绝了。"

大概没有人会想到，此时站在她跟前问她"去你家还是我家"的男人，正是昨晚宴会上谦逊有礼、脾性温和的叶家少爷。

而他听闻这句夸奖，只云淡风轻地弯了下唇角，回了她一句比较诚恳的话："彼此彼此，苏小姐也不错。"

两人都是在长辈面前卖人设，谁也别说谁了。

苏桃瑜这么想着，伸手从外套里摸出车钥匙："找个代驾？"

叶彦之不紧不慢地将她的那串车钥匙塞回她的口袋："我开车来的。"

"你确定自己没喝酒？"

"我们坐得也不远，苏小姐没有注意到吗？"

苏桃瑜心想："要不是你一直在那儿勾引我，我还指不定发没发现你呢。"

当然，这种话她肯定不会说出口。她直到跟着叶彦之走进停车场，才像是突然反应过来，说道："等等，那我们现在就是去你家了？"

叶彦之帮她打开副驾驶座的车门，听到她说这句话，似笑非笑地打量她："反应这么慢？喝酒喝多了吗？"

他说得没错，苏桃瑜感觉自己的思路实在被酒精催得无比混乱。她刚坐上车便靠着车窗闭目养神。

"你跟徐司齐挺熟的，觉得他那个提议怎么样？"

苏桃瑜歪了下脑袋，看他一眼，说："我觉得还不错，再说了，你不就是因为这个才来找我的吗？"

叶彦之不置可否，甚至连表情都没有分毫波动。他倾身覆上来，单手撑在苏桃瑜的耳边，只在转瞬之间，两人的距离已只有咫尺。

他仅仅是停滞了瞬间，彼此温热的呼吸都交缠了，气氛在此时陡然暧昧起来。苏桃瑜愣住，心跳紧跟着漏了半拍。

她来不及思考他要做什么，却下意识地闭上眼睛，蹙眉警告他："叶彦之，这是在车上，你……"

后面的话还没说完，她就听到耳边传来咔嗒一声，声音在这狭窄的空间内显得格外清晰。

苏桃瑜倏地睁开双眼，诧异地看着自己这边已被扣好的安全带，又看向笑意满是揶揄的叶彦之。

虽然他很给面子地没有说什么，但苏桃瑜仍旧尴尬到脸颊发烫，语气十分不自然地说："下次直接提醒我就行，我又不是不会扣。"

叶彦之将身子坐正，回道："不好意思，习惯了。"

苏桃瑜揉揉太阳穴，随后便听到车子启动的声响。

叶彦之开着车，视线始终落在前方，不紧不慢地问她："苏小姐，那你现在考虑清楚了？"

苏桃瑜觉得这男人是故意的。如果她没考虑清楚，怎么会傻兮兮地跟他回去，他还非得让她亲口说出来。

苏桃瑜十分叛逆地把问题抛了回去："要是我说没考虑清楚，你会把我送回去吗？"

喝醉的苏桃瑜有那么一点儿不可理喻，看起来倒十分可爱。叶彦之不禁轻笑一声，看了她一眼，说："这倒不会，要是那样的话，我今晚就要睡客房了。"

苏桃瑜感觉这段对话里的信息量明显超标了，决定说点儿什么。

"我想过了，你是个不错的合作人选。"苏桃瑜决定不再玩儿文字游戏，随手抓了抓头发，"我家老爷子很喜欢你，我跟你演这场戏，就能拿你堵住他的嘴，以后私人生活更舒坦，就这么简单。"

叶彦之本以为会跟她就这件事情进行更多的沟通，没想到她已经想得这么清楚。他们的想法完全不谋而合，这是出乎他意料的。

"我以为你会选徐司齐。"叶彦之坦然地说道，"毕竟你们认识的时间更久。"

"就是因为认识的时间久啊。"苏桃瑜用单手撑着头，瞥向他，大大方方地说道，"各取所需这种事儿，只有跟不认识的人合作才没压力。"

叶彦之发现了，苏桃瑜不仅洒脱也很毒舌。

他险些被气笑，若不是因为正在开车，想现在就把人摁在位置上，直接身体力行地让她消停一会儿，可惜表面还是装得客客气气。

"原来我在苏小姐这里是'不认识'的范畴。"

叶彦之说着微微颔首，神色闲适而淡然："也是，毕竟昨晚你喝了酒，发生什么事情大概没有记清楚。"

话音刚落，车子已经抵达公寓的楼下。

叶彦之单手搭在方向盘上，侧首似笑非笑地看向苏桃瑜，问："所以，苏小姐，你想再跟我认识一次吗？"

苏桃瑜被叶彦之按在床上的时候，整个人还处于蒙的状态。

她没想到自己真的就这么跟着一个只见过一次的陌生男人回家了，虽然事实上他们不只见过一次，还睡过一次。

但她对那次的印象基本为零。对她来说，叶彦之就是一个刚被她拉黑的相亲对象，因为机缘巧合两人才达成共识，打算演一场戏糊弄家人，仅此而已。

但是，后来他们怎么糊弄到床上来了？

苏桃瑜只记得他们乘电梯上了楼，叶彦之开门后她跟着进屋，然后事情就变成现在这样了。这种感觉很不真实。

但现实告诉她，这些在真真切切地发生着。叶彦之的手掌已经在不知不觉间探入她的上衣，贴在她的腰侧轻轻地摩挲着，暧昧至极。

苏桃瑜挑了挑眉，没推开他，但也没迎合，而是问道："叶彦之，合作的内容还包括这个？"

叶彦之闻言，眼底浮现淡淡的笑意，指腹在她的脸颊蹭了蹭。这是一个带着些许宠溺意味的动作，如果不是因为苏桃瑜足够清醒，险些以为这男人动了真情。

"选择权在你。"他很是从容地说，"是重新认识一下再决定，还是直接决定，你觉得哪个好？"

苏桃瑜认真地思考两秒钟，最终不得不承认，叶彦之不论作为假男友还是作为所谓的室友都是一个极好的选择。

于是，她上手去解他衬衣的纽扣，回答说："我现在决定好了，顺便再重新认识一下。"

叶彦之垂下眼帘，任凭苏桃瑜在他身上作妖。乍看他仍旧面

513

色如常，其实眼底有暗沉的雾气笼了上来。

他腾出一只手将床头灯调暗，低声问："待会儿能接吻吗？"

苏桃瑜一时没听明白，皱着眉头困惑地盯着他，面颊覆着一层很浅很薄的红晕，眸中水色潋滟，勾人得很。

叶彦之微微眯眼，直接俯首吻住她。

他在这方面并不是多温柔，几乎称得上强势。苏桃瑜很快就被他吻得喘不上气，正想推开他，却被他不容置喙地扣住手揾在一旁。

两人唇齿纠缠，十指相扣。欲望的声音在满室的静谧中显得格外清晰、无比赧人，听得苏桃瑜几乎想把耳朵捂起来。

一吻结束，叶彦之终于放过她，用指腹将她唇角留下的痕迹轻轻地拭去，随后偏过头咬了咬她圆润小巧的耳垂。

苏桃瑜整个人都被他弄得微微颤抖，登时红着脸瞪他一眼。她认为这是警告，殊不知落在男人眼中与调情无异。

叶彦之捏了捏她的下巴，眉眼含着三分笑意，嗓音低哑地说道："看来接吻是可以的。"

后面的事情自然而然，水到渠成。

不过中间发生了一点儿不太愉快的事情，让叶彦之对微醺状态下的苏桃瑜刷新了认知。

事情结束以后，她竟然想把他从床上踢下去，而且还理直气壮的。

虽说她最后没成功，但叶彦之还是对苏桃瑜有了一个深刻认知：这个女人真的是喜怒无常。

苏桃瑜并不知道自己被人腹诽了。等她从浴室出来时已是深夜，叶彦之换好睡袍正靠在床头看书，鼻梁上架着一副无框眼镜。

他这个样子看上去还挺温文尔雅的，苏桃瑜这么想着。她边擦头发边走到床边，说道："你晚上要跟我一起睡吗？"

叶彦之只看她一眼便收回视线，然后波澜不惊地翻过书页，说道："认识都认识了，还要我去客房睡？"

和他一起睡倒也不是不行，不过她长这么大还没跟人一块儿睡过，也不清楚他的睡相怎样，有点儿担心自己半夜会不会把他踹下去。

苏桃瑜正要开口提醒，肚子却突然不争气地传来声响。声音不算大，但足够让她尴尬。

叶彦之顿住，合上书抬眼望着她，神情中隐约能看出几分忍俊不禁，问道："你饿了？"

苏桃瑜瞬间红了脸，没想到会这么丢脸。她几乎要从牙缝里挤出"不饿"两个字，但肚子的响声出卖了她的想法。今天晚上她除了喝酒没有摄入任何食物，偏偏运动量还不小，这会儿应该是真饿了。

她只得心不甘情不愿地承认："是啊，饿了，没你的体力好。冰箱里有什么吃的没？"

叶彦之瞧她这样不由得笑了，摘掉眼镜下床，朝卧室的门口走去，还朝她勾勾手，说："过来，给你做夜宵吃。"

苏桃瑜的表情瞬间鲜活起来，她快步跟他走进厨房："你的厨艺怎么样啊？"

"我自己吃是足够的了，有空给你露一手。"叶彦之打开冰箱，目光在食材上一一扫过，"不过现在大半夜的，你就别想着吃复杂的东西了，速冻水饺行吗？"

苏桃瑜听见有吃的了，语气也跟着欢快起来："行行行，无所谓，我好养活。"

叶彦之觉得她这样挺好玩儿，烧水时顺手揉了两下她的脑袋，把她的头发都弄乱了。

苏桃瑜看在他无偿提供伙食的分儿上没有计较，盯着正在撕食品包装袋的叶彦之，突然想起什么，对他道："对了，叶彦之，咱俩现在算认识了吧，而且还要在家里人的面前装情侣，我有个要求要提。"

叶彦之看了一眼锅中还没完全沸腾的水，漫不经心地应她："什么？"

"我希望在私人生活和感情生活上，我们两个互不干涉，关系维持在这一层就好。"

叶彦之闻言微怔，侧首似笑非笑地看向苏桃瑜，半晌才不疾不徐地说："行，我也是这么想的。"

他说："谈恋爱，怎么可能？"

就这样，苏桃瑜跟叶彦之迅速地确认了合作关系。

苏桃瑜美滋滋地吃完水饺，很有自知之明地捧着碗筷去收拾了。

她收拾完准备睡觉时，时间已经过零点了。

苏桃瑜第二天没什么要紧的事儿，便打算明天睡到自然醒。但叶彦之就不一样了，明早还得去公司，给苏桃瑜做完夜宵已然太晚，自然不能再浪费剩下的时间，径直睡觉去了。

因此，当苏桃瑜正拿着手机玩儿的时候，就听到身后的人似乎翻了个身面对着她，随即感到有一只手覆在她的腰侧捏了一下。

他的力道不大，却惊得苏桃瑜一哆嗦。

她皱着眉头扭过脑袋，不满地扒开叶彦之的手："你干吗啊，吓死我了，大半夜的怎么还不睡？"

叶彦之反问："你说呢？"

苏桃瑜指了指自己已经暗到不能再暗的屏幕，说："我开了夜间模式，也不会发出声音，绝对不打扰你。"

"早睡早起身体好。"叶彦之哄小孩儿似的拍了拍她，"听话，放下手机。"

苏桃瑜实在没有困意，挣扎纠结了一会儿，最终决定采用缓兵之计。她说着"行吧行吧"，手上也把手机的屏幕息了，然后安安静静地闭上双眼。

叶彦之提醒完她以后，见她乖乖地收起手机，姿势就没再动过，好像已经在合眼酝酿睡意。

两人的距离并不算特别近，但苏桃瑜能够清清楚楚地感受到背后另一个人的温度。之前，她从来没跟任何人同床共枕过，因此觉得这种感觉实在是太奇怪了，更何况还是在一个完全陌生的环境下。苏桃瑜觉得今晚的自己应该会睁眼到天明了。

苏桃瑜向来对于"认床"这个说法向来持怀疑态度，但事情真正地发生到她的身上时，才明白，原来自己也是一个认床的人。

微醺的状态又如何，吃饱喝足又如何，她还是丁点儿的困意都冒不出来。

苏桃瑜睁着眼睛发呆，也不知道过了多久开始数羊，其间又不知不觉间将注意力转移到别的事情上，还是未能进入睡眠。

她想着叶彦之肯定早就睡着了，便放轻动作，偷偷摸摸地把手伸到了枕头的旁边，想去拿手机。

不过，她的手才刚刚抬起来，甚至没能伸出去，就感受到腰上的那条手臂倏然发力，他竟然毫不费力地将她向后拖去。

事情发生得太快，苏桃瑜甚至连条件反射都来不及有，便被人禁锢在怀中。

她的后背紧贴着他温热的胸膛，彼此的肌肤只隔着一层单薄的睡袍而已，姿势暧昧，气氛看起来似乎恰到好处。

苏桃瑜正恍神间，叶彦之忽然毫不客气地咬了一下她的耳垂，说是惩罚，其实力道更像是善意的提醒。

她觉得半边身子一软，忍不住背着手去推他，有些恼怒地说道："叶彦之！"

叶彦之嗯了一声，语气温柔，像是在心平气和地跟她讲道理："你要是真的不想睡，我们可以一起做点儿别的事情。"

苏桃瑜顿时不敢再吭声，只好放弃玩儿手机这个想法，闭上眼睛勉强地酝酿睡意，但身体一直被叶彦之这么揽着，实在觉得浑身上下都不舒服。

"我不看手机了还不行吗？"她忍不住歪了歪脑袋，"你能不能松开我呀？"

叶彦之甚至没有睁开眼睛，只是蹙着眉拍了她一下，嗓音含着困倦的低哑："不是说装情侣吗，迟早都要习惯亲密接触。"

苏桃瑜竟然觉得无法反驳，只好忍辱负重地叹了口气，就这样在叶彦之的怀里睡了一觉。

但不得不说，苏桃瑜这一晚睡得还挺安稳。

不知道是因为叶彦之起床时的动静太小，还是苏桃瑜睡得太沉，当她迷迷瞪瞪地睁开眼睛时，身边早就空荡一片。

苏桃瑜有赖床的习惯，醒后没有立刻坐起来，而是伸手摸了摸旁边的位置，发现还有些余温，看来叶彦之应该也是刚刚起来。

苏桃瑜看了一眼时间，才七点多，是她有史以来醒得最早的一次，一定是这个陌生的环境在作怪。

昨夜微醺，又加上今天醒得太早，苏桃瑜有些偏头痛，心不甘情不愿地翻身下床，去卧室中的洗漱间洗脸刷牙。

她不得不说叶彦之的确细心，他还特意在洗漱台上放了一支崭新的牙刷。苏桃瑜往台子上打量一眼，发现另一支也没有被使用过的痕迹。

他人呢？苏桃瑜觉得纳闷，迅速地洗漱完毕，然后朝卧室外走去。

刚来到客厅，她就听到不远处的浴室传来一阵哗哗的水声。叶彦之不想吵醒她，特意去了卧室外的浴室。

这会儿苏桃瑜才来得及细细地打量叶彦之的家：他家一看就是典型的独居室，装修风格偏现代，色彩搭配也让人觉得很舒服。

苏桃瑜也压根儿不认生，直接瘫坐在懒人沙发上，刚拿出手机准备浏览网页，就听到浴室的水声戛然而止，接着便是浴室门被打开的声音。

她条件反射地抬起眼帘，哪知这一看就看到了正低头擦拭湿发的叶彦之。他并没有穿浴袍，只在腰间围了一条浴巾，浴巾松松垮垮的；赤着上身，踩着身后氤氲的水汽走向这边。

先前苏桃瑜没能仔细看，现在才发现叶彦之的身材极好——十分养眼的精壮健硕感，肌肉线条分明，在明亮的灯光下更显优越。

当看到他肩头那处极显眼的咬痕后，苏桃瑜下意识地错开视线，说不清是心虚还是口干舌燥，清了清嗓子，从容不迫地提醒道："好歹也要注意点儿你的家里还有别人在。"

叶彦之闻言看向苏桃瑜，不置可否地挑挑眉，伸手将濡湿的发丝朝后拢去，露出光洁饱满的额头。

"你说这儿是我家？"叶彦之朝她这边迈步而来，似笑非笑，"还是说，你觉得自己是'别人'？"

看来叶彦之是很擅长文字游戏了，随便两句话都能轻易地把人给堵死。

苏桃瑜翻了个白眼，顺手点微信上方的聊天框，边低头打字边对叶彦之说："想嘴上跟你客气客气，看来没这个必要了。"

叶彦之闻言笑了，抬手用指尖点了点她的肩膀，那个位置刚对应她留在他身上的痕迹的位置，像是在明明白白地提醒她些什么。

"你要真想嘴上跟我客气，下次就轻点儿。"他语气懒散地说道。

苏桃瑜把一句"臭不要脸"憋了又憋，最后克制地抬头横他一眼，继续埋首看手机。

叶彦之距离她很近，不经意间扫过她手机屏幕上的备注名，动作不由得稍作停顿。

徐司齐？

苏桃瑜回完消息抬起头时，看到叶彦之不知何时已经坐在她对面的沙发上，正用手支着脸侧看手机。

他叉开腿坐着，腹肌堆叠得越发清晰明了。单薄的浴巾就这样堪堪地挂在胯骨处，浴巾下的阴影部分惹人遐思。他从头到脚都写着"非礼勿视"，令苏桃瑜的眼睛根本不敢直视。

苏桃瑜觉得整个人都快烧起来了，忍不住站起身来，朝厨房走去，嘴里说着："我饿了，先去吃点东西。"

她却在经过叶彦之的身边时，被他攥住了手腕。他的力道不大，但显然阻碍了她前行的步伐。

苏桃瑜垂下眼帘疑惑地看向他："怎么，你也饿了？"

叶彦之轻抬眉梢，漫不经心地问她一句："差点儿忘了问你，你和徐司齐只是朋友关系？"

这问题没头没尾的，苏桃瑜皱皱眉头，说道："我跟他初中就认识了，你以为我们是什么关系？"

在叶彦之看来，虽然这个答案没有错，但"我们"那两个字却莫名地让他觉得不怎么痛快。

叶彦之思忖一瞬，低头看了看时间，问道："你待会儿还有事儿吗？"

她不假思索地给出回答："我要回家补觉，还没睡饱。"

叶彦之微微颔首，心中似乎打定了某种主意。

他站起身来，依然握着苏桃瑜的手。两人的距离倏然被拉近，使得她几乎是被他罩在怀中。

苏桃瑜也察觉到此刻的气氛有些异样，下意识地想往后退，哪知叶彦之根本没想着松手，他径直将她拽了过来。

一番天旋地转，苏桃瑜便被他压到沙发上。

"叶彦之！"她吓了一跳，没好气地道，"你平时装得衣冠楚楚，怎么大白天还想着这种事情？"

苏桃瑜只穿着丝绒睡袍，睡袍经过这一番折腾早已经敞开衣襟，两人相当于紧贴着。叶彦之带着些许温热湿气的肌肤近在咫尺，沐浴露的清爽香气将她包围，惹得苏桃瑜冷不丁地往后缩了缩。

叶彦之将手掌顺着她松散的领口往里探，俯首在她的耳垂处不轻不重地咬了下，问："做个交易吧。待会儿我下厨，现在可以吗？"

苏桃瑜倏地想起昨晚他说他的厨艺还不错，现在肚子已经饿得咕咕叫，于是认真地斟酌两秒钟，果断将腿搭上他的后腰。

她除了身体上的动作，嘴上又补充了一句："快点儿啊。"

叶彦之被她气得发笑，捏住她的下巴直接吻了上去。

叶彦之家里的沙发足够宽敞，躺上去很舒服，所以这次的体验总体上来说相当不错。

苏桃瑜抬脚抵着叶彦之的腰身，轻轻地用脚跟蹭了蹭他，提议说："要不要换个暗点儿的地方？青天白日的，挺不好意思的。"

此刻的叶彦之哪里还有心情想别的，只嫌她要求多，更嫌她撩火的小动作多，索性伸手握住她的小腿，将其搭在他的臂弯，省得她再作乱。

他说："等会儿你就没心思想这些了。"

苏桃瑜被这话堵得哑口无言，正想继续跟他争辩一番，颈窝便被他轻咬了一口，呼吸不由自主地乱了一些，忍着没吭声。

叶彦之自然不可能听苏桃瑜的话速战速决，慢条斯理地寻找能折磨她的法子，除了耳朵，果真又顺利地寻找到几处。

苏桃瑜觉得又羞又恼，禁不住叫出几声来，带着几分欲拒还迎的味道，娇嗔又可人。

她气得又要咬他："刚才不是说了让你快点儿吗？"

叶彦之从容地挡住苏桃瑜的脸，还顺势在她的唇上亲了亲，不由得轻笑道："这不是陪你玩儿吗？"

苏桃瑜的眼眶泛着红。她几乎用尽了所有的教养和礼仪，才憋着没有对叶彦之爆粗口。

叶彦之也不再逗她，支起身子伸手去拉旁边桌子的抽屉，从里面拿出个什么东西来。听着拆塑料包装的声音，东西应该是还没拆封，或许是他刚买的。

苏桃瑜果真如叶彦之所说，这会儿的她压根儿没精力操心别的。她垂下眼帘，从自己的角度刚好看到叶彦之的手把她的睡袍布料顶出弧度。

在叶彦之为她准备早餐之前，她怕不是先要成为他的饭前开胃菜？

意识到这点，苏桃瑜觉得非常不甘心，忍不住想狠狠地咬这男人一口。可惜力不从心，她被周遭陡然攀升的温度烧得晕晕乎乎，实在凶狠不起来。

叶彦之把东西拿出来，一个角咬在嘴里，腾出手将额发撩到脑后，随即打开那东西的包装袋。

苏桃瑜被他这漫不经心的模样晃得眯了下眼睛，这个样子的他真的很迷人。

叶彦之在这方面有些强势。苏桃瑜蜷起脚趾，有气无力地蹬腿要拒绝，然而并没什么用，最后还是被折腾得像是全速跑了八百米。

结束这一切后，苏桃瑜瘫在沙发上仿佛一条咸鱼。而罪魁祸首却神清气爽地回浴室简单地冲了个澡，然后换上衬衫和西裤，又恢复了平时温文尔雅的模样。

苏桃瑜一边恨恨地拍着沙发，一边怒道："叶彦之！滚去做饭！"

叶彦之觉得心情非常不错，没再出言调侃她，一口答应下来，还颇为贴心地把她从沙发上抱去浴室，甚至帮她在浴缸里放好了洗澡水。

"我看到你的厨房里有三明治机了。"苏桃瑜边靠在浴缸里沐浴，边有气无力地使唤他，"我要吃鸡蛋三明治，加肉加西红柿的那种。"

"好。"叶彦之给她打开暖风，问，"杂蔬汤喝吗？"

"你会做热红酒吗？"

"会，但早上不可以喝。"他直接打消她的念头，"别想了，洗完澡老老实实地出来吃饭。"

苏桃瑜不满地翻了个白眼，但有人亲手为自己准备早饭还是头一回，觉得新鲜，也有几分感动，自然也没有计较太多。

洗完澡后，她用吹风机把头发吹干，然后换上自己的衣服，清清爽爽地走出浴室。

来到客厅时，苏桃瑜看到叶彦之正把早餐端到桌上，三明治和杂蔬汤的卖相都不错，看得人食指大动。

叶彦之抬起眼帘看到她，便热情地招招手，说道："快过来吃饭，这是我第一次给人做饭。"

苏桃瑜坐到他的对面，直接拿起三明治吃了一口，味道竟然比她想象中要好上许多。

“还不错嘛。”她又喝了一口杂蔬汤，真情实感地赞叹道，“我还以为你除了脸跟钱没什么优势，看来是误会你了。”

叶彦之觉得十分无语，回道：“虽然我不禁止吃饭时说话，但你不会说话可以不说。”

吃人嘴软拿人手短，苏桃瑜从来不缺眼力见儿这种东西，很给面子地表示自己闭嘴，随即迅速地解决了眼前的早餐。

“我现在要去趟公司。”叶彦之见她吃饱喝足了，便从桌前站起身来。

他侧目看向她，语气温和地说：“你想去哪儿的话，我让助理送你去。”

苏桃瑜正收拾碗筷打算往厨房送，闻言回他一句：“没想到你还挺有风度。”

之后叶彦之和苏桃瑜一同出了门。助理先将他送到公司，又把苏桃瑜送回她居住的公寓。

回到自己的家里才是真的觉得舒坦自在，苏桃瑜进门后抬脚把鞋子踢到鞋架上，紧接着就懒懒散散地瘫倒在自家柔软舒适的沙发上。

手机发出消息提示音，苏桃瑜扫了一眼，发现是徐司齐发来的消息。他问她：“话说一半人没了，刚醒又睡？”

苏桃瑜之前在叶彦之家给徐司齐回消息，刚说完自己昨晚没什么事儿，就因为各种外界的因素和个人的因素暂时中断聊天，这会儿才想起来。

她回复：“是啊，刚才困得难受，我就回去躺了会儿。”

苏桃瑜睁眼说瞎话，一串谎话发过去面不改色：“怎么了，昨晚你们玩儿到几点？”

徐司齐的新消息马上回了过来：“你离开YS后我们也没逗留多久，毕竟沈姐近期不参加这些，再没个你就更无聊了。”

苏桃瑜想了想发了一句话给他：“沈岁知最近忙得很。我明天还得陪老爷子出海，过段时间再说吧。”

这次没等到徐司齐回她消息，反而直接收到了一通语音电话。

苏桃瑜接起电话前先酝酿了一个开场白："干吗打电话？"

徐司齐问她："你要在海上漂几天？"

"你这什么奇怪的问题？！"苏桃瑜讽道，"难不成还能漂个十天半个月不成？顶多一两天，你是不知道陪老爷子海钓有多无聊。"

"去的就是你们家跟叶家的人？"

"我爷爷跟叶彦之的爷爷背着我谈好的，那就去呗，总不能扫了老爷子的兴致。"

徐司齐顿了顿，说道："你们家还打算撮合你和叶彦之？"

"是啊，他们怎么可能轻易罢休。"苏桃瑜没听出他语气中的异样情绪，说道，"所以我就将……"

"将计就计"这四个字她还没说出口，便及时地掐断。苏桃瑜这时才想起还没问叶彦之需不需要保密关系，总该要避免走漏风声。

为了保险起见，她没再继续说下去，而是改口道："就先应付着吧，折腾完这次估计又能休息一段时间。"

徐司齐虽然觉得她有所隐瞒，但也没有多问，只提醒她道："叶彦之对你的态度好像有点儿暧昧。"

能不暧昧吗？他们已经是那种关系了。

苏桃瑜心里这么想着，嘴上却信誓旦旦地保证："我不是说过吗，三十岁之前我才懒得谈恋爱，浪费时间。"

又闲聊两句，苏桃瑜便将电话挂断，紧接着就收到了苏老爷子的短信："宝贝桃桃，叶家的孩子跟我说了，明早咱们老宅见，记得戴上帽子、墨镜。"文字后跟了一个笑脸的表情。

苏桃瑜盯着这行字来来回回、反反复复地看了好几次，始终觉得短信最后的那个笑脸表情才是最有灵魂的。

翌日清晨，苏桃瑜起床化了个淡妆，戴上帽子就出门了。

作为资深的海钓爱好者，苏老爷子有艘双层的私人游轮，各种设施十分齐备，很适合举办小型聚会。

苏家和叶家的两位老爷子乐呵呵地上了船，也不知道是有意还是无意，不约而同地把两位年轻人留在后面，给他们两人相处的空间。

苏桃瑜本来还想例行公事地上去跟长辈打招呼，现在看来也是没必要了。她侧首看向叶彦之，他今日换下平时的商务装，穿得十分休闲，倒是给人耳目一新的感觉。

"你跟你爷爷说了没？"她碰碰他的手臂，边往前走边道，"就咱俩的事儿。"

"过几天再说，不然显得太假。"叶彦之朝她投来一眼，"他们二老可不是吃素的。"

苏桃瑜正因为知道这点，才憋着没把他们合作的事情告诉任何人。

苏桃瑜撇了撇嘴角，叹息道："行吧，到时就说日久生情，可信度应该高一些。"

港口的风很大，偏偏天气也有些阴沉，她穿得并不算多，此时冻得鼻尖隐隐泛红，忍不住小声地打了个喷嚏。

叶彦之轻蹙起眉，将她的穿着上下打量一番，评价道："你是没有常识吗？海上风大，还穿这么少。"

苏桃瑜默不作声地揉了揉手臂，闷声道："我又没看天气预报，再说了，美丽'冻'人嘛，怕什么？"

"受凉引起的那些小毛病，你等上年纪就知道了。"叶彦之无奈地瞥她一眼，"还是多穿点儿好。"

苏桃瑜觉得这两句话听着十分耳熟，简直像极了叮嘱小辈的长辈的言语。

"你怎么还会唠叨这些有的没的？"她觉得好笑，摇摇头吐槽他，"感觉跟我爸似的。"

话音落下，叶彦之顿住脚步，侧首看她，眉梢微扬，眼底带着几分说不清道不明的意味，说道："以前倒是没看出来你喜欢这种风格。"

苏桃瑜感觉莫名其妙，没懂叶彦之这话是什么意思。而他似乎也没指望她能听懂，径直转身上了游轮。

苏桃瑜在原地认真地思忖三秒钟，才茅塞顿开。

她觉得脸颊瞬间烫了起来，当即快步追上去打他，又羞又怒道："叶彦之！你给我去死！"

苏桃瑜不会海钓，只会吃海鲜。

两位长辈在甲板上边聊天边海钓，苏桃瑜坐在二层室内的沙发上，从窗边还能听见两位老人家的聊天内容。

苏老爷子说："老叶啊，你觉着这俩孩子能不能成？"

叶老爷子说："我觉得行，没看他俩刚才打打闹闹的，看着感情不错。"

"年轻人嘛，感情都是吵出来的，按他们的说法叫什么来着……什么冤家？"

"欢喜冤家！"

"对对对，就是这个。正好你家的彦之稳重，我家的桃桃活泼，两个人在一起还能互补呢。"

"就是说啊。唉，真不懂他们年轻人现在想什么，咱们像他们这么大时孩子都有了，他们倒连个恋爱都不想谈。"

"咱们做长辈的，也就尽量多给他们制造机会啦……"

苏桃瑜听得额角直跳，默不作声地关上窗户，不敢想象如果这二老知道他们的孙辈没有按照他们期待的样子发展，该是一副怎样悲壮的表情。

苏桃瑜对吹海风、晒太阳这种事情并不是很感兴趣，闲来无事便倚在沙发里刷微博，看看最新的评论和各种私信消息。

苏桃瑜还没有正式工作，毕竟是富三代出身，家里的钱随便拿出去一点儿做投资，赚回来的钱都够她一辈子衣食无忧。

苏桃瑜之前因为无聊，偶尔会在微博上发些旅游和日常的照片以及 Vlog（视频博客）。起初她并没有任何盈利的想法，单纯就是为了将让自己高兴的事情分享出去，但没想到粉丝越来越多，甚至还成了一个 Vlog 的大 V 博主。

苏桃瑜现在已经有了八百多万粉丝，偶尔会分享一些化妆品和日常好物，获得一些品牌商的青睐，还因为网络红人这个身份赚了点儿外快。

但苏桃瑜并不缺钱，不接受商务合作，纯粹看自己的喜好来分享。

苏桃瑜翻了一圈微博评论，大多数是哭天抢地催更的。她更新微博也没什么规律，这时才发现距离上次更博竟然已经过去半个月了。

这阵子实在是懒惰了，苏桃瑜叹了口气，正好这会儿出海无聊，打算开个直播跟网友们聊聊天。因是一时心血来潮，她并没有发直播预告，直接调出来页面便开始直播。

出乎意料地，即使她默默地潜水半个月，这会儿突然开直播仍旧瞬间吸引无数粉丝的围观。评论区刷满了爱心和感叹号，好像大家千年等一回就为了看她的直播。

"捕捉成功！幸好我今天起床早赶上现场了，桃子看看我！"

"想 Peach（桃子）了，你销声匿迹这么久还好意思回来？"

"我去跟我奶奶说声，她喜欢的博主直播了。"

"早上好。"苏桃瑜朝镜头招招手，边看评论边道，"抱歉抱歉，前段时间玩儿得太高兴，就把更新的事儿忘了。"

她将摄像头调成前置摄像头，稍微露出周围的环境，顺带介绍现在的情况："我陪爷爷出来钓鱼，但又学不会，就过来找你们聊天了。"

"啊？我在哪儿？"被粉丝问及这个问题，苏桃瑜把手机往窗户上一拍，说道，"我在海上啊。"

叶彦之走进室内的时候，正好看到苏桃瑜扭着身子把手机摁在窗玻璃上。她的姿势奇特，嘴上还絮絮叨叨的，他觉得匪夷所思。

叶彦之轻蹙起眉，出声唤她："苏桃瑜，你在做什么？"

苏桃瑜根本没发现房间内突然出现了另一个人，听到声音后瞬间想起自己现在是在全网直播，当即想把手机调成静音，但为时已晚，叶彦之的那句话已经被网友们听得清清楚楚。

苏桃瑜急中生智，继续将摄像头对准海面，而自己则扭头对叶彦之挤眉弄眼，试图让他闭嘴。

叶彦之看了看她，又看看手机，最后结合她方才诡异的行为，才明白她这是在直播。

他饶有兴趣地挑眉，随后在苏桃瑜灼热的目光下走到沙发前，从容不迫地坐了下来。

苏桃瑜用口型跟他说话："我在直播，你快出去。"

叶彦之亦十分诚恳地用口型回应她："我不出声。"

苏桃瑜将信将疑，并不确定叶彦之到底是不是识大体的人。她侧身将手机转向自己这边，特意绕过充当背景板的叶彦之，生怕他出现在屏幕中。

粉丝却像疯了一样，都在问她刚才为什么会出现男人的声音，还问她休息半个月是不是去谈恋爱了。

"刚才有事儿离开了一会儿，不好意思啊，各位。"苏桃瑜佯装无事道，拿着手机坐回沙发，"说话那人是我叔叔，找我有事儿。"

他们所在的这个区域只有两个懒人沙发，还是面对面的。叶彦之坐在苏桃瑜的对面，刚好在手机的前置摄像头触及不到的区域。

听见"叔叔"二字，他匪夷所思地看她一眼，而苏桃瑜只当看不见。

"对啊，是我叔叔，你们想什么呢？！"苏桃瑜因为心虚，小动作也多了起来，抬手顺了下长发，说道，"没谈恋爱，不谈恋爱，问就是没有。"

话音刚落，她突然感觉自己的脚背似乎被碰了一下。苏桃瑜不着痕迹地用余光往下瞥，发现是叶彦之在作怪：他的长腿交叠搭着，脚侧贴着她的小腿向上游移，整个人看起来漫不经心的。

可恨的是，他做着这种小动作，脸上偏偏挂着温和从容的笑容。

这人是什么恶趣味？！

苏桃瑜暗自咬牙，恨不得抬腿踹他。但现在毕竟是在直播，她努力控制住表情，面不改色地对观众说："你们想不想去甲板看看？虽然有点儿冷，但景色还不错。"

她强装镇定，但心里已经开始觉得不自在，面上无波无澜，脚下却不动声色地朝叶彦之踢过去，想再次警告他。

哪知叶彦之微微俯身，竟然轻而易举地一把握住苏桃瑜的脚踝，指尖顺势将她的棉拖钩掉，随即不轻不重地往自己的这边拉了一下，没给她乱动的机会。

苏桃瑜惊得差点儿跳起来，倒吸一口冷气，稍稍偏离摄像头，瞠目怒视对面的男人。

而评论区已经刷满了观众们各种关心的言论。

"Peach 今天怎么回事儿，状态不好吗？"

"是不是身体不舒服啊，你休息好再开直播也行呀。"

"对，拍几张照片放上来也行！"

苏桃瑜看到这些评论后只觉得惭愧至极，随口胡诌道："没事儿。我叔叔带了一条狗上船，不知道为什么它特别黏我，大概是因为我特别可爱吧，哈哈，这不，又来蹭我了。"

叶彦之听她明里暗里地骂他，倒也不急不躁，指腹贴着她的脚踝摩挲。苏桃瑜的踝骨十分小巧，脚弓的弧度也漂亮，玉琢似的。

叶彦之其实也没别的意思，只是单纯地觉得养眼罢了。

"哈哈哈，盲猜小狗是泰迪。我们 Peach 太美了，谁顶得住啊！"

"也就泰迪无时无刻不在蹭人了。"

"女孩子养泰迪的话，最好给它绝育吧，那啥时期挺尴尬的。"

苏桃瑜看着评论区，盯了两秒钟后，忽然冷笑一声。

她看向叶彦之，话却是对着观众说的："是啊，的确是该绝育。"

叶彦之用一种极其复杂的眼神打量她，最终很给面子地没有出声，但还是捏了一下她的脚踝，以此表达不满。

苏桃瑜才不管他的心情如何，拼命地克制想跟叶彦之打一架的冲动，心平气和地跟观众们说，因为狗狗太黏人，现在不方便去甲板，待会儿把视频和照片传上去，随后便将直播中止。

直播结束后，苏桃瑜瞬间原形毕露，恶声恶气地喊他的名字："叶彦之！"

叶彦之无比悠闲地应她："在呢。"

苏桃瑜忍不住想翻白眼，但又懒得跟他斗嘴，直接倏然发力，想要把脚抽回来，哪知竟然抽不动。

叶彦之的掌心紧紧地包裹着她的脚踝，力道并不大，但她就是没能成功地挣脱出来。

苏桃瑜看他戏谑的神情，只觉得脸颊发烫。反正现在直播已经结束，旁边也没有其他人，她索性撑起身子朝对面扑了过去，那架势跟要杀人似的。

叶彦之没料到她会突然行动，终于松开手，猝不及防间已经被抵着肩膀摁在沙发上。

苏桃瑜跨坐在他的腿上，双手摁着他，防止他把自己轻易地扔下去。

偏偏叶彦之还是不慌不忙的模样，甚至有闲心提醒她："老爷子们还在下面，你可要小点儿声。"

苏桃瑜一口气差点儿没上来，气道："那你刚才怎么没这么想，光知道一个劲儿闹我？"

叶彦之大言不惭地说道："因为你可爱啊，就比如现在。"

虽然这是夸奖，但并不能让她开心起来。苏桃瑜一时不知该说些什么，只好转移话题说他："你的脑子里都装着什么乱七八糟的啊？！"

叶彦之笑笑："还好，我毕竟是男人。"

苏桃瑜难以置信地盯着他，平生第一次觉得自己在贫嘴这件事儿上输得这么彻彻底底，又想到方才两位老人对他的评价，只觉得这个评价非常不客观。

她用满是不可思议的语气说："叶彦之，你爷爷知道你这样吗？"

叶彦之沉吟片刻，认真地回答她："肯定不知道，就算是玩儿得好的朋友，应该也不知道。"

苏桃瑜无言以对，难不成她还应该感到荣幸？

苏桃瑜在海上漂了一整天，第二天清晨才重新回到港口。

大概是休息不足的原因，苏桃瑜觉得自己又困又累，好像随便找个地方就能躺下睡觉。

两位长辈倒是精神大好，现在又约着喝茶去了。叶彦之则要去公司签署文件，只有苏桃瑜一个人无所事事地哈欠连天。

她没让叶彦之送他，独自约了车回家。

苏桃瑜也不知道怎么了，觉得这一次海钓就快要把她累瘫。她回到家后，脱了外套挂在衣架上，就直接抱着毯子在沙发上睡了，连窗户都忘了关。

于是，当苏桃瑜睡醒的时候，觉得比刚才更难受了。

手机偏偏在这个时候吵闹起来，苏桃瑜连对方的名字都没看，不耐烦地接起来说："大清早的，你谁啊？"

她的语气并不算太好，鼻音也很重。

叶彦之直接忽略了她不客气的打招呼方式，问道："你的声音怎么回事儿？感冒了吗？"

"好像吧。"苏桃瑜吸了吸鼻子，头昏脑涨的，难受得要命，还不忘跟他打嘴仗，"干吗？这么快就想我了？"

叶彦之忽略她的问题，再次问道："你现在在哪儿？"

"家里。"她慢慢悠悠地翻身坐起来，凭着模糊不清的印象去寻找感冒灵颗粒，"你打电话有事儿吗？"

"没什么。"他说，"本来想问问你什么时候跟家里说，既然你生病了就好好休息，挂了。"

挂断电话后，苏桃瑜想着刚才叶彦之说的话，不由得撇了撇嘴。

他还说要在家长的面前假扮情侣，连形式上的关心都做不到。

苏桃瑜对他腹诽一番，正打算放下手机继续睡，结果又一通电话打过来。她以为还是叶彦之，接起来便怒气冲冲地说道："你到底还想说什么啊？"

对面安静片刻，然后传来徐司齐的声音："你在说我吗？"

苏桃瑜愣了一下，随即尴尬地解释道："不好意思，我刚才跟别人打电话呢，没看来电显示。"

徐司齐本来想说其他的事情，但听她这明显不对劲儿的声音，便改口询问："你感冒了？"

"嗯，应该是在海上吹风吹的。"

"家里有没有感冒药，我给你送过去。"

"就算家里没药，楼下的药店也有啊。"苏桃瑜哑着嗓子说，"你不用担心，我没事儿。"

"那你别睡着了，吃完药再睡。"徐司齐说完这些仍旧不放心，继续说道，"算了，我现在过去找你。"

"不用了，看你操心的。"苏桃瑜哑然失笑，安抚他道，"我这就起床吃药，你真的不用过来，就是小感冒。"

徐司齐知道自己拗不过她，嘱咐几句后便挂断电话。

结束通话后，苏桃瑜开始在家里漫无目的地寻找感冒药。

她已经很久没有生过病了，早就不知道把药盒扔到哪里去了，索性去楼下买药，顺便买了一个体温枪才上楼回家。

到家后，苏桃瑜用温水喝过药后，就老老实实地裹着两层被子缩在床上捂着，希望这样能发发汗驱除寒气。

但不知为何，苏桃瑜始终处于半梦半醒的状态，闷得难受，翻来覆去好半晌都没能彻底入睡。

就在她开始感到烦躁时，传来一阵清脆的门铃声。

苏桃瑜确定此时不会有人来找她，也没什么外卖和快递。睡不着的苏桃瑜觉得心烦意乱，在床上打了个滚，做了几秒思想建设后才翻身下床，连鞋子都没穿。她甚至已经想好，如果是哪个敲错门的人打扰她睡觉，必定要狠狠地摔门以表愤怒。

开门前，她先透过猫眼往外看了一眼，竟然是她根本没想过的人，甚至没想到还会有这个可能性。

她打开门，正对上叶彦之思忖的模样："你过来找我干吗，不是说我感冒了吗？"

叶彦之垂下眼帘，不动声色地打量她因为发烧而泛着红晕的脸：她一副显而易见的虚弱模样，嘴上却是一刻都不肯饶人。

"你以为我来找你什么事儿？"他上下打量她一眼，忍不住皱起眉头，"感冒了还光着脚，嫌地上不够凉？"

苏桃瑜在心里悄悄地吐槽他这说话的语气特别像中老年人，但话还没说出口，人就已被叶彦之一把抱起扛到了肩上。

苏桃瑜没料到他会这样，登时吓得抓紧他的衣服，有气无力地怒斥他："你干吗呢？！快放我下来。"

叶彦之没理她，也没给她折腾的机会。进屋后，他首先打量了一下她家中的布局，确认卧室的位置后便把人抱进去，然后将她放在床上。

身子陷进柔软舒适的大床，苏桃瑜顿时一动也不想动。她正想麻烦叶彦之帮她盖上被子，被子已经轻轻地落到了她的身上。

苏桃瑜眨眨眼睛，由衷地对床边的叶彦之说："谢谢！"

随后，叶彦之又将一层羽绒被覆上。苏桃瑜热得冒汗，非常想卸下一层"枷锁"，思考半天才低声开口："好热。"

叶彦之轻拍她滚烫的脸颊，温声嘲讽她："年轻人嘛，既然能抗冻，应该就能抗热。"

苏桃瑜没力气顶嘴，认命地闭上眼睛，迷迷瞪瞪间，感觉一只微凉的手覆在自己的额头上，温度与她的体温形成鲜明对比。

这感觉太过突兀，苏桃瑜触电一般，下意识地拧起眉，想要往旁边缩过去。微酥的感觉让她的心脏好像被扯了一下，她说不清楚原因。

苏桃瑜觉得脑袋里乱糟糟的，慢慢地拉起盖在身上的被子，然后侧过身子，又把脑袋掩在被子里。

叶彦之看着她这小孩儿撒气似的行为，感到好笑，伸手碰碰她，说道："苏桃瑜，你量体温了吗？"

苏桃瑜现在连说话的力气都没有了，便敷衍地回道："没事儿，我吃药了。"

"你确定自己没事儿吗？我觉得你现在的体温有四十摄氏度。"叶彦之扫她一眼，"温度枪有吗？温度计也行。"

苏桃瑜突然狡黠一笑，从被窝里伸出一只手来，朝他晃了晃："那是你的手拙，连这都摸不出来。"

叶彦之几乎要被她气笑了："我怎么感觉你生起病来比没生病的时候更气人？"

苏桃瑜仿佛没听到他的嘲讽，而是半眯着眼睛说："你过来，我教你一招。"

叶彦之顺着她的意思俯下身，正要看她想做什么，结果就猝不及防地被她捧住了脸。而苏桃瑜微微撑起身子，把头低下些许。

他的唇便不偏不倚地落在她的额头上。叶彦之倏然怔住，一时间竟然不知该推开还是任她继续，甚至心跳都加快了几分。

苏桃瑜倒是乐呵呵的，松开他，自信满满地问："测出来了没有？"

叶彦之面无表情地盯了她半晌，直接把她塞到被子里，没再给她胡闹的机会。

"如果没法测体温，我就把你送医院去了。"他对她说。

苏桃瑜喃喃地骂了声什么，心不甘情不愿地用语言给他指路："体温枪应该在外面客厅的桌子上或者茶几上，反正在袋子里，我刚买的。"

叶彦之去客厅拿体温枪，拆开包装后重新回到卧室，帮苏桃瑜测了体温，三十八点五摄氏度。

随后，叶彦之去玄关处调高空调的温度，坐下来开始研究苏桃瑜买回来的那些药，都是感冒消炎药，没有退烧药。

叶彦之再次被苏桃瑜的神经大条惊到，真不知道她对自己的抵抗力有多大的自信才连退烧药都不买。

他从门口的鞋柜上拿了苏桃瑜的钥匙，亲自下楼去买了冲剂。为了确保用药安全，他特意给私人医生打电话确认一番。

他再回到苏桃瑜的家里时，她已经睡熟。叶彦之先去厨房冲泡好药剂，确认温度正合适，才将她喊醒。

苏桃瑜兴许是因为生病难受，也或许是好不容易睡着又被叫醒，便任性地闹了一会儿脾气。但不得不说，生病的苏桃瑜好哄得很，叶彦之很轻松地就将她哄得心甘情愿地喝完药。

吃过药后，苏桃瑜翻身沉沉地睡了过去。

叶彦之看了一眼腕表，时间不早了，干脆在这里留宿，还能盯着苏桃瑜这个病号。

叶彦之走进厨房给自己做了晚餐。饭后他收拾好餐具，又回卧室去测苏桃瑜的体温。她已经稍微退了烧，看来没必要去医院了。

苏桃瑜家的客房被她改成了衣帽间，唯一的一张床就在主卧里。而叶彦之这一天在她身上费了那么多的工夫，是断断不可能去睡沙发的，所以，他的做法是把睡在床中央的苏桃瑜轻轻地抱到旁边。

叶彦之解开衬衫的纽扣，将衬衫挂在旁边的椅子上。因为苏桃瑜这里没有男人的衣服，他只得赤着上身睡了。

晚上十点钟左右，叶彦之被一阵手机的振动声吵醒。

苏桃瑜也听见了，但睡得迷迷瞪瞪的，低声嘟囔着把脑袋埋进被子里，便又睡过去了。

叶彦之看她并没有被吵醒，这才循着声音看过去，发现声音是从床头柜上传来的。

他半撑着身子接起电话，嗓音带着困倦未消的嘶哑，问道："哪位？"

对面的人沉思片刻，才好像从某种状态中缓了过来，冷声地反问："你又是哪位？"

叶彦之皱了皱眉头，拿开手机看了一眼备注：徐司齐。

他轻眯起眼睛，这会儿终于清醒了些，原来这是苏桃瑜的手机。

第二天苏桃瑜醒来的时候，天色已经大亮。

她皱着眉头睁开眼，虽然脑袋还有些昏沉，但已比之前发烧的时候舒坦了许多，身体也没那么酸软无力，应该是退了烧。

阳光透过窗帘的缝隙铺洒在卧室的木质地板上，荡漾出一圈又一圈的"涟漪"。

苏桃瑜记得昨天叶彦之来她家了，还对她进行精心的照顾。那些细心周到她都记得清楚，所以当看到身边正熟睡的男人时，并没有立刻把人踹下床去。

虽然苏桃瑜真的不明白他们是怎么睡成现在这个模样的。

她裹着被子躺在叶彦之的身边。他则侧身揽着她，脸放在她的颈窝处，呼吸拂过她颈部的肌肤，带起阵阵的酥痒感。

苏桃瑜本来就在被子里闷了一晚，热得难受，此时身边还有一个人体暖炉，实在忍不住，便试探着动了动，想要悄无声息地从男人的怀里逃出去。

叶彦之没有醒，只是稍微抬了抬头，脸刚好埋在她的发间，呼吸吹拂着她的头发。

苏桃瑜睁着眼睛看天花板，不知道怎么回事儿，此情此景让她想起"耳鬓厮磨"这四个字。这样的他们看着格外腻歪，就像真的情侣。

但苏桃瑜迅速地进行了自我否认。她本来想在不打扰叶彦之的情况下拿手机看时间，可目前这个想法显然并不现实——她高估了自己的手臂长度。

苏桃瑜实在没办法，只好把叶彦之从身边推开。

手机屏幕亮起的同时，还伴随着手机低电量自动关机的声音。苏桃瑜在跟自己的手机道别的前一秒，看到时间已经是上午八点整。

她坐着抓了抓头发，脑袋蒙蒙的。

叶彦之方才被她推开，现在也已经醒了。他抬手揉了揉眼睛，看上去有些起床气，一双眼轻眯着，虽然面上没什么表情，样子看起来倒是十分唬人。

苏桃瑜却暗自因为发现叶彦之有起床气这件事儿觉得新鲜，毕竟在外面就没见过叶彦之沉下脸的样子，看来他还是把工作和生活分得很清。

"你今天不去公司吗？"她抱着被子戳戳他，"现在已经八点了。"

叶彦之没有答话，手上却略微发力，一把将苏桃瑜拉过来抱在怀里，又恢复到刚才的姿势。

他这套动作熟练得苏桃瑜几乎以为自己是他的抱枕。

叶彦之明显还没睡醒，迷糊地说道："我今天不去公司，你别闹我。"

苏桃瑜抬抬下巴，问他："那你打算在我这儿赖床啊？"

"你个没良心的。"他轻声地叹息道，"我昨晚又是喂你吃药，又是给你换毛巾，现在你全都忘干净了？"

苏桃瑜瞬间觉得良心隐隐作痛，只好答应他："那好吧，你可以再睡一会儿。"

不过这个姿势不太舒适，苏桃瑜在被窝里动了动，想要换个姿势。

叶彦之睡意蒙眬，察觉到怀中女人的不安分，合着眼淡声警告她："再动可就不困了。"

苏桃瑜把这句话琢磨两遍，果断安静下来不再乱动。时间悄然流逝，她听着叶彦之近在咫尺的呼吸声，觉得自己的眼皮似乎也逐渐地沉了下来；呼吸声好似跟心跳声同步，同样地缓和安稳。睡意翻涌上来，逐渐将她吞没。

然而就在此时，门铃声突兀地响了。

苏桃瑜倏地睁开双眼，瞌睡虫顿时消失，她惊得迅速地坐起身来。

叶彦之被接二连三的动静闹得也睡不下去了，轻啧一声，有些烦躁地抓了抓头发，跟着坐了起来。

羽绒被滑下来，苏桃瑜这才发现他没有穿上衣。她看了看旁边椅子上挂着的衬衫，又看了看身边的男人，似乎在纠结什么。

叶彦之对上她的视线，不由得轻蹙起眉："你不会是想把我藏起来吧？"

"算了，你在这儿待着吧，反正没人进我的卧室。"苏桃瑜见想法被识破，便心虚地移开视线。

她迅速地下床蹬上拖鞋："赶紧看看是谁来了，最好别是熟人。"

叶彦之用指节轻抵眉峰，对她语气懒散地说道："又不是偷人，慌什么？"

苏桃瑜回头白了他一眼，懒得同他多说，径直地走向门口。

这时门铃声再次响起，她皱眉问了句"谁啊"，然后凑到猫眼去看，结果一下就看到门外站着的徐司齐。

苏桃瑜愣住，没想到他会一大早过来。她低头看看自己的装束，确认妥当后，这才将门打开。

徐司齐穿着一件纯黑的牛仔夹克，搭着连帽卫衣的工装裤，整个人瞧着少年感十足。他的寸头被棒球帽遮住，只露出部分鬓角，恰到好处地保留着几分少年人的痞气。

苏桃瑜看着他笑了："徐司齐，你以后再穿得这么年轻，我真该考虑让你喊我'姐'了。"

徐司齐才不会这么喊她，打量着她的脸色，确认她现在不像生病的样子，才问道："你刚睡醒？"

"要不是你摁门铃，我能睡到下午。"苏桃瑜懒洋洋地伸了伸手臂，"你过来就是为了看我有没有好好地吃药吗？放心，姐姐我自觉得很。"

"得了。"徐司齐无意与她争执这个，轻轻地点点她的脑袋，说，"你高三那年发高烧都不知道，还是我把你带去医院的。"

苏桃瑜用笑声搪塞过去，将身子侧开请他进来："好好好，您是我的恩人，大冷天的，进来喝杯水吗？"

徐司齐轻轻地摇头，认真地说道："我只是想来看看你，看到你没事儿就放心了。你赶紧回去休息，别着凉。"

苏桃瑜正要开口说些什么，却看到徐司齐的眼神倏地锋利起来。他的视线越过她，落在她身后的方向。

苏桃瑜瞬间反应过来，心中登时想骂叶彦之。她扭过头去，果然看到那男人斜斜地靠在卧室门口的墙壁上，饶有兴致地抱臂望着他们。

重中之重是，叶彦之甚至连件上衣都没穿，仅穿着一条休闲的西裤而已。

苏桃瑜此刻想就地晕倒，这样就可以不用面对这等尴尬的场景了。

"我原本以为是我误会了。"徐司齐盯着叶彦之，话却是对着苏桃瑜说的，"昨晚那通电话就是他接的吧？"

苏桃瑜不明白他在说什么，困惑地皱皱眉："什么电话？昨天我晚饭都没吃就睡了，没接过电话。"

"我接的。"叶彦之迈步上前，垂眼看着她道，"昨晚十点钟左右，你被手机的振动吵醒过一次，不知道记不记得。"

苏桃瑜觉得这段印象实在模糊，最多就是记得中途似乎被什么东西吵醒过，但很快就又睡着了，并未留意。

"我不知道那是你的手机，"叶彦之从容地解释道，"毕竟我们的手机放在一起，我也没仔细看。"话里话外都是在提醒徐司齐，他们昨晚睡在一起。

苏桃瑜不知道该怎么解释，只得撇开叶彦之，对徐司齐道："你……"

徐司齐语气平淡地打断她："你们真的在一起了？"

一语中的。

叶彦之眯起眼睛，眼里先前那点儿漫不经心的笑跟着散了，没给苏桃瑜出声的机会，径直对徐司齐道："徐小少爷连这都看不出来？"

徐司齐的眼神冷了下来。他蹙起眉头看向苏桃瑜，说道："你告诉我。"

苏桃瑜叹了口气，不明白为什么病刚好的大清早老天爷就要这样折磨她。她没急着回答徐司齐，而是侧首示意叶彦之，让他先进屋。

叶彦之抬起眼帘，与徐司齐的视线交错一瞬，随后转身给他们留出足够的空间。

"事情比较复杂，但也很好解释。"苏桃瑜吐出一口气，对徐司齐道，"我跟他是假的，为了应付家里的长辈。"

徐司齐的目光微动。他抿起唇角，用陈述的语气说："那天你提前离场是去找他了？"

苏桃瑜颔首，承认得很干脆："是。"

徐司齐定定地看着她，眼底闪过淡淡的情绪。就在苏桃瑜以为他要问"为什么不能是我"的时候，他却垂下眼帘，说："好，我知道了。"

"你好好休息，"他抬手将帽檐拉低，嗓音也是低沉的，"我走了，这件事情不会告诉别人。"

说完不等苏桃瑜有所回应，他便头也不回地转身离去。

苏桃瑜靠在门框发呆，半晌才收回视线，关上门回到室内。

她做了个深呼吸，恶声恶气地开始找人算账："叶彦之！"

叶彦之已经穿戴整齐，闻言不紧不慢地应她："在这儿呢，急什么？"

"你刚才故意的吗？"苏桃瑜柳眉倒竖，怒气冲冲地问他，"你还不穿上衣就出来，刻意做给徐司齐看的？"

叶彦之不置可否，一语道破天机："他喜欢你。"

苏桃瑜想说的千言万语瞬间都被堵了回去："这种事情还不用你提醒我。"

"如果我没记错，"他走向她，微微俯身，说道，"徐司齐比你小两岁。"

也不知道他是什么时候知道自己的年纪的，苏桃瑜皱皱眉，想责备他，却又一时语塞。事实上她明白，自己反而应该谢谢他。

她自然看得出来徐司齐对她的感情，明里暗里委婉地拒绝过多次。但因为徐司齐没有亲口表白过，那些富有暗示性的话她每次也就当作听不懂似的迅速带过。

其实她刚才就在等徐司齐问为什么，这样就能干脆利落地说清楚。他也知道她在等，但没有问。

如果是普通的朋友，和他假装情侣这种事情苏桃瑜绝不会有半分犹豫。但偏偏提议的人是徐司齐，于她是友人之上亲人之下的存在，她不想那样作践人的感情。

苏桃瑜出神地想着这些事情，落在叶彦之的眼中，就像是在想徐司齐，莫名地让他的心口发堵。

"你之前说你们初中就认识了，"叶彦之忽然问，"那高中呢？"

"我跟他从初中到大学，都是同一所学校。"

听到这个回答，叶彦之觉得心底那阵莫名其妙的情绪似乎浓烈了些，不由得轻蹙起眉。

但紧接着，他就听到苏桃瑜有些懊恼地喃喃自语："所以我才把他当弟弟啊……"

叶彦之顿住，心情倒是不由自主地明朗了一些。

苏桃瑜把叶彦之赶去厨房做饭，拿着换洗的衣服准备去浴室。

叶彦之对此表示不满，问她："为什么是我做饭？"

苏桃瑜头都没回，十分敷衍地回应他："你做饭好吃啊，我拜托你了，可以吗？"

叶彦之摇摇头，嫌弃她的夸奖没诚意，但还是老老实实地挽起袖口走向厨房。

两人相处的时间不长，他本以为她会有个千金小姐的娇惯胃口，但这些日子以来，发现她好养活得很。而且她也不挑食，三明治都能吃得津津有味。

叶彦之想起之前听到苏桃瑜跟沈岁知打电话，两人约着一起去路边摊吃炸串喝啤酒，不得不说，她真的格外接地气。

叶彦之越发觉得苏桃瑜可爱了，她除了脾气差点儿、嘴贫点儿、有时跟个小孩儿似的，其他的都挺好。

这才短短数日，他们在那场寿宴上给彼此留下的印象就已经全部改观。这么看来也是神奇，他们两个竟然会以这种方式有交集。

叶彦之的脑子里有一搭没一搭地想事情，手上却已经将早饭完成了。当他端着饭菜放到桌上的时候，苏桃瑜刚好用毛巾裹着湿发从浴室走出来。

她穿着毛茸茸的浴袍，抬手擦着头发，对他道："好香啊，你这回没做三明治吗？"

"我又不是只会做三明治。"叶彦之将番茄酱和沙拉酱放在桌上，还有一瓶黑胡椒粉，"西式炒蛋和吐司。我不清楚你的口味就没加酱料，你自己看着来。"

苏桃瑜走近定睛一看，盘中盛着的吐司上的鸡蛋滑嫩软糯。她还没见过这种做法，便疑惑地问道："这真是用我家的鸡蛋炒出来的？"

"鸡蛋是你家的。"叶彦之拿着银色的小勺示意道，"但炒菜的手是我的。"

"你的手艺不错嘛。"苏桃瑜颇感新奇地坐到位置上，拿起勺子品尝炒蛋的味道。

吃完一口，她愣住，随后便停不下来，郑重其事地夸奖道："真好吃，你怎么做的？"

"鸡蛋、牛奶、黄油块。"叶彦之不紧不慢地说道，"这个很简单，以后想吃我给你做。"

苏桃瑜边吃饭边满不在乎地打破这个美好的想法："得了吧，你又不是成天住在我家。"

叶彦之嫌她说话太煞风景，索性没有理她。

苏桃瑜突然想起什么，抬头道："噢，对了，你……"

"吃饭的时候不要说话。"他正色地打断她。

苏桃瑜只好埋头吃饭不再说话,待吃完最后一口才抬起头来,没好气地问:"现在可以说话了吗?"

"说吧。"

"你说你今天早上没有事情做?"

叶彦之站起来,把桌上吃剩的饭菜收拾好:"嗯,我又没有必要天天去公司。"

叶彦之做完这些便回到客厅中,十分悠闲地坐在沙发上,身子向后倚着,很慵懒的姿态。

"那你要在我这儿待着?"苏桃瑜见他这种完全把别人家当自己家的行为,不禁发问,"你不回家吗?"

"这么着急赶我?"叶彦之稍稍蹙眉,"你不会是想待会儿把徐司齐叫过来吧?"

苏桃瑜匪夷所思地看着他,恨不得上去挠他:"你在想什么乱七八糟的!"

叶彦之倒像受了委屈:"昨天我尽心尽力地照顾你这么久,你连点儿休息的时间都不给我?"

听到这话,苏桃瑜连连摆手投降,说道:"行行行,那你在这儿好好地待着,待会儿不许进我的房间。"

叶彦之思忖片刻,随后便明白她要去做什么,笑了笑,说道:"你要去开直播?"

"我之前答应粉丝的,要直播分享下近期爱用……"苏桃瑜说到一半不说了,"算了,你应该也听不懂。"

叶彦之颔首,语气平淡地说:"你去吧,我不打扰你。"

苏桃瑜将信将疑地看了他一眼,生怕他出尔反尔,说道:"你可别闹动静。"

叶彦之点点头,耐心地保证道:"不闹动静,也不动你。"

苏桃瑜决定姑且相信他这一回,回到卧室换了身衣服,便开始收拾直播要准备的东西。

她今天要给粉丝们分享一些她用的水乳和护肤品。苏桃瑜把东西排列在桌子上，随后便坐在化妆台前放置好手机。

之前她说好海钓回来后就直播，这次也没发直播预告，调整好手机的角度便正式开始。

直播间里的人很多，不断有新加入的观众，评论区的刷新速度太快，苏桃瑜没多看，直接进入好物分享的环节。

苏桃瑜开始直播以后，外面的叶彦之果然没有闹出任何的动静，没有喊她的名字，也没有故意地敲门，果真如他所说，老实得很。

苏桃瑜提心吊胆了几分钟，然后就彻底放心了，把注意力从叶彦之的身上尽数收回，一边把桌上的推荐物拿过来，一边跟观众介绍其特点和告诫哪些人群应规避。

说到一款妆前乳的时候，苏桃瑜觉得上脸试效果会更好，就去洗了把脸，回来后继续直播。

"我们 Peach 真的太厉害了，素颜直播是真强！"

"Peach 真的不考虑进娱乐圈吗？你一票我一票，明天 Peach 就出道。"

"素颜皮肤的状况就这么好，我寻思我用同款也用不出来那种感觉啊，真是太羡慕了。"

评论区里蹦出一条条的留言消息。

苏桃瑜闭上眼睛往脸上拍妆前乳，口中说道："你们最近有什么方面的烦恼，可以跟我聊聊，哪方面都行啊，我正好闲着无聊。"然后就专心地闭眼护肤，确认乳液被吸收好后，她才睁开双眼。

让人意想不到的是，原本平静的评论区突然炸了，数量骤增的弹幕让人看得眼花缭乱。

"快快快，Peach 快回头！回头！"

"我看到了什么？那是个男人吗？是吧？"

"哪里来的神仙哥哥？！这腰好绝！Peach，你有本事偷男人，没本事承认吗？！"

"我疯了我疯了！这是不是桃子之前说的叔叔？根本就不是

叔叔吧！太帅了！"

苏桃瑜看着那齐刷刷的感叹号，蒙了几秒钟，紧接着就感觉到自己身后多了个人影。她登时倒抽一口冷气，猛地回头看向后方。

也不知道叶彦之是什么时候站在这儿的，她因为刚才闭眼直播，所以没能在第一时间注意到他，如果不是观众提醒，可能到现在也没发现自己身后多了个人。

对苏桃瑜来说，叶彦之的突然出镜俨然是直播事故。但值得庆幸的是，叶彦之还是心里有数的，特意站在前置摄像头比较微妙的拍摄角度处，让人能看清下颌以下的部位，五官却藏得严严实实。

苏桃瑜又不能喊他的名字，只得回头用眼神示意他赶紧离开。叶彦之对上她的视线，便十分无辜地往门口走去，朝她举了举手中的手机，无声地告诉她自己并不是故意来捣乱的。

苏桃瑜瞪了门口一眼，耳根子连带着脸颊泛起莫名的热意。她清了清嗓子，对观众道："没什么，就是一个比我稍微年长的朋友，真的没什么。"

评论区的八卦言论在层出不穷。

"姐，刚才有人录屏传网上去了，都在问你什么时候偷偷地养了男人。"

"虽然没看见脸，但我觉得不亏。"

"刚才 Peach 都蒙了，哈哈哈，那男人是不是故意的？"

苏桃瑜赶紧一本正经地说胡话，试图把谎圆回来："哎呀，你们想得太多了，要真是别的关系，一个男人会在家里穿这么正经吗？行了行了，别给话题涨热度了，让它从哪儿来回哪儿去。"

可此时，却有一条评论让苏桃瑜的解释变得苍白无力。

"可是桃子……你脸红了啊！"

看到这条评论后，苏桃瑜倏地愣住，下意识地拿手背摸了摸脸颊，真的有点儿烫。

"这不是脸红，是白里透红。"她面不改色地拿过刚才试用的那瓶妆前乳，"看见了没，效果显著，满意吗？"

苏桃瑜转移话题的能力很强，方才的那段小插曲很快就被众人置之脑后。一场直播下来，已经过去了一个多小时。

苏桃瑜结束直播后呼出一口气，退出手机的微博页面，站起身伸伸手臂，推开了卧室的门。

叶彦之站在玄关处，刚将外套穿上，皮鞋已经换好，看样子似乎是准备回去。

苏桃瑜瞥他一眼，几步走上前来，堵住门说："敢情您老人家惹完事儿就想跑啊？"

叶彦之伸手整理了一下衣襟，说道："没办法，我的手机在你那里。"

苏桃瑜也摸不准他是故意的还是这真的是意外，没好气地应了声："噢。"

"生气了？"叶彦之手扶着门框，俯下身看她，另一只手轻扯了扯她的衣摆，"我错了，真不是故意的。"

苏桃瑜险些被他这小孩儿似的认错方式逗笑，好容易才憋住。然而，叶彦之却以为她仍旧在怄气。他也没有哄女孩子的经验，认错不行，那只能换个方法了。

于是，叶彦之俯首靠近她，两人之间的距离迅速地缩短。

苏桃瑜以为他要吻她，下意识地闭上了眼睛，脑中还乱七八糟地想着以他们的关系是不是可以接吻。

然而，她想了大半天也没见眼前的人有什么动静，嘴上也空空荡荡的。苏桃瑜茫然地睁开眼，不偏不倚地对上叶彦之似笑非笑的眼神。

原来他在故意逗她！

苏桃瑜的一张脸红透了，她恼羞成怒地握着门把手就要让他滚，哪知手还没抬起来，叶彦之便低头在她的唇上印了一个很轻的吻。

他低笑一声，说道："再见。"

苏桃瑜和叶彦之合作的两个月后，苏老爷子拐弯抹角地让苏桃瑜去看他，像是又要给她物色相亲对象。

苏桃瑜这才想起自己和叶彦之的假关系还没告诉老爷子，于是，这天回老宅前，她给叶彦之打了个电话。

这会儿是上午七点半，苏桃瑜难得早起一回，却正好撞上叶彦之休息日睡懒觉，等了好半晌电话才被接起。

叶彦之用带着明显还没睡醒的不耐烦的语气对她道："今天休息，你这么早打电话干吗？"

苏桃瑜下意识地想发飙，但想到自己的确是打扰人家休息了，便把嘴边的话咽了回去，说："我哪儿知道你今天不早起啊？"

"昨晚就问你来不来我这儿，我今天不去公司，结果你说没空。"叶彦之嗓音嘶哑，听上去像是随时可能重新倒头睡过去，啧了一声，继续说道，"醒都醒了，你有什么事儿？"

苏桃瑜只顾着跟他贫嘴，这才想起正事儿来，说道："我待会儿要回趟老宅，估计是老爷子又动了让我相亲的心思了。之前我没跟老爷子说我们的事儿，打算今天就告诉他我在跟你交往，如果你爷爷问你，记得跟我配合。"

叶彦之被她这么一提醒，才想起自己似乎也还没跟家里的长辈说这件事情，之前说好的等几天，没想到一眨眼已经两个多月过去了。

"算了。"他从床上坐起来，揉揉额前的碎发，说，"你什么时候过去，很急吗？"

"也不是很急，我还没吃早饭，就是先跟你打电话说一声。"

他嗯了一声，对她道："给我半个小时的时间，我去接你。"

苏桃瑜听见这话的时候，正在烧水准备煮馄饨，俯身把包装袋撕开，闻言惊得差点儿失手把包装袋扔垃圾桶里。

"你来接我？"她将馄饨放到餐台上，觉得匪夷所思地说道，"来接我干吗，你不是嫌我吵你睡觉？"

"做戏总该做足，我跟你一起回去，省得你爷爷起疑心，对

547

我们两个都有好处。"

接着，苏桃瑜听到手机的听筒中传来窸窸窣窣的声响，大概是他下床的声音。

"噢，那也行。"苏桃瑜觉得他说得有道理，又突然想起什么，问他，"你在家吃早饭还是来我这儿吃？"

叶彦之没有立刻回答她，而是仔细地听了听她那边的背景音，确认道："你在做饭？"

"对啊，煮馄饨，可香了。"

叶彦之听她这炫耀似的语气，几乎以为馄饨是她亲手包的，不由得愣了愣，试探着问："是你自己做的？"

"叶总还没睡醒呢！"苏桃瑜嗤笑，好似听到一个笑话，"我煮的速食馄饨，你想得怪好。"

这个答案在叶彦之的意料之中。毕竟相处这段时间以来，他发现苏桃瑜是真懒，只要家里没食材，她宁愿天天吃外卖，也不愿意腾出半天的时间去采购。

两人并不是天天见面，都有各自的事情要忙，现在也没有同居，只不过是春风好几度的成人关系罢了。

叶彦之无声地叹息，也说不清楚那阵遗憾感从何而来，随口道了句："要是住近点儿就方便多了。"

苏桃瑜在电话那头顿住，思绪有些凌乱，也不知是不是厨房中升腾的热气所致，竟然觉得有些热。

这句话让人分不清是暗示还是其他，苏桃瑜也没打算去猜，而是直接问道："你、你什么意思啊，想跟我同居？"

开口竟然还结巴了一声，苏桃瑜简直想把自己的脸埋进锅里。

叶彦之不过是顺口说了方才的那句话，没想到苏桃瑜会这么问，不由得怔了怔，下意识地回她："怎么可能，我们什么关系，还谈同居？"

这话一出，苏桃瑜觉得自己好像又冷静下来了。

刚才那种奇奇怪怪的感觉瞬间消失殆尽，好像只是她的错觉，又像是有一桶水淅淅沥沥地洒过来，让她感到平静且冰冷。

苏桃瑜吐出一口气，强行压着让他滚的想法，心平气和地警告他："以后少开这种玩笑。"

叶彦之感觉她好像有点儿生气但好像又没有。他们两人终究隔着个手机，除了对方的语气变化，完全不知道别的信息，叶彦之并不能确认她的情绪好坏。

"我的错。"虽然不知道怎么回事儿，但他还是十分有眼力见儿地道了歉，"我错了！你给我留点儿馄饨，我稍后就到。"

苏桃瑜刚好把水烧开，闻言嗯了一声，没好气地说"赶紧的"，说完就把电话挂断。

挂完电话，苏桃瑜望着手机通话结束的页面，后知后觉地发现自己似乎太莫名其妙了。

就因为叶彦之的一句"我们什么关系"而生气，她怎么变成这样了？况且叶彦之的话也没错，他们的确就是单纯的合作关系而已。

偶尔的个人生活接触，并不代表彼此可以随意越界。

苏桃瑜觉得自己不对劲儿，对叶彦之有些过度上心了。

她想给沈岁知发信息，问问这是什么情况，但又想起这位姐们儿的脑回路比较清奇，最终还是作罢。

苏桃瑜放下手机，盯着沸腾的水面出神，半晌皱起眉头，把馄饨倒了进去，决定不再想这些乱七八糟的事情。

二十分钟后，门铃被按响。

苏桃瑜正坐在餐桌前，馄饨冒着热腾腾的白雾。

她起身走到玄关处开门，迎叶彦之进来后，抬手示意下鞋架，对他道："换好鞋过来吃饭，快点儿。"

叶彦之看了一眼餐桌上的两个碗，眉梢微扬，说道："你在等我一起吃？"

苏桃瑜用很奇怪的眼神看着他："你是来的路上被风吹傻了吗？馄饨刚盛出来，烫死了，我怎么吃？"

叶彦之对她的毒舌习以为常，将外套挂在衣架上，顺口提起自己的口味："没放香菜吧？"

苏桃瑜走向餐桌的步伐顿住。她回头问："你不吃香菜？"

叶彦之的脸色稍微变了变，他说："你放了？"

"这倒没有，我只放了虾米。香菜我打算放自己的碗里。"她摆摆手，果真去厨房捏了一小撮香菜，撒进她的碗里，"想不到你竟然还挑食。"

"我想这应该不算挑食。"叶彦之认真地纠正她，"香菜是辅料，本身争议就比较大。"

苏桃瑜没想到他会在这个话题上跟她展开讨论，险些被馄饨噎住。

"好吧，长知识了，谢谢您。"她给他一个白眼，说道，"赶紧吃，吃完跟我去应付老爷子。"

两人吃饭速度差不多。叶彦之稍微快些，但还是等她吃完后才一并收起碗筷去厨房清洗。

这是他们的习惯和默契，谁蹭饭谁刷碗，甚至不用出声提醒，这些事情他们也做得无比自然。

叶彦之将碗放进洗碗机，去水池洗手时，苏桃瑜凑过来问他："你开车来的吗？"

"难不成我打车？"

"还有，"他示意她挪远点儿，正色道，"你吃过香菜，先离我远一点儿。"

这是什么逻辑？她只是吃了香菜，他的所作所为好像在说她就是香菜！

苏桃瑜听到他这么说，突然来了兴致，故意把身子往前倾，将脸凑了过来。

她还晃晃脑袋，嘟着嘴巴说已经漱口了，现在整个人都是香的，还说他肯定是怕香菜怕出了幻觉。她瞧上去得意扬扬的，虽然也不知道在得意什么。

在那一瞬间，叶彦之的心里忽地涌起了一股难以言说的冲动。

他伸手扳住她的下颌，立刻就要低头亲下去。

电光石火间，苏桃瑜也不知道是哪儿来的反应能力，居然察觉到叶彦之的意图，大脑一片空白之下，竟然伸手捂住了叶彦之的嘴。

她的手背贴在唇上，他吻在她的掌心。

叶彦之顿住没动，仍旧维持原来的姿势。

"你——"苏桃瑜憋着一口气，脸颊莫名地发热，"你怎么又想偷亲我？"

叶彦之觉得心下微动，不是因为她的问题，而是因为发现自己竟然答不上来。

因为看她太可爱，他想要这么做，所以就做了。这个理由似乎太无厘头了。

他的眸中闪过暗色。他随后握住她的手腕，把她的手从两人之间挪开，却没有将两人之间的距离恢复到安全的距离。

"不可以吗？"他问她。

"为什么可以？"苏桃瑜把问题抛了回去，紧盯着他，"我们是那种关系啊，没事儿的时候你亲我是什么意思？"

她试图从他的眼中寻找自己想要看到的东西，也说不上来那是什么，就是执着于那份莫名其妙的期待，但是什么都没有。

叶彦之听到她的话后神色一动，随即轻笑出声，松开了她。

他们之间恢复到先前那种恰到好处的距离，并不疏远，但也绝对与亲密不沾边。

叶彦之说："也对，我们只是合作关系而已。"

两人抵达老宅的时候，苏老爷子正在院里喝茶，优哉游哉的，好不闲适。

看到熟悉的身影，苏老爷子便乐呵呵地招手，却在下一秒看清楚苏桃瑜身边的人时，愣在原地。

"之前忘了跟您说，您不用再给我物色相亲对象了。"苏桃瑜挽着叶彦之的臂弯，跟老爷子打了声招呼，"我今天把人带来，您可还满意？"

叶彦之的唇角噙着谦逊有礼的笑，令人如沐春风，他规规矩矩地唤道："爷爷。"

老爷子在惊喜之余又谨慎地问道："你们两个不会是联手诓我吧？"

苏桃瑜心想他老人家还挺难骗的，正要开口胡诌个由头把话题绕过去，就感觉手背覆上一抹温热，惊得蜷起手指。

叶彦之握着苏桃瑜的手，与她十指相扣，从容不迫地对老爷子笑道："爷爷，您可别这么说，我和小瑜像是那么虚伪的人吗？"

苏桃瑜看了一眼他们两人相握的手，心里想着可不就是嘛，那声"小瑜"又是几个意思，他何时这么亲热地叫过她？

叶彦之实在是懂如何讨老人家的喜欢，今天登门拜访，苏桃瑜全程就是个背景板。兴许是因为叶彦之的关系，她觉得今天应付老爷子的压力比她想象中小了许多。

苏桃瑜就坐在旁边，看着这个假孙女婿跟老爷子谈笑风生。好几次被问到他们感情方面的问题，他都能面不改色地用最佳的答案化解，苏桃瑜甚至有些怀疑他是不是提前背好稿子了。

叶彦之迅速地打消了老爷子的所有疑虑。两人留在老宅吃了饭，最后叶彦之与老爷子口头上约着有空两家人一起聚聚，算是彻底结束了这场会面。

终于回到车里，苏桃瑜整个人都放松下来，边脱外套边对叶彦之道："你戏演得不错啊，我快当真了。"

叶彦之看了她一眼，语气让人分不清楚是玩笑还是认真："那你要不要考虑跟我假戏真做？"

苏桃瑜愣住，心跳蓦地停了半拍，转头看向他，原本想说的话已经在嘴边了。然而，紧接着，她就听他淡声说道："逗你的，早说了不谈恋爱。"

苏桃瑜有那么一瞬间很想下车走人。

"噢，也是。"她深吸一口气，把头扭到旁边，盯着车窗外看，"对了，咱们两个的合作什么时候结束？"

叶彦之握着方向盘的手微微收紧，他正色问她："今天才刚刚开始，你就想着结束了？"

"话不能这么说，毕竟我们又不是多亲密的关系。"苏桃瑜撑着下巴，语气坦然地说道，"万一我遇见比你更合我眼缘的人呢，这也不好说，是吧？"

叶彦之轻蹙起眉，但也只是一瞬间，随即笑了，说道："也对，随你便。我之前就说过，不会关心你的个人生活。"

苏桃瑜得到预料中的回答，心情却并不明媚，反而阴沉沉的。而这份莫名其妙的阴沉从早上两人吃饭时便有了，实在奇怪。

她并不希望自己对叶彦之产生太复杂的感情，但事与愿违，好像还是沦陷了。

或许是这两个月以来两人的日常相处太安稳温馨，让她逐渐习惯生活中多出一个人的存在，这带给她一种"如果是在恋爱就好了"的错觉。

她闭上眼睛，皱紧眉头揉了揉太阳穴，半晌开口道："我今晚有事儿，改天再一起吧。"

叶彦之下意识地问："你去做什么？"

"这是我的个人生活啊。"苏桃瑜看着他，"你关心吗？"

叶彦之被她的这句话噎住，也不知是什么缘由，心头莫名地有火气冒上来，轻笑一声，语气凉凉地说："不好意思，随便问问。"

这架吵得莫名其妙，回程的路上两人都没有说话。将苏桃瑜送回公寓后，叶彦之便径直开车离开。

苏桃瑜也没留他，满心是别扭的恼火，到家后把包扔到沙发上，抱着抱枕捶了好半晌。

她现在也搞不懂自己的心思了。叶彦之到底有哪儿值得她上心，她怕不是被猪油蒙了心？

苏桃瑜越想越气，不想再跟自己过不去，便打起精神，去直播间跟粉丝聊天。

原本只是想消遣时间放松放松，起先的聊天话题也比较日常，可后来有人带了节奏，评论区的画风便也跟着变了。

"Peach，今天怎么没看见那位身材特好的漂亮哥哥啊？他不来当背景板了吗？"

"对哦，今天没看到背景板小哥啊，他是去上班了吗？"

"上次的录屏截图我还留着，不少人说小哥哥的轮廓跟叶彦之有点儿像，不过可惜没看到脸，也不知道真的假的。"

"假的吧，就一个上半身，最多是露出下颌了，这怎么能看出来啊？"

苏桃瑜又看到那个让她头疼的名字，强忍着翻白眼的冲动，解释道："之前跟你们说是朋友，你们都不信，要是有男朋友，我肯定第一时间公开的呀！"

"那你们可能还在暧昧的阶段啊！Peach你不要跟我们玩儿文字游戏！"

"对对对，Peach，你今天的情绪低落得太明显了，你不会是跟他吵架了吧？"

"我也看出来了。我们桃子不高兴的时候，眼睛里都没光彩了，那男人做什么了？"

"网友的力量是强大的，恋爱咨询也成，你要不跟我们说说？"

苏桃瑜看着粉丝们的评论，不由得皱眉摸了摸脸，她心情不好真的这么明显？她怎么没看出来？

"真没事儿，"她叹了口气，继续说道，"就是人际关系上的一些小问题而已。好了好了，不提不开心的事情。"

苏桃瑜将这个话题绕过去后，又挑了几个日常的问题聊了一会儿，便匆匆地结束了直播。

此刻的苏桃瑜并没有释然的感觉，心里好像更不舒服了。

苏桃瑜思来想去，觉得与其自己在这儿纠结，还不如动用群众的力量，比如沈岁知。

她拿起电话给沈岁知拨了过去。好在沈岁知这个大忙人终于有空闲，两人约了晚上一起去 YS 坐会儿。

当天晚上，苏桃瑜就为什么会对叶彦之产生好感这个问题，与沈岁知展开了深刻的讨论。

苏桃瑜对沈岁知正色道："虽然我说过我要找真爱，但我觉得我现在是错觉，你来打醒我。"

沈岁知说："你可能是日久生情了，各方面上的。"

苏桃瑜被噎住，忍不住气得翻白眼："认真地说，我觉得不行！"

"喜欢就是喜欢，这不是你跟我说的？"沈岁知用恨铁不成钢的眼神打量她，单手撑着脸颊，"你有勇气说，放自己身上就没勇气做了？"

苏桃瑜哑口无言，如今想来好像的确也是这么回事儿。之前她给沈岁知恋爱建议的时候头头是道，现在轮到自己的感情，这滋味还真是不好受。

"那也是因为我看出来你跟晏楚和互相喜欢。"苏桃瑜端起酒杯喝了几口酒，说道，"我跟叶彦之一开始走的就是歪路，有什么办法？"

沈岁知无言以对地盯了她好半晌，才叹息道："你们两个怎么跟小孩儿似的，谁先开口谁就输？"

苏桃瑜没承认也没否认，借酒消愁似的把酒一饮而尽，又重新点了一杯继续喝。

沈岁知也不劝她，眼珠骨碌碌地转了转，脑中灵光乍现，稍微侧了侧身子，偷偷摸摸地拿出手机。

怕接收微信消息不及时，她特意点开短信的界面，迅速给晏楚和编辑了一条消息发过去："晏老板，要不要当红娘？你快去告诉叶彦之，苏桃瑜正在 YS 喝酒！"

短信刚发出去就收到了回复，沈岁知正震惊于晏楚和的办事儿效率，结果点进去赫然看到几个字："所以，你也在那儿？"

沈岁知有种做坏事儿被抓包的感觉。没想到好心助攻反而把自己坑进去了，装作什么都不知道，她给晏楚和回过去一条写满了"哈哈哈"的信息，随后收起手机打算趁机跑路。

几杯酒下肚，苏桃瑜已经喝成微醺状态。她的酒量算不得好，但好在她饮酒有度，所以从未想过自己竟然会有这么想喝醉的一天，还是为了一个男的。

苏桃瑜觉得自己简直不可理喻，按理说这种小女生的行为不会出现在她身上，但真到了这种时候，会这么想好像也是情理之中。

突然，有只手伸了过来，拿走她手里的酒杯。

沈岁知侧目扫过去一眼，看到对方是谁后，不由得微微睁大眼睛，心道待会儿有好戏看了。

苏桃瑜的反应有些迟钝。她坐在椅了上蒙了一会儿，这才抬起头来，正对上来人一双澄净平淡的眼睛。

徐司齐。

苏桃瑜并没有醉，只是脸上泛起红晕，她的眼睛被衬得晶亮，整个人看上去格外动人。

徐司齐看着她这副模样轻蹙了蹙眉，自从上次意外地撞破苏桃瑜和叶彦之的事情后，两个人在日常生活中基本是零互动。毕竟平城这么大，他们想要偶遇也不是很容易。

他们明明谁都没有躲，但就是碰不到，也不知该说是巧合还是真的没有缘分。

"苏桃瑜。"他看着她，问，"你喜欢上叶彦之了？"

"你跟沈岁知怎么那么顺利？"叶彦之抽了口烟，已经不知道这是第几次问出这个让他纠结许久的问题，"我的情商比你低吗？

也没有吧。"

晏楚和正垂着眼帘在手机上打字，闻言微抬眉梢，眼神看起来意味深长。

叶彦之被他的眼神看得有些发毛，指了指自己，问道："真的是我的问题？"

"有误会就说开，不要把你在工作上以退为进的习惯带到感情中来。"晏楚和将信息发送出去，对他淡声说道，"这些事情还需要我教你？"

"我跟她没那么容易说开。"叶彦之又想抽烟，摸了摸烟盒，但看见晏楚和无波无澜的目光还是放弃了，"毕竟起点都不是正的，而且她还经常提醒我跟她之间只是合作的关系而已。"

晏楚和对于牵线搭桥这种事情并不是很感兴趣，如果不是沈岁知发短信让他一起做红娘，他不会讨论这些私人的事情。

他捏了捏眉骨，对叶彦之道："你的重点不对。"

叶彦之满脸郁闷，疑惑地问道："什么重点？"

"她的提醒不一定是主观的，"晏楚和一语中的，"但你的自我暗示是主观的。"

叶彦之顿了顿，琢磨了几秒钟，有点儿恍然大悟的感觉。

虽然苏桃瑜时不时地强调他们之间的关系，但更多的还是他给自己的暗示比较多。现在的情况就像是他处在一个舒适圈内，而没有想过去做那个率先走出去的人。

他一脸真挚地再次问道："晏楚和，你真是第一次谈恋爱？"

晏楚和没理他，径直把刚才沈岁知发来的消息转述给她："苏桃瑜在 YS，你现在去还来得及。"

叶彦之挑眉，道了声"谢谢"就拎起外套往门外走，可是没走出去几步，又像突然想起什么来，回头看向晏楚和。

"是沈岁知告诉你的？"他问。

晏楚和以为他是要确认消息的真实性，便颔首道："是。"

"那沈岁知不应该也在 YS 吗？"叶彦之疑惑地看着他，"这么晚了，你就放心她在那儿？"

晏楚和示意手中的手机，从容不迫地说道："在我回复她消息的时候，她应该就已经计划跑路了。"

沈岁知只说了苏桃瑜在 YS，并没有说苏桃瑜具体在哪儿。叶彦之开车来到 YS，望着人头攒动的内场，不禁眉头紧蹙。

他不想浪费时间，索性拿出手机给苏桃瑜拨过去一通电话。

几秒钟后，电话被接通。

叶彦之开门见山，一句废话都没有，说道："你在哪个位置？"不是"你在哪儿"，而是"你在哪个位置"，也就是说他们现在在同一个地方。

因为这个问题的信息含量有点儿大，苏桃瑜迟疑片刻才反问他："你在 YS？"

"是。"他说，"告诉我你的位置，我去找你。"

苏桃瑜听着他认真的语气，不由得愣住，赌气的话一句也说不出来："你找我干吗？"

叶彦之稍作停顿，才道："我觉得我们需要谈谈。"

苏桃瑜总觉得事情没那么简单，继续问："你想谈什么？"

他以前怎么不知道她有这么多为什么，难不成这么重要的事情非要在电话里说？

叶彦之叹了口气，正要开口，却在下一瞬莫地僵在原地。

他看到在他前方不远处的吧台前，苏桃瑜就在那里，她穿着连帽卫衣，正背对着他坐在座椅上。

她的旁边还有一个人，起初叶彦之以为是沈岁知，但定睛一看，对方显然是一名男性。

灯光一晃，叶彦之握着手机的手指倏然收紧，他看清楚了那个人是谁。

徐司齐。

叶彦之蹙起眉头，不再理会尚且没有挂断的电话，径直拨开人群朝着那边走去。有人语气不耐烦地让他看路，他恍若未闻。他紧抿嘴唇，因为情绪紧张，咬紧了后槽牙，下颌线冷锐而锋利。

苏桃瑜和徐司齐坐得很近，甚至可以说是肩并着肩。在朦胧迷离的灯光下，他甚至以为苏桃瑜已经靠在徐司齐的肩头上了，实在是觉得刺眼。

短短的一瞬间，叶彦之在内心中想过无数种可能。他虽然看出了徐司齐对苏桃瑜的心思，却因为苏桃瑜的一句"我把他当弟弟"而放心，怎么就忘了这个人也是潜在的隐患？

他本来就是后来者。在认清楚这个事实后，他慌了。

"喂，你怎么不说话？"

苏桃瑜还在纳闷地问着电话那端的叶彦之，然而听筒内除了相同的背景音，再也听不到说话声。

徐司齐感受到背上落了一道炙热的目光，微微顿住，却没有回头，而是伸手握住苏桃瑜的手腕。

苏桃瑜正觉得诧异，就听徐司齐迅速地问她："叶彦之是不是在这里？"

"对，怎……"

她的问题还没问出口，徐司齐便突然伸手揽上她的肩膀，俯身凑了过来，两人之间的距离瞬间被缩短。

徐司齐附在她耳边轻声地说："他过来了。"

苏桃瑜没明白这一系列事情是怎么发生的，也没来得及挣开他的手。

电光石火间，徐司齐侧首朝叶彦之这边投来一眼。苏桃瑜背对着他，并不知道他看到了什么。

然后，她的手臂被人倏地握住，一股不容置喙的力道将她从位置上拉扯下来，她甚至被拉得跟跄了两步。

徐司齐并不觉得意外，挑挑眉，默不作声。

苏桃瑜被人粗暴地抓住手臂，正恼火着打算质问对方，然而抬起头来，看到的却是叶彦之愠怒的脸。

559

"叶彦之？"她有些惊讶，下意识地想问他是怎么找到这儿来的。但对上他冷冰冰的视线，苏桃瑜也充满气愤。

难不成他来找她就是为了甩脸子给她看的？

"你松手！"苏桃瑜恼怒地掰开他的手，冷声说道，"叶彦之，你听到没有，给我松手！"

男人的力气很大，两人力量悬殊，苏桃瑜的反抗根本无关痛痒，而叶彦之正处于愤怒当中，全然顾不得其他。

他看到她和其他男人这样亲密，尽管理智告诉他要先搞清楚前因后果，但感情却占据上风。

叶彦之想问她为什么这么晚还在 YS 和徐司齐喝酒，却又想起苏桃瑜之前说过他们两人互不干涉，于是心中的怒火更盛，再也做不到冷静自持。

周围的环境太过嘈杂，来来往往的人很多，这并不是个适合交谈的地方。

叶彦之紧皱眉头，不由分说地将苏桃瑜揽住，带着她离开这片鱼龙混杂之地。

沈岁知目送两位主角渐行渐远，想着自己的任务已经完成，剩下的事情就交给他们自己处理了。她从吧台的另一端走过来，端着酒杯坐到徐司齐的身边，打量他几眼。

徐司齐面色如常地跟她打了声招呼："沈姐。"

沈岁知不会安慰人，只是打心底觉得这小孩儿厉害，拍拍他的肩膀，说道："你倒是想得开，就这么让人走了？"

徐司齐只是笑了笑，手指摩挲着酒杯，说道："如果叶彦之对她不好，或者不喜欢她，我绝对不会让她走。"

但恰恰相反，同为男人，他能够看出叶彦之有多喜欢苏桃瑜。

刚才的试探，叶彦之并没有让他失望，还好。

"行了，"沈岁知抿了抿酒，对他说，"你大学还没毕业，以后的时间长着呢，一辈子不会只遇到这么一个人的。"

她把这话说得有种老气横秋的感觉，实在让人觉得古怪。但不得不说，这话让徐司齐原本沉重的心情不由得轻松了些许。

"我明白。"他笑着说，"话说沈姐，你也没比我大几岁，不用这样说话。"

"这不是看你小子孤单失落嘛。"沈岁知耸耸肩，徐徐地喝着酒，"我没想到你会这么快就释怀了。"

"她如果能喜欢我，早就喜欢了。"

徐司齐盯着桌面沉默片刻，眼底闪过几分落寞："其实我前段时间就想通了，今天只是想亲口告诉她。"

沈岁知静静地听着，事实上，安慰在这种时候也没什么用。

"对了，沈姐，"徐司齐像是突然想起什么，侧首看向她，"你刚才发短信给晏楚和，不也就暴露你自己的位置了吗？"

"是啊，"她点点头，"怎么了？"

"他应该不喜欢你来这里吧，你还不赶紧回去？"

沈岁知哑然失笑，乐呵呵地把酒喝完，得意地说道："他肯定以为我会自觉地回家，所以不会过来找我。这叫反侦查，你不懂。"

话音刚落，她身后便传来一个平淡低沉的男声："我的确不懂。"

沈岁知大惊失色，没想到晏楚和会来这里找她。

徐司齐回头看一眼不知什么时候来的晏楚和，自觉地站起身来让出座位。

"叶彦之，你给我放手！"

苏桃瑜被叶彦之连推带拉地带离 YS，她的反抗通通无效，现在已经被塞进了车里。她十分恼火，冲叶彦之怒道："你干吗啊？"

叶彦之坐进驾驶座，锁住车门，面上的神色稍霁。

"这么晚了，你跟徐司齐在 YS 喝酒？"

"你是以什么身份问我的？"苏桃瑜的犟脾气也上来了，她想都没想就说道，"你自己还没想清楚就来找我？"

叶彦之只觉得怒火中烧，觉得理智似乎在被他一点儿一点儿地抹去。

他怒极反笑，问道："所以呢，你现在是觉得腻了，想扔下我找徐司齐？"

苏桃瑜的神情冷了下来。她不想多谈，也不想因为这事儿跟他吵架，只说："开门，我要下车。"

叶彦之以为她要回去找徐司齐，蹙起眉头，当即从驾驶座上俯身过去，狠狠地吻住了她。

苏桃瑜睁大眼睛，随后反应过来，嘴上稍稍用力，竟咬了他一口。但即便如此，叶彦之依然没有松开她。

他们与其说是在接吻，倒不如说是在打架。

苏桃瑜怒气冲天，莫名其妙被他从酒吧里拽出来不说，还要应对朝她发火的叶彦之，天知道她有多委屈。

叶彦之吻得越凶，她回应得也越凶。她拒绝配合，奋力地推拒着他，又是推他的胸膛，又是捶他的肩膀，然而男人就是岿然不动。

一瞬间，近期所有的烦闷与不安都涌上心头，对叶彦之的犹豫不决，对现状的束手无策，以及自己疲倦的精神状态，所有乱七八糟的情绪都在此时翻涌而来。苏桃瑜倏然发力，猛地将叶彦之推开。

叶彦之觉得嘴有些痛，用指尖蹭了一下，一片鲜红，是苏桃瑜刚才咬的。

之前无暇顾及其他，现在渐渐恢复清醒，他才发觉苏桃瑜咬得很用力。

他蹙眉看向苏桃瑜，正要开口说话，苏桃瑜却看着他眨了眨眼睛。

然后，没有一点儿征兆地，她的眼泪像断了线的珠子，扑簌簌地往下掉。苏桃瑜自己也愣住了，赶紧伸手去抹，但泪水还是止不住。

她哭得无声无息，连委屈都是压着的。叶彦之不由得愣住，没想到她会这样哭，当即手足无措起来。

他拿出纸巾去帮她擦拭眼泪，动作有些犹疑，像是小心翼翼地想触碰，却又不敢触碰。

苏桃瑜抿紧嘴巴，不想让哽咽声泄露出来，胡乱地拨开叶彦之的手，不愿意让他靠近。

叶彦之有些慌神，方才那些怒意通通被她的眼泪冲散，轻声地哄道："对不起，我不该对你那么凶，你不要哭……"

"你知不知道你很莫名其妙啊？！"苏桃瑜怒目而视，一双眼里满是泪水，透出的恼火都是委屈的，"突然打电话找我，问完我位置人就不说话了，紧接着就出现强行把我带走，还不经我允许亲我，你有病啊？！"

她把刚才发生的事情一桩桩、一件件地摆在他的眼前，叶彦之才后知后觉地发现自己有多不可理喻，这完全是把对自己的愤怒转移到了她的身上。

"对不起。"叶彦之有些懊恼地道歉，略微低下头，说道，"我看到你和徐司齐那么亲密……没控制住自己。"

苏桃瑜吸了吸鼻子，突然抓住了重点，问他："那你生什么气？为什么？"

叶彦之欲言又止。从小到大他还没有过这种进退两难的时候，总觉得自己有很多话想说，却又不知从何说起。

苏桃瑜一直没等到他的回答，便缓缓地吐出一口气，语气冷淡地对他道："开车门，我要走了。"

叶彦之忽然握住她的手腕，哑声开口道："因为我怕你和别人谈恋爱。"

周围的空气瞬间变得很安静，苏桃瑜整个人仿佛被按了静止按钮，不动弹，也不出声。

她现在满脑子都是叶彦之刚才说的那句话，乱极了。她一时间有些措手不及，甚至在琢磨这句话的意思是不是她理解的那样。

叶彦之是在吃醋？他害怕她和别人恋爱？

其实在他们的日常相处中，苏桃瑜偶尔也会想到，要是他们能真正地谈一场恋爱就好了，如果他们真是情侣，这样的生活就太美好了。

她是最近才看清自己对叶彦之的感情，正在纠结该怎么处理这段关系的时候，叶彦之竟然主动把窗户纸捅破了。

眼下事情的发展超出她的预料，此刻脑中乱糟糟的，她没办法理清头绪。

苏桃瑜僵着身子，怔怔地看向叶彦之，甚至忘记刚才自己还用力地甩开他的手。

"我喜欢你。"他用带着些许犹豫不决的语气继续说道，"苏桃瑜，你能不能考虑一下……和我假戏真做？"

苏桃瑜觉得脑子发蒙，很想说些什么，但从未想过现在这个结果，自然一时不知该怎么回应。

她没想到叶彦之竟然真的会说出来"喜欢"二字，更没想到事情会发生在这种尴尬的时候。他们刚刚大吵了一架，他强吻她，她推开他，她还哭得一塌糊涂……

苏桃瑜觉得这应该是史上最让人尴尬的表白现场了。

叶彦之等了半晌也没等来一个回答。他抿紧了唇，心中分明紧张到了极点，面上还在尽量地摆出从容认真的模样。

"你之前在电话里说想找我谈谈，就是这件事儿？"苏桃瑜沉默片刻，突然出声问他。

叶彦之索性直接说明，坦然地承认道："是，我想说的是我要跟你谈恋爱。"

他猛然这么直白起来。苏桃瑜感到脸颊有些发烫，闷闷地噢了声，然后不声不响地把他的手从自己的手腕上挪开，说："我知道了。"

说完这四个字，她没再说话，也没像刚才那样激动地想要下车走人。车内陷入了诡异的寂静。

最终还是叶彦之打破沉默，率先开口问她："所以，你的答案呢？"

"表白的人是你，还不给我一点儿考虑的时间吗？"苏桃瑜没好气地回他，语气十分不客气地说，"你莫名其妙生气的事情我还没跟你算账。你以为道个歉就能揭过去了？"

叶彦之自知理亏，但还是尝试着为自己辩驳了一句："我是一时冲动。你当时和徐司齐靠得太近了，我……"

"我已经跟你说了，我把他当弟弟！"苏桃瑜觉得更加来气，"你连解释都不听，什么情况都没了解就把我带走，在搞什么啊？我今晚已经跟他说明白了，他也知道我喜欢……"

"你"那个字还没说出来，苏桃瑜就看到叶彦之的眼睛亮了起来，于是，她倏然收声，没再继续说。

叶彦之虽然没有听到她接下来的话，但心中已经十分肯定，她的答案是他期望的。他弯起唇角，故意笑着问："他知道你喜欢谁？"

"他知道我喜欢喝酒，所以就请我喝酒。"苏桃瑜瞪他一眼，胡诌一句话搪塞过去，就是不想说出喜欢他这句话，"反正徐司齐是你臆想的情敌，你还在那儿跟我生气！"

叶彦之指了指自己负伤的嘴巴，说道："你咬回来了啊。"

苏桃瑜直接。过去"活该"两个字，气哼哼地系好安全带，吩咐他："开车送我回家。"

叶彦之还是不死心，又追问了一句："那你什么时候给我答复？"

她看了他一眼："这个要看你的诚意。"

叶彦之颔首表示同意，在送她回家的路上，又得寸进尺地问她："待会儿能请我上去坐坐吗？"

苏桃瑜觉得匪夷所思，看向他，因为分不清楚他说的是"坐"还是"做"，于是谨慎地拒绝了。

叶彦之有些遗憾地垂下眼帘，轻叹了口气，语气失落地说道：

“好吧，那我明早来找你。”

苏桃瑜纳闷地问道："找我干吗？"

"我给你当免费的私厨，照顾你的一日三餐，还有每天早中晚三次问候，没事儿还开车带你出去玩儿，这样诚意够吗？"

苏桃瑜心动了，毕竟叶彦之口中的这种生活是她想要的。但她没有表现出那份期待来，只是嗯了一声，淡淡地说道："听着还不错，就看你怎么做了。"

车缓缓地停下，他们已经到了苏桃瑜的公寓楼下。

叶彦之打开车门锁，斟酌片刻，唤她："苏桃瑜。"

苏桃瑜刚准备解开安全带，闻言停住动作，疑惑地抬首："怎么了？"

"还有一件事儿。"他松开身上的安全带，俯身稍微靠近她，眉眼含着温柔的笑，"在追求的过程中，我可以亲你吗？"

苏桃瑜愣住，脸色瞬间羞红，烧得她不知所措。

"我……你……"她受不了叶彦之这么温柔的模样，紧张得甚至有些结巴。

语言似乎无法很好地表达她的想法，她索性伸手捧住叶彦之的脸，闭上眼睛直接吻了上去，用行动告诉他"可以"。

叶彦之微微一怔，随即低笑出声。

苏桃瑜本想亲完就撤，哪知叶彦之却不肯。他抚摸她的后颈处，指尖似有若无地摩挲着，悄无声息地加重力道。

苏桃瑜的睫羽颤了颤，她最终没有推开他。她偷偷地睁开眼睛，看到叶彦之的双眼微合，他正动情地吻着她，眉眼间尽是绵绵的情意。

她能看见他笔挺的鼻梁和深邃的眼窝，像起伏的山峦。待一吻结束，他睁开眼，稍稍拉开两人之间的距离。

彼此的视线相接，她看到男人的眼里有一种很柔软很温和的情愫在流动，完完全全地袒露在她的面前，不加掩饰，热烈而直白。

他们离得很近，呼吸交织在一起，气氛却不是暧昧的，而是静谧的平和安稳。

苏桃瑜这才反应过来发生了什么，望着叶彦之似笑非笑的神情，倏地气血上涌，脸色红透。她慌乱地拉开车门，想也没想就打算下车走人。

下一秒，她惊叫一声，因为身体被一股力道狠狠地拽了回去。

直到被迫坐回副驾驶座，苏桃瑜才尴尬地发现，安全带还没被解开。

叶彦之看了她两秒钟，最终还是没忍住，偏过脑袋笑出声来。他边笑边替她解安全带，说道："不好意思，没忍住。"

自从那天叶彦之挑明心意后，两人才算是真正地进入恋爱期。

虽说两个人的故事开始得有些不太像话，但好歹后期曲线救国成功，他们姑且算是认认真真地谈起了恋爱。

苏桃瑜长这么大还没谈过恋爱，顶多就是学生时代跟风喜欢学校里某个长得好看的男生，结果因为对方突然向自己表白，就把人家拉黑了。

她有点儿怀疑叶彦之，也有点儿自我怀疑。毕竟两个人是第一回谈恋爱，谁也没有经验，一切是摸索着来。

叶彦之对于谈恋爱这种事情倒是成长迅速。

当初说好的免费私厨、每天早中晚三次问候、还有开车带苏桃瑜出去玩儿，他每样都说到做到，绝不敷衍。

两个人现在的相处模式就跟学生谈恋爱似的，他们隔三岔五出去游玩，有时甚至纯情到牵个手都要害羞脸热。他们约会的地点也不是情侣们爱去的电影院和商场，叶彦之更愿意陪苏桃瑜去做她喜欢的飙车、看展这些事情。

好感度也是从这些日常的琐碎中积累起来的，在叶彦之的软磨硬泡下，苏桃瑜终于放弃抵抗，给了他自己家门的备用钥匙，而叶彦之礼尚往来，也交出了自己家的钥匙。

苏桃瑜觉得自己太好拿下了，叶彦之才追了她一个星期，已经忍不住要答应他了。

某日，苏桃瑜把沈岁知请到家里，两人就感情问题展开讨论。

至于为什么是在家里而不是 YS，她们俩心知肚明，谁都没有提起那天的事儿。

苏桃瑜先开口，一脸认真地说："我太没出息了！"

沈岁知正戴着手套吃炸鸡，嫌弃似的看她一眼："瞎别扭。"

苏桃瑜辩驳道："这不是情况不一样嘛，喜欢就在一起的这个法子只适用于你们这种双向暗恋且轨迹正常的，好吧！"

"是是是。"沈岁知咬了一口鸡腿，"我跟晏楚和是双向暗恋，你和叶彦之难道不是？"

苏桃瑜瞬间陷入沉默。

论嘴炮果然还是沈岁知最强。苏桃瑜放弃了，边吃着炸鸡边说："我觉得也是。一个星期差不多了吧，我觉得他的表现挺好的，可以答应了。"

沈岁知十分无语地盯着对面的苏桃瑜："你们在一起只是早晚的事儿。"

过了片刻，她又补充道："再说了，除了你们两个，所有人都知道你们在一起了。"

苏桃瑜再次哑口无言。

苏桃瑜心虚地移开视线："这么明显吗？"

沈岁知送给她一个白眼之后便专注于吃炸鸡。

离开之前，沈岁知对她说："赶紧的吧，看看咱俩谁先结婚。"

苏桃瑜觉得这是自家的姐妹故意给自己一个台阶下，毕竟这样就又多了一个说服自己赶紧确认恋爱关系的理由。

苏桃瑜家里没什么吃的，当天晚上，她决定去叶彦之家蹭饭。

苏桃瑜拿出钥匙，打算直接开门进去。她隐约听到抽油烟机运作的声响，想象着屋里满是生活的气息。

招惹 下册

苏桃瑜站在门口没有立马进去，思绪悄悄地飘到了远处：如果以后每天她回到家都是这样的场景，虽然平淡了些，但其实真的很不错。

叶彦之特意为她准备了拖鞋，她换好鞋后，便脱了外套走向厨房，果然看到叶彦之正在餐台前忙碌。

苏桃瑜扒着门框，往里面探脑袋，故作真诚地问："需要我帮忙吗？"

她很少下厨，厨艺自然一般，叶彦之知道她这么问只是例行公事地客气客气罢了。一般情况下，他也不会让她帮忙，毕竟她只会越帮越忙。

叶彦之先前听到开门声就知道是她来了，听她这么问，思索片刻，说："需要，当然需要！"

苏桃瑜没想到他会这么说，当即就要往客厅躲。叶彦之却朝她招招手："过来，一个小忙，很简单。"

苏桃瑜毕生难忘之前切菜切到手的事情，那简直成了她的心理阴影。她倔强地说道："我不行，还是算了吧。"

叶彦之无奈地唤她："苏桃瑜！"

她没动弹。

他再次开口："宝宝——"

"行行行，你别腻歪！"苏桃瑜瞬间冲进厨房，羞得耳朵通红，"我帮你行了吧，帮什么忙？"

叶彦之正切着青菜，闻言不禁笑了一声，调侃地说道："你怎么还因为这害羞？"

苏桃瑜没好气地说："谁、谁、谁害羞了？不就是个称呼吗，你看我冏了吗？"

叶彦之慢条斯理地跟她辩论："你害羞的时候就会紧张，一紧张就结巴。"

"那是你的错觉。"苏桃瑜揉了揉脸，赶紧把脸上的热度散干净，这才靠了过去，"说正事儿，你要让我帮忙做什么啊？"

叶彦之侧目看了她一眼："你过来。"

苏桃瑜挪过去一步。

叶彦之手上的动作没停，他说："再近点儿，我又不会吃了你。"

苏桃瑜不知道他要给自己什么任务，听话地往他那边挪了挪。叶彦之微微侧首，正好在她的脸颊上印了一个吻。

随后，他满意地望着脸红透的苏桃瑜，说道："好了，帮完了，你可以去玩儿了。"

苏桃瑜感觉自己被他套路了，在原地自我"燃烧"了好半晌，才倏地退出去好几步，说道："你、你、你的脸皮怎么这么厚？"

厚脸皮的男人不置可否，只是笑了笑，看着她说："看吧，你又结巴了。"

"我就是结巴，结巴怎么了？！"她又羞又气，边嚷嚷边往客厅跑，决定远离这个满肚子坏水的男人，"你赶紧做饭！"

叶彦之被她有趣的反应逗笑了，应了声"好"，当真没再调侃她。

苏桃瑜回到客厅坐在沙发上，脸色烫得不得了，第一次恨自己的脸皮薄，装老练都装不出来，叶彦之一撩她就炸毛。

她无聊地翻着手机，突然备忘录的提醒弹出来，提醒她今晚八点要去微博开直播。

苏桃瑜这才想起前几天答应粉丝在直播间跟她们聊聊天，直播的时间刚好是今天。

近来太忙，她忘记了还有直播这件事情，待吃完饭回家再开播就太晚了，便决定在叶彦之的家里直播。

好在今天的直播内容只是聊日常，苏桃瑜放下心来，安心地等着吃饭。

饭桌上，苏桃瑜跟叶彦之提了直播的事情，这回叶彦之没有做出任何保证。事实上，她也没指望他做保证，毕竟叶彦之总有各种方法来捣乱，无所不用其极。

到时间后，苏桃瑜直接倚在沙发上，点出微博开始直播。她调整好设置后，便跟粉丝们打了声招呼。

　　"桃子是搬家了吗？怎么背景不一样了，还是重新装修了？"

　　"咦，真的啊，装修的风格都不一样了。Peach没在自己的家里？"

　　"是男朋友吗？！是男朋友吗？！"

　　苏桃瑜偷偷摸摸地看了一眼对面正拿着笔记本电脑办公的叶彦之，对粉丝说道："我今晚来朋友家吃饭，因为快到直播的时间了，就干脆在这儿直播了。"

　　"嗯，朋友……是朋友，真的，骗你们干吗？"她面不改色地说道。

　　然而，她的话音刚落，叶彦之就合上笔记本电脑站起身来，朝她的位置走了过来。

　　苏桃瑜惊得瞬间往后缩，疯狂地用眼神示意他别过来。然而，叶彦之直接略过她的眼神，径直走过来，单手撑住沙发的靠背，俯身亲了她一口。

　　在直播间里的众多观众面前，他亲了她一口，并且露了脸。

　　叶彦之亲完就撤，不紧不慢地回到原位，好整以暇地看着她。

　　独自留在镜头前的苏桃瑜已然风中凌乱，捂着嘴瞠目结舌，好久才缓过神来，狠狠地瞪了他一眼。

　　因为叶彦之在镜头前的举动，直播间早就炸了锅。此时直播刚刚开始，很多人还在陆陆续续地进入直播间，面对评论区清一色的问号和感叹号，刚进来的观众纷纷表示十分茫然。

　　"桃子！桃子！你果然养男人了！"

　　"不不不，刚才那张脸我截图了，叶彦之吧，是吧？！"

　　"有钱人的恋爱真好啊，呜呜呜，大半夜为什么给我看这种东西啊。"

　　苏桃瑜边在心里疯狂地辱骂叶彦之，边在这边偷偷地脸红心跳。她稀里糊涂地结束这场直播后，发现自己和叶彦之的名字已经挂在热搜上了。

叶彦之刷着话题热搜，倒是悠闲得很："不来看看吗？可能等会儿就升到第一名了。"

苏桃瑜白他一眼，说道："不看，你爱看自己看。"

叶彦之真就自己看了。当然，他并不真的满足于独自看，还顺带给苏桃瑜转播道："他们在讨论我究竟是不是你的男朋友。"

苏桃瑜顿住没吭声，只是不大自然地揉了揉滚烫的脸颊。

叶彦之没等到答案，便往她那边坐过去，问："是不是啊？"

苏桃瑜想往旁边躲，叶彦之却根本不给她机会，他径直伸手搂住她，牢牢地将她按在怀里，仿佛她今天不给个答案就别想跑。

苏桃瑜躲着他的目光，随口应他："看你怎么理解吧。"

叶彦之明显不满意这个敷衍的回答，侧过脸捕捉到她的视线，不放弃地再次正色问道："所以，我到底是不是你的男朋友？"

苏桃瑜仍旧没说话，觉得此刻的叶彦之像是一个得不到心爱礼物的小朋友，忍不住笑了一声。

叶彦之的面上难得浮现一丝不好意思的意味，他说道："你笑什么啊？"

"笑你有趣。"苏桃瑜说着弯起唇角，忽然撑住他的肩膀，翻身跨坐到他的腿上。

叶彦之还未做什么，她已经勾住他的脖颈吻了上去。他先是怔住，随后低笑，转守为攻，加深了这个吻。

情到深处，她依在他的耳边，轻声说："未来请多指教，男朋友。"

番外五

戒烟记

　　沈岁知似乎戒烟失败了。至少她是这样认为的。

　　她在改掉坏习惯这方面还是很认真坚定的，平时她想抽烟的时候都会直接拿薄荷糖转移注意力，偶尔晏楚和在身边，也会把他当替补的对象。

　　只有在某些特殊的时期，沈岁知总是忍不住这个坏习惯。

　　她把烟盒跟打火机当成一次性用品，不管有没有用完都会直接扔掉，然后再骑车在外面吹好久的风，直到风把身上的烟草味道彻底地冲散殆尽，才敢放心回家。毕竟晏楚和回到家中的第一件事儿就是迎接朝他飞奔而来的自己，她并不希望他在抱住她的时候闻到不喜欢的味道。

　　事实上，沈岁知想要好好地遵守与晏楚和的每个约定，想要把自己变得越来越好。可是个别时候，她仍旧不能很好地控制自己。

　　这个"个别时候"，就是清明节。

　　沈岁知把平安扣交给了晏楚和。她其实是想把它放到宋毓涵墓碑前的，但觉得自己似乎还没有那个勇气前去探望。她知道宋毓涵在那里，可她一次都没有去过。

沈岁知总觉得自己在麻痹，想拖一段时间，但没想到这"一段时间"会这么短。

她站在家里的阳台上能够看到东面那条通往街区的小巷子。那里连接着一个小型的十字路口，附近人迹罕至，清明节那天会有人在那儿点火烧纸。

那片地区似乎也是城市管理员默认许可的地方，因为每年清明节过后，都会有人来清理残留的灰屑。沈岁知从来没有去过那边，但今年的清明节，却鬼使神差地去买了纸钱和纸元宝，还特意避开晚上人多的时候，挑了下午人少的时间过去。

这天晏楚和有会议要开，五六点钟才能回来，刚好给了沈岁知偷偷做这件事情的机会。

这是她第一次做这种事情，也不知道都有哪些规矩，就直接拿出东西放在路口点燃。沈岁知买这些的时候也没仔细挑选，认为横竖都是送钱、送房子的意思，也不清楚宋毓涵喜欢什么、讨厌什么，就挑些瞧着贵重的送给她好了。

沈岁知蹲在巷口的背面。这是一块阳光照不到的地方，给她些许莫名其妙的安全感，让她烦闷难安的心平静下来。

她将手肘搭在膝盖上，伸手拿出兜里的烟跟打火机。这是她刚才在来时的路上买的，她也没仔细挑，反正最后会被她扔掉。

她也不清楚为什么不想把这件事情告诉晏楚和，总之就是觉得心里不舒服。她希望他最好永远不要知道，也希望他不要再想起当年她险些把命丢了的那个晚上。

沈岁知的嘴里含着烟，深深地吸了一口。

其实沈岁知并没有觉得难过或是失落，就是单纯地觉得茫然，心里好像缺了一块。她清楚，自己的心结还没有完全被解开。

她蹲在地上抽烟，眼里盯着那些逐渐燃烧成灰烬的纸钱和纸元宝，发着呆。

就在她整个人自我放空的时候，有脚步声逐渐接近这边，还带着令她惊慌的熟悉感，让她几乎在瞬间就把烟踩灭在地。

沈岁知完全是下意识地这样做，还没来得及给出下一步反应，那个人就已经走到她跟前。

沈岁知方才吸的一口烟还没咽下去，差点儿被呛着。但时间已经来不及了，她没时间也没地方可以逃了。

沈岁知茫然无措地抬起头来，顺着两条长腿看上去：白衬衫、黑西装，还有她早晨亲手为他挑选并打好的领带。

沈岁知张张嘴，却没有说话，不论是烟还是烧剩下的残留物都在她的旁边，压根儿没什么可解释的。

晏楚和就是这么了解她，甚至都不会过问。

沈岁知抓抓头发，撑着膝盖站起身来，没敢看对方，瞥着旁边的水泥墙，说道："你会议结束得这么快啊，我以为晚饭要我做了呢。"

晏楚和垂下眼帘，面上没什么情绪，问她："药吃了吗？"

"吃了，饭后吃的。"沈岁知点点头，尽量让自己显得乖点儿。

先前她去找李医生复查，情况较以前好了很多，需要服用的药物也减少到只有舍曲林和碳酸锂。晏楚和早晚时分会看着她吃药，早上把她中午要吃的药物放在桌上，到点提醒她服用。

时间久了，沈岁知便也养成了按时吃药的习惯。

她答应过晏楚和要戒烟戒酒，改掉这些坏习惯，戒酒是成功了，可戒烟对她来说真的有点儿难。

"你怎么知道我在这儿？"沈岁知说，目光闪躲，"你从阳台看到我了？"

她纯属没话找话，这些问题即使知道答案也没什么意义。

晏楚和并没有回答她，而是朝她伸出一只手，掌心朝上摊开。手指骨节分明，煞是漂亮。

"东西给我。"他说。

沈岁知只好乖乖地将烟盒放到他的手中。

"还有。"

沈岁知眨巴眨巴眼睛，打火机也交了上去。

她以为晏楚和会将它们丢掉，没想到他抬指掀开烟盒，给自己点了一根烟。

沈岁知看着男人慢条斯理地吐出一口薄烟，觉得自己好像一个做错事情被抓包的小孩儿。

要是有个人来救救她就好了，现在这个场景实在太要命了。

她试探着问："你是不是生气了？"

"有一点儿。"晏楚和望着她，很平静地说，"不过还好，预料之内。"

"啊？"她愣了愣，"你知道我肯定戒不了烟？"

晏楚和似是有些无奈地看了她一眼，回答道："你已经戒得差不多了，偶尔抽一次也没什么。"

但沈岁知听见这句话却没有任何轻松的感觉，闷声靠在墙上，低着头看自己的鞋面，像是在跟自己生气。

"不要！我答应你要戒的，就一定要戒。"

晏楚和垂眼看她，沉默片刻，将烟蹍灭，淡声问她："那你知道我为什么生气吗？"

沈岁知没抬头，嗓音低低地说："偷偷抽烟？"

"不是。"

他否定这个答案，朝她走近半步，说道："我说的预料之内，并不是指你抽烟。"

沈岁知顿住，瞬间明白了他的意思。她倏然抬起头来，惊讶地与他对上视线，嗫嚅着说不出话来。

晏楚和知道她听懂了。

"所以，"他说，"你觉得怎么办比较好？"

他把选择权交给她。

沈岁知缓慢地眨了下眼睛，抿抿唇，心底似乎多了点儿确定。

"你……"她开口，嗓音有些哑，"明天是休息日，你要不要跟我去个地方？"

晏楚和轻抬眉梢，没说"好"也没说"不好"，安静地等待她把话说完。

沈岁知稍作停顿，终于下定决心："你跟我去看一下宋毓涵吧。"

时隔多年，从她口中再次听到那个名字，晏楚和望着她，眼底有了些许波澜。

他轻声叹息，略微俯下身，温声同她说道："抱歉，我只是不希望你继续执着于过去。"

沈岁知觉得眼眶有点儿酸，往旁边缩了缩脑袋，龃声龃气地说："我怕你对那些事情耿耿于怀。"

晏楚和无奈地笑叹，抬手抚上她的脸，望着她说："关于你母亲的事情，还有你当初药物中毒的事情，即使你刻意不去提起，我也会记得清清楚楚。"

沈岁知抿起嘴角，觉得自己不争气地想哭，正要推开他，就听他继续道："但那是因为我爱你。只要跟你有关的事情，不论好坏我都会牢记。我之所以记得那些，并不是因为对你有怨。"

晏楚和吻了吻她的额头，低声说："沈岁知，我从来没有怪过你，更不会觉得你不堪。"

他的话音落下的那瞬间，沈岁知就知道自己完了，眼泪绷不住了。她直接伸手抱住晏楚和，将脸埋进他的胸膛，毫不客气地把他白净的衬衫当作擦拭眼泪的纸巾，待在他的怀中，贪恋这份只属于她的温暖。

"噢。"沈岁知闷声回应他，然后说了句毫不相干的话，"从今天开始我真的要戒烟了，再也不抽了，你也不许抽。"

晏楚和闻言无声地失笑，轻声说道："好，互相监督。"

两人回家的路上，沈岁知突然想起一个问题，侧首看向身边的人："等等，你今天到底为什么回来这么早？"

晏楚和神色未改，答非所问："今天是清明节。"

"所以你是料到我会在这儿，故意骗我说晚回家，好亲自过来抓包？"

晏楚和不置可否。

沈岁知哭笑不得，没好气地拍他一下，佯装愤怒地说道："气死我了，晚饭还是你做！"

晏楚和轻笑一声，揉揉她的脑袋，应道："好，没问题。"

番外六
新的生命

家里的清晨永远是由声音开启的。

首先是窸窸窣窣的布料摩擦声。微微滑下肩头的被角被人温柔而小心地向上拉扯,被子将仍旧躺在床上熟睡的人严严实实地包裹。

还有亲吻的声音。那是男人落在她额头上的早安吻,每天都有,这可以有效地避免枕边人离开后她在梦中惊醒。

然后是卧室的房门被推开的声响、小动物的脚踩在地板上啪嗒啪嗒的声响。一般情况下,啪嗒声响起没多久沈岁知身边的位置就会出现一只雪白的毛茸茸的狗狗,之后便是两个小懒包一起赖床。

随后是冰箱门被打开的声音。鸡蛋被磕在碗沿敲碎,蛋液落在碗中被打匀。水声和瓷碗声似有若无地碰撞在一起,锅声和铲声交织在一起,以及油在高温下发出的噼里啪啦的动静。

食物的香气，还有少许的油烟通通被抽油烟机卷走。也不知过了多久，煤气灶被关闭的咔嗒声音才传来。紧接着，室内逐渐安静下来。

客厅的窗帘被拉开一点儿缝隙，清晨时分鸟儿的啼鸣传来。卧室的门再度被人小声地推开，那人动作很轻，哪怕是正趴在枕头边上的狗狗也只是动了动耳朵。

沈岁知睡得正香甜，半截白皙修长的小腿大大咧咧地袒露在空气中。

晏楚和走进房间，轻轻地在床边坐下，把她踢开的被子重新盖好，然后侧过脸，静静地等待沈岁知醒来。

这就是沈岁知每一天清醒前的开场白。

泰迪见晏楚和来了，便自动从枕边爬起来，扮演起闹钟的角色，脑袋在沈岁知的脸颊上蹭来蹭去，不给她缓神的机会。

沈岁知胡乱地哼唧两声，单手把旁边作乱的泰迪抱到怀中，警告道："泰迪，不许动，还想不想吃早饭了？"

泰迪困惑地歪歪毛茸茸的脑袋，然后窝在沈岁知的怀里继续闹腾。

坐在床边的晏楚和看了一眼时间，说："快八点了，你还想不想吃早饭？"

听到他的声音，沈岁知这会儿才是真清醒了。

她没有睁开眼睛，而是懒洋洋地把手从被窝里拿出来，张开手臂，不发一言，就是单纯地做出一个想要抱抱的姿势。

晏楚和不由得失笑，越发觉得她像个赖床还要哄着的小朋友，但还是配合着，俯身抱住她，在她热乎乎的脸颊上印上一个轻柔的吻。

"听话，该起了。"他揉揉她的发顶，说道。

沈岁知这才迷迷瞪瞪地睁开眼，对晏楚和笑笑，随后也捧起他的脸亲了口："晏老板，早啊。"

泰迪并不是太想看他们两人大清早就这么腻歪，强行钻进两人之间，硬生生地把他们隔开，顺便表示自己也想吃早餐。

沈岁知只穿着晏楚和的衬衫。自从他们在一起后，她在家里很少穿睡衣，刚好晏楚和的衬衫多，料子还一件比一件舒服，索性就找出来两三件轮换着穿。

她伸了个懒腰才慢慢悠悠地翻身下床，眼看就要光着双脚踩在地板上，晏楚和及时握住了她的脚腕。

晏楚和轻蹙长眉，拿起拖鞋为她穿上，说道："说了多少次，不要赤脚走路。"

"这不是刚起床，脑子犯迷糊嘛。"

沈岁知知道自己犯了错，极为熟练地揽着他撒了个娇。她就知道晏楚和最是拿这样的她没办法，这样就能美滋滋地化解危机。

晏楚和已经将早饭摆到餐桌上。沈岁知先是给泰迪盛好狗粮，随后才坐下吃饭。

吃饭时，她口齿不清地说着最近几天的身体状况："晏老板，我发现最近我的睡眠时间越来越长了。我还总是头晕，会不会是低血糖啊？"

晏楚和顺着她的话思忖片刻，发现的确如此，沈岁知的活力也比以前减退不少。

"还是说缺钙了？"沈岁知胡乱地猜着，不知不觉间一个三明治已经下肚，"我感觉我被你养得挺健康啊。"

晏楚和伸手从旁边抽出一张干净的纸巾，拭去她唇角的油渍，说道："今天休息，待会儿带你去医院做个检查。"

沈岁知微微瞠目："体检也不是太有必要吧？"

晏楚和淡声说道："你怕不是讳疾忌医吧？"

沈岁知乖乖地听话，摆摆手不再吭声。

晏楚和本想请私人医生上门，但沈岁知觉得太麻烦人，索性直接去了市医院。

医院里排队的人不多，不到半小时就轮到她了。一套检查下来花了不少时间，最后去拿结果的时候，沈岁知嫌周围太多小姑娘盯着晏楚和看，干脆让他出去等。

晏楚和拿她没办法，只好无奈地应下。

医生在整理体检结果的时候，沈岁知靠在墙边等着，望着窗外思考中午吃什么比较好。

就在此时，一名实习的小护士把她拉到旁边，好像有话要对她说。

小护士对她说："姐姐，你知道自己怀孕了吗？"

沈岁知不知道？

沈岁知真不知道。

她的表情呆滞好几秒，其间大脑飞速运转，她在思考自己跟晏楚和究竟是什么时候孕育出一个小生命的。

想了好大一会儿，沈岁知终于想到原因了：两三个月之前，他们情意正浓时才发现家里没有计生工具了，当时也没有多想，总不能因为这个误事儿啊。

她哪知道晏楚和一次就中标啊？

这么一来，近期她容易疲惫、体虚嗜睡的种种异状就瞬间有了答案。

沈岁知有点儿蒙。

小护士由衷地感叹道："刚才我在外面看到陪你来检查的人了，他是你男朋友吧？你家孩子的颜值肯定特高，出道当明星绝对没问题。"

沈岁知眨了眨眼睛，纠正她："他是我的丈夫。"

"啊，抱歉抱歉，口误。"小护士用手遮了下嘴巴，笑道，"你们两个人的颜值好高啊，以后宝宝肯定会特别漂亮。"

沈岁知闻言，不由得垂下眼帘看向自己平坦的小腹。现在根本什么都看不出来，如果不是因为医护人员确切地告诉自己这个消息，她根本不会想到怀孕这件事情。

"那个……我刚才就觉得你特别眼熟。"小护士终于忍不住了，小心翼翼地问，"你是不是沈岁知啊？"

沈岁知有些讶异地扬起眉梢，倒是没想到能被人认出来，坦然地承认道："是我。"

小护士兴奋地轻呼一声，说道："那外面的人……"

沈岁知点点头："是晏楚和。"

小护士瞧起来有些激动，眉眼间是掩不住的喜悦，握了握拳，压低声音说："姐姐，我是你的粉丝！我喜欢了你三年了，今天是第一次见到本人！"

沈岁知闻言，眼睛弯了起来，笑道："你不用激动，以后产检说不定还能多见几次。"

"啊，对，产检！"小护士听她这么一说，才倏然反应过来，连忙嘱咐她，"你现在刚刚怀孕，凡事需要注意。"

沈岁知被她这突然正经的模样逗得发笑，忍不住揉揉她的脑袋，应道："好的，行行行。"

小护士的眼里泛着亮晶晶的光彩，待沈岁知收回手，她的脸颊微微泛起了红。她低声说着："我的偶像摸我头了，天哪……"

沈岁知领到检查结果临走前，小护士一本正经地叮嘱："姐姐，让晏总好好地照顾你，还有哦，怀孕期间千万不能碰烟酒。"

沈岁知朝门外晏楚和的方向投去一眼，笑着说："他啊，盯我盯得紧着呢。"

晏楚和在诊室外面的长椅上坐着，来往的路人或多或少地被他吸引了目光，而他神色淡然地静静等待沈岁知出来。

沈岁知走上前，轻轻地捏着他的脸，调笑说："晏老板，你说你怎么走到哪儿都有人盯着呢？"

晏楚和面不改色地握住她的手腕，防止她在大庭广众之下做出什么出格的事儿。

然后，他听到沈岁知说："你猜怎么着？"

她拍拍自己的肚子，挑眉看着他："我怀孕了。"

沈岁知的话音落下，时间似乎凝滞了几秒钟。

晏楚和微微瞠目，忽然将沈岁知拦腰搂了过来，脸埋在她的肚子上，没能控制住自己，在大庭广众之下做出了出格的事情。

这回看他们的人更多了。

沈岁知低头望着晏楚和，伸手揉了揉他的头发。

晏楚和没动，只是拦在她腰间的手臂微微收紧。

沈岁知哑然失笑，说："这么多人看着呢，影响不好。"

晏楚和看着她，难得用固执的语气说："我高兴！"

她的睫羽轻颤。方才心中对于未来的不确定在此时通通消散殆尽，她微微抿住唇角，弯起一个很柔和的弧度。

"嗯，"沈岁知说，"我也是。"